Reader's Digest
Auswahlbücher

Reader's Digest Auswahlbücher

Verlag DAS BESTE
Stuttgart · Zürich · Wien

Inhalt

Der mysteriöse Brief seines verstorbenen Großvaters geht Daniel Wynter nicht aus dem Kopf. Wenige Wochen später befindet sich der junge Mann in Tibet – auf der Spur eines geheimnisvollen Verbrechens, das sich während des legendären Autorennens Peking–London ereignete.

Nach dem Grubenunglück, bei dem der Vater ums Leben kam, muß Davy für sich und seinen Bruder, den kleinen taubstummen John Willie, sorgen. Da bietet die wunderliche Miß Peamarsh den beiden ein neues Zuhause, auf dem jedoch ein dunkles Geheimnis lastet ...

Als die junge Susan McGhee Nachforschungen über eine rätselhafte Atomgesellschaft anstellt, sticht sie in ein Wespennest. Denn das zweifelhafte Unternehmen weiß mit Mafiamethoden zu verhindern, daß seine teuflischen Geschäfte bekannt werden.

„Ich komm und hol Sie mir", droht der Fremde, dessen Anrufe Joanne seit Wochen in Angst und Schrecken versetzen. Er scheint jeden ihrer Schritte zu kennen, und immer deutlicher begreift Joanne, wie ernst es ihm meint.

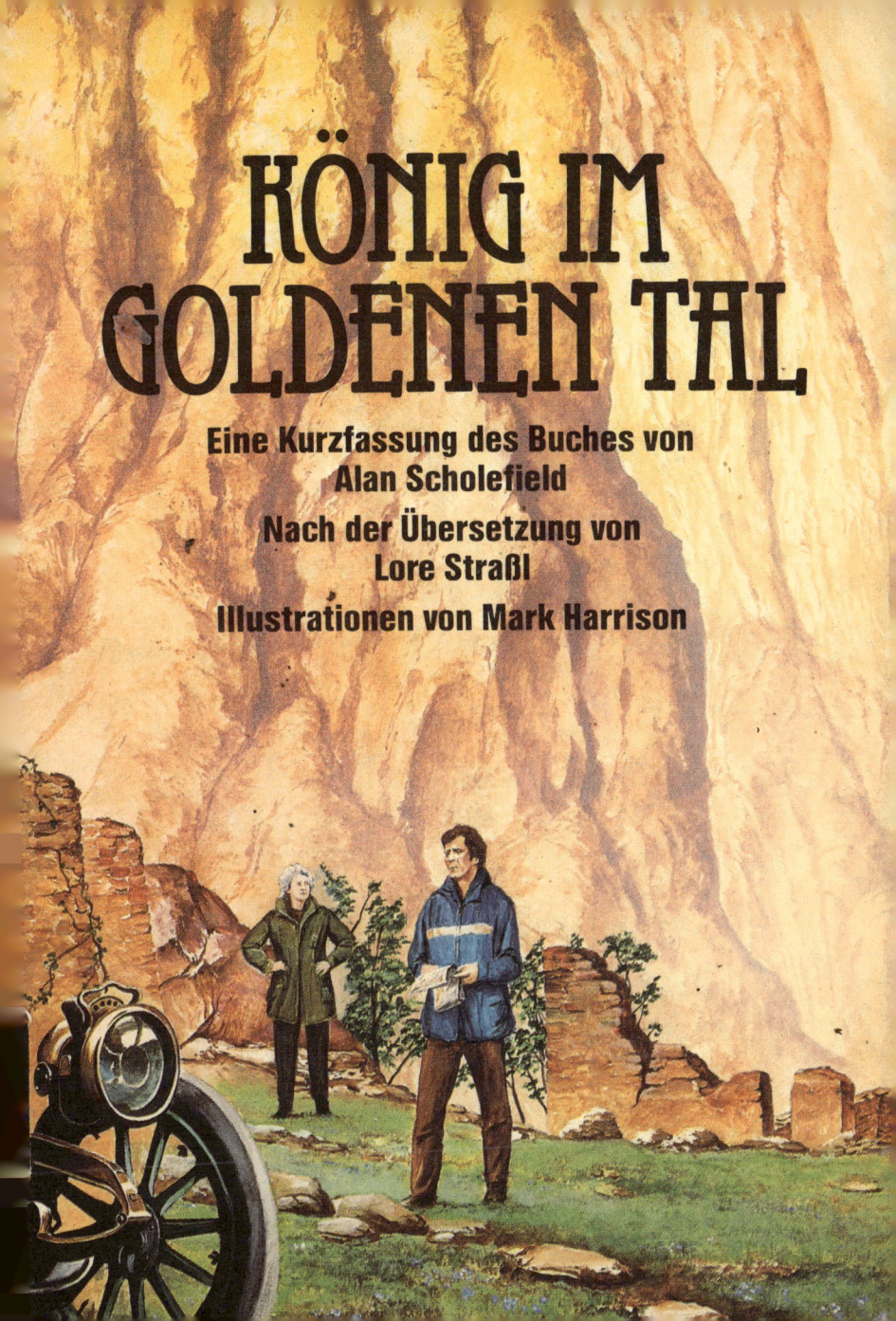

KÖNIG IM GOLDENEN TAL

**Eine Kurzfassung des Buches von
Alan Scholefield**

**Nach der Übersetzung von
Lore Straßl**

Illustrationen von Mark Harrison

Nicht jeden Tag erhält man Post von einem Toten. Kein

Wunder also, daß Daniel Wynter den letzten Brief seines

Großvaters mit gemischten Gefühlen öffnet. Rätselhaft wie

die verschlungenen Wege, auf denen dieses Dokument in die

Hände des jungen Engländers gelangt ist, scheint auch der

Inhalt des Schreibens: Offensichtlich zu Unrecht wurde

Harry Coles Wynter eines Verbrechens bezichtigt, das sich

1910 während des Autorennens Peking–London ereignete.

Daniel will der Sache auf den Grund gehen. Die Nachfor-

schungen führen ihn und seine Freundin Julie in die Bergwelt

Tibets. Doch Daniel hat Widersacher, denen an der Wahr-

heit nicht gelegen ist. Im Goldenen Tal, dem letzten

Zufluchtsort seines Großvaters, kommt es zur Entscheidung.

Prolog

Es WAR ein Frühlingstag im Jahr 1939. Musa Ahun, ein Postreiter im Dienst des königlich britischen Konsulats in Kaschgar, näherte sich dem Baltekpaß am Rande des Karakorum. Schwer hingen die ledernen Postsäcke über dem Widerrist seines kleinen Pferdes. Eine Woche war er bereits unterwegs, und eine zweite benötigte er, um die nördlichste Poststelle Indiens zu erreichen. Dort würde er seine Postsäcke abliefern und gleich die nächste Sendung übernehmen – für das Konsulat in Kaschgar und die wenigen Sahibs aus der Gegend wie den russischen Grafen, der zuviel trank, und den Engländer, der im Goldenen Tal lebte.

Ein einsamer Weg durch Eis, Schnee und heulenden Wind lag vor ihm. Musa Ahun vergewisserte sich, daß der Baumwollbeutel mit den trockenen tabakähnlichen Blättern noch in seiner Tasche war. Wenn er sparsam damit umging, würde der Vorrat bis zur Poststelle reichen, wo er sich Nachschub besorgen konnte. Gott sei Dank gab es *nasha*. Es vertrieb die Müdigkeit, die in seinen Knochen steckte, und bescherte ihm Visionen vom Paradies; außerdem nahm es ihm ein wenig von seiner Angst.

Musa Ahun war in der Steppe geboren und aufgewachsen. Die hohen Berge hier wirkten unwirtlich und bedrohlich auf ihn. Angeblich sollten Götter und Dämonen in den Felsen hausen. Er hatte diese Strecke nun schon so oft zurückgelegt, und doch beschlich ihn jedesmal ein ungutes Gefühl, wenn er hier entlangritt. Aber schließlich wurde er gut dafür bezahlt, und zu Hause wartete eine sechsköpfige Familie auf seinen Lohn.

Musa Ahun ritt weiter. Über ihm kreiste ein riesiger Lämmergeier auf der Suche nach Aas. „Hier gibt es nichts!" rief Musa Ahun laut. „Heute nicht!" Als hätte der Vogel ihn verstanden, stieg er im warmen Luftstrom des Morgens höher und höher und war bald nur noch als schwarzer Punkt am tiefblauen Himmel zu sehen.

Doch der Vogel konnte Pferd und Reiter immer noch erkennen. Unter ihm erstreckten sich die hohen Gipfel des Karakorum und des Pamir. Im Norden lag das Gebirgsmassiv des Tienschan. In dieser wilden, menschenleeren Gegend trafen fünf Länder aufeinander: China, Afghanistan, Tibet, Russisch-Turkestan und Indien. Von den Kartographen abgesehen, kannte kaum jemand den genauen Verlauf der Grenzen.

Musa Ahun ritt den Paß hinauf. Die Frühlingssonne schien hell, und Schmelzwasser glitzerte an den Hängen. Musa fürchtete diese Jahreszeit. Der Boden war jetzt aufgeweicht – ein einziger Morast von Schnee und Schlamm. Sein Pferd kam nur mühsam voran, und Musa war froh, als er das *serai*, die kleine Steinhütte ganz oben am Baltekpaß, endlich erreichte. Mit steif gewordenen Gliedern stieg er von seinem Pferd ab und gab ihm etwas Futter. Der Wind blies hier oben besonders stark. Musa nahm die Postsäcke und ging in das Serai, um Schutz zu suchen. Er betrat den kleinen Raum mit dem schmutzigen Lehmboden und der rußigen Feuerstelle und drehte sich aus dem Spezialpapier, das er in den Papierkörben des Konsulats gefunden hatte, etwas Nasha zur Zigarette. Er zündete sie an und kauerte sich an die Wand. Bald begann die Droge zu wirken, und er fühlte, wie er seinem Körper entschwebte. Er hatte das Paradies gesucht und es gewissermaßen auch gefunden. Als er dann schließlich das Donnergeräusch hörte, empfand er nicht die geringste Angst.

Die Lawine begrub das Serai und das Pferd, und sie begrub auch Musa Ahun. Eben noch hatte es hier eine Hütte gegeben, einen ausgetretenen Pfad und die Überreste vieler Feuer. Und nur wenige Minuten später schien es, als wäre all das nie gewesen. Auf dem ursprünglichen Scheitel des Passes ruhte nun ein Teil des Berghangs.

Doch Musa Ahun wußte nichts von alledem. Er lag begraben unter fast zwölf Meter Schnee und Geröll und hatte schon in den ersten Sekunden den Tod gefunden.

Die Suche nach ihm wurde nach einer Woche eingestellt. Seine Witwe erhielt eine Rente, ein neuer Postreiter übernahm seine Pflichten, und man fand einen anderen Weg über den Paß. Schließlich mußte die Post zugestellt werden. Und in dieser Notwendigkeit lag eine bittere Ironie: Musa Ahun selbst hatte in seinem ganzen Leben nicht einen einzigen Brief bekommen.

1

„MR. WINTER?" Die junge Frau hakte seinen Namen in ihrem Terminkalender ab. „Wie Sommer und . . .?"

Sie war hübsch, keß, Anfang Zwanzig, und Daniel, der noch ganz außer Atem war, weil er den Weg von der U-Bahn bis hierher im Laufschritt zurückgelegt hatte, machte sich klar, daß er mit seinen zweiunddreißig Jahren für sie offenbar schon zu den älteren Herren zählte. Ohne ihr Lächeln zu erwidern, entgegnete er: „Nein, Wynter mit Ypsilon, wie in Yeti . . ."

Ihr Gesichtsausdruck veränderte sich. Er verriet eine Spur Verwirrung, dann Unmut. „Mr. Blacker hat Sie bereits um drei Uhr erwartet."

„In der U-Bahn gab es eine Bombendrohung."

„Nehmen Sie bitte Platz, dann sehe ich nach, ob er Zeit hat."

Daniel setzte sich auf ein kleines Sofa und schaute sich im Büro der Koriakis-Dampfschiffahrtsgesellschaft um, das an der Fenchurch Street in der Londoner Innenstadt lag. In einer Glasvitrine an einer Wand befand sich das Modell eines Küstenmotorschiffs, und über der Tür hing ein Bild von König Konstantin.

„Mr. Blacker läßt bitten." Er wurde in ein kleines Büro geführt. Blacker war ein unscheinbarer Mann mit grauem Backenbart.

„Ah, Mr. Winter." Er erhob sich umständlich und gab ihm die Hand. „Der passende Name für dieses Wetter. Eisig draußen." Die große goldene Digitaluhr an seinem Handgelenk gab einen Signalton von sich. „Ich muß mich beeilen", stellte er fest.

„Tut mir leid", entschuldigte sich Daniel. „In der U-Bahn gab es eine Bombendrohung."

„Ach so . . ., setzen Sie sich. Hier steht, daß Sie Altenglisch in Edinburgh studiert haben." Blacker deutete auf Daniels Personalbogen. „Warum?"

„Ich habe es damals für eine gute Idee gehalten."

„Was wollten Sie denn mit Altenglisch anfangen?"

„Ich dachte, ich könnte Lehrer werden."

„Und sind Sie es geworden?"

„Nein, ich ging als Offizier auf Zeit zur Kriegsmarine."

„Sie waren auf den Falklandinseln, nicht wahr?"

„Ja, Sir."

„Ein idiotisches Unternehmen, wenn Sie mich fragen. Wer braucht schon ein halbes Dutzend Torfmoore und hunderttausend Schafe?"

Daniel mußte an die *Sirius* denken; das englische Kriegsschiff war wie eine Papiertüte aufgeplatzt, als es von der Exocet-Rakete getroffen wurde.. Er sah die flammenden Öllachen, die Männer mit den brennenden Haaren, die Leichen im Wasser vor sich. „Waren Sie dort?" fragte er.

„Natürlich nicht. Aber ich kann lesen." Wieder ertönte der Signalton seiner Uhr. „Ich muß nach Basingstoke. Hören Sie, wir sind keine große Gesellschaft, aber wir expandieren. Mr. Koriakis meint, daß es mit dem Küstenhandel aufwärtsgeht. Wir werden vielleicht Offiziere brauchen. Verstehen Sie?"

„Ja, Sir."

„Das ist hier nicht die Royal Navy. Wir laufen Häfen an, von denen Sie nie gehört haben."

„Ich verstehe, Sir."

Blacker stand auf. „Nun gut, Mr. Winter. Wir geben Ihnen Bescheid."

Auch Daniel erhob sich. „Übrigens, ich schreibe mich mit Ypsilon, nicht mit ,i'. Ich dachte nur, daß ich Ihnen das noch sagen sollte."

Blacker machte, genau wie vorher seine Sekretärin, erst ein verwirrtes, dann ein verärgertes Gesicht. „Also gut, Mr. Wynter mit einem Ypsilon, wir werden uns mit Ihnen in Verbindung setzen . . ."

Auf dem Heimweg ging Daniel noch beim Fleischer vorbei. Er hatte Julie versprochen, Filetsteaks mitzubringen, falls er die Stellung bekam, andernfalls etwas Preiswerteres. Trotzdem kaufte er die Steaks – um zu feiern, daß er nie für Mr. Blacker würde arbeiten müssen. Dann besorgte er noch eine Flasche Rioja.

Die Wohnung lag im Stadtteil Swiss Cottage, nur ein paar Minuten von der U-Bahn-Station Finchley Road entfernt, in einem großen Haus, das sich mehrere Parteien teilten. Als Daniel und Julie, kurz nachdem sie sich kennengelernt hatten, den Entschluß faßten, zusammenzuleben, zog jeder in eine eigene Wohnung, um eine gewisse Unabhängigkeit zu behalten. Daniel hatte sich im Souterrain eingemietet und Julie im Hochparterre darüber.

Anfangs hielten sie sich streng an ihre Abmachung, doch dann übernachtete er fast immer in ihrer Wohnung, und schließlich hatten sie einen Kompromiß geschlossen: Er durfte oben bei ihr schlafen, und sie benutzte sein Wohnzimmer, das geräumiger war als das ihrige. *Eine Hand wäscht die andere. Man muß von Anfang an klare Fronten schaffen . . .* Mit einem leicht amüsierten Ausdruck, der ihn manchmal aus der Fassung brachte, hatte sie ihn angesehen und gesagt: „Das macht die Dinge einfacher, wenn wir uns mal trennen. Es gibt keinen Streit über Bilder und Teppiche."

Er öffnete die Tür, hörte von oben das Klappern der Schreibmaschine und wußte, daß sie an ihrem Fernsehdrehbuch schrieb. Sie hatten eine Wendeltreppe im viktorianischen Stil einbauen lassen, die beide Wohnungen miteinander verband. Er stieg hinauf und gelangte direkt in das Wohnzimmer. Es war der unordentlichste Raum, den er je gesehen hatte. In einer Ecke stand ein Bügelbrett, daneben dicht gedrängt zwei alte Schreibtische und ein Eßtisch. Auf einem der Schreibtische befand sich eine Nähmaschine, auf dem anderen eine große elektrische Schreibmaschine.

„Hallo!" rief er. Hinter all den Manuskripten und Papieren, die in wildem Durcheinander überall herumlagen, konnte er sie kaum sehen. Manchmal ärgerte ihn ihr Mangel an Ordnungsliebe oder vielmehr Organisationstalent, doch jetzt, als sie sich umdrehte, um ihn zu begrüßen, wurde ihm wieder einmal klar, wie unwichtig das war.

Er gab ihr einen Kuß. Julie hatte das aschblonde Haar und den hellen Teint ihrer dänischen Mutter. Sie war ein paar Jahre jünger als er, ziemlich groß und gut gewachsen.

„Ich wollte gerade fragen, was du erreicht hast", sagte sie. „Aber ich seh schon, was los ist."

„Wenn die ja sagen, sage ich nein."

„War es so schlimm?"

„Noch schlimmer. Digitaluhr mit Signalton: Blip-blip. Ich muß nach Basingstoke."

„Oje! Erzähl mir später davon. Ich muß das hier erst fertigmachen. Hast du etwas zu essen mitgebracht?"

„Steaks. Um zu feiern, daß ich niemals für diese Firma arbeiten muß."

„Großartig, genau darauf habe ich Appetit. Schreib's auf."

„Nein, das geht auf meine Rechnung."

„Schreib's auf, oder ich esse keinen Happen!"

Er wollte gerade die Treppe wieder hinuntergehen, da rief sie ihm nach: „Oh, fast hätte ich es vergessen. Das Außenministerium hat angerufen."

„Weshalb?"

„Ich habe nicht gefragt." Die Schreibmaschine ratterte schon wieder unter ihren Fingern.

Seine eigene Wohnung war dunkel und ein bißchen bedrückend. Draußen dämmerte es bereits. Daniel ging in den Garten, betrat die Sommerlaube, die er zu seiner Werkstatt umgebaut hatte, und schaltete das Licht ein.

An einer Wand stand eine Werkbank mit Schraubstock, und darüber, ordentlich in einem Hängeregal aufgereiht, hing sein Werkzeug: Stechbeitel, Bohrer, Winkelmaße, Hobel und Sägen. Das meiste davon gehörte einst seinem Onkel, der ihm auch beigebracht hatte, damit umzugehen. Daniel arbeitete an einem Schränkchen für Julies Arbeitszimmer. Eine der Türen war noch im Schraubstock eingespannt. Er griff nach einem Blatt feinen Schmirgelpapiers und begann, eine rauhe Stelle abzuschleifen. An einem Tag wie heute war die Werkstatt sein Zufluchtsort.

Er wollte keineswegs um jeden Preis wieder zur See fahren. Trotzdem hatte er sich um die Stelle bei Koriakis beworben, denn er mußte schließlich realistisch sein. Nach Beendigung seines kurzen freiwilligen Militärdienstes wollte er nicht länger bei der Royal Navy bleiben, in die er gleich nach dem Studium eingetreten war.

Damals wußte er nicht so recht, was er mit seinem Leben anfangen sollte. Doch bei der Kriegsmarine wurde sein Leben mit einer Rigorosität gelenkt, auf die er nicht vorbereitet gewesen war. Es gefiel ihm nicht, so stark bevormundet zu werden, und es gefiel ihm noch weniger, mit anderen auf engstem Raum zusammenleben zu müssen. Er war eher ein Einzelgänger und traf seine Entscheidungen gern selbst. Als seine freiwillige Dienstzeit endete, verließ er die Royal Navy, ohne ihr nachzutrauern.

In dieser Zeit ging seine Ehe in die Brüche. Als er von den Falklandinseln nach Sussex heimgekehrt war, wo er und seine Frau Hanna in einem Haus auf dem Land lebten, schien sich nichts geändert zu haben. Hanna verbrachte immer noch fast den ganzen Tag in Kordhose, Gummistiefeln und dicken Pullovern, zog nach wie vor ihr eigenes Gemüse und hielt Hühner . . . Manchmal dachte Daniel, daß das Wort Selbstgenügsamkeit auf niemanden so zutraf wie auf Hanna. Und dann war plötzlich alles zu Ende. Er hatte mehrere Monate in London an einem Lehrgang des Verteidigungsministeriums teilgenommen. Während dieser Zeit wohnte er die Woche über in London und kam nur an den Wochenenden nach Hause. An einem dieser Wochenenden hatte Hanna ihm dann Robert vorgestellt, einen ernsten, schon etwas älteren Mann, der ihm in einem groben Tweedanzug sichtlich verlegen gegenüberstand.

„Das ist Robert", erklärte sie. „Er möchte mich heiraten."

Als Daniel die Sprache wiedergefunden hatte, gingen er und Hanna in die Küche. Dort unterhielten sie sich lange Zeit, und Daniel erfuhr, daß sich die beiden auf der Fasanenjagd kennengelernt hatten. Robert bewirtschaftete ein Gut von vierhundert Hektar in der nahe gelegenen Grafschaft Wiltshire.

„Und was ist mit uns?" Sie hatte geschwiegen. „Du kannst ihn doch nicht lieben! Er ist alt genug, um dein Vater zu sein."

Sein Stolz war zu verletzt, als daß er an die Ernsthaftigkeit dieser Beziehung glauben konnte. Er hatte gehofft, die Sache würde vorübergehen und Hanna wieder zu ihm zurückfinden.

Doch das war nicht der Fall, und nach seinem Abschied von der Marine reichten sie in beiderseitigem Einvernehmen die Scheidung ein. An jenem Tag vor nun fast drei Jahren hatte er mit seinen persönlichen Sachen das Haus verlassen. Damals sah er Hanna zum letzten Mal.

Daniel schliff die Tür fertig ab und lehnte sie an die Wand. Was das Außenministerium wohl von ihm wollte? Er hatte sich im letzten Sommer um einen Posten in Dubai beworben. Aber das war zu einem Zeitpunkt, als er mit dem Gedanken spielte, ins Ausland zu gehen. Inzwischen hatte er beschlossen, in England zu bleiben.

Er ging zurück in die Wohnung, duschte und zog sich um. Mittlerweile war es fast sieben Uhr. Von oben ertönte immer noch das Klappern der Schreibmaschine. Er lehnte am Treppengeländer und rief: „Soll ich dir etwas zu trinken bringen?"

„Nein, danke. Ich bin in fünf Minuten unten."

Er schenkte sich ein Glas Wein ein und starrte aus dem Fenster. Es lag unterhalb der Straßenhöhe, so daß er von den vorübereilenden Passanten nur die Beine sehen konnte. Dann betrachtete er sein Spiegelbild in der Scheibe.

Er war etwas über einsachtzig, hatte dunkles Haar, das er länger trug als damals bei der Marine, und braune Augen, die seinen Sinn für Humor ahnen ließen, im Moment jedoch ihren Besitzer von der Scheibe aus mit ernstem Blick studierten. Das änderte sich, als Julie die Treppe herunterkam.

„Wo ist mein Glas?" erkundigte sie sich. „Ich habe gerade meinen Liebhaber sterben lassen, da wird mir der Wein guttun." In einem Zug leerte sie ihr Glas mit Rioja zur Hälfte.

Julie trug Jeans, eine leichte Baumwollbluse und keine Schuhe. Sie setzte sich im Schneidersitz auf das Sofa, um die frisch lackierten Fußnägel trocknen zu lassen.

„Erzähl mir von dem Vorstellungsgespräch", forderte sie Daniel auf.

Er berichtete kurz, was geschehen war.

„Mach dir nichts daraus", meinte sie. „Du bist doch nicht auf diese Leute angewiesen."

„Aber Arbeit brauche ich schon."

„Du wirst etwas finden."

Zum Essen setzten sie sich in die kleine Frühstücksnische, die so eng war, daß sie sich fast berührten. Die Steaks schmeckten vorzüglich, doch Daniel konnte sich kaum auf das Essen konzentrieren, und so, wie Julie ihn ansah, wußte er, daß es ihr nicht anders ging.

Ihre sinnliche Ausstrahlung war es, die ihn gleich am Anfang fasziniert hatte, und auch sie fühlte sich in ähnlicher Weise zu ihm hingezogen, wie er bald feststellte.

Er hatte Julie bei einem Abendessen in Twickenham kennengelernt. Obgleich noch sechs weitere Gäste eingeladen gewesen waren, hatten sie nur Augen füreinander gehabt. Beim Abschied unterhielten sie sich noch eine Weile vor dem Haus mit den Gastgebern, und dann sprang Julies Wagen nicht an. Mehrmals versuchte sie zu starten, doch ohne Erfolg. Es roch stark nach Benzin, und schließlich war die Batterie leer.

„Möchten Sie, daß ich es mal versuche?" hatte Daniel sich erboten.

„Nein, danke. Ich brauche eine neue Batterie. Ich nehme ein Taxi und hole den Wagen morgen ab."

„Kann ich Sie mitnehmen? Ich fahre in die Innenstadt."

Er brachte sie zu ihrer Wohnung in Notting Hill, und als sie ihn noch zu einer Tasse Kaffee einlud, nahm er gerne an, doch trinken sollte er ihn nicht. Nicht einmal bis zum Schlafzimmer hatten sie es geschafft, so groß war ihr Verlangen gewesen.

Überwältigt lag er später in ihren Armen. Diese Erfahrung war völlig neu für ihn. Nie hatte er in seiner Beziehung zu Hanna eine solche Leidenschaft erfahren.

Mit Julie war es aufregend anders, und der Reiz ihrer ersten gemeinsamen Nacht wurde noch durch ihr Geständnis erhöht, daß sie die Wagenpanne absichtlich herbeigeführt hatte. „Du hast doch nicht geglaubt, daß ich dich einfach so gehen lassen würde?"

Zu dieser Zeit arbeitete Julie noch als Drehbuchlektorin bei einer privaten Fernsehgesellschaft, doch schon damals begann sie, sich als Autorin zu betätigen. Sie hatte Wilkie Collins' „Die Frau in Weiß" für das Fernsehen bearbeitet und dann eine eigene sechsteilige Kriminalserie verfaßt, die an der Algarve spielte. Beide Filme waren Erfolge geworden, und mittlerweile bekam sie mehr Aufträge, als sie ausführen konnte.

„Kaffee?" unterbrach sie seine Gedanken.

„Nein, aber trinken wir unseren Wein doch oben weiter."

Sie lagen auf ihrem großen Doppelbett. Er berührte ihren Körper, strich mit der Hand über ihre Haut und spürte ihre Erregung. „Psychiater sind der Meinung, daß jeder Mensch Hautkontakt braucht", sagte er.

Aber etwas fehlte, und als er später auf dem Rücken lag und sein Weinglas auf der Brust balancierte, fragte er sich, was mit ihnen vorging.

Anfangs war ihre Beziehung so intensiv gewesen, daß es in ihrem Leben keinen Platz für Fragen gab. Doch allmählich stellten sie sich ein, zumindest bei ihm. Liebten sie einander wirklich? Er wußte, daß Julie lange Zeit mit einem Schauspieler befreundet gewesen war und sehr darunter gelitten hatte, als dieser das Verhältnis beendete. War sie überhaupt noch dazu fähig, einem Mann uneingeschränkt zu vertrauen, wie eine tiefer gehende Zuneigung es erforderte? Und konnte er es denn? Wenn nicht, was sollte dann aus ihnen werden? Würden sie sich einfach treiben lassen, bis sie, wie Julie es genannt hatte, anfingen über Bilder und Teppiche zu streiten?

„Würdest du gehen?" fragte sie plötzlich.

„Gehen? Wohin?"

„An den Golf. Wenn das Außenministerium dir die Stelle anbietet?"

„Das werden sie nicht machen."

„Aber wenn?"

„Ich weiß es nicht."

Für kurze Zeit war es still. Dann: „Daniel?"

„Ja?"

„Du würdest es mir doch sagen, wenn es mit uns aus wäre, nicht wahr?"

„Großer Gott! Was redest du denn da?"

„Erinnerst du dich, was wir gleich am Anfang ausgemacht haben? Keine feste Bindung!"

„Das war am Anfang!"

„Ja, ich weiß. Aber ich möchte sichergehen."

„Würdest *du* es mir denn sagen?"

„Dazu wird es bei mir nicht kommen."

„Nun, bei mir auch nicht."

Aber so ganz zufrieden waren sie beide nicht. Die Stimmung war gespannt. Als sie endlich einschliefen, legte er nicht wie sonst seinen Arm um sie, und auch Julie schmiegte sich nicht an ihn, sondern jeder blieb auf seiner Bettseite.

DANIEL folgte dem alten Bürogehilfen durch eine Reihe düsterer Gänge. Schließlich blieben sie vor einer Tür stehen, und der Mann klopfte an. „Hier hinein, Sir, Mr. Rowse, Asienabteilung."

Selbst im Sitzen schien Mr. Rowse einer der größten Männer zu sein, die Daniel je gesehen hatte. Als er sich erhob, mußte Daniel unwillkürlich an eine Landkarte denken, die man mehrmals auseinanderfalten konnte. „Mr. Wynter? Setzen Sie sich doch bitte."

Rowse hatte seine Brille auf die Stirn geschoben. „Haben Sie Ihren Ausweis bei sich?"

„Oh – ich wußte nicht . . ." Daniel kramte in seinen Taschen, brachte aber außer zerknitterten Papieren und alten Briefumschlägen nichts zum Vorschein.

„Dürfte ich Sie vielleicht bitten, mir ein paar Fragen zu beantwor-

ten, um Ihre Identität zu bestätigen?" Als Daniel nickte, fragte er:
„Wie lautete der volle Name Ihres Vaters?"

„Richard Coles Wynter."

„Der Ihres Großvaters?"

„Harry Coles Wynter."

„Lebt Ihr Vater noch?"

„Nein. Er starb 1954 bei einem Flugzeugunglück. Was soll das
eigentlich alles?"

Rowse blickte auf den Bogen Papier, der vor ihm auf dem Schreibtisch lag, hakte etwas ab und nickte. „Und Ihr Großvater?"

„Ist in Innerasien gestorben. Aber was hat das mit dem Golf zu tun?"

„Mit dem Golf? Gar nichts." Rowse machte eine Pause, ehe er wei-
terredete: „Unser Mr. Meaker von der Poststelle wird sich sehr
freuen. Er brauchte eine Weile, um die Informationen zusammenzu-
bekommen. Doch jetzt hat er alles: Namen, Orte, Wählerverzeich-
nisse, Clubs. Die Schwester Ihrer Mutter wohnte, glaube ich, in
Blythburgh."

„Sie und mein Onkel haben mich groß gezogen. Aber was . . .?"

„Etwas sehr Merkwürdiges ist passiert." Rowse schloß eine
Schublade seines Schreibtisches auf, nahm einen großen, verblichenen
Umschlag heraus und übergab ihn Daniel. Wasserflecken hatten die
Adresse fast völlig verwischt, doch den Namen des Empfängers
konnte man noch deutlich erkennen. Der Brief war an seinen Vater
gerichtet: RICHARD COLES WYNTER. Dann folgte die nicht mehr leser-
liche Anschrift und weiter unten die letzten Buchstaben eines Wortes:
. . . IRE und darunter verschwommen ENGLAND.

„Wo haben Sie das her?" erkundigte sich Daniel.

„Vor etwa sechs Wochen brachte es ein pakistanischer Postbeamter
zu unserer Botschaft in Islamabad, und wir erhielten es mit der
Diplomatenpost. Hin und wieder kommt es schon vor, daß Briefe
zugestellt werden, die vor zwanzig oder dreißig Jahren abgesandt
wurden. Manchmal sind sie in einem Postamt hinter eine Schublade
gerutscht oder hinter einen Aktenschrank gefallen." Rowse deutete
auf den Umschlag. „Der hier ist im britischen Konsulat in Kaschgar
abgestempelt worden. Wenn Sie sich anstrengen, können Sie die Jah-
reszahl erkennen: 1939. Falls es Sie interessiert, wie der Brief gefunden
wurde, schlage ich vor, daß Sie mit Major Desai von der pakistanischen Botschaft sprechen."

„Vielen Dank." Daniel nahm den Brief und verließ das Außenministerium mit gemischten Gefühlen. Einerseits konnte er es kaum erwarten, den Brief zu öffnen, andererseits war ihm nicht ganz wohl bei dem Gedanken, die Vergangenheit aufzuwühlen.

Er fuhr mit der U-Bahn nach Hause. Julie war nicht da, so ging er in seine Werkstatt und ließ sich in einen alten Sessel fallen. Nach einer Weile öffnete er den Umschlag und zog ein paar Bogen liniertes Papier heraus, die offenbar aus einem Schulheft stammten.

Obwohl der Brief vor einem knappen halben Jahrhundert mit Tinte geschrieben war, konnte man die Schrift noch gut erkennen, und Daniel fing an zu lesen.

c/o Privatpost Britisches Konsulat
Kaschgar
Chinesisch-Turkestan
8. März 1939

Mein lieber Junge,
der Frühling ist in diesem Jahr vorzeitig eingekehrt, und die hohen Pässe werden bei den unberechenbaren Wegverhältnissen gefährlich für die Postreiter, so kann ich nur hoffen, daß Du diesen Brief und das Paket auch erhältst.

Es fällt mir nicht leicht, Dir diesen Brief zu schreiben, da Du noch keinen meiner bisherigen beantwortet hast. Doch nach dem Tod Deiner Mutter hat sich Deine Einstellung vielleicht geändert – zumindest rede ich mir ein, daß es so sein könnte. Aus diesem Grund schicke ich Dir mit getrennter Post eine Abschrift mit den Tatsachen über das Rennen.

Es wurde allmählich dunkel, und Daniel stand auf, um die Hängelampe einzuschalten. Dann setzte er sich wieder in den Sessel und griff nach dem Brief.

Die Unruhe, die er seit dem Verlassen des Außenministeriums verspürt hatte, verstärkte sich. Er wußte, daß dies ein Brief seines Großvaters an seinen Vater war, und doch kam es Daniel so vor, als seien die Worte direkt an ihn gerichtet. Er las weiter.

Ich nehme an, daß Deine Mutter Dich nicht in die Einzelheiten des Skandals eingeweiht hat. Sie war damals sehr verbittert, vor allem, als wir uns scheiden ließen. Sie sagte mir, daß ich für sie nicht mehr existiere. Vielleicht kannst Du Dir vorstellen, wie ich mich da fühlte.

Von dem Augenblick an, als ich England verließ, habe ich ein Tagebuch geführt. So manches Mal machten mir meine Eintragungen das Leben hier im Goldenen Tal erträglich. Die Abschrift, die ich Dir schicke, stammt aus meinen Tagebüchern.

Es ist mir inzwischen egal geworden, was die anderen von mir denken. Der springende Punkt war immer der Zettel. Hollande sagte vor dem Ausschuß, daß er ihn nicht gesehen hat.

Sein Wort steht gegen meines – und wenn Du die Zeitungen von damals gelesen hast, weißt Du, wem geglaubt wurde. Für mich gab es nicht einmal eine Anhörung.

Ich klinge vielleicht verbittert, aber ich bin es nicht. Das alles liegt so lange zurück – es kommt mir fast vor wie in einem anderen Leben. Doch nun steht ein Krieg vor der Tür, und wer weiß, was geschehen wird. Ich möchte, daß Du die Wahrheit erfährst, ehe es zu spät ist.

Alles Liebe
Dein Vater
Hauptmann H. C. Wynter

Daniel blieb noch lange sitzen und grübelte über dieses erstaunliche Schriftstück nach. In der Werkstatt wurde es kalt. Unruhig stand er auf. Er mußte sich körperlich betätigen, während er nachdachte, deshalb holte er sich eine der Schranktüren, die noch nicht die richtige Breite hatte. Nachdenklich ließ er den Hobel über die glatte Fläche gleiten, und bald war der Raum vom harzigen Duft des Kiefernholzes erfüllt.

Dieser Geruch weckte alte Erinnerungen. Als Kind hatte er oft an der Werkbank gestanden und seinem Onkel zugeschaut, wenn er mit ebendiesem Hobel arbeitete.

Er war drei Jahre alt, als seine Eltern auf einer Urlaubsreise bei einem Flugzeugabsturz ums Leben kamen. Die Schwester seiner Mutter, die auf dem Land in Suffolk lebte, hatte ihn zu sich genommen. Tante Maggie mußte damals etwa vierzig gewesen sein, Onkel Bob noch älter. Ihre eigenen Kinder wohnten schon nicht mehr zu Hause, als Daniel zu ihnen zog.

Die beiden bewirtschafteten damals einen kleinen Hof, der an einem Fluß in einer sehr abgelegenen Gegend lag. Daniel hatte eine sehr einsame Kindheit gehabt. Er besuchte die Schule in Norwich, und während der Ferien verbrachte er die meiste Zeit in einem alten Ruderboot, mit dem er den Fluß hinaufruderte.

Als er fünfzehn geworden war, starb sein Onkel, und seine Tante führte den Hof noch sechs Jahre allein weiter. Einige Jahre nach dem Tod seines Onkels, er studierte inzwischen an der Universität in Edinburgh, erhielt er eines Tages einen Brief von seiner Tante. Sie mußte ins Krankenhaus und wollte ihm bei seinem nächsten Besuch noch etwas von seinen Eltern erzählen.

Doch dazu kam es nicht mehr.

Er hatte noch am selben Abend Schottland verlassen, um zu ihr zu fahren, doch als er im Krankenhaus ankam, lag sie bereits im Koma. Er war der einzige Verwandte an ihrem Sterbebett gewesen. Ihre eigenen Kinder lebten im Ausland.

Es klopfte, und Julie streckte den Kopf zur Tür herein. „Ich habe das Licht gesehen. Möchtest du allein sein?"

„Nein, gehen wir ins Haus." Im Wohnzimmer war es behaglich und warm. Sie setzten sich, und Daniel erzählte von seinem Besuch im Außenministerium. Dann reichte er Julie den Brief. „Du kannst ihn lesen, während ich dusche."

Als er zurückkam, hielt sie noch den Brief in der Hand – offenbar ebenso fasziniert und verwirrt von der Lektüre wie er. „Worum geht es da?" erkundigte sie sich. „Wo ist die Abschrift?"

„Rowse hat nichts davon erwähnt. Ich werde ihn gleich morgen früh anrufen und fragen."

Sie nickte und blickte wieder auf den Brief. „Was für ein Rennen mag das wohl gewesen sein? Er schreibt von hohen Pässen. Ob es etwas mit der Bezwingung eines Berges zu tun hat? Aber nein, dann wäre nicht von einem Rennen die Rede."

„Damals muß es einen unangenehmen Zwischenfall gegeben haben. Er spricht von einem Skandal und daß man ihm nicht geglaubt hat."

„Was weißt du über deinen Großvater?"

„Nicht sehr viel. Er diente in der Armee. Er soll eine der schönsten Frauen Englands geheiratet haben. Mein Onkel und meine Tante sprachen selten über ihn."

„Wo ist Kaschgar?"

Er ging nach oben in ihr Zimmer, um einen Atlas zu holen. Sie schauten im Register nach und schlugen dann eine Reliefkarte von Innerasien auf. Kaschgar lag nördlich des Karakorum. „Es ist also in Sinkiang", meinte Daniel. „Im ehemaligen Chinesisch-Turkestan."

„Sagt dir der Name Hollande etwas?"

„Überhaupt nichts."

„Dein Großvater wollte, daß die Wahrheit ans Licht kommt. Was es wohl mit diesem Rennen auf sich hat, von dem er schreibt?"

Die Worte standen im Raum, bedrückend und rätselhaft. Schließlich sagte Julie mit bewegter Stimme: „Was für ein trauriger Brief! Ein einsamer Mann, der versucht, über Raum und Zeit hinweg gehört zu werden. Etwas Schreckliches muß geschehen sein, das ihn gezwungen hat, sich an einen so abgeschiedenen Ort zurückzuziehen." Julie machte nie einen Hehl aus ihren Gefühlen. „Wann ist dein Großvater gestorben?" fragte sie.

„Ich weiß nicht. Wahrscheinlich hat man so lange nichts mehr von ihm gehört, daß man nach einer Weile ganz einfach annahm, er sei tot. Ich nehme an, daß dieser Ort, dieses Goldene Tal, so abgelegen war . . ."

„Wirst du etwas unternehmen?"

„Natürlich, was denkst du! Rowse erzählte mir, daß es in der pakistanischen Botschaft einen Major Desai gibt, der vielleicht Näheres weiß. Ich werde ihn morgen anrufen."

2

AM NÄCHSTEN Tag mußte Julie schon früh zu einer Drehbuchbesprechung, und Daniel blieb allein zu Hause. Der Gedanke an den Brief ließ ihn nicht mehr los – er war gespannt, was seine Nachforschungen ergeben würden.

Um neun Uhr rief er die pakistanische Botschaft an, doch Major Desai war auf Urlaub. Daniel überlegte, was er als nächstes tun konnte. Wenn er etwas über die damaligen Ereignisse erfahren wollte, brauchte er Nachschlagewerke oder Zeitungsberichte.

Er rief bei der *Times* an, doch das dortige Archiv war für die Öffentlichkeit nicht zugänglich. Er fand jedoch heraus, daß es in der Westminster-Handbibliothek einen alphabetisierten Katalog der *Times* und Mikrofilme der einzelnen Jahrgänge gab.

Daniel nahm die U-Bahn zum Leicester Square und fand nach einer Weile die Bibliothek, die etwas abseits in einer schmalen Nebenstraße lag. Es war noch nicht zehn, und der große Lesesaal war fast leer.

Der Bibliothekar führte ihn in eine Ecke und deutete auf ein Regal, in dem eine Reihe roter Lederbände stand. „Das ist der Katalog. Er beginnt 1906." Der Bibliothekar strich mit dem Finger über die Buchrücken. „Vier Bände pro Jahrgang. Wenn Sie das Gesuchte gefunden haben, dann kommen Sie zu mir. Ich hole Ihnen den Mikrofilm, und Sie können sich die Ausgabe durch das Lesegerät ansehen."

Daniel beschloß, es zehn Jahre vor dem Briefdatum zu versuchen. Er nahm eins der Bücher und schlug unter „H" auf. Es gab keinerlei Hinweise auf einen Hollande mit einem „e" am Ende. Dann ging er den Buchstaben „W" durch. Unter Winter fand er eine ganze Menge, doch keinen Harry Coles Wynter. Die Zeit verstrich, und die Bibliothek füllte sich.

Nachdem Daniel mehrere Jahrgänge durchgeblättert hatte, stieß er unter Mai 1937 auf die Eintragung, die er suchte: „Hollande, General Sir Edward, Operation."

Aufgeregt ging er zum Bibliothekar und bat um die betreffende Ausgabe. Er ließ den Mikrofilm durch das Lesegerät laufen, bis er zum 18. Mai 1937 kam. Ziemlich unten auf der Seite acht fand er die Überschrift: GENERAL HOLLANDE WIRD OPERIERT, darunter die folgende Meldung:

> Der Forschungsreisende General Sir Edward Hollande hat sich heute ins königliche Militärkrankenhaus Knightsbridge begeben, um sich einem kleineren Eingriff zu unterziehen. Der siebenundfünfzigjährige Forscher, der im letzten Monat als erster Weißer mit einem Kanu den Kongo von der Quelle bis zur Mündung befahren hat, erklärte gestern, daß er sich auf die erzwungene Ruhepause freue, weil sie ihm Zeit gäbe, „alles zu lesen, was ich schon immer lesen wollte".

In der Ausgabe, die eine Woche später erschienen war, fand Daniel unter der Überschrift GENERAL HOLLANDE VERLÄSST KRANKENHAUS eine zweite Meldung:

> General Sir Edward Hollande, der sich in der letzten Woche in Knightsbridge einer kleineren Operation unterzogen hatte, wird heute aus dem Krankenhaus entlassen und auf seinen Familiensitz in Hampshire zurückkehren. Sir Edward, dessen Bataillon 1916 an der Westfront bei einem waghalsigen Ausbruch aus einem Kessel hohe Verluste erlitt, erklärte, daß er sich „pudelwohl" fühle.

Daniel notierte sich, was für ihn am wichtigsten war. Im Jahrbuch von 1938 fand er einen längeren Artikel mit der Überschrift: HOLLANDE SUCHT „VERLORENE STADT" AM AMAZONAS! Er überflog die einzelnen Abschnitte: Viermannexpedition, Boote, Ausrüstung. Dann stieß er auf einen Satz, der ihm interessant erschien:

> Sir Edwards Tochter Viktoria, die ursprünglich an der Expedition teilnehmen sollte, zog eine Bergtour im Himalaja vor.

Die Expedition, las Daniel weiter, wurde völlig unerwartet vom Hochwasser überrascht, verlor dabei den größten Teil der Ausrüstung und mußte gerettet werden.

Neben dem Artikel war Sir Edward Hollande abgebildet. Er hatte ein kantiges Gesicht, dicke Tränensäcke unter den Augen, schütteres Haar und einen gestutzten, militärischen Schnurrbart. Die Augen wirkten streng, der Mund verkniffen.

Die Mittagszeit kam und ging. Daniel fand immer wieder neue Artikel. Am Spätnachmittag schmerzten seine Augen so sehr, daß er beschloß, für heute Schluß zu machen.

Als er nach Hause kam, schlief Julie. Sie lag auf dem Rücken, mit den Armen über dem Kopf. Feine blonde Strähnen hingen ihr ins Gesicht. Sie erinnerte ihn an eine griechische Statue, aber sie wirkte weicher und menschlicher. Als er auf sie zuging, drehte sie sich auf die Seite. „Wie spät ist es?" murmelte sie verschlafen.

„Sechs."

„Morgens oder abends?"

„Abends. Ich habe Kaffee für dich gemacht."

Sie richtete sich auf. Er bemerkte, daß sie eines seiner Hemden trug.

„Du hast mir gefehlt." Ihre Lippen waren noch sanft vom Schlaf. „Wo bist du denn gewesen?"

„In der Westminster-Bibliothek."

„Warum?"

„Weil es dort eine Sammlung der *Times* gibt, mein Schatz."

„Aha! Daniel, der Detektiv. Komm, erzähl!"

„Erst wenn du aufgestanden bist. Ich geh schon mal hinunter. Nach all der Arbeit brauche ich einen Drink."

Eine Viertelstunde später kam Julie frisch geduscht und umgezogen nach unten, und Daniel erzählte.

„Welche ‚verlorene Stadt‘ hat Hollande eigentlich gesucht?" fragte sie.

„Keine Ahnung. In jedem südamerikanischen Land gibt es offenbar die eine oder andere ‚verlorene Stadt‘. Jedenfalls hat er sie nicht gefunden." Daniel warf einen Blick in sein Notizbuch. „1939 bekam er die Goldmedaille der Royal Geographical Society. Dann brach der Krieg aus, und ich habe nur noch vereinzelte Hinweise auf ihn gefunden. Nichts Besonderes."

„Aber was geschah mit seiner Tochter – wie hieß sie doch? Viktoria?"

„Darauf komme ich gleich zu sprechen. Laß mich erst einmal von dem General zu Ende berichten. Er ist der Gründer der Hollande-Stiftung."

„Die kommt mir bekannt vor."

„Junge Leute können dort einen Zuschuß beantragen, wenn sie zu Forschungszwecken in abgelegene Gegenden reisen wollen. Wenn du beispielsweise vorhast, eine Floßfahrt auf dem Sambesi zu machen, um dort die Flußpferde zu zählen, kannst du dich an die Stiftung wenden. Falls sie dein Vorhaben für vielversprechend hält und es werbewirksam für Großbritannien ist, bekommst du finanzielle Unterstützung."

„Aha – im Dienste der Nation sozusagen. Gibt es die Stiftung noch?"

„Das weiß ich nicht." Daniel warf einen Blick auf seine Notizen. „Ein paar Jahre steht dann gar nichts mehr über ihn in der Zeitung, bis er plötzlich angegriffen wird. Ein Militärhistoriker behauptet, es sei Hollandes Schuld gewesen, daß sein Bataillon 1916 an der Westfront in eine ausweglose Lage geriet und deshalb so hohe Verluste erlitt. Das hat einen ganz schönen Wirbel verursacht. Es gab viele Leserbriefe von alten Generälen an die *Times*, aber Hollande selbst äußerte sich nicht."

„Wie erhaben!" stellte Julie fest. „Offenbar ein Gentleman der alten Schule."

„Nach diesem Vorfall lange Zeit nichts. Offenbar hat der General nicht mehr viel Nennenswertes unternommen oder zumindest die Aufmerksamkeit der Öffentlichkeit nicht mehr auf sich gelenkt. Der nächste Artikel bezieht sich auf seinen Tod im Jahre 1955. Die *Times* widmet ihm einen langen Nachruf. Na, der hatte vielleicht ein Leben!

Geboren 1880. Schule, dann Militärakademie . . . Heirat mit der
ehrenwerten Daphne Gore-Hutchinson . . ., ein Kind, Viktoria . . .
1910 gewinnt er das Automobilrennen Peking–London . . ."

„Das Rennen!" unterbrach ihn Julie.

„Richtig!" Daniel wandte sich wieder seinen Notizen zu. „Gene-
ralmajor der Royal-Hampshire-Füsiliere – Einsatz in Belgien . . .
Nach dem Krieg legt er erst richtig los. Hollande – der erste, der den
Äquator in einem Wagen überquert . . ., der eine Expedition britischer
Wissenschaftler zur Antarktis leitet – dafür wird er in den Adelsstand
erhoben –, dann ist da die lange Kanufahrt auf dem Kongo, von der ich
dir vorgelesen habe, und die Verleihung der Goldmedaille – den Rest
kennst du."

„Ein anstrengendes Leben."

„Das hier sind nur die wichtigsten Ereignisse."

„Stand etwas über seine Tochter drin?"

„Das kann man wohl sagen. Sie war das Abbild ihres Vaters. Erste
Frau, die die Sahara von Osten nach Westen durchquert hat – in einem
Landrover, und als der nicht mehr wollte, haben die Tuareg den
Wagen mit Kamelen durch die Wüste gezogen. Sie war begeisterte
Ballonfahrerin und gewann 1968 die Wettfahrt über die Alpen."

„Verheiratet?"

„Kurz. Mit neunzehn."

„Keine Kinder, nehme ich an?"

„Keine."

„Das also sind die Hollandes. Was hast du über deinen Großvater
herausfinden können?"

„Nicht ein Wort. Es ist, als hätte es ihn nie gegeben – zumindest
stand in den Jahrgängen, die ich durchgesehen habe, nichts über ihn
drin."

Julie erhob sich und ging im Zimmer umher. „Das ist ärgerlich." Sie
setzte sich wieder. „Bist du zur Vermittlung gegangen?"

Er runzelte die Stirn. „Zu welcher Vermittlung?"

„Zur Arbeitsvermittlung. Da wolltest du doch heute hingehen."

Daniel hatte es völlig vergessen. „Ich habe den Termin verscho-
ben", erwiderte er schnell. „Ich war ja den ganzen Tag in der Bibliothek."

„Steigerst du dich nicht in diese Geschichte hinein?"

„Begreifst du denn nicht? Der Brief wurde vor fast einem halben

Jahrhundert geschrieben! Und dann dieser Hinweis auf einen Skandal bei dem Autorennen Peking–London; eine verlorene Abschrift; ein General, der sich als berühmt und umstritten erweist; eine Tochter, die offenbar versucht hat, in die Fußstapfen ihres Vaters zu treten. Wenn du da keine Möglichkeiten siehst, dann . . ."

„Was für Möglichkeiten denn?"

„Nun, sagen wir für einen Artikel, ein Buch, vielleicht sogar eine Fernsehdokumentation. Stell dir vor: Mit ihren primitiven Wagen sind die Teilnehmer 1910 die weite Strecke von Peking nach London gefahren! Was für ein Unternehmen! General Hollande ging als Sieger aus dem Rennen hervor, an dem auch mein Großvater beteiligt war. Und was immer zu dem Skandal geführt haben mag, es gab den Anlaß dafür, daß mein Großvater den Rest seines Lebens in einer der abgelegensten Gegenden der Welt verbringen mußte. Ich will mehr darüber erfahren."

„Und wer soll die Artikel schreiben und die Dokumentation machen?"

„Wir. Du bist Schriftstellerin, und ich habe bei der Navy Erfahrung im Fotografieren gesammelt."

„Ach, Daniel . . ."

„Natürlich müßten wir zuerst Ermittlungen anstellen."

„Aber ohne mich. Ich habe zuviel Arbeit."

Ein unbehagliches Schweigen folgte.

„Ich nicht", meinte er schließlich. „Du weißt ja nicht, wie das ist, wenn man keine Anstellung hat, denn dieses Problem gab's für dich nie."

„Ja, weil ich freiberuflich tätig bin. Du solltest dich auch selbständig machen. Versuch dich doch mal von dem Gedanken zu lösen, daß du für andere arbeiten mußt. Du kannst auch so etwas leisten."

Sie machte ihm Vorhaltungen. Ärgerlich wandte er sich ab.

Nach kurzem Schweigen legte sie einen Arm um ihn und sagte: „Entschuldige, ich hab es nicht so gemeint. Ich weiß ja auch, daß die Lage schwierig für dich ist."

„Schon gut."

Die Spannung zwischen ihnen löste sich. Eng umschlungen tranken sie auf seinem Sofa Kaffee.

Später, als sie zu Bett gingen, fiel ihm noch etwas ein: „Übrigens, ich habe Viktoria Hollandes Adresse herausgefunden. Sie wohnt in

Hampshire. Dort gibt es auch die sogenannte *Edward-Hollande-Samm-lung.*" Er machte eine kurze Pause. „Ich glaube, ich werde ihr einen Besuch abstatten."

„Ist es dir wirklich so ernst mit dieser Sache?" fragte sie vorsichtig.

„Du hast doch selbst gesagt, daß ich nicht für andere, sondern für mich arbeiten soll." Er bemühte sich, seine Stimme ungezwungen klingen zu lassen, doch die Spannung zwischen ihnen war wieder da.

AUF der Portsmouth Road herrschte Samstag vormittags gewöhn-lich nicht viel Verkehr. Bereits um zehn Uhr hatten Daniel und Julie Guildford hinter sich gelassen.

Sie nahmen die Karte zu Hilfe, um sich in der ländlichen Gegend zurechtzufinden. Kleine Wälder und hinter Weißdornhecken verbor-gene Felder und Wiesen wechselten einander ab. Sie fuhren durch Highclare und hielten am Ortsende vor einer breiten Einfahrt. An einem der beiden Torpfosten hing ein Schild mit der Aufschrift LUSCOMBE PARK, an dem andern EDWARD-HOLLANDE-SAMMLUNG, GEÖFFNET MONTAG – DONNERSTAG VON 10 BIS 16.30 UHR.

Das Tor stand offen, und sie fuhren hindurch. Vor ihnen lag, von einem großen Park umgeben, ein entzückendes Haus im Queen-Anne-Stil. Dahinter befanden sich mehrere viktorianische Nebenge-bäude. Der Kiesweg, der zu dem Haus führte, war durch eine Kette versperrt, an der ein Schild mit der Aufschrift KEIN ZUTRITT hing. Ein Pfeil wies den Weg zur HOLLANDE-SAMMLUNG in den Nebengebäu-den. Daniel folgte dem Pfeil und parkte vor den Gebäuden. Nichts rührte sich hier. Dann bog ein Mercedes-Kombi um die Ecke des Hauptgebäudes und hielt ebenfalls an. Ein Mann stieg aus.

„Guten Morgen!" rief Daniel.

Der Mann kam über den Kiesweg auf sie zu. Er mochte etwa vierzig sein. Das Gesicht wirkte slawisch; hohe Wangenknochen, dunkle Haare und in auffallendem Gegensatz dazu hellblaue Augen.

Als er Daniel erreichte, sagte er: „Wir haben geschlossen. Haben Sie denn das Schild nicht gesehen?" Seine Stimme klang gebildet mit einer Spur des ländlichen Hampshire-Akzents. Sein Ton war kalt und abweisend.

„Wir sind nicht der Sammlung wegen hier", erklärte Daniel. „Wir würden gern mit Miß Hollande sprechen."

Julie kam lächelnd auf die beiden Männer zu. Der Fremde erwiderte ihr Lächeln nicht, musterte sie jedoch ein paar Sekunden, ehe er sich wieder an Daniel wandte: „Sind Sie angemeldet?"

„Nein."

„Ich fürchte, dann wird es nicht möglich sein. Miß Hollande empfängt keine Besucher ohne vorherige Anmeldung."

„Es könnte sein, daß sie bei mir eine Ausnahme macht", entgegnete Daniel. „Mein Name ist Daniel Coles Wynter."

Nach kurzem Schweigen meinte der Mann: „Bitte warten Sie hier. Ich sehe nach, ob Miß Hollande zu Hause ist." Er ging zum Seiteneingang und verschwand im Haus.

„Komm", brummte Daniel. „Ich lasse mich doch nicht wie ein dummer Lakai behandeln."

Sie schlenderten zu der Tür und blieben davor stehen. Im Haus wurde gesprochen. Daniel hörte die tiefe Stimme des Mannes und dann eine Frau, die in herrischem Ton fragte: „Hat er seinen Namen genannt?"

„Wynter. Daniel Coles Wynter."

„Was?" Die Frage klang wie ein Pistolenschuß. Daniel sah eine schemenhafte Gestalt an einem der Fenster vorbeihuschen. „Sag ihm, ich sei nicht zu Hause."

Der Mann öffnete die Tür. Es ärgerte ihn sichtlich, daß Julie und Daniel davorstanden. „Bedaure, Miß Hollande ist nicht da. Lassen Sie sich einen Termin von ihrer –"

„Natürlich ist sie da", unterbrach Daniel ihn. „Halten Sie uns für taub?"

„Sie ist *nicht* da." Er wartete einen Moment, dann schloß er die Tür. Daniel nahm Julies Arm. „Komm!"

„Du wirst doch nicht aufgeben?"

„Ich denke gar nicht daran."

Sie kehrten zum Wagen zurück. Nachdem sie zum Tor hinausgefahren waren, bog Daniel in einen Waldweg seitlich der Parkanlage ein. Sie sahen das Haus nun von der Rückseite.

„Was sagst du zu ihrer Reaktion?" fragte Julie. „Sie weiß genau, wer du bist, und will nicht mit dir spre–"

„Schau!" unterbrach Daniel sie aufgeregt. Eine Frau kam aus dem Haus und schritt rasch mit einem großen grauen Hund über die Rasenfläche, auf der vereinzelt Buchen, Ulmen und Eichen standen. „Glaubst du, daß sie das ist?"

„Es gibt nur eine Möglichkeit, das herauszufinden."

Sie kletterten über einen Zaun und eilten über den Rasen. Der Hund mußte sie gewittert haben, denn er wirbelte plötzlich herum und rannte bellend auf sie zu. Knurrend hielt er vor ihnen an.

Die Frau kam auf sie zu und rief: „Er tut Ihnen nichts!" Es war dieselbe herrische Stimme, die Daniel aus dem Haus gehört hatte. „Jedenfalls nicht, bis ich es ihm befehle", fügte sie hinzu.

Sie war klein, keine einssechzig und schlank. Sie trug eine gutgeschnittene Hose aus Wollstoff und ein kariertes Flanellhemd. Daniel wußte, daß sie siebenundsechzig war, aber sie sah jünger aus. Ihr Gesicht wirkte offen, ihre Lippen waren schmal, und ihr kurzes Haar war vom gleichen Grau wie ihre Augen. Sie erweckte den Eindruck, daß sie alles beherrschte: sich selbst, ihre Umwelt, ihren Hund, ja sogar die Fremden in ihrem Park.

Der Hund, ein irischer Wolfshund von der Größe eines kleineren Kalbes, hatte Daniel mit unverhohlener Erwartung beäugt. Nun befahl die Frau: „Platz, Jacko!" Der Hund ließ sich nieder, behielt jedoch Daniels Beine im Auge.

„Miß Hollande?" fragte Daniel.

„Ja . . . Sie sind der junge Mann, der zum Haus kam? Ich wies Chris an, Ihnen zu sagen, ich sei nicht da. Das hier ist Privatbesitz. Nur weil wir an einigen Wochentagen für Besucher geöffnet haben, heißt das nicht, daß wir Eindringlinge dulden."

„Tut mir leid", meinte Daniel. „Aber wir haben nicht die lange Fahrt unternommen, um abgewiesen zu werden. Mein Name sagt Ihnen etwas, nicht wahr?" fuhr er fort. „Vor ein paar Tagen erhielt ich einen Brief von meinem Großvater Harry Coles Wynter."

„Ihr Großvater ist tot", erwiderte sie mit tonloser Stimme. „Was soll das heißen, daß Sie einen Brief von ihm bekommen haben?"

Daniel erzählte mit knappen Worten seine Geschichte und endete: „Wir wissen nicht, worum es eigentlich geht. Den Zeilen meines Großvaters ist zu entnehmen, daß er sich beim Peking-London-Rennen ungerecht behandelt fühlte, aber . . ."

„Das ist nicht neu! Was wollen Sie von mir?"

„Eine Erklärung für das hier." Er zog ein Blatt Papier aus seiner Brusttasche.

„Was ist das?" erkundigte sie sich mißtrauisch.

„Eine Kopie des Briefes."

„Ich will ihn nicht lesen."

„Warum nicht?" fragte Julie. Ihre Wangen waren gerötet, und der Wind spielte mit ihrem blonden Haar. „Welchen Schaden könnte das schon anrichten?"

„Das alles liegt so lange zurück", erwiderte Miß Hollande. „Die Vergangenheit ist begraben, und dabei sollte es auch bleiben." Sie drehte sich um.

„Etwas ist während des Rennens vorgefallen", sagte Daniel schnell.

„Was?"

„Das ist doch jetzt vollkommen egal. Ihr Großvater ist tot. Mein Vater ist tot. Wen interessiert das noch?"

„Einer ist ein toter Held, der andere ein toter . . . Wir wissen nicht, was. Hier liegt vielleicht eine Verleumdung vor", gab Daniel zu bedenken.

„Mein Vater hat Ihren Großvater nie beschuldigt. Jedenfalls nicht in der Öffentlichkeit. Mehr habe ich dazu nicht zu sagen. Und jetzt gehen Sie bitte."

Daniel war enttäuscht und verärgert. „Nur damit Sie es wissen, ich werde nicht aufhören nachzuforschen, bis ich herausgefunden habe, was wirklich geschehen ist."

Sie musterte ihn kurz, dann sagte sie: „Ich bin Ihrem Vater einmal begegnet. Sie sind ihm sehr ähnlich. Offenbar liegt die Sturheit bei den Wynters in der Familie. Bitte steigen Sie nicht wieder über den Zaun, wenn Sie gehen."

Als sie wegfuhren, sah Daniel, daß Miß Hollande noch immer an der Stelle stand, wo sie sie verlassen hatten.

Als sie nach Hause kamen, war auf dem Anrufbeantworter eine Nachricht für Daniel. Eine Sekretärin der pakistanischen Botschaft teilte ihm mit, daß Major Desai eine Nachricht für ihn habe und ihn bitte, am Montag um elf Uhr in sein Büro zu kommen.

„DAS sieht ganz schön mitgenommen aus." Major Desai stupste mit seinem Wildlederschuh gegen das Paket auf dem Boden.

Daniel und Julie waren schon früh am Morgen zur pakistanischen Botschaft gefahren. Nun standen sie zusammen mit Desai in einem fast leeren Raum und blickten gebannt auf ein Paket, das der Major aus einer kleinen Kiste hervorgeholt hatte. Es war teilweise noch in Zeitungspapier eingewickelt. Das Ganze sah aus wie ein feucht gewordener Block Papier, auf dem man noch Spuren verwischter Tinte erkennen konnte.

Desai, ein stattlicher Mann von etwa fünfzig Jahren, deutete auf die Zeitungsverpackung. „Der Kalkuttaer *Statesman* von November 1938. Abenteuerlich, nicht wahr?"

„Sieht aus, als hätte es auf dem Meeresgrund gelegen", meinte Julie.

„Dabei war das genaue Gegenteil der Fall. Arbeiter fanden das Päckchen in den Bergen, wo sie im Moment eine Straße bauen. Bei den Ausschachtungen stießen sie auf ein menschliches Skelett und eine alte Satteltasche aus Leder. Offenbar handelte es sich um einen Postreiter der Kaschgar-Route, der nie seinen Bestimmungsort erreicht hat. Damals wurden Postreiter oft von Banditen oder Bären überfallen, oder sie sind erfroren. Dieser hier war ganz tief verschüttet, wie ich gehört habe."

Major Desai schwieg einen Moment, dann wandte er sich an Daniel: „Sie sagen, Ihr Großvater lebte in der Nähe von Kaschgar?"

„Zumindest in der Gegend. Wo genau, weiß ich nicht."

Desai blickte nachdenklich auf das Paket. „Die Frage ist, wie können wir herausfinden, ob Sie der rechtmäßige Besitzer sind?"

„Wenn es vom gleichen Absender stammt wie dieser Brief, muß es dazugehören", gab Daniel zur Antwort.

„Das können wir nur herausfinden, wenn wir nachsehen", meinte Julie. „Aber wie? Das Ding ist ja ein einziger Klumpen!"

„Vielleicht läßt sich mit Dampf etwas machen?" murmelte Daniel.

Desai nickte. „Meine Sekretärin hat einen Teekessel . . ."

Aber alle ihre Bemühungen waren vergeblich. Schnee und die Feuchtigkeit vieler Jahre hatten den Block in eine verklebte Papiermasse verwandelt, und bald war der Boden mit kleinen grauen Papierklümpchen bedeckt, denen nicht ein Wort zu entnehmen war.

3

„LAUF doch nicht so hin und her!" mahnte Julie.

Sie waren wieder in ihrer Wohnung in Swiss Cottage. Julie lag ungewöhnlich ruhig auf dem Sofa.

„Wenn doch wenigstens ein paar Worte zu lesen gewesen wären", murmelte Daniel.

„Liebling, du steigerst dich da in etwas hinein." Julie setzte sich auf.
„Denk doch mal ein bißchen praktisch. Woher willst du das Geld
nehmen, um hinter der Story deines Großvaters herzujagen?"

„Ich habe noch Ersparnisse."

„Und wenn die aufgebraucht sind?"

„Das Geld wird schon reichen. Zumindest habe ich dann nichts
unversucht gelassen. Jedenfalls besser, als vor der Arbeitsvermittlung
Schlange zu stehen."

Sie ging zu ihm, legte ihre Arme um ihn und blickte ihm in die
Augen. „Du meinst es wirklich ernst, nicht wahr?"

„Ja, und falls ich kein Glück habe und auch kein Geld mehr, kannst
du mich ja aushalten. Dann darfst du mir den allabendlichen Kaviar
und Gucci-Schuhe kaufen."

Sie versuchte, auf seinen scherzhaften Ton einzugehen. „Und einen
Sportwagen. Denn darauf sind ausgehaltene Männer doch scharf,
oder nicht?"

Er schlug sich mit der Hand an die Stirn. „Wagen!" rief er aus. „Die
Motorsportpresse! Vielleicht hat es 1910 Motorsportzeitschriften
gegeben. Warum nicht? Das muß doch damals Furore gemacht haben.
Peking–London. Ein solches Rennen wäre selbst jetzt noch eine Sensa-
tion!"

In diesem Augenblick läutete das Telefon.

Er hob ab, und eine Stimme fragte: „Kann ich bitte Mr. Wynter
sprechen?"

„Am Apparat."

„Hier ist Viktoria Hollande."

Daniel legte eine Hand über die Sprechmuschel und wiederholte
leise den Namen. Julie zog die Brauen hoch.

„Ich rufe an, um mich zu entschuldigen", begann Miß Hollande.
„Ich war ausgesprochen unhöflich zu Ihnen. Bitte schreiben Sie es
meiner Überraschung zu." Daniel hörte sie lachen. „Schock wäre vielleicht richtiger. Der Name, der plötzlich die Vergangenheit heraufbe-
schwor, war daran schuld. Es kam alles so unerwartet."

„Ich hätte Sie vorher anrufen sollen", lenkte Daniel ein.

„Nein, nein, die Schuld liegt ganz bei mir." Nach einer kurzen
Pause fuhr sie fort: „Ich frage mich, ob ich es vielleicht wiedergutmachen könnte, wenn ich Sie zu einem Drink einlade. Sie und Ihre . . .
äh . . . Begleiterin natürlich . . ."

Daniel legte die Hand erneut über die Sprechmuschel und flüsterte: „Sie lädt uns zu einem Drink ein." Julie zog die Mundwinkel nach unten. „Meine . . . Begleiterin heißt Julie."

„. . . und Julie, wenn sie Lust hat mitzukommen."

Sie vereinbarten, sich in der folgenden Woche in Miß Hollandes Wohnung am Eaton Square zu treffen. Dann legte David den Hörer auf.

„Warum hat sie uns wohl eingeladen?" fragte Julie.

„Angeblich, um sich zu entschuldigen. Aber das hätte sie am Telefon oder mit ein paar Zeilen erledigen können. Ich frage mich, was dahintersteckt."

DAS Gebäude befand sich hinter dem Waterloo-Bahnhof. Über der Eingangstür stand in verblaßten Buchstaben AJAX-HAUS, 1902. Hier war der Sitz der Ajax-Verlagsgesellschaft.

Daniel blieb in der etwas verwahrlosten Eingangshalle vor einer Tafel stehen und studierte die Liste der Zeitschriftenredaktionen. Sie war lang, aber schließlich fand er, was er suchte: Die Motorwelt-Redaktion befand sich im dritten Stock.

Eine junge Frau mit hellgrün gefärbtem Haar saß hinter einem Schreibtisch am Empfang.

„Ich heiße Wynter", stellte Daniel sich vor. „Ich habe mich telefonisch angemeldet."

Sie führte ihn in ein kleines Zimmer, dessen Wände mit eingerahmten Zeichnungen von Automotoren gepflastert waren. In einer Ecke saß an einem Zeichentisch eine gnomenhafte Gestalt. Der ist mindestens siebzig, dachte Daniel.

„Hier ist Mr. Clifford", sagte das grünhaarige Mädchen und verließ den Raum.

„Die anderen sind alle bei der Vorführung des neuen Jaguar", erklärte Mr. Clifford. „Große Schau mit Sekt, kaltem Büfett und schönen Frauen. Was kann ich für Sie tun?"

„Ich würde gern einen Blick in Ihr Archiv werfen. Die Ausgaben von 1910 bis 1911."

„Alle verbrannt. Gingen 1935 in Flammen auf. Was wollten Sie denn nachschlagen?"

„Ich suche Berichte über das Rennen Peking–London."

Der alte Mann schob seine Brille mit den dicken Gläsern auf die

Stirn und musterte Daniel interessiert. „Wie, sagten Sie, ist Ihr Name?"

„Wynter. Mein Großvater hat an dem Rennen teilgenommen."

„Wynter . . . Wynter. Ah ja. Abbott Special. Und der andere, Bulldog-Saxon. An den Namen des Fahrers kann ich mich nicht erinnern, aber er hätte nicht gewinnen dürfen. Nicht gegen den Abbott."

„Hollande."

„Hieß er so? Ich habe ein schlechtes Namensgedächtnis, doch einen Wagen vergesse ich nie. Nicht, daß ich ihn je gesehen hätte. Das hat danach niemand mehr. Abbott stellte keine weiteren Motoren her. Machte bankrott und erschoß sich. Aber bei Gott, war das ein Auto!" Er drehte sich um und schaute durch die schmutzige Fensterscheibe auf die Rückseite des Waterloo-Bahnhofs. „Vierzig PS – vier Gänge – vier Doppelzylinder – LD-Magnetzündung – und Blattfederaufhängung . . ." Es hörte sich an, als bete er ein Glaubensbekenntnis herunter. Dann kicherte er plötzlich. „Allerdings brauchte der Wagen für elf Kilometer viereinhalb Liter Benzin. Er dürfte heute eine Viertelmillion Pfund wert sein."

„Ich interessiere mich eigentlich nicht für den Wagen", gestand Daniel.

„Nicht für den Wagen?" wiederholte Mr. Clifford ungläubig. „Wofür denn dann?"

„Für alles, was ich über das Rennen oder die beiden englischen Fahrer herausfinden kann. Oder über die anderen Teilnehmer."

Der Alte schob die Brille wieder über die Augen und wandte sich seiner Arbeit zu. „Sie könnten es vielleicht bei Archie Preece versuchen. Der hat früher mal für uns gearbeitet. Ich glaube, er hat ein Buch darüber geschrieben."

Daniels Herz schlug höher. „Wo kann ich ihn finden?"

„Keine Ahnung."

ARCHIBALD PREECE' Name stand im „Who's who?" der Schriftsteller. Daniel fand das Buch in der Stadtbibliothek. Die Adresse war angegeben, nicht aber die Telefonnummer. Da Julie keine Zeit hatte, fuhr er allein nach Guildford.

Preece wohnte in einem Reihenhaus am Stadtrand. Eine Frau in den Vierzigern öffnete die Tür. Sie hatte ein Kopftuch umgebunden und trug eine geblümte Schürze über ihrem Kleid.

„Ich möchte mit Mr. Archibald Preece sprechen", erklärte ihr Daniel.

„Vater arbeitet. Er schreibt jeden Vormittag bis zwölf."

Daniel schaute auf seine Uhr. Es war Viertel nach zehn. „Ich könnte später wiederkommen, aber würden Sie ihm vielleicht trotzdem sagen, daß ich hier bin. Mein Name ist Wynter. Daniel Coles Wynter."

Sie blickte ihn argwöhnisch an. „Sie sind doch nicht vom Verlag, oder? Er hat gesagt, daß er sein Buch bis Freitag fertig hat."

„Nein, ich bin nicht vom Verlag. Wenn Sie ihm meinen Namen nennen und ihn dann selbst entscheiden ließen . . ."

„Na gut, kommen Sie herein." Er folgte ihr ins Wohnzimmer, von dessen Fenster man auf einen gepflegten Garten schaute, der sich bis zu einem Fluß erstreckte. Am Ufer wuchsen Trauerweiden, und ein Hausboot schaukelte auf dem Wasser.

„Vater ist unten im Boot", sagte die Frau. Sie öffnete das Wohnzimmerfenster und zog mehrmals an einer Wäscheleine.

Auf dem Boot schlug eine Messingglocke an. Ein Kabinenfenster wurde aufgeschoben, und eine laute, verärgerte Stimme rief: „Was gibt's?"

Die Frau lehnte sich aus dem Fenster und rief zurück: „Du hast Besuch, Vater! Er sagt, er heißt Wynter, und er kommt nicht vom Verlag."

Die Antwort erfolgte nach einer kurzen Pause. „Also gut, schick ihn herunter."

Daniel folgte dem Gartenweg und kletterte auf das Bootsheck. Als er sich bückte, um die Kabinentür zu öffnen, warnte eine Stimme: „Passen Sie auf Ihren Kopf auf!" Doch das kam um den Bruchteil einer Sekunde zu spät. Daniel stieß mit der Stirn heftig gegen den oberen Türrahmen. Ein leises Lachen erklang aus dem Inneren der Kabine und dann ein „Passiert jedesmal".

Daniel stieg die letzte Stufe hinunter und betrat eine geräumige Kabine, deren Seitenwände mit Bücherregalen vollgestellt waren. Ganz hinten, an einem billigen Büroschreibtisch, saß Archibald Preece.

Daniel mußte unwillkürlich an eine Schildkröte denken, als er in das faltige Gesicht des alten Mannes blickte. Auf seinem Kopf thronte ein riesiger weißer Cowboyhut. Der Autor kauerte hinter einer altertümlichen Schreibmaschine, als wolle er gleich wieder in die Tasten hauen. „Nun, was kann ich für Sie tun?"

„Ich bin Daniel Wynter", stellte Daniel sich vor. „Mr. Clifford von der *Motorwelt* . . ., vielleicht erinnern Sie sich an ihn?" Der Cowboyhut bewegte sich verneinend. „Er sagte, Sie hätten ein Buch geschrieben, das zum Teil auch mit meinem Großvater zu tun hat."

„Ich habe an die dreihundert Bücher geschrieben."

„Es ging dabei um das Rennen Peking–London im Jahre 1910."

Preece, der sich langsam nach vorne gebeugt hatte, als beabsichtige er einen Überraschungsangriff auf die Schreibmaschine, hielt inne. „Wie, sagten Sie, heißen Sie?"

„Wynter mit Ypsilon. Mein Großvater nahm an dem Rennen teil."

„Und was möchten Sie wissen?"

„Nun, ich möchte gerne etwas über den Wettkampf lesen. Ich habe versucht, Ihr Buch zu bekommen, aber in keiner Londoner Bibliothek war es aufzutreiben. Die Bibliothekare wußten überhaupt nichts davon."

Preece lehnte sich auf seinem Stuhl zurück, schob den Cowboyhut lässig nach vorn und verschränkte die Hände hinter dem Kopf. Er mag vielleicht einer Schildkröte ähnlich sehen, dachte Daniel, aber sein Blick ist gerissen wie der eines Alligators. „Kein Wunder", entgegnete Preece. „Es wurde ja nie veröffentlicht."

„Jetzt verstehe ich." Daniel gab sich keine Mühe, seine Enttäuschung zu verbergen.

„Was hatten Sie denn nach der Lektüre vor?"

„Das weiß ich im Augenblick selbst noch nicht. Warum?"

„Nun, ich wundere mich bloß, daß jemand nach so langer Zeit danach fragt – wenngleich die Sache natürlich interessant ist. Sehr interessant sogar."

Daniel zögerte einen Moment, dann zog er eine Kopie des Briefes von seinem Großvater hervor. Er beobachtete Preece beim Lesen und erzählte ihm dann, wie er dazu gekommen war und was er von der Abschrift wußte. Auch seine Überlegungen, den Stoff eventuell für eine Fernsehdokumentation, ein Buch oder Zeitschriftenartikel zu verwenden, verheimlichte er nicht. Ein feines Lächeln huschte über das Gesicht des Alten.

„Dachte ich mir's doch", sagte er. „Ja, Sie haben recht. Es war schon immer eine verflixt gute Geschichte, und mit diesem Brief wird es sogar eine noch bessere. Mein Gott, wenn ich zwanzig Jahre jünger wäre und nicht den ganzen Kram am Hals hätte . . ." Er deutete auf die Bücherregale. „Ich muß für meine Tochter und die Jungs sorgen, denn ihr Mann hat sie verlassen . . ." Er blickte Daniel einen Moment stumm an, dann sagte er: „Ihr Großvater hat an dem Rennen teilgenommen – und mein Vater war auch dabei." Er grinste. „Dachte mir doch, daß Sie das überraschen würde. Percy Preece war der Mechaniker Hollandes, der das Rennen gewann – nur war er damals noch kein General."

„Ihr Vater war Hollandes Mechaniker?"

„Richtig. Sie glauben doch nicht etwa, daß die Automobilsportler damals etwas von Motoren verstanden? Sie konnten ja kaum allein einen Reifen wechseln. Sie hatten alle Mechaniker, die nicht nur imstande waren, einen Wagen auseinanderzunehmen und wieder zusammenzusetzen, sondern auch einen großen Teil der Strecke selbst fuhren, und mein Vater –"

„Hat er etwas hinterlassen?" unterbrach Daniel ihn. „Schriftliche Unterlagen oder Tagebücher vielleicht? Erzählte er Ihnen je etwas, das mir weiterhelfen könnte?"

„Nicht viel. Ich war ja noch ein Kind, als er starb. So mit zehn Jahren, also ungefähr 1920, begann ich mich zwar für Autos zu interessieren, aber inzwischen hatte ein Weltkrieg stattgefunden, und ich nehme an, für meinen Vater war das Rennen längst nicht mehr wichtig. Er betrieb damals einen Autoverleih in Battersea. Als er 1922 starb, hat meine Mutter den Betrieb verkauft." Preece schwieg einen Moment, dann öffnete er eine Schublade seines Schreibtischs und brachte eine Flasche und zwei Gläser zum Vorschein. „Ich glaube, wir haben einen Grund zum Feiern, meinen Sie nicht?"

„Es ist ein bißchen früh am Tag für mich."

„Für mich auch, aber heute vormittag werde ich sowieso nicht mehr schreiben." Er schenkte Whisky ein. „Den trink ich immer, wenn ich Luke Masterton bin." Preece deutete auf eines der Bücherregale.

Daniel sah eine Reihe von Westerntaschenbüchern, auf denen der Name „Luke Masterton" zu erkennen war. „Deshalb trag ich den." Der Alte rückte seinen Cowboyhut zurecht. „Versetzt mich in die richtige Stimmung." Er nahm ihn ab, und ein kahler, mit Sommersprossen übersäter Schädel wurde sichtbar. Dann griff er nach einem weichen Filzhut und zog ihn nach Art Humphrey Bogarts tief ins

Gesicht. „Und das ist mein Lance-Hillman-Hut." Jetzt deutete er auf ein anderes Regal, in dem Kriminalromane standen, deren Buchrükken der Name „Lance Hillman" zierte. Preece grinste spitzbübisch. „Das Schreiben hält mich den Pubs fern und bringt was ein. Ein Roman im Monat." Er hob sein Glas. „Auf das Verbrechen."

Sie tranken, und Daniel spürte, wie die scharfe Flüssigkeit in seiner Kehle herunterrann. „Glauben Sie, daß Sie mir helfen können?"

Preece schob seinen Hut wieder zurück und sagte: „Ja, aber wir sollten zuerst mal zu einem Übereinkommen gelangen."

„Finanziell?"

„Natürlich finanziell. Das Motto meines Vaters lautete: ‚Umsonst ist nur der Tod. . .‘ Ich habe es übernommen, vor allem, wenn es um meine Bücher geht."

„Aber Sie sagten doch, Sie hätten das Buch nicht geschrieben?"

„Sie haben mir nicht zugehört. Ich sagte, daß es nicht veröffentlicht wurde. Geschrieben habe ich darüber eine Menge, und es gibt noch viel Material, das ich auswerten könnte. Ich weiß alles, was Ihr Großvater wußte." Preece blickte ihn über den Glasrand an, und Daniel spürte, wie ihm eine Gänsehaut den Rücken hinunterlief.

„Was wollen Sie damit sagen?"

Preece tippte mit dem Zeigefinger auf den Brief. „Er erwähnt Tagebücher in dem Brief, richtig? Ich habe sie gesehen. Er hat sie mir gezeigt."

„Was? Sie sind meinem Großvater begegnet?"

„Ich habe ihn *gefunden*. Nun . . ., ich meine, er war nicht wirklich verschollen."

„Wo? Wann?"

„Nun mal langsam, junger Mann. Bevor ich Ihre Fragen beantworte, sollten wir uns erst einmal über finanzielle Abmachungen unterhalten. Noch einen Whisky?"

„Zwanzig Prozent?" rief Julie aus der Dusche. „Ganz schön viel."

Daniel lag bäuchlings auf ihrem Bett, in seinem besten Pullover und den Sonntagsjeans, den Kopf auf die Hände gestützt.

Die Dusche wurde abgedreht, und Julie trat ins Schlafzimmer. Wasserperlen glitzerten auf ihrer Haut. Daniel kam zum erstenmal der Gedanke, was für eine gute Mutter sie abgeben müßte. Die breiten Hüften, der volle Busen: Sie war dazu geschaffen, Kinder zu haben.

„Ich weiß, was du denkst." Sie blickte ihn durch die zerzausten blonden Strähnen an. „Aber dazu ist keine Zeit." Sie trocknete sich ab und fing an, sich anzuziehen. „Warum hat der Alte dir das Material nicht gegeben?"

„Er sagt, er muß es erst ordnen. Er hat es seit Jahren nicht mehr durchgesehen. Außerdem will er Fotokopien machen, um sich abzusichern."

„Soll das heißen, daß er uns nicht traut? Hältst du ihn denn für zuverlässig?"

„Er ist ein gewiefter Bursche, und er sorgt dafür, daß niemand ihn übervorteilt."

Julie hatte inzwischen ein enganliegendes blaues Kleid angezogen und fönte ihr Haar. „Glaubst du, daß er es weiß?"

„Was?"

„Das, was dein Großvater aufgeschrieben hat, um seine Sicht der Dinge darzulegen. Ich meine, es gibt ja wohl bei der ganzen Geschichte einen entscheidenden Vorfall, über den wir nichts wissen und aus dem sich alles andere herleitet. Wenn wir darüber nichts herausfinden, wird die ganze Sache bedeutungslos." Sie schaltete den Fön ab.

„Ich bin mir sicher, daß er Bescheid weiß, aber es macht ihm Spaß, mich zappeln zu lassen."

Julie verschwand in dem kleinen Ankleideraum, und als sie wiederkam, trug sie einen Kordmantel mit Pelzkragen. „Komisch, daß sein Buch nicht veröffentlicht wurde. Man sollte meinen, so was hätte gut ankommen müssen."

„Preece ist meinem Großvater 1939 begegnet und kehrte erst kurz vor Kriegsausbruch nach England zurück. Damals herrschte schon Papiermangel. Als er nach dem Krieg versuchte, das Manuskript zu verkaufen, zeigte sich sein Verleger zunächst interessiert, doch dann lehnte er es ohne Erklärung ab."

„Sehr merkwürdig", murmelte sie und drehte sich zu ihm um. „Wie sehe ich aus?"

„Nicht schlecht. Und ich?"

„Auch nicht schlecht."

„Und ich habe gedacht, ich würde beeindruckend aussehen."

„Du bist beeindruckend", versicherte sie ihm. „Beeil dich, sonst kommen wir zu spät zu Miß Hollande."

VIKTORIA HOLLANDE wohnte in einer noblen Gegend. Daniel drückte den Klingelknopf und sagte seinen Namen in die Sprechanlage. Die große Tür schwang auf, und sie betraten eine Eingangshalle, die mit schwarzen und weißen Marmorfliesen ausgelegt war. In der Mitte des Raums führte eine kunstvoll gearbeitete Mahagonitreppe nach oben. Die Glastüren links und rechts trugen die Aufschrift HOLLANDE-STIFTUNG.

Miß Hollande kam die Treppe herunter, um sie zu begrüßen. Sie trug einen eleganten hellbraunen Hosenanzug und eine gelbe Seidenbluse. In der ihr eigenen kühlen Art hieß sie die Gäste willkommen.

„Hier ist die Hauptgeschäftsstelle der Stiftung", erklärte sie. Sie öffnete eine Tür und schaltete das Licht ein. Vor ihnen lag ein Raum mit Reihen von grauen Aktenschränken. „Der General würde das heute kaum noch wiedererkennen. Früher diente die Stiftung dazu, den Ruhm Englands zu vergrößern. Das ist nun vorbei." In ihrer Stimme schwang leises Bedauern mit. „Damals schickten wir junge Leute in alle Welt. Männer und Frauen, denen die Abenteuerlust im Blut lag, wie der General zu sagen pflegte." Miß Hollande führte sie zurück in die Eingangshalle. „Heute leisten wir fast schon Sozialhilfe, indem wir junge Menschen ohne festen Halt aufnehmen und ihnen eine Chance geben."

„Bewundernswert", bemerkte Daniel.

Sie wandte sich ihm zu, und zum ersten Mal lag in ihrem Lächeln echte Wärme. „Danke. Wir sind auch sehr stolz auf das, was wir machen."

Sie stiegen die Treppe hinauf und betraten einen geschmackvoll eingerichteten Salon. „Sie erinnern sich doch an Chris Parker?" fragte Viktoria.

Vor ihnen stand der Mann, mit dem sie in Hampshire gesprochen hatten. Er trug einen dunkelgrauen Flanellanzug, ein blaues Hemd und einen gestrickten schwarzen Binder. Sein dunkles Haar und die hellen blauen Augen verliehen dieser Farbzusammenstellung eine fast dramatische Note.

Daniel beobachtete Julie, als sie ihm die Hand gab. Ihr Lächeln, ihr ganzes Benehmen war anders als sonst. Er hätte diesen feinen Unterschied nicht beschreiben können, aber er kannte sie gut genug, um zu wissen, daß er sich nicht täuschte.

„Ich habe uns trockene Martinis gemixt", sagte Parker, „doch es gibt auch Whisky oder was immer Sie sonst vorziehen."

Sie entschieden sich beide für einen Martini. Zunächst plauderten sie über Belangloses, bis Viktoria sich an Daniel wandte: „Ich glaube, ich schulde Ihnen eine Erklärung für mein Verhalten bei unserer ersten Begegnung. Es war wirklich ein Schlag für mich, den Namen Ihres Großvaters nach so vielen Jahren wieder zu hören. Was wissen Sie über ihn?"

„Sehr wenig. Als meine Eltern bei einem Flugzeugabsturz ums Leben kamen, wurde ich von einer Tante und einem Onkel aufgezogen. Ich erfuhr als Kind nur, daß mein Großvater in Indien lebte, ich nehme an, das ist jetzt Pakistan."

„So stimmt's nicht ganz. Sagt Ihnen der Name Sahr etwas?" Daniel schüttelte den Kopf. „Und Hunza?"

„Davon habe ich schon gehört. Das liegt im Himalaja, nicht wahr?"

„Nicht direkt im Himalaja, nordwestlich davon. Sahr ist ähnlich wie Hunza ein kleines selbständiges Fürstentum. Fünf Länder treffen dort zusammen. Sechstausend Meter hohe Berge ringsum. Schnee und Eis. Einige fruchtbare Täler. Ein paar Ortschaften. Ein oder zwei Klöster. Seit dem vierzehnten Jahrhundert ist es von den verschiedensten Ländern erobert worden. Im neunzehnten Jahrhundert gehörte es eine Zeitlang den Briten. Auch Tibet beanspruchte es einmal für sich, und sogar die Russen hatten ihre Truppen dort stationiert. Ich weiß nicht, in wessen Händen die Oberherrschaft heute liegt. Wahrscheinlich steht es unter ‚chinesischer Verwaltung', wie die Geographen das nennen. Es ist wirklich der abgelegenste Winkel der Welt. Dort jedenfalls lebte Ihr Großvater."

„Sie haben 1939 eine Bergtour im Himalajagebiet gemacht, nicht wahr?" fragte Daniel.

Viktoria zog die Brauen hoch. „Sie waren aber fleißig." Ihre Stimme klang plötzlich eisig. „Was haben Sie denn sonst noch herausgefunden?"

„Noch nicht sehr viel", entgegnete Daniel. „Das Problem ist, daß ich nicht weiß, wodurch Harry Wynter den Skandal verursacht haben könnte."

„Oh, das kann ich Ihnen erklären." Viktoria blickte ihn an. „Er hat versucht, den General zu ermorden."

Ein kurzes, betroffenes Schweigen folgte, das zuerst von Chris Parker gebrochen wurde. „Das hast du mir nie erzählt!"

„Du hast mich ja auch nie danach gefragt", antwortete Viktoria brüsk.

Daniel gewann nur allmählich seine Fassung zurück. „Ich nehme an, Sie kennen Einzelheiten, die diese Behauptung stützen."

„Sie waren seinerzeit wohlbekannt. Es geschah während des Rennens. Jeder Fahrer legte seine eigene Route fest, und die Depots für Treibstoff, Motoröl und Ersatzreifen wurden schon Monate vorher errichtet. Ihr Großvater und der General hatten sich für eine südliche Route durch die Wüste Gobi und Chinesisch-Turkestan entschieden, wegen der Überschwemmungen in Rußland während der Sommermonate. Die französischen und italienischen Teilnehmer fuhren durch die Mongolei und Sibirien. In der Wüste Gobi hat Harry Wynter dann das Treibstoffdepot des Generals sabotiert. Als mein Vater es erreichte, waren die Hähne der Benzinfässer geöffnet und der Treibstoff im Sand versickert. Das hätte ihn und seinen Mechaniker fast das Leben gekostet."

„Sie meinen Preece?"

„Weitere Nachforschungen? Ja, Percy Preece."

„Wie können Sie so sicher sein, daß Harry Wynter es getan hat?" fragte Julie. „Fuhren die beiden denn zusammen?"

„Nein, sie hatten parallele Strecken."

„Na und?"

„Es gab Fahrspuren. Die Reifenabdrücke des Abbott waren unverkennbar."

„Aber weshalb hätte mein Großvater so was tun sollen?" fragte Daniel.

„Um zu gewinnen", entgegnete Viktoria.

„Zwei Männer umbringen, nur um ein Rennen zu gewinnen?" meinte Julie ungläubig.

Diese Zweifel schienen Viktoria zu treffen. Ihre Wangen wurden flammend rot. „Wenn Sie den Hintergrund kennen würden, käme Ihnen das nicht so unwahrscheinlich vor", sagte sie. „Seit ihrer Kindheit waren die beiden Rivalen."

„Das muß doch noch lange nicht bedeuten –"

„Lassen Sie mich ausreden. Vom internationalen Rennkomitee war in Paris eine Siegesprämie von zehntausend Pfund ausgesetzt worden, daneben hatte die Londoner *Daily News* noch dreißigtausend Pfund für den Fahrer aufgeboten, der das erste britische Automobil sicher nach Hause fuhr. Es gab nur zwei britische Wagen. Sie müssen dreißigtausend mit zwanzig multiplizieren, um zu verstehen, wieviel Geld das damals war."

„Heute entspräche diese Summe fast einer Million Pfund", warf Parker ein.

„Und Harry Wynter steckte bis zum Hals in Schulden. Sein Grundbesitz war bis auf den letzten Penny mit Hypotheken belastet." Viktoria machte eine Pause, doch niemand ergriff das Wort. „Tut mir leid, aber Sie haben mich gezwungen, die Wahrheit zu sagen. Der General schrieb einen Bericht für das internationale Komitee und die chinesische Regierung."

„Stellten die Chinesen eine Untersuchung an?" erkundigte sich Julie.

„Nein, dazu war damals keine Zeit. Sun Yat-sen bereitete gerade seine erste Revolution vor."

„Was sagte Preece aus?"

„Der General konnte ihn nicht davon abhalten, gegen Wynter auszusagen. Mein Vater selbst hat Harry Wynter nie in aller Öffentlichkeit beschuldigt. Das hätte gegen seine Ehre als Gentleman verstoßen. Vor allem, da er und Harry früher Freunde gewesen waren."

„Das ist nur eine Version", gab Julie zu bedenken. „Die Ihres Vaters und Preece'. Und genau diese Version war es, die Harry Wynter richtigstellen wollte. Deshalb schrieb er den Brief und schickte seinem Sohn die Tagebuchabschrift."

„Sie glauben doch nicht etwa, daß Harry nicht schon früher versucht hätte, seinen Namen reinzuwaschen? Mein Gott, jahrelang war er wie besessen von diesem Gedanken." Der Ärger in Viktorias Stimme ließ sich nicht überhören. „Es tut mir leid für Sie, aber so ist es gewesen. Vielleicht verstehen Sie jetzt, warum ich Ihre Bemühungen nicht unterstützen wollte. Weshalb ich mich weigere, den Brief Ihres Großvaters zu lesen. Ich wußte genau, worüber er schrieb. Ich will damit nichts zu tun haben, weil ich um den guten Ruf der Stiftung fürchte."

„Aber ist sie nicht gerade für solche Dinge da?" entgegnete Daniel.

„Soll sie nicht jungen Leuten helfen, an Wahrheit und Gerechtigkeit zu glauben?"

„Was weiß Ihre Generation denn schon von Wahrheit, Gerechtigkeit oder Ehre?" fuhr sie ihn an. „Diese Worte haben doch keine Bedeutung für Leute Ihres Alters. Nun, für meinen Vater waren sie nicht bedeutungslos, genausowenig wie sie es für mich sind."

„Hören Sie, als wir heute abend hierherkamen, hatten wir keine Ahnung, welches Vergehen meinem Großvater zur Last gelegt wurde. Jetzt wissen wir es. Aber er schreibt, daß er unschuldig ist. Das macht die Story sogar noch interessanter", meinte Daniel.

„Das ist wohl alles, woran Sie denken", sagte sie verächtlich. „Die Story. Ihr Großvater ist Ihnen egal, genau wie das Andenken meines Vaters."

„Stimmt", erwiderte er. „Ich will kein sentimentales Interesse für einen Mann heucheln, dem ich nie begegnet bin und von dem ich bis vor kurzem kaum etwas gewußt habe. Aber aus der Sache läßt sich ein Buch oder eine Fernsehdokumentation machen. Archibald Preece meint, die Story sei jetzt sogar noch besser als die, die er damals geschrieben hat."

„Sie haben mit Archie Preece gesprochen? Ich wußte gar nicht, daß er noch lebt."

„Oh, er ist putzmunter. Er verfaßte ein Buch über das Rennen, fand jedoch keinen Herausgeber. Er besitzt Abschriften von Harry Wynters Aufzeichnungen."

„Ich weiß. Aber ich bitte Sie, um der Stiftung und um der jungen Menschen willen, denen sie gegenwärtig hilft und noch helfen wird, versuchen Sie nicht, die Sache zu vermarkten. Das ist unfein, geldgierig und wirbelt nur Staub auf."

Julie trat einen Schritt vor. Daniel las den Zorn in ihren Augen, stellte sich hastig zwischen die beiden Frauen und sagte: „Ich fürchte, ich kann Ihnen nichts versprechen. Ich weiß selbst noch nicht, was wir mit dem Material machen werden, auf das wir stoßen. Außerdem ist da meine Familie. Harry Wynter war *mein* Großvater."

Sie hatten den ersten Treppenabsatz bereits erreicht, als Viktoria an das Geländer trat und herunterrief: „Mr. Wynter, dürfte ich unter vier Augen mit Ihnen sprechen?"

„Julie gehört zu mir, ich habe keine Geheimnisse vor ihr", lehnte Daniel ab.

„Nun . . ." Viktoria zögerte. „Wenn Sie meinen . . . Aber eines
wollte ich Ihnen noch sagen: In der Vergangenheit zu graben weckt oft
unwillkommene Geister."

Daniel drehte sich um und blickte zu Viktoria hinauf. „Ich glaube,
das werden Sie erklären müssen."

Sie schien einen Moment zu überlegen, dann ging sie in den Salon
zurück und schloß die Tür hinter sich.

Fragend blickte er Julie an, doch sie schüttelte den Kopf.

Eine halbe Stunde später waren sie in ihrer Wohnung. „Wie
beurteilst du Viktorias Beziehung zu Chris Parker?" fragte Daniel.

„Er wirkt fast wie ihr Sohn", meinte sie. „Außerdem braucht er bei
seinem Aussehen wohl nicht den Liebhaber einer Frau zu spielen, die
alt genug ist, um seine Mutter zu sein. Übrigens, hast du das ehrlich
gemeint, was du da eben auf der Treppe sagtest?"

„Was denn?" Er wußte genau, wovon sie sprach. „Na, sag schon."

„Das würde dir so passen!"

VIERUNDZWANZIG Stunden später fuhren sie nach Guildford. Es war
ein kalter, unfreundlicher Tag mit eisigem Nordostwind und
Schneeregen. Bei diesem Wetter wirkte die Wohnsiedlung mit den
Reihenhäusern trostlos und grau in grau.

Preece' Tochter kam mit einem verweinten Gesicht an die Tür. Ihr
Vater war ins Krankenhaus eingeliefert worden.

„Er hatte einen leichten Schlaganfall." Ärger übermannte sie plötzlich. „Es wäre nicht dazu gekommen, wenn man ihn in Frieden gelassen hätte. Wenn's nicht der Verleger ist, dann sind es Leute wie Sie,
wegen dieser anderen Sache."

„Welche andere Sache?" fragte Daniel verwundert.

„Diese Schriftstücke über Großvater. Die sind der Grund. Ich hab
zu dem Doktor gesagt, diese Leute lassen ihm keine Ruhe. Zum Beispiel diese Frau gestern. Richtig aufdringlich!"

„Was für eine Frau?"

„An ihren Namen kann ich mich nicht erinnern. Sie war klein, über
fünfzig. Offensichtlich schwimmt sie in Geld. Vater schien sie zu kennen. Ich hab sie zum Boot hinuntergeführt. Ich weiß nur, daß sie ziemlich verärgert war, als sie wieder ging. Vater sah entsetzlich mitgenommen aus, als ich nach ihm geschaut hab. Also holte ich ihn ins
Haus und machte ihm eine heiße Milch. Danach fühlte er sich wieder

besser. Er stieg auf den Speicher hinauf und hat etwa eine Stunde lang etwas gesucht. Ich konnte hören, wie er Kisten und Koffer herumrückte. Schließlich kam er mit einer Menge Zeug herunter und brachte alles in sein Zimmer. Das hat es dann vielleicht ausgelöst." Sie fing zu weinen an.

„Sie haben gesagt, daß es ein leichter Anfall war", tröstete Daniel sie. „Und ich glaube, daß Ihr Vater ein sehr robuster alter Herr ist." Preece' Tochter beruhigte sich. „Wissen Sie, weshalb wir hier sind?"

„Wegen der Schriftstücke."

Sie folgten ihr ins Haus und die Treppe hinauf zu einem kleinen Zimmer an der Vorderseite. Unter dem Fenster standen Pappkartons und mehrere Ordner.

„Das sind die Schriftstücke", meinte sie. „Er wollte sie ordnen, aber dazu ist er nicht mehr gekommen."

„Er sagte, ich dürfte sie mit nach London nehmen, um sie durchzusehen", erklärte Daniel.

„Ich hab nichts dagegen." Sie blickte sich suchend um. „Ah, da sind sie also!" Sie bückte sich und holte ein Paar Hausschuhe unter dem Bett hervor. „So was! Ohne Hausschuhe ins Krankenhaus!"

5

SIE saßen in Daniels kaltem Schlafzimmer. Das Bett hatten sie an die Wand geschoben, denn sie brauchten möglichst viel Platz, um Preece' Sammlung von losen Blättern aus den Schachteln und Ordnern auszubreiten.

Er schien die Unterlagen bereits geordnet zu haben. In den Kartons fanden sie die Abschriften des Tagebuchs, das Wynter während des Rennens geführt hatte. Erleichtert stellten sie fest, daß die handgeschriebenen Aufzeichnungen noch einmal mit der Maschine abgetippt worden waren.

In den Ordnern befanden sich Preece' eigene Notizen. Wann immer er auf Material gestoßen war, mit dem er Wynters Aufzeichnungen ergänzen konnte, hatte er es dazugeheftet. Vieles davon stammte aus Interviews und Zeitungsartikeln. Auch einige mittlerweile schon ganz vergilbte Fotografien waren beigelegt.

Julie und Daniel benötigten mehrere Tage, um diese Unmengen

von Papier zu sortieren. Als sie endlich fertig waren, gingen sie mit
den Unterlagen in Julies Schlafzimmer hinauf, legten sich aufs Bett
und lasen einander Auszüge aus dem Tagebuch und Preece' Notizen
vor.

TAGEBUCH DES PEKING-LONDON-RENNENS. *April–Oktober 1910, von
Hauptmann Harry Coles Wynter*

10. April: Endlich sind wir auf See . . . Gestern fuhren wir – George
Abbott, zwei seiner Mechaniker, Eric Burten und ich – schon früh
nach Tilbury, um beim Verladen des Abbott zuzusehen. Preece und
die Leute von der Bulldog-Saxon-Co. hatten ihr Automobil bereits im
Laderaum und trafen noch einige Sicherheitsvorkehrungen. Hollande
kam erst an Bord, als gegen Mittag die Presse auftauchte. Wir feierten
mit Champagner im Verandasalon der ersten Klasse. Abbott ist über-
ragend, wenn es darum geht, Automobile zu entwickeln. Jeder, der
etwas davon versteht, weiß, daß ihm mit diesem Wagen ein Genie-
streich geglückt ist. Dagegen sieht der Bulldog wie ein Omnibus aus.
Weiß Gott, wie er sich in der Wüste halten wird. Er ist sogar noch
schwerer als der Abbott.

12. April: vor der Küste von Portugal. Das Wetter hat sich beruhigt,
seit wir die Biskaya hinter uns gelassen haben, aber der arme Burten ist
immer noch seekrank, sehr schlimm sogar, und ich besuche ihn zwei-
oder dreimal am Tag.

Preece' Notiz: An dieser Stelle würde sich eine Beschreibung Burtens
anbieten. Eric Arthur Burten, Wynters Mechaniker, zur Zeit des Rennens sechsundzwanzig Jahre alt, stammte aus Highclare in Hampshire. Er und Harry Wynter kannten sich seit ihrer Kindheit. Burtens
Vater war Verwalter auf dem Landsitz der Wynters gewesen. Als
Kinder hatten die beiden miteinander gespielt, Vogelnester ausge-
nommen und Kaninchen gejagt. Als sie älter wurden, trennten sich
ihre Wege. Harry Wynter besuchte die Militärakademie, und Burten
bekam von der Kirche ein Stipendium für das Polytechnikum. (Foto
S. 12.)

Aufmerksam studierten Julie und Daniel die alte, vergilbte Fotografie. Sie zeigte einen Mann mit jungenhaftem, offenem Gesicht und
kurzem hellem Haar, der am Abbott Special lehnte.

16. April: Das Mittelmeer ist ruhig, und in ein oder zwei Tagen werden wir wohl Neapel erreichen. Burten geht es etwas besser. Der arme Kerl hat in den ersten Tagen drei Kilo abgenommen. Es ist ziemlich langweilig auf dem Schiff. Die meisten Passagiere haben sich zu Cliquen zusammengeschlossen. Gestern vor dem Mittagessen lud ich Eddie Hollande zu einem Gin ein, aber er sagte, tagsüber trinke er nicht. Wir kennen uns nun schon so lange, und plötzlich benimmt er sich steif und förmlich. Ich weiß nicht, ob ich ihm aus dem Weg gehen soll oder nicht . . .

Das schlimmste ist aber, daß es nichts zu tun gibt. Burten verbringt die meiste Zeit damit, zusätzliche Treibstofftanks für den Abbott zu entwerfen. Er meint, daß der, mit dem der Wagen jetzt ausgestattet ist, für die Wüste Gobi vielleicht nicht ausreicht, vor allem wenn etwas Unvorhergesehenes passieren sollte. Im tiefen Sand wird der Motor mehr Treibstoff als sonst verbrauchen, und die Depots liegen bis zu siebenhundertzwanzig Kilometer auseinander.

Daniel und Julie nahmen eine andere alte Fotografie zur Hand. Hollande und Wynter standen an der Reling des Schiffs. Wynter, rechts, hielt eine Pfeife zwischen den Zähnen und lächelte. Er war der größere, hatte dunkles Haar, ein schmales Gesicht mit hohen Wangenknochen und wirkte sympathisch, humorvoll und lebensfroh. Hollande war ganz anders. Ein kleiner, gedrungener Mann von kräftiger Statur. Sein dunkles, in der Mitte gescheiteltes Haar hatte er sorgfältig zurückgekämmt. Während Wynters Hemd am Kragen offenstand, trug Hollande Jackett und Fliege. Mit starrem Blick schaute er in die Kamera, ein ernster, steifer Mann.

An die Rückseite des Bildes war ein Artikel aus der Londoner *Daily News* geheftet. Er zeigte das gleiche Foto mit der Überschrift DIE RIVALEN.

Darunter stand: „Die zwei berühmtesten Rennfahrer Großbritanniens an Bord der *Oriental Star* im Roten Meer. Hauptmann Harry Wynter und Hauptmann Edward Hollande, langjährige Rivalen des Automobilsports, befinden sich im Moment auf der Seereise nach China. Von dort aus werden sie zusammen mit anderen Automobilisten aus Europa das Peking-London-Rennen antreten. Die Londoner *Daily News* hat einen Sonderpreis für den Engländer ausgesetzt, der als erster das Ziel erreicht. Einer der beiden oben abgebildeten Männer könnte also der Gewinner von dreißigtausend Pfund sein – Bedingung ist, daß er das Rennen innerhalb von drei Monaten mit dem Wagen beendet, mit dem er an den Start gegangen ist."

10. Juni: Wir sind angekommen! Endlich in Peking! Wir – alle Fahrer und ihre Mechaniker – haben unser Lager außerhalb der Stadtmauern aufgeschlagen. Hinein dürfen wir nicht, jedenfalls nicht mit unseren Wagen. Das geschieht auf Befehl Na-Tungs, des Kommandeurs der Pekinger Gendarmerie. Ein bißchen Regen könnte im Moment nicht schaden. Tag für Tag bläst der Wind mehr Staub herbei. Wir bemühen uns, die Motoren durch Abdecken zu schützen, denn der feine Staub dringt überall ein, und wir möchten nicht gleich mit Vergaserproblemen starten – wenn wir überhaupt starten. Die Gerüchte, daß das Rennen abgesagt werden muß, werden immer lauter.

Preece' Notiz: 1910 bahnten sich in China größere politische Umwälzungen an. Nur achtzehn Monate später fand eine Revolution statt, die Sun Yat-sen an die Macht brachte. Zehn Jahre zuvor, während des Boxeraufstands, war China durch die „fremden Barbaren" besiegt worden. In Peking hatten zehn westliche Nationen ihre Garnisonen. Die Macht lag in den Händen der Eroberer, nicht der Chinesen. Dessenungeachtet war Na-Tung, der Kommandeur der Pekinger Gendarmerie, ein mächtiger Mann. Seine Bedenken gegen das Rennen hatten zwei Gründe: Zum einen befürchtete er, daß mit den „Ölkarren", wie die Automobile im Chinesischen genannt wurden, Waffen in die Verbotene Stadt geschmuggelt werden könnten. Zum anderen war klar, daß die Fahrer der Nordwestroute Peking nur durch ein Loch in der Chinesischen Mauer verlassen konnten. Und genau auf dieser Strecke waren die entscheidenden Angriffe auf Peking durchgeführt worden. Sie stellte eine der strategischen Schwachstellen des Landes dar.

Aus diesen Gründen bedienten die Chinesen sich einer Reihe von Verzögerungstaktiken und sorgten dafür, daß alle Anträge im Netz der Bürokratie hängenblieben. Schon bald wurde es offensichtlich, daß diese Maßnahmen die Automobilisten in Peking festhalten sollten, bis der Regen einsetzte und sie gezwungen waren, ihre Sachen zu packen und abzuziehen.

2. Juli: Wir wissen immer noch nicht, ob dieses Rennen je stattfinden wird. Die Holländer und Deutschen erwägen bereits ihre Abreise. Jedesmal, wenn Henshilwood oder ein anderer der Konsulatsangehörigen eine Schwierigkeit beseitigt hat, erhebt der Große Rat andere Einwände. Burten und ich haben vom Wagen die Karosserie abmontiert. Der Abbott besitzt nun unter ihr zwei Reservetanks und eine Holztruhe für Werkzeug und Ersatzteile.

10. Juli: Seit fünf Tagen nichts als Regen. Zwar hat es auch zuvor schon mal geregnet, doch nun hält die Regenzeit offenbar ihren Einzug. Das wird die Fahrt natürlich erschweren, vor allem während der ersten Teilstrecke. Es sieht so aus, als würde das Feld der Fahrer bis zur Nankowschlucht zusammenbleiben.

4. September: Ich schreibe dies beim Licht einer Sturmlaterne, irgendwo in den Bergen im Westen, keine fünfzig Kilometer hinter der Startlinie. Burten schläft. Ich bin so müde, daß ich den Bleistift kaum halten kann. Aber zumindest sind wir jetzt unterwegs.

Seit meinem letzten Eintrag ist einige Zeit verstrichen. Eigentlich war es kein dramatischer Vorfall, der unsere Situation schließlich änderte. Ich glaube, die Chinesen hatten einfach genug von uns, so wie wir von ihnen. Sie sagten sich vielleicht, wenn wir in der Wüste Gobi oder der Südmongolei sterben wollten, wäre das unsere Sache.

Schon seit Wochen warteten wir auf diesen Moment. Der Regen hatte aufgehört, und wir beschlossen, innerhalb von vierundzwanzig Stunden zu starten. Um sieben Uhr morgens gab die französische Gesandtschaft ein Gartenfest für uns.

Startzeit war neun Uhr. Zum Abschied spielte eine Kapelle die Nationalhymne jedes Teilnehmerlandes, angefangen mit der holländischen „Wilhelmus von Nassauen" und als letzte die Marseillaise. Die Kapelle begleitete den Zug der Automobile die Rue Marco Polo hinauf, wo uns zu Ehren ein Feuerwerk veranstaltet wurde. Von dem Holländer in seinem Spijker angeführt, näherten wir uns schließlich der hohen Stadtmauer und verließen Peking durch das Tor der sieghaften Tugend. Unmittelbar dahinter mußten wir in den niedrigsten Gang schalten, denn die Straße wurde zum Feldweg mit Furchen und Löchern, die der Regen noch vertieft hatte.

Eine Weile blieben wir beisammen, aber allmählich trennte sich die Kolonne. Einige hielten an, um an ihren Wagen noch Änderungen vorzunehmen, andere fuhren weiter. Ich bin stolz, sagen zu können, daß der Abbott großartig lief.

(Später): Eben ist etwas Merkwürdiges geschehen. Ich war mitten im Schreiben, als ich ein Geräusch vor dem Zelt hörte. Mein Revolver lag griffbereit neben mir, ich nahm ihn, öffnete den Zelteingang und rief hinaus: „Wer ist da?" Es war Percy Preece. Ich wußte, daß er und Hollande in der Nähe lagerten, denn ich hatte ihr Feuer gesehen und den Bulldog-Saxon am Wegrand. Preece erzählte mir, daß Hollande ihn verlassen habe. Die Eisenbahnlinie Peking–Kalgan liegt höchstens zwei Kilometer von unserem Lager entfernt. Preece sagte, daß Hollande ihn angewiesen hatte, das Zelt aufzuschlagen. Hollande selbst wollte jedoch mit dem Zug nach Peking zurückfahren, um dort in einem Hotel zu übernachten, und erst am Morgen wiederkommen. Preece bat darum, neben uns lagern zu dürfen. Mir wurde klar, daß er sich fürchtete.

Ich kann es verstehen. Die Gegend hier hat etwas Unheimliches. Das ist auch Burten aufgefallen. Ich schenkte Preece einen doppelten Whisky ein, und als er in die Dunkelheit stapfte, um sein Zelt aufzubauen, fühlte er sich weit besser als vorher. Es ist eine Schande, daß Hollande Preece allein läßt, um selbst eine Nacht mit allem Komfort zuzubringen.

5. September: Ein Tag größter Anstrengung liegt hinter uns. Die Nankowschlucht ist ein furchterregender Ort. Über uns erhebt sich bedrückend das dunkle Massiv der Berge, darüber lichtblauer Himmel, und dann gibt es einen Spalt oben im Berg, der einem Messerschnitt gleicht und durch den man seinen Weg finden muß. Jeder von uns hatte eine Anzahl Kulis bei sich, die halfen, den Wagen durch die Berge zu bringen.

Der Vormann unserer Mannschaft – insgesamt zwanzig Kulis – ließ dicke Taue an den Streben der Federung befestigen. Dann teilte er die Mannschaft in zwei Gruppen, und sie begannen, uns den Paß hinaufzuziehen.

Burten steuerte den Abbott, so gut er konnte. Im Sitzen war das unmöglich, denn der Wagen holperte so stark, daß ihn die Erschütterungen hinausgeschleudert hätten. So stand er stundenlang mit gebeugten Knien hinter dem Lenkrad, um die Stöße abzufedern, während ich vorausrannte und immer wieder einige der Kulis anwies, größere Felsbrocken aus dem Weg zu räumen. Am Spätnachmittag kamen wir in Nankow an.

15. September: Endlich sind wir auf der Hochebene! Berge, Flüsse und Felsen liegen jetzt hinter uns, und – was fast noch besser ist – wir sind allein. Wir trennten uns bei Kalgan. Alle Fahrer nehmen die Route durch die Äußere Mongolei nach Sibirien; nur Hollande und ich fahren nach Westen in Richtung Urumtschi. Seine Strecke verläuft etwa fünfundsiebzig Kilometer südlich von meiner. In dem flachen Terrain konnten wir einander lange sehen, während wir parallelen Kurs fuhren. Gott sei Dank kam er dann schließlich außer Sichtweite.

1. Oktober: Die Wüste Gobi. Tage und Tage sind vergangen, ohne daß ich ein Wort geschrieben habe, aber ich glaube, daß das keine Rolle mehr spielt. Das Rennen ist für uns wahrscheinlich verloren. Wir hatten Schwierigkeiten mit dem Abbott und mit uns selbst und verfuhren uns wohl ein dutzendmal. Es ist trostlos hier. Alles kahl und öde. Man könnte meinen, am Ende der Welt zu sein.

Ich habe keine Ahnung, wo wir uns befinden. Wasser und Benzin sind knapp, die Reifen abgefahren, und unser nächstes Treibstoffdepot dürfte noch über dreihundert Kilometer entfernt sein.

Wir sind so gut wie niemandem begegnet. Vor einer Woche stießen wir auf eine Gruppe buddhistischer Mönche, die von einem Almosenbittgang zum Khumbu-Kloster zurückkehrten. Einer sprach etwas Englisch und warnte uns vor den kasachischen Banditen.

Burten macht mir große Sorgen. Er ist krank, und ich kann ihm nicht helfen. Nie klagt er, aber ich spüre deutlich, wie elend er sich fühlt. Trotzdem übernimmt er seinen Anteil am Fahren und den anderen Arbeiten.

Wir essen nur eine warme Mahlzeit am Tag, und zwar am Spätnachmittag. Dann machen wir Feuer, kochen Tee und gönnen uns *tsampa* oder turkestanisches Brot und was wir sonst auftreiben können. Wir sind so erschöpft, daß wir uns danach in unsere *poschtins* – das sind Schaffellmäntel – und unsere Decken kuscheln und gleich einschlafen. Zum Frühstück gibt es Tee und trockenes Brot.

Irgendwo südlich von uns ist Eddie Hollande. Weiter im Norden sind die anderen Fahrer. Manchmal sage ich mir, daß unsere Chancen dahin sind. Wir haben zuviel Zeit verloren. Aber bestimmt erging es den anderen auch nicht besser. Es gibt nur eines: weitermachen.

21. Oktober: Sind auf der Suche nach dem Treibstoffdepot zwischen der Etsin-Gol-Oase und Hami. Wir hatten vereinbart, daß Hollandes und meine Treibstoffdepots durch sechs Meter hohe Stangen mit roten Fahnen an den Spitzen markiert werden sollen, damit wir sie schon von weitem gut erkennen können. Außerdem hofften wir, auf diese Weise zu erreichen, daß vorüberziehende Nomaden sie vielleicht für religiöse Symbole halten und deshalb unangetastet lassen würden. Zudem sollten die Depots etwas abseits und nicht in der Nähe einer Wasserstelle liegen, um so die Gefahr zu verringern, daß sie von Karawanen ausgeraubt werden.

Wir suchten und suchten, fuhren kreuz und quer über unsere eigenen Spuren und starrten von jeder Anhöhe aus durch unsere Feldstecher, bis uns die Augen tränten. Doch weit und breit nicht das geringste Anzeichen. Noch ist Benzin in unseren Reservetanks. Burten schätzt, daß es ungefähr hundert Kilometer reichen wird.

Heute früh sind zwei Dinge passiert, die mir angst machen. Erstens verlor Burten die Besinnung. Nach einigen Minuten kam er wieder zu sich, war aber eine Weile recht unsicher auf den Beinen. Zweitens sah ich, während ich mit dem Feldstecher nach den Fahnenstangen Ausschau hielt, vier Reiter, allerdings in weiter Ferne. Ich weiß nicht, wie Kasachen aussehen, aber der Mönch sagte, daß sie ein Reitervolk sind. Ich holte den Revolver hervor, reinigte und lud ihn. Er ist meine einzige Waffe.

24. Oktober: Die letzte Woche war entsetzlich. Wir mußten fast jeden Tag ein Feuer machen, denn das Thermometer zeigte morgens zweiundzwanzig Grad minus, und wir konnten den Abbott nicht starten. Also sammelten wir Tamarisken und entfachten ein kleines Feuer unter dem Motorblock.

Kurz danach, als wir das Zelt abbauten, tauchten plötzlich wieder die Reiter auf einer etwa eineinhalb Kilometer entfernten Anhöhe auf. Einer von ihnen hatte ein Fernrohr, ich konnte sehen, wie sich die Sonne in der Linse spiegelte.

Es waren vier Männer in schweren Schaffellmänteln, mit runden Kappen auf dem Kopf, die an umgedrehte Kuchenformen erinnerten. Jeder hatte ein Gewehr über die Schulter gehängt und einen Patronengurt um. Gelassen saßen sie auf ihren kleinen zottigen Pferden und blickten zu uns herüber. Als wir alles verstaut hatten und losfuhren, stellten wir erleichtert fest, daß der Boden fester wurde. Die Reiter versuchten uns zu folgen, doch auf diesem festen Untergrund schaffte der Abbott fünfundvierzig bis sechzig Kilometer die Stunde – ein Tempo, das selbst die ausdauerndsten Pferde nicht lange halten können.

Burten fuhr den Wagen, und ich saß mit dem Revolver in der Hand neben ihm. Die Fahrt war grauenvoll. Überall lagen Geröll und Baumstümpfe im Weg, und ich rechnete jeden Moment damit, daß der Abbott auseinanderbrechen würde.

Bald hatten wir die vier Männer weit hinter uns gelassen, aber ich wußte, daß sie an einem klaren Tag wie diesem den von uns aufgewirbelten Staub kilometerweit sehen konnten. Nach einer Stunde hielten wir an. Ich stieg auf eine Anhöhe und schaute mich mit dem Feldstecher um. Es dauerte keine halbe Stunde, bis die Reiter wieder in Sicht kamen.

Wir fuhren weiter, so schnell es auf dem holprigen, trockenen Lehmboden eben ging. Noch dreimal hielten wir vor Mittag an, und jedesmal sah ich nach etwa fünfzehn Minuten die galoppierenden Kasachen auftauchen. Wir entfernten uns immer weiter von unserem Kurs, aber ich wollte sichergehen, daß unsere Verfolger aufgegeben hatten. Erst dann durften wir uns wieder nordwestwärts halten.

Am frühen Nachmittag kam ein Sturm auf, der die ganze Wüste in Bewegung zu versetzen schien. Riesige Staubsäulen wirbelten wie Tornados auf uns zu, und der Himmel verdüsterte sich. Die beste Gelegenheit für uns, unsere Verfolger abzuschütteln.

Blindlings fuhren wir also weiter. Jeder Kilometer entfernte uns weiter von den Kasachen. Nun konnten sie auch unsere Spur nicht mehr verfolgen; der Wind verwischte sie, kaum daß sie entstanden war.

Erst bei Einbruch der Nacht gönnten wir uns eine Rast. Der Sturm machte es uns unmöglich, das Zelt aufzubauen. So legten wir uns in unseren Schaffellmänteln in den Windschatten des Abbott.

Nachts ließ der Wind nach, doch am Morgen war es fast noch so dunkel wie am Vortag. Der feine Sandstaub schien in der Luft hängenzubleiben.

Burten war so geschwächt, daß er sich nicht mehr bewegen konnte, und ich fürchtete um sein Leben. Die Anstrengungen des vergangenen Tages waren einfach zuviel für ihn gewesen. Ich geriet in schreckliche Panik. Ohne Burtens Hilfe konnte ich den Abbott nicht starten. Ich gab ihm einen Schluck Wasser.

Plötzlich hörte ich ein seltsames Klingeln und dachte schon, es seien die Kasachen, doch als ich mich entsetzt umwandte, stierte ein Schaf von einem grasbewachsenen Hügel zu mir herüber. Jetzt erst fiel mir auf, daß wir von Flecken struppiger Gräser umgeben waren. Auf der anderen Hügelseite weideten noch etwa dreißig oder vierzig weitere Schafe, und bald entdeckte ich auch den Schäfer, einen kräftigen Mann in langem Schaffellumhang und Pelzmütze. Langsam stapfte er auf mich zu und starrte mich an, als käme ich von einem anderen Planeten – was aus seiner Sicht wohl auch stimmte. Er ging an mir vorbei und betrachtete den Abbott. Dann beugte er sich zu Burten hinab. Als er sich wieder aufrichtete, gab er mit seltsam kehliger Stimme ein paar Worte von sich. Erst nach einigen Sekunden wurde mir bewußt, daß er gebrochen englisch redete und mich gefragt hatte, wer ich sei. Ich sagte es ihm.

Er stellte sich als Oberst Alexandrow vor, einstmals Offizier der zaristisch-russischen Artillerie. Von dem Rennen hatte er gehört, als die Treibstoffdepots angelegt worden waren. Er kannte Autos von einem Berlinaufenthalt und half mir, den Abbott zu starten.

Wir fuhren zu seinem Lagerplatz, der einige Kilometer entfernt lag. Seine Frau, eine junge Kirgisin, die zwei kleine Kinder hatte, begrüßte uns. Sie flößte Burten frische Ziegenmilch ein, die ihm offenbar guttat.

Oberst Alexandrows Geschichte war erstaunlich, aber nicht ungewöhnlich, wie er uns versicherte – es gab noch andere Exilrussen in Chinesisch-Turkestan. Als 1905 sein Regiment den Gehorsam verweigert hatte, war er mit einigen anderen Offizieren in ein entlegenes Dorf in der Gegend von Semipalatinsk verbannt worden. Nach einem Jahr glückte ihm die Flucht in den Tienschan. Dort lernte er auch die Familie seiner Frau kennen, die mit ihrer Herde auf einer Sommerweide lagerte.

Wir wollen noch drei Tage bei den Alexandrows bleiben, damit Burten sich ein wenig erholt. In Kaschgar soll es einen Missionsarzt geben, doch das ist zwischen zwölfhundert und dreizehnhundert Kilometer von hier entfernt, und wir haben nur noch wenig Treib-

stoff. Ich habe Alexandrow unsere Lage erklärt. Er meinte, unser
Depot sei nur etwa fünfundvierzig Kilometer südlich von hier. Als es
angelegt wurde, war er mit seiner Herde in der Nähe. Er hat mir genau
beschrieben, wie wir fahren müssen.

27. Oktober: Haben die Alexandrows früh am Morgen verlassen. Es
bleibt uns nichts anderes übrig. Wenn Alexandrow sich getäuscht hat,
sieht es schlimm für uns aus.

28. Oktober: Fanden das Treibstoffdepot gegen Mittag. Die Fahnen
sahen wir schon von weitem, aber als wir ankamen, stellten wir fest,
daß es gar nicht unser Lager ist, sondern Hollandes. Wir müssen weiter südlich sein, als wir ahnten. Das Lager ist riesig. Jede Menge Fässer
mit Benzin, Öl, Wasser. Viel mehr, als Hollande brauchen kann.
Welch eine Erleichterung!

30. Oktober: Nachts kam ein eisiger Wind auf. Wir nahmen Reservetanks mit Benzin, Wasser und Öl mit. Ich entlastete Burten, so gut ich
konnte, dann ließ ich einen Zettel für Hollande zurück, auf dem ich
ihm alles erklärt habe. Gott sei Dank ist der Boden hart, und wir
kommen gut voran.

Preece' Notiz: Hier endet das Tagebuch. Burten starb etwa eine
Woche später. Zu diesem Zeitpunkt waren die beiden weit von der
Strecke abgekommen. Wynter war überzeugt, daß sein Kompaß
falsch anzeigte und von Anfang an nicht richtig funktioniert hat. Ver-
gleiche das spätere Interview mit ihm und die Aussage meines Vaters.

6

DIE Aussage, die Percy Preece gemacht hatte, war in der Londoner
Daily News veröffentlicht worden. Die sensationelle Schlagzeile lautete:

WÜSTENDRAMA: RENNFAHRER
KNAPP DEM TOD ENTRONNEN

HARRY COLES WYNTER
DES BETRUGS BEZICHTIGT

Dann folgte die Story: Mr. Percy Preece, der Mechaniker des Siegerteams Hollande/Preece im kürzlich beendeten Automobilrennen Peking–London, beschuldigte gestern den Automobilisten Hauptmann Harry Coles Wynter des Betrugs. Wynter, der als zweiter englischer Fahrer am Rennen teilnahm, habe – so Preece – in der Wüste ein Treibstoffdepot sabotiert und dadurch seinen Konkurrenten Hauptmann Edward Hollande und ihn selbst in eine lebensgefährliche Situation gebracht. Preece machte diese sensationelle Aussage auf einem Bankett des britischen Rennkomitees, das gestern zu Ehren des Siegers im Hotel Savoy gegeben wurde.

Preece stellte seine Behauptung ohne Wissen und Zustimmung von Hauptmann Hollande auf. Er berichtete, daß Hollande und er achtzehn Tage nach der Durchquerung der Nankowschlucht in einen schlimmen Sandsturm geraten seien, daß sie jedoch – da die Wasservorräte zur Neige gingen – trotz schlechter Sicht weiterfuhren. Dabei rammten sie einen scharfkantigen Felsen, der den Reifen eines Vorderrads aufschlitzte. Da sie erst wieder in dem nächsten Treibstoffdepot zwischen Nankow und Urumtschi einen neuen Reifenmantel bekommen konnten und vermuteten, daß das Lager nur noch wenige Kilometer entfernt war, machte Hauptmann Hollande sich zu Fuß auf den Weg. Am übernächsten Tag kehrte er mit einem neuen Reifenmantel zurück; wenige Stunden später erreichten sie das Treibstoffdepot. Dort stellten sie fest, daß jemand die Hähne an den Benzinfässern kürzlich geöffnet hatte und der Treibstoff ausgelaufen war. Noch Hunderte von Metern im Umkreis des Depots habe es nach Benzin gerochen.

Zunächst vermuteten sie, daß kasachische Nomaden dahintersteckten, doch dann entdeckte Preece eine Reifenspur im Sand, die seiner Meinung nach ganz eindeutig von dem Abbott Special herrührte. Er sei daher zu dem Schluß gekommen, daß Hauptmann Wynter die Hähne geöffnet habe, um Hauptmann Hollande auf diese Weise zu zwingen, das Rennen aufzugeben. Hollande selbst distanzierte sich auf dem Bankett von der Aussage seines Mechanikers. Mit dem Hinweis darauf, daß er Wynter schon viele Jahre als einen ehrenhaften Mann kenne, betonte Hollande, er könne nicht an einen Sabotageakt seines Konkurrenten glauben. Diese offizielle Stellungnahme habe er bereits dem internationalen Rennkomitee in Paris und der Regierung in Peking zukommen lassen. Weitere Fragen von Pressevertretern lehnte Hollande kommentarlos ab.

Es wird vermutet, daß sich Hauptmann Wynter gegenwärtig in der Nähe von Kaschgar in Chinesisch-Turkestan befindet, wo er – Gerüchten zufolge – schwer erkrankt ist. Eric Burten, sein Mechaniker, soll in der Wüste gestorben sein.

Mr. Preece, der später in seinem Haus nach weiteren Einzelheiten befragt wurde, betonte noch einmal, daß nur ein glücklicher Umstand seinen und Hollandes Tod verhindert habe: In einigen Fässern, die schräg im Sand standen, sei noch ein Rest Treibstoff gewesen, mit dem sie bis etwa fünfzig Kilometer vor Urumtschi gelangen konnten.

Sie saßen da und starrten einander an.

„Glaubst du das?" fragte Julie und ließ den Artikel sinken.

„Percy Preece mag davon überzeugt gewesen sein, daß es sich so abgespielt hat, aber was ist aus dem Zettel geworden, den mein Großvater zurückließ?" meinte Daniel nachdenklich.

„Vielleicht ist er vom Wind fortgeweht worden."

„Möglich. Jedenfalls glaube ich meinem Großvater. Einen *ehrenhaften Mann* hat Hollande ihn genannt. In diesem Fall kam sein schwaches Lob einem Verdammungsurteil gleich! Der gute Hollande hat sich recht geschickt aus der ganzen Sache herausgehalten. Er läßt Percy Preece seine spektakuläre Aussage machen, erklärt dann einfach, er distanziere sich davon – und damit ist der Fall gelaufen. Keine Stellungnahme, kein Kommentar; zu stolz, sich auf Streitigkeiten einzulassen. Hätte er offen gesagt, daß er Harry Wynter für den Schuldigen hält, wäre es meinem Großvater bei seiner Rückkehr viel eher möglich gewesen, damit fertig zu werden. Doch wie es aussieht, haben wir hier den klassischen Skandal jener Zeit: Betrug und Feigheit."

„Feigheit?"

„Nach dem, was Archibald Preece schreibt, ist mein Großvater davongelaufen. Als er nach England heimkam und erfuhr, was man ihm nachsagte, kehrte er für immer in seine Berge zurück. Er hätte in England bleiben und seine Schläge wie ein Mann einstecken sollen: den Ausschluß aus seinen Clubs, den Verlust seiner Frau, seines Kindes, seines Besitzes und seiner Freunde. Dann hätten die Leute nämlich gesehen, daß er tapfer seine Strafe trug, und wären zufrieden gewesen."

Sie machten sich Kaffee und vertieften sich in den Bericht von Archibald Preece:

1939, fast dreißig Jahre nach dem Peking–London–Rennen, hatte ich die Gelegenheit, in Kaschgar mit Hauptmann Harry Coles Wynter zu sprechen. Ich brauchte mehrere Tage, um ihn aufzuspüren, denn das britische Konsulat zeigte sich wenig hilfsbereit. Schließlich gab mir der Vizekonsul, ein Mann namens Marlow, die Adresse eines russischen Händlers, mit dem Wynter angeblich geschäftlich zu tun hatte. Dieser Russe war alt, ziemlich heruntergekommen und lebte in einem großen chinesischen *yamen*. Er nannte mir eine Adresse in der Altstadt.

Nachdem ich auf dem Marktplatz noch einmal nachgefragt und man mir den Weg in eine kleine Gasse gewiesen hatte, stand ich schließlich vor einem Haus aus Lehmziegeln. Die Wand, die auf die Gasse hinausging, war fensterlos, doch durch ein offenes Tor hindurch sah ich einen Innenhof. Weinranken und ein Sonnendach aus Schilfgeflecht spendeten in der Mittagshitze Schatten. In der Nähe des Eingangs wuchs ein Feigenbaum.

Ich betrat das Haus und fand Wynter in einem kahlen unmöblierten Zimmer. Er saß am Fenster und tippte auf einer alten Schreibmaschine. Er muß damals Mitte Fünfzig gewesen sein, groß und schlank, offenbar in bester körperlicher Verfassung. Er trug ein langes weißes Hemd über einer weißen Pluderhose und darüber eine pfirsichfarbene Jacke aus feiner Baumwolle. Seine Füße steckten in Lederpantoffeln, und um die Taille hatte er sich einen breiten bestickten Gürtel mit großer Silberschließe geschlungen.

Er hieß mich mit ausgesuchter Höflichkeit willkommen. Als er aber herausfand, daß ich Percy Preece' Sohn war, weigerte er sich strikt, mir etwas über das Rennen oder sein Leben zu erzählen. Damit hatte ich gerechnet.

Ich versicherte ihm, daß ich nicht an die Gerüchte glaubte, die durch die Aussage meines Vaters aufgekommen waren, und daß ich nicht im Auftrag einer Zeitung arbeitete, wohl aber als Schriftsteller an der Geschichte interessiert sei. Doch erst das Geständnis, daß es mich fast meinen letzten Penny gekostet hatte, zu ihm zu gelangen, schien seine Meinung zu ändern.

Meine Offenheit und die Tatsache, daß es wohl kaum jemanden gibt, der es nicht gern hätte, wenn man etwas Gutes über ihn schreibt, gaben schließlich den Ausschlag zu meinen Gunsten. Trotzdem dauerte es noch zwei Tage, bis er sich mir anvertraute.

Fast zwei Wochen lang besuchte ich ihn täglich. Zunächst gab er mir die Tagebücher, die er während des Rennens geführt hatte. Tag für Tag saß ich in dem schattigen Innenhof und übertrug die Aufzeichnungen in meine Notizbücher.

Während dieser Zeit wurde er etwas aufgeschlossener und lud mich mehrmals ein, mit ihm zu essen. Ich staunte, wie sehr er sich dem Lebensstil seiner Umwelt angepaßt hatte. Er kleidete sich wie die Einheimischen, und unser Essen entsprach auch nicht den westlichen Gewohnheiten.

Wynter war ein sehr zurückhaltender Mann. Offenbar genügte ihm seine eigene Gesellschaft, was mich nicht überraschte. Schließlich hatte er lange Zeit allein in den Bergen gelebt.

Aber ich glaube, er genoß es, mit jemandem aus England zu sprechen, obgleich er mir versicherte, daß er nie mehr dorthin zurückkehren werde. Wir unterhielten uns über Deutschland und die Gefahr eines Krieges.

Wynter machte sich Sorgen über die möglichen Auswirkungen auf China. Er befürchtete, daß die Chinesen vorhätten, in Tibet einzurükken. Es war eine Zeit der Ungewißheit, und er traf Vorbereitungen, Kaschgar zu verlassen und sich in sein Tal zurückzuziehen, falls die Lage bedrohlich würde.

Als ich Wynters Tagebuch übertragen hatte, drängte ich ihn, mir zu erzählen, was später geschehen war. Die Aufzeichnungen endeten vor der Weiterfahrt nach Kaschgar. Eric Burten war zu diesem Zeitpunkt bereits schwer krank. In England hatten wir von seinem Tod gehört, kannten aber keine Einzelheiten.

Wynter bat mich, am nächsten Tag wiederzukommen, da er sich die Sache noch einmal überlegen wollte. Ich übte mich also in Geduld, und schließlich erzählte er mir doch, was sich in der Wüste zugetragen hatte.

Burtens Gesundheitszustand verschlechterte sich zusehends, und bald schon war er nicht mehr in der Lage, den Wagen zu fahren. Wynter bettete ihn hinten im Abbott, inmitten von Benzin-, Öl- und Wasserkanistern, so bequem wie nur möglich. Er fuhr jeweils drei bis vier Stunden, dann legte er eine Pause ein, ließ den Motor jedoch weiterlaufen. Nachts aber konnte er nicht fahren, und so mußte er jeden Morgen ein Feuer unter dem Motor machen und Burten bitten, ihm beim Anlassen des Wagens zu helfen.

Burten starb still und unbemerkt. Morgens hatte er noch geholfen, den Wagen zu starten, und als Wynter einige Zeit später eine Rast einlegte, war er tot. Wynter glaubte sich zu diesem Zeitpunkt etwa dreihundert Kilometer von Kaschgar entfernt; da sein Kompaß inzwischen aber völlig ausgefallen war, konnte er nicht genau sagen, ob seine Vermutung stimmte.

Mehrere Stunden saß er bei dem Toten, bis er begriff, daß Burten seine Augen für immer geschlossen hatte. Erst als die Leichenstarre einsetzte, holte er die Schaufel aus dem Wagen und hob ein Grab aus. Er beerdigte Burten und schichtete Steine über das Grab, damit die Wüstenfüchse die Leiche nicht ausscharrten. Dann setzte er die Fahrt fort.

In der Ferne erkannte er eine Bergkette mit schneebedeckten Gipfeln. Sie waren auf seiner Karte nicht eingezeichnet, oder zumindest nicht in dem Gebiet, in dem er zu sein glaubte. Doch er beschloß, weiterhin westwärts zu fahren, in der Hoffnung, den Weg zwischen Kaschgar und Urumtschi abzukürzen.

Einen Tag nach Burtens Tod geriet er in Treibsand. Er hatte zwar Wüstenmatten für diesen Fall dabei, doch sie erwiesen sich als nutzlos. Den Rest des Tages versuchte er vergeblich, den Wagen freizuschaufeln. Am nächsten Tag war ihm klar, daß er es ohne Hilfe nicht schaffen konnte.

In den Richtlinien des internationalen Rennkomitees wurden Teilnehmer, deren Wagen steckengeblieben war, davor gewarnt, sich von ihrem Fahrzeug zu entfernen.

Wynter harrte drei Tage bei seinem Abbott aus. Doch am vierten Tag erkannte er, daß auch er erkrankt war. Wenn er länger hierblieb, würde er ebenfalls sterben, daran zweifelte er nicht. Also nahm er soviel an Eßbarem und Wasser mit, wie er tragen konnte, und machte sich zu Fuß auf den Weg. Er bewegte sich, wie er glaubte, in westlicher Richtung.

Nie würde er die bittere Kälte vergessen, die grauenvolle Erschöpfung seines entkräfteten Körpers, die Angst, ob jeden Nachmittag genügend Tamarisken zu finden waren, um die Nacht über ein Feuer brennen zu lassen. Er wurde schließlich zu schwach, Brennholz zu sammeln, und hätte er nicht seinen Schaffellmantel gehabt, wäre er sicherlich erfroren.

Bald konnte er nur noch eine halbe Stunde ununterbrochen laufen und mußte sich anschließend immer eine Stunde ausruhen. Als er eines Morgens aufwachte, war das Wasser in seiner Feldflasche gefroren. Der Himmel zeigte sich schiefergrau, und ein eisiger Wind kam aus dem Norden. Wynter war so steif vor Kälte, daß er nicht aufzustehen vermochte. Es gelang ihm schließlich, sich auf den Bauch zu drehen, dann versuchte er, auf die Knie zu gelangen, und da sah er auf einer Anhöhe die vier Reiter, vor denen sie vor vielen Tagen geflohen waren.

Sie saßen auf ihren kleinen Pferden und beobachteten ihn. Es war, als warteten sie auf seinen Tod.

Nach einer Zeit, die ihm wie eine Ewigkeit schien, ritten sie den Hang hinunter auf ihn zu. Er erinnerte sich noch daran, wie er versucht hatte wegzukriechen, dann verlor er jedoch das Bewußtsein. Als er wieder zu sich kam, war es Abend, und er lag neben einem wärmenden Feuer.

Die Männer saßen auf der anderen Seite des Feuers, blickten zu ihm hinüber und unterhielten sich leise.

Sein erster Eindruck war ihre Armut. Alles an ihnen verriet tiefstes Elend. Ihre Kleidung war abgetragen, und sie wirkten müde und hoffnungslos.

Als sie bemerkt hatten, daß er wieder bei Bewußtsein war, näherte sich ihm einer der Männer. Zuerst dachte Wynter, er würde ihm die Kehle durchschneiden, doch der Fremde hielt ihm einen Lederbeutel an die Lippen und bedeutete ihm zu trinken. Es war Stutenmilch, ranzig, dick und sauer, aber er nahm mehrere Schluck, ehe er wieder die Besinnung verlor.

Als er das nächste Mal aufwachte, stellte er fest, daß er auf einem Pferd lag. Er war am Sattel festgebunden, die Arme um den Hals des Tieres, das einer der Reiter am Zügel führte.

Er hatte keine Ahnung, wie lange sie so dahingezogen waren. Tage und Nächte wechselten in verwirrendem Ablauf. Er erinnerte sich, wie entsetzlich unbequem seine Lage auf dem Pferd gewesen war, an die quälenden Magenschmerzen, an die Lagerstätten in der Wüste, an den bitterkalten Wind.

AN DIESEM Punkt beendete Hauptmann Wynter seine Erzählung. Er hatte noch einige Dinge zu erledigen und bat mich, am nächsten Tag wiederzukommen. Den Rest des Tages verbrachte ich damit, mir in meinem Hotel alles zu notieren. Als ich am nächsten Tag zurückkehrte, fand ich das Haus verschlossen vor. Wynter selbst war verschwunden.

Ich hielt es für sinnlos, mich im britischen Konsulat zu erkundigen, also ging ich wieder zu dem russischen Kaufmann. Man führte mich in das Hauptzimmer seines Yamen. Er hatte es sich auf weichen Polstern bequem gemacht, ein kräftiger, dicker Mann in einem chinesischen Gewand aus dunkelroter Seide, das mit Speiseresten bekleckert war. Alles in allem wirkte er nicht gerade sehr anziehend. Energisch bestand er darauf, daß ich mit ihm essen sollte. Er hieß Prasolow und behauptete, ein russischer Graf gewesen zu sein, der während der Revolution weit nach Süden habe fliehen müssen, nachdem sein weißrussisches Regiment aufgerieben worden sei. Nach der Einrichtung seines Hauses, den kostbaren Wand- und Bodenteppichen zu urteilen, mußte er ein Vermögen besitzen.

Harry Wynter kannte er bereits seit zwanzig Jahren, und von Anfang an war ihm dieser Mann ein Rätsel. An einem Tag tauchte er plötzlich mit einer Schar wild aussehender Männer aus den Bergen in Kaschgar auf, und am nächsten Tag war er wieder spurlos verschwunden.

Niemand wußte genau, wo sein Tal lag, obwohl mehrere Leute versuchten, ihm zu folgen. Er hatte es sich angewöhnt, unerwartet zu kommen und zu gehen – was ich nach meinen heutigen Erfahrungen nur bestätigen konnte.

Ich drängte Prasolow, mir alles zu erzählen, was er wußte. Es interessierte mich, wer die Männer aus dem Tal waren und weshalb sie Wynter gerettet hatten.

„Hat er Ihnen das denn nicht selbst gesagt?“

„Ich nahm an, daß es sich um Kasachen handelt“, entgegnete ich. „So nannte er sie in seinem Tagebuch.“

„Nicht Kasachen, sondern Kalmücken. Ein Nomadenvolk, das ursprünglich aus der Wüste Gobi und den Steppen der Westmongolei kam. Diese Leute sind klein und zäh – praktisch auf dem Pferderücken aufgewachsen.“

Wie es mit Wynter weitergegangen war, wußte Prasolow nur aus zweiter Hand. Während er sich von seiner Krankheit erholte, ging in Kaschgar bereits das Gerücht um, daß er versucht habe, seinen Konkurrenten durch Sabotage aus dem Rennen zu werfen. Wynter war

dann nach England zurückgekehrt, um seinen guten Ruf wiederherzu-
stellen. Das hatte sich jedoch offenbar als unmöglich erwiesen. Sein
Regiment wollte ihn nicht mehr aufnehmen, seine Frau wandte sich
von ihm ab, und er steckte bis zum Hals in Schulden. So war er in sein
Tal zurückgekehrt.

Als Prasolow 1919 nach Kaschgar kam, hatte kaum jemand Wynter
einmal zu Gesicht bekommen. Man sprach davon, daß er ganz
zurückgezogen in den Bergen lebte. Hin und wieder kamen Leute aus
seinem Tal mit Wolle oder Fellen zum Markt. Manchmal hatte Wynter durch Prasolow auch einiges aus Rußland oder Indien geordert. Ich
fragte ihn, was das denn gewesen sei, doch er lächelte nur, stand auf
und bat mich, ihn zu entschuldigen. Unversehens fand ich mich draußen auf der Straße wieder.

7

DER Bulldog-Saxon stand da wie ein ehrfurchtgebietendes Monument
aus einer längst vergangenen Kultur. Beeindruckt traten Daniel, Julie,
Viktoria Hollande und Chris Parker näher an das Podest, das den Mittelpunkt der riesigen Halle im Hollande-Museum in Highclare bildete.

Viktoria hatte sie zum Mittagessen und anschließend zu einer
Besichtigung der Sammlung eingeladen. Der Bulldog-Saxon war
gewaltig, viel größer, als Daniel ihn sich vorgestellt hatte. Ihm zur
Seite standen die anderen Automobile des Generals: der Wolseley mit
Kettenantrieb, in dem er beinahe ums Leben gekommen war, als er
Harry Wynter den Weltrekord im Überlandrennen abnehmen wollte,
und der Halbketten-Citroën, den er bei seiner Expedition durch
Kamerun benutzt hatte. In den anderen Räumen hatten sie bereits das
Kanu besichtigt, in dem Hollande den Kongo hinabgefahren war; sei-
nen Hundeschlitten und die Zelte seiner Antarktisexpedition; seine
Kompasse, Bücher, Schlafsäcke, Kochgeräte, Eispickel – Andenken
an ein abenteuerliches, ruhmreiches Leben.

Der Bulldog-Saxon beherrschte den größten Raum des Museums.
Chris ging um ihn herum und strich über das auf Hochglanz polierte
Metall. „Er wurde von einem Mann namens McGillvray konstruiert,
der für die Argyll Company in Schottland arbeitete."

Daniel fiel auf, daß Julie Chris mit fasziniertem Blick beobachtete. Seine Führung schien sie ungemein zu beeindrucken: Er war ein Profi, der sich auskannte.

Chris zeigte auf die Vorderseite des Wagens. „Vorderradbremsen. Einer der ersten Wagen, die damit ausgerüstet wurden." Das Fahrzeug maß etwa vier Meter zwanzig in der Länge, einszwanzig in der Breite und weitete sich nach oben hin bis auf einsachtzig. Darüber spannten sich Bügel für ein Verdeck, das an einen Planwagen erinnerte. „Sehen Sie sich die Räder an." Chris berührte die sauberen schwarzen Reifen. „Fast einszwanzig im Durchmesser. Das gab dem Wagen große Bodenfreiheit."

Daniel warf ein: „Ich habe mich vor kurzem mit einem Sachverständigen unterhalten, der meinte, daß der Abbott Special der bessere Wagen gewesen sei."

Chris wandte sich zu ihm um, und wieder war Daniel von dem eigenartigen Kontrast seiner blauen Augen und dem schwarzen Haar seltsam berührt. Zuerst schien es, als wolle Chris ihm widersprechen, doch dann erwiderte er: „Vielleicht haben Sie recht. Das Problem ist nur, daß wir es nie erfahren werden." Zu Viktoria gewandt, sagte er: „Mein Gott, wenn wir beide Autos hätten, das wäre doch was! Damit könnten wir Lord Montague noch übertreffen. Zusammen wären sie ein Vermögen wert. Und mit der Geschichte dieses Rennens –"

„Gehen wir, es ist kühl hier", unterbrach ihn Viktoria. „Wenn Chris erst einmal bei seinem Lieblingsthema, dem Bulldog, ist, kann man ihn kaum losreißen."

Chris Parker, dem die leise Kritik ihrer Worte nicht entgangen war, machte ein beleidigtes Gesicht. „Ich glaube, das Essen wartet", sagte Viktoria schnell.

Es WAR offensichtlich, daß die alte Dame sich diesmal vorgenommen hatte, besonders charmant zu sein, um die unerfreuliche Erinnerung an ihre letzten beiden Begegnungen auszulöschen. Im ehemaligen Arbeitszimmer des Generals nahmen sie als Aperitif einen Sherry zu sich. Im Kamin brannte knisternd ein Feuer.

Dann begaben sie sich ins Eßzimmer. Als Vorspeise gab es geräucherten Lachs, den Chris selbst gefangen hatte, als Hauptgericht Fasan – Chris war ein begeisterter Jäger – und als Nachspeise Zitronensorbet. Dazu tranken sie einen Mercurey, der nach Daniels Überzeugung einer der besten Weine war, die er je gekostet hatte. Er konnte sich gerade noch zurückhalten zu fragen, ob Chris ihn selbst gekeltert hätte.

Als sie sich zum Kaffee an den Kamin im Arbeitszimmer setzten, sagte Viktoria: „Ich muß Ihnen etwas gestehen. Ich habe Sie nicht nur zum Essen eingeladen, um mein schlechtes Benehmen wiedergutzumachen. Es gibt noch einen anderen Grund."

Mit der Kaffeetasse in der Hand stand sie vor dem Feuer. Sie trug eine beige Kammgarnhose, eine helle Seidenbluse, darüber einen blaßgelben Pullover mit V-Ausschnitt und dazu auffälligen Goldschmuck.

Erstaunlich, dachte Daniel, wie eine so kleine Person in der Lage ist, ein Zimmer vollkommen zu beherrschen.

„Chris und ich haben noch einmal über die ganze Sache geredet", fuhr sie fort. „Sie hatten recht, Daniel, als Sie mich eine Heuchlerin nannten – ich weiß, daß Sie dieses Wort nicht benutzten, aber das war es doch, was Sie meinten. Sie warfen mir vor, daß die Hollande-Stiftung sich der Wahrheit verpflichtet hat, ich jedoch nicht bereit bin, die Wahrheit über meinen eigenen Vater herauszufinden." Sie machte eine Pause, um einen Schluck Kaffee zu nehmen. „Es kostete mich einige Selbstüberwindung, aber schließlich mußte ich zugeben, daß Ihr Vorwurf berechtigt war. Wenn es möglich ist, Licht in diesen ziemlich undurchsichtigen Vorfall zu bringen, dann ist es unsere Pflicht, für Klarheit zu sorgen."

Daniel und Julie blickten sie schweigend an.

„Ich glaube, Sie verstehen nicht, worum es geht", warf Chris ein. „Viktoria will damit sagen, daß wir bereit sind zu helfen. Wir haben die nötigen Mittel. Schließlich gehören solche Unternehmungen zu den Aufgaben unserer Stiftung."

„Einen Moment", warf Daniel ein. „Das möchte ich jetzt genau wissen. Reden Sie von einer Expedition zu dem Tal?"

Chris nickte. „Wir haben uns entschlossen, auch dorthin zu reisen, und können alles für Sie arrangieren."

„Das hört sich an, als wollten Sie bei der Sache die Führung übernehmen."

„Haben Sie schon einmal in großen Höhen gefilmt?"

„Nein."

„Dazu brauchen Sie eine Videokamera. Wissen Sie, wieviel die kostet? Sie benötigen außerdem noch Filme, Batterien, isolierte Tragetaschen . . ."

„Chris hat ein halbes Dutzend Dokumentarfilme für verschiedene Zeitschriften gemacht", meinte Viktoria.

„Wie schön", brummte Daniel.

Viktoria lächelte ihn an. „Es ist mir klar, daß das für Sie völlig überraschend kommt, aber Chris und ich haben uns bereits fest entschlossen."

AUF dem Heimweg gerieten Daniel und Julie in immer dichter werdenden Verkehr. Seit sie aus Hampshire abgefahren waren, hatten sie kaum ein Wort miteinander gesprochen.

Schließlich sagte Daniel heftig: „Chris hat den Lachs gefangen! Chris hat den Fasan geschossen! Chris hat den Bulldog-Saxon restauriert! Wir werden einfach überfahren! Zum Teufel mit ihnen! Es war meine Idee! Ich glaube, daß noch Kalmücken in dem Tal leben. Ich meine, irgendwo müssen sie ja geblieben sein, als mein Großvater starb. Wenn wir sie finden könnten, wüßten wir, was in seinen letzten Lebensjahren geschehen ist."

„Das würden wir nie allein schaffen."

„Warum nicht?"

„Geld – Zeit – keine Erfahrung. Chris Parker hat schon Filme gedreht."

„Viktoria möchte ebenfalls mitkommen, und sie ist Mitte Sechzig."

„Aber wahrscheinlich robuster als du. Außerdem ist es ihr Geld."

Als sie in die Roehampton Lane einbogen, fand er gleich eine Parklücke und hielt an. „Du willst nicht, daß ich es mache. Von Anfang an hast du versucht, mich von meinen Plänen abzubringen. Ich glaube, du sähst es gerne, wenn ich ihnen das ganze Projekt überließe. Warum?"

Sie schwieg einen Augenblick, dann antwortete sie: „Nun, weil ich selbst genug zu tun habe."

„Ob ich nun ihr Angebot annehme oder nicht, ich möchte, daß du mitkommst", sagte er. „Welche Probleme es auch immer geben wird, ich denke, wir werden schon damit fertig, du und ich. Mir liegt sehr viel daran, daß du mit mir fährst, aber wenn du dich entschließt hierzubleiben" – er zögerte nur den Bruchteil einer Sekunde –, „fahre ich trotzdem."

1

DANIEL spürte, wie jemand auf sein Knie tippte. Der Pilot flog mit der Cessna eine elegante Kurve und deutete in die Tiefe.

„Der Karakorumpaß", erklärte er.

Daniel erblickte unter sich eine schmale Straße, die sich an dem Bergmassiv mit seinen schneebedeckten Gipfeln emporschlängelte. Auch Julie, Viktoria und Chris beugten sich vor, um hinunterzu-schauen.

Als er genauer hinsah, entdeckte Daniel einen modellautogroßen Bus, der langsam die Straße zum Khunjerabpaß hinauffuhr. Inner-asien war vollkommen anders, als er es sich vorgestellt hatte. Es fiel ihm schwer, sich vor Augen zu führen, daß hier einst die Karawanen der Jaks entlanggezogen waren, bedroht von Wölfen und Bären, daß Postreiter sich durch Schneestürme gekämpft hatten, um die Sendung ans Ziel zu bringen.

Dieses Land steckte voller Überraschungen, aber was sie in Kaschmir erlebt hatten, übertraf alle ihre Erwartungen. In Srinagar waren sie von einem eleganten jungen Mann in hellgrünem Seidenan-zug abgeholt worden, der sich als Billy Mahindra vorstellte und sie zu einer Villa in der Nähe von Gulmarg brachte. Hier bot sich ihnen eine der herrlichsten Aussichten der Welt: der Blick auf das Kaschmirtal.

In den drei Tagen, die sie jetzt hier waren, fühlten sie sich als Teil einer immerwährenden Hausparty, auf der die Gäste kamen und gin-gen. Billy Mahindra war in England erzogen worden und oft während der Ferien auf dem Herrensitz der Hollandes gewesen. Vor einigen Jahren hatte er das Textilimperium seines Vaters geerbt und zählte inzwischen zu den reichsten Männern Indiens. Viktoria kannte ihn schon als Baby. Sie hatte die Mahindras durch ihren Vater kennenge-lernt und war als Kind oft mit Billys Vater im Himalaja auf Bergtouren gegangen. Das Flugzeug, in dem sie jetzt saßen, gehörte Billy.

Er war nur einer der vielen Bekannten von Viktoria, Chris und auch Julie, die ihnen in den vergangenen Monaten den Weg geebnet hatten.

Daniel kam es so vor, als hätte ihn eine große Hand beim Kragen gepackt und ihn in ein ebenso abenteuerliches wie wohldurchdachtes Unternehmen gesteckt. Er führte jetzt ein Leben, das er sich vor sechs Monaten nicht einmal im Traum hätte vorstellen können. Ein Freund von Julie hatte ihm beigebracht, mit Videoaufzeichnungsgeräten umzugehen, und er war in einen Schnellkurs in Aufnahmetechnik gegangen, um Chris notfalls beim Filmen helfen zu können.

Nachdem er zum Hauptverantwortlichen für die Reisevorbereitungen bestimmt worden war und sich mit der Materie befaßte, schwanden seine romantischen Vorstellungen im Handumdrehen. Er hatte feststellen müssen, daß man zwar von Peking nach Urumtschi, ja sogar nach Kaschgar mit dem Zug oder Bus fahren konnte, aber nicht ohne offizielle Begleitung. Und es bestand nicht die geringste Chance, daß sie ihre Kameras und Videoausrüstung mitnehmen durften.

An diesem Punkt hatte sich Billy Mahindra eingeschaltet. Er betrachtete die Expedition als „tollen Spaß" und bot ihnen sein Flugzeug an, damit sie unbemerkt alles, was sie brauchten, ins Innere von Sahr bringen konnten.

Was Daniel über dieses Land erfahren hatte, wollte ihm nicht aus dem Kopf gehen. Sahr war eines dieser merkwürdigen Länder, die manchmal in den abgelegensten Gegenden der Welt entstehen, eine Art Niemandsland, von dem niemand will, daß es systematisch besiedelt wird. Keiner wußte genau, wann die Kalmücken sich dort niedergelassen hatten, doch es mußte um das Jahr 1905 gewesen sein. In dieses Tal war damals Harry Coles Wynter gebracht worden.

Nach dem Zweiten Weltkrieg verschwand Sahr, wie viele andere Länder Innerasiens, hinter einem Bambusvorhang. Es führte immer noch keine Straße in dieses Gebiet, das nun – laut Karte – unter „chinesischer Verwaltung" stand. Reiche Inder hatten in den letzten Jahren jedoch die Erlaubnis erhalten, das Land zu überfliegen und auch zu landen, um dort Jagdgründe zu suchen. Darum konnte Billy Mahindra ihnen auch helfen.

„Wann warst du zuletzt in Sahr?" hatte Viktoria ihn gefragt.

„Kurz bevor Vater starb. Wir blieben eine ganze Woche und trafen keine Menschenseele. Aber es gibt unheimlich viel Wild. Ich hoffe, ihr habt ein anständiges Gewehr mitgebracht."

„Eine 9,5-mm-Magnum", hatte Chris geantwortet.

„Etwas schwer, aber es geht."

„Waren Sie schon mal im Goldenen Tal?" wollte Julie von Billy wissen.

„Ich weiß nicht einmal genau, wo es liegt. Hab nie davon gehört, bis Sie es erwähnten."

IN GILGIT waren sie kurz gelandet, um aufzutanken und sich den letzten Wetterbericht geben zu lassen. „Sie haben Glück", meinte der Pilot und studierte ein Blatt Papier. „Gutes Wetter und klare Sicht, zumindest die nächsten vier Tage. Aber wissen Sie auch, was das bedeutet?"

„Eisige Kälte", antwortete Viktoria.

Bei strahlendem Sonnenschein starteten sie und flogen Richtung Nordwesten. Sie hatten die Plätze gewechselt. Daniel saß nun mit Viktoria auf dem Rücksitz, Julie und Chris saßen vorn. Julie war oft mit Chris zusammengewesen, bevor sie England verließen, aber das war nur natürlich. Auch Daniel hatte Chris getroffen. Schließlich arbeiteten sie jetzt im Team. Aber ein paarmal, als er nach Hause kam, war Chris in ihrer Wohnung gewesen. Das ärgerte ihn, und es hatte deswegen einen ziemlichen Streit gegeben.

„Die Leibeigenschaft wurde bereits im achtzehnten Jahrhundert abgeschafft", hatte sie wütend gesagt. Er fragte sich, ob Chris der Grund dafür war, daß Julie sich plötzlich entschloß, doch mitzukommen. Viel zu plötzlich, wie er fand. Er würde Chris im Auge behalten müssen.

Neben ihm studierte Viktoria eine Landkarte. Alle paar Augenblicke schaute sie aus dem Fenster und verfolgte die Flugroute. Von dem Augenblick an, als sie mit der Planung dieser Reise anfingen, hatten sie auf Viktorias langjährige Expeditionserfahrung zurückgreifen können. Sie stellte den Proviant zusammen. Alles mußte leicht sein und einen hohen Nährwert haben. Sie hatte Müsli gemischt, Milchpulver gekauft, dazu Bitterschokolade, Dörrobst und Trockenfleisch – *Biltong* – aus Südafrika, das einen sehr hohen Proteingehalt besaß. Doch obgleich sie Daniel in mancher Hinsicht beeindruckte, empfand er keine Sympathie für sie, vielleicht, weil sie so kühl war. Die einzige Gefühlsregung, die er je an ihr bemerkt hatte – von ihrem anfänglichen Ärger über ihn und Julie abgesehen –, war ihre Zuneigung zu Chris. Daniel sah sich außerstande, Chris unvoreingenommen zu beurteilen. Dieser Mann schien überall gewesen zu sein und alles gesehen zu haben. Vor ihrem Abflug sprach er einmal davon, vielleicht einen jungen *Markhor* für den Kochtopf schießen zu können.

„Was ist ein Markhor?" hatte Julie gefragt und Daniel angesehen.

Er konnte ihr keine Antwort geben, Chris jedoch hatte sie in leicht überlegenem Ton belehrt: „Eine asiatische Wildziegenart."

Ebendieser Ton war es, der ihn zunehmend reizte.

Das Dröhnen der Motoren machte ihn schläfrig, er schloß die Augen und wachte erst wieder auf, als Viktoria sich über ihn lehnte, um durch das Fenster zu schauen. „Sahr", sagte sie.

Das Flugzeug legte sich schräg und verlor an Höhe. Wie ein Vogel huschte es an den Berghängen vorbei, tauchte in die Schatten der Gipfel und kam wieder ans Licht. Daniel sah eine gelbbraune Landschaft unter sich, die von der schmalen Linie einer chinesischen Militärstraße geteilt wurde. Die Landebahn war 1962 von den Chinesen angelegt worden, und er hoffte, daß sie sich noch in einigermaßen gutem Zustand befand. Ein Stoß . . . , dann noch einer . . . , und sie rollten in einer Staubwolke über den Boden.

DANIEL hielt ein Pappschild hoch, auf dem mit Kreide geschrieben stand: *Sahr-Expedition, Klappe eins.* Chris stellte die Kamera ein und begann zu filmen. Julie und Viktoria griffen nach ihren Rucksäcken und zwängten die Arme durch die Tragriemen. „Jetzt geht los!" forderte Chris sie auf. „Sie auch, Dan. Nehmen Sie Ihren Rucksack, und folgen Sie den beiden."

Daniel haßte es, Dan genannt zu werden, aber er tat, wie geheißen. Zu dritt machten sie sich auf den Weg durchs Tal. Chris veränderte die Zoomeinstellung, um die drei Gestalten, die in der weiten Landschaft sehr verloren wirkten, wirkungsvoll auf den Film zu bannen.

Es war früh am Nachmittag, und im Tal herrschte eine drückende Hitze. Vor ihnen erstreckte sich eine Einöde: gelbbrauner, trockener Boden, hier und da eine Birke. Ein eisblauer Bach zog sich durch das Tal, und ringsum erhoben sich die Berge von Sahr. Selbst jetzt im Frühsommer reichte der Schnee fast bis ins Tal herunter.

Sie entfernten sich von der Landebahn und marschierten in nordöstlicher Richtung. Es war unverkennbar, daß hier einmal Menschen gelebt hatten. Sie kamen durch eine verlassene Ortschaft; der Frost hatte die Steine der Häuser gesprengt, und die Dächer waren verfallen.

Während sie die Ruinen betrachteten, wurden sie von Chris gefilmt.

Sie hatten beschlossen, die ganze Expedition im Film festzuhalten, denn falls sie im Goldenen Tal nicht das fanden, was sie sich erhofften, würden doch zumindest die Aufnahmen von diesem kaum bekannten Winkel Innerasiens von Interesse sein. Hintereinander stiegen sie das Tal hinauf. Viktoria, die sich von der Royal Geographical Society, dem angesehensten geographischen Institut Englands, eine zuverlässige Karte besorgt hatte, ging voraus. Im Archiv des Instituts war sie auch auf den Bericht eines Piloten gestoßen, der schilderte, wie er während des Zweiten Weltkriegs bei einem Unwetter tief über Sahr flog, um einem Sturm auszuweichen. In einem abgelegenen Tal entdeckte er Rauchwolken und auch Menschen. Sein Navigator hatte dieses Tal auf der Karte eingetragen.

Mitten am Nachmittag verschwand die Sonne hinter den Bergen, und sofort begann die Temperatur zu fallen.

Um vier Uhr schlugen sie ihr Lager auf. Ein Wind war aufgekommen, und als es dunkel wurde, zogen sie sich nur zu gern in ihre Zelte zurück. Daniel fühlte sich erschöpft, und im Licht der kleinen Laterne erkannte er, daß sich auch auf Julies Gesicht die Anstrengungen des Tages abzeichneten.

„Möchtest du einen Schluck Tee?" fragte er.

Julie schüttelte den Kopf. Sie teilten sich ein Zelt; Viktoria und Chris hatten jeder ein eigenes.

„Tut es dir leid, daß du mitgekommen bist?"

„Nein. Dir?"

Er überlegte einen Augenblick. Dann antwortete er: „Im Moment nicht."

Sie brauchte nicht zu fragen, was er damit meinte.

Je mehr die Nacht voranschritt, desto schneidender wurde die Kälte. Daniel konnte kaum schlafen, und Julies gedämpftes Husten und ihre unruhigen Bewegungen verrieten ihm, daß es ihr nicht besser erging. Er sehnte sich danach, sie in die Arme zu nehmen, aber getrennte Schlafsäcke und klirrende Kälte luden nicht gerade dazu ein. Am Morgen war er so steif, daß er sich kaum bewegen konnte.

Sie erhitzten eine Mischung aus Wasser und Milchpulver und löffelten im Stehen schweigend ihr Müsli. Die Milch dampfte, und ihr Atem gefror in der kalten Luft.

DIE nächsten beiden Tage stiegen sie immer weiter auf, bis sie das Joch im Nordosten erreichten. Chris schätzte die Höhe auf dreitausendsechshundert Meter. Überall glitzerte der Schnee, und die Sonne brannte so heiß vom wolkenlosen Himmel, daß sie sich die Haut dick mit Creme einrieben. Sie brühten Tee auf und legten eine Rast ein. Viktoria, die sich etwas umschauen wollte, ging weiter. Daniel blickte ihr nach, wie sie nach links abbog und sich daranmachte, den Hang ein Stück abwärts zu steigen.

Sie waren von mächtigen schneebedeckten Gipfeln umgeben. Daniel konnte nichts erkennen, was auf ein Tal schließen ließ, und doch mußte es eines geben, wenn Viktoria sich nicht irrte. Angeblich verlief es parallel zum Haupttal, aber Gipfel reihte sich an Gipfel, so weit das Auge reichte. Er sah zu einer Gletschermoräne am nördlichen Berghang hinauf, als er ein Licht bemerkte. Es verschwand kurz und blitzte erneut.

„Jemand beobachtet uns", sagte er. „Seht ihr es? Dieses Blinken könnte von der Linse eines Feldstechers oder Fernrohrs herrühren."

„Wahrscheinlich auffunkelndes Eis." Chris blickte durch sein Fernglas. „Oder Kristalle, in denen sich das Sonnenlicht bricht." Er beobachtete die Moräne eine Weile, dann meinte er: „Nichts zu sehen."

Daniel lehnte sich gegen seinen Rucksack und schloß die Augen. Es war angenehm, in der Sonne zu dösen, und er hatte keine Lust, jetzt zu widersprechen.

Doch bald schon lag die Paßhöhe im Schatten, und er wachte

fröstelnd auf. Ringsum waren die Gipfel noch immer in gleißendes Sonnenlicht getaucht. Daniel stemmte sich hoch, spazierte zum Rand des Jochs und schaute nach Norden. Wieder sah er ein Licht auf der Moräne gegenüber aufblitzen, und dann tauchte die winzige Gestalt Viktorias am Horizont auf und wurde allmählich größer.

Sie führte sie vom Joch hinunter in Richtung Westen. Nun waren sie vollkommen im Schatten, und als sie um einen Felsvorsprung bogen, sahen sie gewaltige graue Felswände vor sich aufragen. Viktoria zeigte mit ihrem Eispickel auf die Felsen und bedeutete ihnen weiterzugehen.

Die Steilwand, auf die sie wies, erschien Daniel unüberwindlich. Doch als sie näher kamen, erkannte er, daß es sich hier um eine optische Täuschung handelte. In der scheinbar geschlossenen Felswand gab es einen Durchlaß, der offenbar durch einen Vulkanausbruch entstanden war. Dieser Spalt konnte nur von einem bestimmten Winkel aus gesehen werden. Er war kaum mehr als einen Meter breit, aber groß genug, daß sie mit ihren Rucksäcken ungehindert hindurchkamen. Der Wind, der sich in diesem gewundenen Durchgang verfing, pfiff heulend und machte jedes Gespräch unmöglich.

Etwa eine Stunde zogen sie so dahin, bis die Felswände zu beiden Seiten allmählich zurücktraten, und bald gelangten sie auf ein anderes Joch, das noch im warmen Sonnenschein lag. Unter ihnen erstreckte sich ein Tal, das von der Sonne gesprenkelt schien. Durch grüne Wiesen und Baumgruppen zog sich glitzernd ein breiter Wasserlauf. Etwa hundert Meter über der Talsohle leuchtete eine gut eineinhalb Kilometer lange Felswand golden in der Sonne.

Das Tal schien offenbar die Form einer Banane zu haben, denn nach einigen Kilometern verlief es südwestwärts und verschwand aus ihrem Blickfeld. Was sie sahen, war von solcher Schönheit und traf sie nach dem Eindruck, den das karge Haupttal von Sahr auf sie gemacht hatte, derart unerwartet, daß sie eine Weile stumm blieben, bis Viktoria schließlich sagte: „Das Goldene Tal!"

UNTER den neugierigen Blicken einer kleinen Herde von Markhors stiegen sie einen steinigen Pfad hinunter.

„Moment mal", flüsterte Chris.

Als er das Gewehr von der Schulter nahm, fragte Julie entsetzt: „Sie werden doch nicht auf sie schießen!"

„Bleiben Sie still", entgegnete er nur.

Die Ziegenböcke mit den schraubenförmig gewundenen Hörnern und dem kleinen Bärtchen und die weiblichen Tiere mit ihren Jungen standen etwa zweihundert Meter entfernt. Sie wirkten angespannt und unsicher.

„Verschwindet!" schrie Julie. „Lauft weg!"

Blitzschnell waren sie verschwunden. Wortlos steckte Chris das Gewehr in die Hülle zurück.

„Vielleicht werden wir es noch einmal bereuen, daß Sie das getan haben", sagte Viktoria vorwurfsvoll.

Julie blickte sie herausfordernd an. Auf ihren Wangen erschienen rote Flecken.

Während des Abstiegs ließ der Wind nach, und die Luft wurde ganz mild. Ein Teil des Tales lag immer noch in der Sonne, als sie es erreichten. Es war sogar warm genug, sich unten am Fluß zu waschen.

Sie schlugen ihr Lager auf und lauschten dem sanften Plätschern und Gurgeln des Wassers, das schnell dahinfloß und die weißgewaschenen Steine auf dem Grund umspülte. Daniel lag in der Nacht lange wach, bevor ihm bewußt wurde, daß das Geräusch verstummt war. Der Fluß mußte zugefroren sein. Abgesehen vom gelegentlichen Krachen berstender Geröllbrocken, herrschte absolute Stille. Er fühlte sich einsamer als je zuvor in seinem Leben. Sanft berührte er Julie. Er hörte ein leises Stöhnen und dann gleichmäßige Atemzüge. Sie schlief ganz fest.

Als Daniel erwachte, wölbte sich ein tiefblauer Himmel mit letzten Spuren der Morgenröte über das Tal. Die Luft war schneidend kalt. Nach ihrem üblichen Frühstück aus heißer Milch, Müsli und Tee machten sie sich auf den Weg und marschierten das Tal entlang. Einmal blieben sie stehen, damit Chris die Kamera in einer Thermoshülle wärmen konnte. Er schoß einige Fotos, während Daniel ihn filmte und Julie ihm assistierte. Nur Viktoria schritt ohne Aufenthalt voran, eine kleine Gestalt, die hinter ihrem großen Rucksack fast verschwand.

Es wurde heiß. An den Talhängen wuchsen Silberbirken, Zwergwacholder und vereinzelt Pinien, doch hier unten im Tal, den Flußlauf entlang, standen Weiden. Die Luft war erfüllt vom Duft blühender Wildrosen und Klematis, Vergißmeinnicht, Enzian, Akelei und Jasmin.

Sie folgten dem bogenförmigen Verlauf des Flusses. Allmählich weitete sich das Tal, und sie entdeckten etwas, das wie die Überreste einer Steinmauer aussah. Chris ließ sich von Daniel filmen, während er ein paar erläuternde Worte sprach. Plötzlich bemerkten sie, daß Viktoria verschwunden war. Sie marschierten etwa zwei Kilometer weiter, ohne sie zu sehen. „Wir brauchen uns keine Sorgen um sie zu machen", meinte Chris. „Wahrscheinlich ist sie die Zäheste von uns allen."

Die goldschimmernde Felswand verlief parallel zu ihrem Weg. Hier, wo sich das Tal weitete, wurde der Fluß breiter und seichter. Als sie gegen Mittag um eine Biegung des Wasserlaufs kamen, erkannten sie, daß sie das Ziel ihrer langen Reise erreicht hatten.

Was sie sahen, überraschte sie. Daniels Vorstellung vom Goldenen Tal war eigentlich immer recht verschwommen gewesen. Er hatte angenommen, daß es sich um eine Art Dorf mit kleinen Steinhäusern handeln mußte, und bis zu einem bestimmten Grad bewahrheitete sich nun seine Vermutung. Vor ihnen lagen die Ruinen mehrerer Steinhütten. Doch alles wurde von einem Bauwerk überragt, mit dem sie nicht gerechnet hatten: einem Kloster.

Die goldene Felswand war an dieser Stelle keine hundert Meter vom Fluß entfernt. Steil ragte sie in die Höhe, und das kleine Dorf, das sich unten eng an die Felsen schmiegte, erinnerte Daniel an französische Bergdörfer, die am Lauf der Dordogne in die Steilhänge gebaut sind. Das Kloster schien mit der Felswand verwachsen zu sein. Die Vorderseite aber wies unleugbar Spuren des Verfalls auf. Riesige Steinblöcke waren herausgebrochen und zum Fluß gerollt. Doch selbst die Ruine des Klosters wirkte beeindruckend. Es hatte etwa die Höhe eines fünfstöckigen Gebäudes. Daniel schätzte es auf fünfunddreißig Meter. Überwältigt blieben sie stehen und betrachteten das Kloster mit fast ehrfürchtigem Staunen.

„Es sieht aus wie eine mittelalterliche Burg, in diesen kleinen Häusern hätten die Bediensteten wohnen können", meinte Julie. „Wohin sie wohl alle gegangen sind? Und warum?"

Sie trennten sich, und jeder nahm einen eigenen Weg durch den Ort zum Kloster. Daniel hörte Julie rufen und ging zu ihr. Sie betrachtete einen alten, zerbrochenen Karren.

„Wo die Bewohner bloß alle sind?" fragte sie erneut. „Wenn sie gestorben wären, müßte es doch Gräber geben. Menschen verschwinden doch nicht einfach."

Der Ort hatte etwas Trauriges, ja Gespenstisches an sich, das sie erschaudern ließ. „Als wir gestern hier ankamen, hielt ich das Tal für eine Art Shangri-La", sagte Julie leise. „Aber jetzt . . ."

„Shangri-La ist kein Ort, sondern eine Einstellung zum Leben", erwiderte Daniel.

Sie legte ihren Arm um seine Seite, so als verspüre sie das gleiche Bedürfnis nach Nähe, das er in der Nacht empfunden hatte. Er drückte seinen Arm fest an den Körper und hielt so ihre Hand fest.

Chris stand ein Stück entfernt und blickte stirnrunzelnd zu ihnen herüber. „Haben Sie Viktoria gesehen?"

„Nein, aber hier liegt ihr Rucksack", antwortete Julie und zeigte auf die breite Steintreppe, die zum Klostereingang hinaufführte.

Chris rief mehrere Male nach Viktoria. Das Echo hallte von den Bergwänden wider.

Sie traten durch den Haupteingang und kletterten über die Trümmerhaufen. An manchen Stellen konnten sie durch zwei oder drei Stockwerke hindurch den Himmel sehen. Schließlich gelangten sie zu einem riesigen, gewölbeähnlichen Raum – Daniel nahm an, daß er größeren Versammlungen gedient hatte. Der Boden war stellenweise aufgerissen, und überall lag Schutt herum. Der Verfall schien zu groß, als daß man ihn nur dem Lauf der Zeit zuschreiben konnte. „Es muß wohl ein Erdbeben gegeben haben", meinte Daniel.

Ein seltsamer, unangenehmer Geruch haftete an dem ganzen Gebäude. „Wie alter Käse", murmelte Julie.

„Wie ranzige Butter", ließ sich eine Stimme zu ihrer Linken vernehmen. Es war Viktoria, die aus einem Nebenraum auf sie zukam. „Die Mönche verwendeten für ihre Lampen sicher Butterfett. Außerdem gaben sie Butter in ihren Tee. Die Steine haben den Geruch angenommen. Sie werden sich daran gewöhnen. Schauen Sie, was ich gefunden habe." Stumm hielt sie ihnen ein etwa fünfzehn Zentimeter langes Kabel entgegen.

„Gehörte das Wynter?" wunderte sich Chris. „Was in aller Welt wollte er damit? Er kann doch hier keinen Generator gehabt haben, oder?"

Die nächste halbe Stunde durchsuchten sie das Bauwerk, fanden jedoch nichts von Interesse. Die Sonne schien noch, als sie wieder ins Freie traten. Unterhalb des Ortes gab es einen Kiesstrand am Flußufer, darüber eine grasbewachsene Anhöhe. Dort schlugen sie ihre Zelte auf. Daniel wanderte zum Ufer hinunter und entdeckte etwas, das wie ein Holzgestell aussah.

„Sieh dir das an!" sagte er zu Julie.

„Wir sollten es Chris zeigen. Vielleicht will er es filmen."

„Während ihr hier dreht, schaue ich mich noch mal im Kloster um", erklärte Viktoria. „Heute abend müssen wir alles noch einmal systematisch absuchen." Sie schritt den Trümmerpfad hinauf, der einst die Dorfstraße gewesen sein mochte, und verschwand aus dem Blickfeld.

MIT einem Ruck wachte Daniel auf. Es mußte kurz nach zwei Uhr früh sein. Heller Mondschein durchdrang die Zeltwand. Der Fluß war wieder zugefroren, und im Tal herrschte Totenstille. Er hatte ein Geräusch gehört, Schritte. Die von Chris oder Viktoria? Das bezweifelte er. Bei dieser Kälte sorgte man dafür, daß man nachts nicht aus dem Zelt mußte. Gab es noch andere Menschen in dem Tal? Nomaden? Banditen?

Leise öffnete er die Zeltklappe und schaute hinaus, doch außer dem silbrigen Schimmern des Flusses konnte er nichts erkennen. Dann hörte er das Geräusch erneut. Unter einem Stiefel knirschte der Kies. Hastig schlüpfte er in Schuhe und Anorak. Die Nacht war bitter kalt und kristallklar. Vorsichtig schlich er auf das Kloster zu. Einen Augenblick lang vermeinte er, einen Schatten auf der Treppe zu sehen, dann war er wieder verschwunden.

Leise stieg er die Stufen hinauf. Durch die eingefallenen Wände und das Dach schien der Mond, und er konnte den großen Raum erkennen, in dem sie am Nachmittag gewesen waren. Er blieb stehen und lauschte. In diesem Moment sah er für den Bruchteil einer Sekunde weiter hinten im Kloster ein Licht aufleuchten. Dann war es wieder dunkel. Auf Zehenspitzen schlich er vorwärts, bis er fast die rückwärtige Mauer des Klosters erreicht hatte. Das Licht blinkte auf und verschwand, als leuchte jemand mit einer Taschenlampe von links nach rechts. Für einen Moment wurde der Lichtstrahl nach oben gerichtet und beleuchtete ein Gesicht. Es war Viktoria! Dann bewegte sich das Licht wieder, und sie verschwand im Dunkel. Alles, was er dann noch sehen konnte, war der kleine Lichtkreis, der an den Steinen entlangtanzte.

Er beobachtete sie fast eine Stunde, ehe er ins Zelt zurückkehrte. Warm wurde ihm nicht mehr, und so lag er grübelnd wach, bis die

Sonne auf das Zelt schien. Viktorias Verhalten ergab keinen Sinn. Sie
hatte doch genug Zeit, das Kloster am Tag zu erforschen. Was konnte
ihre nächtliche Suche bedeuten?

MORGENS, als sie ihren Tee tranken und zusahen, wie der Fluß auf-
taute, sagte er: „Ich habe in der Nacht Geräusche gehört. Schritte. Es
muß gegen zwei Uhr gewesen sein."

„Wahrscheinlich herunterfallendes Geröll", meinte Viktoria. „Die
Steine werden durch die Kälte gespalten."

„Und Sie haben nichts gehört?" Er blickte Chris und Viktoria an,
die nebeneinanderstanden.

„Nicht das geringste", antwortete Chris.

„Ich habe tief und fest geschlafen", behauptete Viktoria.

„Vielleicht war es auch der Geist eines Mönchs", meinte Julie
lachend.

Erst später fand Daniel eine Gelegenheit, mit Julie über sein nächt-
liches Erlebnis zu sprechen.

Sie standen in einem Durchgang neben der eingestürzten Wand
eines Hauses, als er ihr erzählte, was er gesehen hatte. Sie runzelte die
Stirn, erst verwirrt, dann ungläubig. „Aber warum sollte sie . . .?"

„Eben. Hast du nicht auch das Gefühl, daß sie sich seltsam
benimmt? So, als wüßte sie etwas, von dem wir keine Ahnung
haben."

„Jedenfalls scheint sie zu wissen, was sie will."

Nach einem kargen Mittagessen machten sie sich daran, die verfallenen Häuser zu durchsuchen, in der Hoffnung, etwas zu finden, was
auf Harry Coles Wynter hinwies. Chris hatte eine grobe Skizze des
Ortes angefertigt und ihn darin in vier Abschnitte aufgeteilt, so daß sie
systematisch vorgehen konnten. Daniel wartete, bis die anderen außer
Sicht waren, dann eilte er einen der grasbewachsenen Wege hinauf und
verschwand im Kloster.

Heller Sonnenschein fiel in das Innere der Ruine. Er ging sofort zur
rückwärtigen Wand. Sie war gut acht Meter breit und etwas über drei
Meter hoch. Ein paar Sonnenstrahlen, die durch die Lücken in der eingestürzten Mauer drangen, tauchten die Steine an einigen Stellen in
einen warmen Goldton.

Daniel begann mit der Hand über die Wand zu streichen, wie er es in
der Nacht bei Viktoria gesehen hatte. Am hinteren Ende, das im

Schatten lag, ertastete er eine Unebenheit. Er zündete ein Streichholz an und sah, daß bei dem etwa drei Meter breiten Wandstück vor ihm die Steine vom Boden bis zur Decke ohne Mörtel übereinandergeschichtet waren. Zwischen einigen Steinen, die sich nicht genau aneinanderfügten, gab es Spalten, in die er seine Hand stecken konnte. Sein Herz pochte heftig, als er einen Lichtschein entdeckte, der von einer Stelle hinter der Wand herrühren mußte. Wenn er nur hoch genug klettern könnte, würde er durch einen Spalt zwischen den Steinen hindurchsehen können. Er schichtete Trümmerstücke etwa einen Meter hoch auf und stieg vorsichtig hinauf. Als er einigermaßen Halt gefunden hatte, hallte eine Stimme durch die Ruine: „Was machen Sie da, Daniel?"

Das kam so unerwartet, daß er sich automatisch umdrehte. Einen Moment lang erblickte er Viktoria, dann setzten sich die Steine unter seinen Füßen in Bewegung. Er rutschte nach vorn und stemmte sich gegen die Wand, um den Sturz abzufangen. Als er spürte, daß die Mauer nachgab, warf er sich hastig nach hinten. Mit lautem Getöse brach ein Teil der Wand ein.

Staubwolken wirbelten auf. Als Daniel sich wieder hochrappelte, sah er, daß der nicht verputzte Teil eingestürzt war und den Blick in ein Gewölbe freigab. Durch ein Loch in der Decke fiel Sonnenlicht. Daniel wurde sich bewußt, daß Viktoria neben ihm stand, dann hörte er schnelle Schritte. Chris und Julie kamen von draußen hereingestürzt.

„Ist alles in Ordnung?" rief Chris besorgt. Dann blieb er wie angewurzelt stehen. „Großer Gott!"

2

SIE standen in der Öffnung und starrten auf ein Bild, das, als der Staub sich legte, allmählich schärfere Umrisse annahm. Dann betraten sie ganz vorsichtig das Gewölbe. Der Geruch nach ranziger Butter verstärkte sich.

Auf beiden Seiten verbreiterte sich die Höhle zu einem Raum, der etwa zehn Meter breit und zwanzig Meter lang war. Durch die Abzugsöffnung in der Decke fiel genug Licht, so daß sie sich umsehen konnten.

Es war, als hätten sie ein Museum betreten. Rechts an der Felswand und unterhalb des Abzugs befanden sich eine Reihe offener Feuerstellen und einige Brennöfen aus Lehmziegeln. Rußige Töpfe hingen an Eisenhaken darüber, und auf dem staubigen Boden lagen alte Kochgeräte.

Was sie auf der linken Seite sahen, überraschte sie noch mehr. Es war eine Art Lagerraum mit Gerätschaften aus neuerer Zeit. Einen Augenblick lang fühlte Daniel sich in das Lager einer Firma für Handwerkerbedarf versetzt. Alles war ordentlich untergebracht. Auf ein Holzgestell hatte jemand eine große Kreissäge montiert, deren Treibriemen noch gespannt war. Es gab eine Wasserpumpe und verschiedene Holzgestelle, ähnlich denen, die sie am Flußufer gefunden hatten. In einer Ecke lagen Bretter, aufgerollte Gummischläuche, die inzwischen spröde und rissig waren, und Kisten voller Nägel und Schrauben. Daneben stand eine kleine Schmiede mit Esse, Amboß und riesigem Blasebalg. In einem anderen Teil der Höhle waren landwirtschaftliche Geräte gelagert: Pflugscharen, Joche, Ketten, Sicheln, große Scheren und alles mögliche andere.

„Um Himmels willen", flüsterte Julie. „Was bedeutet das alles?"

„Da hinten geht es noch weiter!" rief Viktoria. Sie leuchtete mit der Taschenlampe auf eine Öffnung.

Der Durchgang führte mehrere Meter durch den Felsen zu einem zweiten Gewölbe. Es war kleiner als das vordere und eiskalt. An den Wänden reihten sich verschlossene Kanister, und in der Mitte der Höhle stand etwas, das mit einer Plane aus Schaf- und Ziegenfellen zugedeckt war.

Sie zögerten einen Moment, dann zogen Daniel und Chris die riesige Felldecke herunter. Nie hätten sie sich träumen lassen, was darunter zum Vorschein kam: ein Automobil. Schwarz-grün stand es in der Mitte der Höhle – wie eine Gottheit in ihrem Tempel. Unter dem Strahl von Viktorias Taschenlampe glänzten die Messingteile matt durch die schützenden Schichten Schmierfett. Die Reifen der Hinterräder waren durch Eisenbänder ersetzt worden, wie man sie bei Pferdekarren benutzt. Vorderräder und Achse fehlten, und das Vorderteil des Wagens war auf Benzinfässern aufgebockt. Minutenlang starrten sie das Automobil an, dann ging Chris nach vorn und hob eine Seite der Kühlerhaube hoch. Viktoria richtete die Taschenlampe auf den Motor. „Es ist der Abbott Special", flüsterte Chris ehrfurchtsvoll.

Sie drängten sich um ihn. Auch der Motor war durch Schmierfett geschützt. Viktoria leuchtete auf die Radnaben, dann beugte sie sich hinunter und betrachtete den Unterboden. Überall, auf jeder Schraube, jedem Gelenk, jedem blanken Metallstück lag eine dicke Fettschicht. Der Wagen hätte nicht besser erhalten sein können.

Wie gebannt überprüften sie ihn weiter, bis die Kälte sie hinaus in die warme Sonne trieb, wo sie stumm stehenblieben und versuchten, die Bedeutung ihrer Entdeckung zu erfassen.

Schließlich sagte Daniel: „Er muß in die Wüste zurückgekehrt sein, um ihn zu holen."

„Wie in aller Welt hat er den Wagen hierhergeschafft?" fragte Julie.

„In Einzelteilen", antwortete Chris. „Wenn das keine Arbeit war!"

Daniel beobachtete Viktoria. Hatte sie es gewußt? War es der Wagen, den sie gesucht hatte?

„Aber warum diese ganze Mühe?" wunderte sich Julie.

„Ganz offensichtlich, um den Wagen zu erhalten", antwortete Chris.

„Mitten im Nirgendwo? Wozu?" fragte Daniel.

„Der Abbott ist ein Vermögen wert", erklärte Chris. „Wynter hoffte vielleicht . . ."

„Damals war er kein Vermögen wert", warf Daniel ein.

„Angenommen, Sie haben recht", sagte Julie, „und er hat ihn in Einzelteilen hierhergebracht und wieder zusammengebaut, dann hätte er ihn doch wieder auseinandernehmen müssen, um ihn hinauszuschaffen. Das ergibt einfach keinen Sinn."

„In einer Hinsicht doch." Viktorias Stimme ließ sie zusammenzucken.

„In welcher?"

„Der Wagen half ihm dabei, eine Welt für sie alle zu erschaffen." Sie warteten auf eine Erklärung, doch Viktoria drehte sich um und ging in die Höhle zurück.

DEN Rest des Nachmittags machten sie eine Bestandsaufnahme von allem, was sie in den beiden Höhlen gefunden hatten. Doch sie konnten der Kälte wegen immer nur kurz im Innern arbeiten. Als die Sonne das Kloster nicht mehr beschien und die Temperatur noch mehr sank, mußten sie für diesen Tag aufhören.

Chris holte eine Flasche Whisky aus seinem Zelt und rief: „Ein Anlaß zum Feiern! Kommen Sie, Julie, sammeln wir Brennholz!"

Gemeinsam gingen sie an das Kiesufer des Flusses und kehrten mit einigen Holzböcken und losen Brettern zurück. Kurze Zeit später brannte das alte trockene Holz lichterloh. Sie saßen um das prasselnde Feuer und tranken Whisky.

Chris und Julie konnten von nichts anderem reden als von dem Film, den sie planten. „Die Entdeckung des Abbott macht unsere Story noch zehnmal besser", meinte Chris.

„Wir haben immer noch keine Ahnung, warum Wynter es getan hat", sagte Julie. „Und wir wissen auch nicht, was geschehen ist. Ich meine, weshalb haben sie diese Mauer errichtet, so als wollten sie absichtlich alles, was dahinter ist, verstecken – einschließlich des Abbott? Das sieht nicht so aus, als ob sie vorhatten zurückzukommen. Was ist dann passiert? Menschen lösen sich doch nicht einfach in Luft auf."

„Es waren Nomaden", gab Daniel zu bedenken. „Nach dem Tod meines Großvaters wollten sie vielleicht nicht mehr hierbleiben."

„Hätten sie dann nicht ihre Habseligkeiten mitgenommen?" warf Chris ein.

„Und welchen Sinn hätte die zugemauerte Höhle?" fragte Julie noch einmal.

„Vielleicht wollte er den Wagen sicher unterstellen?" überlegte Daniel.

Der Whisky tat allmählich seine Wirkung. Vielleicht kamen auch die Höhenluft und die ganze Aufregung hinzu, jedenfalls fühlte Daniel sich bald ganz beschwingt. Auch Chris sprang auf und begann, die Hände über dem Kopf zusammenklatschend, am Ufer zu tanzen. Julie schloß sich ihm an, und lachend versuchten sie einen Flamenco. Sie drehten sich immer schneller, bis Julie stolperte und der Länge nach auf den Kies fiel und er sich mit voller Absicht auf sie fallen ließ. Es war plump gemacht, und Daniel fühlte sich plötzlich von einer Wut gepackt, die schon lange in ihm geschwelt hatte.

Julie lag in Chris' Armen. Sie lachte immer noch, versuchte jedoch gleichzeitig, sich frei zu machen. Daniel beugte sich vor, packte Chris am Hemdkragen und riß ihn zurück. „Hören Sie auf, Julie zu betätscheln!" rief er zornig.

Chris stemmte sich auf ein Knie und hielt die Hände zu Fäusten geballt vor seinen Körper. Das Lachen war plötzlich verstummt. Er strahlte eine gefährliche Kälte aus und erinnerte an ein Raubtier kurz vor dem Angriff.

Daniel machte sich bereit, doch da trat Viktoria zwischen sie. „Aufhören! Hört auf! Ihr benehmt euch wie kleine Kinder!" Ihre Stimme war schneidend vor Verachtung.

Daniels Wut schwand. Langsam richtete sich Chris auf. Sekundenlang sahen sich die beiden Männer in die Augen. Julie stand mit blassem Gesicht auf.

„Versucht euch wie Erwachsene zu benehmen", sagte Viktoria tadelnd. „In dieser menschenleeren Gegend sind wir aufeinander angewiesen." Sie drehte sich um und ging das Ufer entlang.

„Tut mir leid", entschuldigte sich Daniel. Chris starrte ihn nur wortlos an.

Daniel ging zum Zelt, um seinen warmen Anorak zu holen. Er zwang sich, seinen Ärger zu vergessen, und wanderte rastlos durch den Ort. Dann stieg er die Klostertreppe hinauf, um noch einmal nach dem Wagen zu sehen.

Er ließ den Schein der Taschenlampe über die Karosserie wandern. Warum war der Abbott Special hierhergebracht worden? Langsam nahm ein Gedanke Gestalt an.

„Daniel?" Julie betrat die Höhle und stellte sich neben ihn. Sie schob eine Hand unter seinen Arm. „Es tut mir leid. Ich hätte seine dummen Spiele nicht mitmachen sollen. Ich dachte mir nichts dabei, und ich möchte, daß du das weißt."

„Bist du seinetwegen mitgekommen?"

„Nein."

„Warum dann?"

Nach einer kurzen Pause sagte sie: „Das ist ganz einfach. Ich wollte dich nicht verlieren. Du weißt ja, was man über Kinder sagt: ‚Die einzige Möglichkeit, sie zu halten, ist, sie gehen zu lassen.' Nun, ich fürchte, diese Weisheit kann man auf Erwachsene nicht anwenden. Wir haben beide in etwa die gleichen Erfahrungen gemacht. Du warst häufig längere Zeit von Hanna getrennt, und Freddie und ich sagten uns auch ständig Lebewohl."

Einen Augenblick lang mußte er überlegen, dann erinnerte er sich, daß Freddie der Schauspieler war, mit dem sie zusammengelebt hatte.

„Als diese Expedition ins Gespräch kam", fuhr sie fort, „wurde mir klar, daß ich dich verlieren würde, wenn ich dich davon abzuhalten versuchte – und dann hatte ich Angst, dich allein gehen zu lassen. Also . . ., jetzt weißt du es. "

„Ich dachte schon, Chris wäre der Grund. "

„Nein, Daniel, nein!" versicherte sie ihm lächelnd.

Er legte die Arme um sie. „Also, wie früher?"

„Nein, viel mehr. Und bei dir?"

„Viel, viel mehr. Ich hatte solche Angst, daß du mich vielleicht verläßt. "

„Wo ich dir um die halbe Welt gefolgt bin! So schnell wirst du mich nicht los!"

Daniel betrachtete wieder den Wagen und sprach dann einen Gedanken aus, den er schon lange mit sich herumtrug. „Wenn wir ihn nur hinausbringen könnten. "

„Aus dem Kloster?"

„Aus dem Tal. Er ist ein Vermögen wert. " Abrupt drehte er sich um und führte sie in die vordere Höhle. Dort ließ er die Taschenlampe über die Regale und Kisten wandern. „Es ist alles da. Jedes Werkzeug, das man braucht, um ihn wieder in Gang zu bringen. Sogar Benzin. "

„Alles, außer den Vorderrädern", erinnerte ihn Julie.

AN DIESEM Abend nahmen sie wie gewöhnlich ihre Mahlzeit gemeinsam ein. Sie setzten sich im Kreis um das Feuer, doch alle blieben recht einsilbig. Als sich klirrende Kälte herabsenkte und Nebel aufstieg, zogen sie sich in ihre Zelte zurück. Julie und Daniel hatten schon den ganzen Abend darauf gewartet, endlich allein zu sein. Als sich ihre Lippen jetzt berührten, verloren sie die Beherrschung. Sie rissen die Reißverschlüsse ihrer Schlafsäcke auf und machten daraus eine große Decke, und dann, ungeduldig zerrend und einander betastend, fingen sie an, sich zu entkleiden. Sie umfingen sich leidenschaftlich, und trotz der Kälte schwitzte Daniel. Eng umschlungen lagen sie später beieinander, bis der Schlaf sie übermannte.

In dieser Nacht schlief Daniel so ruhig wie noch nie zuvor während der ganzen Reise, und als er am Morgen erwachte, empfand er einen tiefen inneren Frieden wie lange nicht mehr. Er dachte, daß es so immer sein müßte: Julie und er zusammen, verheiratet, mit Kindern. Und doch wußte er, daß er noch eine Weile warten mußte; sein Stolz und sein Eigensinn erlaubten es ihm nicht, zu heiraten, ehe er nicht wieder auf eigenen Füßen stand, eine Stellung hatte, Geld auf der Bank und eine Zukunft. Aber im Moment lag die Chance seines Lebens hier im Goldenen Tal. Der Abbott Special war wertvoll. Er mochte fünfzigtausend Pfund wert sein. Vielleicht sogar das Doppelte. Oder das Dreifache. Eine Weile hing er seinen Wunschträumen nach. Angenommen, der Wagen war gar nicht auseinandergenommen worden. Angenommen, es gab einen weiteren Weg in das Tal, den sein Großvater benutzt hatte. Wenn er tatsächlich mit dem Abbott hierhergefahren war, würde man auf gleichem Weg das Tal auch wieder verlassen können. Es gab keinen Anlaß, an der Widerstandsfähigkeit des Wagens zu zweifeln. Er war wie ein Panzer gebaut.

Aber – und das war das entscheidende große Aber – ohne die Vorderräder konnte man nichts ausrichten. Also, was sollte es? Falls jedoch die Räder vielleicht zeitweise für etwas anderes benutzt worden waren, als Notbehelf, beispielsweise für . . .

Schnell stand er auf. Julie blickte ihn schläfrig an. Er küßte sie auf die Schläfe, und sie schlummerte weiter.

Der Nebel hatte sich im Lauf der Nacht verdichtet, so daß er weder die beiden anderen Zelte noch den Fluß sehen konnte. Er verspürte ein leises Unbehagen, als er sich seinen Weg durch diese ausgestorbene, lautlose Welt ertastete, vorbei an eingefallenen Mauern und geborstenen Schornsteinen.

Daniel suchte über eine Stunde und verlor mehrere Male die Orientierung, bis er es endlich entdeckte. Es lag umgestürzt auf dem Rücken, und seine schmalen Holzrippen ragten wie Knochen in die Luft. Es war kein sehr großer Karren, aber er hatte bestimmt das Leben der Menschen hier erleichtert. Es gab nur eine einzelne Deichsel, und Daniel nahm an, daß zwei Ochsen im Joch den Karren gezogen haben mußten. Aber worauf gezogen? Das war es, wonach er jetzt weitersuchen mußte.

Er fand das Erhoffte neben einer Hütte, von der nur noch eine Wand stand. Dort stieß er mit dem Schienbein gegen etwas, das sich nicht wie Holz anfühlte. Er bückte sich, zog die Ranken einer dicht wuchernden Klematis zur Seite, und da lagen sie – die Räder. Er untersuchte sie. Die Holzspeichen machten zwar einen arg mitgenommenen Eindruck, waren aber noch intakt. Eisenbänder waren auf eigens hergestellte Felgen geschmiedet worden. Jetzt wußte er, wozu die kleine Schmiede gedient hatte. Die Kappen der Radnaben schienen unversehrt. Er wischte den Schmutz davon ab und las: „Abbott Motor Co., London, England."

Wenn sie Achse und Räder wieder montieren konnten, und wenn es ihnen gelang, den Motor in Gang zu bringen, dann . . . , warum nicht?

„WARUM nicht?" sagte Viktoria heftig. „Weil der Weg aus dem Tal für einen Wagen unpassierbar ist, deshalb!"

Sie standen unten am Kiesstreifen des Flußufers. Die Morgensonne schien warm, und das Wasser begann wieder zu plätschern.

„Ich sagte, wenn. Wenn wir eine andere Route finden könnten. Ich glaube, daß mein Großvater den Wagen hierhergefahren hat. Und wenn er hierhergefahren worden ist, kann er auch weggefahren werden."

„Aus der Karte geht aber hervor, daß es nur einen Zugang gibt, und am anderen Ende des Tals liegt ein Moor", erwiderte Viktoria.

„Und wenn wir das Moor überqueren könnten, was dann?" fragte Chris.

„Wir könnten die Militärstraßen benutzen. Nur in der Nacht fahren. Versuchen, so nahe wie möglich an die Grenze zu kommen, damit wir den Wagen mit einem Hubschrauber abholen können."

„Glauben Sie wirklich, daß die Chinesen so etwas zuließen?"

„Bis sie es merken, sind wir schon längst auf und davon."

Chris starrte Daniel an. „Ein Versuch würde sich vielleicht lohnen. Der Abbott ist ein Vermögen wert. Besonders mit der ganzen Vorgeschichte – und erst recht als Gegenstück zum Bulldog-Saxon."

Viktoria kippte den Rest ihres Kaffees auf den Boden und meinte: „Das ist sicher ein interessanter Gedanke, doch da die Vorderräder fehlen, dürfte das Ganze . . ."

„Aber ich habe sie", unterbrach Daniel sie. „Ich weiß, wo sie sind."

Es war, als hätten er und Chris sich plötzlich gegen die anderen verschworen. Die Feindseligkeit zwischen ihnen lag noch in der Luft, und doch trat jetzt ein neues Gefühl in den Vordergrund, das sie verband: ein gemeinsames Interesse, die gleiche Vorstellung von dem, was möglich war und was nicht.

„Das ist lächerlich!" rief Viktoria. „Chris, ich verbiete dir . . ."

Chris nahm sie beim Arm und führte sie ein paar Schritte zur Seite. Sie unterhielten sich in heftigem Flüsterton. Um seinem Standpunkt Nachdruck zu verleihen, unterstrich Chris seine Worte mit Gesten.

Auch Julie meinte entrüstet: „Du mußt verrückt sein, Daniel. Das würde alles gefährden. Wir haben den Film fast fertig, und du . . .“

„Ich verstehe deine Bedenken nicht! Du und Viktoria, ihr könntet filmen, während wir versuchen, den Wagen in Gang zu bringen. Ihr wißt beide, wie man mit der Kamera umgeht.“

Chris kam mit triumphierender Miene zurück. „Alles geklärt. Wir machen es gemeinsam. Unter einer Bedingung: daß der Wagen an die Stiftung geht.“

„Viktoria sagte aber, die Stiftung wolle sich an dieser Sache nicht bereichern. Wir haben einen Vertrag.“

„Im Vertrag steht nichts über Autos. Lesen Sie mal das Kleingedruckte.“

„Na bitte.“ Daniel zuckte die Schulter. „Dann machen Sie es doch allein. Das heißt, wenn Sie je die Räder finden und die Zeit und die Kraft haben.“ Sie starrten einander an. „Sehen Sie? Ohne mich können Sie genausowenig ausrichten wie ich ohne Sie.“

Chris nickte. „Also gut, aber wenn es uns gelingt, den Abbott hinauszubringen, kauft ihn die Stiftung.“

„Für wieviel?“

„Zehntausend.“

„Er ist fünf- oder sechsmal soviel wert.“

„Natürlich. Bei Sotheby. In London. Generalüberholt.“

Viktoria stand mit unbewegter Miene ein Stück abseits. Aber Julie, die ihre Gefühle wie stets nicht verbergen konnte, fuhr Daniel an: „Wie kannst du nur! Wie bringst du es fertig, auf diese Art herumzufeilschen? Wir sind hierhergekommen, um herauszufinden, ob dein Großvater das Opfer . . .“

„Wir sind hergekommen, um Geld zu machen“, unterbrach Daniel sie ungerührt. Er wandte sich wieder Chris zu. „Einverstanden. Zehntausend und alle Filmrechte. Wir werden gleich den Vertrag aufsetzen.“

Chris zuckte die Achseln, aber seine Augen glänzten aufgeregt. „Wie Sie wollen.“

„MEIN Gott, sieht das aus!“ rief Chris. Er und Daniel entfernten die wilde Klematis und brachten, was sie überwuchert hatte, ans helle Tageslicht. Sie hatten einen eigenartigen Waffenstillstand geschlossen.

Nach einem kurzen Gang ins Kloster, wo sie Werkzeug holten, sagte Chris: „Zuerst montieren wir Achse und Räder an den Wagen, dann schaffen wir ihn aus der hinteren Höhle in die vordere. Dort können wir mit Sonnenlicht arbeiten, und Julie kann filmen."

Fünf Tage blieben ihnen noch, bis das Flugzeug sie aus dem Haupttal von Sahr abholen würde. Fünf Tage, um den Abbott Special in Gang zu bringen und einen Weg aus dem Tal zu suchen. Sie hatten geplant, in jedem Fall mit dem Flugzeug Kontakt aufzunehmen, das dann Julie und Viktoria hinausfliegen sollte, während die Männer versuchen würden, mit dem Wagen einen Weg durch die Berge zum Karakorum-Highway zu finden.

Sie benötigten fast den ganzen ersten Vormittag, um die Achse und die Räder zum Kloster zu bringen, wo sie sie dann an den Wagen montierten. Letzteres erwies sich als erstaunlich leicht, denn wie alles andere waren auch die Originalbolzen durch ihren Schmierfettschutz in hervorragendem Zustand. Doch von da an gab es keine leichten Arbeiten mehr.

Am Spätnachmittag stand der Abbott auf seinen eigenen vier Rädern. Die beiden Männer waren erschöpft und halb erfroren. Vorsichtig schoben sie den Wagen durch den Gang in die etwas wärmere vordere Höhle. Die Eisenräder knirschten auf dem rauhen Boden.

Am nächsten Tag nahmen sie sich den Motor vor.

Was den Treibstoff anbelangte, hatten sie ihre Zweifel. „Das Zeug lagert schon seit über dreißig Jahren hier", gab Chris zu bedenken. Vor ihnen standen gut vierzig Zwanzigliterkanister. Einige enthielten Kerosin, ein paar Öl, die meisten jedoch Benzin. Offenbar stammten sie von dem russischen Kaufmann in Kaschgar. Chris begutachtete sie im Schein der Taschenlampe. Angerostete Behälter stellte er zur Seite.

Einen der einwandfreien Kanister trugen sie ins Freie, öffneten ihn und gossen etwas Benzin auf den Steinboden. Dann hielten sie ein brennendes Streichholz daran. Das Benzin flammte auf.

Sie leerten den Treibstofftank des Wagens und füllten ihn neu. Dann ersetzten sie das alte Öl durch neues. Schließlich machten sie sich daran, das Schmierfett vom Motor zu entfernen, was sich als sehr zeitraubend und mühsam erwies.

Am folgenden Morgen, kaum daß die Sonne die vordere Höhle erhellte, versuchten sie, den Motor anzulassen. Chris steckte die größere Handkurbel in ihre Halterung und drehte sie langsam; ein saugendes Geräusch war zu hören. „Gut. Sehen wir uns jetzt die Zündanlage an."

Sie lösten den Magneten, der etwa die Größe von vier Männerfäusten hatte, und hoben ihn heraus. „Diese Dinger ziehen die Feuchtigkeit an, so trocken die Luft auch ist. Wir werden ein Feuer machen. Holen Sie mal ein bißchen Holz!"

Daniel zögerte. Die Anweisung hatte so gebieterisch geklungen, daß sein ganzer Ärger wieder hochkam. Doch dann sagte er sich, daß dies nicht der richtige Moment für Empfindlichkeiten war. Er sammelte ein paar Bretter. Dann entfachten sie ein Feuer in einer der alten Kochstellen der Mönche und hängten einen schwarzen Kessel darüber, in den sie den Magneten legten.

Während er trocknete, baute Daniel die Zündkerzen aus und wusch sie in Benzin. Chris arbeitete an den Hinterrädern. „Na, das ist vielleicht was!" sagte er plötzlich. „Keine Bremsen. Weder vorn noch hinten. Sieht ganz so aus, als hätte man auch die Hinterräder mal abgenommen und die Bremsen nicht mehr montiert. Wir werden die Gangschaltung benutzen müssen, um zu bremsen."

Nach mehreren Stunden nahmen sie den Magneten aus dem Kessel, ließen ihn abkühlen und setzten ihn wieder ein. Chris zeigte Daniel, wie man den Hebel für Früh- und Spätzündung am Lenkrad bediente. Dann stellte er sich wieder vor den Wagen. „Es geht los!" rief er.

Er drehte die Anlasserkurbel. Der Motor schnaufte asthmatisch. Er kurbelte noch einmal. Und noch einmal. Er drehte die Kurbel, bis er einen Krampf im Arm bekam. Dann löste Daniel ihn ab. Jedesmal hustete, spuckte und stotterte der Motor, wollte aber nicht anspringen. Beide Männer gerieten ins Schwitzen.

Chris überlegte angestrengt. „Diese alten Motoren sind lächerlich einfach. Hat man Benzin und es läuft durch, sind die Zündkerzen sauber, und gibt die Zündung einen Funken, dann müßte er doch, verflixt noch mal, anspringen. Versuchen wir es weiter!"

Sie kurbelten und kurbelten, doch aus dem Innern des Wagens kam nur ein Stottern und Blubbern. Schließlich gaben sie es auf und starrten den Abbott Special wütend an.

Plötzlich zerriß ein lauter Schrei die Stille.

„Viktoria!" Daniel rannte los, und die anderen folgten ihm. „Wo sind Sie?" rief er.

„Hier!" Ihre Stimme klang ganz nah. Er kletterte über mehrere riesige Steinbrocken und entdeckte eine Öffnung zu einem Durchgang, den sie bisher nicht bemerkt hatten. Er arbeitete sich hindurch, so schnell er konnte, und gelangte in eine dritte Höhle, die, wie die erste, vom Sonnenlicht erhellt wurde. Viktoria stand da und starrte fassungslos auf das Bild, das sich ihren Augen bot.

Diese Höhle war kleiner als die beiden anderen und hatte offenbar als Wohnraum gedient. An der rechten Wand stand ein zerbrochenes Feldbett aus Holz, der Leinwandbezug hing in Fetzen. Daneben lagen die Trümmer einer Holzkommode und eine zersplitterte Laterne. An der Felswand über dem Bett hingen drei alte Bilder von britischen Eisenbahngesellschaften; sie waren zerrissen und von Staub bedeckt. Auf dem Boden lag ein alter *Country-Life*-Kalender. Neben der Kommode erkannten sie die Überreste eines Radioapparates. Offenbar war er von etwas Schwerem zerschmettert worden, und durch die aufgebrochene Rückseite konnte man die alten Batterien sehen.

Doch der Grund für Viktorias Schreckensschrei befand sich an der linken Wand der Höhle. Etwa zwanzig Skelette waren es, die noch so dazuliegen schienen, wie sie gefallen waren: Bleiche Totenschädel und Füße mit langen, spitz zulaufenden Knochen ragten aus halbvermoderten Kleidern. Einige Gerippe wiesen sogar noch Überreste pergamentfarbener Haut auf.

„O mein Gott!" entfuhr es Julie. Sie taumelte auf Daniel zu, und er legte den Arm um ihre Schultern. „Wer sind sie?" flüsterte sie.

„Wissen Sie das nicht?" Viktoria blickte sie an. „Können Sie es denn nicht sehen?"

Sie deutete auf eines der Skelette, doch ihr Arm zitterte so heftig, daß die anderen zunächst nicht wußten, worauf sie zeigte. An den Füßen des Skeletts steckte, trotz der langen Zeit noch gut erhalten, ein Paar genagelte, englische Bergstiefel. Daniel spürte, wie sich sein Magen verkrampfte. Er wußte mit absoluter Sicherheit, daß er vor den sterblichen Überresten seines Großvaters stand.

„Sie müssen von einem Erdbeben überrascht worden sein", vermutete Chris.

Das schien im Augenblick die einzig mögliche Erklärung, doch dann stellte Daniel fest: „Es sieht aber nicht so aus, als wäre etwas auf sie gestürzt."

„Seht sie euch näher an", forderte Viktoria sie auf.

Daniel beugte sich über ein Skelett und entdeckte an den Handge-
lenken Drahtschlingen. Die anderen Leichen waren ähnlich gefesselt.
„An ihrem Tod ist bestimmt kein Erdbeben schuld. Sie wurden
ermordet!" erklärte er. Dann betrachtete er die Felswand hinter den
Toten. Sie wies zahllose Einschüsse von Kugeln auf. „Zuerst hat man
sie gefesselt, dann hierhergetrieben und erschossen. Aber es sind bloß
etwa zwanzig. Was ist aus den anderen geworden?"

Chris bückte sich und hob mehrere leere Patronenhülsen auf. „Rus-
sisch", meinte er und gab eine der Messinghülsen an Daniel weiter.

Während Daniel sie sich anschaute, spürte er plötzlich ein seltsames
Beben. Es wurde stärker, und dann hörten sie ein Grollen wie von
einer Geröllawine. In heller Panik blickten sie sich um.

Daniel packte Julie am Arm und zerrte sie zurück durch den schmalen Höhlengang. Chris schob Viktoria vor sich her. Der ganze Berg
schien einzustürzen, während sie ins Freie hasteten. Für einen Moment
hatte Daniel das Gefühl, taub und blind zu sein, dann schärften sich
seine Sinne, und er erkannte, woher der Lärm kam: Etwa zehn Meter
über ihnen flog ein Hubschrauber. Er drehte ab und landete auf dem
freien Platz vor der Klostertreppe.

Der Hubschrauber trug chinesische Kennzeichen. Eine Seitentür
öffnete sich, und ein Mann in Uniform sprang heraus. Julie und Daniel
standen am Eingang des Klosters, und die beiden anderen gesellten
sich zu ihnen. Sie waren alle mit Staub bedeckt und schämten sich nun
ihrer Panik.

Der chinesische Offizier stieg die Stufen zu ihnen hinauf. Er war
Ende Zwanzig und trug eine dick gefütterte Jacke und eine runde
Pelzkappe mit leuchtendrotem Abzeichen. Er lächelte, und als er die
Gruppe erreichte, blickte er zuerst Viktoria, dann Julie an. „Miß Hol-
lande?"

„Ich bin Miß Hollande", sagte Viktoria.

„Major Liu." Er schaute auf ein Blatt Papier, nannte jeden ihrer
Namen und schüttelte jeweils dem Betreffenden die Hand. Dabei
lächelte er unverwandt und entblößte einen Goldzahn in seinem rechten Mundwinkel. „Hatten Sie Glück?"

Daniel stutzte einen Moment, dann wurde ihm klar, daß er damit
ihre Jagd meinte – den Grund, den sie für ihren Besuch in Sahr angegeben hatten. „Bisher noch nicht", antwortete er. „Dabei sagte man uns,
daß es hier sehr viele Markhors geben soll. "

„Auf dem Herweg haben wir einige Tiere gesehen – leider außer Schußweite", erklärte Chris, der schnell begriff.

Sie luden den Offizier in ihr Lager am Ufer ein und boten ihm Kaffee an. Daniel bemerkte, daß die Hubschraubertür auf der Pilotenseite einen Spalt offenstand, und glaubte, die Mündung einer Maschinenpistole zu sehen.

Eine Weile unterhielten sie sich über die Jagd oder vielmehr das mangelnde Jagdglück, dann sagte Liu plötzlich: „Dürfte ich bitte Ihre Papiere sehen?" Er lächelte weiterhin, während er die Reisepässe überprüfte und ihre Erlaubnis, chinesisches Gebiet zu überfliegen. „Vielen Dank." Er verneigte sich und gab die Papiere zurück. „Wo haben Sie Ihr Glück versucht? Im Haupttal?"

„Ist das denn nicht das Haupttal?" fragte Daniel.

Major Liu lächelte unverwandt. „Nein, Mr. Wynter, dies ist nicht das Haupttal. Das Haupttal liegt auf der anderen Seite der Berge." Er deutete in die Richtung, aus der sie gekommen waren. „Ihre Genehmigung gilt nur für das Haupttal."

„Genehmigung? Welche Genehmigung?" erkundigte sich Viktoria. „Wir brauchen doch keine Sondererlaubnis, um hier zu jagen. Wir sind in Sahr."

„Sahr steht unter chinesischem Schutz." Major Lius Lächeln wurde breiter. „Hier ist chinesisches Hoheitsgebiet. Schon seit über dreißig Jahren."

„Oh, entschuldigen Sie", sagte Daniel. „Das wußten wir nicht."

„Ich muß Sie leider bitten, zum Haupttal zurückzukehren."

„Ja, natürlich. Wir machen uns gleich morgen auf den Weg."

„Das ist gut. Bedauerlicherweise gibt es im Haupttal kein Kloster zu erforschen." Sein Goldzahn blitzte in der Sonne, und er zündete sich eine Zigarette an. In diesem Moment wurde Daniel klar, daß sie seit ihrer Ankunft beobachtet worden waren. „Haben Sie das da im Kloster gefunden?"

„Was?"

Liu deutete auf die Patronenhülse, die Daniel zwischen seinen Fingern hin und her rollte. Der Chinese streckte die Hand danach aus.

„Damit schießt man wohl keine Markhors", sagte er. „Bitte, Mr. Wynter, verraten Sie mir, wo Sie die Patrone gefunden haben."

Daniel zögerte kurz, aber Ausflüchte waren sinnlos. Er führte den Major durch den Ort, fort von der Höhle, in der der Abbott stand, und den Pfad entlang bis zur Felsengruft. Unbewegt starrte Liu auf die Skelette.

„Sie wurden erschossen!" erklärte Daniel und deutete auf die Einschläge in der Wand. „Sehen Sie, man hat ihre Hände auf dem Rücken gefesselt."

Mit der Spitze seines Pelzstiefels trat Liu gegen ein Skelett, und die Knochen zerfielen in Staub.

Daniel verlor die Beherrschung. „Um Himmels willen, können Sie sie denn nicht in Frieden lassen!"

„Was geht Sie das an, Mr. Wynter? Weshalb sind Sie hierhergekommen? Sie jagen nicht. Sie verbringen den ganzen Tag im Kloster. Warum?"

„Wir sind hierhergekommen, um Markhors zu schießen. Wir wußten nicht, daß es hier ein Kloster gibt."

„Warum lügen Sie?" Wieder trat er gegen ein Skelett, und die Knochen fielen auseinander. „Was spielt es für eine Rolle, wer diese Leute waren? Sie sind tot." Er ging zur anderen Seite der Höhle und betrachtete die Bilder und das zertrümmerte Feldbett. Daniel hob den *Country-Life*-Kalender auf. Er fühlte sich seltsam berührt von diesem stummen Zeugen einer längst vergangenen Zeit.

Schließlich folgte er Major Liu ins Freie, wo die anderen warteten. Die Sonne war verschwunden, und ein Wind kam auf.

„Was ist da drin passiert?" fragte Julie den Major.

„Wer kann das schon sagen."

„Es sind russische Patronen", warf Chris ein.

„Warum sollten die Russen bis hierher kommen?" Viktorias Stimme klang ungläubig. „In diesem Teil der Welt hat es seit mehr als achtzig Jahren keine Russen gegeben."

„Wer kann das schon sagen?" wiederholte Liu. Er verbeugte sich vor Julie, dann vor Viktoria. „Ich gehe jetzt." Sein Lächeln war nun sehr dünn. „Sie bleiben!"

„Das können wir nicht. Wir müssen unser Flugzeug erreichen", erklärte Viktoria.

Das Lächeln verschwand ganz. „Sie bleiben! Ich komme morgen zurück." Das war ein Befehl. „Ihre Gewehre, bitte. Sie bekommen sie zurück."

Chris reichte ihm die Magnum.

„Ist das alles?"

„Ja."

Liu drehte sich um, rannte zum Hubschrauber und stieg ein. Augenblicke später stieg der Hubschrauber auf und verschwand Richtung Osten.

Keiner sprach ein Wort. Das Tal war plötzlich nicht mehr golden, sondern grau und kalt. Alles hatte sich jetzt geändert.

3

JULIE brach als erste das Schweigen. „Je mehr er lächelte, desto unsympathischer ist er mir geworden", sagte sie.

„Was meinen Sie?" wandte Chris sich an Daniel. In diesem Augenblick deutete sich eine kaum merkliche Veränderung ihrer Beziehung zueinander an. Zum ersten Mal zeigte Chris sich verunsichert und schien seinen Rat zu suchen.

„Ich glaube, unsere Lage ist problematisch", antwortete Daniel. „Betrachten Sie es mal aus chinesischer Sicht. Das hier ist ihr Gebiet – zumindest behaupten sie es –, und nun kommen wir und entdecken etwas sehr Merkwürdiges und Schreckliches."

„Aber niemand weiß, was wirklich passiert ist", entgegnete Chris. „Das Massaker kann schließlich auch von Kasachen, Turkestanern oder sonstjemand verübt worden sein."

Daniel holte den alten *Country-Life*-Kalender aus seinem Anorak. „Das habe ich gefunden. Seht ihr? Er stammt aus dem Jahre 1950. Jemand, mein Großvater wahrscheinlich, hat die Tage bis zum zweiten Oktober abgehakt."

„Ist zu diesem Zeitpunkt hier denn etwas passiert?" fragte Julie. „Ich meine, eine Revolution oder so was?"

„Ich kann mich an 1950 gut erinnern", meinte Viktoria nachdenklich. „Der General war damals sehr krank, und ich las ihm jeden Morgen nach dem Frühstück die *Times* vor. Sie brachte seinerzeit ständig Berichte über die Invasion der Chinesen in Tibet."

„Das ist es!" rief Daniel. „Das muß es sein! Der Einmarsch der Chinesen in Tibet! Bestimmt sind sie durch dieses Tal gekommen! Sie haben meinen Großvater und die Kalmücken ermordet, ihre Häuser gesprengt und sind weitergezogen." Er hielt inne und versuchte sich vorzustellen, was geschehen sein mochte. „Den Abbott fanden sie nicht, weil er bereits eingemauert war, was darauf schließen läßt, daß mein Großvater mit ihrem Kommen rechnete."

„Er hatte das Radio." Chris nickte. „Es gab damals schon sehr leistungsstarke Kurzwellenempfänger. Und jede Station der BBC wird Nachrichten über den Einmarsch gesendet haben."

„Ja, er hörte die Nachrichten bestimmt im Radio", wiederholte nun Julie. „Er wußte, daß Gefahr für sie bestand, also versteckte er den Abbott und was sie sonst besaßen hinter der Mauer. Aber dann hat man sie gefangen – vermutlich, als sie versuchten, das Tal zu verlassen."

„Also gab es kein Erdbeben", warf Chris ein. „Nachdem die Chinesen Wynter und die Kalmücken erschossen hatten, sprengten sie das Kloster, genau wie die Steinhütten."

„Aber es waren russische Kugeln, keine chinesischen", gab Viktoria zu bedenken.

„Die Sowjets belieferten die Chinesen doch jahrelang mit Waffen. Sie haben ihre halbe Armee in Korea damit ausgerüstet", erklärte Daniel.

Sie standen in der bitteren Kälte und überlegten.

„Angenommen, unsere Vermutungen stimmen", sagte Chris, „was dann?"

„Ich glaube nicht, daß Liu morgen zurückkommt, uns freundlich zum Haupttal geleitet und mit der Ermahnung abreisen läßt, keine Dummheiten mehr zu machen. Wir wissen zuviel. Wir haben alles auf Video aufgezeichnet . . ."

„Woher sollten sie das wissen?" meinte Julie. „Liu hat unsere Kameraausrüstung doch nicht gesehen."

„Sie wissen alles, was wir seit unserer Ankunft getan haben. Das Funkeln, das wir damals vom Joch aus bemerkten, rührte bestimmt nicht von einer Eisfläche her. Das war die Spiegelung von Sonnenstrahlen auf einem Feldstecher oder Fernrohr. Sie haben uns von dort drüben aus beobachtet." Daniel deutete mit einer Kopfbewegung zu den gegenüberliegenden Berghängen. „Ich wette, sie beobachten uns auch jetzt. Sie haben sehr wohl gesehen, wie wir Aufnahmen machten. Deshalb kam auch der Hubschrauber."

„Warum hat dieser lächelnde Major dann kein Wort darüber gesagt?"

„Er wollte erst einmal herausfinden, was wir eigentlich vorhaben.

Jetzt weiß er, daß wir eine sehr unangenehme Geschichte auf Video-
film haben, die sein Land mit dem kaltblütigen Massaker an weiß Gott
wie vielen unschuldigen Menschen in Verbindung bringt. China
unternimmt im Moment allergrößte Anstrengungen, dem Westen ein
neues Gesicht zu zeigen. Die Chinesen führen sogar Verhandlungen
mit den Russen – und für die Sowjets sind die Kalmücken Russen."

„Dann geht Major Lius Bericht sicher nach Peking, wo man eine
Entscheidung treffen wird", sagte Chris düster. „Ich finde, wir sollten
nicht hierbleiben, um abzuwarten, wie sie ausfällt."

„Wir dürfen jetzt nicht überstürzt handeln", warnte Julie.

„Chris hat recht", entschied Daniel. „Die Chinesen werden uns
wahrscheinlich nach Kaschgar bringen und uns festhalten, bis die
Gespräche abgeschlossen sind. Vielleicht stecken sie uns aber auch ins
Gefängnis wegen unrechtmäßigen Fotografierens oder Spionierens,
zwingen uns, Geständnisse zu unterschreiben, daß wir gegen die
Gesetze der Volksrepublik China verstoßen haben. Mit Sicherheit
werden wir unsere Filme und die Ausrüstung verlieren."

„Vielleicht ziehen sie es vor, das mit uns zu machen, was sie mit
Harry Wynter und den Kalmücken getan haben", unkte Chris. „Das
wäre das einfachste. Wir würden plötzlich verschwinden. Dann wird
eine Suchaktion eingeleitet, leider ohne Ergebnis. Bedauerlich. Aber
in diesen Bergen kommt es eben immer wieder zu Unfällen. Hier hausen noch Bären . . . Wölfe treiben sich herum . . ."

Sie schwiegen und zogen ihre Jacken enger um sich. Doch es war
weniger der eisige Wind, der sie erschauern ließ. Vor ihrem inneren
Auge sahen sie die Skelette, die pergamentartigen Hautfetzen, die
leeren Augenhöhlen – und die genagelten englischen Bergstiefel.

„Wir müssen raus!" entschied Daniel.

„Bei Tageslicht geht es nicht", überlegte Chris laut. „Und den Weg,
auf dem wir hergekommen sind, können wir nicht nehmen. Wenn
Daniel recht hat, stehen dort ihre Beobachtungsposten. Außerdem
werden wir die Schlucht im Dunkeln niemals finden."

„Wir müssen unten durch das Tal", meinte Daniel.

Ihre Stimmen waren kaum mehr als ein aufgeregtes Flüstern.

„Was ist mit dem Moor?" fragte Julie.

„Wir wissen nicht, wie tief es ist. Aber wir werden es versuchen, es
ist die einzige Möglichkeit. Die Zelte müssen wir zurücklassen. Das
verschafft uns einen Zeitvorsprung bis zum Morgen. Früher werden

sie nicht bemerken, daß wir verschwunden sind. Falls wir nicht durch das Moor kommen, müssen wir eben klettern." Daniel betrachtete die steilen Berge ringsumher, die Schneefelder, die stellenweise bis ins Tal reichten, und dachte: Gott steh uns bei, wenn wir da hinaufmüssen!

„Das Haupttal liegt südlich von hier", sagte Viktoria, „und unser Flugzeug kommt in zweieinhalb Tagen."

„Wir können es schaffen", beruhigte Chris sie. „Inzwischen sollten wir uns normal verhalten. Gestern abend hatten wir ein Feuer, machen wir auch heute eins. Dann haben sie zumindest etwas zum Anschauen."

DANIEL ging ein letztes Mal ins Kloster. Er stand in der Höhle, die zur Totengruft geworden war, und blickte auf die Gebeine seines Großvaters, den er nie gekannt hatte. Wegen eines Tagebuchs war er gekommen, aber er wußte, daß er hier nichts finden würde, und die sterblichen Überreste dieser unglückseligen Menschen zu durchsuchen lag nicht in seiner Absicht.

Noch einmal ließ er den Blick durch die Höhle schweifen, ehe er über die Trümmerstücke zurückkletterte. Dann schaute er Abschied nehmend zum Abbott hinein.

Selbst mit seinen seltsamen eisenbereiften Rädern war der Wagen einmalig schön. Gab es hier nichts, was er als Andenken an seinen Großvater mitnehmen konnte? Er schaute umher, doch nichts erschien ihm klein genug, um es auf der Flucht mitnehmen zu können. Seufzend trat er auf die Treppe hinaus. Der Wind hatte fast Sturmstärke, und es wurde allmählich dunkel.

Das erste, was er sah, war Julie, die auf ihn zurannte. Sie kam vom Flußufer. Ihre Stimme klang aus der Ferne wie ein schriller Möwenschrei. Weiter hinten am Wasser erkannte er zwei Gestalten. Eine lag auf dem Kies, die andere stand darübergebeugt.

Er eilte die Stufen hinunter und zwischen den Ruinen hindurch Julie entgegen. „Man hat auf Chris geschossen!" rief sie aufgeregt.

Zusammen rannten sie zum Ufer zurück. Zuerst fiel Daniels Blick auf das Blut, dann auf Viktorias Gesicht, das um Jahre gealtert schien. Sie hatte Chris' linkes Hosenbein aufgerissen, und ihre Hände waren blutverschmiert. Chris stöhnte vor Schmerzen.

Viktoria blickte Daniel an. „Wir haben Holz gesammelt, und dann sank er plötzlich zusammen."

Der Oberschenkel sah aus, als wäre er unter ein Fleischerbeil geraten. Daniel band ihn über der Wunde ab, und während er das tat, stieß
er gegen etwas Hartes, das im Futter von Chris' Anorak steckte. Es
war ein etwa fünfzehn Zentimeter langer Felssplitter, der sich wie ein
Dolch zuspitzte. Der Splitter mußte durch ein Geschoß von einem
Felsblock abgesprengt worden und wie eine Schrapnellkugel in Chris'
Bein eingedrungen sein.

Sie halfen Chris auf die Füße. Er versuchte ein paar Schritte zu humpeln, brach jedoch dann in Daniels Armen zusammen.

„Ich muß ihn tragen. Helft mir, ihn auf den Rücken zu heben", bat
Daniel. Bis zu den Zelten waren es etwa dreihundert Meter, und als sie
dort anlangten, setzte sich Daniel vollkommen erschöpft auf den
Boden. Sie hatten eine Erste-Hilfe-Ausrüstung dabei und ein paar
Ampullen mit Morphium. Er löste die Abbindung, versah Chris'
Schenkel mit einem Druckverband und gab ihm eine Morphium-
spritze. „Die Wunde müßte genäht werden", meinte er. „Wie ist das
passiert?"

„Ich wollte Holz sammeln", antwortete Chris. „Einige längere
Bretter lagen weiter unten am Fluß, und weil mir kalt war, rannte ich
dorthin, um mich so ein bißchen aufzuwärmen. Ich hatte die Bretter
fast erreicht, als ich den Knall hörte. Seltsamerweise habe ich es gar
nicht sofort gespürt, aber als ich an mir hinunterschaute, sah ich das
Blut."

Daniel spähte hinüber zu den Bergen der gegenüberliegenden Tal-
seite. Wo stecken sie? fragte er sich. Auf den Felsen? Oder in Höhlen?
„Sie sind gerannt?" fragte er. „Das wird es wohl gewesen sein. Vielleicht ein Warnschuß. Möglicherweise dachten sie, daß Sie fliehen
wollten, und hatten gar nicht die Absicht, Sie zu treffen."

„Wir müssen warten, bis Major Liu morgen kommt", sagte Viktoria. „Chris braucht ärztliche Hilfe."

„Wie wäre es mit einem Arzt in Indien?" schlug Julie vor.

„Wie sollen wir ihn hinausbringen? Wir können ihn nicht tragen",
warf Daniel ein.

„Vielleicht auf einer Bahre", meinte Viktoria.

„Wir würden nicht mal den halben Weg zum Moor schaffen, dann
hätten uns die Kerle schon eingeholt. Die zurückgelassenen Zelte
werden sie nicht lange täuschen."

„Sie reden die ganze Zeit nur davon, was nicht geht." Viktorias

Stimme wurde schrill. „Er ist schwer verletzt! Haben Sie denn keine brauchbare Idee?"

Daniel spielte jede Möglichkeit durch, doch alle Wege schienen in einer Sackgasse zu enden. „Wir müssen hierbleiben", sagte er schließlich.

„Es *muß* einen Ausweg geben!" beharrte Julie. „Gibt es hier denn kein Maultier oder sonst etwas, das Chris tragen oder ziehen könnte?"

„Also wirklich!" fuhr Viktoria sie an. „Wo sollen wir hier ein Maultier hernehmen?"

„Wie wäre es mit dem Abbott?" meinte Daniel nachdenklich. „Wenn mein Großvater ihn hatte hereinfahren können, muß es uns auch gelingen, ihn hinauszufahren. Vielleicht ist das Moor nicht sehr tief. Vielleicht gibt es ein paar Zentimeter unter der Oberfläche festen Boden."

„Vergessen Sie nicht etwas?" fragte Viktoria. „Sie haben den Wagen ja gar nicht starten können!"

Daniel wandte sich an Chris. „Fällt Ihnen noch etwas ein, das wir nicht versucht haben?"

„Sie könnten probieren, die Zündkerzen zu erwärmen", flüsterte Chris mit schwacher Stimme.

Sie trugen ihn in sein Zelt, und Viktoria blieb bei ihm.

Daniel wandte sich an Julie. „Komm, tun wir unser Bestes. Eine Hoffnung haben wir zumindest noch."

JULIE saß auf dem Fahrersitz. Daniel erklärte ihr den Hebel am Lenkrad, mit dem sich die Zündung regulieren ließ. Er hatte einige alte Petroleumlampen angezündet, und in der Höhle glomm ein trübes Licht. „Also gut", sagte er. „Jetzt geht's los!"

Er drehte die Anlasserkurbel. Der Wagen gab das gleiche asthmatische Keuchen wie am Nachmittag von sich. Wieder und wieder drehte er die Kurbel, bis ihm der Schweiß über den Rücken rann. Jedesmal hörte es sich an, als ob der Motor gleich anspringen würde, doch dann erstarb das Keuchen wieder.

„Sie dürfen jetzt nicht aufgeben!" Viktoria stand neben den Trümmern der eingestürzten Wand.

„Was zum Teufel verstehen Sie davon!" Wütend drehte Daniel die Kurbel erneut. Dann übermannte ihn ein kindischer Zorn, und er trat nach dem Rad des Abbott.

Im gleichen Moment wurde ihm bewußt, daß Julie und Viktoria ihn angsterfüllt ansahen – er war ihre einzige Hoffnung. Tränen stiegen in ihm auf, und er konnte sie nur mit Mühe zurückhalten. Plötzlich mußte er daran denken, wie sein Onkel ihn mit dreizehn oder vierzehn an einem kalten Frühlingstag nach draußen schickte, um den Rasen zum erstenmal in jenem Jahr zu mähen.

Daniel sah den grünen, eckigen Rasenmäher deutlich vor sich. Er hatte den Starter gezogen und gezogen, ähnlich wie er jetzt kurbelte. Vor Wut war er fast in Tränen ausgebrochen, da kam sein Onkel aus dem Haus und sagte: „So bringst du ihn nie in Gang, Junge. Aber ich kann dir einen Trick zeigen."

Würde dieser Trick auch hier funktionieren? Er versuchte, sich genau zu erinnern, was sein Onkel getan hatte. Ja, es konnte gehen. Der Abbott besaß einen Verbrennungsmotor, genau wie damals der Rasenmäher.

Er hob die Kühlerhaube ab und schraubte die Zündkerzen heraus. Dann nahm er die Verschlußkappe des Benzinkanisters und schüttete etwa ein bis zwei Teelöffel Benzin in die Öffnungen. Er schraubte die Zündkerzen wieder ein und blickte Julie an. „Fertig?"

„Ja."

„Versuch mal, den Zündfunken etwas höher einzustellen!"

Er drehte die Kurbel. Es gab eine Explosion, und eine blaue Rauchwolke schoß unter dem Heck des Wagens hervor. Die Kurbel drehte leer weiter, und er bekam einen heftigen Schlag gegen den Arm. Er taumelte zurück und fiel auf die Werkzeugkiste. Einen Moment befürchtete er, sein Arm sei gebrochen. Dann stand er entschlossen auf.

„Jetzt zurücknehmen!" rief er und kurbelte erneut. Ein Rattern wie von zahllosen Nähmaschinen ertönte. Er rannte zur Fahrerseite, griff nach dem Choke und bewegte ihn vorsichtig. Nach mehr als dreißig Jahren lief der Abbott Special wieder!

Doch jetzt war keine Zeit, dieses Ereignis zu bejubeln. Daniel fing sofort an, Treibstoffkanister, Seile und einen Spaten hinten in den Wagen zu laden. Julie blieb am Steuer sitzen, während Viktoria forteilte, um sich um Chris zu kümmern. Mit Hilfe einer breiten Steinplatte, die er an einem Seil hinter sich herzog, bahnte Daniel einen Weg durch die Trümmer, und dann rollte der Abbott wie ein riesiges Tier, das aus seinem Bau hervorkommt, langsam ins schwache Mondlicht hinaus. Er holperte die niedrigen Stufen der Klostertreppe hinunter, den Weg zwischen den Hütten hindurch und zu den Zelten. Sie luden ein, soviel sie konnten. Zum Schluß hoben sie den halb bewußtlosen Chris mit vereinten Kräften auf den Rücksitz, wo Viktoria sich um ihn kümmerte. Julie setzte sich neben Daniel nach vorn.

Die Scheinwerfer des Abbott funktionierten nicht mehr, es gab keine Bremsen, und nur der erste Gang ließ sich einlegen. Doch der Motor trieb die Hinterräder an, und das genügte.

„Fertig?" fragte Daniel. „Dann geht es los!"

Und das Automobil, das vor langer Zeit einmal der ganze Stolz eines Mr. Abbott in London gewesen war, fuhr auf seinen eisenummantelten Rädern das Flußtal hinunter. Die Räder waren ein Problem. Auf diesem Boden aus Gras und Sand, einmal fest, dann wieder weich, sanken sie häufig ein. Als Daniel immer öfter aussteigen mußte, um sie freizuschaufeln, übernahm Julie das Fahren. Sie umklammerte das riesige hölzerne Lenkrad wie ein ertrinkender Matrose einen Rettungsring. Keiner sprach ein Wort. Sie alle dachten nur an das eine: den Wagen um jeden Preis in Gang zu halten.

Gegen Mitternacht flaute der Wind ab, und die Wolken verschwanden im Nordwesten. Die Sterne funkelten, und der Mond erhellte ihren Weg. Daniel blickte durch sein Fernglas zurück ins Tal. Das Kloster war nicht mehr zu sehen. Nichts regte sich.

Sie fuhren weiter. Allmählich wurde der Himmel grau, dann blau, und die Sonne tauchte die Gipfel der Berge in ein zartes Rot. Die Luft erwärmte sich schnell. Daniel wußte, daß jetzt der entscheidende Moment gekommen war. Nun würden die Feldstecher auf ihre Zelte gerichtet werden. Wenn niemand herauskam – was dann?

Der Fluß weitete sich wie das Tal und begann bereits zu tauen. Unversehens waren sie an das Moor gelangt. Vor ihnen erstreckte sich eine glänzende Wasserfläche, auf der sich die Sonne spiegelte. Julie brachte den Wagen zum Halten. Daniel nahm sein Fernglas und besah sich die Gegend. Wasser, so weit das Auge reichte. Hier und da Grasbüschel und Schilf, und zu beiden Seiten Felsen, die es unmöglich machten, das Moor zu umfahren.

Daniel ging mit dem Spaten voraus, um das Gelände zu erkunden. Am Rand, wo das Wasser am seichtesten war, fing das Eis bereits an zu tauen, doch als er es vorsichtig betrat, bemerkte er, daß nur die Oberfläche geschmolzen war. Darunter schien festes Eis zu sein. Konnte es das Gewicht des Wagens tragen? Er stieß mit dem Spaten ins Eis, machte ein paar Sprünge. Es hielt.

Mit glänzenden Augen kehrte er zum Wagen zurück. „So also kam Harry Wynter herein!" rief er. „Im Winter und Frühling ist das Moor zugefroren. Selbst jetzt gefriert der Fluß noch jede Nacht."

Viktoria stand die Sorge um Chris im Gesicht geschrieben. Sie schien nicht einmal zu hören, was Daniel sagte.

„Geh du voraus", forderte er Julie auf. „Ich folge im Abstand von dreißig Metern. Gib auf Risse acht. Viktoria, gehen Sie mit ihr. Ich möchte, daß der Wagen so leicht wie möglich ist."

Julie betrat die Eisfläche. Nach einer Weile drehte sie sich um und winkte ihm zu. Vorsichtig fuhr er los. Die Metallräder des Abbott brachen in das dünne Eis am Rand ein, dann kamen sie auf festeren Grund und rollten dahin. Schmelzwasser spritzte von den Vorderrädern auf.

Julie bewegte sich vorsichtig zwischen Grasbüscheln und Schilf und hielt Ausschau nach Rissen und dünnen Stellen im Eis. Die Oberfläche schmolz nun rasch, denn die Sonne brannte heiß vom Himmel. Julie stand bereits bis zu den Knöcheln im Wasser. Sie blickte hinunter und sah ein abgebrochenes Stück Schilfrohr vorbeitreiben. Es gab also eine Strömung im Moor. Offenbar befanden sie sich mitten über der Hauptströmung des Flusses, dem Teil also, der am schnellsten tauen würde.

Weiter links lag das Moor noch vollkommen im Schatten, weil ein Berggipfel die Sonne verdeckte. Also schlug sie diese Richtung ein. Wie erhofft, war das Eis dort noch fest.

Nach etwas über einer Stunde hatten sie gut zwei Kilometer zurückgelegt. Nun wurde das Tal allmählich enger. Es gab keinen Schatten mehr. Julie und Viktoria wateten durch das Wasser voraus. Das Moor verwandelte sich in ein Flußbett mit breitem Ufer. Als die Frauen hinaufstiegen, sank ein Hinterrad des Abbott ein. Der Motor stockte, und der Wagen lag da wie ein Betrunkener, der hingefallen und eingeschlafen ist.

Daniel schaute sich das Mißgeschick genauer an. Ein Rad war bis zur Achse eingesunken, das andere jedoch stand auf festem Grund. „Es ist in ein Eisloch gerutscht", sagte er. „Wir müssen alles ausladen und dann versuchen, den Wagen herauszubekommen."

Sie hoben Chris aus dem Wagen, und Viktoria gab ihm eine weitere

Morphiumspritze. Daniel drückte ihr sein Fernglas in die Hand. „Halten Sie Ausschau nach allem, was sich bewegt", bat er sie. „Julie und ich laden aus."

Sie stellten die Kanister aufs Eis und legten die Ausrüstung und ihre persönlichen Sachen dazu. Zum Schluß räumten sie die riesige hölzerne Werkzeugkiste aus, die an die Rückseite des Wagens angeschraubt war. Daniel nahm die schweren Schraubenschlüssel heraus, bis schließlich nur noch ein Stück Sackleinwand übrigblieb, die den Boden bedeckte. In einer Ecke fiel ihm eine Erhebung auf. Er zog den Stoff zurück und starrte auf zwei ledergebundene Bücher, die mit Schnur zusammengebunden waren. Auf dem Deckel des oberen stand in goldgeprägten Lettern: *Harry Coles Wynter, Peking–London, 1910.* Er nahm die Bücher heraus und drehte sich triumphierend zu den anderen um, als Viktorias Stimme die Stille wie ein Messer durchschnitt.

„Sie kommen!"

Daniel steckte die Bücher hastig in Chris' Anorak, dann griff er nach dem Fernglas und blickte zum Tal zurück. Zunächst konnte er nichts erkennen, dann entdeckte er eine Reihe weißer Punkte, die sich auf sie zubewegten: Es waren acht chinesische Soldaten in weißen Tarnanzügen.

„Geben Sie mir Bescheid, wenn sie den Rand des Moors erreicht haben", bat er. Der warmgelaufene Motor sprang sofort an, und Daniel gab vorsichtig Gas, doch das Rad oben auf dem Eis drehte durch und fand keine Bodenhaftung. Er überließ Julie das Steuer, während er nach hinten rannte und schob. „Sie sind da!" rief Viktoria. Wieder nahm er das Fernglas und sah die Chinesen in einer Gruppe beisammenstehen. Noch zögerten sie, doch dann watete der erste in das seichte Wasser. Sie würden den Wagen bald erreichen.

Hastig holte Daniel zwei Schlafsäcke und legte sie unter das frei stehende Rad.

„Jetzt!" rief er.

Julie gab Gas. Das Rad drehte sich, stockte, drehte sich und griff. Der Abbott schlingerte vorwärts. Doch mit einem knirschenden Geräusch grub sich das andere Rad tiefer ein.

„Halt!" brüllte Daniel. Er packte einen weiteren Schlafsack und stopfte ihn unter das zweite Rad. „Jetzt!"

Der Wagen legte sich noch mehr auf die eine Seite, doch dann faßte auch das zweite Rad, und der Abbott kam aus dem Loch wie ein uraltes Reptil, das sich aufs Land schleppt. „Fahr zu!" schrie er.

„Sie kommen näher!" rief Viktoria.

Der Abbott war keine fünfzig Meter mehr vom Ufer entfernt, als mit splitterndem Krachen alle vier Räder durch das Eis brachen. Daniel durchlebte einen Moment völliger Verzweiflung. Nun gab es nichts mehr, was sie tun konnten.

Sie schienen auf dem Wasser zu treiben. Da begriff er, daß der Wagen sich vorwärts bewegte und die Räder sich noch drehten. Der Abbott mußte einen festen Untergrund haben. Mit Knirschen und Krachen schob er sich, das Eis durchbrechend, voran, und seine riesigen Räder hielten das Fahrgestell gerade noch über Wasser.

Ein Schuß war zu hören, dann eine Salve wie von einem Maschinengewehr. Aus dieser Entfernung klang es, als ob Knallfrösche explodierten. Der Wagen plagte sich die sandige Böschung hinauf. Daniel sah, wie die Chinesen auf sie anlegten. Er und Viktoria hoben Chris auf und trugen ihn ans Ufer. Eine Kugel prallte gegen das Metall des Abbott, dann fuhr Julie in die Deckung einer Senke.

Daniel und Viktoria liefen zum Moor zurück, um die Treibstoffkanister und Schlafsäcke zu holen. Das Gewehrfeuer wurde stärker. Als er ein letztes Mal zurückrannte und sich dabei tief bückte, um den Chinesen keine große Angriffsfläche zu bieten, rutschte er aus und schlitterte mit dem Gesicht nach unten über das Eis.

Instinktiv hatte er die Augen geschlossen. Als er sie nun wieder aufschlug, starrten ihm die leeren Augen eines Totenschädels entgegen. Entsetzt fuhr er zurück. Überall um ihn herum ragten menschliche Gebeine aus dem Eis. Er sah einen ganzen Brustkorb, kleinere Skelette und Schädel. Er hatte das zweite Massengrab gefunden. Die Kalmükken mußten versucht haben, aus dem Tal zu fliehen; an dieser Stelle hatte man sie niedergemetzelt.

Er stand auf und griff nach dem Schlafsack. Im gleichen Moment wurde er ihm fast aus der Hand gerissen. Er schaute hinunter. Eine Kugel hatte den Stoff zerfetzt. Die Chinesen waren nur noch etwa zweihundert Meter entfernt und kamen immer näher. Doch plötzlich sank einer der Männer zu Boden und verschwand; dann fiel ein zweiter. Die anderen blieben stehen, um dem Eingebrochenen aufzuhelfen. Nach kurzem Zögern gingen sie vorsichtig weiter, bis ein dritter im Eis einbrach. Da gaben sie auf.

Daniel rannte zum Wagen zurück. „Heute kommen sie nicht mehr durch!" rief er. „Vor Mitternacht wird das Moor nicht wieder zufrieren. Uns bleiben also zwölf Stunden!"

VIERUNDZWANZIG Stunden waren vergangen, seit sie das Moor verlassen hatten. Sie lagerten zwischen den Ruinen eines der alten Häuser im Haupttal von Sahr, um sich vor Wind und dem Schneegestöber zu schützen. Gestern waren sie den ganzen Tag ohne Pause durchgefahren. Zunächst in Richtung Süden, bis sie auf eine Militärstraße trafen, die über einen noch tiefverschneiten Paß führte. Von dort oben konnten sie den westlichen Teil des Sahrtals überblicken, und bei Einbruch der Nacht erreichten sie die Stelle, wo das Flugzeug sie abholen sollte.

Wieder und wieder hatten sie ängstlich nach weißen Punkten am Horizont Ausschau gehalten, die sich als chinesische Soldaten erweisen konnten, und jeden Augenblick rechneten sie damit, den schwarzen Schatten eines Hubschraubers am Himmel zu entdecken. Glücklicherweise sahen sie weder das eine noch das andere. Sie blieben allein in der unendlichen Wildnis – zu Tode erschöpft und kurz vor dem Zusammenbruch. Es wäre einfach gewesen aufzugeben. Daß sie es nicht getan hatten, verdankten sie dem alten Auto, das keine Müdigkeit zu kennen schien. Seine Räder sahen so mitgenommen aus wie die inzwischen vollkommen verbeulte Karosserie, und auch das Motorgeräusch klang äußerst ungleichmäßig. Aber der Abbott streikte nicht. Er lief und lief wie ein alter Traktor, lärmend, qualmend, entsetzlich unbequem, aber unermüdlich.

Daniel starrte von der Ruine aus in das Schneegestöber und fragte sich, wie der Pilot sie hier finden sollte. Es war neun Uhr morgens, und er sollte gegen Mittag kommen.

Chris stöhnte. Sein Kopf ruhte in Viktorias Schoß, und sie versuchte, ihn vor dem Schnee zu schützen. Ohne daß darüber auch nur ein Wort gesprochen wurde, war ihnen doch allen klar, daß er ohne ärztliche Hilfe keine Chance hatte zu überleben. Daniel sah Tränen in Viktorias Augen, doch sie konnten auch von dem beißenden Wind herrühren.

Während sie Chris sanft in eine bequemere Lage bettete, erinnerte sich Daniel plötzlich an die zwei Bücher, die er in dessen Anoraktasche gesteckt hatte. Er langte hinüber und zog den Reißverschluß der Tasche herunter. „Was machen Sie da?" fragte Viktoria ärgerlich.

Er hielt das obere Buch so, daß sie die Prägung sehen konnte. Sie preßte die Lippen zu einem schmalen Strich zusammen. „Wo haben Sie sie gefunden?"

„Im Werkzeugkasten des Abbott."

„Darf ich die Bücher bitte haben." Das war mehr ein Befehl als eine Bitte.

„Nein."

Ihr Gesicht schien wie aus Stein gemeißelt. „Also gut. Wieviel?" Julie kroch zu ihnen herüber. „Sind das . . .?"

„Die Tagebücher meines Großvaters. Ich habe sie gefunden, als wir auf dem Moor den Wagen ausräumten."

„Und jetzt will er sie verkaufen", sagte Viktoria.

Daran hatte er noch gar nicht gedacht, doch die Idee schien verlockend. Warum sollte er die Bücher nicht verkaufen? Was gab es ihm wirklich, dieses Graben in der Vergangenheit?

Vielleicht war das seine Chance. Die einzige möglicherweise, die er bekommen würde.

„Haben Sie sich schon einen Preis überlegt?" fragte Viktoria. „Oder soll ich eine Summe vorschlagen?"

„Gott, wie Sie mich anwidern!" fuhr Julie auf. „Sie bilden sich ein, daß alles käuflich ist! Es war schließlich Daniels Großvater, der in der Höhle gestorben ist! Es war sein Großvater, der all die Jahre unter einem Unrecht zu leiden hatte!"

„Woher wollen Sie wissen, daß es ein Unrecht war?" fragte Viktoria.

„Wenn es das nicht gewesen ist, warum sind Sie dann so versessen auf die Tagebücher?"

Plötzlich sah Daniel alles ganz klar vor sich. Die Stücke des Puzzles formten sich mit einemmal zu einem fertigen Bild.

„Deshalb wollten Sie unbedingt mitfahren, nicht wahr?" meinte er langsam. „Es hatte nichts mit Wahrheit, Gerechtigkeit oder Ehre zu tun, jenen Werten, von denen unsere Generation nichts mehr hält, wie Sie so hochtrabend sagten. Sie sind der Tagebücher wegen hierhergekommen!"

Julie spann seine Gedanken fort. „Sie hofften, die Bücher vor uns zu finden, um sie vernichten zu können. Der Film bedeutete Ihnen nichts, auch nicht Harry Wynter oder die Kalmücken. Sie wollten nur den zweiten Teil des Tagebuchs. Den ersten kannten Sie ja bereits."

Viktoria zuckte zurück, als wäre sie geschlagen worden. Man konnte fast zusehen, wie sie in sich zusammenfiel. Sie beugte sich vor und verbarg ihr Gesicht in Chris' Haar. Daniel wußte, daß es diesmal echte Tränen waren, die über ihre Wangen rannen.

Doch Julie ließ sich nicht davon beeindrucken. „Er weiß es nicht, nicht wahr? Sie haben nie die Wahrheit gesagt: weder Chris noch uns, noch sonstjemand."

„Ich konnte nicht. Ich konnte nicht", stieß Viktoria mit erstickter Stimme hervor.

Daniel begriff, daß die Wahrheit die ganze Zeit vor ihnen gelegen hatte, doch der Blick war ihnen verstellt gewesen. „Sie waren schon einmal hier, nicht wahr?" meinte er. „Hier in Sahr. Im Goldenen Tal." Viktoria antwortete nicht. „Mein Gott! Ich hätte schon früher darauf kommen können! 1939!"

Er erinnerte sich an den Artikel in der *Times*, der über General Hollandes Expedition nach Südamerika zur „verlorenen Stadt" im Amazonasgebiet berichtete. In einem Abschnitt war auch erwähnt worden, daß seine Tochter eine Bergtour im Himalaja vorgezogen hatte. „Sie sind gar nicht im Himalaja gewesen, nicht wahr?"

„Nein." Ihre Antwort war kaum zu hören.

„Statt dessen kamen Sie nach Sahr. Und davor haben Sie Angst gehabt, daß im zweiten Teil des Tagebuchs von Ihnen die Rede ist. In dem Teil, den Sie noch nicht kannten. Dem Teil über das Goldene Tal."

Sie schüttelte den Kopf. „Ich bin nie im Tal gewesen", flüsterte sie. „Wynter wollte es nicht." Dann begann sie zu erzählen. Solange sie denken konnte, war Harry Coles Wynter ein Teil ihres Lebens gewesen. Wie ein Geist schien er über dem Haus der Hollandes zu schweben. Stets anwesend, doch von ihrem Vater nie erwähnt. Die Hausangestellten unterhielten sich hinter vorgehaltener Hand über ihn. Und dann, Anfang der dreißiger Jahre, sah Viktoria auf einer Gesellschaft in London Mary Wynter, eine kalte, abweisende Schönheit. „Wissen Sie, wer das ist?" hatte jemand sie gefragt. „Die Frau des Mannes, der versucht hat, Ihren Vater umzubringen."

In jungen Jahren heiratete Viktoria einen Oberst aus dem Regiment ihres Vaters, der zwanzig Jahre älter war als sie. Sie führten keine glückliche Ehe. Um allem zu entgehen, schloß sich Viktoria einer Bergsteigergruppe an, die den Mir Samir in Nuristan bestieg. Als die anderen nach England zurückkehrten, blieb sie – der Gedanke, ihre Ehe weiterführen zu müssen, schien ihr unerträglich.

Ihre Begegnung mit Harry Wynter war kein Zufall. Über Jahre hatte sie sich gefragt, wer dieser Mann wohl sein mochte. In Gilgit, an der Nordwestgrenze Indiens, zog sie Erkundigungen über ihn ein. Die Geschichte des Engländers, der seit Jahren zusammen mit den letzten Überlebenden eines Kalmückenstamms in einem abgelegenen Tal in Sahr lebte, war wohlbekannt.

Unter dem Namen ihres Mannes reisend, hatte sie Wynter gesucht. Ohne es zu wissen, folgte sie den gleichen Spuren wie ein paar Monate vor ihr Archibald Preece. Wynter war eines Tages in Kaschgar aufgetaucht, um Vorräte zu besorgen, und sie hatte den britischen Konsul gebeten, sie miteinander bekannt zu machen. Sie wurden ein Liebespaar, fast ehe Viktoria richtig wußte, wie es geschah.

Während Daniel zuhörte, begriff er, daß es vor allem Viktoria gewesen war, die sich unsterblich verliebt hatte. Harry, der in seinem Leben schon einige Enttäuschungen erlebt hatte, zeigte sich zunächst eher mißtrauisch und distanziert. Sie dagegen war nach einer kurzen, unglücklichen Ehe bereit, all die Liebe zu schenken, die sie bisher nicht erleben durfte.

„Es kam mir damals vor, als wäre mein ganzes vorheriges Leben ausgelöscht." Sie wählte ihre Worte mit Bedacht. „Als ich ihm zum erstenmal begegnete und mich mit ihm unterhielt, war es eigentlich nicht so, daß ich an der Wahrheit der Geschichten, die ich über ihn gehört hatte, zweifelte – sie spielten ganz einfach nicht mehr die geringste Rolle. Es lag ein Zauber über jener Zeit, über dem Ort und dem Haus, der mich alles andere vergessen ließ."

Daniel erinnerte sich noch gut daran, wie Preece das Haus beschrieben hatte, mit dem Feigenbaum und den fremdartigen, wild aussehenden Kalmücken, die im Hof Wache hielten. Zunächst sprach Harry so gut wie nie von seiner Vergangenheit, doch dann, als hätte er endlich einen Zuhörer gefunden, der seinem langgehegten Bedürfnis nach Aussprache entgegenkam, erzählte er ihr die Wahrheit über das Rennen und was danach geschehen war. Es schien ihr, als berichte er von einem längst vergangenen historischen Ereignis. Nur wenn er von seinem Sohn sprach, schwangen Bitterkeit und Trauer in seiner Stimme mit. Als er aber anfing, von seinem Tal zu erzählen und von den Kalmücken, da leuchtete sein schmales Gesicht vor Begeisterung.

Tatsächlich hatten ihm die vier kalmückischen Reiter in der Wüste das Leben gerettet. Einer von ihnen, ein alter Mann, war einige Jahre zuvor nach Rußland zurückgekehrt, um den Rest seiner Familie über die Berge zu holen. Während der Reise hatte er eine dampfbetriebene Dreschmaschine gesehen. Das mußte der erstaunlichste und unvergeßlichste Anblick seines Lebens gewesen sein. Als er dann den Abbott Special in der Wüste entdeckte, kam er gar nicht auf den Gedanken, daß es sich hierbei um ein Fortbewegungsmittel handeln könnte. Er sah in dem Wagen einen Motor, den man auf Rädern von einer Stelle zur anderen bewegen konnte und der einen unschätzbaren Wert für seinen Stamm darstellte.

Als sich Harry Wynter einige Wochen später von seiner Krankheit erholt hatte, stellte er fest, daß der Abbott sich bereits im Goldenen Tal befand. Die Kalmücken waren in die Wüste zurückgeritten und hatten den Wagen die Berge hinauf und über das zugefrorene Moor gezogen. Um Wynters Wohlergehen sorgten sie sich aus einem sehr verständlichen Grund: Er wußte, wie man die Maschine betrieb.

Bald wurde ihm klar, daß seine zufällige Begegnung mit den Kalmücken einen richtigen Wendepunkt im Leben dieser Menschen darstellte. Sie waren vom Aussterben bedroht gewesen. Jahrelange Zeiten der Not hatten den Stamm auf weniger als dreihundert Männer, Frauen und Kinder schrumpfen lassen. War die Ernte schlecht, verhungerten sie, war sie mittelmäßig, überlebten sie mit Müh und Not.

Der Abbott sollte ihre Rettung werden. In den folgenden Monaten zeigte Wynter ihnen, wie man die Räder abmontierte und die Hinterachse als Antriebswelle für die Treibriemen verwenden konnte, um je nach Bedarf zu dreschen, Wasser zu pumpen oder die Kreissäge zu betreiben. Die Vorderräder benutzten sie für einen Karren.

Auf diese Weise war der Abbott zum wertvollsten Besitz der Kalmücken geworden, und sie verehrten Harry Wynter wie einen König. Der Wagen hatte ihr Leben von Grund auf verändert. Er ermöglichte ihnen, Tiere und Saatgut zu kaufen, sich Hütten aus Stein zu bauen; ihm verdankten sie es, daß sie nicht mehr hungern und frieren mußten.

Trotzdem hatte Viktoria sich gefragt, wie dieses entlegene Tal mit seinem extremen Klima fast dreihundert Menschen ernähren konnte. Es dauerte eine ganze Weile, bis Harry ihr sein Geheimnis offenbarte: Im Tal gab es Gold.

Trotz des pfeifenden Windes hörte Daniel, wie Julie scharf den

Atem einsog. „Ich dachte, das goldene Licht auf den Felsen hätte ihm den Namen gegeben", flüsterte sie.

„Es ist altbekannt, daß es in den Bergen Tibets Gold gibt", sagte Viktoria. „Nicht viel, eigentlich kaum der Rede wert. Der Versuch, es manuell zu gewinnen, hat sich nie gelohnt. Aber Harry wußte, daß er das Goldwaschen mit Hilfe des Abbott in größerem Stil betreiben konnte. Er kaufte eine Wasserpumpe, die von dem Motor betrieben wurde, pumpte Wasser aus einer Zisterne im Kloster herauf und leitete es durch eine Rinne nach unten, wo der Sand ausgewaschen wurde."

„Der Kiesstreifen am Ufer!" rief Daniel aufgeregt. „Dort fand die Goldwäsche statt! Der Kies ist der Aushub aus dem Fluß! Und die vermeintlichen Tische sind Teile der Rinne!"

Harry verkaufte den Goldstaub, den sie fanden, über Prasolow in Kaschgar und kaufte von dem Erlös Treibstoff für den Motor, Kleidung, Zaumzeug, Decken und Lebensmittel. Das Leben im Tal wurde lebenswert, es war nicht mehr etwas, was man eben ertragen mußte. Als Harry Viktoria davon erzählte, spielte er bereits mit dem Gedanken, sein Leben dort so zu gestalten, daß sie es mit ihm teilen konnte.

Viktoria hielt inne.

Nach einer langen Pause fragte Daniel: „Und was ist danach geschehen?"

„Er fand heraus, wer ich war. Mein Vater schickte ein Telegramm ans Konsulat und benutzte meinen Mädchennamen. Es dauerte nicht lange, da wußte jeder, daß ich Hollandes Tochter war."

„Und?"

„Er machte es wie bei Archibald Preece. Er verschwand einfach. Am Morgen war er noch dagewesen. Ich hatte kurz das Haus verlassen, um zum Basar zu gehen. Als ich zurückkehrte, war das Haus verschlossen und keine Menschenseele mehr zu finden." Sie starrte an ihnen vorbei, blickte zurück in eine längst vergangene Welt. „Ich wartete mehrere Wochen in der Hoffnung, er würde wiederkommen, aber er war spurlos verschwunden. Schließlich fuhr ich nach England zurück. Der Krieg stand kurz bevor."

„Und Sie haben nichts gesagt?"

„Nein. Man hatte den General für die Goldmedaille der Royal Geographical Society vorgeschlagen. Verstehen Sie, was das für eine Ehre war? Die Stiftung genoß ein großes Ansehen. Wie hätte ich ihm das antun können? Es wäre sein Ende gewesen."

„Also glaubten Sie doch, was Harry Ihnen über das Rennen erzählte?"

„Als Vater alt und krank wurde, gestand er mir, daß alles genauso gewesen war, wie Harry gesagt hatte. Er konnte nicht aufhören, von dem Rennen zu reden – von Harry und allem, was damit zusammenhing. Aber ich wollte das alles endlich vergessen."

„Und als Sie dann hörten, daß es ein zweites Tagebuch gab, beschlossen Sie, es verschwinden zu lassen", sagte Julie.

„Erst als ich wußte, daß Sie hierherfahren würden, um den Film zu drehen."

„Haben Sie die Veröffentlichung von Archibald Preece' Buch verhindert?"

„Ja, denn es hätte dem Ansehen der Stiftung geschadet, dem Andenken meines Vaters, ja allem, wofür ich gelebt habe . . ." Als sie zu Chris hinunterblickte, hörten sie das peitschende Geräusch der Rotorblätter eines Hubschraubers. Er schien das Tal von Westen nach Osten zu durchfliegen, doch im Schneegestöber konnten sie nichts erkennen. Schließlich verlor der Lärm sich in der Ferne.

„Die Chinesen werden zurückkommen, sobald es nicht mehr so stark schneit", meinte Daniel mit düsterer Miene. „Dann werden sie den Abbott entdecken."

Sie schwiegen eine Weile und kauerten sich hinter die zerfallenen Wände. Viktorias Geständnis ließ noch einige Fragen offen. „Was ist aus dem Zettel geworden, den mein Großvater am Treibstoffdepot zurückgelassen hatte?" erkundigte sich Daniel.

„Mein Vater hat ihn vernichtet."

„Mein Großvater schrieb, daß er reichlich Treibstoff in den Tanks gelassen habe, aber als Preece und Ihr Vater dort ankamen, war offenbar der meiste ausgelaufen. Wie konnte das passieren?"

„Ich weiß nicht. Harry meinte später, daß die Hähne vielleicht von den Kasachen geöffnet worden sind."

„Also brauchte Ihr Vater nichts anderes zu tun, als zu schweigen, um Harry Wynters Ruf zu ruinieren. Den Rest besorgte dann Percy Preece. Sie und Ihr Vater haben Harry Wynter vernichtet!"

„Mit der Wahrheit hätte ich den Ruf meines Vaters ruiniert. Und bitte reden Sie jetzt nicht von Gerechtigkeit. Damals zerbrach ich mir den Kopf, bis ich nicht mehr klar denken konnte." Sie starrte auf Chris hinunter.

„Mein Gott!" entfuhr es Daniel, während er von ihr zu Chris blickte.

„O nein, jetzt denken Sie etwas Falsches. Chris ist nicht mein Sohn." Sie wischte den Schnee von seinen Augenbrauen. „Er ist mein Halbbruder. Sie sehen, es gab noch etwas, das die Welt nicht über den General erfahren durfte."

„Wer war die Mutter?"

„Ein junges Mädchen namens Valerie auf unserem Landsitz. Sie starb, als er noch ein Kind war. Chris wuchs in Luscombe Park auf. Er weiß nichts über seinen Vater, und das soll auch so bleiben. Aber er wird einmal die Stiftung übernehmen."

Als fühle er, daß sie von ihm sprachen, bewegte sich Chris und stöhnte vor Schmerzen laut auf. In Viktorias Augen stand helle Verzweiflung. „Können wir denn gar nichts für ihn tun?"

Während sie versuchte, ihn vor dem Schnee zu schützen, löste Daniel den Verband von seinem Bein. Die Mullbinde war hart von getrocknetem Blut, und aus der aufklaffenden Wunde floß Eiter. „Wir haben keine Wahl mehr", murmelte Daniel. „Wir müssen das erste Transportmittel nehmen, das kommt."

Danach sprach keiner mehr ein Wort. Sie versuchten sich gegen den Wind zu schützen und warteten im Schneegestöber auf den Hubschrauber oder die Cessna: China oder Indien.

Der Mittag kam und ging vorüber. Entweder hatte der Pilot wieder umkehren müssen, oder er war überhaupt nicht gestartet. Eine weitere Stunde zog dahin, dann glaubte Daniel, durch das Tosen des Windes ein ganz leises Motorengeräusch zu hören; er hätte jedoch nicht sagen können, ob es sich um einen Hubschrauber oder ein Flugzeug handelte. Was auch immer es war, sie hatten keine Chance, daß der Pilot sie in diesem Schneegestöber fand. Daniel wußte, was er jetzt tun mußte. Er drückte Viktoria die Tagebücher in die Hand und kämpfte sich durch den Sturm zum Abbott. Schnell schraubte er den schweren Tankverschluß auf, riß sein Taschentuch in Streifen, die er aneinanderknüpfte, tauchte ein Ende in den Tank, tränkte das andere mit Benzin und hielt ein brennendes Streichholz an diese provisorische Zündschnur.

Hastig sprang er zurück und schlug die Hände schützend vors Gesicht. Die Druckwelle der Explosion warf ihn gegen die eingefallene Wand des Hauses. Als er die Augen wieder öffnete, sah er vor sich ein Inferno. Flammen schossen aus dem Abbott, und schwarzer Rauch stieg zum Himmel. Der Lack warf Blasen und färbte sich schwarz. Das hölzerne Lenkrad wurde zu einem Feuerreifen. Die Kühlerhaube bäumte sich auf. Die riesigen Scheinwerfer wanden sich in der Hitze. Daniel spürte Tränen aufsteigen und wandte sich ab.

Der brennende Wagen verursachte einen solchen Lärm, daß es eine Weile dauerte, bis Daniel das Flugzeug hörte. Wie ein Geist schwebte die Cessna durch den Schnee herab, und er sah, wie der Pilot seinen Daumen anerkennend nach oben streckte.

HOLPERND und schlingernd starteten sie gegen den Schneesturm, dann endlich stiegen sie auf. Als der Pilot nach Südwesten abschwenkte, schaute Daniel nach unten. Die Schneewolken rissen auf, und für einen Moment sah er den Abbott: eine verkohlte, schwarze Masse, die in öligen schwarzen Rauch gehüllt war. Dieser Wagen hatte seinen Großvater von Peking bis fast nach Kaschgar gefahren, einen aussterbenden Stamm am Leben erhalten und schließlich sie selbst über Wege in Sicherheit gebracht, die vielleicht gerade noch ein moderner Traktor bewältigen würde. Sein Ende hatte etwas Gewaltiges – so, als wolle der Wagen in einer großen Geste Abschied nehmen. Sicher war das angemessener, als für immer in die vollklimatisierte Ausstellungshalle eines reichen Sammlers verbannt zu sein.

Daniel spürte eine Berührung an seinem Ärmel und blickte auf. Viktoria hielt ihm die Tagebücher entgegen. „Was soll ich damit tun?" fragte sie.

Daniel fühlte sich völlig leer. Er sah zu Julie hinüber. Sie lag auf einem der Sitze und schlief vor Erschöpfung. Er wußte nicht, was die Zukunft bringen würde, aber eines wußte er ganz sicher: Julie gehörte zu seinem Leben. Das war alles, was im Moment zählte. Natürlich mußten Entscheidungen getroffen, Pläne besprochen werden. Da war Chris, da war ihr Film, da war . . .

„Machen Sie damit, was immer Sie wollen", antwortete er. Dann schloß er die Augen.

Alan Scholefield

Alan Scholefield besitzt eine Gabe, die heutzutage selten geworden ist – er kann zuhören. „Ich interessiere mich einfach für das, was andere Leute erzählen", bekennt der sechsundfünfzigjährige Erfolgsautor, der als ehemaliger Journalist schon von Berufs wegen eine Portion Neugierde mitbringt. Die Idee zu einem neuen Buch entwickelt Alan Scholefield lieber im lebendigen Gespräch als im stillen Kämmerlein. Auch sein Roman *König im Goldenen Tal* ist auf diese Weise entstanden. Als einer seiner Freunde beiläufig erwähnte, daß 1986 das Auto seinen hundertsten Geburtstag feiert, erinnerte sich Scholefield gleich an ein herausragendes Ereignis in den Anfängen der Automobilgeschichte – das Rennen Peking–Paris im Jahre 1907.

Damals hatte die Pariser Tageszeitung *Le Matin* die mutigsten Fahrer zu diesem Automarathon aufgerufen, das beweisen sollte, daß „ein Mann jedes noch so unmögliche Ziel erreichen kann, wenn er ein Auto hat". Im Vertrauen auf die unbegrenzten Möglichkeiten des technischen Fortschritts begaben sich fünf Teams mit ihren prächtigen Automobilen auf dem Seeweg nach China. Von Peking führte die 15 000 Kilometer lange Strecke durch die Wüste Gobi, über Sibirien und Rußland bis nach Paris. Drei Monate, von Mai bis August, dauerte es, bis die Rennfahrer, von der Pariser Bevölkerung umjubelt, im glanzvollen Triumphzug ihr Ziel erreichten.

Bei diesem interessanten historischen Hintergrund bereitete Alan Scholefield sogar die mühevolle Überprüfung technischer Details Vergnügen. Noch stärker als mit Asien, dem Schauplatz des Geschehens, fühlt sich Scholefield allerdings mit seiner eigentlichen Heimat verbunden: Südafrika. Zwar lebt er heute mit seiner australischen Frau Anthea im englischen Hampshire, aber wenn ihn das Heimweh packt, verfaßt er historische Romane aus der Welt des Schwarzen Kontinents. Der berühmteste, *Chaka – König und großer Elefant*, ist bereits in den Auswahlbüchern erschienen.

Auch im Moment beschäftigt sich Alan Scholefield wieder mit seinem Geburtsland. „Der Titel meines neuen Romans wird voraussichtlich *Der Mann aus Afrika* heißen", erzählt er und fügt lächelnd hinzu: „Aber mehr will ich jetzt noch nicht verraten."

Unser John Willie

Eine Kurzfassung des Buches von
CATHERINE COOKSON
Ins Deutsche übertragen von Hanna Lux
Illustrationen von Ben Wohlberg

1852, im nordostenglischen Kohlenrevier. Ein Wasserein-

bruch in der Zeche, in der die Halladays arbeiten, fordert

zahlreiche Todesopfer; der Vater ist auch darunter. Davy

Halladay und sein kleiner Bruder, der taubstumme John

Willie, werden Vollwaisen – ohne Heim und ohne Arbeit.

Davy hat sich als einziger immer schon um John Willie

gekümmert, den man im Dorf nur „Halladays Idiot" nennt;

und auch jetzt läßt er den Kleinen nicht im Stich.

Miß Peamarsh ist die Tochter des verstorbenen Pastors der

Gemeinde. Sie lebt allein und zurückgezogen auf dem

Familienanwesen, das zusehends verfällt. Völlig über-

raschend nimmt sie die beiden Waisen in ihr Haus auf.

Die strenge Wohltäterin wird Davy immer rätselhafter,

bis er schließlich einen grausigen Fund macht, der ihrer

aller Leben verändert.

EINS

DAS Wasser packte sie. Es war, als hätte sich der Boden der Grube aufgetan, als ob das Meer hereindrängte. Im Schein der schaukelnden Lampen sah die Oberfläche des Wassers noch immer aus wie die Stollensohle, weil eine Schicht aus Kohlenstaub darauf schwamm. Nur die tödliche Kälte um Davy Halladays Beine, die unaufhaltsam bis zu seinen Schenkeln und weiter bis zu seiner Hüfte stieg, ließ ihn begreifen, daß es wirklich Wasser war.

„Papa!" schrie er seinem Vater zu. „Wo ist John Willie? Papa, John Willie . . . ist verschwunden!"

Seine Stimme ging im Tumult unter. Die Männer brüllten wild durcheinander, während sie sich an die schweren Grubenstempel klammerten, die die Felsdecke stützten.

„Papa, Pa–!" Das schmutzige Wasser erstickte seinen nächsten Schrei. Das letzte, was er wahrnahm, bevor er in das Gewoge verzweifelt um sich schlagender Menschen gerissen wurde, war der Kopf seines Vaters, der in der schwarzen Brühe verschwand. Dann wurde er, keuchend und zappelnd, fortgeschwemmt und wußte, daß er im Begriff war, zu sterben und zur Hölle zu fahren, wie Miß Peamarsh es ihm vorausgesagt hatte.

Davy hätte damit rechnen müssen, daß ihre Prophezeiung eintraf, denn sie hatte sie an einem Sonntag ausgesprochen. Er hatte John Willie durch ein von Gestrüpp verborgenes Loch in der Mauer gezogen. Sie waren in ihren Garten eingedrungen, um Brombeeren zu pflücken; auf dem weiten, verwilderten Gelände von Gorge Manor bogen sich die Sträucher unter der Last der Früchte. Da hatte er die Kuh bemerkt. Jeder wußte, daß sie mehr Milch gab, als Miß Peamarsh trinken konnte; deshalb war er zu dem Tier hingekrochen, hatte den Blechnapf, in den er die Beeren legen wollte, unter das Euter gehalten und die prallen Zitzen ausgestreift.

„Da, trink das!" hatte er John Willie befohlen. Obwohl John Willie taubstumm war, sprach Davy immer zu ihm. Er war seit jeher fest davon überzeugt, daß sein Bruder nicht taub und stumm sein müßte, wenn er nur ordentliches Essen bekommen hätte. Schließlich hatte er nie gehört, daß reiche Leute taubstumme Kinder hätten.

Als Miß Peamarsh sie überraschte, blieb Davy, den Napf in beiden Händen haltend, stocksteif vor ihr stehen. Sie blickte zornig auf ihn nieder. „Du wirst zur Hölle fahren, Junge, und der da mit dir", sagte sie drohend. Sie starrte John Willie lange an und er sie. Die Leute starrten John Willie immer an. Seine Augen schienen sie zu verzaubern. Er hatte schöne Augen wie ein Reh.

Gott! Allmächtiger Gott! Ich will nicht in die Hölle! Papa! John Willie!

Aber statt zu versinken, wurde er aus dem wirbelnden Wasser gezerrt. Jemand hatte ihn an den Haaren gepackt.

Die Felsen schrammten über seine Beine und seinen Körper, und da war er auch schon aus dem eisigen Sog heraus und lag flach auf dem Bauch. Er spürte Hände, die ihn betasteten, und drehte sich mit einem Ruck auf die Seite. Seine eigenen Hände glitten rasch über die Arme seines Retters zu dessen Kopf hinauf.

„John Willie!" stammelte er fassungslos. „John Willie!"

Schon als kleines Kind hatte John Willie die Gewohnheit gehabt, wie ein Blinder mit den Fingern Davys Gesicht zu erkunden. Oft wurde Davy von seinem merkwürdigen Bruder aus dem Schlaf geweckt, weil er ihm übers Haar streichelte oder mit einer Fingerspitze die Kontur seiner Nase nachzeichnete.

Auf dieselbe Weise erkannte Davy ihn nun in der Dunkelheit – nicht nur an seinen spitzen Backenknochen und den mageren Wangen, sondern auch an dem langen, seidigen Haar, das jetzt naß und voll klebriger Kohlenstaubklümpchen war. Wenn John Willies Glieder gleich schnell gewachsen wären wie sein Haar, wäre er ein Riese gewesen und kein taubstummer Zwerg, und niemand hätte ihn einen Idioten schimpfen können.

Davy wußte, daß John Willie kein Idiot war. Trotz seiner Gebrechen besaß er einen wachen Verstand, aber das schien Davy als einziger zu erkennen. Selbst ihr Vater hielt den jüngeren Sohn für schwachsinnig.

Mit seinen zehn Jahren hätte John Willie eigentlich einen Shilling pro Tag unten im Bergwerk verdienen müssen. Wo die Schrägschächte zu niedrig für die Grubenponys waren, wurden Jungen in seinem Alter mit Ketten vor die Förderkarren gespannt, um sie, auf allen vieren kriechend, zu ziehen. Aber John Willie taugte nicht für diese Arbeit. Er tauge zu gar nichts, sagte ihr Vater.

Davy wagte es daraufhin, ihm zu erklären, er werde ohne John Willie nicht unter Tag gehen, auch wenn der Kleine nicht auf der Lohnliste stehe. Ihn oben zu lassen bedeutete, ihn dem Spott und der Bösartigkeit der Dorfbewohner auszuliefern. Manche, die besonders abergläubisch waren, bewarfen ihn mit Steinen, wenn er ihren Weg kreuzte.

Die Kinder der Coxons trieben es am schlimmsten. Es gab zehn davon, und sonntags, wenn sie nicht arbeiteten, taten sie nichts lieber, als John Willie zu quälen. Sie stöberten ihn auf, umringten ihn und stießen ihn wie einen Ball im Kreis herum. Sein Vater und der alte Coxon hatten deswegen einmal eine handfeste Auseinandersetzung ausgetragen.

Wo war sein Vater jetzt? Und wo befanden sich John Willie und er selbst überhaupt? Vermutlich auf einem Felsvorsprung knapp über der Wasseroberfläche, irgendwo in einem alten Seitenstollen.

Er klammerte sich an John Willie und hatte Angst, wie er sie seit seinem siebenten Geburtstag nicht mehr gehabt hatte, dem Tag, an dem sein Vater ihn zum erstenmal ins Bergwerk mitgenommen hatte. Er erinnerte sich noch gut, wie er halb betäubt vor Müdigkeit gewesen war, nachdem er zwölf Stunden lang Kohlenstücke aufgehoben und zu einem Förderkorb getragen hatte, der ihm damals wie ein gigantischer Einkaufskorb vorkam, und an den neuerlichen Schrecken danach, als er in den kübelartigen Eisenbehälter steigen mußte, um wieder in die Welt emporgezogen zu werden.

Aber was er jetzt empfand, war die panische Angst, in dem Wasser zu ertrinken, das um seine Füße schwappte, oder zu verhungern oder zu erfrieren.

John Willie und ihn schüttelte es vor Kälte, obwohl sie sich dicht aneinanderpreßten.

Ein menschlicher Laut drang da aus der Finsternis zu ihnen herüber. Davy lauschte angestrengt. Als er das Stöhnen ein zweites Mal hörte, schob er John Willie von sich, kroch auf die Stimme zu und schrie: „He! Wer ist da? He, hallo!"

Jemand keuchte. „Bill, Bill Cartwright. Und wer bist du?"

„Davy Halladay . . . und unser John Willie. Wie geht's Ihnen?"

„Nichts gebrochen, soweit ich das feststellen kann. Streck die Hand aus, Junge. Ah, ich hab sie. Und das ist John Willie neben dir, nicht wahr?"

„Ja. Er hat mich aus dem Wasser gezogen."

„Seltsam, mir scheint, mich hat auch wer rausziehen wollen und hat mir fast die Haare dabei ausgerissen. Aber ich war wohl zu schwer, da hat er wieder losgelassen. Eins hat's jedenfalls bewirkt – daß ich hier gelandet bin. Mein Gott, wenn wir bloß 'ne Lampe hätten!"

„Ob ... ob sie uns je finden, Mr. Cartwright?"

Der alte Bergmann zögerte. „Durch die Hauptförderstrecke können sie nicht zu uns vorstoßen. Wen's dorthin geschwemmt hat, der ist sicher schon in der Ewigkeit ... Na, na, du zitterst ja wie Espenlaub. Wie hält sich denn der arme John Willie? Ich fühle seinen Arm. Seltsam, Davy, er zittert nicht halb so stark wie wir ... Laß mich nachdenken. Vor ungefähr zehn Jahren war im Fellburn Dip auch ein Wassereinbruch. Siebzehn Mann sind damals umgekommen, aber doppelt so viele haben's überlebt. Wenn Gott uns gnädig ist und wir in einem Stollen sind, der zum Fellburn Dip führt, sehen wir vielleicht die Sonne wieder."

„Glauben Sie wirklich, Mr. Cartwright?"

„Ja, mein Junge, davon bin ich überzeugt. Wir kriechen auf allen vieren. Dein Bruder soll's dir nachmachen – und bleib ja dicht bei mir!"

Davy signalisierte das an John Willie, indem er ihm mit den Fingerknöcheln auf Hände und Knie klopfte und zuletzt auf den Rücken drückte. John Willie verstand sofort und folgte ihm.

Die Sohle führte steil aufwärts. Sie mußten fast fünf Minuten gekrochen sein, als der alte Bergmann innehielt. „Wartet hier. Ich geh allein ein Stück weiter."

Davy schluckte krampfhaft und hätte am liebsten gebettelt: Nehmen Sie uns mit, bitte! Verlassen Sie uns nicht!

Ein paar Sekunden lang hörte man das kratzende Geräusch, das Bill Cartwrights derbe Schuhe auf dem Fels machten. Dann wurde die Stille so beklemmend wie das Dunkel.

Als Davy hinter sich griff und John Willies Arm drückte, wurde ihm bewußt, daß er nun die Welt des tiefen Schweigens betreten hatte, in der sein Bruder ständig lebte.

Vor Mitleid vergaß er kurz seine Angst und zog den Kleinen an sich.

John Willie strich ihm auf seine eigene Weise tröstend über die Wange.

„He, Junge!" Der Ruf schien von oben zu kommen.

„Ja, Mr. Cartwright?" Davy zog John Willie hoch und starrte in das undurchdringliche Schwarz hinauf.

„Wir sind im Fellburn Dip! Ich hab genau die Stelle gefunden, die ich vor zwölf, nein, vierzehn Jahren abgestützt hab. Jetzt paß auf! Geh ganz vorsichtig an der Wand lang, bis die Sohle steil ansteigt. Da kletterst du zu mir rauf."

Das Herz klopfte Davy bis zum Hals, als er sich vorantastete. Als die Sohle steil anstieg, packte er John Willie am Handgelenk und kletterte weiter, bis ihn der alte Mann am Kragen faßte und mitsamt dem Kleinen hinaufhievte.

Die drei standen eng beisammen, und Erregung durchflutete sie wie ein Strom. So stark war sie, daß sie den eisigen Ring der Angst, der Davy das Herz fast abschnürte, löste und daß sein Zittern nachließ.

„Wart mal, nun muß ich scharf überlegen." Mr. Cartwright dämpfte seine Stimme zu einem Flüstern. „Wenn ich mich an den Plan von dem Teil hier erinnern könnte, wären wir schnell im Freien . . . Ich muß jeden Zentimeter Boden genau untersuchen. Halt dich hinten an meinem Gürtel fest, und wenn ich ausrutsche, laß um Himmels willen nicht los. Es ist möglich, daß wir über Spalten müssen. Ich hab schon welche gesehen, die waren groß genug, um Pferd und Wagen zu verschlingen. Wo das Wasser durchschießt, reißt oft die Erde auf. Kannst du dem Kleinen klarmachen, daß er sich an dich hängen soll?"

„Ja, Mr. Cartwright, er wird dranbleiben." Davy führte John Willies Hand über seinen Gürtel und bedeutete ihm, sich festzuhalten.

Schritt für Schritt tappten sie durch völlige Dunkelheit, die schwer auf ihnen lastete.

Davy hatte zwar die meiste Zeit seines Lebens unten in der Grube verbracht, aber stets hatte wenigstens der matte Schein einer Lampe die Finsternis zurückgedrängt. Er war nie so unglücklich gewesen wie die Neulinge aus dem Armenhaus, die zwölf Stunden ununterbrochen in pechschwarzer Nacht sitzen und die Wettertüren für die Männer öffnen mußten.

Wieder ging es aufwärts. Plötzlich rief der alte Bergmann: „Wir kommen zu den Verbindungsstollen! Da sind vier! Nur, welcher davon ist der richtige?"

In der Totenstille schlängelte sich John Willie näher an Davy heran, der ihm wortlos den Arm um die Schultern legte.

„Verdammt, ich weiß es nicht mehr!" Es klang dumpf und hoffnungslos.

„Wohin führen denn die anderen drei?" fragte Davy leise.

„In Sackgassen, Junge. Die Stempel waren schon vor Jahren ganz morsch."

„Wir könnten doch einen nach dem anderen …"

Davy spürte, wie der alte Mann sich von ihm abwandte. Seine Stimme hallte in dem Labyrinth wider. „Die Grube hätte schon längst aufgelassen werden sollen – aber nein, die Blutsauger wollen immer noch den letzten Tropfen aus uns rausquetschen … Das ganze Land ist unterwühlt – das ‚Kohlenreich' nennen sie das Gebiet um den Tyne. Ja, das Reich der Sklaven, der Blinden, der immerwährenden Nacht, das –"

„Mr. Cartwright!" Davy schüttelte den Alten am Ärmel und flehte: „Reden Sie nicht weiter. Sie … Sie dürfen sich nicht so aufregen, sonst werden Sie zu müde. Ruhen Sie sich aus. Inzwischen schaue ich nach, wohin die erste Abzweigung führt."

„Das laß mal schön bleiben, mein Junge. Wenn einer geht, gehen wir alle."

Sie mußten wohl eine volle Stunde dahingestolpert und -gekrochen sein, ehe sie auf eine Wand aus Kohle und Stein stießen.

Der Alte brachte sie zurück. Als sie endlich wieder zum Scheideweg kamen, kauerten sie sich auf den feuchten, unebenen Boden.

Es war John Willie, der das Schweigen brach. Er brach es mit dem einzigen Laut, den er überhaupt zustande brachte: „Ai!" Dieses „Ai" gebrauchte er in so vielen verschiedenen Variationen, daß es für Davy fast zu einer Art Sprache geworden war. John Willie wiederholte es dreimal.

Davy wollte ihn eben besänftigen, da rief der alte Mann, gereizt vor Erschöpfung: „Er soll den Mund halten und mit dem Gebelle aufhören!"

Ja, genauso klang es – wie das Bellen eines Hundes: John Willie erinnerte seinen Bruder daran, daß Snuffy, ihr alter Collie, daheim im Hof an der Kette lag und so verlassen war wie sie selbst.

Rasch stand Davy auf. „Bitte, Mr. Cartwright, bleiben Sie dicht bei John Willie. Geben Sie ihm Ihre Hand, wenn es Ihnen nichts

ausmacht. Ich versuch's jetzt mit der anderen Strecke. Das bin ich ja
gewohnt."

Zu seiner Überraschung erhob der alte Mann keine Einwände.
Davy setzte John Willie neben ihn. Dann klopfte er langsam dreimal
auf den Handrücken des Kleinen. Als Antwort machte John Willie:
„Ai!" Diesmal klang es nicht mehr wie Gebell.

Schon nach wenigen Metern überfiel Davy wieder die Angst. Sein
Magen krampfte sich zusammen, und er mußte sich übergeben.
Nachdem er öliges, schwarzes Wasser erbrochen hatte, lehnte er sich
an die Wand, sog gierig die muffige Luft ein und horchte auf einen Ruf
von Mr. Cartwright.

Doch alles blieb still. Verzweifelt dachte er, daß dem alten Mann
wohl schon alles gleichgültig geworden war.

Er hatte schon mehr als einen Kilometer zurückgelegt, wobei er sich
mühsam an der Wand und an zerbröckelnden Stempeln entlangtastete
und vor jedem Schritt den Boden untersuchte, als er plötzlich wieder
ins Wasser fiel. Nach Atem ringend, tauchte er auf. Seine Füße fanden
Halt, seine ausgestreckten Hände berührten schlüpfrigen Fels. Er
krallte sich fest und zog sich hinauf. Dann erkannte er, daß er sich in
einem schmalen Gang auf der anderen Seite des Wassers befand.

Vorsichtig und jeden Zentimeter Boden erforschend, kroch er
voran. So mußte er seiner Schätzung nach etwa einen halben
Kilometer bewältigt haben, als er schnuppernd innehielt. Was war
das? Die Luft war anders. Er holte tief Atem. Ja, sie war frischer.

Unwillkürlich schrie er vor Enttäuschung auf, als ihm wieder eine
Wand den Weg zu versperren schien. Doch als er weitertappte,
entdeckte er noch einen Gang, und dort sah er, weit entfernt, ein
schwaches Schimmern. *Tageslicht!*

Davy stand auf und zwang sich, nicht loszurennen. Es konnte noch
immer mit Wasser gefüllte Senken geben. Gleich darauf verwandelte
sich seine freudige Erregung in tiefe Hoffnungslosigkeit. Das Licht
sickerte durch eine Öffnung hoch oben im Fels herab.

Er spähte die lange, schmale, zwischen Sandstein- und Kohle-
schichten eingehauene Spalte hinauf. Das war ein alter, wahrscheinlich vor Jahren angelegter Luftschacht. Der helle Fleck hoch über ihm
war schon von Grün überwuchert. Auf jeden Fall aber führte dieser
Weg ins Freie. „Hallo!" Er lauschte seiner Stimme, die sich in dem
engen Schlauch emporschraubte. „Hallo! Halloooo!" Die Hände

trichterförmig vor dem Mund, schrie er sich heiser. Allmählich begann das Licht zu verblassen. Draußen brach die Nacht herein. Wie toll brüllte er: „Hallo! Hilfe! Hiiilfe! Ist da jemand?"

Auch nachdem der letzte matte Schimmer erloschen war, rief Davy weiter, bis er erschöpft auf den kalten Steinboden sank und einschlief.

Als er erwachte und sich zu strecken versuchte, fuhr ihm ein schmerzhafter Krampf in die klammen Glieder. Während er beobachtete, wie es heller wurde, dachte er an John Willie und Mr. Cartwright. Der Bergmann war zwar mutig, aber doch schon alt, mindestens siebzig. Er arbeitete nur noch, weil er für seine Frau und sich das Dach über dem Kopf behalten wollte. Wer nicht mehr unter Tag ging, verlor den Anspruch auf eine Bergarbeiterhütte.

Davy rappelte sich auf. Seine Beine waren ganz gefühllos. Erst als er aufstampfte und sie ausschüttelte, fing das Blut wieder zu zirkulieren an. In der zunehmenden Helligkeit bemerkte er einen Gang direkt gegenüber jenem, durch den er hierhergelangt war. Er blickte wieder in den Schacht hinauf, schrie noch einmal, wartete lauschend und ging dann hinüber zu der anderen Abzweigung.

Auch jetzt tastete er sich mit äußerster Behutsamkeit vor. Nach zehn Minuten hockte er sich auf die Fersen und starrte mit offenem Mund voraus. Das Licht – war anders, greller!

Schon war er auf den Beinen, hangelte sich an rauhen Holzstempeln vorwärts. Als er plötzlich über eine Eisenschiene stolperte, entrang sich ihm ein Jubelschrei. Ein Gleis, auf dem Pferde früher die Karren gezogen hatten ... Eine alte Förderstrecke! Er war gerettet! Mit neuer Kraft raffte er sich auf und rannte bergan. Dann war er im Freien und stand auf einem Hang am Eingang einer alten Mine.

Noch nie war ihm der Himmel so schön erschienen. Er war draußen in der Welt, er lebte! Weinend und lachend zugleich, sah er keine hundert Meter weiter die Mauer, die Miß Peamarsh' Grundstück umgab. Einen Kilometer von zu Hause entfernt, war er ans Tageslicht gekommen. Er mußte sofort zum Förderschacht, mußte die Männer alarmieren und sie führen, damit sie John Willie und Mr. Cartwright herausholten.

Torkelnd wie ein Betrunkener rannte er über Heidekrautbüschel und Geröll, bis er den Förderturm erreichte und vor einer Gruppe von erstaunten Bergleuten zusammenbrach.

ZWEI

SIE hatten ihn gelobt, ihn einen klugen, tapferen Jungen genannt und gesagt, ein anderer hätte in der gleichen Lage vielleicht aufgegeben und nicht drei Leben gerettet. Na ja, genaugenommen zwei, die was wert waren; denn es gab einige zu Witwen gewordene Frauen im Dorf, die sich fragten, warum Gott einen taubstummen Idioten verschonte, ihnen aber die Männer nahm, so daß sie ohne Unterhalt und obdachlos zurückblieben. Gottes Wege waren in der Tat unerforschlich.

Sogar der Pastor predigte tauben Ohren, als er die Hinterbliebenen ermahnte, sich endlich in Demut dem Willen des Allmächtigen zu fügen, als die vielen Opfer, die man aus den überfluteten Stollen geborgen hatte, beerdigt wurden. Was wußte der Allmächtige von hungrigen Mäulern und knurrenden Mägen? Gott war gut für die reichen Grubenbesitzer, ja, für die war Gott da.

Solchen Gedanken hing Davy nach, als er den letzten Löffel Hafergrütze auf John Willies Teller schöpfte. Ein leises Winseln lenkte sein Augenmerk auf das Tier neben ihm, und mit einem Seufzer tat er ein bißchen Grütze von seinem eigenen Teller in den leeren Topf zurück, den er für den Hund unter den Tisch stellte.

Als er zu essen begann, blieb ihm der Brei fast im Hals stecken. John Willie fixierte ihn mit Augen voller Traurigkeit – und Angst. O ja, John Willie hatte Angst. Auch wenn er nicht hören konnte, was im Dorf geredet wurde, hatte er begriffen, wie schlimm es um sie stand.

Davy senkte den Blick auf den Teller. Allein könnte ich es schaffen, dachte er schuldbewußt. Wenn ich ihn nur irgendwo unterbringen könnte, bis ich alles in Ordnung gebracht habe. Wenn ich auf Wanderschaft muß, kann ich ihn nicht mitnehmen. Der Herbst ist schon nah, und den Winter übersteht er nicht ohne Unterkunft. Und am Samstag müssen wir hier ausziehen ...

Er kratzte die Reste der Grütze zusammen, leckte sorgsam den Löffel ab und dachte dabei zornig: Es ist so ungerecht – die hätten uns 'ne andre Arbeit geben müssen, die hätten ruhig was für uns tun können. Aber dann überlegte er, wie sie ihnen hätten helfen sollen. Alle Gruben weit und breit waren zum Bersten voll, und erwachsene

Männer warteten nur darauf, für einen toten Kameraden nachzurük-
ken. Er war die neun Kilometer zu der neuen Schiffswerft in Jarrow
marschiert und mußte sich dort sagen lassen, man könne niemand
mehr einstellen, es herrsche ein Überfluß an Arbeitskräften.

Als John Willie vom Stuhl rutschte und zum Herd ging, die Arme
um den Hund schlang, der jetzt dort auf einer Matte lag, und sein
Gesicht in dem dichten Fell vergrub, fiel Davy noch ein Problem ein.
Was sollte aus Snuffy werden?

Er nahm die beiden Teller, die Löffel und den Topf mit dem
rußgeschwärzten Boden und trug alles zu einem Tisch auf der anderen
Seite des Raumes, um abzuwaschen. Als er vor die Tür trat und das
Spülwasser ausschüttete, schaute er die Hüttenreihe entlang. Am
anderen Ende balgten sich kreischend die Coxonkinder. Ihr Vater
hatte ebenfalls das Unglück überlebt. Na klar, ein Coxon mußte ja
Schwein haben.

Davy ging wieder hinein und stellte den Topf auf den Tisch. Er
bedeutete John Willie, daß er mitkommen solle, drückte ihm einen
Blechnapf in die Hand und nahm selbst einen Strohkorb; allerdings
wußte er genau, daß sie sich auf die Dauer nicht von Beeren ernähren
konnten.

Er mußte Pastor Murray um eine Arbeitserlaubnis fürs Armenhaus
bitten, damit sie wenigstens zu etwas Brot kamen.

Ehe er die Hütte verließ, sperrte er beide Türen ab, damit die
Coxons nicht wie ein Heuschreckenschwarm einfielen. Wenn früher
Leute ausziehen mußten, war es ihnen irgendwie gelungen, ihre
Habseligkeiten den Nachbarn anzudrehen. Aber die jetzt noch im
Dorf wohnten, würden ihm sicher nichts abkaufen können – gewiß
nicht die Flickenmatte, die seine Mutter noch gemacht hatte, bevor sie
vor zwei Jahren gestorben war, und schon gar nicht den Krug.

Sein Vater hatte von dem Krug immer gesprochen, als wäre er aus
Gold statt aus Porzellan. Er sei fast hundert Jahre alt, hatte er einmal
gesagt, und seiner Urgroßmutter an ihrem Hochzeitstag von ihrer
Herrschaft geschenkt worden, die eine Porzellanmanufaktur in
London besaß. Auf dem Krug war eine Ziege oder ein Schaf
dargestellt, und auf dem Boden stand etwas geschrieben; doch da
keiner in der Familie lesen konnte, hatten sie nie erfahren, was das
Wort bedeutete. So lange sich Davy erinnern konnte, hatte der Krug
auf dem Bord über dem Herd gestanden. Im äußersten Notfall würde

er ihn auf dem Samstagsmarkt in Shields verkaufen. Vielleicht bekam
er wirklich fünf Shilling dafür. Sein Vater hatte stets betont, er sei
einen ganzen Wochenlohn wert.

Sie kamen am großen Tor von Gorge Manor vorbei, und Davy
blickte zu dem Haus am Ende der langen Auffahrt. Er hatte es immer
nur aus der Ferne gesehen, aber seine Mutter hatte so viel davon
erzählt, daß er es fast zu kennen glaubte. Es war nicht so protzig wie
andere Gutshäuser, da es nur zehn Zimmer hatte, war aber dafür schon
seit Generationen im Besitz der Familie Peamarsh. Und es hatte in
diesem Sprengel immer einen Geistlichen namens Peamarsh gegeben,
bis Pastor Peamarsh vor etwa acht Jahren starb und Pastor Murray an
seine Stelle trat.

Alle hatten damit gerechnet, daß der junge Mr. Richard Peamarsh
einmal der Nachfolger seines Vaters sein würde, aber Master Richard
war ein Heißsporn gewesen und auf und davon in fremde Länder. Das
hatte den alten Herrn so sehr gekränkt, daß er einen Schlaganfall erlitt,
und zwei Jahre darauf war's aus mit ihm. Von dem Tag an war Miß
Eleanor, seine Tochter, nicht mehr wie früher. Sie verschanzte sich im
Haus und hielt keinen einzigen Dienstboten mehr, nachdem Dan und
Mary Potter fortgegangen waren.

Seit Pastor Peamarsh ihn als Jungen aus dem Armenhaus geholt
hatte, war Dan Potter der Gärtner auf Gorge Manor gewesen. Als er
kurz nach dem Tod des Pastors durch eine Erbschaft von einem
Verwandten in Amerika zu Geld kam, kündigte er Miß Peamarsh und
ließ sie im Stich, und Mary, die auch dort angestellt gewesen und
später seine Frau geworden war, ging mit ihm. Die Potters machten in
Shields einen Gemischtwarenladen auf und konnten angeblich ganz
schön was auf die hohe Kante legen. Dan Potter besuchte Miß Eleanor
drei- oder viermal im Jahr. Er fuhr mit seinem Einspänner vor, und die
Burschen rauften sich immer darum, wer den prächtigen Grauschim-
mel halten durfte. Wenn er rauskam, gab er nämlich dem, der die
Zügel hielt, einen Penny. Miß Peamarsh erlaubte ihm nicht, bis vor
die Haustür zu kutschieren.

Davys Mutter hatte gesagt, Miß Peamarsh sei als junges Mädchen
ein hübsches, fröhliches Ding gewesen. Das konnte er sich einfach
nicht vorstellen. Diese hagere Vogelscheuche . . .

Im gleichen Moment verschlug es ihm fast den Atem – sie stand vor
ihm. Beinah hätte er sie umgerannt, als er um die Mauerecke bog.

Er trat zurück und zog John Willie mit sich. Wie betäubt dachte er: O mein Gott! Was nun?

Miß Peamarsh sah tatsächlich zerlumpt wie eine Landstreicherin aus. Ihr schwarzer Mantel hatte vor lauter Schäbigkeit schon einen grünlichen Schimmer. Der an verschiedenen Stellen geflickte Rock war ebenso alt und hatte am Saum gar einen Schmutzrand. Am merkwürdigsten war, daß sie keine Kopfbedeckung trug. Damen trugen immer Hüte, aber Miß Peamarsh ging barhäuptig herum, und man hätte es keinem Fremden verübeln können, wenn er sie nicht wie eine Dame behandelte. Erst wenn sie den Mund aufmachte, wußte jeder, daß sie eine von der feinen Sorte war. Aber sonderbar blieb sie doch.

„Na, du schon wieder? Und was für Unfug hast du diesmal im Sinn?"

„Ich ... ich will nur Beeren pflücken, Miß."

„Auf meinem Grund und Boden vermutlich." Zu Davys völliger Verblüffung fügte sie hinzu: „Dein Vater ist bei einem Unglück ums Leben gekommen, hab ich gehört, und du hast die anderen gerettet."

Woher wußte sie das? Angeblich sprach sie mit niemand. Aber natürlich, sie hatte die Sirene gehört. „Ja, Miß", antwortete er, „aber es war nur Glück ... und Gottes Wille."

„Gottes Wille!" Sie reckte das Kinn verächtlich hoch. „Was weißt du Grünschnabel schon davon!" Wieder starrte sie auf John Willie hinunter wie neulich, und John Willie starrte zurück.

Davy verstand den Gesichtsausdruck seines Bruders nicht. So schaute er sonst nur Snuffy an. Er konnte sie doch unmöglich nett finden! Ihre Miene war alles andere als freundlich. Dennoch betrachtete John Willie sie fast liebevoll.

„Er sieht aus wie eine Robbe."

„Was?" stieß er hervor. Sie sollte bloß John Willie nicht mit einem Fisch vergleichen. Er hatte von den Robben erzählen hören, die vor der Küste herumschwammen. Deshalb sagte er in einem Ton, der dem ihren in nichts nachstand: „Er sieht überhaupt nicht aus wie ein Fisch."

„Wer redet von einem Fisch, Junge? Er hat Augen wie eine Robbe."

„Oh!" Er guckte seinen Bruder an und lächelte. „Dann müssen Robben schöne Augen haben, Miß."

„Hast du denn noch nie eine gesehen? Nicht einmal auf einem Bild?"

„Nein, ich – ich kann nicht lesen."

„Sei nicht so dumm. Du brauchst nicht lesen zu können, um ein Bild anzuschauen."

Er schluckte. Dumm war er also?

„Das Bergwerk ist geschlossen. Wo arbeitest du jetzt?"

„Nirgends, Miß." Seine Stimme klang trotzig. „Ich geh auf die Walz und such mir Arbeit."

„Das Kind da ist für ein Vagabundendasein nicht geeignet. Es sieht zu kränklich aus."

Er mußte zweimal Luft holen, ehe er hervorbrachte: „Ich bin auf dem Weg zum Pastor, weil ich mir 'ne Brotkarte holen will. Und vielleicht kann ich John Willie dann im Armenhaus lassen, bis ich woanders was gefunden hab."

„Im Armenhaus? Unsinn! Das steht er nie durch. Da ist es noch besser, du nimmst ihn mit auf Wanderschaft." Sie heftete ihren Blick auf John Willie, und nun mischte sich auch er in die Unterhaltung ein.

„Ai!"

„Was sagt er? Dieser Laut muß doch etwas bedeuten."

„Ja, sicher, normalerweise schon. Nur diesmal versteh ich ihn nicht."

„Das solltest du aber. Laute bedeuten immer etwas." Kaum hatte sie ihre letzte spitze Bemerkung abgefeuert, stolzierte sie davon.

Davy stierte ihr nach. Na warte, dachte er, dir werd ich's zeigen! Er wollte seinen Bruder auffordern weiterzugehen, schwieg jedoch, als er sah, wie die großen, sanften Augen des Kleinen wie gebannt an der Frau hingen, die trotz ihrer abgerissenen Kleider hoheitsvoll davonschritt. John Willie lächelte, blickte zu Davy auf und machte wieder: „Ai!" Endlich begriff Davy, was er meinte, und sagte unwirsch: „Nett? Daß ich nicht lache! Nett! Du hast sie wirklich nicht alle ... Komm jetzt!"

Er versteckte Korb und Napf im Gebüsch und strebte auf das Pfarrhaus zu.

PASTOR MURRAY war ein Mann in mittleren Jahren mit einer großen Familie und einem kleinen Einkommen. „Tut mir leid, Davy", sagte er. „Wenn ich dir irgendwie helfen könnte, würde ich es tun ... Aber es gibt so viele Notleidende."

„Schon gut, Sir. Geben Sie mir nur eine Karte."

„Die kriegst du, aber es ist sehr harte Arbeit."

Davy gab eine Art Grunzen von sich, das John Willies „Ai" sehr ähnelte. „Ich bin an harte Arbeit gewöhnt, Sir."

„Natürlich." Der Pastor nickte. „Nehmt inzwischen Platz. Ich stelle dir die Karte gleich aus."

Während sie warteten, blickten sie sich in der spärlich eingerichteten Stube um, und Davy lauschte dem Geschirrgeklapper und Mrs. Murrays schriller Stimme in der Küche nebenan. Keiner hatte je erlebt, daß die Frau des Pastors auch nur einen Brotkrümel verschenkte; aber da sie acht Töchter hatte, konnte man ihr deswegen wohl keinen Vorwurf machen.

Pastor Murray trat wieder ein. Nachdem er Davy ein Blatt Papier gereicht hatte, drückte er ihm eine Münze in die Hand, gab John Willie auch eine und drängte die Besucher zur Tür. „Viel Glück, Junge", sagte er. „Und Gott sei mit dir."

„Danke, Sir. Danke für alles." Davy zog John Willie eilig über den holprigen Weg und aus dem Pfarrhof hinaus. Dann blieb er stehen und lächelte seinem Bruder zu. Beide öffneten die Fäuste und schauten die kleinen Geldstücke an.

Für einen halben Penny bekam man nicht viel, doch sie fühlten sich trotzdem reich, weil der Pastor, der selbst arm war wie eine Kirchenmaus, jedem eine solche Münze zugesteckt hatte. Es gab doch noch gute Menschen auf der Welt.

„Komm." Er zupfte John Willie am Ärmel und hielt erst eine halbe Stunde später wieder an, als sie das Armenhaus von weitem sahen.

„Da!" Er zeigte auf die furchterregenden grauen Mauern, stupste dann dem Kleinen mit einem Finger auf die Brust, legte danach die flache Hand auf seine eigene, senkte den Kopf, richtete sich wieder auf und trat auf der Stelle.

John Willie verstand nur zu gut. Er zwinkerte heftig, schob die Lippen vor und stieß eine Reihe schnell aufeinanderfolgender „Ais" aus. Davy packte ihn bei den Schultern und schrie: „Hör zu! Hör mir zu!"

John Willie starrte mit weit aufgerissenen Augen in Davys verzweifeltes Gesicht. „Ich muß Arbeit finden!" Davy tat, als grabe er mit einer Schaufel. John Willie blieb stumm, aber Davy wußte, daß er begriff, was vor ihnen lag.

Langsam gingen sie auf das Tor zu. Als er am Glockenstrang zog, kam ein Mann aus der Pförtnerloge, spähte durch die Gitterstäbe und fragte: „Was wollt ihr?"

„Ich hab eine Brotkarte."

„Schon wieder einer!" Der Pförtner entfernte die Kette, öffnete das Tor und ließ sie ein. John Willie drängte sich derart an Davy, daß er ihn fast am Gehen hinderte.

„Geh damit in die Schreibstube." Der Pförtner wies auf eine Tür, und die beiden Brüder betraten einen langen, mit Steinfliesen ausgelegten Korridor. Durch die Fenster auf der einen Seite schaute Davy auf einen von hohen Gebäuden umschlossenen Hof hinaus. Männer, Frauen und Kinder waren dort versammelt. Manche hatten sich zur Wand gedreht, andere hüpften auf und nieder, einige lachten. Eine Frau kehrte das Gesicht dem Himmel zu. Tränen rannen ihr über die Wangen. Wie Vögel in einem großen Käfig gaben diese Menschen Geräusche von sich, die einem Zirpen, Gurren oder Schnattern ähnelten.

„Alles Idioten."

Erschrocken fuhr er herum. Vor ihm stand eine große, spindeldürre Vettel mit einem hölzernen Scheuereimer. „Die sind alle verrückt, plemplem. Ich bin nicht plemplem. Ich bin Emma Steel." Sie drehte sich um und schlurfte davon. Davy hatte nie jemand gesehen, der idiotischer aussah.

„Was wollt ihr hier?"

Mit einem Ruck wandte er sich in die andere Richtung und erblickte eine Frau in einer Art Uniform mit einer gestärkten Haube. „Ich hab eine Brotkarte." Er hielt ihr das Blatt Papier hin.

„Dort, die letzte Tür."

„Danke." Er verbeugte sich vor ihr, doch sie ging bereits weiter. Es dauerte ein paar Sekunden, ehe ihn seine Beine den Korridor hinuntertrugen. Schließlich gelangten er und John Willie in einen Raum, in dem vier Männer an hohen Pulten saßen und schrieben.

Einer hob den Kopf und musterte sie. „Was gibt's?"

Davy wiederholte, daß er eine Brotkarte habe, und zeigte sie vor. Der Mann prüfte sie. „Für euch beide?" fragte er dann.

„Ja, Sir."

„Ihr müßt vier Stunden lang Steine brechen. Ich kann mir nicht vorstellen, daß der da viel zusammenbringt."

„Ich schaffe genug für zwei."

„Nein, so geht das nicht." Der Mann taxierte John Willie. „Der hat keine Kraft. Wie alt ist er?"

„Zehn, Sir. Er ist ... taubstumm, Sir."

Der Mann schüttelte den Kopf und fügte nicht unfreundlich hinzu: „Wenn du den ganzen Tag fleißig bist, kannst du ein Mittagessen haben."

„Mit Verlaub, Sir, ich möchte nur das Brot."

Der Mann nahm eine Blechmarke aus einer Lade und händigte sie Davy aus. „Ich geb dir nur eine, weil der da für die Arbeit viel zu schwach und zu klein ist. Du mußt in den Hof", fügte er hinzu und zeigte auf einen Seitengang. „Zu Mr. Rider."

Davy betrachtete die Marke. Zorn stieg in ihm auf, weil es so ungerecht war, daß John Willie nicht auch seinen Brotanteil bekam. Dann nahm er ihn bei der Hand und führte ihn auf einen anderen Hof, wo die Wäsche gewaschen wurde.

Frauen schaufelten Kohle in Kübel, andere beugten sich über Zuber und rührten mit dicken Stöcken in der dampfenden Lauge, in der die nassen Wäschestücke wie zähe schwarze Sirupklumpen schwammen. Neben jedem Trog lagen Berge von Hosen und Kleidern aus grauem Drillich. Die Frauen trugen alle schmutzige weiße Hauben. Manche blickten auf, aber die meisten schienen in völlige Teilnahmslosigkeit versunken. Viele hatten kleine Kinder an den Rockzipfeln hängen. Als Davy fragte, wo er Mr. Rider finden könne, wurde er an einen fetten, gnomenhaften Mann verwiesen, der zwei kleine Jungen antrieb, einen Karren voller Steinbrocken noch schneller über das unebene Pflaster zu zerren. Davy gab Mr. Rider die Marke.

„Nur einer?" Die Knopfaugen musterten John Willie prüfend. „Er kann die Karren ziehen helfen."

„Nein, das kann er nicht, und das wird er auch nicht tun. Der Herr dort drin hat gesagt, er verdient nichts, also kann er bei mir bleiben."

„Gib acht, du Rotznase, sonst stopf ich dir statt Brot gleich meine Faust in dein freches Maul." Er funkelte Davy an, und der starrte ebenso böse zurück. „Du elender Wicht, du! Hau ab!" Mit einer Handbewegung, als wolle er eine lästige Fliege verscheuchen, zeigte er auf einen Durchgang im Hof.

Davy ließ sich absichtlich Zeit und räumte mit gleichmäßigen

Schritten das Feld, was gar nicht so einfach war, weil John Willie sich verschüchtert an seine Seite preßte.

Hinter dem Hof legten Männer eine Straße über das Ackerland an. „Dort rüber zu dem großen Kerl. Kapiert?" befahl der Aufseher.

Davy ging auf den hochgewachsenen Mann zu. Er war rothaarig und schätzungsweise Mitte Dreißig.

„Was hab ich zu tun?"

Der Rothaarige trieb mit rhythmischen Hammerschlägen einen Meißel in einen Steinblock. Er hielt kurz inne. „Das gleiche wie ich. Such dir Werkzeug." Er deutete mit dem Kinn zum Straßenrand. „Und übernimm dich am Anfang nicht, sonst hältst du nicht durch." Dann hämmerte er schweigend weiter.

Davy hatte ohnehin keine Lust auf ein Gespräch, sondern hing seinen eigenen Gedanken nach. Hin und wieder schaute er in die Richtung, wo John Willie mit hängendem Kopf und hängenden Schultern neben einem Haufen gebrochener Steine hockte. Seine ganze Haltung zeigte, wie unglücklich er war.

Als der Rothaarige endlich wieder das Wort ergriff, interessierte er sich für den Kleinen. „Was ist los mit ihm?" fragte er. „Ist er krank?"

„Nein, taubstumm."

„Armer Teufel."

„Bleibst du für immer hier?"

„Für immer?" Der Rothaarige lachte hellauf. „Ich? Nein, mein Sohn. Ich bin da nur reingeschneit, weil ich drei Tage lang nichts zwischen die Zähne gekriegt habe."

„Bist du aus unserer Gegend?"

„Ziemlich aus der Nähe. Durham. Ich war dort in den Bergwerken. Schon was von Gewerkschaften gehört?"

„Ja."

„Nun, wenn du in Zukunft in 'ner Grube arbeiten und deinen Job behalten willst, mach dich bloß nicht für die Gewerkschaften stark. Ich steh deswegen auf der schwarzen Liste. Aber nicht für lange." Er schlug dreimal schnell hintereinander auf den Meißel. „Der Tag wird kommen, an dem wir, die Bergleute, das Sagen haben und nicht mehr die Bonzen – oder der Teufel soll mich holen."

Davy erwiderte nichts darauf. Das waren Wunschträume. Seine Mutter hatte oft gesagt: „Es wird immer welche geben, die befehlen, und welche, die dienen." Er glaubte daran und hätte gern einem Herrn gedient, aber lieber über Tag als tief unter der Erde. Es mußte wunderbar sein, für seinen Lebensunterhalt im Licht der Sonne arbeiten zu können – nur nicht hier, an diesem trostlosen Ort.

Die Stunden verstrichen. Plötzlich ertönte ein schriller Pfiff, und der Aufseher brüllte: „Pause!"

Der Rothaarige legte sein Werkzeug hin. „Na, dann komm."

Davy hörte auf zu hämmern. „Ich arbeite für Brot – vier Stunden."

„Oh, tut mir leid. Also, bis später."

Doch Davy sah ihn nicht wieder. Als die Leute vom Essen zurückkamen, gab es Getuschel und unterdrücktes Gelächter. Der Rothaarige hatte seine Mahlzeit verschlungen und war getürmt.

Wahrscheinlich ist er halb verhungert gewesen, dachte Davy. Aber es gehörte beachtliche Kraft dazu, über diese Mauer zu klettern. Sie war höher als die von Gorge Manor und oben mit Glasscherben gespickt.

Eine Stunde später forderte Davy seinen Bruder auf, mit ihm zu kommen. John Willie war so niedergeschlagen, daß Davy ihm die Hand unters Kinn schob und sich bemühte, ihm den Kopf zu heben, aber der Kleine drückte so fest dagegen, daß es ihm nicht gelang.

Der Mann, der das Brot austeilte, grinste hämisch. „Eine Marke, ein Stück." Dann brachte er von ganz hinten aus einem Regal einen kleinen Laib zum Vorschein. Ohne hinzusehen, nahm Davy ihn vom Tisch; er war zu beschäftigt damit, dem Blick des anderen trotzig standzuhalten.

Erst vor der Pforte schaute er auf John Willie nieder und hätte beinah selbst die Beherrschung verloren. Das kleine Gesicht war tränenüberströmt, und als John Willie die dünnen Arme um ihn warf und sich verzweifelt an ihn preßte, brach es Davy fast das Herz. Er befreite sich aus der Umklammerung und redete hastig auf ihn ein: „Hör jetzt auf damit! Hör auf! Alles ist gut. Verstehst du?" Mit dem Daumen zeigte er über die Schulter auf die Pforte. „Nie, nie wieder." Er stupste erst John Willie und dann sich selbst auf die Brust und verschränkte die Finger. Der Kleine schaute bewundernd und mit grenzenlosem Vertrauen zu ihm auf. Davy versuchte, den Brotlaib zu teilen, aber er war hart. Natürlich, er war alt und hatte wohl schon lange in dem Regal gelegen. Schließlich schaffte er es, ein Stück für jeden abzubrechen. Langsam stapften sie auf der Landstraße heimwärts. Heim ... Dieses Wort galt nur noch für zwei Tage.

ALS sie zu Miß Peamarsh' Besitz kamen, blieb Davy stehen und
starrte finster auf die von Brombeersträuchern überrankte Mauer.
Den Korb, den er vorhin aus dem Gebüsch gezogen hatte, hielt er fest
in der Hand. Hinter dieser Mauer gab es was zu essen. Er zog John
Willie zu dem Loch in der Mauer und bedeutete ihm, davor zu warten.
Dann kroch er auf allen vieren durch die Lücke.

Als er weiterkroch, ließ er das Dickicht hinter sich und kam in den
Obstgarten, wo das hohe Gras ungemäht vertrocknete. Auf den
Bäumen hingen kaum noch Früchte, dafür lag viel Fallobst auf der
Wiese. Manche Äpfel und Birnen waren so weich, daß sie beim
Anfassen zerfielen.

Sein Korb war fast voll, als er zufällig aufblickte und vor Schreck
den Atem anhielt. Eine vertraute, hagere Gestalt kam auf ihn zu – die
Vogelscheuche. Nun hielt sie inne und streckte den Arm zu einem Ast
hinauf. Er duckte sich ins Gras. Da er erkannte, daß sie über ihn
stolpern würde, wenn sie geradeaus weiterging, drehte er sich in die
Richtung, in der er die Mauer vermutete. Im Schutz der Halme
schlängelte er sich auf dem Bauch davon. Nach ein paar Minuten
spitzte er wachsam die Ohren, vernahm aber kein Geräusch von
Schritten. Er reckte den Hals. Vor ihm lag nicht die Mauer, sondern
eine freie Fläche hinter dem Haus, die einmal ein schöner Rasen
gewesen sein mußte. Jetzt watschelten vier Gänse darauf umher und
rupften mit ihren Schnäbeln gierig alles kurz und klein.

Da erspähte er Miß Peamarsh wieder. Sie schritt auf das Haus zu,
und als sie darin verschwand, erhob er sich, machte kehrt und wollte
schleunigst wieder in den Obstgarten zurück, blieb dann aber wie
angewurzelt stehen.

Etwa sechs Meter von ihm entfernt sah er ein altes, vom Gestrüpp
fast verborgenes Gartenhaus. Offenbar hatte sich seit geraumer Zeit
niemand mehr hierher verirrt, denn das Unkraut wucherte zwischen
den Ritzen der Bodenbretter der kleinen Veranda hindurch in die
Höhe, und die Tür hing schief in den Angeln.

Er war schon im Begriff, die Stufen hinaufzusteigen, überlegte es
sich jedoch und lief um die Ecke. Aber die einzigen Fenster befanden
sich auf der Vorderseite und waren so verzogen, daß sie klemmten.
Anscheinend konnte man nur durch die kaputte Tür hineingelangen.
Allerdings – wenn er das Unkraut niedertrat, fiel es Miß Peamarsh
womöglich auf, falls sie zufällig doch vorbeikam.

Im Geist hatte er die Hütte bereits zu ihrem neuen Quartier erwählt. Das einzige Problem war nur: Wie kamen sie hinein?

Die Hütte war aus einander überlappenden Brettern gebaut. Er brauchte nur zwei oder drei zu lockern, und dann ... Zum Glück wuchsen auf der Rückseite dichte Brombeersträucher. John Willie und er würden sehr leise sein müssen. Aber wer konnte leiser sein als sein Bruder?

Und Snuffy war folgsam. Früher einmal hatte er als Hütehund die Schafherden auf den Bergen bewacht. Vater hatte ihn eines Tages über einen Pfad humpeln sehen und gleich erkannt, daß das Tier mit einem Hinterlauf in eine Falle geraten war. Er gab dem armen Kerl einen Brocken zu fressen, worauf der ihm nach Hause folgte. Davy wußte noch gut, wie er sich gefreut hatte, als der verwahrloste Collie zu ihm trottete und ihn beschnupperte. Lachend hatte er gerufen: „Schaut nur, er schnüffelt mich ab!" So war Snuffy zu seinem Namen gekommen. Vater hatte ihn sehr gemocht. Im Grunde war er zu dem Tier netter gewesen als zu seinem jüngeren Sohn.

Davy schüttelte den Kopf. Was er auch für Pläne für die Zukunft schmiedete, er mußte dabei an Snuffy denken – nicht nur, weil er den Hund selbst liebte, sondern auch, weil John Willie und der Collie unzertrennlich waren.

Er bahnte sich einen Weg durch die Dornenranken und schob die Finger unter ein morsches Brett. Als er daran zog, brach es, und er fiel fast aufs Hinterteil. Die nächsten beiden gaben genauso leicht nach, und schon zwängte er sich durch die Lücke.

Er richtete sich auf und blickte sich in dem düsteren, etwa zweieinhalb Meter langen und zwei Meter breiten Raum um. In einer Ecke stand ein Bambustisch, in einer anderen ein dazu passender Stuhl. Das zersplitterte Rohrgeflecht streckte seine Spieße nach allen Seiten. Ein löchriges Sitzkissen diente den Mäusen als Behausung.

Davy war hoch zufrieden. Nun war er sicher, daß die Hütte schon jahrelang nicht mehr benutzt wurde. Er brauchte nur ihr Bettzeug hereinzuschaffen. Kochen mußte er eben draußen in der Mine in den Hügeln. Wenn sie erst abends herschlichen, konnte er sich tagsüber nach Arbeit umsehen. Vielleicht nahm man ihn zur Kartoffelernte, aber da würden sicher viele jetzt schon Schlange stehen.

Außerdem mußte er aufpassen, daß die Coxons nicht erfuhren, wohin sie zum Schlafen gingen. Er würde behaupten, sie hausten in der alten Mine und zur Sicherheit ein paar Sachen dort lassen. Gar keine schlechte Idee – er konnte am Eingang Feuer machen und dort kochen, wenn es regnete.

Als er endlich durch die Lücke in der Mauer das Gelände von Gorge Manor verließ, packte John Willie seine Hand, öffnete den Mund und wollte schon ein erleichtertes Ai ausstoßen, aber Davy gebot ihm, rasch zu schweigen.

Fünf Minuten später kamen ihnen auf der Straße die unvermeidlichen Coxons entgegen. Matthew Coxon und seine zwei ältesten Söhne schlenderten, volle Eßnäpfe schwingend, lässig auf sie zu.

„Na, was haben wir denn da?" Mr. Coxon fuhr mit der Hand in den Korb und zog einen Apfel mit nur einem einzigen Wespenloch hervor. „Ganz schöne Ernte. Wo hast du die denn her, Bursche?"

„Von dort hinten."

„Hört ihn euch an!" Fred Coxon war zwar kleiner als sein Bruder Arthur oder auch Davy, doch der Angriffslustigste seiner Sippe. „Von dort hinten!" höhnte er. „Von Jarrow oder von Newcastle? Du willst es nicht sagen, stimmt's?"

„Stimmt", bestätigte Davy. „Ich will's nicht sagen."

Während die beiden herausfordernd glotzten, mischte sich Arthur ein: „Ach, komm weiter. Bis Samstag isses nimmer lang, da wird er sowieso alle Äpfel brauchen, die er kriegen kann."

„Ja, richtig, Samstag!" nahm der alte Coxon das Stichwort auf. „Weißt du schon, was du mit deinem ganzen Kram machst?"

„Eins ist sicher. Ich lass' nichts zurück."

„Versteh ich, Junge. Noch dazu, wo die Iren einziehen."

„Die Iren kommen in die Siedlung?" Davy machte große Augen.

„Ja, die Vorarbeiter bringen sie per Schiff her, damit sie aushelfen, falls die Narren in der High-Main-Grube streiken."

Davy fragte ruhig: „Mr. Coxon, *Sie* würden nicht streiken, wie?"

Coxon lief rot an und knurrte: „Ich hab 'ne Familie zu ernähren und Verantwortung. Sollen die Hitzköpfe tun, was sie wollen. Ich scher mich um meine eigenen Angelegenheiten. Du sollst nur wissen, daß wir schon auf deine Sachen aufpassen würden, bis du wo untergekommen bist. Und mein Angebot gilt. Ich bin ein Mann von Wort."

„Vielen Dank auch, aber ich hab das schon geklärt."

Coxon schleuderte den Apfel so heftig in den Korb zurück, daß er in zwei Hälften zerbrach. „Na, viel Glück", sagte er wütend und fügte mit einem Blick auf John Willie hinzu: „Mit dem Klotz am Bein wirst du's nötig haben." Dann zog er mit seinen Söhnen weiter.

Davy starrte dem zu klein geratenen Widerling nach, wie er gewichtig davonstampfte. Auf gar keinen Fall würden die Coxons seine Habseligkeiten in die Klauen kriegen. Am Morgen würde er Mr. Cartwright aufsuchen. Der war bestimmt nur zu froh darüber, wenn er was bekam. Und falls Mr. Cartwright aus irgendeinem Grund die Sachen nicht nahm, würde er sie verbrennen: den guten Tisch seiner Mutter, die Stühle, sogar die Bretter, aus denen das Bett gezimmert war – lieber würde er alles den Flammen übergeben, als es diesem Gauner in die Hände fallen zu lassen.

Drei

AM SAMSTAG morgen war die Hütte ausgeräumt. Mr. Cartwright hatte am Abend zuvor die Möbel dankbar übernommen. Davy war dann etliche Male zu dem alten Gartenhäuschen gepilgert und hatte nach Einbruch der Dunkelheit auch die Matratze dorthin geschafft. Nun schloß er zum letzten Mal die Hüttentür hinter sich und machte sich mit John Willie auf den Weg. Ihre in zwei Decken gerollten Kleidungsstücke hatte er sich auf den Rücken geschnallt und über eine Schulter einen Riemen geschlungen, an dem der Kessel, ihre Becher, ein paar Töpfe und Pfannen baumelten. Den sorgsam in ein großes Taschentuch geknoteten Krug hielt er in der Hand. John Willies schmächtige Gestalt verschwand fast unter seinem Deckenbündel. Mit der rechten Hand trug der Kleine noch einige zusammenge-schnürte Habseligkeiten, um die linke hatte er die Schnur gewickelt, die Snuffy als Halsband diente.

Sämtliche Coxons hatten sich versammelt, um ihren Auszug zu beobachten. Als einer krähte: „Seht euch die an – zwei richtige Packesel!", mußte Davy sich zurückhalten, um ihn nicht zu ver-prügeln.

Während er der Straße folgte, dachte er: Menschen sind gräßlich. Doch dann fiel ihm ein, daß es auch noch welche wie Mr. Cartwright und seine Frau gab.

Am vergangenen Abend hatte Mr. Cartwright ihm erklärt, er habe beabsichtigt, sie bei sich aufzunehmen, aber seine Frau habe Mrs.

Joblin die zweite Kammer schon so gut wie versprochen. Deren Mann war bei dem Unglück ertrunken, sie hatte zwei kleine Kinder und ein drittes war unterwegs. Mrs. Cartwright hatte ihnen ein ganz frisch gebackenes Brot geschenkt, und wenn er jetzt noch ein Kaninchen fangen konnte, waren sie fürs erste nicht so schlecht versorgt.

Sie marschierten bergauf zu der verlassenen Mine. Als der Eingang in Sichtweite kam, bockte John Willie wie ein störrisches Pferd.

„Reg dich nicht auf, wir gehen nicht rein", erklärte Davy. Trotzdem stieß John Willie eine Reihe ängstlicher Ais aus. Ungeduldig lief Davy weiter, und nach einer Weile spazierte John Willie langsam hinterher. Am Eingang drückte Davy ihn zu Boden, drohte ihm mit erhobenem Finger und befahl: „Bleib!" Dann wiederholte er das gleiche mit Snuffy. Der Hund legte sich augenblicklich. Davy reichte John Willie den Krug und klopfte behutsam darauf, womit er seinem Bruder zu verstehen gab, daß er sorgsam damit umgehen solle. Entschlossen betrat er den schräg abfallenden Stollen.

Kaum hatte er das Tageslicht hinter sich gelassen, spürte er die alte Angst vor der Dunkelheit und konnte sich nicht überwinden, weiter vorzudringen. Er knüpfte eine Pfanne und zwei zerbeulte Becher vom Tragriemen los, nahm eine Decke aus dem Bündel auf seinen Rücken und legte alles auf ein Steinsims. Sogar solche Hornochsen wie die Coxons mußten das Zeug sofort bemerken. Dann rannte er wie von Furien gehetzt ins Freie.

John Willie und der Hund hatten sich nicht vom Fleck gerührt. Lächelnd schaute er auf die beiden nieder. „Auf, ihr zwei!" rief er, streckte die Hand aus und half seinem Bruder auf die Beine.

SOLANGE es noch hell war, führte Davy seine Schutzbefohlenen durchs Gestrüpp und zeigte ihnen den Einstieg in das Gartenhaus. Man mußte sich flach auf den Bauch legen und durch die Lücke zwischen den Brettern zwängen. Auch der Hund begriff das schnell. Er kroch hinter John Willie in die neue Bleibe und beschnüffelte interessiert die Ecken des kleinen Raumes.

Anschließend begaben sich die drei wieder in die Hügel zurück, wo Davy aus einem Versteck die zusätzlichen Utensilien hervorholte, die er zu einem früheren Zeitpunkt dort vergraben hatte. Er machte Feuer in einer Mulde, füllte an einem kleinen Bach, der zwischen den Steinen dahinrieselte, einen Topf mit Wasser und brachte es zum Kochen. Dann warf er die letzten paar Teeblätter hinein, die sie besaßen, und schüttete die heiße Köstlichkeit in zwei Becher. Nachdem sie getrunken hatten, sammelte er die gebrauchten Teeblätter ein und verstaute sie in einem fleckigen Leinensäckchen, um sie später wieder zu verwenden. Jetzt erst bekam jeder eine genau bemessene Ration von Mrs. Cartwrights Brot. Davy hatte herausgefunden, daß es den ärgsten Hunger dämpfte, wenn der Magen voll heißer Flüssigkeit war.

John Willie wollte dem Hund die Hälfte seiner kärglichen Mahlzeit abtreten, aber sein Bruder ermahnte ihn scharf: „Iß! Snuffy findet schon selber was." Der alte Collie saß still da und fixierte ihn mit einem flehentlichen Blick. Davys vernünftiger Vorsatz löste sich in Luft auf. Er warf ihm einen Brocken von seinem eigenen Stück hin. „Na gut – laß es dir schmecken."

Als John Willie es ihm nachmachen wollte, gab Davy ihm einen so heftigen Klaps, daß der Kleine beinah das Gleichgewicht verlor. Aber genauso schnell, wie er ihn bestraft hatte, tröstete er ihn, indem er John Willie bedeutete, daß er selbst essen mußte. „Wer weiß", fügte er hinzu, „wann wir wieder was zu futtern kriegen."

John Willie starrte zu dem kantigen Gesicht seines Bruders unter dem lohfarbenen Haarschopf auf, dem Bruder, der ihm Vater und Mutter ersetzte. Dann streichelte er zart Davys Arm. Diese Geste des Verzeihens war für Davy fast zuviel. Hastig erhob er sich und gab damit das Zeichen zum Aufbruch.

Als sie sich endlich im Gartenhaus befanden, war es schon zu dunkel, um noch etwas zu sehen. Aber das Bett war bereits gemacht. Davy zog John Willie auf die improvisierte Liegestatt, schnürte ihm die derben Schuhe auf und schob ihn unter die Decken. Danach schlüpfte er aus der Jacke und seinen vom Schweiß steifen Socken und setzte sich auf den Rand der Matratze. Er machte eine Schlaufe in Snuffys Leine und schlang sie sich ums Handgelenk. Endlich streckte er sich aus und stürzte förmlich in einen tiefen, von Träumen durchspukten Schlaf.

UNGEFÄHR zehn Stunden später erwachte er. Er blieb ruhig liegen, schaute zu den mit Spinngewebe behangenen Dachschindeln empor und versuchte sich zu besinnen, wo er eigentlich war. Als er den

Kopf drehte, begegnete er dem lächelnden Blick John Willies, der auf den Ellbogen gestützt geduldig neben ihm wartete. Auch Snuffy hatte sich wohlig zu ihren Füßen ausgestreckt und beobachtete ihn erwartungsvoll.

Davy lachte leise. „Na, ihr zwei? Ich hab wohl lang geschlafen, was? Und wir haben's geschafft." Er sah sich in ihrem engen Refugium um. Das Morgenlicht enthüllte erbarmungslos Schmutz und Verfall. Efeuranken hatten sich durch die Ritzen gewunden und hingen wie Zöpfe von der gegenüberliegenden Wand. Gemächlich stand er auf und machte gähnend drei kurze Schritte auf die windschiefe Tür zu.

Als er durch den Spalt lugte, fuhr er unwillkürlich mit der Hand an den Mund. Miß Peamarsh trat mit einem Korb auf dem Arm aus dem Haus. Sie blieb stehen und lockte die Gänse, die sich nicht weit von dem Gartenhaus entfernt schnatternd herumtrieben. Sekundenlang stockte ihm der Atem. Dann ging sie zu seiner Erleichterung weiter auf die Wiese, wo die Kuh weidete und die Hühner nach Würmern scharrten. Nie wieder würde er bleiben, bis sie ihre Morgenrunde begann!

In den nächsten zwei Wochen waren sie immer schon bei Anbruch der Dämmerung jenseits der Mauer. Es schien jetzt, als habe sich das Blatt zum Guten gewendet. Zweimal fand Davy einen Brotlaib und ein halbes gebratenes Kaninchen auf dem Sims in der Mine. Und eines Morgens lag auch noch eine zweite Decke dort.

Er wußte, daß Mr. Cartwright der edle Spender war, dem er ebenfalls gesagt hatte, sie würden hier schlafen. Im stillen gelobte er, ihm seine Wohltaten zu vergelten, sobald er einen festen Lohn bezog.

Dann durfte er drei Tage beim Kartoffelgraben helfen. Auch John Willie wurde eingestellt. Er bekam zwei Pence pro Tag dafür, daß er die Säcke aufhielt. Mit ihren drei Shilling und Sixpence marschierten sie mit Snuffy die neun Kilometer bis Jarrow. Als sie zurückkehrten, waren ihre Bäuche voll. Davy hatte drei Pence für drei Teller Erbsensuppe ausgegeben, und in dem Sack auf seinem Rücken steckten eine ganze Schafslunge, ein Pfund Innereien, Brot, Tee, Speck, Zucker und Schmalz. Und noch immer steckte John Willies Sixpencestück in seiner Tasche.

Die Versuchung war groß gewesen, dem Kleinen für einen Penny Karamellen zu kaufen, aber er hatte ihr widerstanden, weil er wußte, daß er diese Verschwendung bald bereuen würde.

Schon wenige Tage später fragte er sich mit wachsender Besorgnis, was er tun sollte. Kartoffeln und Steckrüben und was es sonst noch gab – alles war geerntet. Doch irgendwas würde noch geschehen, da war er ganz sicher ...

Nach der ersten Oktoberwoche begann es Montag nacht zu regnen. Davy wachte davon auf, daß die Tropfen durch das undichte Dach auf sein Gesicht spritzten. „Sei still!" zischte er Snuffy zu, als der Hund, dem das auch nicht gefiel, laut zu winseln anfing.

Zum Regen gesellte sich noch ein scharfer Wind, und die drei saßen frierend und unglücklich den ganzen folgenden Tag zusammengekauert auf der Matratze.

Am zweiten Morgen schüttete und stürmte es mit unverminderter Heftigkeit. Da sie alle Vorräte aufgezehrt hatten, blieb ihnen keine andere Wahl, als das Gartenhaus zu verlassen.

In einem Dorf an der Straße nach Jarrow kauften sie ein. Für drei Pence bekamen sie einen Fladen Brot und eine halbe Unze vom billigsten Tee. Dann gingen sie zur Mine, wo Davy trockenes Brennholz aufgestapelt hatte. Er machte Feuer und braute Tee, den er gewissenhaft durch drei teilte. Als sie getrunken hatten, goß er über die Teeblätter noch einmal kochendes Wasser und füllte es in eine Kanne.

Am späten Nachmittag traten sie den Rückweg an. Kaum saßen sie, naß bis auf die Haut und schwach vor Hunger, wieder im Gartenhaus, begann John Willie zu husten. Davy nahm ihn bei den Schultern und flüsterte: „Hör auf! Bitte, hör auf!" Er klopfte sich auf den Hals, schüttelte den Kopf und zeigte auf die Tür.

Er zog John Willie aus und rieb den mageren Körper mit einem rauhen Tuch ab, bis er spürte, daß er sich ein wenig erwärmte. Dann legte er ihn auf die Matratze, deckte ihn zu und flößte ihm ein paar Schluck von dem noch warmen Tee ein. Den Rest wollte er selbst schlürfen; doch da spürte er Snuffys Blick. Seufzend schüttete er, was noch übrig war, in einen Blechnapf und stellte ihn dem Hund hin. Dann kroch er unter die Decke zu John Willie, der instinktiv die Arme um ihn schlang. Eng zusammengekuschelt und einander wärmend, schliefen sie ein.

Als der Morgen graute, hustete John Willie wieder. Das beunruhigte Davy über alle Maßen. Er hatte geglaubt, sie könnten irgendwie überleben, bis er Arbeit fand; aber damit, daß John Willie krank

werden würde, hatte er nicht gerechnet. Er fühlte ihm die Stirn. Sie
glühte.

Vor Jahren, als er selber einmal unter Fieber litt, hatte ihn seine
Mutter mit einem heißen Ziegelstein ins Bett gepackt und ihm heißes
Wasser mit Ingwer zu trinken gegeben. Darauf mußte er schwitzen,
und bald ging es ihm besser. Also würde er jetzt zur Mine laufen und
Wasser kochen. Vielleicht lag sogar etwas zu essen auf dem Sims.

Rasch fuhr er in eine trockene Hose, doch auch die feuchte Jacke
und die durchweichten Schuhe mußte er wieder anziehen. In seiner
ausgeklügelten Zeichensprache teilte er John Willie seine Absicht mit
und erklärte ihm, er müsse ganz still bleiben und beim Husten
unbedingt den Kopf unter die Decke stecken ... „Hast du verstanden?“

John Willie nickte. Seine braunen Augen waren übergroß und
hatten einen unnatürlichen Glanz. Dann krächzte er ein leises „Ai“.

Obwohl es nicht mehr so stark regnete, war Davy völlig durchnäßt,
als er zur Mine kam. Auf dem Sims lagen nur das Geschirr und die
Decken.

Enttäuscht biß er sich auf die Unterlippe, holte die Zunderbüchse
aus dem Versteck in einer Nische und ging zurück zum Eingang. Dort
schichtete er das restliche bißchen Holz auf.

Die Späne wollten nicht richtig brennen. Er blies und blies und
erstickte fast am Qualm, bevor die Flammen endlich aufzüngelten.
Schnell rannte er hinaus und füllte die Kanne am Bach. Das Wasser
begann eben zu brodeln, als zwei Gestalten die Öffnung verdunkelten.

Vor ihm standen der alte Coxon und sein Sohn Fred.

„Soso! Machst du Frühstück, Bursche?“

Davy gab keine Antwort.

„Ziemlich feucht, da draußen. Ich glaub, uns steht ein nasser Winter
bevor. Hält der Kleine das durch?“

„Tadellos, Mr. Coxon.“

„Na, war bloß ’ne höfliche Frage. Wo isser denn überhaupt?“

Ja, wo war er? Davy überlegte hastig, deutete dann hinter sich und
sagte: „Dort drin ... Er schläft.“

„Laß uns doch mal schauen, wie du ihn untergebracht hast.“

Davy sprang auf. „Ich hab Sie nie um was gebeten, Mr. Coxon, also
lassen Sie uns in Ruhe – He! Komm zurück!“

Fred war an ihm vorbeigeschlüpft und lief in den Stollen. Ein Licht blitzte kurz auf, dann schallte seine Stimme aus der Dunkelheit: „Niemand da, Papa. Zwei Decken, sonst nichts."

Coxon spitzte die Lippen und musterte Davy nachdenklich. „Niemand da, hä? Sag bloß! Du hast ihn doch nicht etwa beiseite geschafft, weil dir der Klotz am Bein zu schwer geworden ist? Na, was ist?"

Davy trat einen Schritt vor. „Kümmern Sie sich gefälligst um Ihre eigenen Sachen."

„Ah" – Coxons Gesicht war jetzt grimmig –, „das geht mich wohl nichts an, was? Gestern hast du noch 'nen Bruder gehabt, heute hast du keinen mehr. Wo isser?"

Als Davy schwieg, wandte sich Coxon an seinen Sohn. „Da is was faul, Fred, da is garantiert was faul. Scheint mir 'n Fall für 'n Richter zu sein. Wir sehn uns noch, Bürschchen." Coxon nickte unheilvoll, dann machten die beiden sich davon.

Großer Gott! Als wäre nicht alles schon schlimm genug! Wie er diese Bande haßte! Coxon würde sicher zum Richter rennen, und dann mußte er mit der Wahrheit herausrücken. Sie würden John Willie ins Krankenrevier im Armenhaus bringen, weil es ihm so schlecht ging. Und er würde für seine Unterbringung dort arbeiten müssen.

Davy bückte sich und nahm die rußgeschwärzte Kanne vom Feuer, trat die Glut aus und ging hinaus in den Regen. Er war mit seiner Weisheit am Ende.

Nachdem er durch die Mauerlücke geschlüpft war, schlich er geduckt durchs hohe Gras. Am Gartenhaus angelangt, schob er vorsichtig die Kanne durch den Spalt zwischen den losen Brettern und glitt dann selbst hindurch. Als er sich aufrichten wollte, erstarrte er beim Anblick der Gestalt, die auf dem Stuhl neben John Willies Lager saß.

Miß Peamarsh sprach als erste. „Nun?" fragte sie.

Davy stand auf und glotzte sie nur stumm an. „Nun?" wiederholte sie und fügte hinzu: „Was hast du diesmal zu deiner Verteidigung vorzubringen? Laß dir lieber schnell etwas einfallen, bevor ich dich der Obrigkeit übergebe."

Was machte das schon aus? Sollte sie doch tun, was sie wollte! „Wir hatten keine Bleibe mehr", erklärte er tonlos, „und ich konnte keine Arbeit finden und mußte mich doch um ihn kümmern. Wir haben in Ihrer Hütte keinen Schaden angerichtet."

„Bei unserer letzten Begegnung wolltest du ihn ins Armenhaus bringen."

„Ja, und das hätt' ich ruhig tun können. Jetzt wird Mr. Coxon schon dafür sorgen."

„Wer?"

Er hob ein wenig den Kopf und schaute sie unter gesenkten Lidern an. „Ein wohlmeinender Nachbar – Mr. Coxon", sagte er mit Verachtung und Hohn in der Stimme.

„Coxon? Der war schon immer ein unangenehmer Zeitgenosse, wenn ich mich recht entsinne", sagte sie, und verwundert hob Davy den Kopf.

Sie wußte, wer Coxon war! Natürlich – als Tochter des Pastors, die gute Werke getan und Suppe und Kleidung an die Bedürftigen verteilt hatte, mußte sie ja alle Leute in der Gegend kennen. Seine Mutter hatte ihm erzählt, was für ein Engel sie gewesen war. Zumindest hatte dieser Vormittag ein Gutes gebracht – außer ihm gab es noch jemand, der Coxon nicht mochte.

„Ist dir klar, daß der Kleine sehr krank ist?"

„Das brauchen Sie mir nicht zu sagen."

„Sprich nicht in dem Ton mit mir! Und rede mich gefälligst mit Miß an." Sie war aufgestanden.

Er ließ den Kopf wieder hängen. „Tut mir leid, Miß, daß ich so unhöflich bin, aber . . ., aber ich weiß nicht mehr weiter. Mr. Coxon wird uns anzeigen, und dann werden sie uns gleich von hier fortjagen."

„Kannst du ihn tragen?" fragte sie mit einem Blick auf John Willie.

„Ihn tragen? Wohin? Es regnet noch, und –"

„Ich habe dir eine einfache Frage gestellt", herrschte sie ihn an. „Kannst du ihn in die Decken wickeln und tragen?"

„Ja, ja, sicher kann ich das . . ."

„Dann nimm ihn und komm!"

„Sie wollen doch nicht, daß ich ihn ins Freie bringe? Bei diesem Wetter! Bitte –"

„Junge, ich will, daß du ihn ins Haus bringst, wo es warm ist. Oder möchtest du, daß er stirbt?"

Was konnte er darauf erwidern? Schnell schlug er alle Decken um John Willie, hievte ihn hoch und trug ihn leicht schwankend hinter Miß Peamarsh durch die schmale Türöffnung und die Stufen hinunter. Snuffy folgte ihm auf den Fersen. Sie hatte den Hund nicht erwähnt, und Davy durchzuckte ein eisiger Schreck bei dem Gedanken daran, was passieren würde, wenn Snuffy auf die Gänse losginge. Doch als die Gänse mit vorgestreckten Hälsen zu zetern begannen, sah er zu seinem Erstaunen, daß der Hund einen großen Bogen um sie schlug.

Hinter der weit ausschreitenden Frau schleppte Davy seine Last schließlich mit letzter Kraft in die Küche.

„Leg ihn hierher."

Gehorsam ließ er John Willie auf eine gepolsterte Ruhebank neben dem Herd gleiten, in dem das mächtigste Feuer loderte, das er seit langem gesehen hatte.

„Setz dich."

Er hockte sich auf ein Ende der Bank. Verwundert beobachtete er, wie Miß Peamarsh ihren Umhang abwarf, einen Topf halb mit Wasser aus der Pumpe in der Ecke füllte, ihn aufs Feuer stellte und drei Handvoll Hafermehl hineinwarf. Sie brachte einen Teller mit Brot und noch einen mit einem Stück Butter zum Vorschein und dazu einen Krug Milch. Dann ging sie aus dem Raum.

Wie im Traum schaute sich Davy in der riesigen Küche um. Es verblüffte ihn, wie sauber alles war. Sie mußte selbst putzen, dabei war sie doch eine Dame. Sein Blick blieb an John Willie hängen. Er hatte die Augen geschlossen, und sein Gesicht war hochrot.

Die Tür ging auf, und Miß Peamarsh marschierte mit einer Flasche herein. Sie nahm einen Löffel vom Tisch, trat zur Bank und befahl: „Setze ihn auf!" Davy richtete John Willies Oberkörper auf.

„Sag ihm, er soll den Mund aufmachen."

Davy berührte die Lippen seines Bruders.

Miß Peamarsh schob dem Kleinen einen Löffelvoll Flüssigkeit zwischen die Zähne. Sie machte es sanft, doch als John Willie angeekelt das Gesicht verzog, sagte sie scharf: „Keine Faxen! Gleich noch einen!" Sowie John Willie die zweite Portion geschluckt hatte, rief sie befriedigt: „Na also!" Dann rührte sie den Brei im Topf um. „Es dauert nicht mehr lang. Zu langes Kochen verdirbt die Hafergrütze." Sie musterte Davy streng. „Hast du das gewußt? Nein, selbstverständlich nicht. Ihr laßt die Grütze die ganze Nacht im Ofen stehen, bis sie zäh wird wie Kleister."

Sie füllte zwei Teller mit dem Brei, goß dicke, sahnige Milch darüber und forderte Davy mit einer Handbewegung zum Essen auf.

Er setzte sich an den Tisch, schielte aber zu Miß Peamarsh hinüber, die John Willie fürsorglich gegen die Lehne stützte und fütterte. Davys Augen leuchteten auf, und er begann gierig zu löffeln. Da traf ihn ihre Stimme wie ein Peitschenschlag: „Schling nicht so, Junge, sonst wird's dir übel."

„Ja, Miß."

Zwei Minuten später war sein Teller leer. John Willie hingegen hatte schon nach ein paar Löffeln den Kopf geschüttelt.

Miß Peamarsh zwang ihn nicht weiterzuessen, sondern stellte sich ans andere Ende des Tisches und starrte Davy an. Ihre Lippen waren nur ein Strich. Dann betrachtete sie John Willie, der wieder mit geschlossenen Augen dalag und rasselnd atmete. „Du weißt, daß ihm das Armenhaus den Rest geben wird, vorausgesetzt, er überlebt den Transport dorthin."

Er fuhr hoch. „So schlecht steht's mit ihm, Miß?"

„Leider. Er muß schon seit Tagen krank sein."

In der Küche wurde es still. Man hörte nur den Regen draußen und John Willies schweren Atem. Ihre nächsten Worte machten ihn fassungslos. „Ich erlaube euch zu bleiben, bis er sich ganz erholt hat ... Hast du gehört, was ich gesagt habe?"

„Ja – ja, Miß." Er klammerte sich an die Tischkante. Er würde doch nicht umkippen ... Während sie sich über ihn beugte, ließ er sich auf den Stuhl zurücksinken. „Meinen Sie das ernst, Miß?" flüsterte er.

„Es ist nicht meine Art, etwas zu sagen, was ich nicht meine. Aber bilde dir nicht ein, daß es leicht wird. Ist das klar?"

„Ja, Miß, ja." Er nickte langsam.

Sie ging zum Herd, wo sie, die Arme auf das hohe Tellerbord gestützt, bolzengerade stehenblieb. Es schien, als führe sie ein Selbstgespräch. „Die Zimmer über dem Stall waren früher bewohnt und sind möbliert. Man muß nur saubermachen."

Sie drehte sich nach den beiden um. „Du holst jetzt euer Zeug aus dem Gartenhaus und wirst von nun an nie mehr – ich betone, nie mehr – dorthin oder auf die Nordseite des Grundstücks gehen."

Davy starrte sie an. „Ja, Miß", antwortete er dann.

„Hast du mich wirklich verstanden? Wenn ich etwas anordne, erwarte ich, daß man mir gehorcht."

„Ich habe verstanden, Miß."

„Sehr gut. Dann bring eure Sachen her. Sie müssen trocknen."

Wie ein Schlafwandler eilte Davy zum Gartenhaus und sammelte ihre Habseligkeiten ein. Er war zu verwirrt, um sich zu wundern, warum sie so großen Wert darauf legte, daß er diesen Teil des Grundstückes nicht mehr betrat.

Als er in die Küche zurückkehrte, lag John Willie in einer Art Behelfsbett und hatte ein viel zu weites weißes Nachthemd an. Obwohl die Ärmel aufgerollt waren, verschwanden seine dünnen, blassen Arme darin. Miß Peamarsh hüllte ihn in große zartgelbe Decken. Sie blickte Davy an. „Gut. Wo sind die Sachen?"

„Auf der Veranda, Miß."

„Bleib ruhig liegen", sagte sie zu John Willie und drohte ihm mit dem Finger. „Ich bin gleich wieder da."

„Er kann Sie nicht hören."

„Das weiß ich, aber da er dich zu verstehen scheint, wird er mich wohl auch verstehen."

Sie nahm ihren Umhang von einem Haken an der Rückseite der Tür. „Komm mit." In diesem Moment erklang das Bimmeln einer Glocke.

Davy merkte, wie sie zusammenzuckte. Es mußte die Glocke am großen Einfahrtstor sein.

„Wer ist denn das?" fragte sie irritiert. „Ich erwarte niemanden. Und heute ist auch nicht der Tag, an dem der Lebensmittelhändler vorbeikommt." Sie überlegte kurz. „Bleib, wo du bist. Daß du dich nicht von hier wegrührst." Dann lief sie fast wie ein junges Mädchen hinaus. Dabei war sie doch schon alt. Nach den Erzählungen seiner Mutter zu schließen, mußte sie gut fünfunddreißig sein.

Davy schaute zu John Willie hinüber und winkte ihm lächelnd. John Willie lächelte zurück und hob dann sogar ganz leicht die Hand.

Schritte näherten sich, und Davy sah zur Tür hin. Als Miß Peamarsh eintrat, hatte ihr Gesicht einen verlegenen Ausdruck. „Rate mal, wer draußen ist", sagte sie.

„Keine Ahnung, Miß", erwiderte er verdutzt.

„Dein Freund Coxon. Und was glaubst du, warum er kommt?"

Davy kannte den Grund. „Er muß mir nachspioniert haben. Heut morgen hat er mich beschuldigt, ich hätt' John Willie" – er zögerte unmerklich – „beiseite geschafft." Er verstummte verwundert, als er sah, daß ihre Wangen ganz bleich geworden waren und ihr Mund zuckte. Was war los? „Ich – ich würd' so was nie tun, Miß", versicherte er hastig. „Ich hab John Willie doch gern. Coxon denkt immer nur schlecht von anderen. Er hat gesagt, daß John Willie wie ein Klotz an meinem Bein ist und daß ich ihn mein Leben lang herumschleppen muß, und –"

„Sei still, Junge!" Sie trommelte nervös mit den Fingern auf ihre Brust. „Wahrscheinlich hast du recht, und er hat dich beobachtet, wie du in meinen Besitz eingedrungen bist. Übrigens will ich später genau wissen, wie dir das gelungen ist. Aber wie können wir ihn jetzt abwimmeln?"

Verschmitzt schlug er vor: „Wir sagen einfach, Sie hätten mich in Ihre Dienste genommen, Miß Peamarsh."

„Gar nicht dumm. Zuerst lassen wir aber ihn reden. Ich gehe allein voraus. Du nimmst den Weg hinter der Hecke zum Tor. Wenn ich wünsche, daß du in Erscheinung trittst, rufe ich dich."

Er grinste, als planten sie gemeinsam einen Streich. „Ja, gut, Miß."

„Also los." Auf der Schwelle wandte sie sich um und drohte John Willie wieder mit dem Finger. Dann ging sie hinaus, und Davy folgte mit ein paar Schritten Abstand.

An der Vorderseite des Hauses zeigte sie auf den Pfad, und er flitzte davon. In Sichtweite des Tores, doch von den Büschen verborgen, blieb er stehen und sah Miß Peamarsh herankommen.

„Schönen guten Tag, Miß." Coxons Stimme klang ölig. Er drehte seine Mütze in den Händen. „Ich muß Ihnen was mitteilen. Es wird Ihnen zwar nicht gefallen, aber ich glaube, Sie sollten's trotzdem wissen."

„Dann heraus damit, Mann."

„Es geht um einen Jungen namens Davy Halladay und seinen schwachsinnigen Bruder. Wo der Bruder ist, weiß ich nicht genau, aber der Große hat sich durch ein Loch in der Mauer heimlich auf Ihren Besitz geschlichen, und ich halt es für meine Pflicht, Sie davon in Kenntnis zu setzen. Ich bin ihm heut morgen nachgegangen."

„In der Tat! Eigenartig, daß er das Loch in der Mauer benützte und nicht das Tor." Davy sah, wie sie an eine Eisenstange des Tores griff und daran rüttelte. Er riß die Augen auf, als sie fortfuhr: „Davy Halladay ist nicht dumm. Er muß einen guten Grund gehabt haben."

Coxon kam ins Stottern. „Ich ka-kann Ihnen nicht ganz f-f-folgen, Miß."

„Nein, mir können Sie nicht folgen, statt dessen aber wohl dem

Jungen, um ihn des Obdachs zu berauben, das Sie ihm als Arbeits-
kamerad und Nachbar hätten anbieten können. Sie haben ihn auf der
Straße stehenlassen, allein, mit der Verantwortung für seinen kranken
Bruder. Nun, Mr. Coxon, ich möchte Ihnen mitteilen, daß Ihre Güte
fehl am Platz ist. Sie haben sich hierherbemüht, um mich darüber
aufzuklären, daß auf meinem Besitz Landstreicher Unterschlupf
suchen. David Halladay steht in meinen Diensten, und wenn er die
Mauerlücke benützt hat, wollte er sich wahrscheinlich nur einen
Umweg ersparen."

„Sie haben ihn eingestellt?" Coxons Ton fehlte jetzt jede Unterwür-
figkeit. „Ziemlich spät, Miß, daß Sie sich Personal zulegen, wo Sie
jahrelang alles verkommen ließen. Das muß ja 'n blitzschneller
Entschluß gewesen sein. Als ich ihn kürzlich zum letzten Mal gesehen
hab, da war's aus mit seiner Schlauheit."

„Um auf Ihre letzte Bemerkung als erstes einzugehen, Verehrtester,
muß ich Ihnen sagen, daß der Junge nie mit seiner Weisheit am Ende
sein wird. Dazu ist er viel zu pfiffig. Was meinen Besitz betrifft, ist es
ausschließlich meine Sache, ob ich ihn verkommen lasse oder nicht.
Und der Kleine liegt zur Zeit mit einer Erkältung im Bett. Sind Sie
nun zufrieden?"

„O nein, da stinkt doch was zum Himmel! Sie nehmen nicht ohne
Grund, so mir nichts, dir nichts, zwei solche Kerle bei sich auf."

„Und Sie beabsichtigen, diesen Grund herauszufinden? Meinetwegen untersuchen Sie ruhig meine Gründe, David Halladay und seinen
Bruder zu beschäftigen –"

„Ha! Seinen Bruder auch!"

Davy lauschte gespannt und höchst erstaunt. Erst als Coxon bereits
in einiger Entfernung auf der Straße davonstapfte, verließ Miß
Peamarsh ihren Posten.

Davy rannte über den Pfad zurück und erwartete sie vor dem
Haus.

Noch bevor er den Mund aufbrachte, sorgte sie dafür, daß ihm sein
Lächeln verging. „Alles, was ich über dich gesagt habe, war reine
Übertreibung", erklärte sie. „Bis jetzt kenne ich dich ja überhaupt
nicht. Ich wollte Coxon lediglich zurechtweisen und eine alte
Rechnung begleichen; also bilde dir nicht ein, daß du es mit einer
Närrin zu tun hast, verstanden?"

Er würde sie nie begreifen. Sie war eine seltsame Person.

„Nun zu deiner Unterkunft. Und stapf nicht so hinter mir her! Ich bin weder eine Gluckhenne noch der Bischof von Durham."

Um ein Haar hätte er laut herausgelacht. Plötzlich merkte er, daß er sich nicht mehr vor ihr fürchtete.

Sie betraten den Stall. „Hier wohnt Florence", sagte sie. „Hast du schon ihre Bekanntschaft gemacht? Florence ist unsere Kuh."

„O ja!"

Als sie die Tür zu den Zimmern über dem Stall nicht gleich aufbrachte, stemmte er sich mit der Schulter dagegen, bis sie aufsprang, und trat dann beiseite. Sie schritt ihm voran die dunkle Treppe hinauf.

„Es sind drei Räume. Dieser hier hat, wie du siehst, einen ganz passablen Herd mit einem Backrost. Alles ist sehr vernachlässigt, aber das Dach ist dicht."

Er folgte ihrem Blick und sah dickes Spinngewebe an den Balken hängen. Was war schon Spinngewebe! Heiße Freude durchflutete ihn. Er fand es jetzt schon herrlich hier, und wie gemütlich würde es erst werden! Für einen Moment vergaß er Miß Peamarsh und flitzte zum Fenster. Es ging auf den Hof und die Rückseite des Hauses mit dem Hintereingang hinaus. Das gehörte tatsächlich alles zusammen – der Stall mit diesen Zimmern und der Kohlen- und der Holzschuppen bildeten einen rechten Winkel zum Hauptgebäude.

Davy drehte sich zu Miß Peamarsh um. Sie betrachtete ihn aufmerksam und sah auf einmal anders aus. Oder vielleicht sah er sie auch nur mit anderen Augen ... Er konnte sich nicht erinnern, jemals so aufgeregt gewesen zu sein.

„Es ist wunderbar, Miß. Danke. Ich werd alles saubermachen."

„Danke mir nicht mit Worten, Junge. Ich möchte Taten sehen."

„Das werden Sie, Miß. Ich verspreche Ihnen, ich werd von morgens bis abends fleißig sein."

Wieder fiel ihm ihr veränderter Ausdruck auf. Ihr Gesicht kam ihm weicher vor; doch schon wurde sie wieder schroff. „Du mußt alles gründlich schrubben – die Tische, die Stühle, die Anrichte – alles." Sie ging ins nächste Zimmer. „Hier ist das Bett. Ich werde dir eine Matratze geben – sobald dieser Rost so sauber ist, daß man eine darauf legen kann."

Er nickte eifrig.

„Der dritte Raum ist sehr klein." Sie stieß eine Tür rechts von dem schmalen Treppenabsatz auf. „Hier könntest du Holz einlagern. "

Sofort durchzuckte ihn die Frage: Holz einlagern – für den Winter?

„Steh nicht herum und halt Maulaffen feil!" fuhr Miß Peamarsh ihn an. „Gehen wir lieber zu deinem Bruder. Dann nimmst du Wasser und Seife und fängst gleich mit der Arbeit an. "

„Ja, Miß. "

Das Gefühl der Freude verflüchtigte sich nicht einmal, als er dachte: Sie ist ja doch ein richtiger Drachen.

VIER

DAVY fegte und scheuerte drei Tage, bis alles für ihren Einzug bereit war. Als letztes stellte er den Krug auf das Bord über dem Herd. Dann trat er zurück und betrachtete ihn voller Stolz. Schön sah er aus, viel schöner als je in der Bergarbeiterhütte, wo er zwischen all dem Krimskrams gar nicht richtig zur Geltung gekommen war.

Er trug den letzten Eimer mit schmutzigem Wasser hinunter und leerte ihn in die Senkgrube neben dem verwilderten Gemüsegarten. Dann wusch er sich am Brunnen auf dem Hof die Hände und fuhr sich mit den nassen Fingern durchs Haar, um sie zu trocknen und gleichzeitig, um ordentlich vor seiner Wohltäterin zu erscheinen.

Es dunkelte schon, als er an die Küchentür klopfte. Auf ein lautes „Herein!" trat er ein, blieb aber bei dem Anblick, der sich ihm bot, wie angewurzelt stehen. John Willie saß, auf Kissen gestützt, in seinem improvisierten Bett; Miß Peamarsh thronte am Herd und nähte. In der Küche duftete es nach frischem Brot.

„Ich bin fertig mit dem Putzen, Miß. Jetzt ist alles in Ordnung, nur die Matratze fehlt noch. "

„Ob etwas in Ordnung ist, bestimme ich. Zünde eine Laterne an. Ich will mir das Ergebnis deiner Bemühungen anschauen. "

„Gern, Miß." Auf einem Tischchen an der Wand standen zwei Laternen. Während er sich mit der einen beschäftigte, schielte er zu John Willie hinüber.

John Willie lächelte und machte ihm mit den Fingern Zeichen, was Miß Peamarsh, die sich erhob und ihr Nähzeug wegpackte, nicht entging. Wie immer, bevor sie ihn allein ließ, hob sie den Zeigefinger zur warnenden Geste, worauf John Willie auch sie anlächelte.

Davy hatte in den vergangenen drei Tagen viel über diese seltsame Frau nachgegrübelt, die ihm manchmal fast den Kopf abriß und ihm in der nächsten Minute einen vollen Teller unter die Nase schob mit Speisen, die er noch nie gegessen hatte. Gestern abend zum Beispiel hatte sie ihm zum Nachtmahl eine große, gebackene, in der Mitte halb durchgeschnittene und mit geschmolzenem Käse gefüllte Kartoffel gegeben. Und erst ihr Eierpudding! Der schmeckte unbeschreiblich gut. Sie stopfte John Willie jeden Tag mit dieser Köstlichkeit voll. Es kam ihm merkwürdig vor, daß eine Dame selbst ihr Haus sauberhielt, die Hühner und die Kuh versorgte und sogar eigenhändig ausmistete. Deshalb hatte er beschlossen, daß er sie, sobald er die drei Räume auf Hochglanz gebracht hatte, nie mehr ausmisten lassen würde – jedenfalls nicht, solange er hier wohnte.

Er trabte hinter ihr über den Hof und die Treppe hinauf. Im Schein der hocherhobenen Laterne musterte sie prüfend Wände, Tisch und Stühle, die kleine Sitzbank und die Anrichte. Sie stellte die Laterne ab und griff nach dem Krug. „Wo hast du den her?" fragte sie streng.

„Von daheim, Miß. Er hat meiner Großmutter gehört."

Sie nahm den Krug in beide Hände und sagte etwas milder: „Hast du eigentlich eine Vorstellung, wie wertvoll dieses Stück ist? Wenn ich mich nicht irre, ist das altes Chelsea-Porzellan. Du könntest eine Menge Geld dafür bekommen."

„Wirklich? Wieviel schätzen Sie – mehr als ein Pfund?"

Sie schluckte. „Ja, viel mehr als das. Wenn du ihn an der richtigen Stelle verkaufst, müßte er dir eine schöne Summe bringen. Wie hast du es geschafft, ihn mit dir herumzuschleppen, ohne daß er zerbrochen ist?"

„John Willie hat ihn getragen. Er ist zwar nicht stark, aber dafür sehr geschickt."

„Ja", sagte sie sanft, „ich kann mir vorstellen, daß er zart mit allem umgeht." Vorsichtig stellte sie den Krug auf seinen Platz zurück. „Du hast gute Arbeit geleistet, doch ich glaube, du solltest deinen Bruder noch eine Woche bei mir unten lassen. Er ist noch nicht gesund."

„Wie Sie meinen, Miß ... Und, Miß, darf ich was sagen?"

„Bitte."

„Ich möchte gern – äh –, darf ich vielleicht von morgen früh an ausmisten? Ich könnte auch die alten Beete im Gemüsegarten umgraben und überall das Unkraut jäten und –"

Sie schnitt ihm das Wort ab. „Der Gemüsegarten ist bewilligt, aber wie ich schon einmal erklärt habe, wünsche ich nicht, daß auf der Nordseite etwas angerührt wird. Mir gefällt die Wildnis dort. Klar?"

„Klar, Miß."

Er hielt die Laterne hoch und leuchtete ihr auf dem Rückweg. In der Küche ging sie sofort zu John Willie und strich seine Decken glatt. Der lag ruhig da und lächelte sie an.

Davy wartete darauf, daß sie ihm eine neue Arbeit zuwies; da befahl sie ihm unvermittelt, sich zu setzen. Folgsam hockte er sich auf den Stuhl auf der anderen Seite von John Willies Bett.

Sie nahm am Fußende Platz und zupfte den weiten Rock des grauen Kleides zurecht, das sie heute trug und in dem sie viel besser aussah als in dem verschlissenen schwarzen Rock und der schäbigen Bluse. „In Zukunft werde ich dich David nennen", eröffnete sie ihm. „Wieviel hast du im Bergwerk verdient, David?"

„Oh, na ja, Miß", stammelte er verwirrt, „das war ganz verschieden. Manchmal sechzehn Shilling in zwei Wochen oder auch nur vier Shilling und Sixpence in der Woche und –"

Fragend blickte sie auf John Willie.

„Nein, er hat nie was verdient, Miß. Er war zu schwach."

„Nun, David, ich kann dir versichern, daß du bei mir nie sechzehn Shilling für zwei Wochen bekommen wirst, und soweit ich sehen kann, auch nicht vier und Sixpence pro Woche. Drücke ich mich deutlich genug aus?"

„Ja, Miß, aber ich bin –"

„Erzähle mir nicht ständig, daß du gewillt bist, umsonst zu arbeiten. So redet jemand, der Hunger hat." Sie schaute auf Snuffy, der ausgestreckt vor dem Feuer lag. „Und noch etwas. Snuffy ist ein unmöglicher Name für einen Hund. Von jetzt an soll er Rex heißen."

Gut, sollte sie ihn Rex nennen, was er in ihrer Gegenwart wohl auch tun mußte, aber für ihn würde er immer Snuffy bleiben.

„Jetzt zu deinem Lohn. Ich kann dir nicht mehr als zwei Shilling pro Woche versprechen. Sag nicht, daß du ein Leben lang damit zufrieden sein wirst, denn sobald das Kind wieder ganz bei Kräften und der Winter vorbei ist, werden dich das Bergwerk und höhere Löhne locken."

Wenn sie bloß wüßte, wie ihm davor graute, wieder dort hinunter zu müssen. Aber er ließ sie weitersprechen.

„Zusätzlich erhältst du jedoch Unterkunft, Verpflegung und" – sie machte eine kleine Pause – „Erziehung."

Mit offenem Mund starrte er sie an. „Erziehung, Miß?"

„Ich beabsichtige, dich lesen und schreiben zu lehren, und hoffe, gleichzeitig auch dem ... dem Kind hier einen Begriff von den Buchstaben zu vermitteln."

John Willie schaute von einem zum anderen, als verstünde er, was sie redeten.

„Werd ich meinen Namen schreiben können, Miß?" fragte Davy aufgeregt.

„Aber sicher, und noch einiges mehr. Und merk dir etwas – man muß die Gegenwart nützen. Wer etwas aufschiebt, stiehlt sich selbst die Zeit." Sie erhob sich und befahl: „Bleib sitzen, bis ich zurückkomme!"

Kaum war Miß Peamarsh aus dem Zimmer, zog er den Stuhl dicht ans Bett heran, beugte sich über John Willie und flüsterte: „Geht's dir gut?" Und als ob er hören könnte, nickte John Willie mit Nachdruck, umklammerte Davys Hand und preßte sie an seine Wange.

Als Davy Schritte vernahm, rückte er den Stuhl rasch an seinen ursprünglichen Platz zurück. Miß Peamarsh brachte eine Lampe, zündete sie mit einem brennenden Span an und forderte Davy auf, mit ihr zu kommen.

Bisher kannte er nur die Küche.

Als er in die Eingangshalle trat, sah er, daß sie ein wunderschöner, bis zur halben Höhe getäfelter Raum war; und bevor sie die Eichentreppe hinaufstiegen, erhaschte er im schwankenden Lampenschein einen Blick auf große Bilder von Männern und Frauen hoch oben an den Wänden.

Im ersten Stock führte eine weitere steile Treppe zu einer langen, schmalen Dachkammer empor, die sich über die ganze Länge des Hauses hinzog.

Miß Peamarsh stellte die Lampe auf einen Tisch mit geradlehnigen Stühlen, ging zu einer Reihe von Bücherregalen und wählte drei Bände aus.

Schließlich holte sie aus einer fernen Ecke noch eine Schachtel. „Das wird für den Anfang genügen", meinte sie und schaute um sich wie eine Fremde. „Das war unser Kinderzimmer, und hier sind wir auch unterrichtet worden." Ihr abwesender Blick kehrte zu Davy zurück.

„Wirklich, Miß?" Einen Moment lang stellte er sich vor, wie sie und ihr Bruder vor langer Zeit hier an diesem Tisch gesessen und gelernt hatten.

„Ja. Nimm jetzt die Bücher und die Schachtel." Ihre Stimme klang traurig. Er drückte die ihm anvertrauten Dinge an die Brust und folgte ihr.

In der Küche leerte sie den Inhalt der Schachtel auf den Tisch aus. Er staunte über das bunte Durcheinander von zollgroßen Buchstaben und Ziffern. „Hilf mir, das Bett heranzuschieben."

Als er am Kopfende und sie am Fußende stand, blickte sie ihn über John Willie hinweg an. „Dieses Kind ist nicht dumm. Wir dürfen es also nicht so behandeln, nicht wahr?"

„Ja, Miß." Gern hätte er hinzugefügt: Ich hab das ohnehin nie getan. Aber sie glaubte offenbar, sie hätte ganz allein was an John Willie entdeckt, und es schadete nichts, sie in dem Glauben zu lassen.

Miß Peamarsh setzte sich den beiden Jungen gegenüber an den Tisch.

Sie wählte einen Buchstaben aus, hielt ihn hoch und sagte: „A." Dann schaute sie Davy an und befahl: „Sprich mir nach – A. Schau nicht auf das Kind. Es wird schon mitkommen. Gib acht, was ich sage. Das ist ein A. Sag A."

„Ä."

„Nein, nicht so. Nicht Ä, A. Sag Aal."

„Aal."

„So ist's richtig. Jetzt sag A."

„Aal."

„Nein, A."

„A."

„Schon besser. Jetzt B."

„B."

So ging es eine Stunde lang weiter. A, B, dann C, dann D und E. Davy zweifelte, ob sich all die Mühe lohnte, nur damit man seinen Namen schreiben lernte; aber er wußte, daß er sich nicht drücken durfte. Es war schon komisch. Er wollte nicht nur die Arbeit und das Dach über dem Kopf behalten, er wollte ihr einfach eine Freude machen.

WENN es eine Woche lang ausnahmsweise keine Schwierigkeiten gab, hatte seine Mutter stets gesagt, das sei zu schön, um wahr zu sein. Daran mußte Davy in der dritten Woche in Miß Peamarsh' Diensten denken.

Das erste Ereignis war noch angenehm. Er hatte der Miß vorgeschlagen, den Rost vom großen Eisentor zu kratzen. Es machte ihm Spaß, ihr Anwesen in Ordnung zu bringen.

An einem kalten, trüben Tag arbeitete er am Tor, als ein hochgewachsener Mann vorbeiging. Er beachtete ihn zuerst gar nicht, doch dann sah er das rote Haar unter der schwarzen Kappe hervorleuchten und erkannte den Ausreißer aus dem Armenhaus. „He, hallo!" schrie Davy.

Der Mann drehte sich um, schaute und kam herbeigeeilt. „He, Junge!" rief er. „Was machst du denn hier?"

„Ich hab 'ne Stellung bei Miß Peamarsh."

„Miß Peamarsh? Bei dieser seltsamen Person?"

„Sie ist gar nicht so, wie die Leute sagen. In Wirklichkeit ist sie sehr nett."

„Schon gut, schon gut. Und sie hat dir 'ne richtige Anstellung gegeben?"

„Na ja, für den Winter jedenfalls. Wir haben eigene Zimmer, und um meinen Bruder kümmert sie sich auch. Dem ist es ganz schlecht gegangen. Sie hat uns erwischt, wie wir in ihrem Gartenhaus geschlafen haben. Mensch, hab ich gedacht, jetzt ist alles aus. Aber dann nahm sie uns in ihr Haus auf und pflegte John Willie! Inzwischen ist er wieder gesund. Und mir bringt sie sogar das Alphabet bei. Meinen Namen kann ich schon schreiben, und lesen kann ich sicher auch bald."

„Wenn du lesen kannst, Junge, wirst du nie wieder einsam sein."

„Kannst du's?"

„Ja, und schreiben ebenso, Gott sei Dank." Der große Mann lächelte.

„Und du – hast nirgends Arbeit gefunden?"

„Nein, deshalb bin ich hierher zurückgekehrt. Ich kampiere

draußen in der alten Mine. Hab dort zwei Decken und einen Topf und sonst noch alles mögliche gefunden. "

„Oh, das freut mich aber!"

„Gehören die Sachen etwa dir?"

„Ja, aber du kannst sie gern behalten. "

Davy überkam plötzlich ein Anflug von schlechtem Gewissen. Die Wangen des Mannes waren hohl, die Kleider schlotterten an ihm. Da kramte Davy in seiner Hosentasche nach dem Lederbeutel, in dem er seinen Lohn aufbewahrte. Es waren vier Shilling drin. Zwei nahm er heraus und streckte sie dem Fremden durch die Eisenstäbe hin. Aber der Rotschopf wehrte ab. „Nein, Junge, nein, das kann ich nicht annehmen. Trotzdem, vielen Dank!"

„Nimm schon", drängte Davy. „Du kannst es mir zurückzahlen, wenn du Arbeit hast. "

Der Mann preßte die Lippen zusammen, nahm das Geld und ergriff Davys Hand mit seinen beiden Händen. „Danke, Junge. Ich weiß nicht, wie, aber irgendwann werd ich's dir vergelten. Es passieren doch noch Wunder. "

„Gern geschehn. Seh ich dich wieder?"

„Sicher siehst du mich wieder, und wenn ich dich nur besuche, um die Zinsen zu bezahlen. " Damit ging er schnell davon.

Davy schaute ihm nach. Meine Güte! Der mußte knapp vor dem Verhungern sein. Wenn er ihm nur die Hälfte von dem Essen bringen könnte, das er bekam; er müßte glatt was für ihn hinausschmuggeln! Falls die Miß ihn dabei ertappte, würde es allerdings ein Donnerwetter geben. Aber hatte sie nicht gesagt, es stünde ihnen frei, sonntags auszugehen? Nun, dann würde er am nächsten Sonntag den Mann in der Mine besuchen.

Das Bimmeln der Glocke kündigte das nächste Ereignis an.

John Willie und er hatten Snuffy draußen gesucht und gerade die Küche betreten. Der Hund war in der letzten Woche ein paarmal verschwunden und danach immer auffallend appetitlos gewesen.

Miß Peamarsh blickte vom Teigkneten auf und fragte: „Ist er aufgetaucht?" Davy wollte verneinen, als die Glocke anschlug. Er bemerkte, wie sie ruckartig den Kopf hob. Dann klopfte sie sich das Mehl von den Händen. „Wer kann das sein?"

„Ich weiß nicht, Miß. Soll ich nachsehen?"

Sie holte tief Atem. „Ja, David, tu das. Da, nimm den Schlüssel. "

Sie deutete auf den Haken neben der Küchentür. Als John Willie ebenfalls hinauslaufen wollte, winkte sie ihn zurück.

Sie schien es gern zu haben, wenn er ihr half. Er trug das Geschirr vom Tisch zur Spüle und fegte die Asche aus dem Herd. Seltsam, dachte Davy, daß der Kleine sich von Anfang an so zu ihr hingezogen fühlte. In ihrer Gegenwart benahm er sich ungezwungener als früher bei der eigenen Mutter.

Als Davy sich dem Tor näherte, sah er Mr. Potter davorstehen. „Was hast du hier verloren?" fragte der ehemalige Gärtner, während Davy die Kette abnahm und den schweren Flügel aufschob.

„Ich arbeite hier."

„Was tust du?"

„Ich hab gesagt, ich arbeite hier." Davy schob das Kinn vor. Der Kerl mochte nett zu Miß Peamarsh sein, aber er konnte ihn trotzdem nicht leiden. Dan Potter war klein und stämmig. Er hatte eine große Warze auf der Nase und so gut wie keinen Hals.

„Seit wann?"

„Seit einiger Zeit schon."

Schweigend gingen sie die Einfahrt hinauf, und Davy äugte verstohlen auf Potters rotes Gesicht.

Der plustert sich auf wie ein Truthahn, dachte er. Was geht es ihn an, ob ich hier arbeite oder nicht? Am Kücheneingang wollte Davy anklopfen wie gewohnt, aber Potter stieß die Tür auf und stolzierte einfach in die Küche hinein.

„Sie?" Miß Peamarsh streifte die beiden Jungen mit einem schnellen Blick und mäßigte ihren Ton. „Sie habe ich nicht erwartet, Mr. Potter."

„Das glaub ich, Miß. Aber da ich geschäftlich in der Nähe zu tun hatte, dachte ich, ich schaue kurz bei Ihnen vorbei. Wie ich sehe, haben Sie Personal eingestellt."

Davy bemerkte, daß Miß Peamarsh sich steif aufrichtete und den Kopf in einer Weise schieflegte, die jeden halbwegs vernünftigen Menschen hätte warnen sollen, nicht keck zu werden. Doch anscheinend wußte Mr. Potter nicht, was sich gehörte. „Das war keine sehr gescheite Idee", fuhr er ungeniert fort, „wenn Sie mich fragen."

Sie wandte sich jäh ab. „Kommen Sie bitte mit in die Bibliothek, Potter." Daraufhin verließen die zwei die Küche.

Davy und John Willie schmiegten sich unwillkürlich aneinander

und schauten zur Tür, die in die Eingangshalle führte. Dann guckte
John Willie zu Davy auf und machte „Ai! Ai!"

Davy nickte und murmelte: „Ja, da stimmt was nicht." Auf
Zehenspitzen schlich er zur Tür, öffnete sie und lauschte. Als er
Stimmen hörte, schlüpfte er rasch aus seinen Holzschuhen, nahm sie
in die Hand und ging in die Halle.

Er wußte, wo sich die Bibliothek befand. Miß Peamarsh hatte ihn
einmal gebeten, einen Schreibtisch hineinzubringen. Es war die zweite
Tür links, gegenüber der Treppe. Alle Türen hatten tiefe Rahmen. Er
stellte sich vor die erste Tür und lauschte wieder. Dann machte er
vor Schreck beinah einen Satz, als Miß Peamarsh' Stimme laut und
deutlich ertönte. „Zum Teufel mit Ihnen, Dan Potter, zum Teufel –
wirklich! Nein, sage ich."

Oha! Daß feine Leute wie sie fluchten, und noch dazu eine
Pastorentochter ...

Potters Stimme klang drohend. „An Ihrer Stelle wäre ich nicht so
anmaßend. Das ist dumm von Ihnen."

„Wagen Sie nicht, einen derart unverschämten Ton anzuschlagen!
Es gibt Grenzen dafür, was ein Mensch ertragen kann. Und ich habe
schon oft gedacht, daß ich einen viel zu hohen Preis für Ihr Schweigen
zahle."

„Nun, ich würde mir das an Ihrer Stelle noch einmal gut überlegen.
Was sind schon hundert Pfund?"

„Sie Blutsauger! Sie nehmen mir zwei Drittel meines Einkommens
weg. Wie können Sie glauben, daß ich Ihnen noch hundert Pfund extra
gebe?"

„Aber, Miß, Sie haben ja noch das Porzellan. Zwei oder drei schöne
Stücke würden leicht hundert oder mehr einbringen, mit Verlaub
gesagt."

„Niemals! Woher nehmen Sie die Frechheit, mir vorzuschlagen,
daß ich mein Eigentum verkaufen soll!"

Davy wollte in die Küche zurückschleichen, blieb jedoch wie
versteinert stehen, als die Bibliothekstür aufgerissen wurde und Miß
Peamarsh nur ein Wort schrie: „Hinaus!"

Instinktiv tastete er hinter sich, bekam einen Knauf zu fassen und
schlüpfte blitzschnell in den Raum. Mit angehaltenem Atem preßte er
sich an die geschlossene Tür.

Dann hörte er Dan Potter fast unmittelbar neben sich knurren: „Ich finde, Sie sind töricht, Miß. Ein oder zwei Stücke – würden Sie die überhaupt vermissen?"

„Nein! Ein für allemal, nein! Ich verkaufe nichts! Vergessen Sie nicht, Erpressung ist keine Kleinigkeit. Sie könnten dafür im Gefängnis landen. Und lassen Sie sich gesagt sein, Potter, wenn ich vor zehn Jahren nicht so verzweifelt gewesen wäre, wäre ich gar nie in diese Situation gekommen. Ich warne Sie – ich bin durchaus fähig, die Sache dem Richter zu übergeben."

„Sie nicht, Miß", meinte Potter spöttisch. „Denken Sie doch an den guten Namen Ihrer Familie!"

„Hinaus! Sofort!"

„Aber ja . . . Ich gehe schon, meine Gnädigste. Überlegen Sie es sich in Ruhe. Und noch etwas – mit den beiden da draußen nehmen Sie ein beträchtliches Risiko auf sich. Befolgen Sie meinen Rat, und schicken Sie sie fort."

„Wenn ich einen Rat von Ihnen will, werde ich Sie darum bitten. Und jetzt raus mit Ihnen!"

Davy hörte, wie zuerst die Küchentür ins Schloß fiel. Wenn sie nach ihm fragte, zeigte John Willie womöglich zur Halle, und er wollte nicht, daß sie ihn hier fand.

Das Zimmer, in dem er sich versteckt hatte, war groß und düster. Über den meisten Möbelstücken lagen weiße Laken zum Schutz vor dem Staub. An der hinteren Wand standen Vitrinen mit allerlei zierlichen Gegenständen aus Porzellan. Er strebte auf das Fenster zu, hielt aber vor dem Kamin inne und schaute zu dem gewaltigen Porträt auf, das darüber hing. Es zeigte einen Mann in Reitkleidung mit glänzenden Ledergamaschen, der ein Pferd am Zügel führte. Auf seiner Halstuchspange funkelte ein roter Stein. Im Dämmerlicht schien er zu glühen. Der Reiter war zu jung für einen Pastor. Wahrscheinlich war es Richard, Miß Peamarsh' Bruder.

Davy glitt hinter die Vorhänge, riegelte leise das Fenster auf, schob es hoch, stieg hinaus und zog es wieder herunter. Er durfte ja nicht vergessen, den Riegel von innen wieder vorzulegen. Hastig fuhr er in seine Holzschuhe und eilte zur Rückseite des Hauses, wo Miß Peamarsh auf dem Hof stand.

„Geh bitte zum Tor, laß Mr. Potter hinaus, und sperr hinter ihm ab."

„Ja, Miß", antwortete er mit einem Blick auf ihr blasses Gesicht. Dann sauste er in die Küche, riß den Schlüssel vom Haken und rannte

zu dem bereits wartenden Potter, dessen dunkelrot angelaufener
Schädel mittlerweile den Eindruck machte, als würde er gleich
platzen. Auf der Straße drehte er sich zu Davy um, zeigte mit dem
Finger auf ihn und sagte: „Wenn du nur einen Funken Grips hast,
Junge, verschwindest du von hier, und zwar schnell. Du hast keine
Ahnung, worauf du dich da eingelassen hast."

Unbeeindruckt von der Grimmigkeit, mit der Potter diese Worte
hervorstieß, legte Davy die Kette wieder vor. Dann nahm er den
Seitenweg zum Haus. Einmal blieb er kurz stehen, um sich
nachdenklich das Kinn zu reiben. Was hatte sie getan? Es mußte was
ziemlich Schlimmes sein, wenn sie dem Kerl so viel von ihrem Geld
gab. Aber was es auch war, darin lag der Grund, warum sie so allein
lebte. Ob sie ein Verbrechen begangen hatte, von dem Potter aus der
Zeit wußte, als er noch hier wohnte? Er zuckte die Schultern und
lief weiter.

John Willie war allein in der Küche. Sofort rannte er zu Davy und
empfing ihn mit drei aufgeregten Ais. Dann legte er sich die Hand
auf die Stirn und ließ sie langsam abwärts gleiten. Davy nickte
bestätigend. Ja, die Miß machte ein langes, trauriges Gesicht. John
Willie zeigte auf die Tür zur Halle, aber Davy antwortete ihm mit
einer abwehrenden Geste. Dorthin wagte er sich erst, wenn sie ihn
rief.

In diesem Moment trat Miß Peamarsh wieder ein. Sie ging
schnurstracks zum Tisch und knetete den Teig weiter, als wäre nichts
geschehen. „Hast du Rex gefunden?" erkundigte sie sich und hob den
Kopf.

„Rex? Oh – nein, leider, Miß."

„Was starrst du mich dann so an? Geh und such das Tier."

„Ja, Miß." Er öffnete die Tür und lachte erleichtert. „Da kommt
er gerade über den Hof."

John Willie sauste zu dem Hund, nahm ihn an der Halskrause und
führte ihn herein. Snuffy kaute etwas.

Davy bückte sich rasch, zwang ihm das Maul auf und zog zwischen
seinen Kiefern ein langes Knorpelstück hervor. Er hielt es hoch. „Das
ist – das ist rohes Fleisch, Miß", sagte er kaum hörbar. „Und ein
bißchen Wolle ist auch noch dran. Das ist von einem Schaf."

Miß Peamarsh' Hände ruhten schlaff in der Teigschüssel. Davy
und sie blickten einander sprachlos an. Es war nichts Neues, daß ein

Hütehund Schafe anfiel, wenn der Hunger ihn dazu trieb. Aber Snuffy war in letzter Zeit regelmäßig gefüttert worden.

Miß Peamarsh erwachte aus ihrer Erstarrung und untersuchte das Fleischstück genau.

„Er hat nie gewildert", beteuerte Davy. „Er ist lammfromm."

„Bist du sicher? Früher oder später gewinnt der Instinkt die Oberhand. Ist dir klar, was das bedeutet? Kennst du die Strafe, die darauf steht? Wenn man dir nachweisen kann, daß du davon gewußt hast, wanderst du ins Zuchthaus. Und was sein Schicksal betrifft . . ."

Beide schauten den Hund an, der zufrieden auf der Matte lag. John Willie hatte sich wie immer an ihn geschmiegt und die Arme um seinen Hals geschlungen.

Diesmal aber war sein Gesicht ihnen zugewandt, und in seinen Augen spiegelte sich ihre Besorgnis wider.

„Nun" – Miß Peamarsh seufzte –, „bring ihn in den Holzschuppen und sperr ihn ein. Wir wollen erst mal abwarten."

Davy tat wie geheißen. Bevor er die Tür des Schuppens schließen konnte, mußte er John Willie gewaltsam von seinem Gefährten trennen. Als der Kleine daraufhin ein lautes Ai-Konzert anstimmte, befahl er ihm: „Sei still! Sie hat recht – die Sache kann nicht nur für ihn böse Folgen haben."

SECHS

AN DIESEM Tag passierte nichts mehr, aber am nächsten Nachmittag gegen zwei Uhr bimmelte die Torglocke wieder.

Davy rannte beunruhigt auf den Hof zu Miß Peamarsh. „Warte in der Küche", wies sie ihn an. „Wo ist dein Bruder?"

„Im Schuppen beim Hund." Den Namen Rex brachte er nicht über die Lippen.

„Bring John Willie ins Haus und sorge dafür, daß er dort bleibt. Wenn der Hund wirklich ein Schaf gerissen hat, kann ich dir nicht helfen. Man wird ihn erschießen und dich zur Verantwortung ziehen." Sie streckte die Hand aus, wie um ihn zu berühren, tat es dann aber doch nicht. „Geh jetzt!" fuhr sie ihn in ihrem üblichen scharfen Ton an und begab sich zum Tor.

Davy mußte John Willie von Snuffy fortziehen. In der Küche

schubste er ihn auf einen Sessel und bedeutete ihm, sich nicht zu mucksen. Dann stellte er sich ans Fenster und wartete.

Fast zehn Minuten verstrichen, bis Miß Peamarsh zurückkam. Sie war nicht allein. Davy drückte sich die Nase an der Scheibe platt. Er konnte es nicht glauben – der Rotschopf begleitete sie. Er lief zur Tür und riß sie auf. Als die beiden eintraten, starrte er sie nur stumm an.

„Hallo, Junge."

„Hallo", hauchte Davy schließlich. Er vernahm seine eigene Stimme kaum.

„Das ist Mr. Peter Talbot", erklärte die Miß. „Er sagt, er sei ein Bekannter von dir."

„Ja, das stimmt." Davy lugte zu dem Rotschopf auf, und der zeigte ihm ein fröhliches, unbefangenes Grinsen.

„Vielleicht wären Sie so freundlich, das zu wiederholen, was Sie mir eben erzählt haben, Mr. Talbot."

Davy merkte, daß Miß Peamarsh seinen großen Freund nicht einzuschüchtern schien. Er hatte zwar die Kappe abgenommen, benahm sich aber völlig ungezwungen, als spräche er mit seinesgleichen.

Dann sagte er etwas ganz Komisches. „Wie ich der jungen Dame hier schon berichtet habe ..." *Junge Dame!* Daß jemand die Miß eine junge Dame nannte! Er räusperte sich und fuhr fort: „Ich erklärte ihr, daß ich vorübergehend in der Mine lebe und auf der Suche nach Brennholz bis zu ihrer Gartenmauer kam – da hörte ich ein Knirschen. Das machte mich neugierig, also forschte ich nach der Ursache." Er drückt sich fast so gewählt aus wie sie, dachte Davy. „Und dann sah ich den Hund, der an einem Schafsknochen nagte. Mir fiel ein, daß ich das Tier schon gesehen hatte. Es lag an dem Tag, als ich mit dir sprach, neben dem Tor."

Davy nickte.

„Weißt du noch", fragte Mr. Talbot, „wie ich sagte, ich hoffte, dir deine Gefälligkeit einmal vergelten zu können? Nun, der Hund und das Stück frisches Fleisch interessierten mich, daher hielt ich in der nächsten Zeit die Augen offen. Und am zweiten Tag kam ein Bursche aus der Grubensiedlung um die Ecke geschlichen und trug etwas unter dem Mantel versteckt. Er kroch in die Büsche, und als er wieder zum Vorschein kam, war die Ausbuchtung verschwunden. Ich konnte ihn deutlich sehen und wußte, daß ich ihn wiedererkennen würde. Als er fort war, schaute ich nach und entdeckte neben einer Mauerlücke ein Stück Schaffleisch, an dem das Fell noch haftete. Kannst du dir vorstellen, was das für eine Versuchung war?" Lachend warf er Miß Peamarsh einen Blick zu. „Obwohl ich seit längerem am Hungertuch nage, siegte die Moral. Ich ließ das Fleisch liegen und wartete. Bald darauf kam dein Hund, und ich sah zu, wie es ihm schmeckte. Ja, da schaust du, mein Lieber! Ich forschte ein bißchen nach und erfuhr den Namen des Burschen, der deinen Hund mit solchen Leckerbissen versorgt, wonach ich da und dort noch ein Wörtchen mit den Landarbeitern redete. Das Gerücht geht um, daß ein Hund ein Schaf gerissen habe, aber bisher fehlt der Kadaver. Allerdings bin ich überzeugt, daß man die Überreste in Kürze vor der Mauerlücke finden wird. Und ebenso überzeugt bin ich, daß man versuchen wird zu beweisen, daß ein notleidender Junge, der einen kleinen Bruder ernähren mußte, das Fleisch herbeigeschafft hat, und zwar bevor diese Dame" – er verbeugte sich vor Miß Peamarsh – „ihn in ihre Dienste nahm. Die Suchmannschaft wird im Dickicht über eine Anzahl halb abgenagter Knochen stolpern. Das ist also der Plan ... Ich möchte dich gern etwas fragen. Was hast du den Coxons eigentlich angetan, daß sie dich aus lauter Rachsucht um deine Freiheit bringen wollen?"

Davy fühlte sich plötzlich ganz schwach. Nicht einmal bei dem Grubenunglück, als er in dem wirbelnden Wasser um sein Leben kämpfte, war ihm so elend zumute gewesen.

„Setz dich, Junge." Mr. Talbot drückte ihn auf einen Stuhl. Davy blinzelte und schluckte und schaute auf Miß Peamarsh, die vor ihm stand. „Ich – ich könnte angeklagt werden ..., ins Gefängnis gesteckt ... John Willie ..." Er schluchzte beinahe.

„Keine Angst." Miß Peamarsh' Gesicht schwebte dicht vor dem seinen. Sie sah ganz fremd aus: Ihre braunen Augen schimmerten sanft, ihre Wangen waren gerötet, die Lippen leicht geöffnet ... Für den Bruchteil einer Sekunde wirkte sie tatsächlich jung.

Dann tätschelte sie John Willie den Kopf. „Es wird ihm nichts passieren. Bestimmt." Sie richtete sich auf und wandte sich an den Besucher: „Was sollen wir Ihrer Meinung nach tun, Mr. Talbot?"

„Ich schlage vor, der Junge und ich legen uns auf die Lauer, bis der Schuldige wiederauftaucht. Dann schnappen wir ihn uns und bringen ihn her. An Ihrer Stelle würde ich seinen Vater holen lassen, denn so eine Gemeinheit hat der Bursche nicht allein ausgeheckt. Außerdem würde ich dafür sorgen, daß eine Respektsperson als offizieller Zeuge anwesend ist. Davy hat recht – man kann wegen Schafdiebstahls vor Gericht kommen. Wenn Sie so weit nicht gehen wollen, wäre vielleicht der Pastor zu empfehlen."

„Das klingt gut", meinte Miß Peamarsh. „Am besten fangen Sie wohl sofort an." Sie musterte Davy. „Hast du dich von dem Schreck erholt?"

„Ja, Miß, danke."

„Dann begleite diesen" – Davy dachte, sie würde „Gentleman" sagen –, „begleite Mr. Talbot. Halt, warte noch einen Moment."

Peter Talbot und Davy schauten zu, wie sie dicke Brotscheiben mit Butter bestrich und große Scheiben Käse darauf legte. Als sie sechs Sandwiches gemacht hatte, wickelte sie sie in eine saubere Serviette und gab sie Davy. „Das wird euch einstweilen bei Kräften halten."

Dann reichte sie Peter noch eine Kanne voll Milch. Er bedankte sich, und die beiden brachen auf. Miß Peamarsh hielt John Willies Hand, um ihn daran zu hindern, ihnen zu folgen.

PETER legte den Finger auf die Lippen und führte Davy durch die Mauerlücke auf eine Lichtung im Dornengestrüpp. Davy ließ sich auf alle viere nieder und untersuchte den kleinen freien Platz, auf dem Knochen und Schaffellfetzen verstreut lagen.

„Ich hätte nichts gegen eins von diesen Broten, Junge", sagte Peter, nachdem sie sich in ein Versteck zurückgezogen hatten.

„Da, nimm", flüsterte Davy. Er drückte ihm das ganze Paket in die Hand und spürte wieder einen Anflug von Schuldgefühl, als er zusah, wie sein Freund heißhungrig zwei Sandwiches verschlang.

Schon beim leisesten Knistern verhielten sie sich still, doch erst als die Abenddämmerung kam und es allmählich dunkel wurde, hörten sie ein Geräusch, das gewiß kein Tier verursachte.

Reglos und mit gespannter Wachsamkeit spähten sie durchs Dickicht und beobachteten, wie Fred Coxon sich niederbeugte und ein Stück Fleisch vor die Mauerlücke legte. Als er sich aufrichtete, quiekte er gellend. Peter Talbots sehniger Arm war vorgeschnellt und hatte ihn am Kragen gepackt.

Auch Davy fuhr wie der Blitz durchs Gestrüpp und warf sich auf die zappelnde Gestalt. Ineinander verschlungen rollten sie umher, bis

Peter die Kampfhähne trennte. Fred Coxon lag keuchend auf dem Rücken und starrte entsetzt zu ihnen empor.

„Los, steh auf!" Peter faßte ihn grob an der Schulter und stieß ihn auf die Lücke zu. „Da durch!" Dann fragte er Davy: „Alles in Ordnung?"

Davy konnte nur nicken. Sein Gesicht war zerkratzt und blutverschmiert.

Peter hielt den jungen Coxon mit festem Griff und führte ihn durch den Obstgarten und über den Rasen in die Küche. Miß Peamarsh, die am Herd stand, wandte sich um und blickte auf den gesenkten Kopf des Übeltäters. „Das ist also der Schafdieb?" sagte sie. „Was hast du zu deiner Verteidigung vorzubringen?"

Ohne den Kopf zu heben, maulte Fred Coxon: „Ich sag gar nix."

„Na, das werden wir sehen", meinte Miß Peamarsh. „David, geh ins Pfarrhaus und bitte Pastor Murray, er möge so freundlich sein herzukommen. Sag ihm, es sei dringend, und frage, ob es klug wäre, den Vater des Jungen zu verständigen. Aber ehe du gehst, wasch dir das Gesicht." Davy nickte, drehte sich um und ging schnell hinaus.

Pastor Murray war fassungslos über Davys Bericht. Die Abscheulichkeit des Verbrechens stürzte ihn in ein arges Dilemma. Eigentlich wäre es seine Pflicht gewesen, den Richter zu benachrichtigen. Doch was würde das bedeuten? Gefängnis? Wie hätte Christus sich entschieden? Ach, war das alles kompliziert. Eine Weile später öffnete ein sehr erstaunter Mr. Coxon Davy die Tür und sah im Licht der Laterne den Pastor in seiner leichten zweirädrigen Kutsche sitzen. „Was ist denn los?" rief er.

Pastor Murray rief zurück: „Sie täten gut daran, mich nach Gorge Manor zu begleiten. Ihr Sohn wird dort festgehalten, nachdem man ihn dabei erwischt hat, wie er Schaffleisch als Köder für einen Hund auslegte."

„Was soll das heißen?"

„Das wissen Sie sehr genau. Ich bin sicher, Ihr Sohn hat diese abgefeimte Tat nicht allein ausgeführt. Kommen Sie mit, oder soll ich zum Richter weiterfahren?"

Coxons Frau, die an seine Seite getreten war, kreischte: „Ich hab's dir ja gesagt!"

„Halt's Maul, dummes Weib!" fuhr er sie an. Dann griff er nach Mütze und Mantel und ging zum Wagen.

DAVY hatte noch nie eine Gerichtsverhandlung erlebt, aber dort mußte es zugehen wie jetzt hier in der Küche.

Mr. Coxon brüllte laut, er werde sie alle wegen Verleumdung belangen, und erteilte gleichzeitig seinem Sohn Fred Anweisungen, was dieser sagen dürfe und was nicht. In seine erboste Krakeelerei mischten sich Pastor Murrays maßvolle Töne und die knappen Einwürfe von Peter Talbot. Die einzigen, die wie Davy bisher geschwiegen hatten, waren Miß Peamarsh und John Willie.

Plötzlich unterbrach Miß Peamarsh einen weiteren Wortschwall Matthew Coxons. „Seien Sie still!" rief sie mit schneidender Stimme. „Sie haben ein Schaf gestohlen, aber dieser Diebstahl wiegt meiner Ansicht nach um so schwerer, als Sie ihn begangen haben, um einen Unschuldigen zu belasten. Entweder Sie bekennen sich zu dem Verbrechen und unterzeichnen ein Geständnis, das Pastor Murray abfassen wird, oder Sie werden morgen früh in Gewahrsam genommen. Entscheiden Sie sich – ja oder nein?"

Schweigen herrschte rund um den Tisch. Aller Augen ruhten auf dem alten Coxon, dessen vor Aufregung knallrotes Gesicht nun aschfahl wurde. Er ließ den Kopf hängen und sagte heiser: „Ich hab's nicht gestohlen, ich hab's gefunden. Ein totes Tier – und schon halb verfault."

„Nein, nein. Das Fleisch, das ich gesehen habe, war nicht verdorben", erklärte Peter.

Die beiden Männer kreuzten die Blicke wie Klingen. „Doch, ich schwör's! Das Fleisch war faul", sprudelte es aus Coxon heraus.

„Nun", meinte der Pastor, „wir müssen uns jedenfalls überlegen, welche Maßnahmen wir gegen Sie ergreifen. Ich halte es nur für fair, dem Jungen das letzte Wort zu lassen", fuhr er, Miß Peamarsh zugewandt, fort. „Er soll bestimmen, ob wir den Richter bemühen oder Nachsicht üben sollen. Also, David, sag deine Meinung."

Davys Blick schweifte über die versammelte Runde und blieb an Matthew Coxon hängen. Mit einem leichten Triumphgefühl erkannte er die Angst in den Augen seines Feindes. Nur von ihm hing es ab, ob Mr. Coxon und Fred ihre gerechte Strafe bekamen. Er beobachtete mit Genugtuung, wie dem Alten kleine Schweißtropfen von der Stirn rannen. Dann schaute er die Frau an, die sein und John Willies Schutzengel war. „Es soll so sein, wie Miß Peamarsh gesagt hat. Aber ich möchte, daß noch etwas aufgeschrieben wird: Falls er je wieder versucht, mir oder meinem Bruder Schaden zuzufügen, wird der Diebstahl angezeigt."

Der Pastor stieß einen langen Seufzer aus. „Dürfte ich Sie bitten, Miß Peamarsh, mir Schreibzeug zu bringen?"

In der Küche herrschte eine unbehagliche Stille, bis sie mit dem Gewünschten zurückkam.

Pastor Murray setzte sich in Positur, und alle beobachteten gespannt, wie er Zeile um Zeile zu Papier brachte. Als er fertig war, las er das Schriftstück laut vor; er hatte nicht das kleinste Detail vergessen. Dann schob er das Blatt über den Tisch Mr. Coxon zu. „Ihr Zeichen, Coxon. Machen Sie es da neben Ihren Namen." Er wartete, während Coxon mit zitternder Hand die Feder ergriff und ein Kreuz malte. „Und jetzt du, Junge." Auch Fred Coxon malte ein Kreuz hin. „So, und nun Sie, Mr. Talbot."

Als der Pastor den Namen schreiben wollte, sagte Peter barsch: „Danke, das kann ich selber, Sir."

„Oh, sehr gut." Der Pastor lächelte. „Können Sie auch lesen?"

„Ja, das auch", antwortete Peter gelassen, worauf der Pastor ein anerkennendes, aber sichtlich verlegenes Brummeln von sich gab.

„Dann bitte Sie, Miß Peamarsh."

Ruhig setzte Miß Peamarsh ihre Unterschrift unter die Namen der anderen. Zuletzt unterzeichnete noch der Pastor und faltete das Schriftstück zusammen. „Ich werde drei Abschriften davon machen", sagte er zu Matthew Coxon, der mit geballten Fäusten dasaß. „Eine bekommt David, eine Miß Peamarsh, und eine behalte ich selbst. Sie verschwinden jetzt besser so schnell wie möglich, Coxon. Und denken Sie daran – sollten Sie auf irgendeine Weise versuchen, diesem Jungen ein Leid anzutun, kommt die Sache doch noch vor den Richter, was Ihnen jetzt nur durch Davids Milde erspart bleibt."

Coxon erhob sich als letzter, wobei er sich auf die Tischkante stützte.

Nachdem er alle nacheinander so haßerfüllt angefunkelt hatte, als wolle er sie auf der Stelle ermorden, stampfte er hinaus zu seinem Sohn, der bereits in den Hof gehastet war.

„Du bist ein Glückspilz", sagte Pastor Murray zu Davy. „Dieser Abend hätte tragisch für dich enden können."

„Ja, Sir, ich weiß. Daß alles gut für mich ausgegangen ist, habe ich nur Mr. Talbot zu verdanken."

„Natürlich." Er wünschte eine gute Nacht und ließ sich von Miß Peamarsh zu Tür begleiten.

Sobald sie allein waren, meinte Peter: „Du hast es überstanden, Junge. War das nicht fast wie eine Geschichte aus dem Märchenbuch?"

„O ja, aber mir ist noch immer ganz schlecht, wenn ich daran denke, wie ich ohne deine Hilfe dagestanden hätte."

„Na, die beiden haben heute einen Denkzettel erhalten, den sie wohl ihr Lebtag nicht vergessen werden. Ich mach mich jetzt auf den Weg. Bevor ich zu Bett gehe, muß ich noch meinen Haushalt in Ordnung bringen." Er lachte trocken, und Davy flüsterte: „Ich werd sie fragen, ob du bei uns schlafen kannst."

„Nein, Junge, das ist sicher gut gemeint, aber ich muß jetzt gehen."

Miß Peamarsh trat ein und schnappte Peters Antwort auf. „Haben Sie eine Einladung zum Essen abgelehnt, Mr. Talbot?"

„Nein, Miß Peamarsh. Davy hat mir eben angeboten – Ihr Einverständnis vorausgesetzt –, heute nacht in seinem Zimmer zu schlafen."

Miß Peamarsh blickte von ihm zu Davy und dann auf John Willie, der dicht neben ihm stand. „Wenn Sie wollen, können Sie gerne bei den beiden bleiben."

„Vielen Dank, Miß. Ich weiß Ihre Freundlichkeit zu schätzen, aber wenn es Ihnen nichts ausmacht, gehe ich in die Mine. Ich hab dort Davys frühere ,Wohnung' bezogen. Und jetzt wünsche ich Ihnen eine gute Nacht."

„Warten Sie – ich gebe Ihnen etwas zu essen mit ... und etwas Heißes zu trinken. Nehmen Sie noch einmal kurz Platz." Sie deutete gebieterisch auf einen Stuhl.

Er zwinkerte Davy zu und gehorchte. Die Jungen und Peter Talbot sahen, wie sie Käsebrote einpackte und ein paar Eier aus einer Schüssel nahm. „Haben Sie eine Pfanne?" fragte sie.

Peter nickte. Als sie ihm das Bündel reichte, sagte er leise: „*Und der Samariter brachte ihn zu einer Herberge, holte zwei Denare hervor, gab sie dem Wirt und sagte: ,Sorge für ihn, und wenn du mehr für ihn brauchst, werde ich es dir bezahlen, wenn ich wiederkomme.'* Ich zahle meine Schulden immer gern zurück, Miß. Vielleicht kann ich eines Tages etwas für Sie tun."

„Ich freue mich zu hören, daß Sie die Bibel kennen, Mr. Talbot."

„Ich bin damit aufgewachsen. Und jetzt endgültig gute Nacht und nochmals vielen Dank." Peter nahm Davy an der Schulter. „Mach's gut, Junge. Und du auch, Kleiner." Er gab John Willie einen liebevollen Nasenstüber.

Als sich die Tür hinter ihm schloß, blieb Miß Peamarsh ein paar Sekunden reglos stehen; dann faßte sie sich wieder. „So, das war genug Aufregung für heute. Eßt, und dann marsch ins Bett mit euch beiden."

Kaum hatte sie die Küche verlassen, stieß John Willie ein leises Ai aus. Davy war sehr müde. Er nahm eine Schnitte Brot vom Tisch, strich Butter darauf und gab sie dem Kleinen. Dann winkte er ihm, er solle ihm folgen, und ging über den Hof und die Treppe hinauf zu den Zimmern, die nun ihr Zuhause waren. Diesmal machte er nicht wie sonst Feuer im Herd und setzte sich behaglich mit John Willie davor, um Miß Peamarsh' Bilderbücher durchzublättern, sondern zog sich sofort aus. John Willie tat das gleiche, und sie schlüpften unter die Decken.

Knapp vor dem Einschlafen dachte Davy noch einmal an die Ereignisse des Tages. Lebhaft sah er die Szene vor sich, wie sie alle um den Küchentisch saßen und er sich vorstellte, in einem Gerichtssaal zu sein. Ihm wurde fast übel bei der Überlegung, daß Miß Peamarsh auf Matthew Coxons Stuhl hätte sitzen und angeklagt werden können. Aber weswegen? Ja, weswegen?

SIEBEN

VIER Tage lang schien das Leben wieder seinen ganz normalen Lauf zu nehmen. John Willie klebte wie eine Klette an Miß Peamarsh' Rockzipfel, während Davy den Küchengarten jätete. Nur Snuffy litt unter der Veränderung. Davy hatte die Mauerlücke mit Steinen und Brettern verschlossen. Nun streifte der Hund, getrieben von der Erinnerung an seine Schaffleischgelage, durch den Obstgarten und forschte nach einer Möglichkeit zu entwischen.

Es war Samstag. Nach der Arbeit ging Davy in die Küche, um John Willie zu holen und dafür zu sorgen, daß er adrett zum Abendessen erschien, erfuhr jedoch von Miß Peamarsh, daß der Kleine Rex suchen gegangen sei. Also machte er sich nun seinerseits auf die Suche nach seinem Bruder und dem Collie.

Er überquerte die Wiese, und als er sich dem Gartenhaus näherte, kam ihm John Willie entgegen. Sichtlich in Panik, faßte er Davy an den Händen. „Ai, ai! Ai, ai!"

„Was ist denn? Was ist denn los?" Davy ließ sich durch das Dickicht zu einer Art Lichtung ziehen und blieb entsetzt stehen. Snuffy grub, halb verborgen unter zwei Brettern, wie wild in der Erde, und was er so emsig ausscharrte, war – ein menschliches Skelett.

Davy starrte ungläubig auf die bereits freigelegten Rippen. Daneben erkannte er einen Armknochen, und an dessen oberem Ende lag ein Schädel.

Er stürzte sich auf Snuffy und riß ihn weg. Die Leiche konnte kaum mehr als einen halben Meter tief vergraben gewesen sein. Auf John Willies Gesicht malte sich das gleiche Grauen, das er selbst empfand, und noch etwas – Angst. Davy mußte sich zusammennehmen. „Schon gut, ist ja schon gut", sagte er, stieß Snuffy an die Seite des Kleinen und befahl: „Halt ihn fest!"

Er mußte das Skelett wieder eingraben. Kniend, mit halb geschlossenen Augen und abgewandtem Kopf, schob er die Erde wieder darüber. Da fiel ihm etwas Funkelndes auf. Eine Schnalle oder ein Ring. Es lag direkt unter dem Unterkiefer. Jetzt erinnerte er sich, wo er es schon gesehen hatte. Es war die Halstuchspange mit dem roten Stein, den er damals, als er sich im Salon versteckt hatte, auf dem Porträt wie ein Stück rotglühender Kohle schimmern sah.

Es konnte nicht sein …, und doch, der Tote war bestimmt der Mann auf dem Bild über dem Kamin. Ah! Deshalb hatte Dan Potter sie also in der Hand! Diese Knochen …, das hier war ihr Bruder gewesen, von dem man erzählte, er sei in ferne Länder gezogen.

Am liebsten hätte er sich übergeben. Hastig bedeckte er seinen Fund wieder und warf die zwei Bretter darüber. Dann trat er zu John Willie, der etwas abseits mit dem Hund wartete, legte feierlich einen Finger auf die Lippen, deutete auf das Grab und drehte den Kopf hin und her.

„Ai?" fragte John Willie leise. Davy nickte. „Ai!" bestätigte der Kleine. Dann nahm Davy ihn an der Hand und brachte ihn und den Hund eilig fort.

Sobald sie den Obstgarten hinter sich hatten, blieb Davy stehen und schaute auf Snuffy nieder. Der durfte nicht mehr frei herumlaufen, denn er würde sofort wieder zu dem Grab rennen. Doch mit welcher Ausrede sollte er ihn einsperren? Davy blickte zum Himmel auf, über

den sich schon die Abenddämmerung breitete, und murmelte: „Ha!
Daß sie so was getan hat! Ihren eigenen Bruder!" Die Leute redeten
noch über den jungen Master Richard, der es angeblich ein bißchen
bunt getrieben hatte, was seine Beliebtheit jedoch nicht beeinträch-
tigte. Nein, unmöglich! Sie konnte das nicht gemacht haben. Warum
gab sie dann aber Dan Potter fast ihr ganzes Geld?

Langsam ging er weiter. Wie sollte er ihr jetzt gegenübertreten? Sie
hatte einen Mord begangen. Was, wenn sie es wieder versuchte?
Leicht reizbar, wie sie war ... Mein Gott! Was dachte er da! Wie sie
John Willie verhätschelte – sie liebte ihn ja nahezu. Und er bildete sich
ein, daß sie auch ihn mochte. Außerdem war sie, das wußte er, trotz
ihrer scheinbar so kühlen Selbstsicherheit der einsamste Mensch, den
er kannte. Und doch – wie sollte er es schaffen, sich nichts anmerken
zu lassen?

Er sperrte Snuffy in den Holzschuppen, wusch sich am Brunnen
gründlich Gesicht und Hände und hielt John Willie dazu an, dasselbe
zu tun. Dann gingen sie in ihre Behausung, um andere Jacken
anzuziehen. Zehn Minuten später trudelten sie in der Küche ein.

„Ihr habt ihn gefunden. Ich habe gesehen, wie du Rex in den
Schuppen gesperrt hast."

Sie hat ein so hübsches, freundliches Gesicht, dachte Davy. Und ist
eine Verbrecherin.

„Was ist, Junge? Warum schaust du mich so an?"

„Oh, Miß, es ist nur – ist das Kleid neu?"

„Ich trage es bereits den ganzen Tag, und gestern hatte ich es auch
an."

Er grinste verlegen. „Das ist typisch. Meine Mama hat immer
gesagt, ich hätte statt Augen manchmal Knöpfe im Kopf."

„Morgen ist Sonntag. Wirst du deinen Freund besuchen?"

„Ja, Miß, das hab ich vor."

„Dann mußt du ihm etwas zu essen bringen ... Ist es nicht sehr
unangenehm, in der Mine zu schlafen?"

„Ich weiß nicht, Miß. Keine Unterkunft ist zu schlecht, solange es
dort halbwegs trocken ist. Man gewöhnt sich daran, auf dem
Erdboden zu liegen."

„Ja, natürlich. Du hast darin Erfahrung", erwiderte Miß Peamarsh.
Sie winkte John Willie, der, ohne zu zögern, zu ihr ging, und ergriff
seine Hand. „Ich will bei ihm Maß nehmen. Oben habe ich eine

Menge Kleidungsstücke aufbewahrt, die ich für ihn ändern kann."
Mit einem scheuen Lächeln fügte sie hinzu: „Und für dich selbstverständlich auch."

„Danke, Miß."

„David" – sie musterte ihn aufmerksam –, „stimmt etwas nicht?"

„Nein, Miß. Mir ist nur ein bißchen mulmig. Ich hab an neulich
gedacht und daran, wie ich jetzt in der Patsche sitzen könnte."

„Ich verstehe. Das ist eine verspätete Reaktion auf den Vorfall. Setz
dich hin. Ich gebe dir gleich was zur Stärkung. Du mußt früh ins Bett,
und morgen, wenn es schön ist, besuchst du deine alten Freunde, Peter
Talbot und die Cartwrights. Das wird dich ablenken."

„Ja, Miß, das mach ich."

„Gut. Dann hole ich ein paar Sachen herunter, und nach dem Essen
werden wir probieren, wie sie passen", sagte sie und verließ die
Küche.

An diesem Abend bedrängten Davy vor dem Einschlafen immer
dieselben Fragen: Traue ich ihr zu, daß sie jemand ermordet hat?
Wenn sie es nicht getan hat, warum läßt sie sich dann erpressen? Und
warum lebt sie wie eine Einsiedlerin? Auf keine dieser Fragen fand er
eine Antwort.

Sie saßen ein wenig vom Mineneingang entfernt – Davy, John
Willie und Peter Talbot –, und Peter starrte Davy fassungslos an. „Du
schwindelst mir auch bestimmt nichts vor?"

„Na, hör mal", protestierte Davy beleidigt, „glaubst du vielleicht,
ich denk mir so was nur zum Spaß aus?"

„Und sie zahlt diesem Potter zwei Drittel von ihrem Einkommen?"

„Das hab ich sie sagen gehört."

„Heiliger Bimbam!" Peter rieb sich seinen Stoppelbart. Es klang
wie das Raspeln von Schmirgelpapier. Dann kraulte er den Hund
geistesabwesend hinter dem Ohr.

„Stell dir vor, gestern hab ich schon geträumt, daß Snuffy mit
einem Armknochen in die Küche kommt", erzählte Davy.

Peter stand auf, schlenderte zum Eingang und spähte hinaus.
„Etwas wundert mich. Warum hat ihn ausgerechnet der Hund
ausgebuddelt? Warum haben ihn nicht schon vorher die Füchse und
die Dachse gewittert?"

„Das kann ich dir erklären. Ich hab eine Menge Bretter weggezo-

gen, um die Mauer abzustützen, wo ich sie ausgebessert hab. So ist
Snuffy überhaupt an diese Stelle gelangt, nehme ich an." Er hob hilflos
die Schultern. „Aber wenn ich sie anschaue, Peter, kann ich es einfach
nicht glauben."

„Hast du Angst vor ihr?"

Davy wirkte ein wenig beschämt. „Ja, ganz kurz hab ich Angst vor
ihr gehabt, aber das ist dann vergangen, weil sie mir leid tut. Sie ist
einsam."

„Das stimmt – einsam ist sie, und du und der Knirps da, ihr müßt ein
Geschenk des Himmels für sie gewesen sein. Ein Wunder, daß sie
vorher nicht schon lange übergeschnappt ist."

„Die Leute in unserer Gegend glauben ja, daß sie spinnt."

„Sie spinnt nicht mehr als du oder ich, Junge. Die Leute behaupten
schnell, daß jemand verrückt ist, wenn er ein bißchen aus der Reihe
tanzt. Sie ist eine Individualistin – so nennt man Menschen, die tun,
was ihnen gefällt, und sich nicht um die Meinung anderer kümmern."

„Aha. Ja, das ist sie." Davy blickte auf John Willie, der sich an
Snuffy lehnte, und sagte leise: „Sie ist ganz vernarrt in ihn. Sie
behandelt ihn, als wäre er ihr eigenes Kind."

„Gott möge ihr beistehen. Wenn du nämlich mit dem Hund bei ihr
bleibst, kommt die Sache früher oder später ans Licht, außer du gräbst
das Skelett aus und schaffst es woandershin."

„Nein! Das könnte ich nicht! Mir hat's das eine Mal schon fast den
Magen umgedreht."

Wieder rieb sich Peter heftig das Kinn. „Der Allmächtige allein
weiß, was aus ihr werden soll, wenn das alles bekannt wird ... He, reg
dich nicht gleich auf! Ich begleite dich. Ein Sack sollte wohl für das
genügen, was noch von dem Toten übrig ist."

„Was hast du mit ihm vor?" flüsterte Davy ehrfurchtsvoll.

„Ich bring ihn da rein." Peter zeigte hinter sich. „Da kann er
ungestört ruhen bis zum Jüngsten Tag, und falls man ihn je findet,
wird jedermann denken, daß er ein vermißter Bergmann war ... Was
hältst du für den geeignetsten Zeitpunkt?"

Davys Stimme zitterte vernehmlich. „Normalerweise ist sie von
ungefähr elf Uhr bis zum Abendessen im Haus."

„Kannst du das Loch in der Mauer morgen wieder aufmachen?"

„Ja."

„Gut, dann komme ich am Dienstag gegen halb elf, und sobald ich die Knochen eingesammelt habe, bist du deine Sorgen los. Und sie ihre, zumindest insoweit, als wir ihr helfen können. Kopf hoch, Junge."

„Irgendwie ist es schrecklich, daß wir ihn aus seinem Grab holen."

„Es gibt nur diese Möglichkeit, oder Snuffy apportiert ihn ihr stückweise. Und wer weiß, was ihr einfallen würde, wenn sie wüßte, daß du Wind davon bekommen hast. Du mußt versuchen, dich ganz normal zu benehmen. Übrigens lasse ich fürs Essen danken –" Peter wehrte Davys ausgestreckte Hand ab. „Nein, das will ich nicht!"

„Schau, ich hab dir doch gesagt, du kannst es mir zurückzahlen. Nimm schon", erklärte Davy.

Widerstrebend nahm Peter den Shilling aus Davys Hand und murmelte: „Es ist mir peinlich, von so 'nem jungen Spund was anzunehmen."

Davy meinte leichthin: „Vor ein paar Wochen hätte ich meiner Großmutter noch das Brot aus dem Mund geklaut." Sie lachten beide. Dann gab Davy seinem Bruder ein Zeichen, er solle aufstehen.

„Also, bis dann, Peter."

„Bis dann, Junge. Wir sehen uns am Dienstag, wenn alles gutgeht." Er streichelte John Willie übers Haar und fragte: „Glaubst du, er begreift, wie ernst das ist?"

„Besser als andere. Er ist nicht dämlich, weißt du."

„Dafür habe ich ihn auch nie gehalten."

„Schade, daß nicht alle so denken wie du. Nur weil er nicht hören und sprechen kann, halten sie ihn für einen Trottel. Manchmal hab ich das Gefühl, er hat mehr im Oberstübchen drin als ich."

„Das würde ich nicht sagen. Auf jeden Fall – halt die Ohren steif."

Davy und John Willie gingen in die Siedlung und besuchten Mr. Cartwright. Sie wurden mit Tee und Kuchen bewirtet, und Mr. Cartwright freute sich, daß sie, wie er sich ausdrückte, „auf die Füße gefallen waren". Am späten Nachmittag brachen sie nach einem herzlichen Abschied auf.

Davy nahm eine Abkürzung nach Gorge Manor, um den Coxons nicht zu begegnen. Er haßte sie noch immer aus tiefster Seele – aber das stand auf einem anderen Blatt. Auch Miß Peamarsh haßte sie. Neulich abends hatte sie zwar für ihn Partei ergriffen, aber gleichzeitig selbst eine alte Rechnung mit Coxon beglichen. Warum? Er fand einfach keine Erklärung dafür.

Jetzt mußte er sich schleunigst eine Ausrede einfallen lassen, weshalb er Snuffy morgen wieder in den Schuppen sperren würde. Und wie sollte er heute abend unbefangen sein, nach allem, was er wußte?

Eine Viertelstunde später hatten er und John Willie den Hund sicher verwahrt, und Davy klopfte an die Küchentür.

Miß Peamarsh saß im Lampenlicht, stand aber rasch auf und begrüßte sie lächelnd. „Ah, da seid ihr ja. Habt ihr den Tag angenehm verbracht?" Sie beugte sich zu John Willie hinunter und wiederholte: „Hast du einen schönen Tag gehabt?" Dabei unterstrich sie ihre Frage mit Gesten.

Er nickte, lächelte sie an und antwortete: „Ai."

„Fein, dann können wir zu Abend essen. Es ist schon alles fertig." Sie zeigte auf den reich gedeckten Tisch. Davy führte John Willie zur Spüle, und während sie sich die Hände wuschen, sagte sie: „Wie geht es euren Freunden? Hat Mr. Talbot die Absicht, den ganzen Winter über in der Mine zu bleiben?"

„Wenn er überhaupt bleibt, dann schon, Miß. Im Bergwerk kriegt er keine Arbeit, weil er auf der schwarzen Liste steht. Er hat mir erzählt, daß er in den Süden ziehen und dort Bauer werden will."

„Bauer?" Mit dem Kessel in der Hand drehte sie sich um. „Vom Bergmann zum Bauern – das ist ein großer Schritt."

„Soviel ich weiß", erwiderte Davy, „hatten seine Eltern einen eigenen Bauernhof."

„Tatsächlich?" Sie brühte den Tee auf.

„Ja, Miß, er war gerade sechzehn, als er das erste Mal unter Tag ging. Sein Vater ist an der Schwindsucht gestorben, und ein Jahr darauf war auch seine Mutter tot."

Sie stellte den Kessel ab. „Wie traurig für ihn. Hat er keine Verwandten?"

„Nein, er sagt, er ist ganz allein."

„Ich weiß, wie das ist, ganz allein zu sein", murmelte sie und fuhr dann lebhafter fort: „Aber kommt jetzt, setzt euch. Ich bin schon gespannt, worüber zur Zeit geklatscht wird." Folgsam berichtete Davy ihr die paar Neuigkeiten, die er bei den Cartwrights aufgeschnappt hatte.

Nach dem Essen, als der Tisch abgeräumt und das Geschirr gespült war, meinte sie plötzlich: „Ich werde euch aus der Bibel vorlesen."

Sie nahm die Lampe, verließ den Raum, und als sie zurückkehrte, brachte sie ein ledergebundenes Buch mit Messingschließen mit. „Ich habe schon lange nicht mehr in der Heiligen Schrift gelesen. Davids Kampf mit Goliath würde gut passen – oder nein, ein Psalm scheint mir besser geeignet, vielleicht der sechsundfünfzigste."

Sie blätterte in den Seiten des großen Buches. Dann neigte sie leicht den Kopf und begann: „Sei mir gnädig, Gott ... Meine Feinde bedrängen mich Tag für Tag ... Ja, es sind viele, die mich voll Hochmut bekämpfen ..."

Sie las und las. Er begriff den Sinn der Worte nicht, doch der Klang ihrer Stimme gefiel ihm. Es kam ihm vor, als spräche sie ein Lied, statt es zu singen.

Dann schloß sie: „Denn du hast mein Leben dem Tod entrissen, meine Füße bewahrt vor dem Fall. So gehe ich vor Gott meinen Weg im Licht der Lebenden."

Der Docht der Lampe sprühte, und das leise Zischen riß Davy aus seiner Versunkenheit. Ihren Bruder hatte sie nicht im Licht der Lebenden gehen lassen ... Verstohlen betrachtete er sie. Sie sah gelöst und glücklich aus, so glücklich wie nie zuvor.

Auch John Willie schaute sie mit seinen großen Augen an. Einen Moment lang erwiderte sie seinen Blick schweigend, dann ergriff sie impulsiv seine beiden auf dem Tisch verschränkten Hände, auf die er das Kinn stützte. Wieder spürte Davy die seltsame Zuneigung zwischen seinem Bruder und ihr. Seine Kehle war wie zugeschnürt; er bekam panische Angst, jene unangenehme Schwäche könnte ihn noch einmal befallen, die bewirkte, daß sich um ihn alles zu drehen anfing. Er sprang auf und ging zum Spülbecken. „Ich – ich möchte nur einen Schluck Wasser trinken, Miß."

„Ja, ich verstehe, David. Die Schönheit der Bibel greift einem ans Herz."

Sie verstand gar nichts. Aber sollte sie ruhig glauben, was sie wollte, wenn es sie glücklich machte.

Während er Wasser in den Becher pumpte, dachte er, daß es vielleicht doch nicht so gut gewesen war, daß sie ihn und John Willie aufgenommen hatte, weil es ihr Verderben werden konnte. Wenn sie sich jetzt von John Willie trennen mußte, würde ihr das wohl den Lebensquell rauben.

„DA IST es." Davy zeigte auf die Stelle.

Peter betrachtete kurz das geheimnisvolle Grab. „Also, Junge, fangen wir an. Übrigens, wo ist der Kleine?"

„Bei der Miß im Haus. Sie glaubt, er bekommt wieder eine Erkältung."

„Auch gut, dann kommen wir um so schneller voran."

Zu beiden Seiten des Hügels kniend, begannen sie mit den Händen die Erde wegzuschaufeln. Sie legten gerade die Beinknochen frei, als sie sich beobachtet fühlten. Im nächsten Augenblick erschreckte sie ein erstickter Schrei derart, daß sie fast vornüber auf das Gerippe fielen. Sie fuhren herum, und vor ihnen stand Miß Peamarsh, die sich an den Hals griff und nach Luft rang. Dabei sank ihr Kopf immer weiter zurück, als würde sie von etwas Unsichtbarem gewürgt.

Peter sprang hin und fing die schwankende Gestalt auf. Behutsam ließ er sie zu Boden gleiten. Davy kniete sich neben sie. „Ist sie tot? O mein Gott! Wenn sie tot ist, bin ich dran schuld!"

„Sei still!" Peter preßte ein Ohr auf Miß Peamarsh' Brust. „Ich glaube, sie ist nur ohnmächtig. Komm, hilf mir – wir heben sie hoch."

Gleich darauf eilten sie durch den Obstgarten. Peter trug Miß Peamarsh auf den Armen, Davy stützte ihren schlaff herabhängenden Kopf. „Hat sie was Alkoholisches im Haus?" fragte Peter, als sie sie in der Küche auf die Sitzbank gebettet hatten.

„Ein Stärkungsmittel – so nennt sie es. Dort in der Anrichte."

„Hol es her."

Davy brachte die Flasche. Peter zog den Korken heraus, roch daran und schnitt eine Grimasse. „Das kann ich nicht brauchen", erklärte er. „Das ist Hustensaft." Er griff nach einem Mitteilungsblatt der Gemeinde und reichte es Davy. „Roll das fest zusammen, und zünde es am Feuer an!" befahl er. „Dann tritt es aus und gib's mir schnell."

Verwundert gehorchte Davy und sah dann zu, wie Peter das schwarze, qualmende Papier vor Miß Peamarsh' Nase hin und her schwenkte. Schon nach ein paar Sekunden begann sie zu husten. Auch Davy kratzte der beißende Rauch im Hals, aber er schaute erleichtert auf sie nieder. Langsam hob sie die Lider und schaute ihn jammervoll an. Schließlich fiel ihr Blick auf Peter, der am Fußende der Bank stand.

„Es tut mir leid", sagte er. „Der Hund hat ihn gefunden. Verstehen Sie? Machen Sie sich wegen des Jungen und meinetwegen keine Sorgen", fuhr er fort, als sie keine Antwort gab. „Er weiß es schon eine Zeitlang und wollte nur zu Ihrem Besten handeln."

Wieder schaute sie Davy an. „O David, David", flüsterte sie; dann schloß sie die Augen. Als er merkte, daß ihr die Tränen über die Wangen rannen, mußte er sich abwenden.

„Mach Tee, aber einen starken", sagte Peter.

Davy war froh, daß er sich damit beschäftigen konnte, den Tee zu brauen, und als er fertig war, reichte er Miß Peamarsh eine Tasse. Obwohl sie sich aufsetzte, wirkte sie ganz kraftlos. Auch ihr Gesicht war verfallen. Sie hat ihren inneren Halt verloren, dachte er.

Sie trank mit kleinen Schlucken, gab Davy die Tasse zurück und bedankte sich leise bei ihm. Dann wandte sie sich Peter zu. „Würden Sie Platz nehmen?" bat sie ihn. „Und du, David, bist du so gut und rufst John Willie? Er sammelt die Eier ein. Ja" – sie nickte ihm zu –, „ich weiß, daß er nicht hören kann, aber ich weiß auch, daß er begreift, was ich sage, und mir liegt besonders viel daran, daß er das alles versteht. Er war so bedrückt in den letzten Tagen. Geh und hol ihn, bitte."

Davy lief über den Hof und zog John Willie aus dem Hühnerstall. „Komm, komm mit!"

„Ai, ai?"

„Warum? Das wirst du schon sehen. Komm jetzt!" Keuchend erschienen sie in der Küche, wo er den Kleinen auf einen Stuhl gegenüber von Miß Peamarsh setzte.

Sie warteten schweigend, während sie auf ihre verschlungenen Finger starrte. „Ich will euch alles von Anfang an erzählen", begann Miß Peamarsh endlich. „Meine Familie war sehr glücklich in diesem Haus. Mein Bruder und ich wuchsen hier auf und wurden hier erzogen. Ich war zwei Jahre älter als er. Ich liebte ihn, und auch mein Vater liebte ihn, aber er ... er war sehr eigennützig. Dennoch ging alles gut – bis meine Mutter starb. Damals war ich dreizehn. Mein Bruder" – sie hielt inne und schluckte – „hat meine Mutter sehr vermißt, und Papa hielt es für richtig, ihn auf eine auswärtige Schule zu schicken."

Sie hob den Kopf und blickte Davy an. „Als mein Bruder – er hieß

Richard – zum drittenmal aus dem Internat ausriß, gab mein Vater auf und versuchte, ihn selbst zu unterrichten. Richard wurde älter und machte Papa immer mehr Sorgen, weil er keinerlei Interesse zeigte, sich für einen Beruf zu entscheiden, und – und weil er heimlich trank, seit er mit sechzehn nach Hause zurückgekehrt war. Unser ‚Freund‘, Mr. Coxon, betrieb eine Schwarzbrennerei irgendwo in den Hügeln. Er hat Richard zum Trinken verführt und ihn mit Schnaps versorgt."

Sie zog ein Taschentuch hervor und betupfte sich die Lippen. „Sie brauchen nicht weiterzureden, Miß", sagte Peter mitfühlend.

„Danke, Mr. Talbot, aber ich möchte mich euch dreien anvertrauen ... Das Gehalt, das Papa als Pastor bekam, war sehr klein, und sein privates Einkommen mußte er fast ganz für die Bezahlung von Richards Schulden verwenden. Dann kam eines Abends ein Mann aus Gateshead. Es war eine sehr rauhe Nacht gegen Ende Dezember. Ich sehe ihn noch deutlich vor mir. Seine Haare und sein Schnurrbart waren voll Schnee. Seine Tochter hatte vor etwa sieben Monaten ... als Dienstmädchen bei uns gearbeitet. Er suchte uns auf, um uns zu sagen, daß sie im Kindbett gestorben sei und das Baby bald darauf auch und daß sie erst mit ihrem letzten Atemzug verraten hatte, wer der Vater des Kindes war. Papa war wirklich ein gütiger, ruhiger Mensch, aber als mein Bruder betrunken hereintorkelte, kam es zu einer furchtbaren Szene. Papa schrie, er müsse das Unrecht, das er begangen habe, wiedergutmachen, doch Richard ließen die Vorwürfe völlig kalt. Im Gegenteil – er verhöhnte ihn, verspottete seinen Glauben und zog alles, was Papa in seinem Leben geleistet hatte, in den Schmutz. Das war zuviel. Mein Vater verlor die Beherrschung. In seiner Wut packte er eine Bronzefigur, die auf einem Tisch in der Nähe stand, und erhob die Hand gegen seinen einzigen Sohn. Vielleicht wäre der Schlag nicht tödlich gewesen, aber Richard taumelte und stürzte so unglücklich, daß er mit voller Wucht mit dem Hinterkopf auf den Feuerbock prallte."

Sie seufzte. „Ich schrie so gellend, daß Potter herbeigeeilt kam. Er lauschte sowieso oft an der Tür. Als wir meinen Bruder hochhoben, erlitt mein Vater einen Schlaganfall und sprach von dem Moment an kein Wort mehr bis zu seinem Tod, zwei Jahre später. Ich war völlig gebrochen. Mein Bruder war tot, und trotz Papas elenden Zustands glaubte ich, er werde sich erholen, und den Gedanken an das, was ihn dann erwartete, konnte ich nicht ertragen.

Da hatte Potter eine Idee", fuhr Miß Peamarsh fort. „Der junge Herr Richard habe doch von Reiseplänen gesprochen – warum also nicht die Leute glauben lassen, er sei ins Ausland gegangen? Er, Potter, würde das Gerücht verbreiten, mein Bruder habe ihm erklärt, er wolle in ferne Länder, und ich" – sie breitete hilflos die Arme aus – „stimmte dem zu. Es war unvorstellbar für mich, daß meinem Vater, diesem herzensguten Mann, der sich immer nur für andere geopfert hatte, in seinem Alter der Prozeß gemacht werden sollte. In meiner Dankbarkeit beging ich einen Fehler. Ich zahlte Potter und seiner Frau den doppelten Lohn. Wahrscheinlich liebäugelte er im geheimen schon mit Erpressung, doch meine Großzügigkeit hat wohl den Ausschlag gegeben. Am Tag nach Papas Begräbnis nannte er mir den Preis, den ich für sein Schweigen zu zahlen hätte, und seither habe ich seine Forderungen erfüllt."

„Der verdammte Schuft! Entschuldigen Sie, Miß." Peter war aufgesprungen. „Wenn der Kerl jetzt hier wäre, müßte man gleich noch ein Grab schaufeln. Aber ehrlich gestanden, ich finde, Sie hätten die Sache melden müssen – wenigstens nach dem Tod Ihres Vaters. Die Leute hätten Verständnis gehabt."

„Nein, Mr. Talbot, da irren Sie. Wissen Sie, was man gesagt hätte? ‚Was? Pastor Peamarsh, ein Mann Gottes, der selber stets Versöhnlichkeit gepredigt hat, der das Gleichnis vom verlorenen Sohn so liebte, *der* hat sein eigen Fleisch und Blut umgebracht!' Es hätte das Vertrauen in die Kirche erschüttert, und man hätte sich auch daran erinnert, wie liebenswert mein Bruder oft war – wenn auch zu schwach und nachgiebig gegen sich selbst." Sie seufzte wieder. „Auch rückblickend sehe ich keine Möglichkeit, wie ich mich anders hätte entscheiden können."

„Jetzt dürfen Sie diese Geschehnisse aber nicht länger verheimlichen."

„Mr. Talbot, Sie ziehen dabei nicht in Betracht, daß mein Wort gegen das Potters steht. Er hat mir gedroht, daß er behaupten könne, er habe meinen Vater schreien gehört, sei ins Zimmer gestürzt und habe meinen Vater dem Zusammenbruch nahe und mich mit der Bronzefigur in der Hand über meinen Bruder gebeugt vorgefunden. Ich erklärte ihm, falls es zum Prozeß käme, würde man ihn unzweifelhaft wegen Erpressung zu einer Gefängnisstrafe verurteilen, worauf er ungerührt erwiderte: ‚Verehrte Miß, was hätten Sie davon,

mich hinter Gittern zu wissen? Sie säßen nämlich im gleichen Boot.'"
Sie schaute Peter müde an. „Wie soll ich denn Ihrer Meinung nach
meine Unschuld beweisen?"

„Wann erwarten Sie seinen nächsten Besuch?"

„Er ist vor kurzem überraschend hier aufgetaucht und hat hundert
Pfund verlangt. Als ich mich weigerte, gab er mir zwei Wochen
Bedenkzeit. Heute ist Dienstag. Er kommt am Freitag wieder."

Als sie schwieg, verließ John Willie seinen Platz an Davys Seite,
kletterte zu ihr auf die Bank, setzte sich dicht neben sie und streichelte
ihre Hand. Sie blickte ihn zärtlich an. „Lieber John Willie ... Ich habe
euch ja gesagt, er versteht alles."

„Der Pastor, Miß!" rief Davy unvermittelt. „Sie müssen es dem
Pastor sagen, und ... und er kann den Richter mitbringen und sich mit
ihm im Salon verstecken wie ich damals."

„Wann hast du dich im Salon versteckt?" fragte sie.

Beschämt gestand er: „An dem Tag, als Potter kam. Ich hab Sie so
ungewohnt laut sprechen gehört, da bin ich in die Halle geschlichen
und hab gelauscht, und als Sie dann herauskamen, bin ich schnell in
den Salon geschlüpft."

Gerührt sagte sie: „Und obwohl du unser Gespräch gehört hast, bist
du in meinem Haus geblieben?" Sie hob den Blick zu Peter.
„Manchmal geschehen Dinge, die einem wieder Gottesvertrauen
schenken. Was halten Sie von Davids Vorschlag?"

„Sie sollten ihn unverzüglich befolgen."

„Haben Sie daran gedacht, daß es die Spatzen von den Dächern
pfeifen, wenn man den Richter zu uns ins Haus kommen sieht? Den
Leuten hier entgeht nichts, und Potter wäre sofort gewarnt."

„Oh, es gibt sicher einen Weg, ihn unbemerkt hereinzulotsen. Die
Lücke in der Mauer könnte durchaus so erweitert werden, daß ein
Mann sie aufrecht passieren kann."

„Und wie weiter?"

„Sie führen den Pastor und den Richter in den Salon und lassen die
Tür ebenso wie die des Zimmers, in dem die Unterredung stattfindet,
leicht angelehnt. Die Herren können genau wie Davy lauschen. Es
läge an Ihnen, das Gespräch so zu lenken, daß Potter sich belastet.
Davy kann jetzt gleich den Pastor holen. Ich werde mich um die
Mauer kümmern und sonst noch einiges erledigen."

Davy stand auf. „Soll ich gehen, Miß?" fragte er eifrig.

Sie schaute ihm tief in die Augen. „Ja, David, bring den Pastor her und laß ihn den Richter verständigen." Dann lehnte sie sich zurück, zog John Willie an sich und murmelte: „Ich fühle mich wie neugeboren."

Pastor Murray traute seinen Ohren kaum. Und Richter MacIntyre ebenfalls. Beide waren den Pfad durchs Gebüsch entlanggeführt worden und durch die vergrößerte Lücke in der Mauer gestiegen. „Sie haben sich sehr töricht benommen", sagte der Richter, und der Pastor fügte hinzu: „Sie hätten verarmt und einsam Ihr Dasein beendet, wenn Gott Ihnen nicht diese beiden Jungen geschickt hätte."

Am nächsten Tag kam der Richter mit einem Schreiber wieder, der die lange Erklärung, die Miß Peamarsh abgab, zu Protokoll nahm. Damit war alles für die Vorstellung bereit, die am Freitag morgen über die Bühne gehen sollte.

Davy erwachte schon um fünf Uhr und schlüpfte im Dunkeln in seine Kleider. John Willie weckte er, meist eine Stunde nachdem er selbst aufgestanden war, indem er ihm ein heißes Getränk brachte.

Als er sich am Fenster vorbeitastete, sah er unten in der Küche Licht. Die Miß war also auch schon auf. Er schlich die Treppe hinunter und trat fröstelnd in die kalte Luft hinaus. Dann klopfte er leise an die Küchentür.

„Komm nur herein, David." Sie saß in einer Ecke der Polsterbank. Das Feuer brannte so hell, als wäre es schon vor einiger Zeit angefacht worden. „Ich konnte nicht schlafen. Da ist frischer Tee – bedien dich."

Als er seinen Becher gefüllt hatte, lud sie ihn ein, am Tisch Platz zu nehmen. Der scharfe Unterton war völlig aus ihrer Stimme verschwunden. „Weißt du, David, vielleicht ist das der wichtigste Tag in meinem Leben."

„Ja, Miß."

„Und wenn alles so verläuft wie geplant, werde ich wieder ein freier Mensch sein. Ein freier Mensch. Und das verdanke ich dir."

„O nein, Miß. Früher oder später wär's sicher herausgekommen. Geben Sie einem Mann wie Potter genug Strick, und er wird sich selber eine Schlinge draus drehen."

„Leider muß ich dir widersprechen. Menschen wie Potter tappen normalerweise nicht in die eigenen Fallen. Solchen Leuten müssen andere das Handwerk legen, und das wird dein Verdienst sein, wenn ich nicht aus der Rolle falle."

„Sie kriegen das schon hin, Miß, keine Angst."

Sie schaute in die Flammen und sagte nach einer Weile: „Wirst du weiter für mich arbeiten, David?"

„Ja, Miß, gern." Auch wenn alles gutging, würde sie noch immer einsam sein, und wenn er ihr John Willie wegnahm ... „Ja, Miß, ich werd für Sie arbeiten, solange Sie wollen."

„Selbst wenn ich dir nicht den vollen Lohn zahlen kann?"

Ohne zu zögern, antwortete er: „Ja, Miß. Ich bin zufrieden."

„Du bist leicht zufriedenzustellen, David."

„Nein, Miß, ich hab schon Pläne und Wünsche. Aber ich stehe tief in Ihrer Schuld und werd bleiben, solange Sie mich brauchen."

Sie blickten einander an, während die Wanduhr die Sekunden forttickte, das Feuer knisterte und die Lampe ganz fein zu rauchen begann. Dann erhob sie sich. „Ich muß backen – wahrscheinlich bekommen wir Gesellschaft zum Essen." Sie lächelte, und er lächelte zurück.

„Magst du Mr. Talbot, David?"

„Ja, Miß. Ich finde ihn großartig. Der tut nur, was er für richtig hält, sonst wäre er nicht arbeitslos und stünde nicht auf der schwarzen Liste."

Sie nickte. „Man muß für seine Grundsätze oft Opfer bringen. Wenn er kommt, mußt du ihn zu euch hinaufbitten und ihn ordentlich bewirten. Er wird es brauchen. Es ist bitterkalt heute morgen."

„Danke, Miß. Da wird er sich freuen."

Um zehn Uhr führte Peter den Pastor und Richter MacIntyre wieder durch die Mauerlücke. Als sie zu dem Grab am Gartenhaus kamen, das Peter tiefer ausgehoben und eingefriedet hatte, verharrten sie in kurzem Schweigen.

Auf dem Hof sagte Peter dann: „Ich bleibe in der Nähe für den Fall, daß Potter handgreiflich wird." Der Pastor und der Richter gingen zur Eingangstür, wo Miß Peamarsh sie erwartete, wie es sich für die Dame des Hauses gehörte.

Davy störte nur, daß sie den alten Rock und die verschlissene Bluse trug.

Er hastete über den Hof. „He, ich hab was zu essen für dich! Ich hol's schnell, und dann gehen wir hinauf in meine Wohnung!" rief er Peter zu. Zum ersten Mal nannte er die Zimmer seine Wohnung. Es klang schön.

Nach ein paar Minuten erschien er mit zwei Tellern auf einem Tablett. Über den einen war eine Schüssel gestülpt, auf dem anderen waren Brotschnitten aufgeschichtet, und daneben standen eine Kanne mit dampfendem Tee und ein Becher.

„Das ist für mich?" Peter biß sich auf die Lippen. Dann lachte er.

„Worauf warten wir noch?" Sie gingen zum Stall. „Wo ist der Kleine?" fragte Peter, als sie die Treppe hinaufstiegen.

„Noch im Bett. Er hustet ein bißchen. Zufällig hab ich das ihr gegenüber erwähnt, und schon war sie da. Ich sag dir" – er grinste verschmitzt –, „der wird verwöhnt! Bald wird er erwarten, daß man ihn bedient wie einen vornehmen Herrn."

„Na und? ... Ah, das ist hübsch – und gemütlich." Peter blieb auf der Schwelle stehen.

„Ich weiß, ich hab Glück. Heut morgen hat sie mich gefragt, ob ich bleiben möchte, und ich hab ja gesagt."

„Gut! Du und der Kleine, ihr werdet ihr ein Trost sein. Eine Frau wie sie hätte schon vor Jahren heiraten und eine eigene Familie gründen sollen. Ob sie sich jetzt noch dazu entschließen wird, bezweifle ich, deshalb bin ich froh, daß sie euch beide hat. Ich werde oft an euch denken."

„Wie meinst du das?"

„Ich hab dir doch erzählt, daß ich in den Süden ziehen will. Die Angelegenheit ist mir dazwischengekommen, sonst wäre ich schon längst fort. Aber morgen geht es los."

„Du wirst mir fehlen. Ich hab nie einen richtigen Freund gehabt."

„Du wirst mir auch fehlen, Junge. Komisch, im Armenhaus haben wir uns kennengelernt, und zum Schluß fangen wir noch einen Erpresser. Ich kann's kaum erwarten, den Kerl in die Finger zu kriegen. Wenn ich mir vorstelle, was er deiner Miß all die Jahre über ungestraft angetan hat, so daß sie schon vorzeitig alt geworden ist. Sie war früher sicher eine reizende Person."

„Das hab ich mir auch schon gedacht. Neulich, als sie nicht so steif und förmlich war – da hat sie richtig jung ausgeschaut."

„Nun" – Peter hob seinen Teebecher – „trinken wir auf Potters Ende und auf einen neuen Anfang für sie. Einverstanden, Junge?"

„Klar, Peter – auf einen neuen Anfang für sie."

Es war Punkt elf Uhr, als die Torglocke läutete. Alle bezogen ihre Posten: Der Pastor ging mit dem Richter in den Salon, Miß Peamarsh in die Küche, wo sie anfing, Gemüse zu putzen. Peter begab sich in den Kuhstall, um ungesehen beobachten zu können, und Davy schlenderte gemächlich die Einfahrt hinunter.

„Du nimmst dir meine Warnung wohl nicht zu Herzen, was?" fragte Dan Potter, als Davy die Kette zurücklegte.

„Wieso? Was für 'ne Warnung?"

Davy hatte den Auftrag, sich ein bißchen dumm zu stellen, und Potter fiel prompt darauf herein. „Bist du blöd?" fuhr er ihn an. „Ich sag's dir noch einmal – wenn du hierbleibst, wird dir das nicht bekommen." Sie schritten nebeneinander her, hielten aber eine gute Armeslänge Abstand. „Ich will ja nur dein Bestes. Sie ist nämlich völlig unberechenbar", sagte Potter in verändertem Ton, während sie den Hof überquerten, und rückte näher.

„Och, im Ernst? Hab ich nie bemerkt."

„Dann bist du dümmer, als du aussiehst!"

Da sah Davy seinen Bruder, der sich vor dem Kuhstall aufgebaut hatte und etliche Male laut und vernehmlich „Ai!" machte. Wahrscheinlich wollte er nicht mehr allein sein und hatte Peter entdeckt.

„Wen kläfft er denn an?" fragte Potter mißtrauisch.

„Was? Niemand. Wen wohl? Höchstens die Kuh."

Doch so leicht ließ Potter sich nicht ablenken. Er starrte argwöhnisch hinüber und war im Begriff, selbst nachzuschauen, als sich zum Glück die Küchentür öffnete.

Miß Peamarsh wischte sich die Hände an einem Geschirrtuch ab und musterte Potter kalt. Mit einem schmierigen Lächeln trat er ein. „Ah, da sind Sie ja, Miß. Wie ist das werte Befinden?"

„Den Umständen entsprechend." Sie faltete das Geschirrtuch zusammen und hängte es über eine Messingstange neben der Spüle. Dann ging sie ihm in die Halle voraus.

Davy wartete, bis er Potters Stimme nur noch gedämpft vernahm. Nun mußten sie in der Bibliothek sein. Schnell zog er die Schuhe aus

und schlich auf Zehenspitzen zur Salontür. Er öffnete sie geräuschlos –
nicht umsonst hatte er die Angeln am vergangenen Abend sorgfältig
geölt – und winkte schweigend den beiden Männern, die vor dem
Kamin warteten und sich auf sein Zeichen leise vor die Bibliothekstür stellten. „Ich habe Ihnen zwei Wochen zum Überlegen gegeben",
hörten sie Potter sagen.

„Und ich habe es mir überlegt", antwortete Miß Peamarsh. „Ich
werde Ihre neue Forderung nicht erfüllen. Und ich bedaure, je Ihren
Rat befolgt zu haben. Wenn ich damals gleich den Richter hätte holen
lassen, hätte mein Vater bestimmt Milde vor dem Gesetz gefunden,
denn wie Sie sehr genau wissen, war es nicht seine Absicht, seinen
Sohn zu töten. Er versetzte ihm im Zorn einen Schlag, aber tödlich
verletzt hat sich mein Bruder erst durch den Aufprall auf den eisernen
Feuerbock."

„Das ist Unsinn, Miß – verzeihen Sie, wenn ich das sage! Die
logische Folgerung hätte gelautet, daß Master Richard nie mit dem
Kopf auf den Feuerbock gefallen wäre, wenn der Pastor ihn nicht mit
der Bronzefigur niedergestreckt hätte. Das wissen *Sie* sehr genau.
Und Sie waren diejenige, die den ehrbaren Namen Ihres Vaters um
keinen Preis beflecken wollte. Ganz hysterisch waren Sie, wie ich
mich noch gut entsinne. ‚Alles ist mir recht', haben Sie beteuert,
‚wenn ich Papa nur vor den Folgen bewahren kann! Helfen Sie mir,
Potter!' haben Sie gejammert."

„Und Sie haben mir geholfen, indem Sie mich jahrelang erpreßten.
Doch das ist jetzt endgültig vorbei."

„Nicht so hitzig, Miß! Es wird Ihnen nicht viel helfen, wenn Sie die
Tatsachen ans Licht bringen, ich warne Sie. Auf die Bibel werde ich
schwören, daß ich mit meinen eigenen Augen gesehen habe, wie Sie
die Hand gegen Ihren Bruder erhoben. Und man wird mir glauben,
weil sich bestimmt niemand vorstellen kann, daß Sie so verrückt
waren, auch nur einen lumpigen Penny zu bezahlen, um den Ruf eines
Toten zu schützen. Möglich, daß es mich trotzdem erwischt, aber
dann erwischt Sie's auch."

„Da bin ich nicht Ihrer Meinung, Daniel Potter. Ganz und gar
nicht."

Die Tür wurde heftig aufgerissen, und auf der Schwelle erschienen
der Pastor und der Richter mit Davy im Schlepptau. Potter wurde
leichenblaß.

„Eine Falle! Sie haben mich in eine Falle gelockt! Aber so leicht kriegt ihr mich nicht, das sag ich euch ..." Gehetzt blickte er sich nach einem Fluchtweg um. Hinter ihm befand sich eine hohe Glastür, die auf die Seitenterrasse hinausführte. „Keiner rührt sich!" Blitzartig zog er eine Pistole aus der Tasche und richtete die Waffe auf sie.

Er näherte sich rücklings der Tür, tastete hinter sich und öffnete sie. „Ich bin ein guter Schütze", drohte er, „also versucht nicht, mir zu folgen. Gib mir den Schlüssel zum Tor, Junge. Schnell!"

„Tu, was er sagt, David!" befahl Miß Peamarsh. Als Davy keine Anstalten machte, ihn herauszurücken, schrie sie: „Gib ihm den Schlüssel, hörst du nicht!"

Davy warf ihn so, daß er etwa einen Meter von Potters Füßen entfernt klirrend zu Boden fiel. Potter zog ihn mit der Schuhspitze zu sich heran und hob ihn auf. Er machte ein paar Schritte rückwärts auf die Terrasse hinaus. Plötzlich stieß er einen erstickten Schrei aus. Sein freier Arm wurde ihm auf den Rücken gedreht, und er stürzte. Aber noch hatte er die Pistole in der Hand, und als Peter Talbot sich niederbeugte, um ihn zu packen, feuerte er.

Die Kugel streifte Peters Jacke an der Schulter; er taumelte zurück. Potter nützte die Gelegenheit, erhob sich auf die Knie und zielte auf seinen Gegner. „Das nächste Mal verfehle ich dich nicht", knurrte er.

Sie mit der Waffe in Schach haltend, stand er auf. In diesem Moment rannte John Willie um die Ecke und direkt auf ihn zu. Potter schien ihn gar nicht zu beachten, bis seine Hand vorschnellte und ihn am Genick faßte. John Willie stieß eine Flut von durchdringenden, angsterfüllten Ais aus.

„Lassen Sie ihn los! Lassen Sie ihn sofort in Ruh!" schrie Davy.

„Ihm passiert nichts, solange ihr alle bleibt, wo ihr seid. Wenn sich einer von euch bewegt –" Potter klemmte sich den wild zappelnden Kleinen unter den Arm und trat langsam den Rückzug in Richtung Tor an. Dabei ließ er seine Widersacher nicht aus den Augen.

„Bleib stehen", zischte Peter und hielt Davy zurück. „Sobald er um die Biegung ist, folge ich ihm. Mit dem Kind, das sich so wehrt, wird er nicht durch die Siedlung fahren, sondern die Straße durch die Hügel nehmen. Du schlüpfst durch die Mauer und wartest an der Ecke. Die Sträucher geben mir genug Deckung, aber sollte ich nicht rechtzeitig bei dir sein, unternimm nichts auf eigene Faust. Der schießt dich glatt über den Haufen, das traue ich ihm zu. Ah, jetzt ist es soweit! Lauf!"

Als sie beide davonstürmten, hörte Davy hinter sich schwach Miß Peamarsh' Stimme: „David! David! Bitte sei vorsichtig!"

Er raste durch den Obstgarten und am Gartenhaus vorbei zur Mauer. Sein Geist schien sich von seinem Körper getrennt zu haben. Es war, als spräche jemand anders zu ihm: Wenn er John Willie was antut, werd ich ihn töten. John Willie ist was Besonderes. Die Miß weiß, daß er was Besonderes ist. John Willie ist gut. Tief in ihm drinnen ist das Gute eingeschlossen.

Flink wie ein Wiesel schlüpfte er durch die Lücke, doch als er auf die Straße zurannte, donnerte Potters Einspänner an der Ecke vorbei. Davy sah ihn auf dem Kutschbock sitzen. Von John Willie keine Spur ... Drückte der Schuft ihn mit den Füßen nieder?

Als er am Fuß der Hügel ankam, war auch von Peter weit und breit nichts zu sehen.

Hastig spähte er nach allen Seiten. Dann hörte er weiter oben ein Krachen und das Wiehern eines Pferdes. Potter war in einen Graben gefahren und sein Wagen umgestürzt.

Davy sauste los. Vor ihm erhob sich Potter schwankend und stolperte mit einem Bündel unter dem Arm auf den nahen Mineneingang zu. Das Bündel strampelte nicht mehr, sondern hing reglos herunter.

„Potter! Laß ihn! Laß ihn los!" schrie Davy.

Potter begann zu laufen, aber Davy holte rasch auf. Da blieb Potter plötzlich stehen und drehte sich um. Seine Stimme klang so gefährlich, daß auch Davy anhielt. „Keinen Schritt weiter, sonst –!" Er schüttelte den schlaffen Körper. „Noch ist er nicht tot, aber ein Mucks von dir, und ich bring ihn um! Komm her!" Davy näherte sich ihm bis auf ein paar Meter. „Los – in die Mine!"

„Nein." Er blickte sich verzweifelt um. Wo war Peter?

„Entweder du gehorchst, oder ..." Potter richtete den Lauf der Pistole auf John Willies Kopf. „Komm, mach schon!"

Davy setzte sich in Bewegung. Keine Menschenseele war weit und breit zu sehen. Potter blieb dicht hinter ihm. Dann ertönte ein schwaches Ai. „Aha, du bist also wieder bei Bewußtsein. Auf die Füße mit dir!"

Davy drehte sich um. John Willie stand, von Potter am Kragen festgehalten, wacklig auf den Beinen. Aus einer Platzwunde an der Schläfe rann ihm Blut über die Wange. Blinde Wut stieg in Davy

hoch. Er wollte schon vorspringen, als die Mündung der Pistole auf seine Stirn zielte.

„Zurück mit dir, oder ich puste dir das Hirn aus dem Schädel. Weiter!"

Davy gehorchte und marschierte tiefer in den Stollen hinein. Allmählich nahm das Licht ab, und Potter und John Willie waren nur noch als Silhouetten zu erkennen. „Bleib stehen!" zischte Potter. „Ein Piep, und du bist dran. Und er mit dir!"

Davy sah verschwommen, wie John Willie plötzlich Potters Bein packte. Ein Schmerzensschrei, ein Tritt, und der Kleine flog zur Seite. Gleichzeitig knallte ein Schuß. Sein Echo hallte noch in dem Gewölbe wider, als Davy ein unheilvolles Grollen vernahm. Dann knirschte und splitterte Holz, und danach kam das entsetzliche, malmende Geräusch berstenden Gesteins.

Vor Angst wie gelähmt, preßte er sich mit dem Rücken an den Fels. Totale Finsternis umgab ihn jetzt; sein Mund und seine Nase waren verstopft mit Staub.

Lange nachdem das Donnern verklungen war, konnte er sich immer noch nicht rühren und klebte wie eine Fliege an der Wand. Dann packte ihn im Dunkel die Panik. Er war wieder verschüttet – doch diesmal allein! Niemand wußte, daß er hier war.

John Willie! Wie wahnsinnig tappte Davy umher, aber Felsbrocken und Holzbalken versperrten ihm den Weg. Er beugte sich nieder und tastete sich vorsichtig über Schutt und Trümmer, die auf dem Fördergleis lagen ... Er durfte kein Hindernis wegziehen, sonst stürzte die Decke noch weiter ein.

Als seine Hände nach einem kleinen Stein suchten, mit dem er ein Signal klopfen konnte, berührten sie einen seltsamen Gegenstand. Er erkundete ihn mit den Fingern und hielt erschrocken den Atem an. Ein Männerschuh, darüber eine Wollsocke und bloßes Fleisch. Ihn überlief ein Schauder. Es war Potter, den die Steinlawine unter sich begraben hatte. Und John Willie mit ihm!

John Willie. O John Willie! Er begann hemmungslos zu weinen. Jetzt war es ihm egal, wenn er nie mehr hier herauskam ...

Was war das? Ein schwacher Laut, als flüstere jemand am Ende des Stollens ... Er nahm einen Stein, klopfte dreimal damit auf einen anderen. Dann wartete er und wagte kaum zu atmen. Da – eins, zwei, drei. Die Antwort! „Hier bin ich! Hier!" brüllte er.

Ganz leise hörte er: „Bleib ruhig! Wir holen dich jetzt gleich hier raus."

Er fühlte sich schwindlig, als würde er ohnmächtig werden. Vor einer Minute hatte er noch sterben wollen, weil John Willie tot war. Jetzt freute er sich, daß er leben durfte. Was war los mit ihm? Er bekam keine Luft. Wie lange konnte er durchhalten? Er mußte sich flach hinlegen. Das machten die Bergleute, wenn sie eingeschlossen waren.

Er tastete sich über die Felsbrocken zurück zu den Schienen und legte sich zwischen ihnen nieder. Kalter Schweiß brach ihm am ganzen Körper aus und durchtränkte seine Kleider wie früher, wenn er in einem feuchten Stollen gearbeitet hatte. Seine Brust hob und senkte sich stoßweise, während er keuchend nach Atem rang, und eine bleierne Müdigkeit überkam ihn. Sein letzter Gedanke galt John Willie. Würde er ihn im Jenseits wiedersehen, oder hatte der liebe Gott ihn bereits an einen besonderen Ort für die Taubstummen gesandt?

DIE Luft rann kühl durch seine Kehle und füllte belebend seine Lungen.

„Alles ist gut, Junge, alles in Ordnung."

Er erkannte Peters Stimme, die durch den Nebel seiner Erschöpfung zu ihm drang.

„Das war Rettung in höchster Not." Mr. Cartwright, ja, Mr. Cartwright sprach ...

Und noch jemand. „Es war göttliche Fügung, Mr. Cartwright, daß Sie Mr. Talbot auf der Straße trafen und ihm helfen konnten."

„Ja, Miß Peamarsh, und auch, daß nur ein Teil des Schachtes eingestürzt ist. Potter war das Schicksal nicht so gnädig wie dem Kleinen. Den haben die Steinmassen um Haaresbreite verfehlt ..."

„John Willie." Er versuchte sich aufzusetzen. „John Willie –"

Eine Hand ergriff die seine, und Miß Peamarsh sagte beschwichtigend: „John Willie geht es gut. Er hat sich den Arm gebrochen, und der Doktor versorgt ihn gerade, aber sonst fehlt ihm nichts. Du mußt jetzt tief atmen ..., tief atmen."

John Willie war nichts geschehen ... Er war am Leben ... Sie hatten es beide überstanden. Grenzenlos erleichtert atmete er tief ein und aus.

Zehn

Davy lag da und starrte zu den Dachbalken empor, die im verglimmenden Feuerschein rötlich leuchteten. Das Bett war wegen John Willies Husten ins Wohnzimmer gebracht worden. Fast drei Wochen war es her, seit sie ihn bewußtlos aus der Mine geborgen hatten; in der ersten Woche war Davy fast nur damit beschäftigt, die Leute daran zu hindern, auf die Mauer zu klettern, um einen Blick auf das Grab oder die Frau zu erhaschen, die dumm genug gewesen war, wie manche meinten, sich erpressen zu lassen, nur damit kein Makel auf das Ansehen ihres verstorbenen Vaters fiel.

In der zweiten Woche waren weniger Neugierige gekommen, und in der dritten hielt fast jeden Tag eine Mietkutsche vor dem Tor, mit der Miß Peamarsh wegfuhr. Alles, was noch zu klären blieb, war die Rückerstattung des Geldes, das sie Potter gezahlt hatte. Und darum kümmerten sich die Anwälte, indem sie seinen Laden auflösten und verkauften. Wohin verschwand sie also auf ihren Ausflügen?

Er fühlte sich seltsam verlassen. Zuerst hatte er Peter oft gesehen, denn er war auf die Bitte des Richters geblieben und hatte, genau wie er selbst, immer wieder die gleichen Fragen beantworten müssen. Peter beschrieb, wie der gerissene Potter das Tor absperrte und wie er daraufhin zum Haus zurückgerannt sei, um von Miß Peamarsh einen Zweitschlüssel zu holen. Nun war Peter schon drei Tage nicht mehr gekommen, und Davy glaubte, er sei ohne Abschied fortgegangen.

Die Leute waren komisch. Miß Peamarsh wirkte wie befreit. Er hatte Richter MacIntyre zu ihr sagen hören: „Jetzt können Sie anfangen zu leben." Sie sah jünger aus und war lebhaft und heiter geworden. Der Gedanke nagte an ihm, daß sie John Willie und ihn vielleicht nicht mehr brauchte. Als er zu Peter sagte: „Weißt du, ich würde dich ganz gern begleiten", hatte der ihn scherzhaft in die Rippen geboxt und erwidert: „Sei kein Narr, Junge, und lieber dankbar, daß du's so gut getroffen hast. Denk gefälligst an den Kleinen."

Aber auch John Willies Beziehung zur Miß hatte sich merkwürdig verändert. Er machte oft ein so trauriges Gesicht, als fühle er sich beiseite geschoben.

Ach, er sollte endlich schlafen. Morgen erwartete ihn viel Arbeit. Dafür zahlte sie ihm schließlich zwei Shilling pro Woche, nicht wahr? Das war eigentlich kein Lohn, aber entweder er gab sich zufrieden, oder er mußte wieder auf die Straße oder in die Kohlengrube. Bei dem bloßen Gedanken an das Bergwerk brach ihm schon der Schweiß aus.

Er begann ein wirres Gebet zu flüstern, bei dem es in erster Linie darum ging, daß er lieber den Rest seines Lebens für zwei Shilling in der Woche schuften möchte, als wieder unter Tag zu müssen.

AM NÄCHSTEN Vormittag begleitete er Miß Peamarsh zum Tor, wo sie wie gewöhnlich sagte: „Ich bin gegen vier Uhr zurück. Sieh zu, daß John Willie alles ordentlich aufißt." Davy bildete sich ein, daß sie ihn dabei anschaute, als wolle sie für immer fort.

Etwas war im Gange. Er spürte das und war ganz aufgewühlt. Aber er befürchtete, daß für ihn und John Willie nichts Gutes dabei herauskommen würde.

Der Tag erschien ihm endlos. Kalter Nieselregen fiel. Am frühen Abend sammelte er die Eier ein, molk Florence und ging dann in die Küche zu John Willie und Snuffy. John Willies Aufgabe war, dafür zu sorgen, daß das Feuer nicht erlosch. Er legte mit einer Hand nach, weil er den anderen Arm noch immer in der Schlinge trug.

„Ai, ai." Der Kleine deutete mit dem Kinn aufs Fenster.

„Ja, es ist schon fast dunkel", antwortete Davy. „Sie sollte längst zurück sein." Er hatte eben eine Kerze in die Laterne gestellt, als die Glocke an der Pforte läutete. Miß Peamarsh hatte zwar ihren eigenen Schlüssel, läutete jedoch immer, wenn sie kam.

Er gab John Willie ein Zeichen und eilte hinaus. Auf halbem Weg zum Tor schritt sie ihm bereits entgegen. Davy bemerkte, daß sie müde aussah, aber sie schien sehr erfreut, ihn zu sehen.

„Bin ich froh, daß ich wieder daheim bin, David", sagte sie, als sie gemeinsam zum Haus gingen. „Ich war heute in Newcastle."

„Wirklich, Miß? Newcastle! Das sind über zwanzig Kilometer hin und zurück."

„Wo ist John Willie?"

„In der Küche. Ich hab ihn nicht in den Regen hinausgelassen."

„Gut."

Kaum hatte sie die Tür geöffnet, streckte sie die Hand nach John Willie aus, der sofort zu ihr lief und sie mit einer raschen Folge von

Als begrüßte. Sie ließ sich auf die Sitzbank fallen und bat Davy: „Machst du mir eine Tasse Tee?"

„Gern, Miß." Während er das Nötige vorbereitete, legte sie Hut und Mantel ab und gab beides John Willie. Er trug ihre Sachen zu einem Stuhl, als handle es sich um kostbare Gewänder.

Davy brachte ihr die Tasse auf einem Tablett. Sie nahm zwei Schluck und fragte ihn dann: „Bist du eigentlich sehr stolz auf deinen Namen?"

„Auf meinen Namen, Miß? Ich hab nur den einen." Er grinste.

„Wie würde dir ein anderer Name gefallen – ein anderer Nachname, meine ich?"

„Ich versteh Sie nicht."

„Komm, setz dich. Hier, mir gegenüber."

Als er Platz nahm, beugte sie sich leicht vor und zog mit einem Arm John Willie an sich. „In den vergangenen Tagen habe ich mit den Richtern über Potter und mein Geld gesprochen, aber auch noch über etwas anderes. Ich war sehr einsam, bevor ihr, du und dein Bruder, in mein Leben getreten seid. Was würdet ihr davon halten, zu mir zu gehören wie eine richtige Familie, meinen Namen anzunehmen und mit mir in diesem Haus zu wohnen?"

„Miß!" Er verschluckte sich und mußte husten.

„Du würdest David Halladay Peamarsh heißen und er", sie zog John Willie noch enger an sich, „John William Halladay Peamarsh. Deshalb war ich in letzter Zeit so beschäftigt – ich habe mich mit den zuständigen Herren bei Gericht und einem Anwalt beraten. Wenn du einverstanden bist, läßt es sich machen. Du mußt die Entscheidung für dich und John Willie treffen."

Ihre Stimme schien wie aus weiter Ferne zu ihm zu dringen. „Miß –" Er brachte das Wort nur mühsam heraus. Das schreckliche Gefühl überkam ihn wieder. Vielleicht hätte er es unterdrücken können, aber da streckte sie die Arme nach ihm aus – zum ersten Mal, und erst jetzt wurde ihm bewußt, wie sehr er sich eine Berührung von ihr gewünscht hatte. Es brach aus ihm heraus. Den Kopf an ihren Hals gepreßt, schluchzte er zum Steinerweichen. Sie streichelte sein Haar. „Schon gut, ist schon gut", flüsterte sie immer wieder.

Beim Bimmeln der Torglocke löste er sich verlegen aus ihrer Umarmung und unternahm einen linkischen Versuch aufzustehen, um öffnen zu gehen. „Laß nur, David", sagte sie ein wenig unsicher.

„Ich gehe selbst. Komm, John Willie." Durch den Schleier seiner
Tränen sah er, wie sie sich den Mantel über die Schultern warf, die
Laterne ergriff und mit John Willie an der Hand so beschwingt die
Küche verließ, als wäre sie ein junges Mädchen.

Rasch wischte er sich das Gesicht mit einem groben Handtuch ab.
Er konnte es nicht glauben. Noch vor ein paar Monaten hatte er
gedacht, er würde als Sohn eines Bergmanns bis an sein Lebensende in
den Eingeweiden der Erde wühlen müssen, um genug Geld zu
verdienen, damit er auf ihr existieren konnte. Wie glücklich hätte er
sich gepriesen, überhaupt Arbeit zu haben. Und jetzt wollte ihn eine
Frau adoptieren, die er einmal gefürchtet hatte wie die Pest und die
gerade vorhin die Arme um ihn gelegt und ihn liebkost hatte wie eine
richtige Mutter. Bisher hatte ihm nur John Willie Zuneigung
entgegengebracht und umgekehrt. In ihrer Familie war nie Zeit für
Zärtlichkeit gewesen. Aber nun wurden John Willie und er im
Übermaß damit beschenkt.

Den Kleinen noch an der Hand führend, trat sie ein, und hinter ihr
kam Peter und streifte den Schulterriemen mit Decken und Geschirr
ab.

„Mr. Talbot will uns Lebewohl sagen, David."

„Dann gehst du also wirklich fort, Peter?"

„Ja, es ist soweit, Junge. Das sind ja erfreuliche Neuigkeiten, die mir
die Miß da erzählt."

Davy schüttelte den Kopf. „Ich glaub noch immer, ich träume."

Miß Peamarsh eilte geschäftig zwischen Tisch und Anrichte hin und
her. „Schür das Feuer, David", sagte sie, „und stell Wasser auf.
Deinem Freund würde eine Tasse Tee sicher schmecken. Bitte setzen
Sie sich doch, Mr. Talbot."

Peter ließ sich nicht lange bitten, und Davy stellte den Kessel auf
den Herd. „So!" Miß Peamarsh' Stimme hatte wieder den altgewohn-
ten, gebieterischen Klang. „Mr. Talbot, ich möchte Ihnen eine Verbindung vorschlagen, eine Verbindung geschäftlicher Art."

„Im Ernst, Miß? Eine Verbindung zwischen Ihnen und mir?" Davy
schien, als frage er das mit einem gewissen belustigten Unterton, aber
Miß Peamarsh achtete nicht darauf.

„Mein Besitz ist sehr klein", sagte sie. „Ich habe nur zwanzig
Morgen Land, aber früher gab es hier einen guten Obstgarten, einen
schönen Gemüsegarten und genug Weidefläche für ein paar Kühe. Ich

möchte alles wieder auf den ehemaligen Stand bringen. David ist zwar kräftig, aber allein schafft er das nicht. Außerdem wird er in Zukunft den halben Tag Unterricht bekommen ... ja, ja!" Sie lachte hellauf über Davys bestürzten Blick und fuhr fort: „Ich biete Ihnen eine Stellung an, Mr. Talbot. Ob als Gärtner, Stallbursche oder Butler kann ich nicht sagen, denn falls Sie die Stellung annehmen, erwarte ich, daß Sie überall zupacken, wo es nötig ist. Ich werde nie auch nur in bescheidenem Maße das sein, was man allgemein unter reich versteht, deshalb beabsichtige ich, eine kleine Landwirtschaft oder eine Erwerbsgärtnerei zu betreiben. Was ich Ihnen zur Zeit bieten kann, sind acht Shilling die Woche plus Verpflegung und Unterkunft in den Räumen, die die Jungen im Moment bewohnen. Das wär's. Was meinen Sie dazu?"

Es verstrich einige Zeit, ehe Peter antwortete. Er räusperte sich, bevor er sprach. „Würde ein Ertrinkender nicht nach einem Rettungsring greifen, Miß? Und noch dazu nach einem so verlockenden? Mir fehlen einfach die Worte. Mein Vertrauen in die menschliche Natur ist ziemlich erschüttert worden, aber jetzt ... Wie kann ich Ihnen danken? Im Lauf der Zeit werde ich Ihnen verständlich machen, wie mir in diesem Moment zumute ist."

Sie blickten einander lange an, und es wurde seltsam still im Raum, bis John Willie zu Peter lief, mit seinen großen braunen Augen strahlend zu ihm aufschaute und ein langgezogenes kräftiges Ai ausstieß.

In das allgemeine Gelächter stimmte Davy am lautesten mit ein, denn er wußte, wenn er es nicht tat, würde ihn wieder diese Schwäche überkommen. „Ich glaube, er will dir sagen, wie froh er ist, daß du bleibst. Und ... und das gilt für mich und ... und überhaupt, Peter."

„Danke, Junge."

John Willie lief zu dem genüßlich vor dem warmen Herd liegenden Snuffy, schlang ihm den Arm um den Hals und machte schnell hintereinander ein paarmal Ai.

„Nein, so was!" Davy wandte sich zu Miß Peamarsh. „Er sagt, all das Glück, das ihm und mir und Peter widerfahren ist, hätten wir nur Snuffy zu verdanken – äh, Rex."

Miß Peamarsh betrachtete zärtlich den kleinen Jungen, der den zottigen Hund liebkoste. „Ja, wirklich, er hat recht", sagte sie leise und meinte John Willie, als sie hinzufügte: „Er hat mehr gesunden

Menschenverstand als wir alle zusammen. Und er wird uns eine große Hilfe sein, wenn er älter wird." Dann holte sie tief Luft. „Kommt jetzt bitte zu Tisch. Heute gibt es ein Festessen – ich hab nämlich Geburtstag."

„Darf ich Ihnen wünschen, daß Sie noch viele feiern mögen, Miß?" sagte Peter.

„Danke, Mr. Talbot."

Davy war wie vom Donner gerührt. Sie hatte Geburtstag und ihnen allen so viel gegeben. Wenn er ihr nur etwas schenken könnte, irgendeine Kleinigkeit . . . Aber er hatte ja was, er hatte was!

Schon rannte er hinaus, über den dunklen Hof, die Treppe hinauf und schnappte den Krug von seinem Ehrenplatz auf dem Bord. In Windeseile war er wieder zurück und hielt ihn ihr hin.

Miß Peamarsh nahm ihn behutsam. „O David, du gibst mir das einzig Wertvolle, das du besitzt."

Sie schauten sich einen Moment stumm an. „Ich hab doch so viel, Miß", sagte Davy dann. „Sie haben uns alles geschenkt, was man sich nur wünschen kann – ein richtiges Zuhause und sogar Ihren Namen. Aber Sie haben noch mehr für mich getan. Sie haben es möglich gemacht, daß ich mein ganzes Leben lang das Tageslicht sehen darf."

Er warf die Arme um sie und hielt sie fest, und diesmal war es Miß Peamarsh, die weinte, ohne sich ihrer Tränen zu schämen.

Catherine Cookson

„Ich war selbst einmal in einem Kohlebergwerk, weil ich mir mit eigenen Augen ein Bild machen wollte, unter welchen Bedingungen die Bergleute unter Tage arbeiten. Es war schrecklich eng, dunkel und stickig, und als ich wieder ans Tageslicht kam, hätte ich beinahe den Boden geküßt und Luftsprünge gemacht", gesteht die Autorin. Das Lebensgefühl einer Romanfigur ist für Catherine Cookson der Ausgangspunkt, wenn sie eine Geschichte entwirft; deren Anfang und Ende stehen für sie bereits fest, ehe sie mit dem Schreiben beginnt, doch die Figuren entwickeln sich oft auf überraschende Weise.

Der verbitterten, zurückgezogen lebenden Miß Peamarsh galt anfangs die ganze Sympathie der Autorin; Davy und John Willie sollten lediglich „dazu dienen", Miß Peamarsh wieder zu den Menschen zurückzuführen. Doch Mrs. Cookson stört es nicht, daß die beiden Brüder dann die Hauptfiguren des Romans wurden; sie will keine „Botschaft" verkünden, sondern Geschichten erzählen, die „das Leben porträtieren" sollen.

Die über achtzigjährige Autorin weiß aus eigener Erfahrung, wie hart es ist, sich aus der Not – auch wenn sie unverschuldet ist – herauszuarbeiten. Ihr selbst gelang es, nach einer entbehrungsreichen Kindheit, im Leben erfolgreich zu werden, lange bevor sie durch das Schreiben berühmt wurde. (Inzwischen hat sie über 50 Bücher verfaßt, die annähernd 90 Millionen mal verkauft worden sind.) Und auch lange bevor sie ihren Mann Tom Cookson kennenlernte. Das war 1936. Sie führte damals eine kleine Pension, er war Lehrer. Vier Jahre später heirateten sie, lebten zuerst in Südengland und zogen dann nach Northumberland, wo sie ein herrliches altes Steinhaus bewohnen, von dem man einen wundervollen Blick über einen See genießt.

REISE IN EINE STRAHLENDE ZUKUNFT

EINE KURZFASSUNG DES BUCHES VON RAINER ERLER
ILLUSTRATIONEN VON GÜNTER M. HEESCH

„Hilf mir!" ruft die verzweifelte Stimme am Telefon,

doch dann ist die Leitung plötzlich tot. Umgehend

macht sich Susan McGhee auf die Suche nach ihrem

Mann. David ist Reporter und seit Wochen ver-

schwunden. Wo hält er sich auf? Wer bedroht ihn?

Und wie kann sie ihm helfen?

Im Bauch des Frachters Stella Polaris ruht eine

gefährlich strahlende Fracht – über zweihundert silber-

glänzende Stahlcontainer mit hoch radioaktivem

Müll. Ebenfalls an Bord, als unfreiwilliger Passagier:

David McGhee. Wohin führt ihn seine Reise?

Wer hält den Reporter gefangen? Und gelingt es ihm,

sich aus der tödlichen Falle zu befreien?

I

DER erste Anruf kam zwei Stunden nach Mitternacht. Der schrille Ton bohrte sich in ihren Schlaf, sickerte langsam in ihr Bewußtsein, schaltete ihren Körper auf Panik. Der Adrenalinspiegel in ihrem Blut stieg schlagartig an.

Das Telefon! Sie richtete sich auf. Eine Ahnung überfiel sie – und eine Hoffnung. Sie kroch über das leere Bett an ihrer Seite. Sein Bett! Sie tastete nach dem Hörer: „Ja?"

Nichts – kein Laut, keine Stimme. Nur ein undefinierbares Rauschen, wie von weit, sehr weit her.

„Hallo . . ."

Keine Antwort. Nicht einmal ein verräterisches Knacken.

„Hallo! Wer ist dort?"

Niemand war dort. Da verflüchtigte sich ihre Ahnung, ihre Hoffnung. Tief enttäuscht legte Susan den Hörer auf und warf sich quer über das Doppelbett.

Sie versuchte der Frage auszuweichen, die sich, alles beherrschend, in ihr Gehirn eingegraben hatte: Ob *er* es war, der angerufen hatte? Der endlich versuchte, mit ihr Kontakt aufzunehmen, um sie aus ihrer quälenden Ungewißheit zu befreien?

Ein Mann war verschwunden, *ihr* Mann. Seit Wochen keine Nachricht, kein Lebenszeichen. Alles, was ihr denkbar erschien, hatte sie durchdacht. Alles, was möglich war, hatte sie getan. Sie hatte Nachforschungen angestellt, auf eigene Faust eine Suche in die Wege geleitet, die geheim bleiben sollte. Kein Aufsehen. Keine Öffentlichkeit. Keine Polizei.

Was hätte sie erzählen können? Mutmaßungen? Gab es eine Erklärung? Schließlich liebten sie sich. Seit Jahren lebten sie zusammen, nie hatte es Probleme gegeben. Sie waren beide achtundzwanzig und hatten ein Kind. Und keine Geheimnisse voreinander. Sie hatte Sehnsucht nach ihm, nach seiner Zärtlichkeit, seinem jungenhaften Lächeln und seinem Charme. Und nach seiner Zuverlässigkeit.

Trotzdem war David einfach gegangen, gleich nach dem Frühstück morgens um halb acht. Am Vormittag hatte er kurz in der Redaktion seiner Zeitung vorbeigeschaut. Er hatte Ärger bekommen wegen des Themas, mit dem er sich seit Wochen beschäftigte. Auf seinem Schreibtisch zu Hause stapelten sich die einschlägigen Meldungen und Notizen. Aber sein Nachrichtenchef stand einer Veröffentlichung des Materials skeptisch gegenüber. Schließlich war Dave gefahren, ohne Angabe eines Ziels.

Und dann ein überraschender Anruf aus Liverpool. Er sagte, er habe die Story nun verkauft. Aber was er bisher recherchiert habe, sei nur Kinderkram gegen das, was er gerade entdeckt habe. Am Telefon könne er nicht reden. Er bleibe eine Nacht, möglicherweise länger. Sie solle sich keine Sorgen machen. Und jetzt wartete sie schon über sechs Wochen.

Sie hatte Angst um ihn. Denn es gab durchaus einen denkbaren Anlaß für sein Verschwinden: seine Verbissenheit, seinen Ehrgeiz. David McGhee war Journalist.

Aus den Notizen des David McGhee: Der Störfall im englischen Kernkraftwerk Trawsfynydd, bei dem fünfzehn Tonnen radioaktives Kohlendioxyd durch ein Sicherheitsventil entwichen, ereignete sich, wie ich heute einer Reuter-Meldung entnehme, nur wenige Tage nachdem die atomare Wiederaufarbeitungsanlage Sellafield in der nordenglischen Grafschaft Cumberland drei schwere Zwischenfälle erlebt hatte. Das gesamte Werk mußte evakuiert werden, da eine hochgiftige radioaktive Gaswolke freigesetzt worden war.

WIEDER, ganz überraschend, war der kleine Raum erfüllt vom Schrillen des Telefons. Aber diesmal war Susan innerhalb von Sekunden hellwach. In atemloser Hast griff sie nach dem Hörer. „Ja?"

Da war *seine* Stimme, klar und deutlich und doch so unendlich weit entfernt: „Hallo, Susan ... "

„Dave! Dave! Wo bist du?"

Freude! Erleichterung! Sie wartete seine Antwort nicht ab, ließ ihn nicht zu Wort kommen, was ein Fehler war, denn er hatte ihr gehetzt zwei, drei Sätze hingeworfen, bis sie schließlich zuhörte.

„Was sagst du, David? Beweise ... Verbrechen ... Was für Beweise, David? Was für ein Verbrechen? Dave! Ich habe seit sechs

Wochen nichts von dir gehört! Kein Brief, kein Anruf, nichts! Wo bist du, Dave? Was ist los?"

Er schien erregt, senkte seine Stimme, raunte Susan etwas zu von einem Schiff, und ein Name fiel: *„Polaris."*

„Was für ein Schiff? Von einem Schiff aus kann man doch telegrafieren ...!"

Nein, das konnte er nicht. Er rief nur: „Hilf mir! Hilf mir, Susan!"

Wie sollte sie ihm helfen? Und warum sprach er nicht lauter? Er hatte eine Gefahr erwähnt, sie sollte etwas aufschreiben. „Ja! Ich mache Licht! Es ist mitten in der Nacht!" Sie tastete nach dem Schalter, schaute sich um nach Papier und Bleistift. Die Lampe blendete sie, und sie sah nur sein Lächeln, ein wenig spöttisch, belustigt: sein Bild in einem kleinen silbernen Rahmen neben ihrem Bett.

„Zehn Uhr morgens? Bei dir? Wieso?"

Er schwieg. War er überhaupt noch am Telefon?

Ein Stimmengewirr erhob sich im Hintergrund, gutturale Laute einer unverständlichen Sprache.

„David! Bist du noch da?"

Fetzen einer Musik, einer fremdartigen Melodie. Und dann plötzlich – ein Schuß!

„David!"

Ja, er war noch da. In panischer Erregung flüsterte er mit gepreßter Stimme in die Muschel eines Telefons irgendwo in einer fremden, unbekannten Welt: „Sie kommen! Sie holen mich zurück an Bord! Es ist alles aus! Fahr zur Zeitung ..., in die Redaktion zu William Scott ... Sag ihm: Ich habe die Beweise!"

Wieder fielen Schüsse. Glas splitterte oder Metall, und David McGhee brüllte: „Seid ihr wahnsinnig? Hört auf!"

Noch ein Schuß. Und nach einigen Sekunden: „Okay ..., okay ...!" Er hatte aufgegeben.

„David! Dave ...!"

Stille. Und in diese Stille hinein erklang, erst sehr fern, dann langsam näher kommend, der Warnton einer Sirene. Dann ein Knacken in der Leitung. Und schließlich wieder dieses elektrische Summen. Wie beim ersten Anruf: dieses hörbare absolute Nichts.

Verzweiflung stieg in Susan hoch. Sie starrte auf Davids Bild: Er lächelte noch immer spöttisch und belustigt. David lächelte auch in dem malerischen Durcheinander der drei Dutzend Fotos auf der

Pinnwand hinter der Lampe. Seine verwegene blonde Mähne, seine blauen Augen – er sah aus wie der strahlende, optimistische, erfolgreiche und durch nichts zu erschütternde Held. Ein junger Mann, ständig darum bemüht, seine Sensibilität und Verletzlichkeit zu überspielen und zu tarnen.

Sie kannte ihn. Wenn er um Hilfe rief, war er wirklich in Not. Und da lächelte er ihr nun entgegen, in Farbe, in Schwarzweiß, allein, zusammen mit ihr, mit Julia, ihrem Kind, im Park, vor dem Haus, am Strand.

Sie sah auf die Uhr. Es war zwölf Minuten nach zwei. Zwei Uhr nachts.

Da – ein Geräusch! Sie blickte sich um. „Julia?"

Aus den Notizen des David McGhee: An der englischen Nordwestküste, nur wenige Meilen von der Wiederaufarbeitungsanlage Sellafield entfernt, wurden viermal innerhalb von drei Wochen größere Mengen radioaktiv verseuchter Algen, Tang und Seegras angeschwemmt. Die Strahlung lag mit dem Faktor 100 bis 1000 über dem Normalpegel. Im März 1986 hat eine britische Parlamentskommission festgestellt, daß die Irische See wegen der Einleitung verseuchter Abwässer aus der staatseigenen Wiederaufarbeitungsanlage Sellafield das radioaktivste Gewässer der Welt ist. Fische aus dieser Region sind nur noch „bedingt genießbar"!

JULIA stand in der offenen Tür – Susan wußte nicht, wie lange schon –, schaute sie mit großen, vorwurfsvollen Augen an und schwieg.

Das Kind klammerte sich an sein Schlaftier, einen zerliebten rosaroten Plüschelefanten, den es „Sarah" nannte und nie allein ließ. Julias langes blondes Haar fiel über ein verwaschenes, geblümtes Nachthemd, das inzwischen zu kurz geworden war. Junge, ehrgeizige Journalisten wurden auch in England mit ihrem Job nicht gerade reich. Das Nachthemd war schon gut zwei Jahre alt, und Julia wurde demnächst fünf.

„Julia? Du bist wach?" Susan griff nach ihrer Brille, die neben dem Telefon lag.

„War das Daddy?" fragte Julia. „Wann kommt er heim?"

Susan schwieg. Sie wußte keine Antwort.

„Wann kommt Daddy heim? Hat er es nicht gesagt?"

Susan schüttelte den Kopf. „Nein. Er hat es nicht gesagt. Es geht ihm gut, und er läßt dich grüßen. Aber er muß noch eine ganze Weile arbeiten. Für seine Zeitung ... Und jetzt geh wieder in dein Bett!"

Julia ging stumm hinaus.

Susan stand auf, lief hinterher. Sie erreichte ihre Tochter an der Tür zum Kinderzimmer, kniete sich hin, umarmte sie, spürte den sanften Widerstand und schießlich die Tränen, die Julia über die Wangen liefen.

„Er kommt nicht mehr! Er kommt bestimmt nicht mehr! Nie mehr ...!"

„Unsinn! Julia! Liebling! Er kommt zurück! Natürlich kommt er zu uns zurück!"

Julia machte sich aus der Umarmung frei, wandte sich ab und verschwand in der Dunkelheit des Kinderzimmers. Susan lehnte sich gegen die kalte Klinkermauer, preßte ihre Stirn dagegen und fühlte sich in diesem Augenblick furchtbar einsam.

Aus den Notizen des David McGhee: Plutonium ist ein hochradioaktives metallisches Element aus der Gruppe der Transurane. Es ist extrem giftig: Bereits geringste Mengen, Bruchteile eines Milligramms, erzeugen Krebs und Leukämie. Seine Strahlung ist absolut tödlich!

Plutonium entsteht zwangsläufig beim „Abbrand" der Brennelemente in Kernkraftwerken. Zur Zeit fallen jährlich etwa 45000 Kilogramm an. Nur ein Bruchteil dieser Menge findet wieder Verwendung in Reaktoren. Der Rest ist vorläufig Abfall und muß unter mehr oder weniger perfekten Sicherheitsvorkehrungen gelagert werden. Denn es gibt nur eine Methode, dieses Plutonium zu beseitigen: Man muß warten, bis es von selbst zerfällt. Das tut es, allerdings unvorstellbar langsam. In 24000 Jahren ist immer noch die Hälfte der Strahlung vorhanden.

II

IRGENDWANN wurde es hell nach dieser für Susan so unerträglich langen, schlaflosen halben Nacht. Sie weckte Julia und machte sich auf den Weg in die City von London.

Morgendliche Rush-hour: verstopfte Straßen, blockierte Kreuzungen. Der Eingang zur Fleet Street war durch eine Hundertschaft

Bobbies vorübergehend gesperrt. Vor Old Bailey, dem altehrwürdigen Gerichtsgebäude, demonstrierte eine Gruppe indischer Sikhs. Susan brauchte eine Stunde, um auf Umwegen schließlich das Redaktionsgebäude des *Daily Telegraph* zu erreichen.

Im Hof wurden gerade die Lieferwagen mit der zweiten Morgenausgabe beladen. Als Susan mit ihrem kleinen gelben, rostigen Morris Mini auf der Suche nach einer Lücke die Parkbuchten abfuhr, stoppte sie der alte Willies, der im grauen Arbeitsmantel und mit Dienstmütze aus seinem Glaskasten geeilt war.

„He, Miß! Sie können hier nicht parken!"

Susan hielt an, kurbelte das Fenster herunter und lächelte ihn an: „Hallo, Willies! Kennen Sie mich nicht mehr? Ich bin's doch: Susan McGhee!"

„Natürlich kenne ich Sie, Mrs. McGhee! Aber trotzdem ist kein Platz für Sie im Hof!"

„Ich habe immer hier geparkt! Dort vorn, das ist der Parkplatz meines Mannes. Den hätten Sie freihalten müssen, Willies!"

„Ihr Mann – ich denke, der ist auf und davon! Schon seit ein paar Wochen, sagt man."

„David ist auf Dienstreise. Er recherchiert für die Nachrichtenredaktion. Und ich bin jetzt verabredet mit Mister William Scott!"

„Wie schön für Sie!"

Sein Blick wanderte von Susan zum hinteren Seitenfenster. Dort preßte Julia Nase und Lippen gegen das Glas.

„Das hier ist also das Töchterchen!" stellte Willies fest. „Ein hübsches Kind! Sieht Ihrem Mann ähnlicher als Ihnen, Mrs. McGhee."

Susan schaute sich um und lachte. Julia war blond, sie selbst dunkel. Beide trugen sie kreisrunde Nickelbrillen, denn beide waren kurzsichtig.

Willies stellte abschließend fest: „Sie müssen aber trotzdem aus dem Hof, tut mir leid!"

Susan wendete hektisch den kleinen Wagen und brauste hinaus in die immer noch gesperrte und daher verkehrslose Fleet Street. Vor dem Portal des Zeitungsgebäudes blieb sie stehen, zerrte Julia samt ihrem Plüschelefanten aus dem Wagen und verschwand in der Eingangstür.

Aus den Notizen des David McGhee: In den Abklingbecken europäischer Kernkraftwerke, in den Zwischenlagern und in den beiden Wiederaufarbeitungsanlagen La Hague (Frankreich) und Sellafield (England) hat sich inzwischen radioaktives Material in Form von abgebrannten Brennstäben angehäuft, das einer Strahlungsquelle von mehr als zwölf Milliarden Curie entspricht. Ein Curie (1 Ci) entspricht der Strahlung von einem Gramm Radium. Die Physikerin Marie Curie, die als erste das Element Radium darstellte und nach der diese Meßeinheit benannt ist, hat es ein Leben lang vermieden, mit mehr als einem Gramm Radium in einem Raum zu sein – und starb trotzdem als Strahlenopfer.

NEIN, Susan McGhee hatte keine Verabredung mit William Scott, dem Nachrichtenchef des *Daily Telegraph*. Scott ließ sie daraufhin eine halbe Stunde im Vorzimmer warten, inmitten einer Schar ältlicher Sekretärinnen. Julia hatte sich unter einen der unbesetzten Schreibtische gehockt, heimlich Papierkörbe entleert und baute nun Häuser für Sarah, den Elefanten.

„Hallo, Susan, wie geht's?" Scott erschien plötzlich in der Tür zu seinem Büro, ein massiger Mensch, ohne Jackett, dafür mit offener Glencheckweste und weinroten Hosenträgern. Mit einem Bündel Manuskriptseiten in der Hand, drängte er sich an Susan vorbei nach draußen. Susan wußte nicht, wie ihr geschah. Schließlich kannten sie sich doch schon seit über acht Jahren.

„Danke, William, es geht gut!" antwortete sie. „Hören Sie, David lebt! Er hat mich angerufen! Heute nacht um zwei. Aber er ist in Gefahr!"

Scott winkte ab. „Ich habe im Augenblick keine Zeit für Sie, Susan! Auch nicht für Ihren Dave und seine Probleme. Ich muß nach unten!"

Er war schon draußen auf dem Korridor, als Susan ihn aufhielt. „William! Bitte! Haben Sie nicht verstanden? Es geht um Dave. Sie und ich, wir suchen ihn seit Wochen. Und jetzt hat er sich endlich gemeldet. Interessiert Sie das nicht?"

„Nein, interessiert mich nicht. Nicht mehr seit letzter Woche. David hat nichts mehr mit uns zu tun! Das mag neu für Sie sein, aber so liegen die Dinge nun mal."

Er wandte sich ab und marschierte los, ohne sich umzusehen.

Susan zog Julia unter dem Tisch hervor und nahm sie auf den Arm. So schnell sie konnte, folgte sie Scott in den Redaktionsraum, wo die

diensthabenden Journalisten vor den Bildschirmen ihrer elektronischen Schreibmaschinen saßen und Nachrichten und Kommentare
schrieben.

„William, bitte! Dave gehört zu Ihren Leuten, zu Ihrem Stab!"

Scott schüttelte den Kopf. „Nein! Nicht mehr! Wir haben ihn
gefeuert, Ende letzter Woche! Ein einstimmiger Beschluß, abgesegnet
vom Redaktionskollegium, von der Gewerkschaft und vom Betriebsrat. Der Brief ist bereits an euch unterwegs!" Er warf einem der
Journalisten die Manuskriptseiten auf den Tisch. „Ich habe David
durch Jimmy McMillan ersetzt!" Er zeigte auf einen der besetzten
Schreibtische. Dann wandte er sich um und steuerte auf das
Treppenhaus zu. „Also, Sie sehen: keinen Schreibtisch mehr und
keinen Job!"

„Ja. Und keinen Parkplatz mehr!" ergänzte Susan bitter.

„Richtig." Scott lief die schmale Treppe nach unten. „Und wenn
trotzdem vorläufig jeden Monat Geld auf eurem Konto landen wird,
dann nicht, weil wir Angst haben vor dem Arbeitsgericht, sondern aus
Fairneß. Susan, Sie waren drei volle Jahre bei unserem Blatt. Sie hatten
eine Zukunft hier! Und ich hätte den Kerl, der Sie uns entführt hat,
erschlagen können!"

„William, bitte! David ist schließlich einer Ihrer besten Reporter!"

Scott war am Fuß der Treppe angekommen und winkte müde ab.
„Lange her!"

Julia war leise quengelnd von der Hüfte ihrer Mutter gerutscht und
versuchte vergeblich, Schritt zu halten, bis Susan sich William Scott in
den Weg stellte: „William! Bitte nehmen Sie endlich zur Kenntnis:
Dave ist in Lebensgefahr! Und er hat die Beweise!"

„Beweise wofür?"

Susan war verunsichert. Hatte Scott tatsächlich keine Ahnung, was
David da seit Wochen recherchierte, oder wollte er mit dem
skandalösen Verhalten der britischen Regierung nichts zu tun haben?

„Beweise für ein ‚internationales Verbrechen‘, wie er es nennt! Das
wird die ganze westliche Welt aufrütteln!"

„Und wann bitte hat er das gesagt?"

„Letzte Nacht! Am Telefon!"

Sie hatten die Setzerei schon zur Hälfte durchquert. „Susan, wir
handeln hier nicht mit irgendwelchen Skandalen auf Grund von
Vermutungen und dubiosen Beweisen. Ich mag keine Alleingänge,

und David weiß das! Er hat seinen Vertrag hier bei uns bewußt aufs Spiel gesetzt; er wollte, daß wir in eine Sache einsteigen, von der wir nichts halten." Scott war kurz stehengeblieben, um seinen Worten Nachdruck zu verleihen. Dann stürmte er wieder los. „Sie glauben mir nicht? Hören Sie zu: Dave arbeitet jetzt mit einer von diesen Schnulzenagenturen zusammen, die er wohl zu Recht für geeigneter hält!"

„Das würde David nie tun! Das wäre Vertragsbruch!"

„Genauso ist es, Susan! Er wollte offenbar doppelt verdienen – bei uns und bei Pat Cooper und seiner NEWS-Agentur. Sie glauben doch nicht im Ernst, daß der *Daily Telegraph* so etwas akzeptiert!"

Sie hatten den Maschinensaal erreicht, und Susan mußte gegen das Dröhnen der Rotationsmaschinen anbrüllen: „Das letzte, was ich von David weiß: Er wollte irgendwann nach Sellafield, zu dieser Atomfabrik, um Nachforschungen über einen neuen Störfall anzustellen!"

„Nicht für uns!" schrie Scott zurück. „Fragen Sie diesen Pat Cooper, und das Rätsel ist gelöst!"

Er ließ sie einfach stehen und ging davon, an der Absperrung vorbei, hinter der die Maschinen in rasender Geschwindigkeit endlose Papierbahnen bedruckten.

SUSAN fuhr hinein in das Chaos der City, auf der Suche nach einer Villa im Westend: dem Sitz von Pat Coopers NEWS-Agentur.

Es war gegen halb elf, als sie am Portal vorfuhr. Im selben Augenblick hielt ein elfenbeinfarbener Jaguar dicht neben ihrem Mini an. Ein gepflegter älterer Herr mit grauem Schnurrbart kurbelte das Fenster herunter und musterte Susan, die in ihrem Wagen im Nieselregen wartete, mit vorwurfsvollem Blick.

„Ich wäre Ihnen sehr verbunden, wenn Sie – wie alle anderen auch – Ihren Wagen auf der Straßenseite gegenüber parken würden – auf dem Parkplatz für Besucher und Angestellte."

Susan war entschlossen, sich nicht einschüchtern zu lassen. Die Aufforderung, den Platz zu räumen, ignorierte sie einfach. „Sie sind Mister Cooper, ja? Mein Name ist Susan McGhee, ich komme wegen David McGhee, meinem Mann. Er arbeitet für Sie. Oder nicht?"

Cooper blieb stumm und sah Susan abwartend an.

„David ist in Lebensgefahr! Man hat auf ihn geschossen! Ich habe alles mit angehört, durchs Telefon ...!"

„Wo?"

„Ich weiß es nicht. Es war Daves erster Anruf, sein erstes Lebenszeichen nach sechs Wochen. Ich habe nicht herausgefunden, wo er steckt und wo das passiert ist – mit den Schüssen. Ich hoffe nur, daß er noch lebt!"

Cooper nickte. „Bitte, kommen Sie herein! Ihren Wagen können Sie hier stehenlassen!"

Damit fuhr er auf das breite Sandsteinportal zu, das die Villa aus vorviktorianischer Zeit beherrschte, stieg aus und öffnete weit die eisenbeschlagene Tür. Auf dem Sandsteinpfeiler stand in Messingbuchstaben: NEWS.

Aus den Notizen des David McGhee: In Atomreaktoren läuft die Kettenreaktion, der Zerfall von schweren, instabilen Kernen des Uran 235 unter Neutronenbeschuß, gebremst und kontrolliert ab. Die dabei entstehende Energie verwandelt Wasser in Dampf, der dann eine Turbine antreibt und dadurch, wie in konventionellen Kraftwerken auch, Strom erzeugt, wobei zwei Drittel der entstandenen Energie als „Abwärme" in Gewässer geleitet oder über Kühltürme in die Luft geblasen werden.

Der Brennstoff, angereichert mit Uran 235, befindet sich in Tablettenform in langen, dünnen Hülsen aus Zircaloy, den Brennstäben, die zu Brennelementen gebündelt werden und nach vier bis sechs Jahren ausgetauscht werden müssen.

MARMOR, Stuck und Eichentäfelung – eine Eingangshalle wie in einem Palast. Aber hinter den Glastüren zu den einstigen Salons herrschte die Geschäftigkeit von Großraumbüros: Schreibautomaten, Computer, moderne Kommunikationstechnik.

Dagegen regierten ein Stockwerk höher wieder Tradition und Stil: Der Lärm der Maschinen wurde verschluckt von teuren Gobelins. Eine Ausstellung im Vorzimmer: Stellwände mit Zeitungsausschnitten, der wöchentliche Ausstoß an NEWS-Produkten, bunt und trivial, reißerisch und leicht verkäuflich, Stories und Serien nach Art der Regenbogenpresse.

Cooper durchschritt sein Imperium wie ein Fürst. Ein Sekretär nahm ihm Hut und Mantel ab; ein junges Mädchen übergab die Morgenzeitungen, darunter den *Daily Telegraph*. Cooper nickte nur, griff sich von einem Regal ein Bilderbuch: die britische Königsfamilie

zum Auf- und Umklappen mit beweglichen Papphänden. „Für dich!"
Julia strahlte.

„Die Post, Sir!" Die Chefsekretärin legte eine Ledermappe auf den
Mahagonischreibtisch.

Cooper wartete, bis die Tür geschlossen war. „Ich kenne ihn nicht,
Ihren David McGhee", sagte er schließlich und deutete auf einen
schmalen, hohen antiken Besucherstuhl. „Nicht persönlich zumindest." Damit ließ er sich in seinen Sessel hinter dem wuchtigen
Schreibtisch fallen.

„William Scott, der Nachrichtenchef des *Daily Telegraph*, behauptet, David hätte die Story, an der er seit Wochen arbeitet, inzwischen
an Sie verkauft, Mister Cooper!"

Cooper schüttelte den Kopf. „Nein! Es gibt keinerlei Vereinbarung.
Lediglich eine Zahlungsanweisung über – ich glaube – zweihundert-
achtzig Pfund. Ein kleiner, unbedeutender Nebenverdienst. Für ein
paar Begleittexte zu einer Fotostory unserer Fotografin Cindy West.
Einer Reportage, die für den Stil unseres Hauses leider etwas zu . . .,
nun ja . . ., negativ geraten war."

„War das die Geschichte über Sellafield? Diese umstrittene Wiederaufarbeitungsanlage für die abgebrannten Brennstäbe der Kernkraftwerke?"

Cooper zögerte, und Susan nahm das bereits als Zustimmung.
„David fand", fuhr sie fort, „daß es an der Zeit sei, die lange Reihe
stets heruntergespielter Störfälle, die Verseuchung der Irischen See,
die Verstrahlung der Menschen in dieser Region an die Öffentlichkeit
zu bringen. Allen Widerständen zum Trotz!"

Cooper ging auf das Thema nicht weiter ein. „Kennen Sie Cindy
West?"

Susan schüttelte den Kopf.

„Cindy West, die bekannte Fotografin? Nein? Die sieht den Sinn des
Lebens hauptsächlich darin, brandheiße Themen todschick ins Bild zu
setzen. Die habe ich diesem jungen Mann mitgegeben, der nicht
abzuschütteln war: David McGhee. So kam ich zu einer Story, die viel
Ärger von den verschiedensten Seiten und nur wenig Geld einbrachte.
Cindy ist jetzt an der Küste, in Hastings. Ich habe ihr einen anderen
Job vermittelt. Sie könnte Ihnen vielleicht behilflich sein bei der Suche
nach Ihrem David. Denn ich . . ., ich weiß leider absolut nichts über
ihn . . . und sein Verschwinden . . ."

Cooper stand auf und schaute auf Julia hinunter, die gerade in ihrem Aufklappbilderbuch Prinz Charles und Prinzessin Di in einer prachtvollen Kutsche durch Londons Straßen fahren ließ. „Eine tragische Story! Na gut, vielleicht kommen wir beide doch noch ins Geschäft."

„Geschäft? Wieso?"

„Nun, ich möchte Ihnen helfen, Susan. Einer jungen ... hübschen ... einsamen Frau ... mit einem entzückenden, hilflosen Kind. Ich sehe da gewisse Möglichkeiten!"

Susan war irritiert. Diese plötzliche Vertraulichkeit gefiel ihr nicht, und sie blieb ernst und abwartend.

„Natürlich liegt alles bei Ihnen ...!"

„Was, bitte, liegt bei mir, Mister Cooper?"

Aber Cooper fand, daß die Audienz zu Ende sei. Er stand auf. „Nehmen Sie Kontakt mit Cindy West auf. Die war ja wohl als letzte mit Ihrem Mann zusammen. Ich sag ihr Bescheid, dann sehen wir weiter."

III

SUSAN fuhr nach Süden. Rund um die funkelnde City dehnte sich der Gürtel grauer Vorstädte. Dann öffnete sich das Land, und man sah Parks, kleine Dörfer, strohgedeckte Katen.

Julia, die auf dem Rücksitz schlief, den Kopf auf ihrem rosa Elefanten, wurde wild geschaukelt, denn die Landstraße war in den letzten fünfzig Jahren weder begradigt noch frisch geteert worden.

Nach drei Stunden kamen sie schließlich in Hastings an. Schmale weiße Reihenhäuser säumten die Straße, die zum Meer hinunterführte und dort in der feudalen Uferpromenade mit dem berühmten Pier endete: ein bizarres Bauwerk auf Stelzen, das weit hinausragte in die herbstliche See.

Susan stellte den gelben Mini am alten Fischereihafen ab, im Halteverbot wie üblich. Dann machte sie sich auf die Suche.

Am Fuß der Klippen standen geteerte, schmale, hohe Hütten; dort hingen die Netze der Fischer zum Trocknen. Und die bunten Boote lagen weit verstreut auf dem groben braunen Kies. Dahinter ragten am Strand Scheinwerfermasten zum Himmel empor, und um ein Zelt hatte sich eine Gruppe von Leuten versammelt, die

„Crew" einer Modenschau. Sechs superschlanke Mannequins präsentierten vor Cindy Wests Kamera die Bademode der nächsten Saison. Palmwedel, an Latten genagelt, sollten tropisches Ambiente suggerieren. Zwei junge Männer, Cindy Wests Assistenten, legten Filme ein, wechselten Magazine und Kameras, Objektive und Filter. Beleuchter zogen Kabel, brachten Lampen in Position. Aus einem Lautsprecher schallte Rockmusik über den Strand und lockte Neugierige an. Die hockten auf den Fischerbooten und hatten Mitleid mit den blaugefrorenen Mädchen, die zum Rhythmus der Musik im frischen Seewind posierten.

Cindy West arrangierte, brüllte ihre Befehle gegen den Wind, jagte Mädchen vor und zurück. Sie war eine sehr autoritäre Person mit grauem, kurzgeschnittenem Haar und nachlässig aufgetragenem, verwischtem Augen-Make-up. Sie trug verwaschene Jeans, zwei Nummern zu groß, und ein altes T-Shirt.

Als Susan sich dem Schauplatz näherte, unterbrach Cindy West ihre Arbeit. „Du bist Susan, ja?" fragte sie und betrachtete die junge Frau mit einem gewissen Wohlwollen. Dann lachte sie, winkte ab und widmete sich wieder ihrer Kamera. „Tut mir leid! Kein Interesse!"

„Kein Interesse?" Susan war irritiert. „Es geht um Dave, meinen Mann!"

„Hab keine Ahnung, wo David McGhee steckt. Und mit Pat Coopers neuer Schnulzenstory will ich nichts zu tun haben. Es interessiert mich einfach nicht! Ich hab ihm das am Telefon schon gesagt. Sei mir nicht bös, okay?"

„Welche Story?" Susan begriff immer noch nicht, was hier gespielt wurde. Aber Cindy West gab keine weiteren Erklärungen mehr ab, sondern wandte sich wieder ihrer Kamera und den Modellen zu und schoß eine Salve ihrer schnellen, lauten Regieanweisungen ab. Die angesprochenen Mädchen posierten weisungsgemäß, und der Motor der Kamera schnarrte ohne Pause.

Aus den Notizen des David McGhee: Großbritanniens einzige Wiederaufarbeitungsanlage für Kernbrennstoffe, Sellafield, hatte allein im Februar 1986 nach Angaben der Betreiberin *British Nuclear Fuel* (BNFL) zwei Störfälle. Am 5. Februar entwich radioaktiver Dampf aus einer geborstenen Leitung und kontaminierte elf Arbeiter. Zwei Wochen später floß radioaktives Kühlwasser aus einem gebrochenen Abflußrohr. Achthundert Arbeiter traten daraufhin in einen Proteststreik. BNFL bezeichnete die Störfälle als unerheblich. Die Umweltschutzorganisation Greenpeace verlangte dagegen die endgültige Schließung der Anlage wegen unannehmbarer Risiken und der Verstrahlung der Bevölkerung in den umliegenden Gegenden. Auch die irische Regierung hat gegen die Einleitung radioaktiver Abfälle in die Irische See Protest eingelegt.

Dicht neben Susan klickte eine weitere Kamera. Einmal. Zweimal. Als sie sich umwandte, senkte einer von Cindy Wests Assistenten schuldbewußt seinen Apparat, mit dem er sie anvisiert hatte. Er lächelte, bat um Vergebung. Sehr nett, sehr jungenhaft, sehr charmant.

Susan lächelte zurück, obwohl sie nicht wußte, was dieses Spiel bedeuten sollte. Da mißbrauchte einer die Situation, vertraute auf ihre großzügige Nachsicht und fotografierte sie. Einfach so.

Er war um die Dreißig, und der rotblonde Stoppelbart gehörte wohl ebenso zu seinem persönlichen Stil wie der braune, zerknautschte Hut, der ihn noch ein ganzes Stück größer erscheinen ließ, als er ohnehin schon war. Gehörte dazu wie die abgewetzte braune Lederjacke mit den unzähligen kleinen Taschen.

Wer weiß, zu wie vielen Aufnahmen ihn Susans Lächeln noch inspiriert hätte, wenn Cindy West ihn nicht zurückgepfiffen hätte. Sie hatte ihre Augen überall. „Steve! Laß das! Nimm Maureen den blauen Fummel ab, und gib ihr den gelben. Und hol das linke Gegenlicht weiter nach hinten!"

Befriedigt stellte sie fest, daß mit ihren Anweisungen die Crew und besonders Steve für die nächsten zwei Minuten beschäftigt waren. Sie nahm Susan vertraulich am Arm und zog sie einige Schritte beiseite.

„Ich habe in Vietnam fotografiert, in Kambodscha, in Mittelamerika und im Libanon. Ich habe mein Leben riskiert inmitten von Toten! Wofür, bitte? Den Krieg habe ich nicht abgeschafft, nur einen leichten Kitzel im Magen der Zeitungsleser produziert, morgens beim Frühstück. Verhungernde Kinder in Äthiopien erzeugen schon längst kein Mitleid mehr. Und sterbende Wälder und verseuchte Flüsse reißen auch keinen mehr vom Stuhl. Was immer dein verschwundener Dave vorhat – es interessiert die Öffentlichkeit bestenfalls einen einzigen Tag lang."

Das Magazin der Kamera war gewechselt, die Lampen waren umgestellt. Cindy West ließ Susan einfach stehen und begann wieder voller Hektik mit ihrer Arbeit. „Na los!" rief sie den Mannequins zu. „Bewegt euch! Dabei wird euch wärmer!"

Steve war dicht neben Susan aufgetaucht, grinste sie an, hob ganz ungeniert seine Kamera und fotografierte sie, bis sie sich schließlich abwandte. Da kniete sich Steve vor Julia hin und fotografierte das Kind. Er schnitt Grimassen und lachte, und Julia lachte zurück. Die Kamera klickte und klickte, bis auch Julia dieses Spiel unheimlich wurde und sie Schutz suchte, indem sie ihr Gesicht an Susans Rock verbarg.

Von See her zogen Wolken auf. Über die spätherbstliche Küstenlandschaft mit der anmutigen Stadt am Fuß der Klippen legte sich ein grauer, kalter Schleier. Kein Grund für Cindy West, das Unternehmen abzubrechen. Aber sie ordnete eine Pause an und gab Steve die Kamera.

„Meine letzte Reportage hat mir den Rest gegeben." Sie war wieder zu Susan getreten. „Sellafield, die Atomfabrik. Du hast von Dave sicher davon gehört, ja?"

„Ja, natürlich. Er hat wochenlang Material gesammelt. Aber ich weiß nicht, was schließlich damit geschehen ist. Wir haben uns seither ja nicht mehr gesehen!"

„Dann hast du auch unsere gemeinsame Dokumentation nicht in die Hand bekommen. Meine Fotos, darunter Daves Texte. Irgendwo abgedruckt?"

Susan schüttelte den Kopf.

„Das hätte mich auch gewundert. Sonst wüßte nämlich die gesamte Öffentlichkeit, daß die BNFL ihre radioaktiven Abwässer in die Irische See einleitet, und das schon seit Jahren! Die Küste ist verseucht, die Fische sind vergiftet. Da baden nichtsahnende Touristen, spielen Kinder im Sand. Und bei Ebbe trocknet der Seewind den strahlenden Müll und trägt ihn fein verteilt weit ins Land."

Ein Sonnenstrahl huschte über sie hin, ließ das Meer aufglänzen, die nassen, bemoosten Quader der alten Mole.

„Ich habe David in Pat Coopers Agentur getroffen", fuhr Cindy fort. „Er hat mich abgeholt mit seiner alten Karre, und wir sind hochgefahren nach Liverpool und dann an die Küste. Er hat die Texte getippt, und ich habe alles fotografiert, was durch den meterhohen, hochspannungsgesicherten Zaun mit seinen Fernsehkameras und Stacheldrahtrollen zu sehen war. Und Dave hat ganz sachlich geschildert, wie Spuren von Plutonium in den Häusern gefunden wurden, von einer Expertenkommission der Universität Manchester, der sie hinterher das Maul verboten haben. Den netten Werksdirektor haben wir interviewt, der sich auf seine Arbeitsplätze beruft. Und dann habe ich die Kinder fotografiert, die an Leukämie erkrankt waren ..."

Cindy West schwieg. Sie beobachtete den Himmel. Das Wolkenband riß auf, und ein milchigblauer Himmel öffnete sich über Meer und Küste. „Los, Mädels, Steve! Es geht weiter!" Wieder wirbelte Cindy West über den spätherbstlichen Schauplatz der Bademode vom nächsten Jahr.

Susan folgte ihr.

„Ja, eine fabelhafte Reportage war das! Und was, glaubst du, ist damit passiert? Erst hat Pat Cooper sie in seinem Safe versteckt und vorsichtig überall angefragt, ob vielleicht jemand Einwände haben könnte. Schließlich hat sie niemand gedruckt."

Sie rannte mit ihrer Kamera mitten hinein in die Gruppe der Mädchen, scheuchte sie auseinander. „Los, weiter, Mädels, weiter, weiter!"

Als sie zurückkam, um das Magazin zu wechseln, trat Susan ihr in den Weg: „Bitte, sag mir, wo Dave ist, und ich gehe!"

„Ich weiß es nicht, mein Kind, und das ist die Wahrheit." Sie reichte Steve die Kamera. „Vielleicht recherchiert er weiter an dieser strahlenden Story. Denn er ist dort geblieben. Vielleicht hat er auch alles hingeschmissen und ist ausgestiegen! Aber er hat mir Filme geschickt. Die liegen noch unentwickelt oben in meinem Labor."

„Filme? Von Dave?" Susan sah plötzlich wieder einen Hoffnungsschimmer.

„Los, Steve! Fahr mit Susan ins Labor, und gib ihr die Filme!"

Steve nickte und grinste Susan an. „Also, gehen wir!" Er deutete in Richtung Stadt.

„Steve kann auch die Story mit dir machen. Für Pat Cooper!" rief Cindy West noch hinterher. „Ich habe absolut keine Lust dazu."

Susan wandte sich ab, nahm Julia an der Hand und ging auf die schwarzen Hütten der Fischer zu. Steve packte Cindys Kameras in verschiedene Aluminiumkoffer, dann rannte er los. Vorn an der

Straße holte er Susan ein. „Warum warten Sie nicht? Ich komme doch mit."

„Werden Sie nicht mehr gebraucht?"

Er lachte nur. „Die Schau ist für heute gelaufen! Ist das hier Ihr Wagen?"

Die Windschutzscheibe des Mini zierte ein Strafzettel der Polizei. Susan griff danach. „Davon habe ich schon eine ganze Sammlung!"

„Lassen Sie ihn stecken! Teurer wird's nicht." Er zeigte nach oben. „Wir fahren dort hinauf. Mit der Zahnradbahn." Die Bahn schmiegte sich an die felsige Klippe wie ein Kinderspielzeug, umschwirrt von schreienden Möwen.

> *Aus dem Tagebuch des David McGhee:* 16. August. In einem hermetisch abgesperrten Teil des Liverpooler Hafens stehen sie in Reih und Glied: vierundsechzig riesige, silberglänzende Stahlcontainer, gut fünf Meter hoch, Durchmesser fast zwei Meter, wie die Säulen einer Tempelanlage aus dem klassischen Altertum, und warten auf ihre Verschiffung. Über den Inhalt gibt es für mich keinen Zweifel. Man hat also irgendwo auf der Welt eine Müllkippe gefunden für unseren strahlenden Schrott.

LANGSAM und mit sanftem Poltern schob sich die Zahnradbahn aus dem Gewirr der Dächer die steile Klippe hinauf. Julia preßte ihre Hände gegen das Kabinenfenster und schaute hinaus. Die Hütten der Fischer wurden kleiner und kleiner, ebenso die bunten Boote, das Fototeam am Strand.

„Mami, schau nur, wir fliegen!" Julia hüpfte auf einem Bein quer durch die Kabine und erntete mahnende Blicke von drei älteren Damen, bis Susan ihre Tochter schließlich einfing und neben sich auf die Bank setzte.

Steve lehnte an der Wand gegenüber mit schußbereiter Kamera.

„Sie arbeiten schon länger mit Cindy West?" Susan fragte ihn nur, um ihn von diesem ständigen und peinlichen Fotografieren abzubringen.

„Mit Cindy? Oh, schon eine ganze Weile ..." Er spannte den Verschluß und lauerte erneut auf eine günstige Gelegenheit.

„Und Sie waren immer und überall mit dabei?"

„Nicht in Vietnam. Nicht in Kambodscha. Nicht im Libanon."

„Aber in Sellafield, da waren Sie mit, ja?"

Sie hätte merken müssen, wie er versuchte, sich aus der Affäre zu ziehen, als er erwiderte: „Hatte ich mit zu tun! Natürlich!"

„Dann haben Sie Dave getroffen. David McGhee, meinen Mann!"

„Aber ja, sicher! Wir sind alte Freunde!" Das klang ganz einleuchtend, war so leichthin gesagt, und trotzdem mahnte etwas Susan zur Vorsicht. Sie warf einen nachdenklichen Blick auf diesen Mann mit seinem unverschämten Charme, der ihn so selbstsicher wirken ließ.

Die Zahnradbahn war in den Bahnhof eingefahren. Die drei älteren Damen standen auf und stiegen aus. Auch Steve ging hinaus, an dem freundlichen weißhaarigen Schaffner vorbei, der die Tickets einsammelte, und kletterte die steilen, ausgetretenen Ziegelstufen nach oben.

Susan folgte ihm mit Julia an der Hand. Sie dachte nach: War es ein Zufall, daß David ausgerechnet nach dieser Reportage, während der Recherchen zu diesem heißen Thema verschwunden war? Hatte er tatsächlich einen „internationalen Skandal", ein „Verbrechen", wie er es nannte, aufgespürt, das ihn, wenn er es veröffentlichte, sogar das Leben kosten konnte?

Aus dem Tagebuch des David McGhee: 17. August. Der japanische Riesenpott, der vor zwei Stunden hier eingelaufen ist und die Container übernehmen soll, war bereits zur Hälfte beladen mit Fracht aus den USA. Nun soll die ganze Ladung zur Wiederaufarbeitung des Containerinhalts in die USA zurück, wie es offiziell heißt. Warum das Hin und Her?

Es werden übrigens noch Decksleute gesucht – da sehe ich für mich eine Möglichkeit ...

OBEN auf der Klippe erstreckte sich eine Schafweide. Steve steuerte auf einem Trampelpfad ein weißgekalktes, altertümliches Gebäude an. Susan hing ihren Gedanken nach, folgte mit Julia in einigen Schritten Abstand.

„Steve!" Er drehte sich um. „Haben Sie eine Idee, wo Dave hingereist sein könnte? Er hat doch eine bestimmte Spur verfolgt, Beweise gesucht! Hat er denn nichts erwähnt? Sie sind doch sein Freund ..."

„Ganz einfach! Wir entwickeln seine Filme. In einer halben Stunde wissen wir es!"

Schließlich kamen sie zu dem seltsamen weißen Haus, das in der

Abendsonne gespenstisch aufleuchtete, vor den nachtschwarzen Wolken einer aufziehenden Regenfront.

„Hier?" fragte Susan und schaute auf die verfallende Pracht.

„Hat König Edward von England für seine Geliebte gebaut, eine Schauspielerin."

„Und jetzt wohnt Cindy West in diesem Haus?"

„Ja, aber nicht allein. Es hat über dreißig Zimmer." Er ging voraus, die breite Treppe hinauf und holte einen Schlüssel aus seiner Tasche. „Das Labor ist im Keller."

Julia blieb stehen, zog an der Hand ihrer Mutter. „Was wollen wir hier?"

„Wir sehen uns die Bilder an, die Daddy gemacht hat. Wir müssen herausfinden, wo er steckt. Komm!"

Aus dem Tagebuch des David McGhee: 19. August. Das Schiff ist beladen. Die Container sind vom Kai verschwunden. Alles läuft reibungslos, ist perfekt organisiert. Wir sind zwölf Mann Deckbesatzung und leben komfortabel in geräumigen Kabinen. Vierundzwanzig Stunden vor dem Auslaufen erhielten wir schicke weiße Overalls mit dem Emblem der Firma, Schutzhelme, Handschuhe, Gasmasken und offizielle Seefahrtsbücher ohne jede Überprüfung unserer Personalien und ohne ärztliche Untersuchung. Aber die Bestätigung, daß ich gesund bin, ist ordnungsgemäß abgestempelt.

IV

STEVE konnte zaubern. Kein Zweifel. Auf dem weißen Papier, das er langsam in dieser übelriechenden Flüssigkeit, die dicht vor Julias Nase schwappte, hin und her bewegte, wurden ganz überraschend zarte graue Schatten sichtbar, erste Konturen.

Schemenhaft erschienen vier Gestalten, offenbar seltsam gekleidete Priester zwischen riesigen antiken Säulen. Aber dann, als das Bild deutlicher wurde, waren das gar keine Säulen mehr, sondern gewaltige Stahlcontainer mit Kühlrippen. Und die vier Männer, die sich zwischen diesen monströsen Behältern zu einem Gruppenbild eingefunden hatten, waren Arbeiter, die fröhlich in die Kamera lächelten.

„Daddy! Da ist Daddy!" Julia jubelte auf. Sie hatte ihren Vater, trotz der tiefroten Finsternis, die sie in dem Kellerlabor umgab, sofort erkannt.

Susan beugte sich über das Foto. „Ja, richtig! Das ist David!" Da stand er, offensichtlich gut gelaunt, inmitten dieser Männergruppe. Er trug, wie die anderen auch, Gummistiefel, und seine Gummihandschuhe reichten bis zu den Ellenbogen.

Alle hatten ein Symbol auf der Brusttasche ihrer hellen Overalls: ein großes, von ovalen Linien umsponnenes „N". Auch ihre Schutzhelme trugen dieses Symbol.

„Wo ist das? Und was macht er da? Mit diesen Leuten? Und woran arbeiten die?" Schon das erste Bild, das sie aus Davids Filmen vergrößert hatten, gab Susan Rätsel auf. Sie versuchte, eine Erklärung zu finden: „Er täuscht vor, einer von diesen Arbeitern zu sein. Es soll den Anschein erwecken, als gehöre er dazu ..." Dann dachte sie den Fall weiter: Er sammelt Informationen, Beweise für kriminelle Vorgänge. Wenn nun aber die, die er ausspioniert, plötzlich bemerken, daß er sie hintergeht? „Sellafield!" rief sie. „Er ist in dieser Atomfabrik! Um Gottes willen, was tut er dort?"

„Er hat offenbar einen guten Job gefunden! Wem gelingt das schon heutzutage?" Steve betrachtete das Bild, das immer deutlicher wurde, von allen Seiten.

Einen guten Job gefunden, dachte Susan. Was weiß dieser Steve überhaupt von David? Und sie beschloß, die Probe aufs Exempel zu machen; prüfend schaute sie Steve an und fragte: „Haben Sie ihn denn erkannt?"

„Wen, bitte?"

„David McGhee! Ihren ‚alten Freund'. Welcher von den vieren ist es denn?"

Steve lachte kurz auf. „Was soll das?"

„Vielleicht ein Test."

„Test? Mit mir? Das ist doch lächerlich ..." Aber dann beugte er sich schließlich doch über das Bild. „Ziemlich undeutlich."

„Julia hat ihren Vater sofort erkannt! Also? Welcher von den vier Männern ist David McGhee?"

Da half Julia Steve aus der Patsche. „Das hier ist Daddy!" Sie zeigte mit dem Finger auf den zweiten Mann von links.

„Natürlich!" Steve lachte laut. „Richtig. Ja, das hier ist Dave!"

„Weil Julia es Ihnen gesagt hat! Und sehr groß war die Auswahl ja nicht. Einer von denen ist zweifellos Chinese, der andere vermutlich Araber. Bleiben nur noch zwei."

Steve blickte Susan von der Seite an. „Mein Gott, Susan! Sind Sie mißtrauisch!"

„Sie kennen ihn überhaupt nicht! Geben Sie's doch zu!" Und als er kein Wort zu seiner Verteidigung vorbrachte, stellte sie fest: „Sie haben David McGhee nie gesehen! Von wegen alte Freunde! Alles nur Bluff! Warum?"

Steve versuchte abzulenken. Mit der Plastikzange zog er das Bild aus der Entwicklungsschale. „Jetzt ist es zu dunkel geworden! Ganz schwarz. Also noch mal von vorn!"

Da beschloß Susan, die Widersprüche zunächst auf sich beruhen zu lassen. „Ich schlage vor, wir machen erst mal weiter. Das nächste Bild!"

Steve nickte nur. Er war schweigsam geworden, und die Tatsache, daß ihm sein schlechtes Gewissen so deutlich anzusehen war, versöhnte Susan wieder mit ihm.

Er warf das mißlungene Bild in einen Abfalleimer und ging zum Vergrößerungsapparat. Dort war Davids Negativ eingespannt. Steve schaltete die Lampe an und zog den Filmstreifen langsam weiter. Die vier Männer zwischen den Containern machten einem anderen Bild Platz: einem gewaltigen Schiff in einem Trockendock. Dahinter erhoben sich verkarstete weiße Berge.

Doch bevor die beiden darangingen, das Bild zu enträtseln, bekannte Steve leichthin: „Na schön! Ich kenne ihn nicht, diesen David McGhee! Habe ihn nie gesehen!"

„Warum haben Sie es dann behauptet?"

„Warum? Warum ...?" Er zuckte die Schultern. „Es ist mir so herausgerutscht! Ich habe gedacht, es macht Ihnen Freude, wenn ich ihn kenne, Ihren Dave! Gut, war falsch! Tut mir leid!" Er kurbelte den Apparat weiter nach oben, das Schiff wuchs, vergrößerte sich, und Steve justierte die Schärfe.

„Was ist das?" fragte Susan.

„Ein Frachter. Von hinten! Ziemlich großer Pott. Containerschiff oder etwas Ähnliches." Er bemühte sich, die Aufschrift auf dem Heck zu entziffern: „*Stella Polaris* – Marseille."

„Davor steht ein Mann!" Susan versuchte, den schwarzen Schatten zu identifizieren.

„Vielleicht ist es Dave", mutmaßte Steve. Langsam zog er den Filmstreifen durch das Vergrößerungsgerät, dann wieder zurück: ein Depot der riesigen Container. Sie standen dicht in Reih und Glied in einem gewaltigen, überdachten Wasserbecken, überspannt von eisernen Stegen und Kränen. Männer in Schutzanzügen und Gasmasken bedienten Flaschenzüge und Greifarme.

„Irgendwo in einer Nuklearfabrik. Vermutlich doch Sellafield?" Susan war beunruhigt und begann zu überlegen: Wie hatte David sich dort eingeschlichen? Wie riskant war seine Tätigkeit? Welchen Gefahren hatte er sich ausgesetzt und welcher Strahlenbelastung? Was war in den Behältern, die dicht nebeneinander unter der Wasseroberfläche standen? Abgebrannte Brennelemente aus Kernkraftwerken? Worin bestand der Skandal, das Verbrechen, dem Dave auf der Spur zu sein schien? Denn diese Fotos waren offensichtlich heimlich entstanden.

Cindy West hatte das Werk nur von außerhalb der Umzäunung fotografiert. Zahlreiche Bilder dieser Art, durch Gitter und Stacheldraht hindurch aufgenommen, hatte Susan bei Durchsicht der Negative bereits am Anfang entdeckt.

Nun folgten, nach einem Dutzend Innenansichten des Werks, Bilder vom Verladen der riesigen Container. Die hingen an Ketten und Stahltrossen und schwebten an Bord eines Schiffes.

„Wieder diese *Stella Polaris!*" Steve stellte scharf, legte Fotopapier ein und belichtete.

„Und hier ein Friedhof."

Hinter dem Friedhof mit seiner rohen Natursteinmauer und der schlichten ländlichen Kirche erstreckte sich ein gewaltiger Industriekomplex!

Steve studierte das Bild. „Das ist nicht hier in England." Er deutete auf die Kreuze und Grabsteine, vergrößerte sie, bis die Inschriften deutlich lesbar waren: Pierre, Loucien, Louis, Hélène...

„Frankreich? Woher hat Dave denn die Filme geschickt?"

Steve holte die leeren Packungen aus dem Abfalleimer, das zerfetzte Kuvert. Da fand er, klein zusammengefaltet, einen Zettel.

Nachricht von David McGhee an Cindy West: Liverpool, 19. August. Hallo Cindy, hier ein Film mit ein paar privaten Erinnerungsfotos. Vielleicht kommt noch ein zweiter dazu. Wen ich bestechen werde, um ihn an

Dich abzuschicken, weiß ich noch nicht. Denn um mich herum ist alles dicht: dreifacher Stacheldraht, sechs Meter hoch, und keine Passierscheine nach draußen für uns von der Schiffsbesatzung. Gefangen!

Sie haben mich sofort eingestellt. Zwei Semester Maschinenbau sind offensichtlich nicht sinnlos gewesen. Aber inzwischen glaube ich, die nehmen jeden!

Jetzt bin ich Mitglied einer buntgemischten Crew: Chinesen, Malaien, Inder, Araber. Wir haben viel Spaß beim Verladen der großen, schweren Container. Die Reise geht morgen los und kann etwas dauern. Zwei Häfen auf dem Kontinent sollen noch angelaufen werden. Dann USA. Mehr wissen wir nicht. Wir haben absolutes Schreibverbot. Aber so ein kleiner Zettel ...   Grüße, David

EINE SPUR. Die Bestätigung einer Vermutung. David hatte sich eingefädelt in das Netz des Verbrechens, von dem er gesprochen hatte. Und war gefangen! Susan grübelte, kombinierte, suchte in den vorhandenen Bildern nach weiteren Hinweisen, wo sie mit ihrer Suche ansetzen könnte.

„Steve! Kennen Sie Pat Cooper und seine NEWS-Agentur?"

„Natürlich kenne ich Pat Cooper! Ich habe zwei volle Jahre für ihn gearbeitet, als Fotolaborant."

„Wenn Dave in eine üble Sache hineingeraten ist, aus der er nicht mehr herauskommt, dann hat ihn Cooper auf dem Gewissen! Der weiß genau, was Dave vorgehabt und worüber er Recherchen angestellt hat!"

„Unwahrscheinlich! Cooper handelt nicht mit heißen Stories! Der verkauft nur buntlackierte Schnulzen!" Steve hielt zwei Vergrößerungen in der Hand, von denen noch das Wasser tropfte. „Aber vielleicht weiß Cooper, wo in Frankreich diese hübsche kleine Fabrik hier zu finden ist, für die sich David so brennend interessiert hat."

Das Foto zeigte eine gewaltige Anhäufung von quaderförmigen, fensterlosen Gebäuden, die sich hinter einem dreifachen Stacheldrahtzaun aufeinandertürmten, überragt von einem metallverkleideten, silberglänzenden Schornstein, der im Licht der tiefstehenden Abendsonne gefährlich aufleuchtete.

Aus den Notizen des David McGhee: Am 25. August 1984 kenterte das Containerschiff *Mont Louis* im Ärmelkanal nach einer Kollision mit einer Kanalfähre. Die Ladung bestand aus 225 Tonnen Uranhexafluorid aus der Wiederaufarbeitungsfabrik COGEMA in La Hague. Das Schiff war auf dem Weg zu einer sowjetischen Anreicherungsanlage für Brennelemente. In einer dramatischen Rettungsaktion konnten Taucher innerhalb von acht Tagen bei schwerer See die Ladung bergen, bevor es zu einer Katastrophe kam.

FRANKREICH – ein friedliches Land. Alte Städte: Calais, Boulogne, Rouen, Caen. Entlang der Straße Bauernhöfe und kleine, verschlafene Ortschaften. Susans gelber Mini von Calais zum Kap La Hague – ein weiter Weg auf schmalen Straßen.

Es war nicht sonderlich schwer gewesen, die fotogene Industrieanlage zu identifizieren: Cindy West wußte Bescheid. Sie war überraschend früh zurückgekommen. Und am nächsten Morgen überquerten Susan, Steve, Julia und der gelbe Mini an Bord eines Luftkissenfahrzeuges in knapp vierzig Minuten den Ärmelkanal.

Nun fuhren sie also vorbei an historischen Orten, sangen Kinderlieder für Julia, täuschten Fröhlichkeit vor auf einer Tour ohne fröhlichen Anlaß. Sie frühstückten in einem Bistro und tauchten frische Croissants in riesige Tassen mit Milchkaffee.

Schließlich durchfuhren sie Cherbourg. Gesichtslose Gebäude rund um den Hafen ersetzten seit dem Krieg die niedergebrannte Altstadt. Auf dem Weg nach Norden zum Kap prangten an einem Brückenpfeiler spärliche Parolen gegen die Atomindustrie. Sie näherten sich also dem Ziel.

Susan verlangsamte das Tempo. Denn aus der friedlichen Landschaft heraus wuchs unvermittelt ein Monster. Es hatte gnadenlos die idyllische Gegend überwuchert, sie mit Beton zugedeckt, unter fensterlosen, quaderförmigen Kuben erstickt. Darüber erhob sich ein Wald gelber Kräne. Wohin man auch blickte, kroch die Baustelle grausam über die grünen Hügel hinweg. Neben der Straße stapelten sich Wohncontainer in unendlicher Reihe. Behausungen für importierte Arbeiter.

Eine Armada von Raupenfahrzeugen durchpflügte den Untergrund, schob Berge zur Seite, türmte neue auf. Das Ganze umzäunt von einem Schutzwall. Zwischen meterhohen Gitterzäunen, bewehrt mit Hochspannungsdrähten, gesichert durch Fernsehkameras: drei Rollen Stacheldraht übereinander. Eine uneinnehmbare Festung.

Susan nahm ein Foto aus einem gelben Kuvert, erkannte den

silberglänzenden Schornstein wieder, der die Bunkerpyramiden
überragte. „Cindy hatte recht", meinte sie. „Es ist hier . . .!"

Sie bogen auf die breite Küstenstraße ein, die am Westrand des
Werksgeländes zum Kap führte. Baufahrzeuge kamen ihnen entgegen, in langen Kolonnen. Steve hob die Kamera und belichtete in
rascher Folge eine Reihe von Bildern durch sein Teleobjektiv.

„Steve, bitte, laß das!" Susan drückte ihm den Fotoapparat nach
unten. Eine gewisse Vertrautheit – eine Art Kumpanei – hatte sich
trotz aller Distanz zwischen ihnen eingeschlichen.

Susan zeigte auf den hohen Maschendrahtzaun, der sich neben der
Straße hinzog. In regelmäßigen Abständen hingen dort runde Blech-
schilder. Auf weißem Grund in rotem Rand: eine durchkreuzte
Kamera.

Sie näherten sich dem Tor. Ein schweres Metallgitter versperrte
die Einfahrt. Es lief, bei Bedarf, auf Rollen zur Seite. Die Ampel
zeigte Rot. Hinter dem Tor lagen Stacheldrahtrollen bereit. Auch sie
konnten innerhalb von Sekunden auf Schienen quer über die Straße
gezogen werden. Im Ernstfall machten sie den Zugang unpassierbar.
Wachmannschaften in dunklen Uniformen beobachteten den vorbei-
fließenden Verkehr.

„Einfach hineinfahren und fragen?" Susan verminderte weiter die
Geschwindigkeit.

„Du bist ja verrückt!" Steve hatte seine Kamera unter den Sitz
geschoben. „Fahr weiter!"

Das Werksgelände dehnte sich vor ihnen noch gut einen Kilometer.
Es war kein Ende zu sehen. Immer neue Quader türmten sich hinter
dem Schutzzaun.

Irgendwann war der Zaun zu Ende. Im rechten Winkel verließ er die
Straße und verschwand hinter dem Kamm eines Hügels. Brachland
erstreckte sich bis La Hague, einem kleinen Ort. Wacholdergestrüpp,
Steinmauern, von Brombeeren überwuchert, Schafweiden. Die
Häuser dahinter aus schwarzgrauem Granit, klein, behäbig.

Die massige Kirche aus Feldsteinen kannten sie schon. Auch die
Aufschriften auf den Kreuzen und Grabsteinen: Pierre, Loucien,
Louis, Hélène . . . Und am Horizont glänzte der silberne Schornstein
im Licht der tiefstehenden Sonne.

Susan hatte alles vorgefunden wie erwartet. Nun stand sie zwischen
den Gräbern, hielt Davids Fotos in der Hand und schaute über die

Mauer hinweg zu der gigantischen Anlage. Dort hatte er sich also eingeschlichen, hatte gearbeitet, hatte fotografiert und etwas herausgefunden.

Susan sah nicht, wie Julia ausgelassen zwischen den Grabhügeln hüpfte und rannte. Sie sah auch Steve nicht, der die brüchige Steinmauer erklommen hatte, um von oben Fotos zu machen.

„He, Julia!" Er drückte ab. Die Automatik schnarrte und klickte.

Julia war kurz stehengeblieben. Sie posierte in kindlicher Art, dann rannte sie weiter, umrundete die Kirche, kehrte zurück.

„Julia! Komm her! Schau hier herauf zu mir! In die Kamera! Gut! Und nun lauf zu deiner Mami! Nimm sie am Arm und schau hinüber zu dem hohen Schornstein! Dort drüben, in dieser Fabrik – da ist dein Daddy . . .!"

Auf dieses Stichwort hin wurde Susan aufmerksam. „Was ist los? Was macht ihr da?"

Steve hatte Susan bereits im Visier, und die Automatik summte los.

„Bitte, Steve, laß Julia in Frieden! Und verschon mich mit deiner Fotografiererei!"

Als er ihren Protest nicht weiter zur Kenntnis nahm, packte sie Julia an der Hand und verließ mit ihr den Friedhof.

Steve blieb allein zurück; er wirkte verdutzt. Dann peilte er durch sein Teleobjektiv die ferne Fabrik an, das Werk, das den Horizont beherrschte.

Und wieder schnurrte die Automatik los, bis sie schließlich blockierte. Dann erst suchte er Susan und Julia. Die beiden standen auf dem kleinen Dorfplatz von La Hague. Eine Kreuzung, ein Bistro links, eines rechts und sonst nur graue Bauernhäuser. Steve ging Susan und Julia grinsend entgegen und spulte den Film zurück. „Entspannt euch! Der Film ist sowieso zu Ende!"

Ein Mann in einer schwarzen Lederjacke, der seinen Wagen am Friedhof geparkt, aber nicht verlassen hatte, beobachtete durch das fast geschlossene Fenster interessiert die drei Personen, die als einzige den so einsam wirkenden Ort belebten.

Aus dem Tagebuch des David McGhee: 21. August. Landgang: In einem kleinen grauen Bus mit zugestrichenen Fenstern wurden wir von Cherbourg aus, wo unser Schiff auf Reede liegt, zu einem Industrieareal gebracht, das ich nur vom Namen her kannte. Alles wirkte nagelneu und hochmodern und unendlich sicher. Dort sollen wir heute nacht auf Tiefladern zweiundvierzig weitere Container übernehmen.

Neben einer Kirche hielt der Fahrer an und kaufte Zigaretten. Am Friedhof stand eine Telefonzelle. Große Versuchung. Aber erstens habe ich keine französischen Münzen, und zweitens halte ich Susan aus der Geschichte besser heraus.

V

SUSAN und Steve waren mutiger geworden. Sie fuhren die Küstenstraße langsam zurück.

Wozu die Panik? Nichts war geschehen! Keine Gefahr. Eine Fabrik, zwar nicht wie jede andere – aber letztlich doch nur eine Art von Industrie, mitten in einem friedlichen Land, auf einem Kap, das weit hineinreichte in die tiefblaue See. Alle Sicherheitsvorkehrungen waren getroffen. Jegliches Risiko unter Kontrolle.

Die Kräne standen still. Die Bulldozer parkten in Reih und Glied. Außer dem Wachpersonal war kein Mensch in dem abgesicherten Areal zu sehen. Bei Feierabend hatte eine lange Fahrzeugschlange das Werk verlassen. Die, die dort lebten, hatten sich in ihre Wohnwaben verkrochen.

Susan hielt mit ihrem Mini am Straßenrand, gegenüber dem Werktor. Das Sperrgitter war geschlossen, und das Einfahrtslicht zeigte Rot.

„Leiten die ihre Abfälle auch ins Meer?" fragte Susan.

Steve sah sich um. „Dort unten, zwischen den Felsen: ein Damm und ein Staubecken. Das sieht nach einem Klärteich aus. Und ein Rohr führt ins Meer." Er klappte die Rückwand seiner Kamera auf und legte einen neuen Film ein, hob vorsichtig die Kamera in Richtung Werktor, ließ sie aber sofort wieder sinken. In einem der Wagen, die auf der anderen Straßenseite parkten, saß ein Mann in dunkler Lederjacke und las Zeitung. Das Tor rollte einen halben Meter zur Seite und gab den Durchgang für Fußgänger frei. Ein zweiter Mann erschien. Grauer Anzug, schwarze Krawatte. Er stieg in den wartenden Wagen ein. Der Fahrer begrüßte ihn nur mit einem Nicken, unterbrach seine Lektüre nicht, fuhr auch nicht los.

Steve hob erneut die Kamera und machte ganz unauffällig einige

Bilder des Werktors. Dann packte er die Kamera unter den Sitz. „Wir sollten hier verschwinden", meinte er. „La Hague. Schön, wir sind hiergewesen, haben alles gesehen, was zu sehen ist. Aber mehr ist im Augenblick nicht herauszufinden." Er blickte auf. „Was ist? Wo willst du hin?"

Susan hatte das gelbe Kuvert mit den Fotos ergriffen und die Tür geöffnet. „Ich geh ins Werk und frage! Jemand wird David auf den Fotos identifizieren und mir weiterhelfen." Damit stieg sie aus und warf die Tür hinter sich zu.

„Halt! Bleib hier!" Steve war auf ihre Seite gerückt und lehnte sich aus dem offenen Fenster. „Wenn er heimlich hier gearbeitet hat, unter falschem Namen, dann gefährdest du ihn nur! Und so erreichst du doch nichts."

Susan blieb stehen. „Von hier droht ihm keine Gefahr! Er hat heimlich fotografiert, na und? Deshalb bringen die keinen um! Aber dort, wo man auf ihn geschossen hat . . ." Sie hielt inne, war für einige Sekunden unentschlossen, dann lief sie wieder los. „Irgendwo muß ich doch anfangen . . .!"

Sie hatte die Straße noch nicht zur Hälfte überquert, als Julia zu schreien anfing: „Mami! Mami, nein! Warte! Ich will mit!" Es klang sehr bestimmt. Erneut blieb Susan stehen, zögerte, kam zurück. Julia streckte beide Arme aus dem offenen Wagenfenster und war den Tränen nahe.

„Julia, nein! Das geht nicht!" Susan kauerte sich neben dem Wagen nieder und griff nach Julias Händen. „Du bleibst hier bei Steve. Ich bin gleich wieder zurück. Ich frage die Leute dort drüben, wo ich Daddy finden kann. Das dauert nur ein paar Minuten, ja? Bitte, Julia!"

Susan ging, ohne einen Blick zurückzuwerfen, mit entschlossenen Schritten auf das Werktor zu.

Es war eine Ahnung, die Steve nach seiner Kamera greifen ließ – der sechste Sinn eines Reporters. Noch war allerdings nichts Besonderes zu sehen: Die beiden Männer in dem Fahrzeug auf der anderen Straßenseite warfen ihre Zeitung auf den Rücksitz und stiegen aus. Und ein dritter Mann tauchte aus dem Nichts auf und folgte Susan wie zufällig.

Ein kleiner dunkelgrauer Minibus mit weißgestrichenen undurchsichtigen Scheiben hatte sich in Bewegung gesetzt, überquerte die Straße, verdeckte Susan und die drei Männer für nur wenige

Sekunden, hielt mit quietschenden Reifen kurz an und fuhr wieder los. Der Motor heulte auf, eine Tür schlug blechern zu. Als der Bus schließlich den Blick auf den Ort des Geschehens freigab und als Steve die Kamera im Anschlag hatte, waren Susan und die drei Männer weg.

Der Bus fuhr die Küstenstraße entlang, wurde rasch kleiner und verschwand hinter einem Hügel. Und Julia brüllte aus vollem Halse: „Mami! Meine Mami!"

Steve war hilflos und verwirrt. Er stieg aus, die Kamera in der Hand, sah sich um.

Susan war entführt worden, und er sah keine Möglichkeit, dagegen zu protestieren. Wo und bei wem? Er wußte auch nicht, wie und wo er Susan suchen sollte. Und das Kind, das hinter ihm aus dem Wagenfenster schrie, ging ihm auf die Nerven.

Er machte also das Beste aus der Situation und richtete seine Kamera auf Julia. Kinderbilder, so unendlich angefüllt mit tiefem Schmerz und echter Trauer, lagen genau auf Pat Coopers Linie. „Ja, Julia! Fabelhaft!" rief er. „Heul weiter! Schrei nur!" Die automatische Kamera belichtete in rasender Folge Bild um Bild.

Der Effekt war verblüffend: Julia schien überrumpelt, denn ihre Tränen versiegten, und das Gekreische brach augenblicklich ab.

Da fuhr ein anthrazitfarbener Citroën Pallas vor. Eine dunkelgekleidete, großgewachsene, schlanke Frau stieg auf der rechten Seite aus. Ihre schwarzen Haare waren streng zurückgekämmt und zu einem Knoten gebunden. Sie ging über die Straße, trat an den gelben Mini und nahm ihre Hornbrille ab; die dicken Gläser hatten ihre Augen unnatürlich vergrößert. Sie beugte sich hinunter zu Julia und sprach sehr freundlich, sehr leise und mit einem leichten fremdartigen Akzent auf sie ein: „Du hast aber einen schönen kuscheligen Elefanten!"

Julia blickte mißtrauisch hinter ihrem Elefanten hervor, den sie wie einen Schutzschild vors Gesicht hielt.

„Du bist eine kleine Engländerin, ja? Eine echte ‚Miß'?" Die fremde Frau lächelte, aber Julia reagierte nicht.

„Ich bin Tante Ruth. Und wie heißt du?"

Julia schluchzte auf und war zu keiner Antwort fähig.

Da trat Steve hinter die Frau. „Was wollen Sie von dem Kind?" Das klang barsch und herausfordernd. Aber die Fremde blieb liebenswürdig und bemühte sich, jeden Verdacht zu zerstreuen, sie könne außer ihrem Tröstungsversuch noch etwas anderes im Sinn haben. Sie richtete sich langsam auf, setzte ihre Brille wieder auf und betrachtete Steve.

„Ich versuche das Kind zu trösten. Das wäre eigentlich Ihre Aufgabe gewesen – als Vater!"

„Ich bin nicht der Vater. Nur ein Freund der Mutter."

Die Frau nickte. „Und die Mutter der Kleinen wurde gerade verhaftet, ja? Weshalb eigentlich?"

„Ein Mißverständnis vermutlich." Steve zuckte die Schultern. „Ich weiß es nicht!"

„Sie sollten Ihre Kamera weglegen. Sonst geht es Ihnen vielleicht ähnlich."

Das klang wie eine eindeutige Aufforderung. Steve legte also seinen Apparat auf den Vordersitz des Wagens.

„Ich kam zufällig vorbei . . .", fügte die Frau beiläufig hinzu. Dann fand sie es an der Zeit, sich wieder um das Kind zu kümmern. „Na, kleine Miß, hast du dich beruhigt?" Sie ging, als sie keine Antwort erhielt, neben dem offenen Fenster des Wagens in die Hocke. „Deine Mama wird sicher gleich zurück sein." Schließlich blickte sie hoch zu Steve, der unentschlossen neben ihr stand. „Was wollte denn die Mutter des Kindes? Ich meine – hier im Werk? Sie ist zum Tor gelaufen . . ."

Steve sah keinen Grund, dieser Frau die Auskunft zu verweigern. „Ihr Mann, also der Vater des Kindes, hat anscheinend hier gearbeitet. Und jetzt ist er spurlos verschwunden. Ich bin ihr bei der Suche behilflich. Das ist alles!"

Tante Ruth strich Julia vorsichtig übers Haar. Sie streichelte auch Sarah, den rosa Elefanten, und dann flüsterte sie: „Verrätst du jetzt der Tante Ruth, wie du heißt?"

Julia schüttelte den Kopf, war aber für die Freundlichkeiten dieser Frau empfänglich. Und dann hatte sie die Idee für ein neues Spiel.

„Läßt du mich durch deine dicke Brille sehen?"

„Natürlich darfst du das. Wenn du aussteigst und mit mir kommst und aufhörst zu weinen!"

Julia nickte. Tante Ruth öffnete die Wagentür, und Julia, den Elefanten unterm Arm, kroch heraus.

Steve ging ein paar Schritte neben den beiden her, bis zu einer verfallenen Mauer aus Feldsteinen. Dort blieb er stehen.

„Komm!" sagte Tante Ruth und nahm Julia an der Hand. „Jetzt schauen wir beide hinaus auf das Meer. Durch die dicke Brille!"

Die beiden kletterten über die Steine der eingefallenen Mauer, gingen zwischen den grauen Felsen auf die Steilküste zu, wo die Klippen hundert Meter senkrecht zu einem schmalen Kiesstrand abfielen. Am Rand der Klippen hockten sie sich auf den Boden und tauschten ihre Brillen. Und Julia betrachtete durch die dicken Gläser das Meer, die schreienden Möwen über sich, die Brandung tief unten und schließlich Tante Ruths fröhliches Gesicht. Die hatte Julias winzige Brille auf der Nase, und beide waren sie nun blind.

Steve war versucht, seine Kamera aus dem Wagen zu nehmen und die Situation im Bild festzuhalten. Aber nach einem Blick auf die Wachtposten hinter dem Gittertor verwarf er den Gedanken wieder.

SUSAN war in den ersten Augenblicken nicht fähig gewesen, die überfallartige Festnahme zu begreifen. Als sie die Straße überquerte und auf das Gittertor zuging, hörte sie einen Wagen anfahren und näher kommen. Sie nahm unbewußt Gestalten wahr, die sich ihr von verschiedenen Seiten näherten, und spürte plötzlich, wie drei Männer sie festhielten. Sie war viel zu überrascht, um zu schreien. Einer der Männer zischte ihr mit gepreßter Stimme etwas zu, was sie nicht verstand. Vermutlich eine Warnung vor jeglichem Widerstand. Dicht hinter ihr stoppte der Wagen mit kreischenden Bremsen: ein Kleinbus mit blinden Scheiben. Eine Tür klappte auf, jemand packte sie an der Schulter, am Hals, riß ihre Arme nach oben. Halb gezogen, halb hochgehoben, landete sie im Innern des Fahrzeugs.

Sie fiel auf eine Sitzbank, als der Wagen losfuhr. Dann sah sie die Männer in ihrer Handtasche wühlen. Ihr Paß wanderte von Hand zu Hand. Einer öffnete das gelbe Kuvert mit den Fotos von David. Trotz ihrer ungeheuren Wut war sie unfähig zu protestieren.

Nun saß sie schon eine knappe halbe Stunde in dem kleinen Bus, der irgendwo abgestellt worden war, und wartete auf ein Verhör. Die Tür war nur einen Spaltbreit geöffnet und von Männern in Uniform bewacht.

Plötzlich stieg ein Herr in mittleren Jahren in den Bus. In der Rechten hielt er Susans britischen Paß, ihre Handtasche und das gelbe Kuvert mit den Fotos.

„Es tut mir unendlich leid, Madame!" Er gab sich überaus höflich und sehr zerknirscht. „Bitte sehr, Ihre *passeporte* . . . Ihre Handtasche . . . Ihr Kuvert mit Fotos", erklärte er mit französischem Akzent und übergab ihr die Dinge einzeln. „Verzei'en Sie das Malheur, man hat Sie ge'alten für eine Terroriste! Wir alle 'ier sind sehr nervös! Sie verste'n?"

Susan nickte. Und sie schwieg. Sie hatte den Paß und das Kuvert wieder in die Handtasche gesteckt. „Kann ich jetzt gehen?"

Aber der freundliche Herr wehrte ab. „O bitte, nein! Ich bringe Sie zurück. Selbstverständlich! Persönlich!" Er blickte auf. Einer der Männer, die Susan festgenommen hatten, war in den Bus gestiegen und hatte sich in die vorderste Reihe neben die Tür gesetzt.

Schließlich stellte sich der freundliche Herr vor. „Mein Name ist Robert", sagte er und verbeugte sich leicht. „Ich arbeite in der Informationsabteilung des Werkes."

Sehr gut, dachte Susan, vielleicht ist das der richtige Mann für meine Nachforschungen. Aber der Zeitpunkt schien ihr noch nicht günstig zu sein.

„Also, wenn Sie Fragen 'aben . . . über das Werk, unsere Produktion, die wissenschaftlichen Aspekte unserer Arbeit . . ." Er machte eine Pause. Als Susan nicht darauf einging, fuhr er fort: „Wir 'aben anhand Ihrer Papiere festgestellt, Sie sind Journalistin. *Daily Telegraph*, London. Sehr schön! Also, fragen Sie!"

Nun hätte sie fragen können, aber sie schwieg. Eine beklemmende Sprachlosigkeit hatte sich ihrer bemächtigt. Sie beobachtete den Fahrer, der eingestiegen war, den zerschlissenen Vorhang zur Seite schob und nun den Wagen startete.

Robert brach das Schweigen, als der Bus den Hof verließ. Er deutete auf das Kuvert: „Sie 'aben viele schöne Bilder von unsere Werk. Sie 'aben selbst gemacht?"

Susan schluckte den Kloß hinunter, der in ihrer Kehle saß, und erwiderte: „Nein! Nicht ich . . .!"

„Sie sind gemacht worden von dem Mann, der Sie 'at fotografiert, als man Sie 'at ver'aftet? Ja?"

„Nein!" entgegnete Susan. Aber in dieser Sekunde wußte sie bereits, daß sie widerrufen mußte. Um David zu schonen. Was ging dieser Steve sie an . . . „Das heißt – ja!"

„Wes'alb er 'at Sie fotografiert? Und das Werk? Von außen. Und auch von innen. Und *wann* von innen? Wann 'at er uns besucht?"

Susan suchte verzweifelt nach einer Antwort. „Er ist Pressefotograf. Sie können ihn selbst fragen. Er wartet am Tor auf mich. Mit meinem Kind …"

Das war fahrlässig, dumm und unvorsichtig. Wenn dieser Robert sie beim Wort nahm, dann würde er Steve die Fragen stellen. Und der würde den Kopf schütteln, und David wäre entlarvt.

Robert begann von neuem: „Wenn Sie rechtzeitig angemeldet 'ätten … Einige Formalitäten, natürlich. Aber ich 'ätte Ihnen alles gezeigt. Die ganze Fabrik. Vermutlich wissen Sie ja, was wir tun?"

„Wiederaufarbeitung von Kernbrennstoffen."

„Abgebrannte Brennelemente aus Atomkraftwerken, richtig!" Robert nickte. „Recycling! Bis zu siebenundneunzig Prozent von Uran und Plutonium wir können wiederverwenden! Für neue Brennstäbe. Und nur drei Prozent ist Abfall. Den machen wir unschädlich. Das ist alles!" Er lehnte sich befriedigt zurück.

Susan dachte an die Pipeline und an Cindy Wests Schilderung. „Das klingt alles sehr einfach!"

„Das *ist* einfach! Und sehr wirtschaftlich! Die abgebrannten Brennelemente, die nicht mehr genügend Energie liefern, werden im Reaktor gegen neue ausgewechselt. Nach einer Abkühlzeit von einem Jahr schneiden wir diese Stäbe in winzige Stücke, wegen der Strahlung hinter dicken Panzerglasscheiben und mit Fernbedienung. Der Inhalt wird aufgelöst in konzentrierter 'eißer Salpetersäure. Und daraus destillieren wir wieder Uranhexafluorid und Plutoniumdioxid für neue Brennstäbe. Wir 'aben nur ein Problem. Unsere Kapazität ist begrenzt! Man liefert uns Material zur Entsorgung aus der ganzen Welt. Und wir können verarbeiten nur einen ganz geringen Teil davon."

„Was machen Sie mit dem restlichen Material?"

„Wir vergrößern gerade unsere Kapazität und bauen außerdem Zwischenlager für unsere Kunden, gigantische Wasserbecken. Dort stapeln wir die abgebrannten Brennelemente für Jahre, vielleicht für Jahrzehnte. Ein Kernkraftwerk darf und kann man nur betreiben, wenn die Entsorgung gesichert ist, wenn man weiß, wohin mit der ‚Asche', den abgebrannten Stäben, den Brennelementen."

„Und diese Lagerung von Brennelementen ist sicher?"

„Sehr sicher! Jetzt noch in Wasserbecken, ab nächstem Jahr auch trocken, in großen 'allen. In Spezialcontainern, jeder siebzig Tonnen schwer und unzerstörbar. Fest und gasdicht verschraubt: ein Deckel außen als Schutz, drei Deckel innen. Es dringt kaum Strahlung nach außen und nur wenig von der Hitze."

„Das alles ist sehr teuer, ja?"

„Unsere Kunden zahlen, was es kostet!" Robert lachte. „Sie 'aben gar keine andere Wahl!"

Da öffnete Susan das gelbe Kuvert und suchte ein bestimmtes Bild heraus, das sie Robert entgegenhielt. „Sind das die Container, von denen Sie sprachen?"

Robert betrachtete eingehend das Bild der vier Männer vor den riesigen, runden, säulenartigen Behältern. „O ja! Das sind Container für Transport und Trockenlagerung."

Sie zeigte Robert ein weiteres Foto. „Kennen Sie dieses Schiff?"

David in der Werft. Dahinter der massige Rumpf der *Stella Polaris* im Trockendock.

„Ein Frachter, offenbar umgebaut für Nukleartransporte." Er deutete auf David. „Und wer, bitte, ist das 'ier?"

„Mein Mann!" sagte Susan und wartete auf eine Reaktion.

Robert lachte nur. „Da lassen Sie mich erzählen und erzählen und wissen doch vermutlich alles bestens von Ihrem Mann!"

„Nein, ich weiß nichts von ihm." Susan nahm das Foto wieder an sich. „Er ist seit einigen Wochen verschwunden!"

„Verschwunden? Wohin?"

„Ich weiß es nicht. Aber ich werde es erfahren. Er war hier im Werk, er hat hier gearbeitet."

Robert griff wieder nach dem ersten Foto mit der Männergruppe vor den Containern. „Es arbeiten 'ier über sechstausend Menschen zur Zeit. Und das Foto? Woher kommt es?"

„Er hat es mir geschickt!"

„Aber nicht aufgenommen 'ier. Niemand fotografiert 'ier im Werk. Das ist unmöglich! Und der Overall mit dem ‚N': Das ist nicht unsere Montur im Werk. Das ist eine ganz andere Compagnie."

„Welche?"

„Ich weiß es nicht!"

„Und das Schiff hier, die *Stella Polaris* ... Meinen Sie, die hat etwas mit diesem ‚N' zu tun?"

„Oh, das ist möglich. Das ‚N', das Symbol einer Transportfirma, ja, vielleicht."

„Wo ist das Schiff jetzt? Diese *Stella Polaris?*"

Aber Robert schüttelte bedauernd den Kopf: „Ich 'abe nicht die geringste Idee! Wir 'aben nichts zu tun mit Transport." Er betrachtete wieder das Bild. „Wie man 'ier liest, die Registrierung ist ‚Marseille', dann ist dort vielleicht auch die Transportfirma mit dem ‚N'. Warum fragen Sie? Geht es dabei um Ihren Mann?"

„Ja!" Susan steckte die Bilder wieder in das gelbe Kuvert.

Aus den Notizen des David McGhee: Die Kraftwerksbetreiber der Bundesrepublik Deutschland haben für die Entsorgung ihrer Reaktoren, also für die Lagerung und Wiederaufarbeitung ihrer abgebrannten Brennelemente, an die französische Firma COGEMA in La Hague bis zum Jahresende 1985 insgesamt sieben Milliarden DM bezahlt.

Dieser Betrag wurde über den Strompreis finanziert. Die Verträge zwischen dem französischen Wiederaufarbeitungswerk der COGEMA in La Hague und den Kunden, die dort ihre abgebrannten Brennelemente abliefern, sehen vor, daß ab Mitte der neunziger Jahre dieses „Entsorgungsgut" samt Abfällen in die Ausgangsländer zurückgeliefert werden kann.

Was sind das für Abfälle? Bei der Auflösung der Brennstoffabschnitte in heißer, konzentrierter Salpetersäure werden Gase frei. Bis auf radioaktives Kohlendioxid und Krypton, die beide entweichen, werden sie durch Filter zurückgehalten.

Diese Filter müssen als hochradioaktiver Abfall sicher verwahrt werden. Zusammen mit Resten der Zirkoniumhüllen, verbrauchten Lösungen und Werkzeugen, Ablagerungen in Rohren und Tanks.

Außerdem fallen „schwachaktive" Abfälle an, also kontaminierte Kleidung, Papier, Verpackungsmaterial, mehr als 11 Kubikmeter pro Tonne wiederaufbereiteten Brennstoffs.

VI

DEN dunkelgrauen Kleinbus mit den blindgemalten Scheiben hatte Steve schon aus großer Entfernung wiedererkannt.

Das Fahrzeug kam die verlassene Küstenstraße entlang und hielt vor dem Werktor. Susan stieg aus und lief über die Straße, während sich hinter ihr das Gittertor langsam öffnete, das Signal der Ampel auf Grün wechselte und der Bus die Schranke und die Wachtposten passierte.

„Glück gehabt!" rief Steve ihr entgegen. „Wegen guter Führung vorzeitig entlassen, wie?"

Susan ging auf diesen Scherz nicht weiter ein. Als sie den Mini erreicht hatte und sah, daß er leer war, warf sie einen entsetzten Blick auf Steve. „Wo ist Julia?"

Steve zeigte über die eingefallene Mauer hinweg zur Steilküste: Dort saßen Julia und diese Tante Ruth in der Abenddämmerung einträchtig auf einem Stein.

„Wer ist diese Frau?"

„Tante Ruth. Wer sonst?" Er lachte. „Der Babysitter!"

Susan machte sich auf den Weg.

Sie stieg über die Reste der Mauer und lief dann über das steinige Buschland.

„Mami! Dort kommt Mami!" Julia hatte sich umgesehen. Sie rannte los, und Susan fing sie auf, wirbelte sie herum – ein altes Spiel und oft geübt.

Die Frau mit den dunklen Haaren, der dicken Brille und dem – zumindest in dieser Umgebung deplaziert wirkenden – schwarzen Seidenkleid hatte sich erhoben und kam näher.

„Schau mal, Mami, das ist Tante Ruth!"

„Ja, ich weiß schon!" Susan stellte Julia auf einen der Felsen und begrüßte die Frau. „Danke, daß Sie sich um Julia so nett gekümmert haben!"

Tante Ruth winkte lächelnd ab. „Julia hat mich wunderbar unterhalten. Wir hatten viel Spaß. Nicht wahr, Julia?" Sie strich dem Kind vertraulich über das Haar. „Ich habe gehört, Sie hatten Schwierigkeiten?"

„Es war alles nur ein Irrtum, der sich sehr rasch aufgeklärt hat." Susan nahm Julia an der Hand und führte sie zurück zum Auto.

Die Frau in Schwarz ging neben ihr her. „Ich höre, Sie suchen Ihren Mann?"

Susan blieb erstaunt stehen. „Ach, hat Julia Ihnen – "

Aber Tante Ruth unterbrach sie: „Laufen Sie nicht hinter ihm her! Das meine ich im Ernst!" Und als Susan sie fragend ansah, fuhr sie fort: „Natürlich können Sie den Fall der Polizei melden. Vermißtenanzeige. Aber nicht hier in Frankreich. Wenn, dann in London!"

Susan wußte nicht, ob sie diese fremde Frau, die auf sie zwar sympathisch, aber andererseits doch höchst eigenartig wirkte, ins

Vertrauen ziehen durfte. Sie deutete schließlich zumindest ihre Sorge an: „Ich fürchte . . ., er ist in Lebensgefahr!"

„Woher wissen Sie das? Und wie wollen Sie ihm helfen? Hier, in einer der entlegensten Ecken Europas? Fahren Sie nach Hause! Warten Sie, bis er sich meldet! Denn *dort* wird er versuchen, Sie zu erreichen, wenn er Sie braucht! Nicht hier!"

Das klang alles sehr ehrlich, teilnahmsvoll und wohlmeinend. Die Frau fügte noch hinzu: „Und wenn er tatsächlich in irgendwelche riskanten Abenteuer geraten ist, dann ist das Spiel für Sie doppelt riskant. Dann haben Sie hier in Frankreich keine Chance, ihm zu helfen."

Susan schwieg. Da legte ihr die Frau ganz beiläufig die Hand auf die Schulter. Eine Abschiedsgeste. „Ja, ich muß weiter. Ich wünsche Ihnen viel Glück, und leben Sie wohl!"

Sie wandte sich ab und ging. Julia rannte neben ihr her. „Wiedersehen, Tante Ruth!"

Die Frau strich Julia noch einmal über das Haar. „Wiedersehen, Julia . . .!"

Julia blieb stehen, hob die Hand und winkte. Tante Ruth überquerte die Straße. Dort parkte ihr Wagen, der anthrazitgraue Citroën Pallas mit seinen getönten Scheiben und seiner überlangen Antenne, und sie stieg auf der Beifahrerseite ein.

Susan schob Julia auf den Rücksitz des Mini, reichte ihr Sarah und setzte sich ans Steuer. Als Steve neben ihr Platz nahm, teilte sie ihm ihre Entscheidung mit: „Wir müssen nach Marseille!"

„Marseille? Das sind über tausend Kilometer!"

„Die *Stella Polaris* liegt vielleicht noch im Hafen! Mit Dave an Bord!" Sie startete den Motor und schaltete die Scheinwerfer ein. „Wir fahren einfach durch, heute nacht. Morgen früh sind wir dort!"

WÄHREND der Mini in der Dämmerung verschwand, flammten rund um das Werk Tausende Lichter auf. Scheinwerfer tauchten die Baustelle, den Schutzzaun, das Werktor und die Zufahrt in gleißendes Licht.

Der anthrazitgraue Citroën Pallas glitt langsam auf das Gittertor zu, das zur Seite rollte. Die Ampel schaltete auf Grün, zwei Wachtposten traten an den Wagen, um die Ausweise zu kontrollieren.

Der chinesische Fahrer nahm eine grüne und eine rote Plastikkarte

mit eingeschweißtem Foto aus der Brusttasche seiner Uniform und
reichte sie nach draußen. Einer der Wachtposten leuchtete ihm ins
Gesicht, dann auf die Beifahrerseite. Dort saß eine Frau in einem
schwarzen Seidenkleid. Die dunklen Haare waren streng nach hinten
gekämmt und zu einem Knoten gebunden. Und die dicken Brillengläser reflektierten den Schein der Taschenlampe ...

> *Aus dem Tagebuch des David McGhee:* 24. August/Biskaya. Sie haben uns
> in der Mannschaftsmesse einen Videofilm vorgeführt: Abwurf eines
> dieser Spezialcontainer aus fünfzig Meter Höhe, zu Testzwecken. Da-
> nach aus etwa hundert. Aufprall auf ein Felsplateau – dann Detailaufnah-
> men: Die Verformungen waren gering. Die Deckel blieben dicht. Man
> hat die Container 24 Stunden in 1000 Grad geröstet und in einem
> anderen Versuch mit flüssigem Helium auf minus 200 Grad abgekühlt,
> um den Edelstahlmantel spröde zu machen. Dann fand der nächste
> Crash-Versuch statt. Die Wunderkonstruktion, garantiert gasdicht für
> 70 Jahre, blieb stabil. Aber die Container müssen doch lediglich heil über
> den Atlantik: zehn Tage. Wozu dann der gigantische Aufwand? Oder
> haben die etwas anderes vor mit den Containern und mit uns?

SIE waren die ganze Nacht unterwegs vom Norden in den Süden,
lösten sich ab zu jeder vollen Stunde. Julia schlief auf dem Rücksitz.
Als es zu dämmern begann, fuhren sie durch das Tal der Rhone –
Weinberge, Kalkfelsen und Schlösser im Morgengrauen.

Schließlich Marseille, die Straßen bereits verstopft vom Berufsver-
kehr. Susan suchte sich mühsam ihren Weg.

Unterhalb der Stadtautobahn lagen die Hafenbecken von La
Joliette, die Docks und die Schuppen. Susan und Steve hielten
Ausschau nach der *Stella Polaris.* In diesem Gewirr von Schiffen ein
sinnloses Unterfangen.

Julia war schon seit Stunden wach und quengelte. Am Quai du Port
am Alten Hafen hielt Susan schließlich vor einem der zahlreichen
Cafés, dem „Barracuda". Die Korbstühle unter der Markise, gleich
neben der zugeparkten Straße, waren zu dieser frühen Stunde noch
aufeinandergestapelt.

Steve stieg aus, streckte sich und gähnte. Dann zog er Julia aus dem
Wagen und schließlich die Tasche mit seinen Kameras. Susan wollte
sich allein auf die Suche nach der *Stella Polaris* machen.

„Mami fährt weg!" brüllte Julia, als sich der Mini in Bewegung setzte und Susan sich geschickt in den hektischen Verkehr einfädelte. Heulend rannte Julia hinterher.

Steve fing sie wieder ein. „Hör auf zu plärren!" schnauzte er das Mädchen an. „Deine Mami hat es dir doch eben erklärt! Sie sucht das Schiff mit deinem Daddy an Bord!" Er packte Julia kurz entschlossen an der Hand und zog sie quer über die Straße in den Schatten der Markise. Dort nahm er zwei Stühle vom Stapel und stellte sie an einen der Tische. „Jetzt wird gefrühstückt! Du bekommst Cornflakes und Kakao!"

„Nein!" schrie Julia. „Ich will ein Eis!"

Sie hatte die braune Tafel über der Tiefkühlbox neben dem Eingang zum Café rechtzeitig bemerkt und ihre Wahl bereits getroffen.

„Ein Eis ist kein Frühstück! Vorher gibt's Kuchen oder Croissants mit Schokolade und meinetwegen Milchkaffee."

„Eiscreme! Ich will Eiscreme! Hast du nicht verstanden?"

Der Machtkampf war bereits so gut wie entschieden, und Steve ließ sich erschöpft auf seinen Stuhl fallen. „Ja, ja, ja . . ., ist ja gut!" Er hatte schon vor diesem Zwischenfall beschlossen, sein Leben kinderlos zu beenden.

Aus dem Tagebuch des David McGhee: 27. August. Marseille. Unser Schiff liegt im Trockendock. Große Versuchung, von einer der Werkstätten aus Susan anzurufen. Scheint aber zu riskant. Wir stehen pausenlos unter Beobachtung, und wenn ich Ärger mache, schmeißen sie mich raus. Oder weiß ich schon zuviel?

LA JOLIETTE, der „neue" Hafen von Marseille, zog sich mit seinen zahllosen Kais, Molen und Hafenbecken um die halbe Bucht. Der Zugang zu den Liegeplätzen der Schiffe war meist durch Schuppen, Lagerhallen und hohe Zäune versperrt, die das Zollfreigebiet umschlossen.

Die Beamten in der Hafenkommandantur waren Susan gegenüber von ausgesuchter Höflichkeit. Eine *Stella Polaris,* so ermittelten sie aus ihren Büchern, lag in keinem der Hafenbecken und war in den letzten sechs Wochen auch nirgendwo aufgetaucht, be- oder entladen worden. In Port-de-Bouc vielleicht oder in Fos-sur-Mer, den Nachbarhäfen Marseilles für Erdöl, Erze und Chemieerzeugnisse.

Beide Orte lagen eine Dreiviertelstunde entfernt. Aber auch in den

Unterlagen der dortigen Hafenverwaltungen war keine *Stella Polaris* vermerkt. Zur Sicherheit wälzten die Beamten Lloyd's „Register of Shipping". Darin waren alle Schiffe verzeichnet, die auf den Weltmeeren anzutreffen sind.

Es gab drei Schiffe mit dem Namen *Stella Polaris*: einen kleinen Tanker unter liberianischer Flagge, der Sonnenblumenöl, Fischtran und Rizinus transportierte. Dann einen Küstenfrachter, registriert in Durban, Südafrika, und nur im lokalen Verkehr eingesetzt. Schließlich ein Kühlschiff der „United Fruit Company" für den Bananentransport, mit Registrierung in Panama.

Keines dieser Schiffe paßte in Beschreibung und Tonnage auf das abgebildete Schiff im Trockendock. Auch im Schiffsregister von Marseille – das klärte ein kurzer Telefonanruf – war zur Zeit keine *Stella Polaris* eingetragen.

Das Trockendock war an Hand der Fotos eindeutig zu identifizieren. Im ersten Stock des Verwaltungsgebäudes der Werft, eine halbe Stunde nordwestlich von Marseille auf dem Weg nach Nîmes, waren jedoch keinerlei Unterlagen über eine *Stella Polaris* zu finden. Für die Fotos, die einwandfrei die Existenz dieses Schiffes und seine Anwesenheit in diesem Dock nachwiesen, hatten die Angestellten nur ein hilfloses Schulterzucken übrig. Das Schiff sei unbekannt, hieß es. Nie gesehen. Gefälschte Fotos vielleicht. Ein Scherz. Eine Montage.

Susan saß wieder in ihrem gelben Mini, den sie vor dem Verwaltungsgebäude der Werft abgestellt hatte, als sich ihr ein spontaner Einfall aufdrängte. Sie stieg aus, ließ den Wagen stehen und wanderte an dem gigantischen Trockendock entlang, einem dreißig Meter tiefen und einen halben Kilometer langen Betonbecken. Sie versuchte, die Stellen zu finden, von denen aus die Fotos aufgenommen worden waren.

Im Dock lag ein alter, verrosteter Supertanker und sah seiner Verjüngung entgegen. An der Bordwand klebten Stahlgerüste. Dort kletterten und krochen die Werftarbeiter mit ihren leuchtendgelben Schutzhelmen umher.

Schichtwechsel. Das Gewimmel der gelben Helme formierte sich neu. Susan trat zu einer Gruppe, die gerade über einen der Stege nach oben kam. Sie lächelte, fragte und zeigte das Foto. Die Arbeiter waren überwiegend Nordafrikaner, und die Verständigung gestaltete sich etwas mühsam. Aber schließlich trat ein Vormann in die Runde, ein

Südfranzose mit hartem Akzent. Der warf einen kurzen Blick auf die Bilder und wußte sofort Bescheid.

Ja, vier Wochen war es her oder auch fünf. Da lag dieses Schiff, das nun *Stella Polaris* hieß, hier im Dock. Genau an diesem Platz. Und für nur knapp 48 Stunden. Es war voll beladen mit großen, runden, silberglänzenden Containern, die dichtgepackt unter Deck standen, im ehemaligen Schüttraum des Massengutfrachters. Dieser Schütt-raum war geflutet. Und um das Wasser, das sich ständig erwärmte, zu erneuern, waren neue, größere Pumpen nötig. Die lagen schon Tage vorher bereit.

Die Reparaturen am Unterwasserschiff wurden Tag und Nacht fortgesetzt. Wassertanks wurden auf das Achterdeck geschweißt und ein zusätzlicher Kran installiert. Auch der hatte schon Tage vorher hier gelegen.

Ja, und der neue Name des Schiffes wurde bei dieser Gelegenheit über den alten gepinselt. Der war vorher japanisch gewesen oder chinesisch – seltsame Schriftzeichen eben. Ja, das war es auch schon. Mehr wußte der Vormann nicht.

Susan meinte, das sei doch eine ganze Menge, und bedankte sich. Er habe ihr bei der Suche nach ihrem Mann ein gutes Stück weitergehol-fen ...

„Was machen Sie hier am Dock?" Einer der Angestellten aus dem Verwaltungsgebäude kam mit zwei uniformierten Werkschutzleuten auf Susan zu. „Das Schild dort vorn ist doch groß genug: Das Werftgelände ist aus Sicherheitsgründen für Unbefugte gesperrt."

Susan entschuldigte sich mit der Sorge um ihren Mann.

„Wir haben Ihnen bereits gesagt, was wir wissen: Das Schiff, das Sie suchen, hat hier nie gelegen!"

Der Vormann hob die Brauen und ging mit seinen Leuten zu einem wartenden Bus. Und die Werkschutzleute begleiteten Susan zurück zu ihrem Wagen.

Als sie einstieg, kam der Angestellte der Werftverwaltung noch einmal bei ihr vorbei. Er gab den Uniformierten ein Zeichen, das bedeuten sollte, der Fall sei erledigt. Dann sagte er zu Susan, und es klang ganz beiläufig: „Fahren Sie doch am Quai de la Tourette vorbei, bei der *Agence Maritime Broglie*. Die wissen vielleicht mehr als wir."

Er ging grußlos davon und verschwand im Gebäude. Und Susan fuhr nachdenklich, müde und hungrig zurück in die Stadt.

Aus dem Tagebuch des David McGhee: 28. August. Das Werftgelände um das Trockendock ist hermetisch abgeriegelt. Auch für uns, die Mannschaft der *Stella Polaris* – so heißt unser ehemals japanischer Bulkcarrier seit zwei Stunden; die Schriftenmaler an Bug und Heck sind noch bei der Arbeit. Habe Fotos gemacht: an Bord und vor dem Schiff, zwischen den Containern, die nachts hier angeliefert wurden und noch mit an Bord müssen. Zweiunddreißig Stück. Privataufnahmen, die keiner übelnehmen kann: mit Woo aus Hongkong, Musti aus Beirut, Craig aus Glasgow – ja, und mit Dave McGhee! Erinnerung an eine fröhliche Reise.

Für zwanzig Dollar gehen zwei Filme über einen farbigen Werftarbeiter zur Post und nach London. Hoffentlich kassiert der nicht nur und wirft die Filme in den Müll.

Nach nur 48 Stunden Umbau- und Wartungszeit soll heute nacht die Reise weitergehen: Nordatlantik, Kurs West, USA.

Die edle Fassadenfront der alten Patrizierhäuser mit ihrem reichen Stuck und den Zierbalkonen war geschwärzt von Ruß und Abgasen. Susan war kreuz und quer durch die engen Gassen und breiten Avenuen der Innenstadt gefahren und hatte Passanten und Polizisten nach dem Quai de la Tourette gefragt. Jedermann gab ihr bereitwillig Auskunft und zeigte ihr die Richtung. Doch der direkte Weg war ihr durch Einbahnstraßen, Verkehrsstaus, Baustellen und Zubringertrassen verwehrt.

Schließlich fand sie die gesuchte Straße und hielt nun Ausschau nach der Schiffsagentur „Agence Maritime Broglie".

AGENCE MARITIME BROGLIE! Susan sah die Aufschrift gleich ein dutzendmal. Polierte Messingschilder glänzten in senkrechter Reihe zu beiden Seiten eines breiten Portals. Endlich war sie am Ziel! Doch kaum hatte sie gestoppt, als es hinter ihr hupte. Drei-, vier-, fünfmal. Dann ein Dauerton.

Susan blickte sich um: Ein anthrazitgrauer Citroën Pallas mit langer Antenne blinkte sie an. Die Scheinwerfer strahlten gelb. Und es schien ihr, trotz der dunkelgetönten Scheiben, als säße hinter dem Steuer ein Fahrer mit asiatischem Gesicht.

Auf das Zeichen, sie doch einfach zu überholen, reagierte er nicht. Der Fahrer blinkte nur und hupte. Hinter dem Citroën staute sich der Verkehr. Ein Polizist an der nächsten Ecke wurde aufmerksam, trillerte auf seiner Pfeife und dirigierte Susan weiter.

In ihren Schläfen hämmerte es. Sie hätte irgendwo anhalten und etwas trinken müssen. Und etwas essen. Es ging bereits auf ein Uhr zu, und trotz des spätherbstlich verhangenen Himmels war die schwüle Hitze unerträglich.

Aber Susan hatte eine neue Hoffnung, und das wog alle Strapazen auf. Nur die aussichtslose Suche nach einem Parkplatz machte sie nervös. Nachdem sie den Häuserblock dreimal umrundet hatte, war sie am Ende ihrer Kraft.

Ein alter Mann mit einer Zigarette im Mundwinkel und einer Baskenmütze auf dem kahlen Kopf stapelte Gemüsekisten vor seinem Laden.

Er hatte Mitleid mit ihr, denn er wischte sich die Hände an seiner grünen Schürze ab und wies auf die Einfahrt gleich nebenan. GARAGE stand da auf einem verwaschenen, rostigen Schild quer über dem Tor. Susan fuhr hinein und eine lange, dunkle Zufahrt entlang. Sie schaltete die Scheinwerfer ein.

Die beiden Flügel einer hohen Schwingtür aus ölverschmierten, dicken, drahtverstärkten Plastikmatten standen weit offen. Dahinter lag im Dämmerlicht, das durch verschmutzte Glasziegel fiel, ein großer, kahler, fast quadratischer Raum. Er wirkte leer. Nur an einer Seitenwand waren ein paar Wagen abgestellt. Eine Preisliste verkündete einen astronomisch hohen Stundenpreis und den Rabatt für Dauerparker.

Wie ein Schatten war ein Mann in einem grauen Overall aufgetaucht, lief vor Susan her und winkte sie weiter. Dann wies er dem kleinen Mini eine freie Ecke zu.

Langsam, Zentimeter um Zentimeter, ließ Susan den Wagen vorwärts rollen, bis die Stoßstange die Mauer fast berührte. Sie schaltete die Scheinwerfer aus, stellte den Motor ab und war im Begriff, den Schlüssel aus dem Zündschloß zu ziehen, da legte sich eine dunkelbehaarte Männerhand auf ihre Schulter.

Susan zuckte zusammen: Die Gestalt im grauen Overall stand dicht neben dem offenen Wagenfenster, zeigte auf den Schlüssel und winkte ab. Also ließ sie ihn stecken und nahm den numerierten Parkschein entgegen. Der zweite Abschnitt landete unter dem Scheibenwischer.

Susan nahm ihre Tasche, griff nach dem gelben Kuvert mit den Fotos und stieg aus. Sie ging durch die lange, dunkle Zufahrt zurück zum Tor. Unterwegs kamen ihr zwei gelbe Scheinwerfer entgegen. Die Durchfahrt war eng. Susan machte Platz für den Wagen, der sehr langsam an ihr vorüberfuhr. Es war ein anthrazitgrauer Citroën mit überlanger Antenne.

VII

„SIE haben mich nicht verstanden? Nein?" Susan blickte verzweifelt auf die Sekretärin an der Rezeption der Agentur. Die junge Frau wirkte ebenso verzweifelt.

„Pardon ...!"

Unwahrscheinlich, aber denkbar, daß die Sekretärin einer französischen Schiffsagentur, die international tätig war, kein Englisch verstand. Aber Susan hatte doch soeben ihr allerbestes Französisch gesprochen und sich nach dem Verbleib eines bestimmten Schiffes erkundigt.

„Un moment, s'il vous plaît! – Einen Augenblick, bitte!" Die Sekretärin stand auf und huschte davon. Das Foto der Stella Polaris nahm sie mit. Sie klopfte an die Tür eines Glasverschlags, offenbar, um sich dort Unterstützung zu holen.

Ein gutes Dutzend Angestellte in dem großen Kontorraum, überwiegend Frauen, blickten neugierig von ihren Computerterminals auf. Susan nahm Davids übrige Fotos aus dem gelben Kuvert und sortierte sie. Die Bilder der Stella Polaris breitete sie vor sich auf dem Schaltertisch aus, der die Besucher von den Angestellten trennte.

Inzwischen hatten sich weitere Glasverschläge geöffnet, und das Bild der Stella Polaris ging von Hand zu Hand. Drei Angestellte standen zusammen und diskutierten. Hin und wieder warf einer von ihnen einen kurzen Blick auf Susan. Susan hielt Ausschau nach einem Stuhl, entdeckte aber keinen. Die Agentur wirkte wie eine kleine Privatbank. Durch eine Glaskuppel drei Stockwerke höher fiel Licht und spiegelte sich in dem blankpolierten Marmorboden.

Die Beratung schien beendet. Einer der Angestellten kam schließlich auf Susan zu, das Foto in der Hand. „Was wollen Sie wissen, Madame?" Sein Akzent war kaum merklich, seine Höflichkeit routiniert und kühl.

„Gehört das Schiff hier Ihrer Gesellschaft?" Susan deutete auf die vor ihr ausgebreiteten Fotos. Der Angestellte schüttelte den Kopf, ohne einen Blick auf die Bilder zu werfen.

„Nein. Wir besitzen keine Schiffe, sondern sind nur eine Agentur. Wir vermitteln Ladung und Transportraum, verstehen Sie?"

Susan nickte. „Trotzdem wissen Sie Bescheid über die *Stella Polaris*, nicht wahr? Also: Wo ist das Schiff? Und wem gehört es?"

Der Angestellte wurde nachdenklich und schob, während er die Fotos nun doch studierte, mit dem Zeigefinger der rechten Hand seine Brille nach oben: „Die *Stella Polaris* wurde erst vor kurzer Zeit an eine griechische Reederei verkauft. Nun ist das Schiff neu registriert. In Panama."

„In welchem Hafen liegt das Schiff jetzt? Oder wohin fährt es?"

„Warum wollen Sie das wissen?"

„Mein Mann ist an Bord." Das war eine einfache Erklärung. Der Vollständigkeit halber ergänzte Susan noch: „Und ich suche ihn!"

Der Angestellte stellte wieder eine Gegenfrage: „Offizier oder Mannschaft?"

„Journalist . . .!"

Natürlich hätte sie das nicht sagen dürfen. An der Reaktion ihres Gesprächspartners erkannte sie sofort, wie unklug es gewesen war, dies preiszugeben.

Der Mann zögerte, schob erneut seine Brille nach oben und sagte sehr höflich: „Einen Augenblick, bitte!" Damit wandte er sich ab und ging weg. Das Foto mit Dave nahm er mit.

Susan sah ihm verwirrt nach. Auch der Klügste, dachte sie, macht hin und wieder einen Fehler.

Ein weiterer Angestellter der Agentur trat aus seinem Glasverschlag. Er war offenbar der Vorgesetzte von Susans erstem Gesprächspartner, denn er nahm ihm das Foto aus der Hand und kam an den Schaltertisch.

„Wie heißt Ihr Mann?"

„David McGhee."

Der Vorgesetzte schien über diesen Fall nicht sehr beglückt zu sein. Bevor er sich abwandte, um wieder in seinem Glasverschlag zu verschwinden, legte er Susan einen Notizblock hin und einen Kugelschreiber dazu. „Hier, bitte! Schreiben Sie den Namen Ihres Mannes auf und Ihren Namen auch, Madame."

Sie schrieb die beiden Namen auf. Was blieb ihr anderes übrig? Und sie hoffte, daß ihr Auftauchen in dieser Agentur keine Entscheidung war, die sie und David irgendwann zu bereuen hätten.

Der Zettel mit den beiden Namen machte wieder die Runde und verschwand schließlich, wie auch das Foto, im Glasverschlag des Vorgesetzten. Einige Zeit später kam der erste Angestellte wieder zurück.

„Mein Kollege fragt per Telex in New York an. Die haben dort zwar einen Vierundzwanzigstundenservice, aber es dauert trotzdem seine Zeit. Bitte warten Sie!"

„Was, bitte, fragt er an? Und wieso New York?"

„Ob Ihr Mann noch an Bord dieses Schiffes ist. Das wollten Sie doch wissen, oder?"

Sie nickte.

„Wo das Schiff sich befindet, wissen wir nicht. Wir haben die *Stella Polaris* im Auftrag der Reederei weiterverchartert. An eine Transportfirma in New York ... *Intranspeed Incorporated*. Wir haben nichts mehr damit zu tun!"

Seltsam. Keiner hatte etwas mit diesem Schiff zu tun. Monsieur Robert in La Hague nicht, die Werft nicht und diese Agentur auch nicht. „Können Sie mir noch einen Gefallen tun?" Susan schob dem Angestellten das gelbe Kuvert und den Kugelschreiber hin. „Schreiben Sie mir den Namen und die Adresse dieser Firma auf, der das Schiff jetzt gehört! Hier auf das Kuvert, bitte!"

Der Angestellte zögerte. Dann nahm er den Kugelschreiber zur Hand. „Wenn Ihnen Postfach, Telefon und Telex genügen? Mehr haben wir nicht!"

Sie nickte. Es war zumindest wieder einmal ein neuer Anfang.

Aus dem Tagebuch des David McGhee: 29. August. Wir liegen tief im Wasser. Schwerer beladen kann ein Schiff nicht sein als unsere *Stella Polaris*. Ich habe nachgerechnet: 242 Container zu je 80 Tonnen: Das sind 19360 Tonnen. Die Tragfähigkeit des Schiffes ist mit 20400 Tonnen angegeben. Die noch fehlenden tausend Tonnen bringen *wir* mit auf die Waage. Und unser Proviant.

DAVID lebt! Susan hatte Gewißheit, denn sie hatte das Telex selbst gesehen, die Liste mit der Besatzung der *Stella Polaris*. Über Schiffsort und Kurs war dagegen nichts in Erfahrung zu bringen.

Mit dem Gefühl des Erfolgs kehrte Susan zurück in die Garage. Sie bemerkte sofort: Ihr kleiner gelber Mini parkte nicht mehr an seinem alten Platz. Er war umgestellt worden in die gegenüberliegende Ecke. Dafür gab es sicher gute Gründe, auch wenn Susan es sich nicht erklären konnte. Denn die Garage war nach wie vor weitgehend leer. Nicht verwunderlich bei diesen Preisen. Vermutlich hatte der Parkwächter den Mini rangiert.

Der Wagen war sehr professionell und platzsparend geparkt. Links blieben nur noch wenige Zentimeter bis zur Mauer. Vorn berührte die Stoßstange bereits die Ziegelwand. Dichter konnte man ein Fahrzeug nicht in eine Ecke stellen!

Im Gegensatz dazu war der chinesische Fahrer des anthrazitgrauen Citroën Pallas mit dem Platz sehr großzügig umgegangen. Der Wagen stand verlassen fast in der Mitte des Raums. Sie würde Mühe haben, an ihm vorbeizukommen.

Da fiel plötzlich Scheinwerferlicht durch die lange, eben noch dunkle und verlassene Zufahrt, und das schwere Dröhnen eines Motors näherte sich. Offenbar war ein Lastwagen auf dem Weg in die Garage.

Susan zog ihre Jacke aus, legte sie auf den Beifahrersitz, daneben ihre Tasche und das gelbe Kuvert, und setzte sich hinter das Steuer. David lebt, dachte sie. Er lebt!

Der Zündschlüssel steckte noch im Schloß. Sie versuchte zu starten, aber der Motor sprang nicht an. Es dauerte ziemlich lange, bis Susan begriff, was los war, denn der Lärm des schweren Wagens, der gerade das Tor passierte, übertönte das Anlassergeräusch des Mini. Immer wieder drehte Susan den Schlüssel, aber vergebens.

Der Rückspiegel reflektierte das Licht der starken Scheinwerfer, die sie blendeten. Susan blickte sich um.

Der große Wagen fuhr auf den Parkplatz neben dem Mini. Es war ein Lieferwagen mit einem breiten Kastenaufbau, häßlich, alt, schmutzig und ohne jede Beschriftung. Langsam schob sich die graugrüne Seitenwand an ihr vorbei. Der Abstand zu ihrem Wagen betrug nicht einmal die Spanne einer Hand.

Susan fand diese Form platzsparenden Einparkens etwas übertrieben. „He!" Sie klopfte ans Fenster, was sinnlos war bei diesem Lärm. Sie kurbelte es herunter, schlug mit der Faust gegen das Blech des Lieferwagens, der wie eine Wand neben ihr aufragte und in diesem

Moment zum Stehen kam. Das Dröhnen des Motors, der nicht abgestellt wurde, war viel lauter als ihre Schläge.

„Idiot!" Sie fühlte sich beengt und eingesperrt und warf sich in einem plötzlichen Anfall von Wut und Panik gegen ihre Tür, die gegen das Blech des Lieferwagens knallte. Aber weiter als ein paar Zentimeter ließ sie sich nicht öffnen.

„He! Laßt mich hier raus!" Susan versuchte zu hupen. Aber das Horn blieb stumm. Und auch die Scheinwerfer, mit denen sie ein Lichtsignal geben wollte, blieben dunkel. Vermutlich lag es an der Batterie. Aber was auch immer der Grund sein mochte: Ihr Auto saß fest.

Eine unverschämte Fahrlässigkeit von dem Fahrer des Lieferwagens! Hatte der Kerl nicht bemerkt, daß sie bereits im Wagen saß?

Wenn ihr sonst so zuverlässiger Mini nur angesprungen wäre! Sie hätte ihn vorsichtig rückwärts aus ihrer schmalen Parklücke gesteuert. Vielleicht sogar ohne Schramme! Hinter ihr war schließlich Platz genug!

Sie sah sich um, da blendete sie gelbes Licht. Der anthrazitgraue Citroën war angelassen worden, und Susan glaubte, trotz der dunklen Scheiben den chinesischen Fahrer mit seiner Dienstmütze am Steuer zu erkennen.

Das war die Lösung des Problems. Der Mann konnte sie herausziehen. Sie mußte sich nur bei ihm bemerkbar machen.

Sie winkte ihm zu, aber offenbar nahm er sie nicht zur Kenntnis. Sie rief, schrie, polterte gegen die Tür, gegen das Dach, anscheinend verschluckte jedoch das Dröhnen des Lieferwagens neben ihr alle Signale, alle Rufe.

Und dann bemerkte sie etwas, was sie nicht begreifen konnte: Der Citroën rollte auf ihr Auto zu, kam langsam näher. Der Fahrer mußte sie doch sehen! Er fuhr direkt auf sie zu! Und er stoppte nicht.

Es gab einen dumpfen Schlag. Susan spürte den Stoß, hörte, wie sich ihre vordere Stoßstange knirschend in den morschen Putz der Mauer bohrte, sah die gelben Scheinwerfer erlöschen, nahm eine Gestalt wahr, die aus dem anderen Wagen huschte und in der Dunkelheit der Zufahrt verschwand, hörte eine Tür zuschlagen. Sie ahnte, daß es die Tür des Lieferwagens war, und dann sah sie bereits eine weitere Gestalt fliehen. Das hohe, große Tor klappte zu. Irgendwo rasselte eine eiserne Jalousie nach unten. Dann war Stille.

Stille? Neben ihr dröhnte immer noch der Motor des Lieferwagens, hinter ihr der des Citroën. Da erkannte Susan, daß alles kein Zufall war, keine Fahrlässigkeit, sondern ein teuflischer Plan. Sie war in eine Falle gegangen! Und die Falle war gerade zugeschnappt! War das nun als Warnung gedacht? Um sie einzuschüchtern?

Susan versuchte, einen klaren Gedanken zu fassen. Wer konnte ihr helfen? Irgendwann würde vielleicht der Parkwächter kommen und sie aus dieser beängstigenden Lage befreien. Oder irgendwelche Autofahrer, die ihren Wagen hier abstellen würden.

Welche Autofahrer? Und wann? Wenn die Jalousie vorn an der Straße geschlossen war, kam keiner hinaus und keiner herein.

Susan versuchte sich durch das offene Wagenfenster nach oben zu ziehen, auf das Dach des Wagens. Sie krallte sich in die Zwischenräume der Ziegelsteine, aber der Abstand zwischen Wand und Auto war zu schmal, um durchkriechen zu können.

Langsam und stetig füllte sich der Raum, so groß er auch war, mit den Abgasen der laufenden Motoren. Sie legten sich als wabernde Schicht auf den verölten Betonboden, wirbelten auf, vernebelten bereits die Sicht auf die geschlossene Plastikschwingtür, auf die Glasziegel im Dach, auf die Wand gegenüber. Erreichten in ersten dünnen Schwaden ihr offenes Fenster. Drangen ein durch die nur einen schmalen Spaltbreit geöffnete Tür.

Susan begann zu husten. In rasender Hast schloß sie die Tür, kurbelte die Fenster hoch. Aber der Mini war bereits voller Abgasschwaden. Und er würde sich weiter füllen, immer weiter, bis zum Ende. Denn unentwegt drang der graue Qualm aus den Auspuffrohren der beiden Wagen.

Susan hatte keine Chance. Man beseitigte sie auf eine ganz unspektakuläre Weise. Weil sie schon zuviel wußte. Und drauf und dran war, noch mehr zu erfahren. Weil sie nicht bereit war aufzugeben. Sie war Leuten im Weg, die etwas Ungeheuerliches zu planen schienen oder gerade dabei waren, es auszuführen. Diese Leute hatten David auf dem Gewissen und in Kürze auch sie. Zwei Menschenleben zu opfern war bei diesem Geschäft offenbar einkalkuliert.

Susan dachte an Julia. Und an Steve. Beide würden sie vermissen. Ob sie sie schon suchten? Aber wo? Hier? In dieser verschlossenen Garage, von der sie nichts ahnten?

Irgendwann, heute nacht, würde Steve die Gendarmerie aufsuchen, mit einem plärrenden Kind an der Hand. Und dann würde er den Versuch unternehmen, mit seinem miserablen Französisch eine Fahndung zu organisieren. Nach einer jungen Frau in einem gelben Morris Mini mit britischem Kennzeichen, das er bestimmt nicht einmal auswendig wußte. Zu diesem Zeitpunkt hätte man sie und den Mini längst beseitigt. Im Zweifelsfall ließ sich der Mord als bedauernswerter Unfall deklarieren.

All das ging Susan in Bruchteilen von Sekunden durch den Kopf. Nur ein Wunder konnte ihr noch helfen.

Der Parkwächter konnte ein solches Wunder sein. Wenn er mit diesen Gangstern nicht unter einer Decke steckte. War er bestochen worden? Oder ebenfalls aus dem Weg geräumt?

Die Abgase waberten an den Scheiben entlang. Susans Panik steigerte sich. Sie versuchte, mit der bloßen Faust das Heckfenster zu zerschlagen, bis ihre Knöchel rot und geschwollen waren und sie die schmerzende Hand nicht mehr bewegen konnte. Aber sie fand nichts im Wagen, womit sich das Sicherheitsglas zerschmettern ließ.

Susan nahm ihre ganze Kraft zusammen. Sie stemmte ihren Rücken gegen die Lehne ihres Sitzes und ihre Stiefel gegen die Windschutzscheibe. Und dann trat sie zu mit aller verfügbaren Gewalt. Mit einem gewaltigen Schlag zersprang die Scheibe, und Susans Beine schossen durch einen Regen glitzernder Glasperlen nach draußen. Der Schreck lähmte Susan für einen Augenblick, und dann handelte sie wie in Trance. Vorsichtig zog sie die Beine zurück, wischte mit dem Ärmel ihrer Jacke die Glasreste aus dem Rahmen, ergriff Handtasche, Jacke, Schlüssel und das gelbe Kuvert und kroch hinaus.

Ihre Schuhe glitten über knirschende Scherben. Sie kletterte über das Dach, rutschte über das Heck nach unten, lief über die flache Motorhaube des Citroën, sprang schließlich in den verwehenden Nebel hinein, prallte auf den Betonboden, hustete, würgte, rannte los, warf sich gegen die dicken, öligen Plastikmatten der Schwingtür, glitt hinaus in die Dunkelheit, stolperte, stürzte, fiel über Schutt, hastete weiter in die nachtschwarze Finsternis hinein, in die Richtung, in der sie das offene Tor wußte. Aber das helle, gleißende Viereck des Tors war verschwunden!

Sie prallte gegen die Eisenjalousie, taumelte zu Boden. Dann entdeckte sie einen Lichtspalt, schob ihre Finger durch, zog und stemmte und schaffte es, die Jalousie Stück für Stück, zwanzig, dreißig Zentimeter nach oben zu drücken. Dann rollte sie sich nach draußen, durch Dreck und Öl. Und war frei.

Sie lief, so schnell sie konnte, stieß gegen Passanten, überquerte dichtbefahrene Straßen und Kreuzungen, hörte nicht auf Rufe, nicht auf warnendes Hupen. Das Herz schlug ihr bis zum Hals. Ihr Schädel schien zu zerspringen. Sie keuchte, aber mit jedem tiefen, hastigen Atemzug pumpte sie Sauerstoff in ihre Lungen. Als sie die Promenade am Alten Hafen erreicht hatte, flimmerte es ihr vor den Augen.

Auf der anderen Straßenseite reihte sich ein Café an das andere. Irgendwo hier hatte sie Julia zurückgelassen. Und Steve. Aber sie wußte nicht mehr genau, wo.

Sie rannte auf gut Glück über die Straße, weil sie spürte, daß sie mit ihrer Kraft am Ende war. Eine blaue Markise – BARRACUDA. Blaue, verblichene Polster auf Korbstühlen. Es war nur eine vage Erinnerung.

Auf einem der Polster schlief Julia. Daneben saß Steve, gähnte und spielte mit seiner Kamera. „Na endlich!" Steve atmete erleichtert auf, als Susan kraftlos auf einen der Korbstühle sank. „Psssst!" sagte er und zeigte auf Julia, die zusammengerollt dalag und sich im Schlaf an Sarah, den Elefanten, klammerte; Steves Hut war ihr über beide Ohren tief ins Gesicht gerutscht. „Du ahnst nicht, was ich mitgemacht habe! Das war mein härtester Job, seit ich denken kann!" Er flüsterte und nahm Susans Verstörtheit, ihre Atemlosigkeit gar nicht zur Kenntnis. „Du mußt zugeben: Ich bin fabelhaft! Das war ein Dressurakt!"

Julias Mund war mit Schokoladeneis verschmiert. Ein Rest war geschmolzen und schwamm in einem Teller. Daneben lagen drei angebissene Kuchenstücke, die gegen jeden Zugriff einer feindlichen Umwelt durch einen hohen, uneinnehmbaren Wall aus malerisch aufgebauten Filmpackungen geschützt waren.

Susan strich Julia zärtlich über den Arm. Mit einer Papierserviette tupfte sie sich den Schweiß von der Stirn und betrachtete ihre Hände; sie waren verschmutzt von Staub und Öl, und über ihren rechten Handrücken lief eine Schramme mit verkrustetem Blut.

Steve fragte immer noch nichts. Besser so, dachte Susan. Denn wenn sie angefangen hätte, ihm dieses Abenteuer auf Leben und Tod zu erzählen, wäre sie womöglich in Tränen ausgebrochen.

„Kaffee?" Der Wirt wischte mit einem weißen Tuch über das schmale Stück Tisch, das frei geblieben war.

Susan nickte nur und bemerkte, daß er sie mit einem fast sorgenvollen Blick betrachtete. „Cognac, Madame?" Er nahm sicher nicht zu Unrecht an, daß ein kräftiger Schluck dieser atemlosen und verwirrten jungen Frau helfen könnte.

Susan nickte. Sie versuchte sogar ein dankbares Lächeln.

„Und? Was war?" fragte Steve, als der Wirt gegangen war. „Erfolgreich?" Die verschwitzte Bluse, die verschmutzte Jacke in ihrer Hand irritierten ihn zwar, aber er zog den falschen Schluß und meinte mit einem Grinsen: „Du bist zu Fuß gekommen, nicht wahr? Na, in welchem Halteverbot stand dein kleines Auto diesmal? Haben sie's abgeschleppt?"

Susan kramte in ihrer Tasche, fand den Wagenschlüssel, schob ihn Steve über den Tisch zu und sagte schließlich, als sie sicher war, daß ihre Lippen nicht mehr zitterten: „Steht in einer Garage ...! Du mußt es ... herausholen ...!" Aber dann fügte sie noch die wichtigste Mitteilung hinzu: „David lebt!"

Weiter kam sie nicht. Die Anspannung, die Angst, die Erschöpfung – Susan heulte los, hielt die Hände vors Gesicht und schluchzte: „Ich kann nicht mehr! Ich kann nicht mehr ..."

Steve gab sich optimistisch, um nicht zu zeigen, wie sehr ihn eine weinende Frau verunsicherte. „He! Was ist los? David lebt, denke ich! Ist doch fabelhaft! Sei doch glücklich!"

Der Kaffee kam und ein doppelstöckiger Cognac in einem bauchigen Glas.

Der Wirt nickte Susan aufmunternd zu, dann stellte er die ganze Flasche auf den Tisch. Und Susan nickte zurück.

Sie trank. Erst den Cognac, dann den Kaffee, der brühend heiß war und in der Kehle brannte. Dann schenkte sie sich Cognac nach. Schließlich schob sie Steve das gelbe Kuvert hin und zeigte auf die Adresse, die dieser Bursche von der Agentur säuberlich in Blockbuchstaben auf die Rückseite geschrieben hatte.

Steve nahm das Kuvert und las: „Intranspeed, New York?"

„Die haben die *Stella Polaris* gechartert."

„Und David ist also an Bord?"

„Als Decksmann. Ich habe die Liste der Besatzung selbst gesehen. Zwölf Mann. Ein Telex aus New York. "

„Du hast ihn also gefunden! Du hast es geschafft! Wo ist das Problem?"

„Das Schiff ist nirgends zu erreichen! Verschollen irgendwo zwischen New York, Panama und dem Pazifik! Keine Positionsmeldung seit drei Wochen."

„Wer sagt das?"

„Die Schiffahrtsagentur!"

Steve schüttelte den Kopf. „Die lügen doch! Die lassen doch ein Schiff dieser Größe nicht einfach verschwinden!"

„Warum nicht?" Wenn sie Menschen töten, dachte Susan, weil die ihre Pläne stören könnten, dann werden sie auch ein ganzes Schiff versenken.

„Was hatte die *Stella Polaris* denn geladen?"

„Radioaktiven Müll!"

Julia war wach geworden und streckte sich. „Mami ...!" flüsterte sie. Der viel zu große Hut verdeckte immer noch ihr Gesicht, und sie hatte nur Susans Stimme gehört. Jetzt war die Welt für sie wieder in Ordnung.

„Julia! Liebes!" antwortete Susan und zog sie zu sich auf den Schoß. So saß sie eine Weile, nahm die Kleine fest in den Arm, spürte, wie Julia wieder einschlief, und faßte schließlich einen Entschluß. „Wir fahren zurück nach London! Das hat hier alles keinen Sinn! Es wird auch zu gefährlich! Ich habe erfahren, was ich erfahren wollte, und mehr erreiche ich im Augenblick nicht. Außerdem bin ich verantwortlich für Julia."

Steve hob die Hand, rief den Wirt: „*Garçon ...!*"

Der Wirt kam. „*L'addition?*" fragte er. „Die Rechnung?"

„Wie? Ach so. Nein! *Non!* Das heißt: ja! Nur, ich muß telefonieren! *Téléphoner* ... Nach London! *Londres*. Geht das hier bei Ihnen?"

Der Wirt hatte auf einem winzigen Zettel alles addiert. Jetzt zeigte er über die Straße. Dort drüben, auf der Promenade am Kai des Alten Hafens stand eine gläserne Telefonzelle.

Steve erhob sich und bezahlte. „Ich rufe Pat Cooper an!" sagte er. „Der weiß garantiert weiter." Damit rannte er über die Straße, mitten durch das dichteste Verkehrsgewühl.

Susan versuchte, mit ihrem Kind im Arm aufzustehen, griff nach dem gelben Kuvert, nach Tasche und Jacke und folgte Steve auf die andere Seite.

Aus dem Tagebuch des David McGhee: 30. August. Seit wir Sizilien umrundet haben, laufen wir ostwärts mit 110 Grad parallel zur libyschen Küste. Wieso? Und wohin? In den Ladepapieren, die offen auf dem Schreibtisch des Zweiten Offiziers herumlagen, steht als Bestimmungshafen: Charleston, South Carolina, USA. Aber wir fahren nicht nach Westen, sondern nach Osten. Über das wirkliche Ziel klärt uns keiner auf.

VIII

STEVE streckte stolz den Daumen nach oben – eine Geste des Erfolgs! Er hatte offenbar gute Neuigkeiten. Mit dem Fuß hielt er die Tür der Telefonzelle auf, um in der Hitze nicht zu ersticken, und warf in regelmäßigen Abständen Münzen ein.

Susan nickte nur, setzte sich mit der schlafenden Julia im Arm auf eine der Bänke an der Hafenpromenade und wartete. Es war ihr gleichgültig, was dieser Cooper zu sagen hatte. Ihr Entschluß, nach London zurückzureisen, stand fest. Wenn sich David an Bord der *Stella Polaris* befand, dann war es sinnlos, hier in Marseille herumzuhocken. Sinnlos und gefährlich.

Als sie sich zurücklehnte, saß hinter ihr auf der anderen Seite der Doppelbank eine Frau. Susan hörte eine leise Stimme dicht an ihrem Ohr und hielt für Sekunden den Atem an.

„Sie sind unvorsichtig, Susan McGhee!"

Susan wandte sich um. Die Frau, nur durch die hohe Lehne der Bank von ihr getrennt, trug ihre schwarzen Haare streng nach hinten gekämmt und zu einem Knoten gebunden. Die dicken Gläser ihrer dunklen Hornbrille vergrößerten ihre Pupillen auf unnatürliche Weise. Und sie sprach mit einem fremdländischen Akzent.

„Ich hatte Ihnen doch geraten, nach Hause zu fahren! Bleiben Sie in London, warten Sie dort, und beten Sie für die glückliche Heimkehr Ihres neugierigen Gefährten!"

Die Frau schien die Überraschung in Susans Gesicht zu genießen. Nicht nur ihre Überraschung, sondern auch ihr Entsetzen und ihre Furcht. Susan ahnte plötzlich Zusammenhänge, sah eine gefährliche Verknüpfung, die im Augenblick noch nicht zu beweisen war.

„Ein Journalist also an Bord der *Stella Polaris*. Wir haben es natürlich schon lange geahnt und entsprechend gehandelt! Aber wir sind Ihnen trotzdem zu Dank verpflichtet für diese nunmehr authentische Information. Andererseits: Sie haben heute erlebt, was alles passieren kann, wenn man sich unnötig in Gefahr begibt! Wenn man sich in Dinge einmischt, die einen besser nicht interessieren sollten!"

Susan war immer noch wie gelähmt, starr vor Entsetzen und stumm. Als sie sich endlich einigermaßen gefaßt hatte, um ihrerseits Fragen zu stellen, war es bereits zu spät.

Die Frau stand auf und ging grußlos davon. Sie trat zu einem anthrazitgrauen Citroën Pallas mit einer überlangen Antenne, der in zweiter Reihe mit laufendem Motor bereitstand. Susan erkannte am Steuer den chinesischen Fahrer.

Erst jetzt wurde ihr klar, daß dieser Wagen sie schon seit dem frühen Morgen verfolgt hatte. Wie naiv war sie gewesen!

Der Citroën setzte sich rasch in Bewegung und verschwand im dichten Verkehr.

Julia war aufgewacht. Sie blinzelte unter Steves Hut hervor in die Sonne und fragte: „War das Tante Ruth? Warum hast du mich nicht gleich aufgeweckt?"

„Du warst so müde. Hast kaum geschlafen letzte Nacht während dieser langen Fahrt."

„Was hat sie gesagt, die Tante Ruth?"

„Daß es Daddy gutgeht ... Und daß wir nach Hause fahren sollen!"

In diesem Augenblick trat Steve aus der Zelle. Er war aufgekratzt und bester Laune. „Cooper hilft uns!" rief er schon von weitem. „Es ist alles geregelt: Er bezahlt unsere Flüge nach New York! Sein Partner erwartet uns dort! Und NEWS übernimmt alle Spesen. Aber dafür will Cooper auch etwas haben ..."

Er ließ sich neben Susan auf die Bank fallen, und Susan unterbrach seinen begeisterten Redefluß. „Die Frau aus der Normandie, Tante Ruth, war hier! Gerade eben! Sie hat mich gewarnt, nun schon zum zweiten Mal! Ich soll nach London fahren und dort auf David warten!"

Steve reagierte verständnislos. „Was hat diese Ruth mit der Sache zu tun? Und mit Dave?"

„Eine ganze Menge, wie es scheint ...!"

„Merkwürdig!" Steve war nachdenklich geworden. Aber dann wischte er alle Bedenken beiseite: „Na schön! Hat sie eben damit zu tun! Aber Susan, hast du überhaupt zugehört? Cooper zahlt uns die Reise nach New York! Oder auch woandershin! Wo auch immer du deinen geliebten Dave suchen willst!"

„Nein!" Susan schüttelte den Kopf. „Ich fahre heim! Nach New York zu fliegen oder wohin auch immer – das hat doch alles keinen Sinn!"

„Susan! Wenn alles keinen Sinn hätte und es keine Chance mehr gäbe für dich und Dave, dann hätte diese Ruth dich nicht gewarnt, oder? Die hat versucht, dich einzuschüchtern, dich abzuschütteln, weil du auf der richtigen Spur bist! Weil du denen gefährlich wirst! Oder zumindest lästig. Deshalb!" Er war von der Logik seiner Überlegungen sehr angetan. „Also: Cooper zahlt! Aber er will die Story! Exklusiv für NEWS!"

„Welche Story?"

„Junge, einsame Frau auf der Suche nach ihrem verschwundenen Mann, dem Vater ihres Kindes … Oder so ähnlich!" Er zitierte offenbar.

„Sehr peinlich und sehr dumm!"

„Aber griffig!" Steve kannte Coopers Geschmack, seinen Erfolg – und vor allem seine Honorare. „Dazu kommt dann noch die Botschaft für die Intellektuellen: Kampf gegen eine unsichtbare Mafia. Radioaktiver Müll! Und die Frage nach dem ‚Wohin damit?'. Aber in erster Linie geht es Cooper um die beteiligten Menschen! Es geht ihm um Schicksale, wie er meinte. Und den Titel hat er auch bereits: ‚Reise in eine strahlende Zukunft'!"

Susan blickte Steve stumm an, und der redete einfach weiter: „Cooper sagt, wir schließen einen regelrechten Vertrag! Du unterschreibst, und Cooper bekommt alle Rechte. Ich liefere Fotos und Rohtext. Und wir beide machen halbe-halbe! Ist das nichts?"

Susan zuckte die Schultern. „Ich bin müde", bekannte sie. „Unendlich müde." Und leise fügte sie hinzu: „Außerdem habe ich Angst!"

Aus dem Tagebuch des David McGhee: 31. August. Gegen Mitternacht fuhren wir eine gute Stunde mit halber Kraft. Da tauchte schließlich ein Patrouillenboot mit arabischer Aufschrift neben uns auf, ging längsseits, und drei Männer kamen über die Lotsenleiter an Bord: zwei Schwarzuniformierte und ein Bürokratentyp in Zivil.

Der Kapitän und der Erste Offizier begrüßten die späten Gäste persönlich an Deck – auf arabisch! Sehr überraschend, weil sie bisher ausschließlich Englisch gesprochen haben. Das Patrouillenboot legte ab, und die Herren blieben und bezogen die Lotsenkammer.

SIE hätte nicht in dieser Stadt bleiben dürfen! Ein einziger Tag wie dieser war genug! Und nun noch eine ganze Nacht – eine schlaflose Nacht trotz dieser abgrundtiefen Erschöpfung. Denn Susan hatte Angst.

Die Tür zu ihrem kleinen Hotelzimmer hatte sie mit Möbelstücken verbarrikadiert. Dann hatte sie am Fenster gesessen und hinausgesehen, Stunde um Stunde, auf den kleinen, romantischen nächtlichen Alten Hafen, den breiten Kai und auf die Menschen dort unten, die ihn belebten: Touristen, Penner, Matrosen, Fischer und Taschendiebe. Sie hatte das Licht im Zimmer gelöscht und die beiden Läden nur einen Spaltbreit geöffnet.

Julia lag hinter ihr, quer über dem breiten Bett mit der durchgelegenen Matratze, Sarah im Arm, und schlief bis in den Morgen hinein. Der kam ganz überraschend für Susan. Sie hatte jedes Zeitgefühl verloren. Plötzlich war da ein heller Schimmer, der Himmel grau und mit schweren Wolken, die sich violett färbten, blutrot, gelb und sich dann im Morgenwind verflüchtigten. Aus dem Dunst tauchte eine unwirkliche, matte Sonne.

Nun konnte Susan von ihrem Fenster aus die ganze Straße überblicken, bis hinunter zum Barracuda, dem kleinen Café mit der blauen Markise, keine dreihundert Schritt entfernt. Nach diesen dreihundert Schritten hatte Susan gestern nachmittag am Ende des Hafens das alte, malerisch vergammelte Hotel gefunden: Hotel Belvue. Und sie hatte entschieden, dort zu bleiben.

„Wir brauchen *zwei* Zimmer, nicht nur eines!" korrigierte Susan, als der Portier Steve den Schlüssel überreichte. „Eines für mich und meine Tochter. Und eines für den Monsieur."

Der alte Portier nickte und nahm einen zweiten Schlüssel vom Brett. „Die Zimmer haben eine Verbindungstür", verriet er.

„Ich fürchte, das wird nicht nötig sein", erwiderte Steve voll Enttäuschung und begann den Aufstieg.

„Vierter Stock!" rief der Portier ihm noch nach.

Für Julia und für sich hatte Susan eine Pizza kommen lassen und sich dann eingeschlossen für den Rest des Nachmittags, den Abend und die Nacht. Und Steve war ihrer Wegbeschreibung gefolgt und hatte ihr kleines gelbes Auto gesucht und, wie er ihr später berichtete, auch gefunden.

Ohne Angst, Schrecken oder Bedrohung. In der fast leeren Garage, mit zerborstener Scheibe und leerer Batterie. Ein Kurzschluß. Morgen früh würde der behoben sein, hieß es in der Werkstatt gegenüber. Und eine neue Frontscheibe sei schon auf dem Weg.

Steve war auch weiterhin nicht untätig geblieben. Er hatte über die Telefonauskunft die Anschrift der Firma Intranspeed in New York ermitteln lassen: Suite 4701 bis 4704, World Trade Center, 47. Stock. Keine schlechte Adresse also.

Und nun war die Nacht vorbei. Kein Grund mehr, sich vor Alpträumen zu fürchten. Aber trotzdem steckte in Susan die Angst – weniger Angst um sich selbst als vielmehr um Dave und um Julia.

Das Frühstück kam, und Julia schlief immer noch. Steve war bereits unterwegs zum Hauptpostamt, um das Geld abzuholen, das Cooper telegrafisch überwiesen hatte. Anschließend hatte er vor, die Tickets nach New York zu besorgen. Ab Nizza ging täglich ein Flug der Pan Am.

Susan blieb im Hotel, stand weiterhin am Fenster.

„Wartest du auf das Schiff mit Daddy?" Julia saß aufrecht im Bett, vielleicht schon seit einiger Zeit.

„Julia? Bist du wach?" Susan trat ans Bett, setzte sich auf die Kante. „Das Schiff mit Daddy kommt nicht hierher nach Marseille. Es liegt jetzt – vielleicht – in Amerika, in New York. Das ist weit weg! Ich muß dorthin, um ihm zu helfen ..., das heißt, um ihn zu finden. Und ihn zu holen! Ich hab's dir gestern nicht gesagt, aber ... du kannst da nicht mit ..."

„Ich will mit nach Amerika! Ich will mit zu Daddy!"

Susan strich Julia zärtlich über das Haar und sagte dann ruhig und bestimmt: „Nein, Julia. Du bleibst da. Bei lieben Leuten, die gut auf dich aufpassen ..."

„Ich will aber mit!"

„Du bleibst da! Es ist zu gefährlich für dich!"

„Wenn es gefährlich für mich ist, dann ist es auch gefährlich für dich! Dann bleibst du auch hier! Dann fliegt Steve allein!"

„Ich muß dorthin, Julia ... Ich muß!"

„Und was mach ich ..., und was macht Daddy ..., wenn du totgehst dabei? Und wenn es mir bei diesen Leuten nicht gefällt? Und wie heißen die überhaupt?"

„Ich weiß nicht, Julia", bekannte Susan. „Wir müssen die Leute erst finden."

EIN Blick weit über die Stadt, über den Hafen und das Meer: die Bucht mit ihrer Kette weißer, karstiger Berge, Felseninseln mit Türmen und Festungsanlagen mit meterdicken Mauern, kleine Schiffe voller Ausflügler, Fischer- und Segelboote, riesige Fähren, die nach den großen Häfen des Mittelmeers ausliefen und sich mit lautem Tuten freie Bahn schafften . . .

Ein Ausflug mit einer schönen Aussicht war ein Geschenk von Steve für Julia, und sie war beglückt. Sie spuckte von der Brüstung einer hohen Mauer, die den weiten Vorplatz der Kirche umschloß, Pflaumenkerne hinunter auf die Dächer und wurde dabei fotografiert. Steve war unermüdlich. Er jagte Film um Film durch die Kamera. Wechselte die Schauplätze, den Hintergrund, wünschte sich mal diesen Ausdruck, mal jenen, Ernsthaftigkeit, dann wieder Lachen, Trauer, Grimassen. Und Julia spielte mit, mal braves Kind, mal Clown.

Susan hatte sich nach zwanzig oder dreißig Bildern unter Protest aus dem Schußfeld der Kamera begeben und stand seither hinter Steve. Sie hatte, als sie die kurze vertragliche Vereinbarung unterschrieb, die Steve nach Coopers Wünschen aufgesetzt hatte, nicht geahnt, welche grotesken Formen diese „Reportage" annehmen würde.

Sie waren hierherauf zum höchsten Punkt Marseilles gefahren, zur Basilika Notre-Dame-de-la-Garde. Der gelbe Mini lief auch bergauf wieder wie in seinen besten Zeiten, nur war statt der Windschutzscheibe vorläufig eine Plastikfolie aufgeklebt.

Susan hatte in der Sakristei um ein Gespräch mit einem Priester nachgesucht. Ein junger Pater erschien, blickte sich suchend um und kam dann auf Julia und Susan zu. Und während die drei sich in ein Gespräch vertieften, umschlich Steve sie von allen Seiten mit seiner Kamera.

Dann ging die Fahrt übers Land, auf engen, kurvenreichen Straßen durch die Provence. Zypressen und Wein, Steinmauern und Ginster. Und auf den Bergkuppen klebten kleine Dörfer wie Nester.

In einem Eichenwald hoch über einem Tal lag das Kloster: Mauern

aus Feldsteinen, bemooste Ziegel und ein halbverfallener Glocken-
turm. Von irgendwoher hörten sie den Gesang von Kindern.

Steve machte sich auf die Suche nach einem Ansprechpartner. Und
Susan wartete mit Julia in einem hohen, kahlen, leeren Kirchenraum.

Julia hatte soeben begonnen, auf den Platten ein neues Hüpfspiel zu
erfinden, als Steve mit einer Ordensschwester eintrat, die eine weiße
Haube und eine weite Kutte trug. Er machte sofort wieder seine
Kamera schußbereit, und Susan zog Julia zu sich her.

„Guten Tag! Ich bin Schwester Martine", sagte die Schwester auf
englisch.

„Guten Tag! Ich heiße Susan McGhee. Monsignore Battiste hat Sie
angerufen, ja?" Eine hochoffizielle Anmeldung, so hoffte Susan,
würde das Vorhaben begünstigen.

Die Schwester nickte eifrig, so daß ihre Haube wippte. „Ja, erst vor
einer Stunde. Und er hat mir alles erzählt. Sie kommen aus England,
nicht wahr? Und das hier ist also die kleine Tochter!"

„Sie heißt Julia. Julia, begrüß die Schwester!"

Julia hauchte ein verschüchtertes „Hallo!"

„Hallo!" sagte auch die Schwester. „Kommen Sie bitte mit!" Sie
ging voraus, und die anderen folgten.

Der Gesang der Kinder war schon längere Zeit verstummt. Sie
standen jetzt alle unter der Aufsicht von zwei jüngeren Schwestern
neugierig im Hof und betrachteten mit großen Augen den angekün-
digten Neuzugang.

Die Kinder hatte man in dunkelblaue Kittelchen gesteckt. Das war
praktisch und billig und hierzulande üblich.

Susan überlegte sich erschrocken, wie Julia in wenigen Stunden im
Kreis dieser Kinder aussehen würde: eingekleidet und umsorgt, aber
unglücklich. Umgeben von einem Dutzend Kindern und trotzdem
einsam. Aber was hätte sie sonst tun können? In ihrer Situation? In
diesem Land?

Sie übergab der Schwester die Tasche mit ein paar Kleidern und
Julias Kinderpaß. Und Geld, für alle Fälle.

„Wie lange bleiben Sie in Amerika?"

„Nur zwei oder drei Tage", antwortete Susan. „Wenn es länger
dauern sollte, rufe ich Sie an."

„Es wird bestimmt länger dauern!" stellte Steve realistisch fest,
ohne seine Arbeit als Fotoreporter zu unterbrechen. Und Susan

wunderte sich, wieso die Schwester keinerlei Einwendungen gegen die zahllosen Bilder machte, die Steve von ihr schoß.

Steve schob Julia durch ein großes, offenstehendes Tor hinaus in den sonnenüberfluteten Klostergarten. Dort standen Rosen in schönster Blüte, die Kieswege waren ordentlich geharkt und die kleinen Hecken in Form barocker Ornamente frisch geschnitten.

Eine Ecke hatte man den Kindern zugewiesen. Dort liefen sie in ihren dunkelblauen Kittelchen im Kreis herum wie dressierte Ponys. Eine junge Schwester stand in der Mitte und klatschte mit den Händen begeistert den Takt dazu.

In dieser Umgebung fotografierte Steve nun den herzzerreißenden Abschied von Julia und Susan, von Mutter und Tochter – wie von Pat Cooper bestellt: Umarmungen und Tränen, ausgestreckte Kinderärmchen, zwei liebevolle Ordensschwestern, die die tragische Situation zu mildern suchten.

Schließlich das Abschiedsbild: Julia mit den Schwestern im Tor. Sie winkte mit der einen Hand, während sie hinter der anderen ihre Augen verbarg.

Aus den Notizen des David McGhee: Zur Entsorgung von Kernkraftwerken bieten sich grundsätzlich nur zwei Möglichkeiten an: Die Wiederaufarbeitung in entsprechend hochtechnischen Anlagen, die jeweils vier bis sechs Milliarden US-Dollar kosten und die, wie die Erfahrung zeigt, mit gewissen Umweltrisiken behaftet sind. Denn beim Ablauf der chemischen Prozesse kommt es immer wieder zu Ablagerungen, Korrosion und dadurch zu Leckagen, Betriebsstörungen und zur Kontaminierung von Betriebsräumen, Abflußleitungen, Lüftungssystemen.

Die Alternative ist die direkte Endlagerung der abgebrannten Brennelemente ohne Recycling, wobei der absolut sichere Standort für die nächsten 100000 bis 500000 Jahre noch gefunden werden muß.

„SIND Sie das erste Mal in New York?" Die clevere blonde Person mit der frechen Stupsnase lehnte sich durch das Fenster der Fahrerkabine in dem alten Taxi; die Trennscheibe zum Fond war zur Seite geschoben.

Die junge Frau saß neben dem Fahrer, hieß Sally und war Bill Hopkins' Sekretärin. Bill Hopkins leitete das New Yorker Büro von Coopers NEWS-Agentur.

Susan schüttelte den Kopf. „Ich habe ein halbes Jahr hier gelebt und gearbeitet. Im Auftrag des *Daily Telegraph*. Mein erster Job im Ausland. Und damals habe ich David hier getroffen! Wir sind uns eines Tages zufällig über den Weg gelaufen."

Susan fand New York und besonders Manhattan wieder so aufregend wie beim ersten Mal vor sechs Jahren. Über der Stadt lag eine schwarze Gewitterwolke, aber die Strahlen der späten Abendsonne leuchteten von New Jersey her zwischen den Hochhaustürmen von Midtown hindurch und ließen die Glitzerfassaden aufflammen.

„Ich hab euch beide im ‚Wellington' untergebracht, Familienhotel in der Seventh Avenue, gleich hinter dem Times Square. Sollte nicht allzu teuer sein, hieß es. Dort seid ihr beiden auch 'n bißchen aus der Schußlinie! Ihr macht doch so 'ne Mafia-Story, oder?"

„Mafia-Story?" Susan sah Sally perplex an, dann schaute sie auf Steve.

„Hat denn Bill Hopkins schon recherchiert?" fragte dieser.

„Ja! Und jetzt hat er die Hosen voll! Das kann ihm Cooper gar nicht bezahlen, hat er gemeint. Da bahnt sich ein Riesentrouble an."

Mit Sally waren Susan und Steve gleich nach ihrer Landung zusammengeprallt: in der stets überfüllten Ankunftshalle des Pan-Am-Terminals auf dem John-F.-Kennedy-Flughafen. Nach Paßkontrolle und Zoll hatten sich die beiden durch die Menge gedrängt. Und bei dem Versuch, Abstand zu gewinnen, um Susans Ankunft in New York auch entsprechend ins Bild zu bekommen, war Steve einer zierlichen jungen Dame, die plötzlich hinter ihm stand, auf den Fuß getreten.

„*Oh, sorry*", murmelte er.

„*Oh, boy*, das macht doch nichts!" sagte Sally und schlug ihm, nun wirklich aus Versehen, während sie ihren beim Zusammenprall verlorenen Schuh suchte, ein großes Schild auf den Kopf.

Sie war entsetzt über ihre Ungeschicklichkeit. Steve lachte nur und setzte seinen eingebeulten Hut wieder auf. Und die junge Dame bückte sich nun auch noch nach ihrem verlorenen Schild. NEWS stand darauf.

„News?" fragte Susan. „Sie kommen von der Agentur?"

„Richtig! Dann seid ihr die beiden Engländer aus Marseille, ja?"

Susan nickte und stellte sich und Steve vor.

„Fein, daß ich euch sofort erwischt habe! Ich heiße Sally!" Sie faßte die beiden am Arm, einen rechts und einen links, und führte sie hinaus zum Taxistand. „Und wenn ihr nicht zu müde seid, dann fahren wir gleich zu Bill Hopkins ins Büro. "

News – stand auf dem Messingschild in der Mitte der braunlackierten Tür zur Suite 1501 im fünfzehnten Stock des Rockefeller-Centers an der Fifth Avenue.

„Hallo! Schon hier? Kommt rein!" Bill Hopkins stand in der offenen Tür und strahlte vor Lebensfreude. Das winzige Büro hinter ihm war vollgepackt mit Zeitschriften und Büchern bis hinauf zur Decke. Selbst auf den Besucherstühlen vor seinem Schreibtisch, der unter einer Tonnenlast Papier zusammenzubrechen drohte, stapelte sich Gedrucktes.

Hopkins hatte spontan eine fabelhafte Idee: „Wißt ihr was? Es wird zwar bald ein Unwetter geben, aber wir gehen raus in den Garten. Kein Telefon. Keiner hört uns. Und Sally bringt uns was zu trinken. "

Er hatte währenddessen auf seinem Schreibtisch gewühlt und einen gelben Notizblock mit der gedruckten Aufschrift News entdeckt und eingesteckt.

Hopkins ging voraus, aus dem Büro hinaus und den Korridor entlang zu einer Glastür, die ins Freie führte. Auf vier Seiten beherrscht von den schwindelerregenden Fassaden Manhattans, lag vor ihnen eine gepflegte Dachterrasse mit weißlackierten, gußeisernen Parkbänken.

Die schwarze Wolke über der Stadt schien Bill Hopkins nicht zu beunruhigen. Er wandte sich wieder seinen Gästen zu. „Also, machen wir's kurz: Ich bin Bill Hopkins. Sie sind Susan McGhee, nehme ich an, und Sie sind . . .?" Er blickte abwartend auf Steve.

„Steve Lensky. Wir haben uns im Haus von Pat Cooper in London kennengelernt. Vor drei Jahren. Ich habe dort gearbeitet!"

Bill Hopkins versuchte sich zu erinnern, zuckte dann jedoch entschuldigend die Schultern. „Keine Ahnung mehr! Tut mir leid!" Er setzte sich und zeigte wortlos auf die gegenüberstehende Parkbank.

Susan begann nach einer Pause: „Bill, Ihre Sekretärin Sally hat gemeint, wir ließen uns hier auf eine Art Mafia-Story ein! Sie selbst hätten bereits kalte Füße . . . "

„Sagt Sally, ja?" meinte Hopkins. „Nun, Sally ist eine liebenswerte, dusselige Kuh, das weiß sie selbst, aber sie ist auch extrem tüchtig. Lassen wir sie also besser aus dem Spiel!"

Sally tauchte gerade auf, jonglierte ein Tablett mit einer Thermoskanne voll Kaffee, einer Flasche Scotch, Eis, Soda, Gläsern und Tassen und stellte alles zwischen den beiden Bänken auf dem Boden ab. Sie goß Kaffee ein und verteilte die Tassen.

Hopkins wartete, bis sie gegangen war, dann zog er den gelben Notizblock aus der Tasche, blätterte ihn auf und begann seinen Vortrag mit viel Tempo. „Also: Die *Stella Polaris*, ein ehemals japanisches Frachtschiff für Schüttgut – Eisenerz, Kohle und so weiter – ist umgerüstet worden für Spezialtransporte. Erst in Liverpool, dann in Marseille. Aber da war das Schiff eigentlich schon voll beladen auf seiner großen Reise. Nun erhielt es also noch einen Kran und große Wasserbecken auf dem Achterschiff, wurde verkauft, neu registriert, gechartert von einem Agenten in Marseille, weiterverchartert, läuft seither in Zeitcharter für Intranspeed, New York, und wurde schließlich noch einmal unterverchartert an die Firma San Clemente in Panama. Intranspeed wie auch San Clemente sind beides Spezialtransportunternehmen für ‚gefährliche Güter‘, wie das heute offiziell und etwas verharmlosend heißt. Jede dieser genannten Firmen handelt nur im Auftrag. Aber in wessen Auftrag? Da gibt es Makler für Ladung und Schiff, Befrachter und Unterbefrachter, Spediteure, und alle halten die Hand auf, aber keiner weiß, wer eigentlich dahintersteckt, wem die Ladung gehört, wer sie später übernimmt, wo das Schiff endgültig vor Anker gehen wird, nachdem es offenbar in Liverpool, Cherbourg und sonstwo seine heiße Ladung eingesammelt hat. Das Ganze ist geschickt aufgebaut als ein undurchschaubares Geflecht der Verwirrung! Und da kommt eine hübsche junge Frau wie Sie, Susan, und fragt mich allen Ernstes: Wo, bitte, ist mein geliebter Mann geblieben?" Er klappte seinen Notizblock wieder zu und steckte ihn ein. „Ja, das war's auch schon! Sehr viel mehr kann man in zwei Tagen nicht recherchieren." Hopkins lehnte sich zurück und trank seinen Kaffee.

Susan beugte sich vor. „Ist David ... Ist mein Mann noch am Leben? Ist er noch an Bord?"

„Ich weiß es nicht! Ich weiß weder, wo sich das Schiff befindet, noch, wem die Ladung jetzt wirklich gehört und wohin sie befördert werden soll. Ich weiß nur, was für Ladungen dieser Art oder besser

dafür, daß man sie wegschafft, kassiert wird! Pro Kilo tausendfünfhundert Dollar! Pro Kilo! Und das ist noch ein absoluter Billigpreis.
An Bord der *Stella Polaris* befinden sich, soviel ist sicher, etwa
siebenhundertfünfzig Tonnen von diesem heißen Stoff. Das bringt
hochgerechnet einen Betrag von knapp über einer Milliarde. Eine
Milliarde Dollar! Noch irgendwelche Fragen?" Hopkins entkorkte die
Flasche mit dem Scotch und goß sich einen großen Schluck in seine
leere Tasse.

Susan begann zögernd zu berichten: „Dave sagte bei seinem
nächtlichen Anruf, er habe den Beweis für einen internationalen
Skandal, und er schrie, er sei in Lebensgefahr!"

Hopkins nickte. „Hat mir Pat Cooper schon am Telefon erzählt.
Was das mit der Lebensgefahr zu bedeuten hat, kann ich nicht
beurteilen. Aber was den Skandal betrifft: Das Geschäft ist ganz legal.
Nur: Kernkraftwerke produzieren nicht nur Energie, sondern auch
Asche – abgebrannte Brennelemente. Und alles wäre perfekt, wenn
man wüßte, wohin damit!"

„Recycling!" wandte Susan ein. „Man bereitet das Material aus den
Elementen wieder auf. Ich war in La Hague. Die Erklärungen von
Monsieur Robert, einem Mann der Informationsabteilung in La
Hague, klangen sehr plausibel. Alles ist sehr einfach, sehr sicher und
sehr sauber ..."

„... sagt Monsieur Robert!" Hopkins lächelte. „Nein, Wiederaufarbeitung ist gar nicht sehr einfach und letztlich höchst riskant! Dafür
gibt es Beweise und im Fall Sellafield eine lange Liste brisanter
Störfälle mit Evakuierung und Kontamination der Arbeiter! Diese
Form von Recycling ist nicht nur teuer, sondern auch schmutzig, weil
am Schluß immer noch drei bis fünf Prozent hochradioaktiver Abfälle
übrigbleiben, die beseitigt werden müssen."

Susan blickte irritiert nach oben, wo sich mit einem dumpfen
Donner ein Blitz entladen hatte, irgendwo zwischen den von Wolken
verschluckten Hochhäusern.

„Jetzt sind sich die Spezialisten nicht einig", fuhr Hopkins fort, „ob
man diesen gefährlichen, strahlenden Restmüll für die nächsten
dreihunderttausend Jahre im Meer versenken oder, zum Beispiel in
Glas eingegossen, in aufgelassenen Salzbergwerken deponieren soll,
gewissermaßen als Geschenk an die Ururrurenkel unserer Kindes-
kinder."

Dämmerung senkte sich über Manhattan, und die Windböen, die durch die Straßenschluchten jagten und Staub und Papierfetzen bis hier herauf zum fünfzehnten Stock wirbelten, nahmen an Stärke zu.

„Und verdammt teuer, um nicht zu sagen unwirtschaftlich, ist diese Wiederaufbereitung auch!" Hopkins blickte wieder in seine Notizen: „Neue Brennelemente aus Natururan sind nämlich acht- bis zwölfmal billiger als diese Recyclingelemente. Aber laut Gesetz muß die Entsorgung abgebrannter Brennstäbe gesichert sein! Also: Wer diesen Schrott abnimmt und dafür bürgt, ihn aufzuarbeiten oder sicher zu lagern, erhält pro Kilo die erwähnten tausendfünfhundert Dollar. Jedes Jahr fallen mindestens tausend Tonnen neu an! Bringt eins Komma fünf Milliarden. Und wer naiv genug ist, bei diesen Summen ‚Skandal' zu schreien, und dabei zu Schaden kommt, dem ist nicht zu helfen!"

Für Bruchteile einer Sekunde tauchte ein Blitz Manhattan und die drei Menschen auf der Dachterrasse in gleißendes Licht. Der nachfolgende Donner ließ den Boden erzittern. Über ihnen, hinter zehntausend Fenstern, brannten nun die Lichter. Es war Nacht geworden, und plötzlich setzte Sprühregen ein.

„Ja, es wird ungemütlich! Wir sollten hineingehen und das Ganze vergessen!" Hopkins griff nach dem Scotch und den Gläsern. Steve schützte seine Fototasche, und Susan folgte den beiden Männern mit dem Tablett.

Hopkins schloß sein Büro auf und machte Licht. Und da die Stühle noch immer alle belegt waren, blieben er und seine Gäste eben zwischen Bücherregalen und Zeitungsstapeln stehen.

Susan nahm das gelbe Kuvert aus ihrer Umhängetasche, öffnete es und zeigte Hopkins die Fotos. „Das hier ist Dave ... Er ist in Lebensgefahr!" fügte sie hinzu. „Und das hier ist Julia, unsere kleine Tochter." Sie legte ein paar Kinderbilder dazu, die sie aus ihrer Brieftasche nahm. „Ich muß David finden! Bitte helfen Sie mir!"

Hopkins betrachtete sie nachdenklich, dann die Bilder. „Tut mir leid, Susan! Was ich Ihnen heute abend erzählt habe, das war's auch schon. Mehr weiß ich nicht. Und zu mehr bin ich auch nicht bereit. Nicht, daß ich das Schlimmste befürchte! Nur – der Handel, von dem ich gesprochen habe, ist so legal wie der Verkauf von Waffen in Krisengebiete. Die Öffentlichkeit sagt ‚pfui' – und dann redet keiner mehr darüber. Aber es gibt auch Geschäfte, bei denen darf nichts, absolut nichts, an die Öffentlichkeit dringen." Er trat ans Fenster. Der sanfte Gewitterregen hatte sich zu einem Wolkenbruch entwickelt. Der Sturm jagte die Regentropfen gegen die Scheibe, und die Blitze zuckten pausenlos.

„Na schön – dann gehen wir eben wieder." Susan hatte ihre Fotos eingesammelt.

„Nein! Bleibt noch! Keine Chance, jetzt ein Taxi zu bekommen!" sagte Hopkins, ohne sich vom Fenster abzuwenden. „Laßt die Finger von dieser Geschichte! Das ist keine Story für euch beide! Ich hoffe nur, daß David McGhee keine Dummheiten macht aus falsch verstandenem Ehrgeiz."

Susan trat zu Hopkins ans Fenster. „Wenn ich ihn finde, dann garantiere ich dafür, daß er vernünftig bleibt ... und nicht ‚Skandal' schreit!" Sie hatte ganz langsam gesprochen, und nun schwieg sie.

Und Hopkins antwortete ebenso leise, ebenso zögernd: „Ich hätte – unter Umständen – einen Informanten. Kommt morgen um die gleiche Zeit hierher in mein Büro. Vielleicht weiß ich dann mehr!"

Aus dem Tagebuch des David McGhee: 3. September. Haben gestern den Sueskanal durchfahren. Seit sechs Tagen arbeiten wir verbissen daran, die beiden Wasserbecken an die gelieferten Pumpen anzuschließen. Dafür war im Dock in Marseille keine Zeit.

Es WAR sechs Uhr morgens, als Susan und Steve das Hotel verließen.

Neuankömmlinge aus Europa sind früh auf in New York – und sie sind hungrig, denn ihre innere Uhr zeigt schon Mittag. Aber es waren noch zwölf volle Stunden – ein ganzer langer Tag –, bis Bill Hopkins sie erwartete. Zwölf Stunden voller Hoffnungen, voller Befürchtungen.

Steve stürzte sich in arbeitsame Hektik. Er hatte ein Konzept für seine Reportage „Reise in eine strahlende Zukunft" erarbeitet, hatte sich Notizen gemacht. Nun suchte er mit Susan geeignete Stationen für den Schauplatz New York und schleppte sie durch die Stadt.

„Hier!" rief er. „Ruf von hier aus an!" Er war an einer Telefonbox stehengeblieben und drückte Susan eine Handvoll abgezählter Münzen in die Hand. „Sechs Dollar vierzig für drei Minuten. Drück ‚O' für

Operator und verlang die Nummer in Südfrankreich." Er hielt ihr sein aufgeschlagenes Notizbuch hin.

Susan warf die Münzen ein und drückte „O". Sie sprach mit der Vermittlung, vernahm seltsame Signale und Zeichen, als der Anruf das französische Netz erreichte. Dann meldete sich eine Frauenstimme, und Susan verlangte Schwester Martine. Es dauerte eine Weile, und sie sah bereits die drei Minuten mit Warten verrinnen. Währenddessen hörte sie das Klicken von Steves Kamera, der sie von allen Seiten fotografierte.

Endlich meldete sich die Ordensschwester. „Ja, guten Tag, wie geht es Ihnen?"

Der Austausch der üblichen Höflichkeiten war offenbar vorgeschrieben, aber Susan gestaltete ihn kurz. Für Schwester Martine war es das erste Überseegespräch ihres Lebens, und sie fürchtete, es würde schrecklich teuer. Außerdem hatte sie, wie sie meinte, nicht viel mitzuteilen: Das Töchterchen Julia sei ja nicht mehr da. Es sei doch abgeholt worden, von einer Verwandten. Und Julia sei sehr glücklich darüber gewesen ...

Susan war für Sekunden wie gelähmt und begriff nicht sofort. „Abgeholt? Von wem? Wann war das?"

„Heute morgen, sehr früh. Nun ist ja schon Nachmittag!" Schwester Martine war der Ansicht, bei Verwandten, die Englisch sprächen, sei das Kind doch besser aufgehoben als bei ihnen. Sie konnte sich Susans Erregung nicht erklären.

Steve war aufmerksam geworden und ließ die Kamera sinken. Susans Haltung verriet eine Katastrophe. Er trat näher an die Telefonbox heran.

„Das ist doch nicht wahr!" schrie Susan. „Schwester Martine, wir haben keine Verwandten in Frankreich!" Noch während die Schwester den Sachverhalt aufzuklären versuchte, warf Susan einen verzweifelten, hilfesuchenden Blick in Steves Richtung. Dann wiederholte sie schreckensbleich: „Tante Ruth? Dunkle Haare, ja? Eine Brille mit sehr dicken Gläsern ...?"

Schwester Martine bestätigte Susans Vermutung.

„Ich komme zurück – mit der nächsten Maschine. Ich bin noch immer in New York ...!" Und nach einer angespannten Pause rief sie noch: „Nein! Nicht die Polizei! Ich komme selbst! Hallo! Hallo, Operator!"

Aber die drei Minuten waren um. Und es gab fürs erste auch nichts mehr zu bereden. Die Verbindung war unterbrochen, und Susan hängte den Hörer ein. Tonlos sagte sie zu Steve: „Sie haben Julia entführt!"

IX

AUF einer verwitterten Parkbank vor einem rostigen Staketenzaun, hinter dem New Yorks Morgenverkehr auf vier Spuren tobte, und unter einem von Taubenmist überzogenen Denkmal fiel Susan in sich zusammen, hilflos und geschockt. Steve ging fassungslos auf sie zu.

Susan wischte sich mit zitternden Händen über die Augen. Dann verlor sie die Nerven und schrie los: „*Du* hast gesagt: Nimm sie mit nach Frankreich! Nur einen Tag oder zwei. Und dann nach Marseille. Und dann New York! Es war alles deine Idee! Du denkst nur an deine Story! An nichts sonst! Du und dein Pat Cooper! Egal, ob wir alle draufgehen! O mein Gott, Julia ..." Sie verstummte ganz plötzlich, sah ein, wie unfair es war, Steve anzugreifen, ihm die Schuld zuzuschieben. „Verzeih mir ...", flüsterte sie. „Diese Leute tun alles ..., alles ..., damit ich nicht ..." Sie legte den Kopf auf die Knie, verbarg ihr Gesicht, begann hemmungslos zu schluchzen, und ihre Schultern bebten.

Steve, völlig verwirrt und zu keiner Hilfe fähig, kniete sich neben sie hin und streckte vorsichtig die Hand aus, um mit einer tröstenden Geste ihre Schulter zu berühren. Aber dann wurde er unsicher, zog die Hand wieder zurück. Und er wußte auch nichts zu sagen.

Schließlich brach in ihm wieder die Reportermentalität durch, wider bessere Einsicht, gegen jedes Gefühl der Anteilnahme ... Er erhob sich, ging leise einige Schritte zurück, spannte den Verschluß der Kamera, brachte sie in Anschlag, schaltete auf Automatik und fotografierte los: Susan – ein Häufchen Elend, zusammengesunken auf der verwitterten Bank, umtost vom Verkehrsgewühl dieser Stadt.

Susan nahm das Klicken wahr und das Schnarren der Kamera, richtete sich auf und starrte in die Linse. „Hör auf! Laß mich in Frieden!"

Steve senkte die Kamera. Zögernd kam er näher, blieb dicht vor Susan stehen. „Entschuldige, Susan! Tut mir leid!" Er setzte sich

neben sie. „Aber denk mal nach, bevor du mir jetzt die Schuld gibst: Fotos mit dir und dem Kind in New York hätten sich besser verkaufen lassen. Ist doch klar, oder? Cooper hätte auch Julia den Flug bezahlt, aber du warst ja in Panik . . .“

Er machte eine längere Pause und sprach dann weiter: „Ich denke, wenn es so gar keine Chance für dich gäbe – für dich und Dave –, dann hätten sie Julia doch nicht entführt, oder? Sie wollen dich ablenken! Mit allen Mitteln! Du bist nämlich auf der richtigen Spur! Ich habe das Gefühl, wir sind kurz vor dem Ziel!“

Susan schüttelte den Kopf: „Nein! Buch uns den nächsten Flug zurück nach Marseille! Wir fahren ins Büro zu Bill Hopkins! Er soll sich nicht weiter bemühen!“

Aus dem Tagebuch des David McGhee: 6. September. Ich habe einen Freund, und ich schäme mich, daß ich ihn nicht ins Vertrauen ziehen kann, daß ich ihn belüge. Aber ich habe ja keine andere Wahl, wenn ich nicht ihn und mich gefährden will. Er heißt Woo, Woo Teh-Shui, und stammt aus Hongkong. Und wenn er bei dem Job hier genügend Geld verdient hat, will er mit seiner Schwester zusammen in London eine Schneiderwerkstatt eröffnen.

„HALLO, ihr beiden! Wie geht's euch denn? Hattet ihr viel Spaß?“ Sally war in der halboffenen Eingangstür zur NEWS-Agentur aufgetaucht.

„Ist Bill da?“ fragte Steve.

„Nein. Bill ist selten im Büro. Er hockt den Vormittag über meist zu Hause, schreibt, recherchiert.“

Susan trat zu Sally an die Tür. „Kann ich ihn anrufen? Von hier?“

„Aber ja, natürlich. Kommt herein!“

Als die beiden das chaotische Büro betraten, tippte Sally eine siebenstellige Nummer in den Apparat. „Manchmal klappt's, aber meistens ist belegt. Da telefoniert er oder legt den Hörer auf den Tisch, weil er nicht gestört werden will . . ., o Mist!“

Es schien, als hätte sie es geahnt.

„Da! So geht das oft tagelang.“ Sie versuchte ein weiteres Mal, die Verbindung herzustellen, wieder vergeblich. Schließlich gab Sally auf.

„Wir werden zu ihm hinfahren!“ Susan war entschlossen, New

York schnellstens zu verlassen. Aber nicht, ohne Bill Hopkins nochmals gesprochen zu haben. „Wo wohnt er?"

„Bill? Also – zu Hause mag er nun gar nicht belästigt werden!"

„Aber Sie wissen natürlich, wo er wohnt", stellte Steve sachlich fest.

„Sicher!"

„Und?" Er griff nach einem der gelben Notizblöcke mit der großen Aufschrift News.

Sally zögerte, ehe sie mit der Adresse herausrückte. „Eins-zwei-fünf Riverside Drive. Fünfter Stock. Aber von mir wißt ihr's nicht!"

„Natürlich nicht, keine Sorge!" Steve entschädigte Sally für ihr schlechtes Gewissen mit einem verschwörerischen Grinsen. Er hatte sich alles notiert und riß den Notizzettel vom Block.

Fünfzehn Minuten später hielt ein Taxi vor dem Gebäude 125 Riverside Drive. Susan schaute nach oben und erblickte eine rußgeschwärzte Jugendstilfassade. Zwischen turmartigen Erkern sprang der Haupttrakt zehn, zwölf Meter weit zurück, der Vorplatz dazwischen wirkte eng und düster. Die Fenster waren klein und durch rostige Eisensprossen unterteilt.

Zögernd betraten Susan und Steve das Foyer. Die matte, schummrige Beleuchtung machte einen eher ungastlichen Eindruck. Die Gittertür zum Lift stand offen, doch ein Schild verkündete: Out of order – Ausser Betrieb.

„Gehen wir eben zu Fuß!" schlug Steve vor. Er begann den Aufstieg durch das enge Treppenhaus, und Susan folgte ihm.

Hätten sich die beiden noch einmal umgesehen, wäre ihnen nicht entgangen, wie drei Herren in unauffälligen Trenchcoats aus einem ebenso unauffälligen Wagen stiegen, der auf der anderen Straßenseite parkte. Sie überquerten zielstrebig den Vorplatz und gingen schweigend auf die gläserne Eingangstür zu, durchschritten das Foyer und bestiegen den Lift. Das Schild Ausser Betrieb stellten sie zur Seite, schlossen das Gitter und fuhren nach oben.

Die Liftkabine hatte den fünften Stock längst erreicht, als Susan und Steve dort außer Atem eintrafen. Sie lasen die kleinen Namensschilder an den einzelnen Türen und gingen dabei an dem geschlossenen Gitter der Lifttür vorüber, ohne die drei Männer dahinter zu bemerken.

Die halbverglaste Tür zum Notausgang stand offen. Das letzte Apartment davor trug das Namensschild von Bill Hopkins. Steve läutete, aber alles blieb still. Auch auf ein zweites Läuten antwortete niemand.

„Er ist weggegangen", sagte Susan. „Komm!"

Sie wandte sich zum Gehen, aber Steve bemerkte etwas, das ihn stutzig machte: Die Wohnungstür war nur angelehnt. Er schob sie auf und rief in den dunklen Gang hinein: „Bill? Bill Hopkins?"

Keine Antwort. Steve betrat das Apartment, und Susan folgte ihm zögernd.

Dasselbe Chaos wie am Vorabend in Hopkins' Büro: Im Gang stapelten sich Zeitungen wie in einer Altpapiersammelstelle, auf allen Fußböden, selbst im Schlafzimmer mit dem zerwühlten Bett lagen Briefe und ausgeschnittene Zeitungsartikel, Manuskripte und Notizen herum. Im einzigen Wohnraum, der Hopkins offensichtlich als Arbeitsraum diente, war die Jalousie zur Hälfte heruntergelassen. Der Raum lag im Dämmerlicht, und nur auf dem Schreibtisch brannte eine Lampe.

„Hallo, Bill! Wo stecken Sie?" rief Steve erneut, ohne Antwort zu erhalten.

Da fiel Susan auf, daß alle Türen des kleinen Apartments, auch die zum Bad und zur Toilette, offenstanden. Steve ging in den Arbeitsraum.

Auf dem Schreibtisch stand eine elektrische Kofferschreibmaschine. Eine halbbeschriebene Manuskriptseite war eingespannt, und der Text endete mitten in einem Wort.

„Weit kann er nicht sein!" Steve blickte sich um. Da hörte er schließlich das Geräusch: einen leisen Dauerton, der aus dem Telefon kam. Hinter dem Schreibtisch hing der Hörer an seinem spiraligen Kabel dicht über dem Boden.

Steve ging um den Schreibtisch herum. Aber als er nach dem Hörer greifen wollte, stoppte ihn eine metallisch klingende Stimme: „Fassen Sie lieber nichts an – in Ihrem eigenen Interesse!"

Aus dem Tagebuch des David McGhee: 7. September. Wir haben die Meerenge am Ausgang des Roten Meeres seit zwölf Stunden hinter uns und fahren jetzt durch den Golf von Aden. Wohin geht die Reise? Die drei arabischen Herren, nunmehr in Zivil, sind noch immer an Bord und kontrollieren uns von der Brücke des Schiffes.

DIE drei Herren im Trenchcoat standen wie Schatten in dem schmalen, dunklen Gang zwischen Eingangstür und Arbeitsraum und betrachteten Susan und Steve mit unverhohlenem Mißtrauen. Eine lähmende Angst überfiel Susan, und sie klammerte sich an die Lehne des Schreibtischstuhls.

„Suchen Sie etwas Bestimmtes?" fragte der älteste der drei Männer.

„O ja – Bill Hopkins!" Steve erholte sich rasch von seinem Schrecken.

„Kennen Sie ihn gut?"

„Wir haben ihn gestern abend zum ersten Mal getroffen." Steve gab sich möglichst entspannt. „Und wir haben eine gute halbe Stunde lang mit ihm in seinem Büro geredet. Da er dort heute morgen nicht anzutreffen war, sind wir hierhergekommen. Seine Sekretärin hat uns die Adresse gegeben."

„Wo ist Bill Hopkins?" fragte Susan.

Der älteste der drei Männer betrachtete Susan nachdenklich, bevor er schließlich sagte: „Kommen Sie mit! Ich bringe Sie zu ihm!"

Er ging voraus. Die beiden anderen Männer ließen Susan und Steve nicht aus den Augen. Auf dem Weg zur Tür nahmen sie die beiden sogar zwischen sich.

„Wer sind Sie eigentlich?" Susan war stehengeblieben. „Wer sind Sie, und was wollen Sie von uns? Und wo bringen Sie uns hin?"

Der Herr, der bisher die gesamte Konversation bestritten hatte, brachte eine Dienstmarke zum Vorschein.

„Lieutenant Forster, vom zweiundvierzigsten Revier. Ich stelle hiermit fest: Sie begleiten uns aus freien Stücken und ohne jede Anwendung von Zwang oder Gewalt unsererseits." Er spulte diese Formel schnell und ausdruckslos herunter.

„Was ist mit Bill Hopkins passiert?" Die Ahnung, daß ihm etwas zugestoßen sein könnte, verstärkte sich. Besonders weil der Beamte sich abwandte, als hätte er ihre Frage nicht gehört.

Der Lift war überraschenderweise nun plötzlich wieder in Funktion. Susan fröstelte, als sie nach unten fuhren. Sie stellte keine weiteren Fragen mehr.

Schweigend verließen sie alle das Haus und setzten sich in den unauffälligen grauen Wagen. Susan und Steve wurden auf den Rücksitz plaziert, Forster setzte sich neben sie, die stummen Begleiter saßen vorn. So fuhren sie durch die Stadt.

„Können Sie sich ausweisen?" fragte Forster, als der Wagen an einer Ampel hielt.

Susan kramte in ihrer Tasche und fand schließlich ihren Reisepaß. Steve hatte seinen griffbereit in der Innentasche seiner Lederjacke.

„Sie sind beide Engländer?"

Susan nickte nur, und Steve reagierte nicht weiter.

„Und gestern erst eingereist?" Der Beamte hatte die eingeheftete weiße Karte der Einwanderungsbehörde studiert und die entsprechenden Stempel über dem Visum. „Wie lange beabsichtigen Sie, in den USA zu bleiben?"

Susan antwortete: „Nur noch ein paar Stunden!"

Vor einem massigen Backsteingebäude hielten sie an. Das graue Eisentor öffnete sich automatisch, rollte langsam zur Seite. Im Hof parkten Streifenwagen und Ambulanzen.

Susan und Steve folgten Forster in den Keller des Gebäudes. Es ging durch einen weißgekachelten Korridor, der zu einem Warteraum führte. Leuchtstoffröhren tauchten ihn in kaltes grünliches Licht.

Ein kleiner, älterer Herr in einem weißen Mantel empfing sie dort; er griff sich ein Schreibbrett mit eingespannten Formularen und ging voraus, einen weiteren Gang entlang, durch Pendeltüren mit Milchglasscheiben und unter den Lüftungsgittern einer Klimaanlage hindurch, die ihnen eisige Luft entgegenblies.

Eine dicke Stahltür öffnete sich, und sie betraten einen Kühlraum. Licht flammte auf, klinische Kälte umfing sie. Eine Wand glänzte in poliertem Edelstahl. Darin eingelassen: zwei Reihen riesiger Schubladen übereinander, jede etwa achtzig mal achtzig und numeriert.

Der Mann im weißen Mantel blätterte in seinen Formularen, verglich Papiere, Nummern und Namen und wühlte anschließend in einem Karteikasten, der auf einem Metalltisch stand. Schließlich schritt er die Reihe der Schubladen ab. Vor der Nummer 47 blieb er stehen und zog die Schublade aus der Edelstahlwand.

Susan spürte, wie sich ihr Magen zusammenzog. Forster bedeutete ihr mit einer Geste, näher zu treten, und ging voraus. Daraufhin griff der Mann im weißen Mantel in die Schublade und schlug ein Tuch zurück.

Da lag Bill Hopkins, friedlich und starr. Gestern noch ein strahlender Gastgeber, strotzend von Aktivität und Lebensfreude. Und von Hilfsbereitschaft, die offenbar tödlich für ihn gewesen war.

Er war nicht der erste Tote, den Susan in ihrem Leben zu Gesicht bekam. Aber der erste, dessen Tod ihr so erschreckend naheging, ihr unglaublich erschien. Und so sinnlos. Bestürzend kam ihr zu Bewußtsein, daß sie diesen Toten auf dem Gewissen hatte. Es war der erste Tote in ihrem Leben, den sie beweinte. Sie spürte, wie ihre Augen heiß wurden und feucht und wie ihr schließlich die Tränen über die Wangen liefen. Und sie hatte nicht einmal mehr die Kraft, sich abzuwenden.

„Ist das hier Bill Hopkins? Der Mann, den Sie gesucht haben?"

Susan hörte Forsters Stimme und registrierte, daß sie automatisch nickte. Sie hörte, wie Steve die Identität von Bill bestätigte. Leise und gefaßt. Und dann hörte sie Steve noch fragen: „Haben Sie etwas dagegen, wenn ich Fotos mache?"

„Ohne uns Beamte, bitte!" Forster zog sich mit seinen Kollegen ein paar Schritte zurück.

Das Blitzlicht flammte auf und blendete sie. Immer wieder, ohne Unterbrechung. Susan spürte, wie der Horror sie packte; es gab für sie kein Entkommen mehr. Erst Dave, dann Julia, jetzt Hopkins. Und irgendwann sie selbst.

„Was wissen Sie über diesen Mann? Seinen Beruf?"

Steve gab bereitwillig Auskunft. Zwischen zwei, drei, vier, fünf Blitzlichtaufnahmen: „Er arbeitete für die Presse . . ., ein internationaler Nachrichtenhändler . . ., heiße Meldungen . . .!"

Die Kamera surrte und klickte. Und Blitz folgte auf Blitz. Was gibt es an diesem Toten so viel zu fotografieren, dachte Susan. Bis sie merkte: Die Aufnahmen galten ihr. Ihrer Verstörtheit, ihren Tränen, ihrem Schmerz, ihrer Schuld. Da hielt sie sich die Hände vor das Gesicht.

„Woran starb der Mann?" fragte Steve.

„Drei Einschüsse, sechs Komma fünf", antwortete Forster. „Wer mit heißen Meldungen sein Brot verdient, wie Sie sagen, der ist sicher auch bestimmten Leuten im Weg." Dann suchte er etwas in der Innentasche seines Trenchcoats. Es war ein flacher Plastikumschlag mit Spezialverschluß, mit Codenummern beschriftet. In dieser Klarsichtfolie steckte ein zerknitterter, jetzt wieder glattgestrichener gelber Zettel mit der großen Aufschrift NEWS. Er trug eine handschriftliche Notiz.

Forster hielt Steve den Notizzettel hin. „Sagt Ihnen diese Adresse etwas?"

Steve griff danach und las. Er las es immer wieder, um sich das Gelesene einzuprägen.

„Den Zettel hatte der Tote zusammengeknüllt in seiner Faust, als wir ihn fanden. Der Mörder hat ihn nicht entdeckt."

Susan schaute auf Forster, auf Steve, auf den Zettel. „Was steht darauf?" fragte sie Steve.

Steve blickte sie nur kurz an. „Nichts, was uns betrifft", sagte er. Dann las er vor: „Stella Polaris ... Serotex Limited ... S.L. Wong ... Stamford House ... Singapur ..."

Susan hatte genau hingehört. Dies war eine geheime Botschaft für sie. Aber auch der eindeutige Beweis für ihre Schuld.

Steve gab ihr die Folie mit dem Zettel, reichte das Beweisstück einfach weiter an Susan, ohne Forster zu fragen, der schon die Hand danach ausgestreckt hatte.

Susan studierte die Mitteilung. Und auch sie prägte sich die Information in ihr Gedächtnis ein: Singapur ... S.L. Wong ... Serotex Limited ... Stamford House ...!

„Nein", sagte sie leise und gab Forster den Plastikbeutel mit dem Zettel zurück. „Das betrifft uns nicht!"

Steve hatte das Blitzgerät abmontiert und die Kamera eingepackt. „Also dann ..." Er wandte sich in Richtung Ausgang. „Können wir jetzt gehen?"

Der Beamte nickte dem Mann mit dem weißen Mantel zu, der die ganze Zeit über das Tuch, das den Toten bedeckte, in die Höhe gehalten hatte. Der schob nun das Fach Nummer 47 wieder in die Edelstahlwand und versiegelte es.

„Sie haben es eilig?" Forster begleitete Susan und Steve zum Ausgang. Ein Taxi war bereits bestellt.

„Ja", sagte Susan. „In zwei Stunden geht unser Flug!" Wohin er gehen sollte, dieser Flug, sagte sie nicht! Forster hatte sie auch nicht danach gefragt.

Aus dem Tagebuch des David McGhee: 10. September. Der erste Versuch, die drei Araber zu porträtieren, ist fehlgeschlagen. Sie standen gerade auf dem Brückennock, und ich hatte mich mit Teleobjektiv auf der Back verschanzt. Da packte mich überraschend der Bootsmann, ein Algerier aus Oran, und nahm mir die Kamera ab. Er war bewaffnet.

Jetzt hocke ich seit Stunden eingelocht in meiner Kammer und warte darauf, daß sie kommen und mich über Bord werfen.

STAMFORD HOUSE, Singapur: Wieso existierte es eigentlich noch? Weshalb hatte man es nicht abgerissen? So, wie man hier ganze Stadtviertel abgerissen und niedergewalzt hatte, um Platz zu schaffen für die neue Welt der repräsentativen Wolkenkratzer, die zur Zeit überall in dieser prosperierenden Inselrepublik aus dem Boden schossen.

Ein großer Teil des alten Chinesenviertels war schon verschwunden. Stamford House stand aber noch am alten Platz, in alter Pracht. Ein ganzer Straßenblock in viktorianischem Kolonialstil: viel Stuck und Giebelwerk und eine großzügige Fensterfront über vier Etagen.

Der Scheibenwischer des alten Taxis hatte Mühe, die Wasserflut zu bewältigen, die über die Windschutzscheibe floß. Von der exotischen Atmosphäre der Stadt war durch diesen Regenvorhang nicht viel zu spüren. Chinesische Schriftzeichen auf Reklameschildern, die weit in die Straße ragten. Ein Konvoi bunter Fahrradrikschas, der gerade einen Platz überquerte. Die Insassen schützten sich notdürftig mit Plastikfolien gegen die Nässe.

Das Taxi hielt. Der Fahrer zeigte hinaus ins Wolkenbruchinferno. Auf der anderen Straßenseite, vor den Konturen eines prachtvollen Gebäudes, huschten Gestalten aller Rassen durch den Regen.

„Stamford House", sagte er. „Sechs Dollar fünfzig." Er half beim Öffnen der Tür und schaute den beiden mitleidsvoll nach, wie sie im dichtesten Regen die Straße überquerten und unter den Arkaden von Stamford House verschwanden.

Susan schüttelte sich die Nässe aus den Haaren und sah sich suchend um. Im Foyer trat ein Wachmann auf sie zu, in schwarzer Uniform mit Schirmmütze, Gummiknüppel und Colt. Er salutierte lässig mit zwei Fingern, und Steve hielt ihm einen vorbereiteten Zettel hin.

„S.L. Wong", las der Mann, nickte und zeigte nach oben: „S.L. Wong, *Advocates and Solicitors, yes. Third Floor!*"

Steve bedankte sich, schleuderte die Wassertropfen, die sich auf seinem Hut angesammelt hatten, auf den Marmorboden und begann den Aufstieg zu der Anwaltskanzlei. Susan ging neben ihm und versuchte, sich ihre Nervosität nicht anmerken zu lassen.

Im großzügigen Treppenhaus hing eine Tafel. Die Mieter des Gebäudes waren mit weißen Steckbuchstaben aufgelistet. Die Rechtsanwälte und Notare waren in der Überzahl.

„Hier!" Susan zeigte auf S.L. WONG. „Warte hier auf mich!" Sie drückte Steve ihre Umhängetasche in die Hand, hatte nur das gelbe Kuvert mit den Fotos entnommen.

Steve steckte das Tuch ein, mit dem er seine Kamera abgetrocknet hatte, und sah Susan fragend an. „Wieso? Ich komm doch mit!"

„Nein. Bleib hier! Bitte! Zur Sicherheit! Wenn ich in einer halben Stunde nicht zurück bin, kommst du nach, ja?"

Er nickte. „Sei vorsichtig!"

„Sicher." Sie lächelte.

Steve blickte auf seine Uhr, dann hinter Susan her, die eilig die Stufen der breiten Treppe nach oben stieg, welche in einer lichtdurchfluteten Halle endete. Susan durchquerte die weiträumige Halle und schaute nach oben. Breite Galerien zogen sich an allen vier Seiten über alle vier Etagen. Darüber spannte sich ein Glasdach mit schwarzen Flecken.

Im dritten Stock wanderte Susan die Galerie entlang. Auf Mahagonitüren mit geschwungenen Klinken waren große, glänzende Messingtafeln aufgeschraubt. Unter den Namen der jeweiligen Kanzleien der Rechtsanwälte und Notare in lateinischer Schrift stand das gleiche noch einmal in leuchtendroten chinesischen Schriftzeichen. Neben den Türen hingen gerahmt und hinter Glas lange Listen der von den Kanzleien vertretenen Firmen. Es waren die unterschiedlichsten Unternehmen der verschiedensten Branchen.

Eine dieser Firmen war die Serotex Ltd., vertreten durch die Kanzlei S.L. Wong. Susan klopfte, trat ein, als sie keine Antwort erhielt. Hinter einer Rezeption, umgeben von drei Telefonen, saß eine junge Chinesin in dunkelblauem Seidenkostüm und blickte sie fragend an. „Sie wünschen, bitte?"

„Ich komme gerade aus New York. Kann ich bitte Mister Wong sprechen?"

„Mister S. L. Wong ist seit fünf Jahren tot!"

„Ach . . ."

„In welcher Angelegenheit kommen Sie?"

„Sie vertreten hier, wie ich sehe, die Firma Serotex."

„Ja." Die junge Chinesin stand auf und öffnete die Glastür zu einem vollbesetzten Büro. Mehrere Sekretärinnen arbeiteten dort an Schreibmaschinen. Susan wollte der jungen Chinesin folgen, aber die winkte ab. „Bitte, warten Sie hier."

Sie verschwand, schloß die Tür und ließ Susan in dem Vorzimmer allein. Warum telefoniert sie nicht? fragte sich Susan. Warum läuft sie, um sich zu erkundigen, in ein Nebenzimmer? War „Serotex" ein Codewort? Sollte sie besser gehen? Jetzt, sofort?

Nur wenige Minuten später kam die junge Chinesin zurück und begab sich wieder hinter die Rezeption. „Es dauert noch", sagte sie.

Susan wandte sich um, betrachtete den Stadtplan Singapurs, der an der Wand hing. Da ertönte hinter ihr das Schnarren der Gegensprechanlage, aber es meldete sich keine Stimme. Es war anscheinend nur ein Signal.

Die junge Chinesin erhob sich wieder, kam um die Rezeption herum und öffnete eine breite, hohe Flügeltür. „Bitte kommen Sie!"

Niemand erwartete sie, der Raum war leer.

„Bitte nehmen Sie Platz! Mrs. Wong kommt gleich." Die junge Chinesin deutete auf zwei Stühle, die sich in der Mitte des Raumes gegenüberstanden, mit hohen Lehnen, steif und förmlich. Dazwischen ein winziger, zierlicher Schreibtisch.

In der halbgeöffneten Tür wartete die junge Chinesin, bis Susan sich in Bewegung gesetzt hatte. Dann verließ sie den Raum.

Zögernd ging Susan auf die beiden Stühle zu. Dem einen waren Telefon und Schreibzeug zugewandt. Den anderen drehte Susan ein kleines Stück, bevor sie sich setzte. So behielt sie die Tür im Blickfeld.

Zwei große Ventilatoren rotierten langsam an der Decke. Im kühlenden Luftstrom flatterten die Zeitungen auf einem Abstelltisch. Es waren europäische, amerikanische, aber auch chinesische Zeitungen. Auf dem Fußboden stand eine Orchidee in einem buntlackierten Topf mit einem Drachenmotiv.

Eine Frauenstimme riß Susan aus ihrer Betrachtung, und es dauerte einige Augenblicke, bis sie den fremdländischen Akzent, diesen freundlichen, leisen, ruhigen Ton wiedererkannte.

„Wo ist Ihr Freund, der Fotograf? Wartet er unten?"

Susan hatte diese Frau, die sich Tante Ruth nannte, nicht erwartet. Nicht hier, am anderen Ende der Welt. Obwohl ihr Auftauchen letztlich von einer bezwingenden Folgerichtigkeit war. Irgendwo auf diesem Planeten mußten die Fäden doch zusammenlaufen.

Susan war erstarrt und fasziniert zugleich. Und Ruth in ihrem sehr formellen schwarzen Kleid lehnte an der Fensterwand. Das Haar trug sie wie immer glatt zurückgekämmt und zu einem Knoten gebunden. Und da Susan stumm blieb, fuhr sie fort: „Ich habe Ihre Hartnäckigkeit unterschätzt, Susan McGhee. Ich dachte immer, eine junge Mutter kümmert sich in erster Linie um ihr Kind!"

Das war wie ein Stichwort, das Susan aus ihrer Lähmung aufschreckte. „Was haben Sie mit Julia gemacht? Wo ist sie?"

Ruth blieb stehen. „Es geht ihr gut", sagte sie.

„Und David? Haben Sie den auch gekidnappt?"

„David McGhee ist an Bord der *Stella Polaris*. Das Schiff war vor wenigen Tagen noch hier. Es ist ausgelaufen und hat sein Ziel bereits erreicht. Ihr Mann wird also bald wieder bei Ihnen sein."

„Wo liegt das Ziel der *Stella Polaris?*"

Ruth kam einige Schritte näher und erklärte: „Wir repräsentieren Firmen, die uns Vertrauen entgegenbringen, und handeln in deren Namen. Dafür garantieren wir absolute Diskretion! In diesem Fall haben wir die Anweisung bekommen, jegliche Information der Öffentlichkeit von vornherein zu verhindern. Mit allen Mitteln! Und daran werden wir uns halten."

Ein melodisches, elektronisches Zirpen erfüllte plötzlich den Raum, verstummte, erklang von neuem, in gleichbleibendem Takt. Ruth ging auf den Schreibtisch zu und nahm den Telefonhörer ab. „Ja? Hallo?" Sie wartete, hörte zu. Dann sagte sie: „Gut! Geben Sie mir das Kind!"

Susan war wie auf dem Sprung. Nach einer Pause von nur wenigen Sekunden, die sich für Susan unerträglich dehnten, sprach Ruth mit mütterlicher Herzlichkeit in das Telefon: „Hallo, Julia! Hier ist Tante Ruth! Wie geht es dir, meine Kleine?"

Wie elektrisiert war Susan aufgesprungen, aber Ruth hob abwehrend die Hand und hörte sich in Ruhe an, was Julia ihr Wichtiges zu berichten wußte.

„Schön, meine Kleine!" unterbrach sie schließlich den Redefluß des Kindes. „Erzähl das jetzt alles deiner Mama! Die steht hier neben mir! Ja?" Sie reichte Susan den Hörer.

Susans Hände zitterten, als sie danach griff. „Julia! Julia, mein Liebes! Wo bist du? Julia . . .?"

Ruth hatte sich hinter ihren Schreibtisch gesetzt und antwortete für das Kind: „Sie weiß es nicht! Und die Verbindung ist nicht besonders gut."

„Julia . . .! Ich habe mir schon solche Sorgen um dich gemacht . . ." Aber dann stutzte sie, hörte dieser gar nicht unglücklich klingenden Kinderstimme zu und unterbrach schließlich den detaillierten Bericht über unglaubliche, fabelhafte Abenteuer: „Was? Wer ist Johnny?"

Julia erklärte es ihr in aller Ausführlichkeit.

„Ein kleiner Hund? Von Tante Ruth? Und du darfst ihn behalten?"

Ja, sie durfte ihn behalten. Und er schlief bei ihr neben dem Bett. Es war überhaupt wunderschön dort, wo sie war. Viel schöner als bei diesen Nonnen. Sie lebte in einem Haus mit echten Dienern, und sie hatte ein eigenes Kindermädchen, das Elizabeth hieß. Und Julia hatte beschlossen, vorläufig dort zu bleiben.

„Ich vermisse dich so sehr, Julia . . .!"

Julia dagegen vermißte die Mama – im Augenblick zumindest – keineswegs.

Susan wischte sich über die Augen, verstohlen, weil sie spürte, daß Ruth sie beobachtete. Aber dann, während Julia munter weiterplauderte, wurde sie aufmerksam, weil die Geschichte eine wichtige Information zu enthalten schien: „Was denn? Du bist geflogen? Mit dem Flugzeug? Zusammen mit Tante Ruth? Eine ganze Nacht?"

Da unterbrach Ruth das Gespräch. Legte ohne Vorwarnung den Finger auf die Gabel des Telefons. „Das genügt! Sie wissen, was Sie wissen wollten. Das Kind lebt! Und es ist glücklich!"

Den Hörer immer noch in der Hand, setzte Susan sich auf die Kante des Stuhls. Sie versuchte, einen klaren Gedanken zu fassen.

Aber Ruth hatte bereits über ihren Kopf hinweg entschieden: „Sie fliegen heute nacht nach London zurück. Zusammen mit Ihrem Fotografenfreund. Wenn wir unser Projekt endgültig abgewickelt haben und auch in Zukunft nichts über die *Stella Polaris* und ihre Ladung an die Öffentlichkeit dringt, steht einer Familienzusammenführung nichts mehr im Weg! Dann werden Sie Ihren Mann – und eines Tages auch Ihre Tochter – zurückbekommen! Aber auch *nur dann!*"

Susan legte den Hörer auf. „Und wenn Steve Lensky, der Fotograf, sich weigert, zurückzufliegen und zu schweigen?"

„Es ist nicht meine Aufgabe, ihn zu überzeugen! Das ist jetzt *Ihr* Problem, Mrs. McGhee!"

„Steve ist Journalist! Er arbeitet an einer Reportage. Und er hat einen Vertrag mit einer Agentur!"

Da erhob sich Ruth. Liebenswürdig geleitete sie Susan zur Tür. Und dabei teilte sie ihr vertraulich mit: „Pat Cooper, sein Chef, war sehr kooperativ! Er hat schnell begriffen, daß die Story einer jungen, hübschen Frau, die ihrem geliebten Mann rund um die Erde folgt, auch ohne die Erwähnung der *Stella Polaris* und ihrer Ladung den Lesern sehr zu Herzen gehen wird!" Sie öffnete die Tür, um Susan in den Vorraum zu entlassen. Und leise fügte sie noch hinzu: „Manchmal bringt eine Nachricht, die *nicht* erscheint – mehr ein. Und macht weniger Ärger."

Aus dem Tagebuch des David McGhee: 11. September. Niemand scheint sich für mich zu interessieren. Warum auch? Von einem Schiff auf hoher See ist noch keiner geflüchtet.

Seit Stunden höre ich sie arbeiten. Der Kran ist in Betrieb, und die Container poltern an Deck. Wozu? Ich weiß, es ist Wahnsinn, aber ich werde den Ausbruch wagen. Ich muß wissen, was auf diesem Schiff geschieht.

„WIR müssen weitermachen, es hilft nichts! Wir haben einen Vertrag unterschrieben. Außerdem mache ich keine halben Sachen!" Steve war stehengeblieben, wechselte die Objektive.

„Du machst gerade eine halbe Sache! Wir haben uns einschüchtern lassen!" Susan wartete, bis seine Kameras schußbereit waren. Er hatte plötzlich drei – die neuesten Modelle und Zusatzobjektive! In Singapur, sagte er, sei das alles wesentlich billiger. Möglich. Aber nun war er blank.

Hatte er sein letztes Geld ausgegeben? Ihr gemeinsames Geld? Oder auch das Geld von Pat Cooper?

Wenn auf Steves Telegramm hin kein neues Geld aus London eintraf, dann war ihre Reise in der Tat zu Ende. Dann war das Rückflugticket nach London das einzige, was sie noch hatten. Ganz nach den Wünschen dieser Ruth.

Aber bis dahin, meinte Steve, gebe es Pflichten. Und deshalb waren sie beide hierhergefahren, zu der weiten Bucht von Singapore Harbour.

„Stell dich dort drüben hin, dicht ans Wasser. Und denk daran: Hier

lag vor wenigen Tagen noch das Schiff, und dein geliebter Dave war
an Bord."

Sie stellte sich also dorthin. Und sie dachte daran. Das Hafenbecken
wimmelte von Sampans und Barkassen, von Ausflugsdschunken und
Ruderbooten.

Der „Merlion", Singapurs Wappentier, halb Löwe, halb Fisch,
überblickte als riesige Marmorstatue das Getümmel.

Steve umkreiste Susan auf der Suche nach dem optimalen Standpunkt. „Na los!" rief er ihr zu. „Zeig ein bißchen mehr Enttäuschung!
Das Schiff ist weg, Dave ist fort! Du bist um einige Tage zu spät
gekommen!"

Susan reagierte nicht auf diese Regieanweisungen. Sie stand starr
und unbeweglich auf dem Kai und schaute hinaus aufs Meer. „Warum
nimmst du dir nicht ein Fotomodell für deine Story?" fragte sie Steve.

„Cooper hat gesagt, es soll ein authentischer Fall sein!"

„Ja. Und das Wesentliche wird jetzt verschwiegen!"

„Auch die halbe Wahrheit ist eine Wahrheit. Du bist du, und Dave
ist Dave. Auch ohne diese verdammte *Stella Polaris* und ihre heiße
Ladung."

Da stand sie nun in der stechendheißen, senkrecht stehenden Sonne.
Der Boden dampfte noch vom letzten Regenguß. Am Horizont
drohte schon die nächste schwarze Wolkenbank.

Sie sah keinen Sinn mehr darin, weiter mitzuspielen oder die Reise
fortzusetzen. Ihre Suche nach Dave war systematisch vereitelt worden – mit kriminellen Methoden. Seit Julias Entführung war sie
erpreßbar. Was diese Farce nun sollte, dieses Fotografieren, „Doku-
mentieren" einer Geschichte, die nur noch pure Erfindung war, wußte
sie nicht.

Und trotzdem wagte sie keinen Widerspruch, als die Kamera
unentwegt surrte und klickte. Wieder einmal hatte sie eine abgrund-
tiefe Müdigkeit überfallen. Sie versuchte, alle Gedanken abzuschalten,
um nicht aufzuwachen, um sich nicht ihrer Situation bewußt zu
werden und dann loszuschreien. Und so ließ sie alles mit sich
geschehen.

Bis sie das Geräusch hörte. Es sickerte ganz langsam in ihr
abgestorbenes Bewußtsein, rief dort Fragmente einer Erinnerung
wach ...

Seid ihr wahnsinnig? Schüsse! Geschrei!

Und in die dann folgende, atemlose Stille hinein erklang der Warnton einer Sirene. Erst fern, dann näher kommend.

„Die Sirene!" Susan blickte sich suchend um.

„He, was ist denn?" Steve ließ die Kamera sinken, weil sein Modell sich aus dem Bild bewegte.

„Hörst du nicht? Die Sirene!"

Natürlich hörte er das Warnsignal; es war unüberhörbar. Mit weiß gischtender Bugwelle fuhr ein Patrouillenboot der Hafenpolizei durch das Gewimmel der kleinen Boote und steuerte den Steg der Fährschiffe an.

Susan folgte dem Boot mit dem Blick, fasziniert und beunruhigt.

Und dabei sah sie das Telefon!

Gleich neben dem überdachten hölzernen Anlegesteg hing es an einem Lichtmast: eine graublaue Muschel aus Fiberglas. Und so weit Susan auch blickte: Es war das einzige Telefon weit und breit.

Sie rannte los. Quer über den Kai, der vollgestellt war mit Frachtgut, Kisten, Tonnen. Steve hob seine Fototasche auf und folgte ihr. Erst an dem Telefon holte er sie wieder ein.

Die Muschel war oval und offen. Ein Telefonbuch mit zerfledderten Seiten lag darin an einer Kette. Die Muschel wies drei Einschüsse auf, kreisrunde Löcher, und das Fiberglas war an dieser Stelle ausgefranst und zersplittert.

„Es war hier!" Susan sah sich um. Das Patrouillenboot verließ gerade wieder die Hafenbucht mit jaulender Sirene. „Das Geräusch! Das Signal am Telefon!"

Sie sah dem Boot nach. Dann betrachtete sie die Einschußlöcher. „Die Schüsse. Das Splittern wie von Glas. Er hat geschrien: ,Seid ihr wahnsinnig?' Hier muß es heller Tag gewesen sein. Zehn Uhr früh . . . Wie spät ist es jetzt?"

Steve blickte auf seine Uhr: „Zehn nach zehn!"

„Und in London?"

Er rechnete kurz nach: „Zwei Uhr nachts . . ."

„Es war wirklich hier!" Sie hatte keinerlei Zweifel. „Von hier aus hat er mich angerufen. Hier hat er um Hilfe gerufen. Und dort drüben lag sein Schiff."

Es fiel ihr schwer, die Fassung zu bewahren. „Mein Gott, hier haben sie auf ihn geschossen!"

Aber Steve blieb stumm; er schien verwirrt.

„Wenn sie ihn getroffen haben", fuhr Susan fort, „wenn er verletzt ist . . ." Sie blickte dem Patrouillenboot nach, das gerade zwischen den ankernden Frachtern verschwand. „Dann ist er noch hier . . . in der Stadt!"

Aus dem Tagebuch des David McGhee: Irgendwann zwischen Nacht und Tag. Irgendwo auf See. Das Tagebuch habe ich gerettet, in der Tasche meines Overalls. Und einen Stift. Sonst nichts. Als ich an Deck auftauchte und die Container sah, die sie mit dem Kran in die Wasserbecken hievten, fingen sie mich ein, der Bootsmann und seine Helfer, und sperrten mich in die Farbenkammer unter der Back. Absolute Dunkelheit. Nur zweimal am Tag blendet mich schmerzhaft das Licht. Da bringt Woo, mein treuer chinesischer Freund, Wasser und einen Schlag Essen. Ich habe ihm gezeigt, wo ich dieses Tagebuch verstecke, und er wird es retten! Ich schreibe bei absoluter Finsternis. Woo spricht nicht über das, was da draußen geschieht. Er hat Angst. Und er ist krank.

XI

„KOMMEN Sie mit!" Die junge Schwester im „General Hospital" von Singapur, eine schöne Malaiin mit Rangabzeichen am Häubchen und silberfarbenen Schulterklappen auf ihrer weißen Tracht, holte Susan und Steve im Warteraum ab. Die beiden folgten ihr durch arkadenartige Gänge, vorbei an kleinen Innenhöfen, die mit Palmen und Bambus bepflanzt waren.

Patienten mit Infusionsflaschen wurden auf Liegen in Krankenzimmer geschoben. Pflegepersonal huschte an ihnen vorbei. In einem Seitentrakt erreichten sie schließlich die Notaufnahme.

„Warten Sie bitte hier!"

Die Schwester wollte den Oberarzt informieren, doch der versorgte im Operationssaal einen Verletzten. Aber ein chinesischer Assistenzarzt erschien, und Steve zeigte ihm das Bild der vier Männer zwischen den Containern.

„Wir suchen diesen Mann hier!" Er zeigte auf Dave.

„Unfallopfer?" fragte der Assistenzarzt, und Steve nickte.

Eine OP-Schwester streifte ihre blutverschmierten Gummihandschuhe ab und warf sie in einen Eimer. Der Arzt griff nach dem Foto und betrachtete es mit Interesse. Susan gab dazu ihren Kommentar.

„Es muß am neunundzwanzigsten September passiert sein, also vor genau elf Tagen. Vormittags gegen zehn. Schußverletzungen."

„Ob einer von uns am neunundzwanzigsten Dienst hatte? Vormittags? Da müßte ich erst in unserem Buch nachsehen. Wir haben täglich dreißig bis fünfzig Verletzte hier in der Notaufnahme. Aber Schußverletzungen? Nein. Daran würde ich mich erinnern. Da kommt die Polizei. Schießereien gibt es bei uns in Singapur eigentlich nicht. Oder was meinst du?"

Der Oberarzt war hinzugetreten, ein Inder. Er streifte ebenfalls seine Handschuhe ab, dann zog er sich den Mundschutz vom Gesicht. „Worum handelt es sich?"

„Um Schußverletzungen, vor elf Tagen. Zeigen Sie ihm das Foto! Kannst du dich an einen von denen erinnern?"

Der Oberarzt schüttelte den Kopf, noch bevor er das Bild richtig betrachtet hatte. Aber dann stutzte er. „Halt! Ja, doch! Den einen kenne ich. Aber der war nicht hier in der Notaufnahme, sondern drüben in der Radiologie! Schwerste Strahlenschäden! Der Mann lag drei Tage hier, dann war er tot!"

Susan setzte sich auf einen der herumstehenden Hocker. Sie schaute auf die Reihe weißer Milchglasscheiben, die anfingen, langsam vor ihren Augen zu verschwimmen.

Steve schaltete sich ein. „Einen Moment! Welcher ist tot? Welcher von diesen vieren?" Er hielt dem Oberarzt das Bild noch einmal hin. Der beugte sich darüber, betrachtete es sehr genau und tippte dann mit dem Finger auf den bärtigen Europäer, der mit einem Schutzhelm auf dem Kopf und mit technischem Gerät in der Hand ganz links in der Gruppe stand.

„Der hier!"

„Uns geht es nur um *diesen* hier!" erwiderte Steve und zeigte auf David. „Den suchen wir! Die in der Verwaltung wissen nichts; sie haben seinen Namen nicht in der Kartei. Und daher fragen wir *Sie*: Ist dieser Mann verletzt hier eingeliefert und behandelt worden? Egal, unter welchem Namen."

Der Oberarzt verneinte. „An den erinnere ich mich nicht. Der Tote war der Mann hier links außen, der mit dem Bart und dem Helm."

Susan war aufgestanden, schaute auf das Bild, auf diesen Mann mit dem Helm.

„Der Chefarzt", fuhr der Oberarzt fort, „hatte uns alle zusammengeholt. Er wollte uns schwere Strahlenschäden vorführen, wie sie durch Radioaktivität ausgelöst werden. Das bekommt man ja normalerweise nie zu sehen. Der Mann muß einer ungeheuer hohen Strahlungsdosis ausgesetzt worden sein. Nach Schätzung unserer Radiologen so um die zehntausend ‚rem‘.“ Er warf noch einmal einen Blick auf das Foto. „Warten Sie mal! Ja! Die beiden anderen hier, jetzt erkenne ich die erst, die waren auch mit dabei!“ Er zeigte auf den Araber und den Chinesen, die auf dem Bild rechts und links von David standen. „Die hatten aber bedeutend weniger abbekommen: dreihundert bis vierhundert ‚rem‘ schätzungsweise. Das ist zwar auch eine sehr hohe Dosis, und die ersten schweren Symptome zeigen sich schon nach zwölf Stunden. Aber die beiden leben und sind in ambulanter Behandlung.“

„Der dritte von links – *der* hier – war also nicht dabei! Da sind Sie absolut sicher, ja?“

Der Oberarzt betrachtete das Bild sehr eingehend, während er in einen neuen Operationskittel schlüpfte, den ihm die Schwester am Rücken zuschnürte.

„Es war nur *ein* Europäer dabei. Und den hat es leider erwischt. Die anderen beiden laufen noch frei herum, kommen jeden Tag mal vorbei zum Verbandwechsel. Wir müssen aufbrechende und nässende Wunden versorgen, Schmerzen lindern, aber viel können wir nicht mehr tun.“ Er ließ sich von einer zweiten Schwester die frischen Handschuhe überstülpen, während er weitersprach: „Jetzt ermittelt die Staatsanwaltschaft, wie und wo das passiert sein könnte. Aber die beiden halten den Mund! Vielleicht sind sie in den Fallout von Atombombentests geraten.“

Susan nahm das Foto wieder an sich, schob es in das gelbe Kuvert. „Wo finden wir die beiden?“

„Jeden Morgen um sieben in der Ambulanz!“ verriet der Assistenzarzt.

„Wir müssen die beiden *heute* noch sprechen! Unbedingt!“ Susan war sicher, daß diese beiden Crewmitglieder der *Stella Polaris* über Davids Schicksal Bescheid wußten. Jetzt hatte sie die Chance, Augenzeugen zu treffen und zu befragen. Sie dachte an den Wettlauf mit der Zeit, an den noch für heute abend gebuchten Rückflug nach London, an das vermutlich vergebliche Warten auf die telegrafische Überweisung von Cooper.

„Wo erhält man die Privatadresse der beiden Männer?" fragte Steve.
„Die wohnen doch sicher hier in der Stadt!"

Er mußte zur Seite treten, denn ein Verletzter wurde durch die Tür in den OP geschoben. Die kleine Gruppe von Ärzten und Schwestern löste sich schlagartig auf. Der Oberarzt ging ohne Gruß. Und der Assistenzarzt sagte noch, bevor eine der Schwestern die breite Glastür zum OP abschloß: „Ich glaube nicht, daß unsere Verwaltung Namen und Adressen von Patienten weitergibt!"

Am Ende der Arab Street leben alt und neu, Ost und West, Nord und Süd friedlich miteinander. Die niederen Häuser aus der Kolonialzeit mit ihren malerischen Arkaden, mit Läden, Restaurants und Handwerksbetrieben, weichen langsam vor den imposanten Glasfassaden der Shopping-Center und den übervölkerten Wohnblocks mit ihrer phantasielosen Baukastenarchitektur zurück.

Und wenn man vom Rochor-Kanal aus über die Dächer blickt, sieht man die goldenen Kuppeln von drei islamischen Moscheen, die überladenen Fassaden zweier Hindutempel, zahllose buddhistische Tempel und die Türmchen einer anglikanischen Missionskirche aus dem letzten Jahrhundert einträchtig in der Runde stehen.

Hier ist das bunteste Völkergemisch der Stadt, vielleicht ganz Asiens zu Hause. Die bleichgesichtigen Europäer sind allerdings in der Minderzahl.

Vom frühen Morgen bis tief in die Nacht braten, schmoren, sieden und dünsten auf den offenen Feuerstellen von über tausend Garküchen die Spezialitäten sämtlicher Volksgruppen.

Susan stocherte mit ihren Stäbchen lustlos in einer Schale mit Reis, kämpfte gegen Übelkeit und Hitze, gegen Hoffnungslosigkeit und „Jet-lag", jene Streßerkrankung, der ausschließlich Fernreisende zum Opfer fallen, da in den ersten Tagen der Ankunft ihre innere Uhr von der Zeit des Gastlandes allzusehr abweicht. Steve dagegen aß sich quer durch die Speisekarte des wohlbeleibten chinesischen Kochs.

Der mit Köstlichkeiten überladene winzige Tisch, an dem sie saßen, stand im hintersten Winkel eines kleinen, nach zwei Seiten hin offenen Restaurants. Die Fassade war hundert Jahre alt.

Steve hatte eine seiner Kameras mit Teleobjektiv aus der Tasche genommen und visierte nun aus der Arkade heraus ein Mercedes-Coupé mit Metalliclackierung an, das auf der anderen Straßenseite parkte. Der Fahrer hatte gerade die Tür geöffnet und schickte sich an auszusteigen.

In der Arab Street war ein Wagen dieser Klasse eine Seltenheit. Er stand, was den Kontrast noch erhöhte, zwischen einer Reihe alter Fahrradrikschas, die am Geländer zum Kanal angekettet waren. Dort genoß der Eigentümer die bewundernden Blicke der Passanten.

Schon nach wenigen Aufnahmen ließ Steve die Kamera sinken und blickte fragend auf Susan. Sie hatte das gelbe Kuvert geöffnet und das Foto mit der Gruppe um Dave entnommen. Und nun versuchten beide, den Chinesen, der sich dort draußen an seinem brandneuen Wagen zu schaffen machte, auf diesem Bild zu identifizieren.

War das der junge, sportliche Seemann, der fröhlich und optimistisch in die Kamera blickte? Der Mann dort draußen wirkte vergreist: Sein Gesicht war aufgedunsen, die Haut blasig, rotgeädert und mit aufgebrochenen, nässenden Schrunden bedeckt. Sein Haar war schütter und verklebt. Aus den kurzen Ärmeln seines Seidenhemds ragten bandagierte Arme und Hände. Mit einem Poliertuch hatte er begonnen, die Spuren von Regentropfen und Staub vom Lack seines teuren Wagens zu entfernen. Seine Bewegungen wirkten jedoch müde.

„Komm! Und bring die Fotos mit!" Steve versteckte die Kamera in seiner Umhängetasche und ging. Susan folgte ihm, das gelbe Kuvert in der Hand.

„Schöner Wagen!" Steve stellte sich neben den Mercedes, betrachtete ihn demonstrativ von allen Seiten und grinste den Chinesen freundlich an. Der blickte auf und lächelte höflich zurück.

„Wirklich wunderschön! Ein 380 SEC, ja? Und er gehört Ihnen?"

Der Chinese nickte nur.

„Ich komme aus Europa. Und ich weiß: ziemlich teuer, so ein Coupé! Was kostet das Modell hier in Singapur?"

Der Chinese hob seine bandagierte linke Hand und winkte mit einer kleinen Geste höflich ab.

„Ich verstehe: also ein Vermögen. Und die Lieferzeit?"

Mit dieser Frage gelang es Steve endlich, den Chinesen aus seiner Reserve zu locken. „Einige Monate", erwiderte dieser. „Aber wenn man Beziehungen hat ... und auch noch etwas Geld dazulegt ..., drei Tage!" Er lächelte wieder. Er freute sich über die Anerkennung dieses freundlichen Europäers.

Steve beugte sich zum Armaturenbrett und gab sich höchst überrascht. „Wie denn, erst dreihundert Kilometer? Phantastisch! Sie haben sich einen Traum erfüllt! Sie sind sehr reich, ja?"

„Der Wagen ist alles, was ich besitze!" Die Antwort des Chinesen klang eine Spur zu schlicht. Resignation schwang mit und Trauer. Er lächelte auch nicht mehr.

„Trotzdem – Sie sind zu beneiden", stellte Steve, gewissermaßen abschließend, fest. Und erst jetzt schien er etwas zu bemerken, was ihn erstaunen ließ. „Oh, Sie sind verletzt?"

Er deutete auf die verbundenen Hände des Chinesen, auf die bis zum Ellenbogen bandagierten Arme. Der Mann stutzte; dann verbarg er die Hände schamvoll hinter dem Rücken. „Nicht wichtig", sagte er nur, wandte sich ab und öffnete die Tür des Wagens, um einzusteigen.

Aber Steve kam ihm zuvor. „Warten Sie! Ich brauche Ihre Hilfe!" Er nahm Susan das Gruppenfoto aus der Hand und zeigte es dem Chinesen. „Ein Foto von Ihnen. Und von Ihren Freunden! Erinnerung an vergangene Zeiten. Der hier, das sind doch Sie! Mister Woo Teh-Shui!" Er hoffte, daß er den Namen, den er im Krankenhaus erfahren hatte, auch richtig aussprach. „Woo Teh-Shui ... So heißen Sie doch, oder?"

Woo Teh-Shui hätte leugnen können. Das war nicht er! Auf diesem Bild war ein junger Mann zu sehen. Und was war er jetzt? Ein Wrack. Die wilde schwarze Mähne von einst war verschwunden. Nur die Augen waren, wenn er lächelte, noch die gleichen. Aber er lächelte nur noch selten.

Er hatte nur einen kurzen Blick auf das Foto geworfen. Es konnte ja kaum älter als sechs Wochen sein. Dann schaute er sich um, scheu, ängstlich, als erwarte er Verfolger.

Susan nahm Steve das Foto aus der Hand und hielt es Woo Teh-Shui noch einmal vor die Augen: „Es geht nicht um Sie! Es geht um diesen hier!" Sie deutete auf Dave. „David McGhee! Ich suche ihn! Er war mit Ihnen auf der *Stella Polaris*. Und Sie müssen mir helfen, ihn zu finden! David McGhee ist mein Mann!"

Woo Teh-Shui betrachtete abwechselnd Susan und das Bild. Dann griff er mit seinen bandagierten Händen nach dem Foto. Seine Finger, die aus dem Verband herausragten, waren blaurot und blutunterlaufen. Er blieb stumm. Sein Blick auf Susan, als er das Foto schließlich sinken ließ, wirkte verstört.

„Wo ist David McGhee jetzt?" fragte sie ihn. „Was ist mit ihm geschehen?"

Woo Teh-Shui murmelte leise, fast unverständlich: „Nicht hier! Nicht mehr in Singapur! Aber ich kann jetzt nicht darüber sprechen!"

Er hatte in eine bestimmte Richtung geschaut, und Susan erkannte, was Woo Teh-Shui zaudern ließ: Ein weiterer Mann mit bandagierten Händen kam auf sie zu. Dieser hatte gerade seinen neuen silbergrauen Cadillac verlassen und überquerte nun die Straße.

Woo Teh-Shui gab Susan das Foto zurück. Sie schob es unter das Kuvert.

„Sie wissen jetzt, wie sehr ich Sie brauche!" flüsterte sie noch. „Wir wohnen im Raffles-Hotel. Wir erwarten Sie dort im Palmengarten. Um sechs!"

Steve fügte laut hinzu: „Sie erzählen uns, wo dieser David McGhee jetzt steckt. Und das hübsche Foto hier soll Ihnen gehören – und nicht der Polizei. Die hätte doch dann viele Fragen an Sie, weil sie wissen will, wie *das da* passiert ist. Und wo!"

Er hatte auf die bandagierten Hände gedeutet.

Auch auf die des zweiten Mannes, der in diesem Augenblick neben ihn getreten war und nun in drohendem Tonfall fragte: „Was gibt's hier? Was ist los?"

Er war ein arabischer Typ mit dunklem Teint und Pockennarben im Gesicht.

Aber durch die Strahlenkrankheit war es weit mehr entstellt: Nässende Krusten überzogen Mundwinkel und Stirn, Schläfen und die Augenpartie.

„Oh, wir haben nur gerade herzliche Grüße bestellt!" antwortete Steve. „Von einem Ihrer Crew-Kameraden von der *Stella Polaris!* Sie sind doch Mister Moustakas aus Beirut, ja?"

Moustakas reagierte nicht.

Steve hielt ihm das Gruppenfoto entgegen. „Hier! Gut getroffen, nicht wahr?"

Feindselig schaute Moustakas an dem Foto vorbei auf Steve, doch der ließ sich nicht einschüchtern. „Ist das Ihr neuer Wagen?" fragte er. „Dort drüben?"

Da Moustakas offenbar nicht bereit war zu reden, bekannte Woo Teh-Shui mit einem höflichen Lächeln: „Moustys neuer Wagen, ja. Ein Cadillac. Er liebt die Amerikaner, ich liebe die Deutschen."

„Die Firma war also nicht gerade kleinlich, um sich das Schweigen zu erkaufen. Von Leuten, die ihr Leben riskiert – und dabei verloren haben!"

Steve nahm Susan am Arm und ging mit ihr wieder hinüber in das kleine Restaurant unter den Arkaden.

XII

EINE japanische Geigerin im Frack, ein malaiischer Pianist und ein indischer Bassist unterhielten auf nostalgische Weise die wenigen Gäste im „Palm Court", dem Palmengarten des Raffles-Hotels, mit Wiener Walzerklängen. Es war die Zeit zwischen „Tea-Time" und Dinner: Die ersten Lampen brannten bereits in den Arkaden, und die Hitze des Tages wich langsam in einen rosaroten, samtigen Abendhimmel.

Susan saß allein in einer stillen Ecke des kleinen Parks neben einer ausladenden Fächerpalme und wartete voller Ungeduld. Aber nun hatte sie zufällig etwas entdeckt, und sie war zutiefst irritiert: Auf der oberen Galerie, halb verborgen hinter Orchideen und Säulen, lief eine Frau in einem dunklen Kostüm. Sie trug ihr schwarzes Haar streng zurückgekämmt und zu einem Knoten gebunden. Als sie die Treppe erreichte und aus der Dunkelheit trat, spiegelten ihre dicken Brillengläser den Widerschein der Sonne.

In Singapur, dieser Inselstadt, leben mehrere Millionen Menschen. Gab es einen Grund, das Auftauchen einer Rechtsanwältin mit weltweiten Verbindungen in einem internationalen Hotel als besonders überraschend zu empfinden?

Ein ganz bestimmter Verdacht verunsicherte Susan. Und dieser Verdacht wurde erhärtet, denn kaum eine halbe Minute später erschien ein Mann an der gleichen Stelle und ging den gleichen Weg wie Ruth. Rasch, zielstrebig.

Es war Steve. Er kam aus seinem Zimmer und war auf dem Weg hinunter in den Park.

Er sah sich nicht um, schien unbeschwert und heiter, und er hatte – zum ersten Mal seit Tagen – keine seiner Kameras dabei. Er benutzte, im Gegensatz zu Ruth, eine der Innentreppen und schlenderte, als er den Park erreichte, geradewegs auf Susan zu.

„Hallo!" Er setzte sich neben sie auf einen der weißlackierten, gußeisernen Stühle. Seinen Zimmerschlüssel legte er auf Susans gelbes Kuvert, und dann lehnte er sich entspannt zurück.

Sie beobachtete ihn von der Seite. „Hast du Pat Cooper erreicht?"

„Natürlich! Deshalb war ich doch oben! Und du hattest wie immer recht! Cooper ist an der Reportage – unter den gegebenen Umständen – nicht mehr interessiert. Daher kein Scheck. Er erwartet uns morgen abend in London."

„Du warst lange weg!" Sie nippte an ihrem Glas. „Singapore Sling" hieß die rotleuchtende Spezialität des Hauses: Fruchtsäfte, ein Stück Ananas und Gin und noch so allerlei.

„Die schlechte Verbindung nach London ... Und Cooper hat geredet wie ein Buch! Es war ein R-Gespräch, keine Angst! Außerdem habe ich unseren Rückflug bestätigen lassen!"

„Das hast du schon heute mittag erledigt, nach meinem Besuch bei Ruth Wong."

Er antwortete nicht, sondern schaute nur unruhig und nervös in die Gegend und verteidigte nicht einmal diesen Widerspruch.

„Hast du sonst noch jemand getroffen?" fragte Susan. „Mit jemand gesprochen?"

„Nein!" sagte er nur. „Mit wem denn auch?" Er schaute auf seine Uhr. „Ja, gehen wir!" Er stand auf.

„Wohin?" Sie blieb demonstrativ sitzen. „Der Mann von der *Stella Polaris* wollte kommen, dieser Woo Teh-Shui. Hast du's vergessen? Es ist gleich sechs!"

„Er wird nicht kommen!" stellte Steve nüchtern fest. „Er weiß genau, was er riskiert!"

„Wir wissen auch, was *wir* riskieren!"

„Ja! Und deshalb fliegen wir heim und lassen uns hier draußen und in dieser Stadt besser nicht mehr blicken! Du gefährdest Dave! Sie haben immer noch Julia! Laß uns nach oben gehen und die Koffer packen. Unsere Maschine nach London geht um dreiundzwanzig Uhr zehn!"

„Wir haben noch über fünf Stunden Zeit!"

„Einchecken müssen wir um einundzwanzig Uhr dreißig. Und zum Flughafen fahren wir eine dreiviertel Stunde!"

„Zwanzig Minuten!" Susan fand es schon wieder amüsant, wie schlecht er sich verstellen konnte, wie durchschaubar dieses Theater

war, das er spielte. „Ich bin sicher, er wird kommen!" fügte sie hinzu.
„Und ich werde warten! Er will das Foto."

„Er weiß genau, daß wir's der Polizei nicht weitergeben werden!"

Ein Kellner kam, brachte auf seinem Tablett zwei frische Drinks
und stellte die Gläser auf den Tisch.

„Ich habe nichts bestellt!" Susan griff nach ihrem halbvollen Glas.
„Du, Steve?"

Der schüttelte den Kopf.

„Doch! *Sie* haben bestellt, Madam!" Der Kellner schob den kleinen
Silberteller mit der Rechnung, die wie üblich mit der Schrift nach
unten lag, sehr auffällig zu Susan hin.

Susan schien diese deutliche Geste nicht zu begreifen. Sie blickte
wieder zu Steve. Aber der hatte nur noch im Sinn, möglichst rasch von
hier wegzukommen. Und so schickte er sich an, die nicht bestellten
Drinks zu bezahlen.

Er griff in seine Hosentasche und brachte – auf der Suche nach
Singapur-Dollars – ein dickes Geldbündel zum Vorschein. Susan
erkannte es mit einem Blick: Es waren grüne Scheine, US-Dollars,
Hundertdollarnoten, säuberlich ineinandergerollt und mit einem
Gummiband zusammengehalten.

Steve registrierte Susans Blick und steckte das Bündel sofort in die
andere Tasche. Dann fand er noch einige Singapur-Dollars in der
Tasche und legte einen der Scheine auf den Teller des Kellners. Und
dann erst griff er nach der Rechnung.

Aber der Kellner zog überraschenderweise den Teller zurück
und hielt ihn, fast aufdringlich, Susan entgegen. „*Ihre* Rechnung,
Madam!"

Da hatte sie endlich verstanden: Unter der Rechnung für die beiden
Drinks lag ein Stück Papier, der abgerissene Rand einer Zeitung. Und
darauf stand, in ungelenker, großer Schrift, eine Adresse. Als Susan
den Zettel aufhob, sah sie ein Notizbüchlein. Klein, abgegriffen und
mit öligen Flecken. Zögernd öffnete sie es und erkannte die Schrift:
Daves Schrift! David McGhees Tagebuch!

Der Kellner war bereits einige Schritte gegangen, als Susan
aufsprang und versuchte, ihn einzuholen. „Warten Sie!"

Aber er blieb nicht stehen.

„Wo ist der Mann, der Ihnen den Zettel gegeben hat und das
Notizbuch? Wo ist er?" Sie schaute sich um.

Auch der Kellner sah sich um. „Ich weiß nicht, was Sie meinen, Madam . . ." Aber er hatte sich bereits verraten. Denn genau in seiner Blickrichtung, neben dem Eingang zur Küche, erkannte Susan zwischen Palmenblättern und Orchideen eine Gestalt.

„Warten Sie bitte! Laufen Sie nicht weg!" Atemlos erreichte sie die Balustrade, hinter der sich die Gestalt verbarg.

Er hätte fliehen können. Durch den Wirtschaftstrakt zum Parkplatz. Zu seinem Traumwagen, dem 380 SEC. Sie hätte ihm nicht folgen können. Die Balustrade war zu hoch.

Aber er wollte nicht fliehen. Jetzt nicht mehr, da diese Frau ihm gegenüberstand und er ihre Augen sah, ihre Stimme hörte.

Er blieb für Susan immer noch hinter der Balustrade verborgen. Aber sie hörte nun sein Flüstern. „Ich habe alles aufgeschrieben, was ich weiß."

„Ja, ich sehe es. Danke! Und das hier ist sein Tagebuch! Wo haben Sie es her?"

„Er war mein Freund. Ich sollte es verstecken. Sie haben es bei mir nicht gesucht. Ich glaube, es ist für Sie . . ."

„Ja, für mich. Danke! Aber was ist mit Dave? Ist er noch an Bord? Wie geht es ihm? Ist er verletzt?"

Woo Teh-Shui kam näher. „Nicht verletzt", flüsterte der Chinese. „Auch nicht krank wie wir anderen vom Schiff, die man hier in Singapur ausgewechselt hat, weil wir nicht mehr arbeiten konnten."

Sie sah jetzt sein Gesicht zwischen den Balustradensäulen.

„Er hat Glück gehabt", flüsterte er. „Er war nicht dabei beim Umladen! Sie haben ihn die ganze Zeit unter Deck eingesperrt, weil er fotografiert hat. Und er ist geflohen. Hier im Hafen. An Land geschwommen. Aber sie haben ihn gefangen und auf das Schiff zurückgebracht. Es ist vor zehn Tagen ausgelaufen. Wohin – das steht auf diesem Zettel. Und die Adresse der Firma, die diese Container in Australien übernehmen soll."

„Danke", flüsterte Susan zurück. „Danke, daß Sie mir geholfen haben."

„Ich habe nichts mehr zu verlieren. Ich bin krank, sehr krank. Kann nichts mehr essen, die Haare fallen mir aus, die Schmerzen sind unerträglich. Aber bald ist ja Schluß. Noch ein paar Tage . . ." Er hatte ganz langsam gesprochen, mit langen Pausen. Und dann war er plötzlich verschwunden.

Langsam kehrte Susan zu ihrem Tisch und zu Steve zurück. Sie war sehr still, sehr nachdenklich.

„Er war es also, ja? Und du hast ihn gesprochen!"

„Ja ...!" Sie nickte und setzte sich. Dabei hielt sie immer noch das abgegriffene Notizbuch in der Hand und den Zettel. Diesen Fetzen Papier mit der ungelenken Schrift. Aber sie gab beides nicht weiter, sondern las noch einmal diese Adresse. Dann legte sie den Zettel vorsichtig zusammen und steckte ihn zusammen mit dem Tagebuch in das gelbe Kuvert zu den Fotos von Dave.

„Es ist unerträglich heiß hier!" Steve stand auf.

„Willst du nicht wissen, was er mir erzählt hat? Oder weißt du es schon?"

Steve antwortete nicht.

„Er hat gesagt: Dave ist noch an Bord. Er lebt und ist gesund!"

„Wie schön für dich! Und für ihn!" Steve stand unruhig neben ihr. Es begann dunkel zu werden. Er sah, wie Susan das gelbe Kuvert in ihre Handtasche packte und nach ihrem Zimmerschlüssel griff.

„Steve ..." Wieder schaute sie ihn an, mit dieser kritischen Überlegenheit, die ihn so wütend machte. „Wo ist eigentlich *dein* Rolls-Royce? Oder ist es ein Jaguar? Oder ein Porsche?"

„Ich versteh dich nicht."

„Du hast plötzlich sehr viel Geld in deiner Tasche!"

„Vorschuß von Cooper", murmelte er. „Es ist *sein* Geld!"

„Heute mittag warst du knapp bei Kasse! Und Cooper, hast du gesagt, ist inzwischen aus der Geschichte ausgestiegen. Oder nicht? Soll ich ihn jetzt anrufen?"

„Was willst du eigentlich?" Er setzte sich wieder.

„Ein Ticket nach Australien, nach Perth. Das liegt an der Westküste! Ein Ticket nur für mich! Unsere Wege trennen sich nämlich. Und vermutlich für immer!"

Er grinste wieder einmal, versuchte, verständnislos zu wirken. Aber er spürte sofort, daß dieses Theater bei ihr nicht verfangen würde. Jetzt nicht mehr.

„*Du* fliegst zurück nach London! Dort wirst du nach Julia suchen!" erklärte sie. „*Ich* fliege nach Perth! Und du zahlst das Ticket und gibst mir noch einen ausreichenden Betrag in bar mit für diese Reise. Von Pat Coopers Geld oder von Ruth Wongs Geld – da, in deiner Tasche! Wir teilen!" Sie stand auf. „Du hast richtig verstanden! Ich zieh mich um und packe. Das dauert etwa dreißig Minuten. Du zahlst inzwischen die Rechnung hier im Hotel und besorgst mir das Ticket, ja? Und erkundigst dich nach dem nächsten Flug nach Perth! Vielen Dank!"

Langsam und erschöpft stieg sie die Außentreppe hinauf zu den oberen Arkaden. Aber ihre Erschöpfung kam nicht nur von der schwülen tropischen Hitze, die trotz der Abendbrise noch über der Stadt lastete.

> *Aus dem Tagebuch des David McGhee (ohne Datum und weitgehend unleserlich):* Susan, ich liebe Dich! Wenn ich heil aus dieser Geschichte herauskomme ..., werde ich alle Versuche unterlassen, die Menschheit zu retten ... Zum Töten des Monsters bin ich – sind wir alle – zu dumm und zu schwach! Dave ...

EINER war bereits tot. Zwei weitere würden sterben. Und der vierte in dieser einst so fröhlichen Runde junger Männer war Dave!

Susan hatte das Bild aus dem Kuvert geholt und es lange betrachtet. Dann legte sie den Zettel mit der Adresse in Australien darauf, den abgerissenen Zeitungsrand mit der so bemüht deutlichen Schrift: „Intra-Nuclear Company Pty. Ltd." Und darunter, kleiner, kaum leserlich: „Perth, Western Australia. 85 St. George's Terrace. Allendale Building."

Vermutlich auch nur wieder ein Büro mit einem Rechtsanwalt. Ein Zwischenhändler. Eine Briefkastenadresse. Aber es war wenigstens ein gutgemeinter Hinweis, eine neue Spur. Australien war auch das logische Ziel dieser Fracht, nach allem, was sie in Daves Tagebuch gelesen hatte und sich nun zusammenreimen konnte. Notizen wie Mosaiksteine, hastig hingeworfene Vermutungen, Befürchtungen, aber auch Tatsachen und Erkenntnisse: das Protokoll einer lebensgefährlichen Fahrt.

Gepackt hatte sie in eineinhalb Minuten. Pullover und Reisetasche aus Hastings, Wäsche aus Calais, Blusen aus Marseille und aus New York.

Ein paar Habseligkeiten, das Notwendigste, zusammengesammelt in der halben Welt, immer nur für den nächsten Tag. Und immer noch nahm diese Reise kein Ende.

XIII

SUSAN checkte ein bei QANTAS, der australischen Fluglinie. Boarding war einundzwanzig Uhr zehn, Flugsteig D 75. Die Reisetasche galt als Handgepäck. Keine weiteren Koffer. Zwölf Dollar Flughafenzuschlag, bar zu bezahlen. Ihr Visum für Australien vom letzten Jahr – damals war sie nach Neuseeland weitergereist – war noch gültig. Das wurde überprüft. Paßkontrolle und Security Check: alles in Ordnung.

Sie hatte noch viel Zeit. Noch eineinhalb Stunden bis zum Abflug. Noch eineinhalb Stunden Angst, daß ihre Reise verhindert werden könnte. Daß diese Mafia sie abfing, in letzter Minute. Sie war auf alles gefaßt.

Susan zog sich in eine dunkle Ecke zurück, mit Überblick nach allen Seiten. Endlich die Ansage über Lautsprecher: ihr Flug nach Perth, erster Aufruf.

Sie machte sich auf den Weg, schwebte auf dem rollenden Band, die Reisetasche umgehängt, die Bordkarte in der Hand, einen dieser unendlich langen Seitentrakte entlang auf der Suche nach dem Flugsteig D 75.

Vor und hinter ihr drängten sich ihre Mitreisenden: japanische Touristen, muslimische Pilger, sonnengegerbte Australier in Shorts, T-Shirts und Plastiksandalen, turbanbewehrte indische Sikhs, eine Gruppe Geschäftsreisender mit Aktenkoffer und Krawatte.

„Mami! Wart auf mich!" Eine Kinderstimme. Wie alle Kinderstimmen auf dieser Welt durchdrang sie jeden Lärm, unüberhörbar für jede Mutter.

Susan dachte an Julia.

„Mami! Mami! Wart doch auf mich!"

Susan drehte sich um. Ein kleines Mädchen lief außerhalb des rollenden Bandes und versuchte, sie einzuholen.

Es war Julia! Sie schleppte ihre Reisetasche, Sarah, den rosa Elefanten – und einen sperrigen, durchlöcherten Karton. Und sie war bereits völlig außer Atem: „Maaamiii!"

„Julia!"

Es war unfaßbar, unglaublich! Aber sie war es wirklich. Susan versuchte, ihrem Kind entgegenzulaufen, gegen die Laufrichtung des Bandes, gegen die vielen Menschen, die dichtgedrängt hinter ihr standen und die sie zur Seite schieben mußte.

„Julia! Meine Julia! Ich komme!"

Sie versuchte, über die Seitenwand zu klettern, glitt ab an der Edelstahlfläche, versuchte es ein weiteres Mal und schaffte es schließlich. In dem breiten Seitengang kniete sie sich auf den Boden und umarmte ihr Kind.

Die anderen Passagiere glitten lautlos an ihr vorüber, belächelten die Szene, blickten sich gegenseitig an, drehten sich nach den beiden um. Und Susan wischte sich die Tränen aus dem Gesicht. Und entließ Julia nicht mehr aus ihren Armen!

„Julia! Mein Liebes! Wo kommst du her?"

„Tante Ruth hat mich hergebracht und Steve!"

Susan starrte Julia ungläubig an. „Und wo sind die beiden, Tante Ruth und Steve?" Sie schaute sich mit ängstlichen Blicken um, erwartete eine Falle.

Auch Julia hatte sich suchend umgesehen. „Jetzt sind sie weg! Eben waren sie noch da!"

„Und wo hast *du* die ganze Zeit gesteckt, Julia?" Susan hielt immer noch das Kind umklammert. Niemand sollte es ihr mehr entreißen.

„Bei Tante Ruth, in ihrem großen Haus! Da gibt es Papageien und echte, lebendige Affen!" Julia befreite sich von der mütterlichen Umarmung: „Hier drinnen ist Johnny! Willst du ihn sehen?" Sie begann, den Karton mit den Luftlöchern zu öffnen.

„Johnny?"

„Johnny ist doch mein kleiner Hund!"

Ein Welpe mit Schlappohren und Stupsnase schaute Susan aus großen dunklen Augen an. Ihre Begeisterung war eher gequält.

„Sehr lieb! Aber wir können Johnny nicht mitnehmen. Nicht ins Flugzeug und nicht nach Australien!"

„Tante Ruth hat gesagt, wir fliegen nach Hause. Nach London! Du hast es ihr versprochen. Und hier sind die Karten für das Flugzeug und mein Paß und ein Paß für Johnny! Von einem Tierarzt! Extra für England!"

Sehr geschickt, dachte Susan. Geschickt und infam!

„Hör zu, Julia!" Sie schaute ihrer Tochter sehr ernst, sehr eindringlich in die Augen. Sie hatte keine Wahl: Sie mußte in diesem

Augenblick Johnny und damit zugleich diese Ruth samt ihren Affen und Papageien besiegen. „Wir beide, du und ich, wir fliegen jetzt zu Daddy nach Australien. Dort lassen sie keine Hunde rein! Du mußt Johnny hierlassen! Bitte!"

Da erwiderte Julia ihren Blick, genauso ernst, genauso intensiv und zu allem entschlossen. „Dann bleib ich eben auch hier!"

„Daddy wartet aber auf uns!"

Julia zögerte, versuchte abzuwägen. Dann nickte sie schließlich. Sie war einverstanden und nahm ihr bitteres Schicksal an. Vorsichtig schob sie die kleine schwarze Hundeschnauze nach unten, klappte den Deckel wieder zu, nahm den Karton unter den Arm und richtete sich auf. „Dann muß eben Tante Ruth so lange auf ihn aufpassen, bis wir wieder hier sind!" Sie rannte los, den Weg zurück, den sie gerade gekommen war.

Susan stand auf, sah ihr nach und war einen Augenblick lang völlig verwirrt. Sie sammelte ihre und Julias Reisetasche ein, hob den Elefanten auf und lief hinter Julia her, die in der Menge der Passagiere fast schon verschwunden war. Und genau in die Richtung, in der Susan Gefahr witterte.

„Julia! Warte . . .!"

Hastig drängte sie sich durch entgegenkommende Menschengruppen. Sie mußte das Kind erreichen, bevor man es ihr wieder entreißen konnte. Schließlich fand sie Julia am Rand der Rolltreppe, die hinunterführte zur Eingangshalle. Dort stand das Kind mit seinem großen Karton und sah sich suchend um.

„Ich find sie nicht mehr! Sie sind wirklich weg!"

In diesem Moment ertönten Trillerpfeifen. Polizisten mit quäkenden Funksprechgeräten und Sicherheitsbeamte des Flughafens drängten sich rücksichtslos zwischen Susan und ihrem Kind durch, liefen von allen Seiten auf die Rolltreppe zu, die gestoppt worden war, und stürmten nach unten in die Eingangshalle.

Julia wollte zu der Rolltreppe, dorthin, wo die Neugierigen zusammenströmten. Aber da war nichts zu sehen. Susan ging weiter, um die hohe Brüstung herum.

„Mami, heb mich hoch!" bettelte Julia. „Was ist denn passiert?"

Susan antwortete nicht. Denn sie brauchte selbst einige Zeit, bis sie begriff, was dort unten vorgefallen war. Es sah aus wie ein ganz gewöhnlicher Unfall. Nur die Polizisten und die Sicherheitsbeamten, die das Publikum und die Menge der Neugierigen zurückdrängten, die die große Halle abriegelten und die Zugänge sperrten, sorgten für einen dramatischen Akzent.

Einige Schritte neben der Treppe lag eine Frau auf dem Boden. Das Gesicht war nach unten gedreht, eine Hand weit ausgestreckt, der Körper reglos und unnatürlich verkrümmt. Das ausgebreitete, weite schwarze Kleid bildete einen merkwürdigen Kontrast zu dem weißen Boden, ebenso das lange dunkle Haar, denn der Knoten, der es sonst straff zusammenhielt, hatte sich gelöst. Neben dem Gesicht lag eine Brille. Eines der dicken Gläser war zerbrochen.

EIN Flug durch die Tropennacht: Über Sumatra und Java tobten bis in zwölftausend Meter Höhe die Wärmegewitter. Blitze ließen die aufgetürmten Wolkenberge aufleuchten, aber die über vierhundert Passagiere des QANTAS-Fluges QF 8 zur Westküste Australiens nahmen davon kaum Notiz. Denn auf der kleinen Leinwand lief ein Science-fiction-Film. Den Ton dazu lieferten die Kopfhörer auf Kanal eins und zwei. Doch Julia hatte keine Kopfhörer. Susan las ihr aus einem Kinderbuch vor, altbekannte Verse, schon viele Dutzend Male gehört.

„Du hörst mir ja gar nicht zu!" Susan unterbrach ihre Lesung.

„Doch! Ich hab alles genau gehört ... Ob sie ihn schlachten und essen?"

„Wen?"

„Johnny! Tante Ruth hat gesagt, ich soll gut auf ihn aufpassen. Und ihn nicht weggeben: Chinesen essen Hunde!"

„Tiere, die sie liebhaben, essen sie nicht! Und der Mann vom Flughafen, dem du Johnny geschenkt hast, hat Kinder. Die spielen mit deinem Johnny! Dem geht es dort wunderbar!"

Julia schien fürs erste beruhigt.

Vom Meer her kommend, erreichten sie das Land, den fünften Kontinent. Eine strahlende gelbe Morgendämmerung erschien über den Hügeln, die einen Ort umgaben: Perth, die einsamste, isolierteste Großstadt der Welt. Drei Flugstunden bis Adelaide, vier bis Melbourne und Sydney. Und dazwischen nur Weizen und Wüste, Salzseen und Berge.

Junge Männer in Uniform kamen nach der Landung an Bord, und sie vernebelten Fluggäste und Maschine mit Insektenspray. Keine

Chance für Moskitos! Aus den Lautsprechern hieß eine Stimme die Passagiere in Australien willkommen.

Im Taxi schlief Julia ein. Erst bei Eiscreme und Kuchen in einem Café gegenüber dem Allendale Building, dem Ziel ihrer Reise, wachte sie langsam wieder auf.

Es war kurz nach neun, als Susan mit Julia die Straße überquerte, die St. George's Terrace, die Hauptstraße von Perth. Vor den beiden lag ein asymmetrisches Gebäude mit einer Fassade aus silbernem Aluminium und grünem Glas. Irgendwo dort oben, in einem der achtunddreißig Stockwerke, mußten, wenn der geheimen Nachricht von Woo Teh-Shui zu glauben war, die Fäden dieser Mafia-Organisation zusammenlaufen. Dort waren möglicherweise die Drahtzieher dieses Nukleartransports zu finden, die Eigentümer dieser Fracht, die Bescheid wissen mußten über die Container der *Stella Polaris* – und über den Verbleib von Dave.

„Intra-Nuclear Company?" Der Portier, ein alter Australier in einer Loge aus Glas, schüttelte den Kopf. „Da werden Sie jetzt niemanden finden!"

„Trotzdem. Wo ist es?"

„Siebzehnter Stock! Aber wie gesagt: Da ist keiner oben!"

Susan glaubte ihm nicht. Sie glaubte niemandem mehr. Auf der Tafel neben der Portiersloge war der Name dieser Firma erwähnt, unter dreißig oder vierzig anderen.

„Darf ich die beiden Reisetaschen hier bei Ihnen stehenlassen?"

Der alte Mann zögerte, zuckte schließlich die Schultern. „Bitte, wenn es unbedingt sein muß." Er entriegelte die kleine Klapptür und zeigte in die Ecke der Loge. Dort war Platz für die beiden Taschen.

„Siebzehnter Stock!" rief er Susan noch einmal hinterher, zur Sicherheit. Sie winkte ihm zu, bedankte sich und ging zum Lift.

Vielleicht aber war dieser Ruf gar nicht für Susan gedacht gewesen. Zwei Möbelpacker, die im hintersten Winkel der riesigen Eingangshalle Metallkisten und Kartons stapelten, wurden aufmerksam. Einer ließ seine Arbeit im Stich und kam auf den Portier zu.

Aber zu diesem Zeitpunkt betrat Susan bereits den Lift. Sie war nun sicher, daß sie unmittelbar vor der Lösung des Rätsels stand und in wenigen Minuten Antwort auf alle Fragen erhalten würde.

Siebzehnter Stock. Die Leuchtanzeige erlosch. Der Lift hielt an. Langsam und geräuschlos teilte sich die Tür. Vor Susan lagen tausendzweihundert Quadratmeter Großraumbüro, ausgelegt mit edelstem bernsteinfarbenem Velours. Drei Seiten Fensterfront, Ausblick über Hochhäuser, grüne Parks, Palmenalleen, bewaldete Hügel. Und fern am Horizont: das Meer, der Indische Ozean.

Breite Säulen unterteilten den riesigen Raum, verliehen dieser überschaubaren Einsamkeit wenigstens gewisse Akzente. Denn das Büro war leer! Kein Schreibtisch, kein Schrank, nichts. Nur einige Kartons standen noch herum. Verstreute Reste Verpackungsmaterial. Ein Dutzend Telefone, zusammengestellt an einer der Säulen. Ein Fernschreiber, eine Kopiermaschine – Überbleibsel vergangener Aktivitäten. Und dazwischen einige schwarze Säcke mit Abfall.

Diese großzügige Räumlichkeit stand leer für Interessenten. FOR LEASE – ZU VERMIETEN. Große Schilder mit dieser Ankündigung klebten an allen Fenstern.

Mit leisem Knacken schloß sich die Tür des Lifts. Jetzt war Susan zusammen mit ihrem Kind eingesperrt in diesem leerstehenden Luxusbüro.

Julia, inspiriert von der unendlichen Weite des Raumes, breitete die Arme aus, segelte davon wie ein Flieger, umkurvte die Säulen, schwebte an der langen Fensterfront entlang und übte einen Landeanflug zwischen den Telefonen.

Susan wanderte langsam durch den Raum.

Sie hatte sich Fragen zurechtgelegt, Erklärungen, Bitten. Sie war auf eine Konfrontation gefaßt gewesen und hatte gehofft, Menschen anzutreffen, mit denen man reden konnte. Auf dieses Fiasko war sie nicht vorbereitet.

Sie sah sich nach ihrer Tochter um. Julia hockte auf dem weichen Teppichboden und hatte drei Telefonhörer gleichzeitig an ihrem Ohr. „Hallo Daddy? Ich komme! Ich bin schon da! Und ich seh dich bald! Rufst du mich an, wo ich dich finde?"

Julia wandte sich um. Ein Geräusch hinter ihr hatte sie aufgeschreckt.

Eine Gestalt war zur Seite gehuscht wie ein Schatten. Und die Tür zur Liftkabine stand offen. Julia sprang auf, rannte zu Susan.

Susan schaute sich um. Der Raum war immer noch leer – da war nichts zu sehen, nichts zu hören. Oder doch? Mit einem leisen Knacken schlossen sich die Türen zum Lift.

Sie waren also nicht mehr allein.

„Hallo . . .?"

Keine Antwort.

Und noch einmal: „Hallo . . .?"

Da trat, nur wenige Schritte von Susan entfernt, ein stämmiger junger Mann vor eine der Säulen. „Meinen Sie mich?" Er grinste Susan, die erschrocken zusammenzuckte, unverschämt an.

Susan versuchte zu lächeln. Sie überlegte, was sie ihm Freundliches sagen könnte, als ein zweiter Mann erschien. Der strich sich die blonden Haare aus dem Gesicht und kam langsam näher. „Darf ich Sie fragen, Miß, was Sie hier zu suchen haben? Oder woll'n Sie die Räume hier mieten? Dann sollt'n Sie erst mal mit dem Makler red'n, bevor Sie hier rumschnüffeln."

Susan glaubte an ein Mißverständnis, das man aufklären könnte – mit Charme und gutem Willen. „Ich bin einfach hierherauf gefahren." Sie entschuldigte sich mit einer Geste. „Ich hab jemanden von dieser Firma gesucht, der Intra-Nuclear Company . . ."

„Sind alle weg!" Der erste der beiden Männer grinste sie immer noch an. „Ist Ihnen das nicht sofort aufgefallen? Wie Sie aus dem Lift raus sind, Miß?" Auch er kam nun näher.

Da schrie Julia auf: „Mamiii!" Die Bedrohung war zu groß für sie geworden. Sie faßte nach Susans Hand, rannte los und zog ihre Mutter hinter sich her. Weg von diesen Männern, weit weg! In einen entfernten, abgelegenen Winkel dieses großen Raums. So landeten die beiden in einer verglasten Ecke der Fensterfront, die in einen spitzen Winkel auslief und abenteuerlich weit aus der Fassade herausragte.

Die beiden Männer waren ihr gefolgt, immer noch langsam, bedrohlich, Schritt um Schritt. Und Susan war mit ihrem Kind in einer Falle.

„Was wollen Sie von mir?" Es sollte keinesfalls ängstlich oder unsicher klingen. Aber die beiden lachten nur.

„Was werden wir beide schon wollen, Miß? Zwei Jungs, die gebaut sind wie wir. Von 'ner jungen Frau, die in 'nem leeren Stockwerk rumläuft. Wo's niemand hört, wenn sie schreit . . .!"

Sie waren nur noch wenige Schritte von Susan und ihrem Kind entfernt. Da schrie Julia wieder gellend auf. Sie wandte sich ab und preßte ihr Gesicht an Susan.

In diesem Augenblick blitzte es zum ersten Mal.

Die kahlen Wände des leeren Großraumbüros warfen das scharrende Geräusch der Kamera-Automatik zurück. Ebenso das metallische Klicken des Verschlusses. Blitz folgte auf Blitz.

Die beiden Männer drehten sich um. Einer hielt sich die Hände vors Gesicht.

Da stand Steve, an eine der Säulen gelehnt, die Lederjacke offen, den verbeulten braunen Hut auf dem Kopf. Und er schoß Bild um Bild. Hinter ihm schloß sich gerade die Tür zum Lift.

Die beiden Männer ließen von Susan ab und wandten sich dem neuen Opfer zu. Der eine spurtete quer durch den Raum und stürzte sich auf Steve. Sein Kumpan folgte ihm, und Steve hatte keine Möglichkeit mehr zur Flucht.

Die beiden versuchten als erstes, ihm die Kamera aus der Hand zu schlagen, traktierten ihn mit gezielten Fußtritten, Fausthieben und Handkantenschlägen. Steves Gegenwehr hatte bei zwei Typen dieser Sorte wenig Erfolg.

„Du hättest fragen sollen, ob wir einverstanden sind mit einem Porträt!" Mit diesem Satz entwand einer der beiden Steve die Kamera. Er öffnete geschickt die Rückwand und riß den belichteten Film heraus.

Da erkannte Susan ihre Chance. Sie packte Julia an der Hand. „Lauf, Julia! Lauf!" Und die beiden rannten durch das riesige, leere Büro, an den drei kämpfenden Männern vorbei zum Lift.

Susan trommelte mit der Faust gegen den Rufknopf. Und sie hatte Glück. Der Lift hing noch immer im siebzehnten Stockwerk in Bereitschaft. Die Tür teilte sich wieder, die beiden spiegelnden Flächen schoben sich geräuschlos zur Seite, und Susan drängte sich mit Julia in die Kabine.

„L" stand auf dem Knopf für „Lobby", Eingangshalle. Susan tippte darauf, mehrmals hintereinander. Endlich, nach vielen bangen Sekunden schlossen sich die Türen. Da zwängte sich in der allerletzten Sekunde eine Hand durch den noch offenen Spalt, ein Arm mit einer Lederjacke. Die Lifttür stoppte. Eine zweite Hand mit Kamera und Hut erschien, preßte die beiden Türhälften auseinander. Eine Schulter schob sich dazwischen. Steve ließ sich atemlos und polternd gegen die gegenüberliegende Wand fallen.

„Hallo, Susan!"

Die Lifttür schloß sich nun endgültig, und die Kabine schwebte nach unten.

„Du siehst, ich bin nicht abzuschütteln!" Er wischte sich das Blut von der aufgesprungenen Lippe und betrachtete seine zerschrammte Hand. „Ich hab geahnt, daß du mich noch mal brauchst!"

„Das ist doch alles abgekartet", keuchte sie. „Du steckst mit diesen Kerlen unter einer Decke! Diese Mafia hat dich hergeschickt, um mich zu überwachen. Um zu verhindern, daß ich David finde, der alle ihre Pläne kennt!"

Steve klappte die Rückwand seiner Kamera wieder zu. „Also keine Chance mehr, daß du mir vertraust?"

„Nein! Wer hat denn Ruth Wong umgelegt? Die ist doch tot, oder etwa nicht? Und du warst in ihrer Nähe! Und warum dieser Mord? Weil sie Julia freiließ? Weil sie menschlich reagiert hat trotz ihres Auftrags? Und warum haben die beiden dort oben dich nicht weiter verfolgt? Sie haben dich laufenlassen! Ein paar Schrammen, ein bißchen Blut und Theater . . ."

Aber Steve hörte ihr nicht mehr zu. Er betrachtete irritiert die Leuchtanzeige des Lifts, die langsam die Zahlenkette entlangfuhr, zwischen „17" und „L".

„Wo fahren wir hin?" Er blickte sie erschrocken an.

„Nach unten!"

Steve reagierte entsetzt: „Nein! Stopp! Wir steigen aus!" Er drückte auf sämtliche Knöpfe. Ein Dutzend Felder mit Firmennamen flammten auf.

„Was tust du?"

„Ein Lift ist immer eine Falle! Nicht nur bei Feuer!"

In diesem Augenblick erlosch das Licht, und die Kabine des Lifts stoppte abrupt. Nur ein Notlicht brannte noch an der Decke.

„Mami! Was ist los?" schrie Julia und schmiegte sich noch enger an Susan.

„Zu spät!" Steve schlug mit der Faust gegen die Tür. „Sie haben uns ausgetrickst!"

„Ich will hier raus!" brüllte Julia. „Ich will hier raus!"

Steve suchte den Alarmknopf an der Steuerkonsole des Lifts und drückte ihn. Irgendwo, sehr fern, begann eine Alarmglocke zu schrillen.

„Ich will hier raus!" schrie Julia wieder.

Susan nahm sie in die Arme: „Bitte, Julia! Bleib ruhig! Die holen uns gleich!"

Steve untersuchte die Schiebetür, fand eine kleine Öffnung, die für einen Schraubenzieher oder Vierkantschlüssel gedacht war. Er zog den Fuß des Blitzgerätes aus der Halterung und begann, damit die Vierkantöffnung zu drehen. Ganz überraschend ließen sich die beiden Türhälften auseinanderschieben.

Licht fiel in die Kabine, die dicht unterhalb eines Stockwerks zum Stehen gekommen war. In Augenhöhe war über einem Teppichboden ein Spalt frei, etwa einen halben Meter hoch.

„Los, Julia, du machst den Anfang! Kriech da raus!" Steve faßte Julia unter die Arme, hob sie hoch zu dieser Öffnung.

„Nein! Laß mich!" brüllte Julia. „Ich bleib bei meiner Mami!" Sie strampelte, schlug um sich.

Aber Steve ließ sich auf keine Diskussion ein. „Du tust jetzt, was ich dir sage!" Es klang energisch, und Julia wagte keinen Widerspruch mehr. „Du kriechst da hinaus, so schnell du kannst. Und deine Mami kommt hinterher!" Er schob Julia über die Kante, stellte sich dann mit dem Rücken an die Betonwand des Schachts und faltete die Hände als Stufe. „Los, Susan! Und jetzt du!"

Susan kroch hinaus.

Steve half ihr, so gut er konnte, warf seine Kamera hinterher, das Blitzgerät. Aber nun gab es niemanden mehr, der ihn selbst hätte stützen können.

„Los, hilf mir! Zieh!" Er streckte seine Hand aus, doch Susan wich vor ihm zurück.

Da kam Julia angekrochen, nahm Steves Hand und zog daran. Endlich griff auch Susan ein, setzte sich auf den Boden, packte Steves Arm, stemmte die Füße gegen die Wand und zog mit aller Kraft. So schafften sie es schließlich. Steve robbte aus der Öffnung, zog die Beine nach und stand auf.

„Glück gehabt", sagte er lachend. „Wenn der Lift wieder angefahren wäre, hätte mich die Kabine glatt halbiert!"

XIV

DIE ältere Dame, die in einem silbergrauen Kostüm hinter einem silbergrauen Schreibtisch saß, der auf teurem silbergrauem Velours vor einer silbergrauen Grastapete stand, und die tatenlos alles beobachtet hatte, blickte den dreien interessiert entgegen. „Ist etwas passiert?" fragte sie.

„Der Strom ist ausgefallen!" erklärte Steve. „Verraten Sie mir, wo die Feuertreppe ist?"

Sie zeigte auf eine silbergrau gestrichene Stahltür in der Ecke. Steve nickte, packte Julia und Susan am Arm, zog beide hinter sich her und schob sie durch die Tür.

Dann hasteten sie nach unten. Susan, das Kind auf dem Arm, voraus, Steve hinterher. Die Treppe war schmal und führte, von kurzen Absätzen unterbrochen, in engen Kreisen nach unten.

„Immer noch kein Vertrauen?" rief Steve hinter Susan her.

„Nein!" schrie Susan zurück, ohne stehenzubleiben. „Du hast Geld genommen! Von diesen Kidnappern!"

„Ja! Und du hast davon profitiert! Das Ticket hierher nach Australien. Und –"

„Sie haben dich gekauft", unterbrach sie ihn.

„Sie haben es versucht. Ohne Erfolg! Aber sie haben mich überzeugt!" Er stoppte Susan und packte sie am Arm. „Du hast noch immer nicht kapiert, was hier wirklich läuft! Es war vereinbart, daß wir alle nach London fliegen, und jetzt sind wir in Australien. Und diese Leute haben das mit ihrem eigenen Geld finanziert! Ein guter Witz, was?"

„Ja, sehr komisch!" konterte Susan ironisch. „Wenn sie uns erwischen, legen sie uns dafür um! Die haben nicht die geringsten Skrupel!"

„Stimmt! Die haben nämlich eine Idee – und ein Ziel! Und das können sie nur bei absoluter Geheimhaltung realisieren. Irgendwo in der Wüste entsteht ein gigantisches Werk, das die hier unter Ausschluß der Öffentlichkeit bauen. Produktion von neuen Brennelementen aus Recyclingmaterial und aus Natururan, das in unmittelbarer Nähe gefördert wird. Ein Jahrhundertprojekt, wie Ruth Wong sagt, abgeschirmt gegen alle Proteste. Eine neue Technologie mit weltweiten Konsequenzen für Energieversorgung, Arbeitsplätze und Konjunktur. Außerdem die Lösung aller Entsorgungsprobleme."

„Wie Ruth Wong dir sagte!"

„Ja! Und diese Frau haben sie neben mir erschossen! Weil sie unzuverlässig wurde! Und irgendwann sind wir dran! Weil wir bereits zuviel wissen! Weil wir offenbar nicht abzuschütteln sind! Ist dir jetzt endlich klar, was ich für dich riskiert habe – für dich und deinen Dave?"

Er ließ sie los, und Susan hetzte weiter nach unten. Aber schon nach wenigen Stufen blieb sie abrupt stehen. Er prallte fast auf sie.

„Steve! Wer hat dir eigentlich gesagt, daß ich hier zu finden bin? In dieser Stadt? In diesem Gebäude?"

„Es stand auf einem abgerissenen Zeitungsrand. Und der lag in deinem Zimmer. In Singapur, im Hotel."

Das klang plausibel. Aber es fiel Susan schwer, ihr Mißtrauen niederzukämpfen. „Du bist clever, Steve. Du wirst jetzt herausfinden, wo die *Stella Polaris* angelegt hat, wo ihre Ladung gelöscht wurde. Und dann wirst du mir sagen, wo dieses ,gigantische Jahrhundertprojekt' entstehen soll." Sie wandte sich ab, lief mit ihrem Kind weiter nach unten. Er hastete hinter ihnen her von Stockwerk zu Stockwerk. Als sie das Erdgeschoß erreichten und durch eine verdeckte Tür, die neben einem Gobelin in die Marmorwand eingelassen war, wieder die Eingangshalle betraten, schrillte immer noch die Alarmklingel.

„Was ist los?" fragte Steve den alten Pförtner in der Loge. „Was soll diese Klingelei?"

„Lift ist ausgefallen", erklärte der Alte nach einer Schrecksekunde. „Da sind Leute eingesperrt, in einer der Kabinen. Aber unsere beiden Monteure sind schon auf dem Weg."

Susan hatte die Glastür zur Loge geöffnet. Ihr Gepäck stand noch am gleichen Platz. „Diese Intra-Nuclear Company im siebzehnten Stock . . ., wann sind die ausgezogen?" fragte sie den Portier.

„Ich weiß es nicht. Wir sind vier Kollegen und lösen uns hier regelmäßig ab. Fragen Sie besser die anderen. Ich weiß überhaupt nichts!" Er sah sich ängstlich um und stellte dann an einem Schaltkasten an der Wand die Alarmglocke ab.

„Mein Mann arbeitet bei dieser Firma", erklärte ihm Susan, während sie nach ihren beiden Taschen griff. „Ich bin heute morgen erst aus Europa gekommen!"

„Sie haben doch gesehen: Die sind weg, schon seit Tagen!"

Da flatterten zwei grüne Scheine dicht vor dem alten Herrn auf das Pult. Jeweils hundert US-Dollar. Sie fielen aus Steves Hand – scheinbar ein Versehen.

„Wo sind diese Leute hin?" fragte Steve.

„Ich sag doch, ich weiß es nicht", flüsterte der alte Mann.

Steve ließ noch einen Schein fallen. „Und die Post? Die wird doch nachgeschickt ... Wohin?"

Da öffnete der Portier eine Schublade, zog eine Liste heraus und las ab: „Ein Postfach in Carnarvon!"

„Carnarvon? Wo zum Teufel liegt Carnarvon?"

„Immer die Küste entlang nach Norden, acht-, neunhundert Meilen ungefähr ...!"

Es GAB keinen Hafen für große Frachtschiffe in Carnarvon! Die drei Männer an der Tankstelle lachten nur, als sie danach gefragt wurden. Susan, Steve und Julia waren bereits knapp tausend Kilometer gefahren – und offenbar vergeblich, wie es schien. Der nächste Hafen von Bedeutung war in Dampier. Das waren weitere 700 Kilometer. Und dann Port Hedland, noch einmal 250. Carnarvon hatte nur einen „Jetty", eine alte Landungsbrücke aus Holz, die sechzehnhundert Meter weit in das flache Küstenwasser des Indischen Ozeans hineinragte.

Wie damals auf der Fahrt durch Frankreich hatten sich Susan und Steve am Steuer eines gemieteten Landrovers regelmäßig abgelöst; ihre Gewalttour nach Norden führte sie fast bis zum Südlichen Wendekreis.

Der Highway lief breit und schnurgerade die Hügel hinauf und wieder hinunter durch das trockene rotbraune Buschland. Das graue Asphaltband zog sich vor ihnen hin in Eintönigkeit und flirrender Hitze. Tote Känguruhs säumten den Straßenrand, oft schon ausgedörrt, überrollt und auf die Seite geschleudert von den nachts vorbeidonnernden Riesenlastern mit ihren manchmal vier Anhängern, die den Norden des Landes versorgten.

Susan, Julia und Steve hatten noch am gleichen Nachmittag Perth verlassen und nach 500 Kilometern Geraldton passiert, die nächste Stadt und den einzigen Ort von Bedeutung auf der ganzen Strecke. Von dort bis Carnarvon gab es nur noch zwei Tankstellen, „Billabong Roadhouse" und „Overlander Roadhouse". Im Billabong Roadhouse hatten sie schließlich übernachtet. Sie waren alle drei zu erschöpft gewesen, um noch die restliche Nacht hindurch weiterzufahren. Die Sonne war über dem roten Buschland untergegangen, da überzog sich der Himmel über dem westlichen Horizont mit einem intensiv strahlenden Orange. Es herrschten immer noch 42 Grad

Hitze, und ein trockener Wind wehte aus der Wüste, wirbelte ihnen rotbraunen Sand ins Gesicht. Es wurde rasch dunkel.

Die Klimaanlage rauschte die ganze Nacht. Und von weit her wehte Gesang, begleitet von tiefen Tönen fremdartiger Musik: Aborigines, die schwarzen Ureinwohner, feierten ein Fest.

Am Morgen nach dem Frühstück – mit Eiscreme für Julia – fuhren die drei weiter. Schweigend durch die flimmernde Hitze. Der Landrover war rot vom Staub, und das Blech schien zu glühen. Fünf Stunden später sahen sie die Masten gewaltiger Antennen und die weiße Schale einer Erdfunkstation am Horizont aufragen. Sie überquerten einen ausgetrockneten Fluß, einen Mündungsarm des Gascoyne River, und schienen ihr Ziel damit erreicht zu haben. Aber, wie gesagt, in Carnarvon gab es keinen richtigen Hafen.

Wo lag also die *Stella Polaris?* Wo war ihre „heiße" Ladung geblieben? Sie fuhren durch den kleinen Ort mit seinen vier Straßenzügen, vorbei an Bananen- und Mangoplantagen, zur Küste. Die Pfosten des hölzernen Jetty ragten aus dem Schlick. Es war Ebbe. Pelikane ruderten in den Prielen, kamen neugierig näher. Susan, Julia und Steve machten sich zu Fuß auf den Weg, mit steifen Gelenken nach dieser langen Fahrt, an den alten, rostigen Eisenbahnschienen entlang, die auf die rohen Bohlen und Balken montiert waren und fast die ganze Breite des Jetty einnahmen.

Weit draußen auf dem Steg stand ein Angler.

„Wir fragen ihn ... Wenn ein Schiff hier war ... Vielleicht weiß er Bescheid ..."

Bei dem Angler blieben sie stehen. Der Mann nahm sie nicht zur Kenntnis, auch Steve nicht, der sich neben ihm gegen das Geländer lehnte.

„Heißer Tag heute ...", begann Steve die Konversation. Der Angler nickte nur.

„Was gefangen?"

Wieder nickte der Angler, und nach einer längeren Pause klappte er mit dem Fuß den Deckel eines alten, verrotteten „Eskys" auf, einer viereckigen Kühlbox aus Schaumstoff und Blech. Drei große rotsilberne Meerbrassen lagen dort drin, auf einem Plastiksack, gefüllt mit Eis.

Steve versuchte weiter, den schweigsamen Mann in ein Gespräch zu verwickeln. „Sie angeln hier oft?"

„Jeden Tag." Steve erhielt einen kurzen, prüfenden Blick, bevor der Mann Vertrauen faßte. „Keinen Job – geh ich eben angeln! Nur wenn der Tanker kommt und die Tanks auffüllt, dann nicht. Dann ist der Jetty gesperrt."

Er hatte hinübergezeigt an Land, wo zwischen den Dünen die silbernen Kessel eines Tanklagers die Sonne reflektierten.

„Und es kommen nur Tanker hierher? Keine anderen Schiffe?"

„Hin und wieder Langustenfänger. Früher haben sie hier Erz verschifft, Schafe und Wolle. Läuft jetzt alles billiger auf der Straße. Viel ist hier nicht mehr los!"

„Hat in der letzten Woche ein Schiff hier angelegt, das *Stella Polaris* heißt?"

Der Mann zuckte mit den Schultern. „Ich schau nie nach den Namen. Ich weiß auch nicht, wie der Tanker heißt."

„Nein, kein Tanker! Ein großes Frachtschiff, das lange, runde Container geladen hatte. Die wurden irgendwo hier an der Küste ausgeladen."

„Warum fragen Sie?" Der Angler blickte nicht auf.

„'n Freund von mir fährt auf dem Schiff."

„Aha!" Nach einer langen Pause sprach er weiter. „Da hatten sie auch abgesperrt, drei Tage lang. ‚Gefährliche Ladung', hat es geheißen. Na ja, das heißt es auch, wenn Benzin gelöscht wird." Er zog den Blinker näher zum Steg, dann holte er ihn ein und schleuderte ihn wieder hinaus ins tiefere Wasser. „Die haben die Ladung hier an Land gebracht", fuhr er unvermittelt fort. „Über zweihundert Riesenröhren mit Kühlrippen. Vom Schiff mit dem Kran auf die Waggons der Schmalspurbahn hier. Dann auf den Schienen vor zum Land. Dort wieder mit 'nem anderen Kran auf die Tieflader. Stück für Stück. Und ab ging die Post!"

Steve und Susan sahen sich an. Die Lösung des Rätsels.

„Wo ist die *Stella Polaris* jetzt?" Susan schaltete sich ein und erntete einen kurzen, mißbilligenden Blick.

„Woher soll ich das wissen?" Der Angler wirkte irritiert.

„Und die Container? Wo wurden die hingebracht?" Diesmal erhielt Susan keine Antwort.

Da erklärte Steve: „Sie sucht ihren Mann. Der ist abgehauen. Mein ‚Freund' vom Schiff!"

Der Angler lächelte. „Verstehe!" Trotzdem ließ er sich wieder viel

Zeit, bis er weitersprach. „Wo diese silbernen Dinger abgeblieben sind, weiß ich nicht. Interessiert mich auch besser nicht. So, wie die hier alles abgesperrt haben ... Fragen Sie mal besser Michael O'Connor. Der ist auf diesem Schiff mitgefahren als Decksmann. Er ist anschließend gleich hier an Land geblieben und hat sich von seiner Heuer, die sie ihm bar ausbezahlt haben, über Nacht 'n schniekes Haus gekauft. Und ein schnelles Boot. Der Job war wohl Spitze, aber bestimmt nicht sehr gesund! Michaels Hände und Arme sind übel verbrannt. Und sein Gesicht ist aufgedunsen ...!"

„Wo ist der Mann?" fragte Susan.

„Im Pub natürlich! Wo denn sonst? Da gehen Sie als Lady aber besser nicht rein!"

DIE Männergespräche an der Theke erstarben: Steve hatte den Pub betreten. Nach und nach richtete sich ein Dutzend Augenpaare mehr oder weniger unauffällig auf ihn.

Steve bestellte ein Bier. Die Flügel des Ventilators an der Decke drehten sich langsam, und das Bier war eiskalt. Steve studierte die alten, gerahmten Fotos an der Wand. Da stand ihm plötzlich ein schwarzer Mann gegenüber, einen Wurfpfeil bedrohlich in der Hand.

„*Sorry, Mister!*" sagte der Aborigine mit leiser Stimme und winkte Steve zur Seite, der ihm im Weg stand. Die Scheibe für das Wurfspiel hing genau hinter Steve an der Wand. Steve nickte, trat zur Seite, und die Pfeile flogen wieder durch den Raum.

Am Poolbillard stand ein breitschultriger Mann, der Steve den Rücken zudrehte. Er spielte gegen sich selbst und hantierte sehr vorsichtig, sehr behäbig mit dem Queue, denn beide Hände waren bandagiert. Die schmutzigen, blutverkrusteten Fetzen der Mullbinden hingen bis auf den Rand des Tisches. Blaurot geäderte Fingerkuppen und blutunterlaufene Nägel ragten aus dem nachlässig angelegten Verband.

Steve trat dicht hinter den Billardspieler und wartete auf eine Gelegenheit, ihn anzusprechen. Aber als dieser ihm ganz überraschend das blasig-schrundige Gesicht zuwandte, ließ er den günstigen Augenblick ungenutzt.

Es war wie ein Schock. Heute, hier, dieser vom Tod gezeichnete Mann. Vor wenigen Tagen die Begegnung in Singapur. Steve hatte völlig vergessen, wie er das Gespräch beginnen wollte.

„Ein Bier?" fragte er schließlich. Aber Michael O'Connor deutete auf sein halbvolles Glas, das neben ihm auf einem der kleinen Tische stand.

„Hab noch, danke." Er ging um den Billardtisch herum und spielte weiter.

Susan, Julia auf dem Arm, war überraschend eingetreten und neben der Tür stehengeblieben. Wieder erstarb das Thekengespräch. Frauen waren in Bierbars dieser Art ungewöhnliche, um nicht zu sagen unerwünschte Gäste. Aber nichts Dramatisches passierte.

Steve stellte sich wieder dicht hinter O'Connor und raunte ihm zu: „Kennst du David McGhee? Der war mit dir auf dem Schiff! Dort drüben, an der Tür, das ist seine Frau Susan. Und das Kind ist seine Tochter Julia. Kannst du den beiden helfen?"

O'Connor reagierte nicht. Er zielte mit dem Queue lange und konzentriert auf eine der Kugeln. Dann stieß er zu, beobachtete den Lauf der Kugel, trank, sichtlich befriedigt über das Ergebnis, sein Glas aus und trat an den Tresen. „Ich krieg noch eins!"

Steve war ihm gefolgt. „Geht auf meine Rechnung!" rief er der Barfrau zu.

Aber O'Connor herrschte ihn an: „Laß das!" Er kramte in seiner Hosentasche, brachte eine Handvoll zerknitterter Geldscheine zum Vorschein und warf einen davon auf den Tresen. Dann nahm er sein Bier in Empfang und kehrte zu seinem Spiel zurück.

Wieder folgte ihm Steve. „Na schön, du willst nicht mit mir reden."

„Nicht hier!" O'Connor sah zur Tür, wo immer noch Susan und Julia standen. Schließlich stellte er das Queue in den Ständer, trank sein Bier in einem einzigen Zug aus und murmelte, während er das leere Glas auf den Fenstersims stellte: „Kannst ja irgendwann nachkommen: raus und dann links. Und die dritte Straße rechts bis ans Ende. Steht 'n Speedboot vorm Haus. Auf 'm Trailer. Leicht zu finden!" Damit ging er. Und er würdigte Steve und auch Susan, an der er vorbeimußte, keines Blickes.

Unentschlossen betrachtete Steve sein Bierglas. Da tauchte der Aborigine neben ihm auf. Der schwarze Mann mit den Wurfpfeilen mußte von dem kurzen Gespräch mit O'Connor einiges mitbekommen haben. Jetzt raunte er Steve vertraulich zu: „Warum fragen Sie nicht mich, Sir? Ich erzähl Ihnen alles, was Sie wissen wollen! Aber nicht für 'n Bier! Auch nicht für zwei!"

Er brach sein Gespräch mit Steve irritiert ab, als Susan näher gekommen war und ihn fragte: „Waren Sie etwa mit auf diesem Schiff?"

Sie hatte auch nur geflüstert. Aber der Aborigine sagte, bevor er sich abwandte und den Raum verließ: „Auf was für 'm Schiff, Missy?"

Es war wieder still geworden im Pub. Steve spürte, daß die Männer, die dort in Ruhe ihr Bier zu trinken pflegten, alle genau wußten, worum es ging, sich aber aus der Geschichte heraushielten.

„Hat er etwas gesagt?" fragte Susan.

„Noch nicht. Wir sollen ihm folgen. Ich glaube, er wird reden!" Er stellte sein noch fast volles Bierglas neben das leere von O'Connor.

Da drangen von der Straße her Geräusche in den Raum, die alle Anwesenden aufhorchen ließen. Ein Wagen schleuderte mit quietschenden Reifen, dann ein Aufprall, ein harter Schlag gegen Blech, das Splittern von Glas. Kurz darauf erklangen Rufe, ein Wortwechsel begann.

Der Aborigine tauchte in der Tür auf, atemlos und erregt. Er rief: „Den Michael O'Connor hat einer umgefahren! Vorn an der Ecke!"

Sie sprangen alle auf, stellten ihr Bier ab, drängten sich an Susan und Steve vorbei nach draußen. Susan nahm Julia auf den Arm, folgte den Männern bis vor die Tür. Dort lehnte bereits Steve und blickte die Straße entlang.

An der nächsten Kreuzung stand ein Landrover quer mit offenen Türen. Und eine Gruppe von Neugierigen verdeckte das Opfer. Die Männer aus dem Pub rannten auf die Unfallstelle zu, nur der Aborigine blieb hinter Steve stehen.

„O'Connor war krank. Und besoffen wie immer", sagte er zu Steve. „Wem will man da die Schuld geben?" Und als Steve nicht antwortete, da er üble Machenschaften ahnte, fuhr er fort: „Ich war nur fünf Schritte hinter ihm, als es passierte. Aber mich hat er nicht erwischt."

„Wer war der Fahrer des Wagens?" fragte Steve.

„Weiß nicht! Ist abgehauen!"

Die Menge teilte sich. Vier Männer schleppten O'Connor von der Straße weg und legten ihn zwischen hohem, dürrem Gras in den Sand.

„Ist er schwer verletzt?" fragte Susan.

„O'Connor?" Der Aborigine sah sie verblüfft an. „O'Connor ist tot!" Damit lief er zu der Kreuzung, wo Neugierige und Helfer gemeinsam den Landrover auf die Seite schoben.

Auch Steve ging nun einige Schritte in diese Richtung, und Susan folgte mit Julia. Aber auf halbem Weg blieb er stehen.

„War das ein Zufall?" fragte Susan.

„Frag lieber, wer das nächste Opfer ist", antwortete Steve. „Ich? Du? Dieser Schwarze dort vorn, der etwas von der Sache weiß? Wie viele Zeugen gibt es hier im Ort? Wie viele haben mitgeholfen, die Container zu entladen? Sollen wir hier noch weiterforschen? Oder uns besser sofort in Sicherheit bringen? Reden wird jetzt von denen keiner mehr."

Der Landrover stand nun schräg am Straßenrand, die Türen immer noch weit geöffnet. Da sagte Julia, und es klang etwas absurd, aus dem Zusammenhang gerissen: „Ich will meinen Elefanten wiederhaben. Sarah ist noch da drin!"

Susan schaute erst Julia an, dann den Landrover. Erschrocken packte sie Steve am Arm. „Steve! Es ist unser Wagen! Der Leihwagen! Unser Gepäck liegt auf dem Sitz! Jemand muß das Fahrzeug gestohlen haben! Und . . ."

Sie brach ab. Und Steve, der sie eben noch ungläubig angesehen hatte, reagierte nun wie in Panik. Er drängte sich rückwärts an den Neugierigen vorbei, die in seiner Nähe standen, und zischte Susan zu: „Laß alles stehen! Nimm das Kind mit und komm!"

Aber Julia widersetzte sich diesem Rückzug. „Ich will Sarah wiederhaben", heulte sie. „Ich will meinen Elefanten!"

XV

EINIGE der kahlen roten Erdhügel waren mit ausgeblichenen Plastikblumen geschmückt, einige trugen Kreuze aus Holz. Der Friedhof lag mitten im Busch, drei Kilometer vom Ort entfernt.

Die Sonne stand fast senkrecht über der Grube, als der Sarg hinabgesenkt wurde. Es standen nur wenige Trauernde um das offene Grab. Michael O'Connor hatte keine Familie. Nur ein paar neuerworbene Freunde.

„Tut mir leid, daß Sie zu spät kommen!" Der junge Polizist half Susan und Julia aus dem Streifenwagen. Steve lud die Reisetasche aus und stellte sie neben dem Fahrzeug in den Sand. Dann hängte er sich die schußbereiten Kameras um.

„So etwas dauert immer. Auch wenn's nicht viel bringt." Der Polizist meinte das Verhör vom vorigen Abend. Und an diesem Morgen noch einmal. Sie hatten ja ein Alibi mit einem Dutzend Zeugen, waren im Pub gewesen, als draußen der Unfall geschah. Aber nun war der Wagen konfisziert. Ein Spezialist würde die Fingerabdrücke untersuchen. Der Papierkrieg hatte sich über Stunden hingezogen.

Steve ging in Richtung Friedhof und begann zu fotografieren. Da rief ihm der Polizist noch nach: „Ziehen Sie nächstes Mal den Zündschlüssel ab, wenn Sie aussteigen, Sir! Das ist Gesetz in unserem Land!"

Steve nickte nur und fotografierte weiter. Susan nahm Julia an die Hand und ging ebenfalls los. Der Polizist wendete den Wagen und fuhr rasch davon.

An einer Seitenpforte blieben sie stehen: Steve, Susan und Julia. Die kleine Trauergemeinde begann sich aufzulösen. Zwei Männer schaufelten rote Erde in das Grab.

Barfuß, aber in einem schwarzen Anzug und mit schwarzer Krawatte, kam der Aborigine, den sie vom Pub her kannten, zwischen den Grabhügeln hindurch auf sie zu. Am Tor blieb er stehen: *„Ich* hab Sie herbestellt!"

Steve nickte nur. Er hatte es geahnt, als man ihm im Motel die Mitteilung übergab.

„Fürs Maulhalten hab ich sehr viel Geld bekommen!" sagte der Aborigine. „Wieviel krieg ich fürs Reden?"

Steve schwieg.

Da sprach der Aborigine weiter: „Sie wollten doch wissen, wo diese silbernen Container geblieben sind. Ich kenn den Platz und den Weg! Bin siebenmal hin- und hergefahren. In zwei Tagen und drei Nächten. Mit einem Sattelschlepper. Was ist es Ihnen wert?"

Steve nahm das Bündel mit den grünen Hundertdollarnoten aus seiner Hosentasche, entfernte das Gummiband und gab dem Aborigine einen Schein, dann einen zweiten, einen dritten.

Der nahm das Geld entgegen. Nach dem dritten Schein winkte er ab. „Danke. Es reicht." Er steckte das Geld ein, dann hob er die rechte Hand, peilte die Sonne an, schützte mit der Linken seine Augen und zeigte in eine bestimmte Richtung. „Mit einem Sattelschlepper brauchen Sie vier Stunden. In der Nähe liegt ein Salzsee. Also: Zuerst fahren Sie auf dem Highway noch einmal so weit, wie Sie jetzt sehen können . . . " Er zeigte nach Süden. „Da läuft ein ausgetrockneter Bach unter der Straße durch. Dort beginnt die Piste, die wir ausgefahren haben. Ganz frische, tiefe Spuren. Sie kommen dann direkt hin! Nach vier Stunden!"

Langsam zog das rostbraune, rotsandige, ausgedörrte Land unter ihnen vorbei. Es war flach wie ein Brett und durchädert von wasserlosen Rinnen, den „Creeks", die sich in der Regenzeit in diesen hartgebackenen Boden eingegraben hatten.

Die Vegetation war spärlich. Karge graugrüne Büsche, „Saltbush", Spinifexgras und hin und wieder ein ausgebleichter, kahler, toter Stamm.

Sie hatten eine kleine Maschine gechartert am Flugplatz in Carnarvon, eine Cessna der „Tropic Air". Nun folgte der Pilot der ausgefahrenen Spur der Sattelschlepper, die sie an der beschriebenen Stelle des Highways gefunden hatten und die sich nun Kilometer um Kilometer schnurgerade durch die Halbwüste zog.

Sie überflogen einen riesigen Salzsee. Der Schatten des Flugzeugs wanderte über die weißkrustige Fläche wie über Eis.

Susan war die erste, die den Lichtreflex entdeckte: ein weit entferntes Glitzern.

Allmählich kam es näher und näher, lag plötzlich unter ihnen. Susan und Steve stockte der Atem, als sie ihr Ziel überflogen.

Die Spuren teilten sich, überschnitten und kreuzten sich, wurden zu Schleifen, zu Kreisen, weil hier der Weg im Nirgendwo endete und die Sattelschlepper wieder umgekehrt waren.

Und das Glitzern zwischen diesen Spuren und Kreisen, was da gleißte und das Sonnenlicht reflektierte, waren zweihundert oder mehr metallene Säulen. Sie standen aufgereiht in unregelmäßigen Abständen, säumten die Fahrzeugspuren im ausgetrockneten Lehm. Zwei oder drei Container waren umgestürzt, nachlässig abgeladen worden.

Und am Ende der Piste, inmitten der Umkehrschleifen, hing ein offensichtlich beschädigter Sattelschlepper schräg im Sand. Und das war es auch schon. Denn außer dieser Deponie und ein paar zwergwüchsigen dürren Bäumen war nichts zu sehen, so weit das Auge reichte. Keine Baustelle, keine Behausung, nichts.

Der Pilot setzte zur Landung an. Die Maschine rollte aus und schleppte eine Wolke rötlichen Staubs hinter sich her, die langsam über die silbernen Container wehte.

Susan und Steve öffneten die Luke, kletterten aus der Maschine. Und es verschlug ihnen ein weiteres Mal die Sprache. Nicht nur, weil die trockene Hitze auf sie niederfiel wie ein Schwert.

Da standen sie mitten in einem Wald von gigantischen Säulen, jede von ihnen fünf, sechs Meter hoch und fast zwei Meter dick, mit Kühlrippen zwischen einem massiven Sockel und einem massiven Kopf. Unten auf leuchtendgelbem Grund das schwarze Warnzeichen: radioaktive Strahlung! Oben prangte das von Ellipsen umsponnene „N".

Der Platz schien verlassen und unbewacht. Da stand er – der Beweis für ein Milliardengeschäft und für die Skrupellosigkeit eines internationalen Syndikats!

Steve lief auf die erste Säulenreihe zu und verschwand hinter den Containern. Julia war aus der Flugzeugkabine heraus Susan in die Arme gesprungen. Sie genoß das Abenteuer: erst dieser Flug, jetzt diese Entdeckung. Susan stellte sie vorsichtig auf den harten, sandigen Boden.

„Wo ist Daddy?" fragte Julia.

Susan nahm sie an der Hand und ging mit ihr los. „Hier ist niemand", sagte sie. „Aber vielleicht hat er hier gearbeitet."

„Du hast gesagt, wir gehen Daddy suchen!"

„Ja", sagte Susan, „und wir werden ihn finden!"

Sie folgten Steve, der nachdenklich durch diese Container wanderte wie durch die Ruinen eines antiken Tempels. Er schien die Zusammenhänge langsam zu begreifen. Den Betrug. Und den Skandal.

Susan zitierte: „Ein Jahrhundertprojekt ...!" Steve schwieg. Susan zitierte weiter: „Die Lösung aller Entsorgungsprobleme! Ein gigantisches Werk! Arbeitsplätze ... Konjunktur ..."

Er rettete sich in Sarkasmus: „Zumindest sehr preiswert: Endlagerung zum Nulltarif!"

„Nulltarif?" Susan lachte. „Die Auftraggeber haben Milliarden bezahlt. Geld, das ihnen nicht gehört, eingetrieben bei den Stromverbrauchern. Wenn die Öffentlichkeit das erfährt ..."

„Von *dir* wird sie nichts erfahren! Keine ‚heiße Story'! Ich bin an meinem Überleben sehr interessiert. Wir haben Geld genommen!"

„Das war Erpressung!" stellte Susan lakonisch fest. „Ich hab mein Kind zurück!"

„Aber David haben sie noch in ihrer Gewalt!" gab Steve zu bedenken.

„Wo soll ich ihn suchen? Auf diesem Schiff? Auf dem Meeresgrund? Irgendwo hier, verscharrt im Sand?"

Sie war langsam weitergewandert. Steve folgte ihr. Aber dann erregte etwas seine Aufmerksamkeit. „Susan ..., wart mal!"

Er ging ein paar Schritte weiter die ausgefahrenen Spuren entlang in Richtung des beschädigten Sattelschleppers, der schräg am Rand der Piste hing. Er rannte plötzlich los, als er das Fahrzeug erreichte. Vorbei an den sieben Achsen, an der zehn Meter langen Ladefläche mit ihren Halterungen, Ketten und Trossen bis vor zum Fahrerhaus.

„Susan!" schrie er auf. „Da liegt einer! Ein Mensch!" Er hatte nur die nackten Füße gesehen, und die wirkten merkwürdig verkrümmt und verdreht. Der Körper steckte in einem weißen Overall, und der war nun rot vom Sand und eingeweht vom Staub der Wüste.

Susan war mit Julia auf dem Arm sofort losgelaufen. Dann erblickte auch sie den Körper dieses Mannes. Sie kniete sich auf den Boden und schaute unter den Wagen: Der Mann lag auf dem Bauch und hatte sein Gesicht zwischen den Armen verborgen, als müsse er sich vor den Sandstürmen schützen.

Als Steve zu ihm unter den Wagen kroch und ihn auf den Rücken drehte, bewegte sich der Mann und begann zu röcheln.

„Er lebt noch!" Steve wälzte sich wieder unter dem Wagen hervor und begann vorsichtig an den nackten Füßen zu ziehen. Das Gesicht des Mannes erschien, sandverkrustet. Ein blonder Bart, geschlossene Augen. Die aufgeplatzten Lippen öffneten sich, der Mann versuchte zu sprechen.

Da schrie Susan unvermittelt auf: „Dave! Es ist Dave!"

Sie ließ Julia los, kroch auf den Knien die drei, vier Schritte hin zu dem Mann. Versuchte zusammen mit Steve, seinen Oberkörper aufzurichten, ihn zu stützen, drückte seine Schultern zurück und lehnte ihn an den wuchtigen Reifen der Zugmaschine.

„Dave ...", flüsterte sie, während sie vorsichtig den Sand von seinem Gesicht zu wischen begann, von seinen Lippen, seinen geschlossenen Augen. „Dave ...!" Und die Tränen liefen ihr über die Wangen.

Dave bewegte immer noch die Lippen, versuchte, ein Wort zu formen, aber es gelang ihm nicht.

Steve hatte sich zurückgezogen, hatte sich neben Julia auf den Boden gekauert und die Kamera wieder schußbereit gemacht.

„Wer ist der Mann?" fragte Julia. „Ist das Daddy?"

„Ja", sagte Steve, „das ist dein Daddy!" Und dann drückte er ab, schoß ein Bild nach dem anderen: Susan, Dave, das Kind. Die Begegnung in der Wüste, vor einem defekten Riesenlaster, vor Riesencontainern mit strahlendem, ausgebranntem Entsorgungsgut.

„Dave . . .", flüsterte Susan immer wieder.

Da begann David zu röcheln. Seine verklebten Augenlider öffneten sich einen Spalt. Und er hauchte: „Wasser . . ."

Susan blickte sich zu Steve um. Und erst jetzt nahm sie die Kamera wahr und das auf sie und David gerichtete Objektiv. „Hör auf!" schrie sie. „Hilf doch! Hol Wasser!"

Aber Steve fotografierte weiter. Er schob Julia ins Bild. Und dann schoß er die nächste Serie.

Der Pilot, der das Ganze von fern beobachtet hatte, kam von seiner Maschine her angerannt, in der Hand einen Wassersack. Susan sah ihn, wandte sich dann aber wieder um. Dave hatte ihre Stimme gehört und erkannt. Der Versuch eines Lächelns huschte über sein Gesicht, als ihm klar wurde, daß er nicht träumte. Und er flüsterte, was seine ganze Kraft zu kosten schien: „Susan . . . Da bist du ja . . . endlich . . ."

XVI

„EINE glückliche Familie!"

Pat Cooper, der Boß der NEWS-Agentur, schleuderte diesen Satz in die Menge der anwesenden Journalisten und Reporter und startete damit einen begeisterten und herzlichen Applaus.

Im Rollstuhl erschien David McGhee, der Held des Abends, zusammen mit Susan und Julia. Er schüttelte Hände, nahm Glückwünsche entgegen und strahlte mit seinen blauen Augen und seiner blonden Mähne einen umwerfend jugendlichen Charme aus.

Eine ältere Schwester in der Tracht einer Prominentenklinik schob seinen Rollstuhl durch die Menge, die sich im großen Foyer der NEWS-Agentur versammelt hatte.

An der Stirnseite des Raumes, als Hintergrund einer kleinen improvisierten Bühne, waren die Großfotos der „Story" ausgestellt, die an diesem Tag an Presse und Verleger verkauft werden sollte: Susan und Julia in Hastings, in Marseille und Cherbourg, in New York, Singapur und Australien. Mutter und Kind in Glück und Schmerz vereint. Doch zentrales Thema war natürlich das Wunder: David McGhees abenteuerliche und glückliche Errettung in der Wüste. Und jeder konnte sich an Hand der Fotos überzeugen: Dieser Bursche hatte sich in den letzten zwei Wochen prächtig erholt!

Kameras und Fotoapparate waren nun auf die McGhees gerichtet. Und als vier starke Männer den Rollstuhl mit David auf die Bühne gehoben hatten, begann Pat Cooper mit seiner Show und stellte die Mitglieder der „glücklichen Familie" einzeln vor: „Susan und David McGhee und ihre kleine Tochter Julia. Alle wieder glücklich vereint!" Cooper löste ein Blitzlichtgewitter aus und spontanen Applaus.

„Und hier der mutige Retter!" Cooper wies mit einer theatralischen Geste auf einen großgewachsenen, bescheiden lächelnden jungen Mann am Rand der Bühne: „Unser Reporter Steve Lensky!"

Wieder Applaus und Blitzlicht. Cooper ergriff nun ein Mikrofon, um die Story bestens zu verkaufen. Er sprach frei. Und die Klischees, von denen seine Firma lebte, gingen ihm flüssig über die Lippen: „Ein Happy-End also, von dem wir aber vorläufig noch nicht verraten wollen, wie es zustande kam! Woche für Woche soll das ganze Land am Schicksal dieser drei Menschen teilhaben. Woche für Woche sollen sich die Millionen Leser unserer Serie fragen: Wird die kleine Julia ihren Daddy jemals wiedersehen? Wird Susan ihren geliebten Mann wieder in die Arme schließen dürfen?"

Susan spürte, wie ihr langsam übel wurde. Mit einer Hand hielt sie Julia fest, die sich an sie klammerte. Die andere Hand hatte sie auf Davids Schulter gelegt, der vor ihr im Rollstuhl saß – eine Geste des Vertrauens und der gegenseitigen Verbundenheit.

„Diese mutige junge Frau", fuhr Cooper fort und zeigte dabei auf Susan, „ist um die halbe Welt gereist, hat sich gewaltigen Strapazen und unbekannten Gefahren ausgesetzt, um ihren geliebten Dave wiederzufinden und ihm – wie wir in der letzten Folge erfahren werden – in letzter Sekunde das Leben zu retten!"

Cooper stimmte in den Applaus mit ein, der offensichtlich Susan galt. Aber sie reagierte nicht darauf. Sie stand da, wo man sie hingestellt hatte, weil das so vereinbart war und weil sie und Dave inzwischen das Geld, das Cooper ihnen geboten hatte, dringend brauchten.

Denn David McGhee war ohne Job. Und, im Augenblick zumindest noch, halb gelähmt. Wie die Zukunft aussehen würde, wußten sie beide nicht.

Cooper winkte Susan zu sich ans Mikrofon. Das war so verabredet. Und auch der nächste Satz war abgesprochen. „Bringen Sie doch Ihre entzückende kleine Tochter mit. Komm her, Julia!"

Sie kamen beide. Einfach mitspielen, dachte Susan, und lächeln. Irgendwann ist es vorüber.

„Susan", begann Cooper, „Susan, sind Sie glücklich?"

Sie nickte und räusperte sich. „O ja, danke, Pat. Sehr glücklich!"

„Und du, Julia?" Cooper nahm das Mikrofon aus der Halterung und ging neben Julia in die Knie. „Freust du dich, daß du deinen Daddy wiederhast?"

Diese Stelle hatten sie am Vormittag intensiv geprobt. Und Julia hatte einen herzallerliebsten Text bekommen, auswendig gelernt und ihn immer fehlerfrei abgeliefert.

Aber nun, nachdem der Ernstfall eingetreten war, antwortete sie auf diese Frage nur einfach und etwas verschüchtert: „Ja."

Cooper versuchte, ihr auf die Sprünge zu helfen: „Erzähl uns ein bißchen mehr, Julia. Wie du deinen Daddy gefunden hast in der Wüste."

Julia holte tief Luft. „Er war fast tot, und er hat Durst gehabt."

Nein, der geprobte Text war das nicht. Aber Cooper griff das Stichwort dankbar auf und stellte sich, während sich Susan mit Julia auf einen Wink hin zurückzog, wieder neben das Mikrofon. „Ja, halbverdurstet in der Wüste! Unter seinem umgestürzten Transportfahrzeug! Zweihundert Kilometer von der nächsten Wasserstelle entfernt! Das alles lesen Sie in den zwölf Folgen unserer Serie!" Ein Assistent hatte ihm die Manuskripte gereicht, und Cooper hielt sie hoch. „Und das Buch mit der kompletten Story: *Reise in eine strahlende Zukunft* mit den authentischen Bildern von Steve Lensky erscheint rechtzeitig zum Weihnachtsgeschäft!" Auch das dicke Buchmanuskript präsentierte er nun. Und wie ein Dankopfer legte er diese Manuskripte anschließend David in den Schoß.

Das hätte er nicht tun sollen. Denn diese Geste war nicht abgesprochen. Und sie inspirierte David McGhee dazu, aus seiner Rolle auszubrechen.

„He, Pat! Ich will auch was sagen!"

Cooper winkte lächelnd ab. „Später, David. Sie kommen schon noch dran, mein Junge!"

Da konterte Dave mit eisiger, schneidender Stimme: „Ich bin nicht *Ihr* Junge, Mister Cooper! Aber gut, ja! Ich brauch kein Mikrofon! Ich schreie laut genug! Könnt ihr mich alle hören?"

Allgemeine Zustimmung, Lachen, Blitzlichter. Mit dieser Wendung erhielt Pat Coopers Schau etwas Menschliches, etwas Überraschendes.

Trotz Coopers Gegenwehr nahm Susan das Mikrofon aus der Halterung und reichte es Dave.

„Dank dir, Susan. So geht's natürlich leichter." Er lachte jungenhaft und begann nun eine Rede, die er voller Witz und Vitalität und geheimer Wut bestens vorbrachte: „Also, Leute! Fabelhaft, daß ihr alle gekommen seid! Mir geht's prächtig, wie ihr seht. Bis auf die Beine, die wollen noch nicht so recht. Ich hatte zwar in der Wüste einen wunderschönen, schattigen Platz direkt unter dem Motor des Transporters. Und siebenundzwanzig Liter Kühlwasser sind eine ganze Menge! Aber leider war das Zeug mit Chemikalien versetzt, gegen Korrosion. Das spülen die mir jetzt aus den Nieren, und Pat Cooper bezahlt die Behandlung!" Er wandte sich um zu Pat Cooper und fragte: „Cooper, ist das, was ich hier erzähle, so in Ihrem Sinn?"

Cooper lächelte gequält, hatte offenbar keine Einwände.

„Na, fein", sagte Dave, „machen wir weiter!" Und er nutzte Coopers Reaktion, um nun voll auf eine neue Rolle umzusteigen. „Pat Cooper hat mich nämlich mit dieser hochherzigen Tat erpreßt! Damit ich hier die Schnauze halte und ihm ja nicht das Geschäft vermaßle. Doch ich lasse mich nicht erpressen! Ich habe schon ganz andere Sachen riskiert, wenn es um die Wahrheit geht. Nämlich: *mein Leben!"*

Der NEWS-Chef war zum Rollstuhl getreten und versuchte, David das Mikrofon zu entreißen: „Es ist ja gut, David!"

Aber der wehrte jeden Zugriff mutig ab: „Nein! Was ich da lese, ist gar nicht gut, sondern eine hirnrissige Schnulze!"

Er hob die Manuskripte hoch und ließ sie Cooper vor die Füße fallen. Lose Seiten und Fotos flatterten über die Bühne.

„Die Bilder mögen zwar authentisch sein", fuhr er fort, „aber sonst ist alles erstunken und erlogen. Ich bin auch kein Ingenieur einer Minengesellschaft, der in Afrika, in der Kalahariwüste, nach Uran schürft! Ich bin Journalist!"

Da fuhr Cooper mit voller Lautstärke dazwischen: „David! Ich mußte Ihre Persönlichkeitsrechte wahren. Das war so abgesprochen!"

Die Journalisten und Reporter witterten einen Skandal und drängten sich noch näher an die Rampe der kleinen Bühne.

„Es war auch kein Unfall in der Wüste, sondern eine Hinrichtung! Damit das Verbrechen, über das ich berichten wollte, nicht an die Öffentlichkeit kommt! Erst hat man mich drei Wochen lang in eine eiserne Kammer gesperrt. Unter Deck auf einem Schiff, das hochradioaktives Material beförderte. Und dann wurde ich in der Wüste ausgesetzt. Ohne Wasser bei über vierzig Grad im Schatten. Sie hätten mich zwar lieber über Bord geworfen, rechtzeitig und bei Nacht und Nebel. Aber die Deckbesatzung war bereits erledigt. Verstrahlt und kaputt. Und ich war der einzige, der den Schiffskran noch bedienen konnte. Lohnt sich immer, wenn man außer Schreiben was Richtiges gelernt hat!"

Die Journalisten lachten.

David rief ihnen nun zu: „Fliegt doch alle mit mir an den Tatort! Dorthin, wo man jetzt die strahlende Asche, das Entsorgungsgut der Kernkraftwerke, stapelt. Weil man nicht mehr weiß, wohin damit! So eine Story ist doch eine Reise wert!"

„Sind Sie endlich fertig?" schrie Cooper und entriß Dave das Mikrofon.

Susan nahm es ihm wieder ab. „Es gibt Beweise, und es gibt einen Zeugen: Steve Lensky. Los, Steve ...!" Sie hielt ihm das Mikrofon hin.

Steve, der die ganze Zeit über am äußersten Rand des Podiums gestanden hatte und mit dieser ganzen Affäre offenbar nichts zu tun haben wollte, hob jetzt abwehrend die Hand. „Laßt *mich* aus dem Spiel! Das haben wir abgemacht!"

David griff nach dem Mikrofon und rief Pat Cooper zu: „Was hat Ihnen diese Mafia bezahlt, Pat Cooper? Damit die Wahrheit nicht publik wird? Die haben Sie doch auch gekauft!"

Pat Cooper bückte sich nach dem Mikrofonkabel und zerriß es. Mit den zerfetzten Enden des Kabels stellte er sich noch ein letztes Mal in Positur: „Das Gift im Kühlwasser hat ihm nicht nur die Beine gelähmt, es hat ihm auch das Gehirn angefressen! Ein tragischer Fall von Idiotie!"

Doch da richtete David sich in seinem Rollstuhl auf, biß die Zähne zusammen, stemmte sich ab, taumelte, stolperte schließlich auf halbgelähmten Beinen auf Pat Cooper zu. Er warf sich auf ihn, umklammerte seinen Hals und war, obwohl ihm die Beine versagten, nicht mehr abzuschütteln.

Vor einem ganzen Saal professioneller Augenzeugen, vor Kameras und Fotoapparaten, abgelichtet und keineswegs in Notwehr handelnd, wenn auch in verständlicher Erregung, streckte David Pat Cooper mit einem Faustschlag zu Boden.

WIE Insekten näherten sich fünf Hubschrauber dem Depot in der Wüste. Sie hatten das ausgebrannte Land überflogen, Salzseen, Buschland und Wüste. Viereinhalb Stunden waren sie von Perth her unterwegs, und die Sonne stand fast im Zenit.

Zwei Wochen zuvor hatte der Pilot der Sportmaschine die Regierung Westaustraliens über das Atomdepot informiert. Zehn Tage danach wurde das Gelände von Militäreinheiten mit Stacheldrahtrollen hermetisch abgeriegelt. Die einzige Zufahrt wurde durch Wachtposten gesichert.

Langsam überflogen die fünf Hubschrauber die Umzäunung und setzten innerhalb des Geländes zur Landung an. Staub wirbelte hoch.

Das Militär war per Funk bereits informiert worden. Ein Offizier näherte sich mit seinem Jeep dem Landeplatz und beobachtete aus sicherem Abstand die aussteigenden Passagiere, die gebückt unter den rotierenden Flügeln durch den künstlichen Sandsturm liefen und sich unweit der ersten Container sammelten. Es waren Kameraleute und Fotografen, Journalisten von Radio- und Fernsehstationen aus Australien und Übersee sowie freie Reporter internationaler Presseagenturen.

Aus einem der Hubschrauber kletterte David McGhee, mühsam und offenbar unter großen Schmerzen. Susan reichte ihm aus der Kabine Krücken hinunter und kletterte hinterher. Sie stützte ihn, als er versuchte, möglichst rasch aus dem Bereich der immer langsamer kreisenden Rotorblätter zu humpeln. Den beiden folgte Monsieur Robert, der Pressemanager des Wiederaufarbeitungswerkes La Hague. Susan hatte ihn als Sachverständigen benannt. Eine Mappe mit

Unterlagen über das hier so unrühmlich gestrandete „Intra-Nuclear-Projekt" unter dem Arm, setzte er sich an die Spitze der Gruppe von Berichterstattern und inspizierte die Container fachkundig aus nächster Nähe. Schließlich wandte er sich an den filmenden und fotografierenden Trupp der Reporter.

„Ich bin überrascht und sehr erschüttert...!" Das klang ehrlich und überzeugend. Robert war in der Tat höchst bestürzt. „Ich kann Ihnen offiziell bestätigen, daß es sich hier um Behälter der allerneuesten Version für Transport und Trockenlagerung von Entsorgungsgut aus Kernkraftwerken handelt, die allen internationalen Sicherheitsbestimmungen voll entsprechen. Ich bin jedoch erstaunt, um nicht zu sagen entsetzt, sie hier in der Wüste zu finden. Und ich kann Ihnen nicht widersprechen, wenn Sie das als einen geradezu kriminellen Skandal bezeichnen."

„Hat sich denn keiner der Beteiligten von der Existenz dieses sogenannten Endlagers überzeugt?" fragte ein Journalist.

Robert zuckte die Schultern: „Da hat sich offenbar einer auf den anderen verlassen!"

„Man schließt doch nicht Geschäfte über einige Milliarden Dollar ab", gab eine Reporterin zu bedenken, „ohne irgendwelche Sicherheiten!"

„Wenn man in Bedrängnis ist", räumte Robert ein, „wenn alle Papiere in Ordnung sind und der Ort am anderen Ende der Welt liegt..."

David war in der Zwischenzeit zu dem Sattelschlepper gehumpelt, der immer noch am gleichen Platz halb umgestürzt am Rand der Piste stand. Er betrachtete den Ort, der ihm fast zum Verhängnis geworden war, mit eigenartigen Gefühlen. Susan war ihm gefolgt und hakte sich bei ihm ein.

„Wer trägt hier eigentlich die Verantwortung?" fragte einer der Reporter Monsieur Robert.

„Was fragen Sie mich?" wehrte Robert entrüstet ab. „Fragen Sie die Kraftwerkbetreiber, die ihre Entsorgungsprobleme von dieser Firma lösen ließen. Sie wissen ja, die Intra-Nuclear existiert nicht mehr, und die Verantwortlichen sind spurlos verschwunden." Robert bemühte sich, dem Fiasko eine positive Seite abzugewinnen. „Wenn man ein Gelände wie dieses hier entsprechend ausbaut und sichert, ist eine Enddeponie in der Wüste grundsätzlich denkbar: statt Wiederaufarbeiten kontrolliertes Aufbewahren! Das hat zum Beispiel den Vorteil: Die Brennelemente bleiben intakt, hochaktive Spaltstoffe werden nicht freigesetzt. Und man überläßt einer der nächsten Generationen das Recycling, denn über fünfundneunzig Prozent des Materials sind noch verwendbar. Aber es darf unter keinen Umständen in die falschen Hände kommen!"

Abgesehen von dieser Warnung war Robert im Augenblick nicht bereit, darüber zu diskutieren. Er drängte zum Aufbruch: „Ja, das war es wohl! Wir brauchen mehr als vier Stunden zurück nach Perth. Ich glaube auch, wir haben genug gesehen, genug erfahren . . ." Er drehte sich um und ging die Containerallee zurück, in die Richtung der wartenden Hubschrauber.

Da hielt David ihn und die anderen auf: „Bleiben Sie noch, bitte! Dort vorn kommen unsere Freunde. Wir sollten auf sie warten."

Alle folgten seinem Blick. Der Einfahrt zum Sperrgebiet näherten sich ein Lastwagen mit einem aufmontierten Kran und ein Jeep. Beide Fahrzeuge trugen auf Motorhaube und Türen das Symbol der Organisation Greenpeace.

Die Soldaten räumten die Sperre zur Seite, und langsam fuhren die beiden Fahrzeuge auf die ersten Container zu.

„Was haben diese Leute hier zu suchen?" fragte Robert.

„Es sind Wissenschaftler und Kerntechniker, also Fachleute. Und sie haben die Genehmigung der Regierung erhalten, den Inhalt der Container zu untersuchen."

Robert war äußerst befremdet. „Und wie wollen sie das tun? Die Container sind versiegelt, und ohne geeignete Hilfsmittel –" Er unterbrach seinen Satz. Denn die Wissenschaftler und die Hilfskräfte von Greenpeace verfügten, wie er bemerken konnte, sehr wohl über die geeigneten Werkzeuge.

Mit Geigerzählern maßen sie die Strahlung, die die Container nach außen hin abgaben, und stellten dabei offensichtlich fest, daß der gemessene Wert weit unter dem erwarteten Strahlungspegel zu liegen schien. Jetzt wurden die Ösen dicker Stahltrossen um die Transportvorrichtungen des ersten Containers gehängt und der schwere Behälter vom Kran langsam umgelegt. Mit dumpfem Poltern landete er im aufstäubenden Sand. Zwei Techniker in weißen Schutzanzügen, mit Gasmasken und Helmen bewehrt, begannen mit einem Preßluftschrauber die Bolzen aus dem äußeren Deckel zu drehen.

„Halt!" schrie Robert ihnen zu. „Lassen Sie den Deckel zu! Die Behälter sind gasdicht verschraubt. Und die Strahlung der Brennelemente ist tödlich!"

„Das würde den kritischen Zustand meiner Crewkameraden von der *Stella Polaris* erklären." David blieb gelassen und verfolgte die Arbeit dieser Leute.

Die ließen sich von Roberts Einwendungen nicht irritieren. Als sie im Begriff waren, die letzten Bolzen herauszuschrauben, brachte sich Robert in Sicherheit und rief ihnen aus respektvollem Abstand zu: „Ich warne Sie nochmals! Es ist lebensgefährlich, die Behälter zu öffnen! Lassen Sie die inneren Deckel zu!" Dann erklärte er den umstehenden Reportern, die ihm bei seiner Flucht gefolgt waren: „Es gibt drei innere Deckel mit Dichtungen aus Edelstahllegierungen, die über viele Jahrzehnte hinweg absolute Zuverlässigkeit garantieren ..."

„Nein!" unterbrach ihn David. „Die sind nicht mehr gasdicht verschraubt. Es gibt überhaupt keine inneren Deckel mehr!" Und als ihn Robert und die Journalisten fragend ansahen, fügte er hinzu: „Trotzdem haben wir nichts zu befürchten."

Der letzte Bolzen flog zur Seite, und der Blick in das Innere des Containers war frei.

Da waren in der Tat keine inneren Deckel mehr zu sehen. Nur noch die leeren Bolzenlöcher und in der Mitte vier dunkle quadratische Kammern.

Einer der Techniker leuchtete mit seiner Lampe in diese Kammern hinein. Dann hob er die Hand und gab den abseits wartenden Wissenschaftlern ein Zeichen.

„Wie vermutet!" sagte David. „Der Container ist leer!"

Robert war vom Ergebnis dieser Untersuchung völlig verwirrt.

David versuchte eine Erklärung: „Wahrscheinlich sind die meisten Behälter leer, vielleicht sogar alle. Das werden die Leute dort in den nächsten Stunden herausfinden."

Der zweite Container senkte sich langsam zu Boden.

„Ich hatte den Verdacht schon einige Zeit", fuhr David fort. „Seit ich mein Gefängnis unter Deck verlassen und die schweren Verstrahlungen der Schiffsbesatzung bemerkt hatte. Wer die Behälter ohne die dafür notwendigen Schutzvorkehrungen aufschraubt und entleert, der bezahlt dafür mit seinem Leben! So wie die Crew der *Stella Polaris*."

Der Deckel des zweiten Containers öffnete sich. Das Ergebnis der Untersuchung war das gleiche: Auch dieser Container war leer.

„Und wo, glauben Sie, sind die verschwundenen Brennelemente jetzt?" Robert war immer noch fassungslos.

„Versenkt im Meer!" mutmaßte eine Reporterin.

David schüttelte den Kopf. „Die Deckel vielleicht, aber nicht der Inhalt. Dafür ist der Stoff zu wertvoll!"

„Welche Vermutungen haben Sie dann?" fragte einer der Fernsehreporter und richtete seine Videokamera auf David.

„Ganz offensichtlich wurden auf hoher See die Elemente in die Wasserbecken auf dem Achterdeck umgeladen. Die Leute der regulären Mannschaft wußten ja nicht, was sie da auf Anweisung hin taten."

„Und wozu das Ganze?"

„Weil damit ein zweites Mal Profit gemacht wurde", antwortete David. „Die Firma hat doppelt kassiert. Einmal für die – scheinbare – Beseitigung. Und dann noch einmal – für das Material selbst. Jetzt ist die *Stella Polaris* damit unterwegs."

„Und wohin?"

„Zu einem Endabnehmer. Wer das ist, werden wir herausfinden! Es gibt da einige höchst interessierte Abnehmer für illegales Uran. Und besonders für Bombenplutonium." David nickte der Runde zum Abschied zu. „Ja, das war's! Ich wünsche Ihnen allen einen guten Heimflug und danke, daß Sie gekommen sind!"

Er humpelte auf seinen Krücken davon. Die Rotorblätter begannen bereits zu kreisen, als David und Susan sich anschnallten.

Da bemerkten sie Steve, der von den Containern her angerannt kam. In der einen Hand seine Kameras, in der anderen seinen Hut. „He, wartet!" rief er. „Habt ihr noch Platz für mich?" fragte er atemlos, als er an der offenen Luke stand.

„Nein!" brüllte Dave in das aufheulende Donnern des Rotors. „Bleib du mal, wo du hingehörst!"

Steve versuchte es mit Charme und brüllte zurück: „Ich dachte, ihr könntet in Zukunft einen Partner brauchen, der außer der Kamera auch hin und wieder seinen Kopf hinhält – wenn's verlangt wird!"

David zögerte und blickte kurz zu Susan. Dann reichte er Steve die Hand, um ihm das Einsteigen zu erleichtern. „Okay, du Schnulzenfotograf! Mal sehen, ob wir drei die *Stella Polaris* irgendwo finden!"

Susan wagte einen Einwand, und wegen des Motorenlärms klang er vielleicht etwas zu laut und entschieden: „Ich denke, wir wollen nach Hause? Dein Schreibtisch beim *Daily Telegraph* ist schließlich wieder frei! Und dein Parkplatz!"

David lachte. Und noch bevor er antworten konnte, hob sich der Hubschrauber aus einer Wolke rötlichen Staubs, gewann rasch an Höhe und flog über die Gruppe der Journalisten hinweg, über die uniformierten Wachen, über Stacheldraht und die Container, die wie die Säulen einer antiken Opferstätte in den blauen Himmel ragten.

Rainer Erler

„Ich glaube, daß sich die Menschen immer mehr mit der Zukunft beschäftigen müssen, nicht nur aus Neugier, sondern auch aus Selbsterhaltungstrieb", sagt Rainer Erler, der sich in seinem Werk kritisch mit der Frage nach der Zukunft der Menschheit auseinandersetzt. Dabei zeichnet den Autor eine außergewöhnliche Doppelbegabung aus, denn er ist als Schriftsteller genauso erfolgreich wie als Filmemacher.

1933 wurde Rainer Erler in München geboren, und schon während der Schulzeit wußte er, daß er später einmal zum Film gehen würde. Er inszenierte an Studiobühnen, schrieb Theaterstücke und Filmkritiken. Nach dem Abitur 1952 führten ihn seine Wanderjahre durch Europa und Nordafrika. In zahlreichen Filmstudios assistierte er bei bekannten Meistern seines Fachs, darunter Eric Pommer, dem Produzenten des legendären Streifens „Der blaue Engel". Nach einer Reihe skurriler Kurzfilme brachte Erler Ende der sechziger Jahre seinen ersten abendfüllenden Film in die Kinos: die phantastische Komödie „Seelenwanderung", die viele Filmpreise erhielt.

Umweltthemen, Science-fiction-Motive, Parapsychologie und die Problematik der modernen Technologien beherrschen die neueren Arbeiten Erlers, zu denen auch „News" zählt, die Filmversion der *Reise in eine strahlende Zukunft*. Für diese Filme prägte der Autor den Begriff des „Science-Thrillers", einer packenden Filmstory, deren wissenschaftlicher Hintergrund perfekt recherchiert ist. Besonderes Aufsehen erregte der Film „Fleisch", den Erler in den USA drehte und dessen Geschichte von einer skrupellosen Gangsterbande handelt, die Touristen entführt und sie als unfreiwillige Spender für Organtransplantationen mißbraucht.

Fünf Jahre lang unterrichtete Rainer Erler als Dozent an der „Hochschule für Film und Fernsehen" in München; außerdem war er häufig als Jurymitglied bei Filmfestivals tätig. Nach seinem Ausscheiden aus einem großen Filmstudio, für das er als Regisseur, Autor und Produzent arbeitete, gründete er seine eigene Produktionsfirma „Penta-gramma". Rainer Erler ist verheiratet und hat zwei Kinder; seine Frau Renate ist zugleich die Produzentin seiner Filme. Von zwei Riesenschnauzern bewacht, lebt die Familie in dem Dörfchen Bairawies im Isartal südlich von München.

EIN MÖRDERISCHER SOMMER

Eine Kurzfassung des Buches von JOY FIELDING
Nach der Übersetzung von Michaela Grabinger
Illustrationen von Dennis Luzak

Von einem Tag auf den anderen gerät Joanne Hunters

wohlgeordnetes Leben völlig aus den Fugen. Ihr Mann, mit

dem sie seit zwanzig Jahren verheiratet ist, erklärt ihr, er

werde aus der gemeinsamen Wohnung ausziehen, um über

sich und seine Zukunft nachzudenken. Und als hätte Joanne

nicht schon Sorgen genug, beginnt während der nächsten

Wochen ein nervenaufreibendes Katz- und Maus-Spiel: Ein

Unbekannter ruft sie zu jeder Tages- und Nachtzeit an und

droht, er werde sie umbringen. Immer wenn das Telefon

klingelt, zuckt Joanne zusammen, und schließlich traut sie

sich kaum noch aus dem Haus. Selbst eine Geheimnummer

verschafft ihr nur eine kurze Verschnaufpause.

„Bald sind Sie dran", verkündet der Fremde triumphie-

rend, nachdem er sie wieder aufgespürt hat. Joanne verrie-

gelt die Türen und weiß doch, daß es kein Entrinnen gibt.

Denn niemand glaubt ihr ...

TEIL I

ERSTES KAPITEL

DAS Telefon klingelt.

Joanne Hunter sitzt am Küchentisch und starrt es an. Sie macht keine Anstalten, aufzustehen und den Hörer abzunehmen, denn sie weiß, wer der Anrufer ist und was er sagen wird. Sie hat es schon oft gehört, sie verspürt keinerlei Verlangen, es noch einmal zu hören.

Das Telefon klingelt weiter. Joanne, allein an ihrem Küchentisch, schließt die Augen und versucht Bilder aus glücklichen Tagen heraufzubeschwören.

„Mama."

Joanne vernimmt die Stimme ihrer jüngsten Tochter. Langsam öffnet sie die Augen und lächelt dem Mädchen in der Tür zu.

„Mama", wiederholt ihre Tochter, „das Telefon klingelt. Soll ich drangehen?"

„Nein", wehrt Joanne ab.

„Vielleicht ist es Papa."

„Lulu, bitte . . ." Aber es ist schon zu spät. Lulu hat bereits nach dem Hörer gegriffen, hebt ihn ans Ohr. „Hallo? . . . Hallo?" Sie schneidet eine Grimasse. „Ist da jemand?"

„Leg auf, Lulu!" befiehlt Joanne in scharfem Ton, wird dann aber sofort freundlicher. „Leg auf, mein Schatz!"

„Warum ruft einer an, wenn er dann nichts sagt?" fragt die elfjährige Lulu schmollend.

„Ich weiß es nicht", antwortet Joanne. „Vielleicht hat sich jemand verwählt." Was sonst soll sie ihrer Tochter schon erzählen? Sie wechselt das Thema. „Bist du jetzt fertig?"

„Ich hasse diese blöde Uniform", erklärt Lulu und sieht an sich hinunter. „Warum konnten die nicht was Hübsches aussuchen?"

Joanne betrachtet die kräftige Gestalt ihrer Tochter. Lulu ist eher wie ihr Vater gebaut, während Robin, die ältere Tochter, fast die gleiche Figur wie Joanne hat. Joanne findet, daß die dunkelgrünen Shorts und das gelbe T-Shirt eigentlich sehr vorteilhaft für ihre Tochter sind und gut zu ihrer hellen Haut und dem mittelbraunen Haar passen. „Ferienlageruniformen sind immer unmöglich", sagt sie – sie weiß, daß es sinnlos wäre, das Kind vom Gegenteil überzeugen zu wollen. „Ist Robin fertig?" Lulu nickt. „Ist sie immer noch sauer?"

„Die ist doch ständig sauer."

Joanne lacht, obwohl sie weiß, wie recht Lulu mit dieser Behauptung hat.

„Wann holt Papa uns ab?"

Joanne sieht auf ihre Armbanduhr. „Bald. Ich muß mich beeilen."

„Warum denn?" fragt Lulu. „Fährst du mit?"

„Nein", sagt Joanne. Paul und sie waren zu der Überzeugung gelangt, es sei besser, wenn Paul die Mädchen allein zum Bus bringt. „Ich habe mir nur gedacht, ich ziehe mich mal um ..."

„Wozu denn?"

Nervös fährt Joanne mit der Hand über ihr orangefarbenes T-Shirt und die weißen Shorts. Sie schaut auf ihre Füße. Die Nägel der großen Zehen sind bläulich verfärbt. Sie hat in Schuhen, die eine halbe Nummer zu klein waren, Tennis gespielt. Einen Moment überlegt sie, ob sie nicht ihre Leinenschuhe anziehen soll, entscheidet sich dann aber dagegen. Wenn Paul ihre malträtierten Zehen bemerkt, haben sie wenigstens ein Gesprächsthema. Es ist schon einige Wochen her, daß sie miteinander über etwas anderes als über die Kinder geredet haben.

Draußen an der Tür klingelt es. Joanne fährt sich unsicher übers Haar. Sie hat es heute noch nicht gekämmt. Vielleicht könnte sie, während Lulu die Tür öffnet, nach oben laufen, sich die Haare bürsten und das türkisfarbene Strandkleid, das Paul immer so gut gefiel, anziehen.

Schon zu spät. Lulu ist bereits an der Tür. Eine Hand auf der Türklinke, dreht Lulu sich zu ihrer Mutter um. „Du siehst hübsch aus, Mama", versichert sie ihr und macht dann auf.

Der Fremde, der die beiden begrüßt, ist seit fast zwanzig Jahren Joannes Mann. Paul Hunter ist mittelgroß und von normalem Körperbau, aber Joanne bemerkt, daß sich unter seinem blauen, kurzärmeligen Hemd neuerdings kräftigere Muskeln abzeichnen – zweifellos das Ergebnis des Hanteltrainings, das er seit kurzem betreibt. In diesem Augenblick findet sie, daß ihr seine Arme besser gefallen haben, wie sie sie immer gekannt hat: eher dünn. Es ist sie schon immer schwer angekommen, sich an Neues zu gewöhnen. Wahrscheinlich ist dies einer der Gründe, weshalb Paul sie verlassen hat.

„Hallo, Joanne", sagt er freundlich, einen Arm um Lulu gelegt. „Du siehst gut aus."

Joanne versucht etwas zu erwidern, aber die Stimme versagt ihr. Sie fühlt, wie ihre Knie schwach werden, sie hat Angst, jeden Moment zu Boden zu sinken oder in Tränen auszubrechen. Aber das will sie nicht. Es wäre für Paul beunruhigend, wenn nicht sogar lästig, und das ist das letzte, was sie möchte. Mehr als alles andere will sie, daß er sich zur Rückkehr entschließt. Schließlich ist noch überhaupt nichts endgültig entschieden. Es ist erst zwei Monate her. Er ist noch dabei, über alles nachzudenken, um mit sich ins reine zu kommen.

„Wie geht es dir denn so?" fragt er.

„Gut", lügt Joanne. Sie weiß, daß er ihr glauben wird, denn es ist genau das, was er glauben will.

„Was ist denn mit deinen Zehen passiert?" fragt er.

„Mama hat in zu kleinen Schuhen Tennis gespielt", antwortet Lulu für sie.

„Die sehen aber übel aus", stellt Paul fest.

„Sie tun überhaupt nicht weh", beschwichtigt ihn Joanne. „Bevor sie blau wurden, hatte ich Schmerzen, aber jetzt sind sie taub."

Paul sieht auf seine Uhr. „Wir müssen bald los", sagt er beiläufig. „Wo ist Robin?"

„Ich hole sie", bietet Lulu an und verschwindet die Treppe hinauf, läßt die Eltern allein auf einem unsichtbaren Hochseil ohne die Sicherheit, die ihre Anwesenheit ihnen gibt.

„Möchtest du eine Tasse Kaffee?" fragt Joanne, während sie Paul durch die Diele in die große, helle Küche folgt.

„Besser nicht." Er geht zur gläsernen Schiebetür, die die Südwand der Küche bildet, und starrt in den Garten hinaus. „So ein Chaos!" sagt er kopfschüttelnd.

„Man kann sich daran gewöhnen", erklärt Joanne.

Das Chaos, das Paul angesprochen hat, bezieht sich auf eine große, mit Beton ausgegossene, geschwungene Baugrube, die ihr neuer Swimmingpool werden sollte. Paul hat ihn entworfen und versucht, aus der zur Verfügung stehenden Fläche den größtmöglichen

Schwimmbereich herauszuholen. Ursprünglich sollte er eine Art Ersatz für die Sommerferien sein – oder, wie der Besitzer von *Rogers Pools* sich, noch einige Tage bevor seine Firma pleite ging, ausdrückte: „So haben Sie Seeurlaub, ohne auch nur einen Meter fahren zu müssen."

„Ich unternehme wirklich alles, damit das Ding endlich fertiggebaut wird", beteuert Paul.

„Davon bin ich überzeugt." Joanne lächelt. „Ich schwimme ja sowieso nicht", erinnert sie ihn.

Er wendet sich von der Schiebetür ab. „Wie geht es deinem Großvater?"

„So wie immer."

„Und Eve?"

„So wie immer." Sie lachen beide.

„Sind noch mehr von diesen Anrufen gekommen?" fährt er nach einer kurzen Pause fort.

„Nein." Sie lügt, weil sie weiß, daß eine gegenteilige Antwort ihn bloß reizen würde. Er wäre dann gezwungen, das zu wiederholen, was er ihr schon oft gesagt hat: daß alle Leute Telefonanrufe von Verrückten bekommen, daß sie, wenn sie sich wirklich Sorgen macht, noch einmal die Polizei anrufen soll oder, noch besser, Eves Mann, Brian. Er ist Polizist und wohnt im Nachbarhaus. Das alles hat er ihr schon oft gesagt. Er hat ihr außerdem gesagt – und zwar so vorsichtig wie möglich –, er finde, sie übertreibe, möglicherweise, um ihn weiter an sich zu binden, indem sie ihm die Verantwortung für sie aufbürde, die er ja gerade erst abgelegt habe, zumindest für eine bestimmte Zeit. Er hat nicht, wie ihre Freundin Eve es getan hat, die Ansicht geäußert, die Anrufe seien ein Produkt ihrer Phantasie, dies sei ihre Art, auf die augenblickliche Situation zu reagieren.

An der Treppe warten schon die Mädchen. „Habt ihr alles?" fragt ihr Vater.

Joanne mustert ihre Töchter aufmerksam, sucht nach Spuren jener Kinder, die sie einst waren. Lulu hat sich seit dem frühen Kindesalter am wenigsten verändert, denkt Joanne; ihre großen braunen Augen – von ihrem Vater geerbt – sind immer noch ihr auffälligstes Merkmal.

Die fünfzehnjährige Robin sieht anders aus, obwohl auch sie die leichte Stupsnase und den kräftigen Unterkiefer ihres Vaters hat. Die Beine sind zu lang, der Rumpf zu kurz. In ein oder zwei Jahren, denkt

Joanne, wird Robin eine Schönheit sein. Erstaunlicherweise ist Robins Aussehen zur Zeit – anders als in Joannes Jugend – „in". Entsprechend zieht sie sich an, sogar jetzt. Den Eindruck der Bravheit, den ihre Ferienlageruniform hervorruft, hat sie verwischt, indem sie einen keß aussehenden pinkfarbenen Chiffonschal als Gürtel um ihre Taille gewickelt und ihre Haare in einer schwungvollen Welle in die Stirn gefönt hat. Ihre Augen – haselnußbraun wie die ihrer Mutter – starren trotzig auf den Boden.

„Ich warte im Auto", sagt Paul, öffnet die Haustür und geht hinaus ins helle Sonnenlicht.

Joanne lächelt ihre Töchter an. Sie fühlt, wie ihr Herz zu pochen beginnt.

Ihr wird bewußt, daß sie in wenigen Minuten zum erstenmal völlig allein sein wird. Die nächsten zwei Monate hindurch wird sie sich um niemanden kümmern müssen als nur um sich selbst.

„Gib dir keine Mühe, Mama", beginnt Lulu, bevor Joanne das Wort ergreifen kann. „Was jetzt kommt, kenne ich schon auswendig. Also gut, ich werde aufpassen, daß mir nichts passiert, ich werde mindestens einmal in der Woche schreiben, und ich werde daran denken, daß ich essen muß. Habe ich irgendwas vergessen?"

„Was ist damit, daß du's dir gutgehen lassen sollst?" fragt Joanne.

„Ich werd's mir gutgehen lassen", versichert Lulu und schlingt die Arme um den Hals ihrer Mutter. „Und wie steht's mit dir?"

„Mit mir?" fragt Joanne. Sie streicht ihrer Tochter ein paar widerspenstige Haare aus der Stirn. „Ich werde die Zeit so richtig genießen."

„Versprichst du das?"

„Ich verspreche es."

„Nun, irgendwie findet sich alles", sagt Lulu so ernsthaft, daß Joanne sich die Hand vor den Mund halten muß, um ihr Lächeln zu verbergen.

„Von wem hast du das denn?"

„Von dir", antwortet Lulu, „du sagst das andauernd."

Jetzt wird Joannes Lächeln so breit, daß ihre Hand es nicht mehr verbergen kann. „Heißt das, du hörst tatsächlich zu, wenn ich etwas sage? Kein Wunder, daß du so gescheit bist." Sie küßt Lulu so oft, wie diese es sich gefallen läßt, und schaut ihr dann nach, wie sie die Stufen zu Pauls Auto hinunterläuft. Sofort ist Robin an der Tür und will ihr nachrennen. „Wirst du nicht wenigstens versuchen, ein bißchen Spaß zu haben?" fragt Joanne.

„Aber natürlich. Ich werde es so richtig genießen", erklärt Robin spitz, ihre Mutter nachäffend.

„Ich glaube, du wirst schon noch einsehen, daß wir die richtige Entscheidung getroffen haben. Wir brauchen alle ein bißchen Zeit, um uns zu beruhigen und noch einmal alles zu überdenken ..."

„Klar", knurrt Robin.

„Darf ich dir einen Abschiedskuß geben?" Joanne wertet Robins stummes Achselzucken als Aufforderung, umarmt das Mädchen und gibt ihm einen Kuß auf die mit Rouge geschminkte Wange. „Sei vorsichtig!" ruft sie ihrer älteren Tochter nach und sieht zu, wie sie die Stufen hinunterspringt und auf dem Rücksitz im Wagen ihres Vaters verschwindet.

Paul blickt noch einmal zum Haus herüber. „Ich rufe dich an", verspricht er. Er winkt seiner Frau zu und fährt dann los.

Das Telefon klingelt, als Joanne das Haus wieder betritt. Sie ignoriert es und geht durch die Küche hinaus auf die vor kurzem erbaute Veranda. Sie steigt die Stufen, die zum Pool führen, hinab. Langsam – hinter ihr in der Küche klingelt immer noch das Telefon – setzt sie sich auf eine der rosafarbenen Steinplatten, die die betonierte Baugrube umgeben, und läßt ihre Füße dort hineinhängen, wo eigentlich der tiefe Teil des Schwimmbeckens sein soll. Es ist schwer, Mitleid für eine Frau aufzubringen, die einen Swimmingpool hat, denkt sie, wirft einen Blick hinauf zum Nachbarhaus und entdeckt ihre beste Freundin, Eve, die vom Schlafzimmerfenster aus zu ihr herunterschaut.

Joanne hebt die Hand und winkt, aber die schattenhafte Figur zieht sich plötzlich zurück und ist verschwunden. Joanne schützt ihre Augen mit der Hand vor dem Sonnenlicht; aber Eve ist nicht mehr da, und Joanne fragt sich, ob sie überhaupt je da war. In letzter Zeit spielt die Phantasie ihr immer wieder Streiche ...

„Ich behaupte ja gar nicht, daß du keine Anrufe von jemand erhältst", hört sie Eve in der Erinnerung sagen.

„Was meinst du denn dann?" hatte sie geantwortet.

„Manchmal wird man von der eigenen Phantasie zum Narren gehalten ..."

„Hast du mit Brian darüber gesprochen?"

„Natürlich", hatte Eve deutlich kühler gesagt, „schließlich hast du mich darum gebeten, oder? Er sagt, du sollst einfach sofort auflegen, wenn der Typ dich belästigt."

„Ich bin mir ja nicht einmal sicher, ob es überhaupt ein Mann ist! Es ist eine so komische Stimme. Ich kann nicht sagen, ob sie alt oder jung klingt, männlich oder weiblich . . . "

„Aber natürlich ist es ein Mann", hatte Eve rundheraus erklärt. „Keine Frau würde eine andere mit obszönen Anrufen belästigen."

„Es ist viel schlimmer als obszöne Anrufe! Er sagt, er wird mich umbringen! Er sagt, daß ich die nächste sein werde! Warum starrst du mich so an?"

„Ich habe mich nur gerade gefragt, ob die Anrufe anfingen, bevor Paul auszog, oder erst danach."

Genau das fragt sich auch Joanne, und verzweifelt bemüht sie sich, die Ereignisse der letzten Monate in eine zeitliche Ordnung zu bringen. Alles, was sie weiß, ist, daß sich in dieser Zeit ihr ganzes Leben in ein Chaos verwandelt hat, daß sie hilflos mit ansehen muß, wie ihr der Boden unter den Füßen entzogen wird. Da ist nichts, wonach sie greifen kann, da sind keine Arme, die ihr Schutz und Halt geben könnten. Joanne steht auf. Sie bemerkt, daß das Telefon aufgehört hat zu klingen. Langsam geht sie um das Becken herum zum flachen Teil und steigt die drei Stufen in die Baugrube hinunter. Vielleicht bin ich verrückt, denkt sie.

Sie beobachtet, wie die Welt ihrem Blickfeld entschwindet, während sie immer weiter zum tiefen Teil des leeren Betonbeckens vordringt. Sie bleibt stehen, preßt ihren Rücken gegen den rauhen Beton der Seitenwand und läßt sich langsam entlang der grobkörnigen Oberfläche zu Boden gleiten. So hockt sie da, die Knie an die Brust gezogen, und sie hört, wie das Telefon in der Küche wieder beharrlich zu klingeln beginnt. Als wolle der Anrufer ihr sagen: Jetzt sind nur noch wir beide da, du und ich. Wie um zu zeigen, daß sie die unausgesprochene Botschaft verstanden hat, nickt sie langsam und versucht, Bilder aus glücklichen Tagen heraufzubeschwören.

JOANNE erinnert sich: Als Eve sie vor zwei Monaten zum Tennis-spiel abholen kam, hatte kurz zuvor das Telefon geklingelt. „Hallo?" sagte Joanne in die Muschel hinein. Sie zuckte die Achseln und legte auf. „Irgendein Spaßvogel", murmelte sie. Noch einige Minuten später, als sie Eve ins Haus bat, war sie so verwundert, daß sie immer wieder den Kopf schüttelte.

„Fertig?" fragte Eve.

„Ich muß nur noch meinen Schläger finden." Joanne öffnete den Wandschrank in der Diele. „Hier irgendwo habe ich ihn vergraben, glaube ich."

„Also beeil dich! Soviel ich gehört habe, ist der neue Trainer prima, und ich möchte nicht eine Minute von unserer Stunde versäumen."

„Ehrlich gesagt, frage ich mich noch immer, warum ich mich von dir zu solchen Sachen überreden lasse."

„Weil du dich von mir schon immer zu allem hast überreden lassen. Und das schätze ich sehr an dir." Sie blickte in Richtung Küche. „Das Schwimmbecken scheint ja gewaltige Fortschritte zu machen. Ich halte mich von meinem Schlafzimmerfenster aus auf dem laufenden darüber."

„Na ja, die Baufirma meinte, es werde noch allerhöchstens zehn bis vierzehn Tage dauern, und es sieht so aus, als ob sie diesen Termin einhalten würden. Ich habe ihn!" rief sie und zog den Schläger triumphierend aus der hintersten Ecke des Schranks. „Ich sage nur noch schnell den Bauarbeitern Bescheid, daß ich weggehe."

„Also los, sonst kommen wir zu spät!"

„Immer hast du es so eilig", meinte Joanne lachend.

„Und du hast immer die Ruhe weg", versetzte Eve. „Deshalb sind wir schon so lange gute Freundinnen. Wenn wir beide so wären wie ich, würden wir uns gegenseitig zum Wahnsinn treiben."

Eve hat recht, dachte Joanne während der Autofahrt zum Fresh-Meadows-Tennisclub.

Sie hatten sich in der siebten Klasse kennengelernt, mit zwölf Jahren. Schon damals war Eve eine auffällige Erscheinung gewesen, ein schlaksiger Rotschopf mit ansteckendem Kichern und einem befehlenden Ton in der Stimme.

Sie wurden unzertrennliche Freundinnen; selten sah man die eine ohne die andere. „Wenn Eve dich bitten würde, von der Brooklyn-brücke zu springen, ich glaube, du würdest es tun", hatte Joannes Mutter manchmal gesagt. Wahrscheinlich hat sie damals nicht einmal übertrieben, dachte Joanne, während Eve in den überfüllten Parkplatz am Clubhaus einbog.

Eilig gingen sie zum Umkleideraum, schlüpften in ihre weißen Tennissachen und machten sich dann auf den Weg zu den Spielfeldern.

„Hallo! Sie wollen sicher zu mir", begrüßte sie ein muskulöser junger Mann mit blondem Haarschopf. „Ich bin Steve Henry, der neue Trainer."

„Den hat uns der Himmel geschickt", flüsterte Eve, als sie und Joanne ihre Positionen am Netz einnahmen.

EINE Stunde später, die beiden Freundinnen saßen wieder im Umkleideraum, stieß Eve Joanne mit dem Ellbogen an. „Na, wie findest du ihn?"

„Scheint ein guter Trainer zu sein."

„Das ist nicht gerade das, was ich gemeint habe", erklärte Eve ihrer Freundin mit einem vielsagenden Augenzwinkern.

„Unter diesem Aspekt schaue ich mir die Männer nie an", sagte Joanne.

„Nun, dafür hat er sich dich um so mehr angeschaut", neckte Eve.

„Du meinst, er hat sich meine miese Rückhand angesehen. Wenn ich noch ein einziges Mal jemanden ‚voll durchziehen' sagen höre, fange ich an zu schreien."

„Warum machst du dich immer schlechter, als du bist?" fragte Eve plötzlich ganz ernst.

„Ich weiß eben, wo meine Grenzen liegen."

„Was soll denn das heißen?" fragte Eve. „Schau dich doch mal an! Außer einem Schuß Selbstvertrauen und meinetwegen ein paar blonden Strähnchen fehlt dir nicht das geringste."

Joanne fuhr sich verlegen durch das hellbraune Haar. „Nur daß ich fünf Pfund abnehmen und mir die Zähne richten lassen muß."

„Sprich doch mal mit Karen Palmer. Ihr Mann ist Zahnarzt."

„Hast du den sechsten Sinn? Da kommt sie gerade zur Tür herein."

„Hallo", wurden die beiden von einer üppigen Blondine begrüßt. „Habt ihr schon von dem neuesten gräßlichen Mord in Great Neck gehört?"

„Schon der dritte dieses Jahr", ergänzte Eve. „Dabei habe ich immer geglaubt, wir seien nach Long Island gezogen, um in Sicherheit zu leben!"

„Die arme Frau – erst erdrosselt und dann in Stücke gehackt!" In

Karen Palmers Stimme schwang etwas Sensationslüsternes mit, während sie sich in das Thema immer mehr hineinsteigerte. „Könnt ihr euch die Angst vorstellen, die sie gehabt haben muß, als –"

„Müssen wir eigentlich über so etwas sprechen?" unterbrach Joanne sie.

„Unsere Joanne versteht keinen Spaß." Eve lächelte die irritiert schweigende Karen Palmer an. „Nie läßt sie einen die guten Sachen erzählen."

Karen zuckte mit den Achseln. „Habt ihr gerade eine Trainerstunde gehabt?" fragte sie, um auf ein weniger delikates Thema zu sprechen zu kommen.

„Ja, die erste bei dem Neuen", antwortete Eve. „Und weißt du was: Der Kerl ist hinter Joanne her." Sie lachte, während sie ihre Handtasche aus dem Spind nahm und die Tür zuschlug.

„Oh, den würde ich mir aber nicht entgehen lassen, wenn ich an deiner Stelle wäre", empfahl Karen genüßlich.

„Genau das ist ihr Problem", erklärte Eve. „Sie läßt sich so etwas immer entgehen."

„Ihr seid zwei verrückte Hühner", meinte Joanne halb scherzhaft, während sie zu dritt das Clubhaus verließen und auf den Parkplatz hinausgingen.

„Entschuldigen Sie, Mrs. Hunter!" ertönte eine Männerstimme vom anderen Ende des Parkplatzes her. Joanne hob den Blick und sah den neuen Tennistrainer mit langen, lockeren Schritten auf sie zulaufen.

„Ein Traum in Weiß", spöttelte Eve.

„Das haben Sie auf dem Platz vergessen", sagte er, als er bei den Frauen angekommen war, und holte einen Schlüsselbund aus seiner Gesäßtasche.

„Oh, danke schön. Immer lasse ich mein Zeug irgendwo liegen." Joanne fühlte die Röte über ihr Gesicht kriechen, als sie ihre Hausschlüssel aus der Hand des Tennislehrers entgegennahm.

„Bis nächste Woche." Er lächelte und war verschwunden.

„Mrs. Hunter ist über und über rot", lachte Eve, als sie einstiegen.

„Es macht dir wirklich Spaß, mich in Verlegenheit zu bringen, was?" fragte Joanne gutmütig.

„Jawohl, großen Spaß sogar", gab Eve zu, und Joanne stimmte in das Lachen ihrer Freundin ein.

EINE halbe Stunde später zu Hause, Joanne kam gerade aus der Dusche, klingelte erneut das Telefon. „Verdammt!" murmelte sie, wickelte ein Badetuch um sich und lief ins Schlafzimmer zu dem Apparat auf ihrem Nachttisch. „Hallo?" Niemand antwortete. Angewidert legte sie den Hörer auf. Ihr Blick fiel auf einen der Arbeiter im Garten, der gerade unter dem Fenster vorbeiging. Instinktiv duckte sie sich unter das Fensterbrett. Hatte er sie gesehen? Nein, dachte sie, während sie zum Bad zurückkroch. Sie hatte ihn sehen können, er sie jedoch nicht.

Der Gedanke, daß sie jemanden beobachtet hatte, der davon nicht das geringste wußte, ließ Joanne einen Augenblick erschauern. Sie erreichte das Bad und sah sofort nach, ob die Jalousien darin auch wirklich richtig heruntergelassen waren. Erst dann richtete sie sich auf.

Plötzlich fühlte Joanne sich zu dem Wandspiegel hingezogen; mit den Fingern strich sie die kleinen Falten an ihren Augen glatt. Ihre Augen spiegelten den Lauf der Jahre wider. Sie waren wissender geworden, weniger bereit zu vertrauen. Wie lange war es her, daß jemand ihr in die Augen gesehen und ihr gesagt hatte, wie schön sie war? Lange, dachte sie.

In letzter Zeit hatte Paul geistesabwesend geschienen, hatte verstört, ja deprimiert gewirkt. Sie hatte angenommen, es handle sich um eine kurze Krise. Jedes Paar durchlebte Phasen, in denen die Leidenschaft auf Sparflamme kochte. Sobald er weniger Arbeit hat, so hatte sie sich gesagt, wird sein Interesse an mir wiederaufleben.

Das Telefon klingelte. Sie lief hin, achtete dabei aber darauf, nicht zu nah am Fenster vorbeizukommen. „Hallo?" Wie schon zuvor, erhielt sie auch jetzt keine Antwort.

Sie wartete ein paar Sekunden, dann ließ sie den Hörer wieder auf die Gabel fallen. „So ein Idiot", murmelte sie. „Soll doch jemand anderem auf die Nerven fallen!"

„Hallo? Ist jemand zu Hause?" rief eine Männerstimme.

„Paul?" Joanne schrak auf, fischte einen Bademantel aus dem Schrank und schlüpfte schnell hinein, bevor ihr Mann an der Schlafzimmertür erschien. „Was machst du denn mitten am Nachmittag zu Hause? Ist etwas vorgefallen?"

Er sieht nicht gut aus, dachte sie, als sie ihn sanft auf die Wange küßte.

„Ich wollte mit Mr. Rogers sprechen", sagte er und sah aus dem Fenster. „War er heute hier?"

„Nein, nur die Arbeiter. Obwohl ..., vielleicht war er doch hier – ich bin ein paar Stunden weggewesen, im Tennisclub. Sie haben einen neuen Trainer. Er scheint der Ansicht zu sein, daß ich talentiert bin, aber ich weiß nicht. Es ist schon so lange her, daß ich Tennis gespielt habe ..." Was faselte sie da eigentlich? Warum war sie so nervös?

Sie betrachtete den Rücken ihres Mannes, der am Fenster stand und hinaussah. Etwas an seiner Haltung, die sichtbare Verspanntheit seiner Schultern ließ ein ungutes Gefühl in ihr aufkommen. Er drehte sich zu ihr um, und der Ausdruck in seinem Gesicht gefiel ihr ganz und gar nicht.

„Was ist los?" fragte sie. „Ist irgend etwas mit dem Swimmingpool schiefgelaufen?"

Er schüttelte den Kopf. „Nein. Es geht nicht um den Pool. Es geht um uns beide." Eine lange, unangenehme Pause folgte. „Ich muß mit dir reden", sagte er schließlich.

Joanne ließ sich in den blauen Sessel sinken, der am Fuß des Betts stand. Sie wußte nicht, was er jetzt sagen würde. Sie wußte nur, daß es nichts Gutes sein würde.

ZWEITES KAPITEL

SPÄT an diesem Abend, nachdem ihr Mann ein paar Sachen in einen Koffer gepackt und das Haus verlassen hatte, um in einem Hotel zu übernachten, war Joanne, allein in dem großen, leeren Bett liegend, die ganze Szene in Gedanken noch einmal durchgegangen.

Sie hatte nichts gesagt, kein einziges Wort, während Paul ihr eröffnete, daß er ausziehen wolle. Sie hatte einfach nur dagesessen und zugehört, während Paul seinen Entschluß zu erklären versuchte, sich andauernd verhaspelte, immer wieder um Entschuldigung bat. Sie hatte sich nicht dazu geäußert, hatte sich nicht bewegt, außer als sie die Tränen wegwischte. Wie versteinert hatte sie sich alles angehört und war dann im Zimmer geblieben, als Paul seinen Entschluß auszuziehen den beiden Töchtern Lulu und Robin mitteilte. Die beiden Mädchen hatten erst später, lange nachdem er gegangen war, auf den Schock reagiert. Ihr Zorn war dann, genau, wie Joanne es vorausgesehen hatte, gegen sie gerichtet gewesen, nicht gegen den Mann, der sie verlassen hatte.

Ich kann doch nichts dafür, hatte sie sagen wollen. Aber irgendwie, fühlte sie, war es doch ihre Schuld.

Jetzt, in den Stunden danach, ertrug Joanne den leeren Platz neben sich im Bett nicht länger und stand auf. Sie ging ans Fenster und sah hinüber zu Eves Haus. Hell brannten die Lampen auf Eves Terrasse. Sorgfältig zog Joanne die Vorhänge zu, griff zum Telefonhörer und wählte. Als Eve auch nach dem achten Klingelzeichen nicht abgenommen hatte, legte Joanne auf. Es war schon spät, fast Mitternacht, und ihr fiel ein, daß Eve ihr erzählt hatte, Brian und sie würden an diesem Abend zum Geburtstagsfest von einem von Brians Kollegen gehen.

Lulu schlief – oder hatte zumindest so getan, als Joanne einen Blick in ihr Zimmer geworfen hatte. Robin war auf einer Party.

Mit langsamen, fast roboterartigen Bewegungen kroch Joanne zurück in das geräumige Ehebett. Meine Eltern haben mich angelogen, dachte sie. Wenn du erst einmal erwachsen bist, hatte das Lächeln ihrer Eltern verheißen, dann wird die Welt dir gehören. Du wirst tun können, was du für richtig hältst, Entscheidungen treffen und dich geborgen fühlen in einem beständigen, überschaubaren Glück, das durch nichts ins Wanken gebracht werden kann. Und eine Zeitlang hatten sie recht behalten: Im großen und ganzen war sie aufgewachsen wie geplant, hatte geheiratet und Kinder zur Welt gebracht – Kinder, die dann wiederum sie als die Quelle der Weisheit betrachtet hatten ...

Grübelnd und von unsäglichem Kummer erfüllt, lag Joanne auf dem Bett. Sie schlief erst ein, nachdem Robin nach Hause gekommen war.

DIE Mädchen lagen noch schlafend in ihren Betten, als Joanne am nächsten Morgen das Haus verließ. Sie war müde und hatte geschwollene Augen vom Weinen. Was würdest du jetzt zu mir sagen, Mutter? fragte sie in den wolkenlosen Himmel hinein, während sie auf dem Rasen zu Eves Haus hinüberging. *Nur den Kopf nicht hängen lassen, Mädchen,* hörte sie ihre Mutter antworten. Mamas Standardantwort! Aber was macht eine Frau, fragte sie sich, während sie an Eves Tür klopfte, deren Mann plötzlich aufhört, sie zu lieben?

Niemand öffnete. Joanne klopfte noch einmal und drückte dann auf die Klingel. Sie mußte mit Eve sprechen. Eve würde sie zum Lachen bringen, oder zumindest konnten sie zusammen weinen. Aber wo war sie? Warum ging sie nicht an die Tür? Gerade als Joanne schon aufgeben wollte, erschien Eves Mann, Brian, und ließ sie herein. Brian Stanley war fünfundvierzig Jahre alt, groß, mit sehr sanft blickenden Augen, die nichts von all den entsetzlichen Dingen verrieten, die er als Polizist jeden Tag mit ansehen mußte. Er war ein schweigsamer Mann, aber heute sprach er noch weniger als sonst. „Versuch du, sie zur Vernunft zu bringen", sagte er nur.

Eve saß am Tisch in der Küche und nippte an einer Tasse Kaffee. Sobald Joanne ihre Freundin sah, wußte sie, daß etwas nicht stimmte. „Was ist los?" fragte sie. Eve war noch im Morgenmantel, und ihr Haar, das sonst stets sehr sorgfältig frisiert war, wirkte ungekämmt.

„Nichts", antwortete Eve. Sie versuchte gar nicht, ihren Ärger zu verbergen. „Viel Lärm um nichts."

„Na klar, es ist überhaupt nichts!" Wie aus dem Nirgendwo erschien Eves Mutter und schob ihrer widerwilligen Tochter ein Fieberthermometer in den Mund.

„Hallo, Mrs. Cameron", sagte Joanne, überrascht, Eves Mutter hier zu sehen. „Was ist denn los?"

„Was los ist? Meine Tochter ist letzte Nacht zusammengebrochen und mußte ins Krankenhaus gebracht werden!"

Eve nahm das Thermometer aus dem Mund. „Ich bin nicht zusammengebrochen! Mir geht es ausgezeichnet!"

„Steck das Thermometer wieder in den Mund!" rief ihre Mutter. Eve warf einen beschwörenden Blick zur Decke, tat aber, wie ihr befohlen. „Hattest du vielleicht gestern nacht keine Schmerzen und mußtest die Geburtstagsfeier verlassen? Hat Brian dich nicht ins Krankenhaus zur Notaufnahme gebracht? Hat er mich vielleicht nicht in aller Frühe angerufen und gebeten, daß ich mich um dich kümmere?"

„Ich hatte leichte Schmerzen", erklärte Eve, nachdem sie das Thermometer wieder aus dem Mund genommen hatte, „und die anderen haben ein Drama daraus gemacht."

„Was für Schmerzen?" fragte Joanne. Einen Augenblick lang hatte sie ihre eigenen Probleme vergessen.

„Nur ein leichtes Stechen in der Brust. Das habe ich schon seit ein paar Wochen."

„Entschuldigt bitte", sagte Brian, der an der Tür stand, „aber ich muß jetzt gehen, ich bin schon spät dran." Er wandte sich an Joanne. „Eve hat gestern gegen Mitternacht Schmerzen in der Brust bekommen, und weil sie sich kaum noch auf den Beinen halten konnte, habe ich sie ins Krankenhaus gefahren."

„Dort haben sie ein paar Untersuchungen vorgenommen und gesagt, es sei alles in Ordnung", erklärte Eve.

„Ein EKG haben sie gemacht", ergänzte Brian. „Sie haben ihr geraten, Ende der Woche noch ein paar Tests machen zu lassen – Magen, Gallenblase und so weiter. Aber sie weigert sich."

„Mein Gott, es war eine kleine Magenverstimmung", sagte Eve. „Ich habe keine Lust, ein Dutzend unangenehmer Untersuchungen über mich ergehen zu lassen, nur damit irgendein Arzt auf meine Kosten medizinische Erfahrungen sammeln kann. Mir reicht's noch vom letzten Mal Krankenhaus vor einem halben Jahr."

„Bitte rede ihr zu, daß sie die Untersuchungen machen läßt", bat Brian Joanne. „Ich muß jetzt gehen." Er gab seiner Frau einen aufmunternden Kuß auf die Stirn – eine zärtliche Geste, die Joanne fast die Tränen in die Augen trieb. Dies war ganz offensichtlich nicht der geeignete Zeitpunkt, von Pauls plötzlichem Auszug zu erzählen.

Die Haustür fiel hinter Brian zu. Als Eve den Mund zum Sprechen öffnete, steckte ihre Mutter ihr automatisch das Thermometer hinein.

„Mein Gott, hör doch endlich auf damit!" schrie Eve und schleuderte das Thermometer wütend zu Boden. Es zerbrach in zwei Teile.

„Du willst auf niemanden hören." Eves Mutter hob das zerbrochene Glas auf und entfernte die Quecksilberkügelchen geschickt mit einem Papiertaschentuch. „Das war schon immer dein Problem."

„Geh nach Hause, Mutter", sagte Eve mühsam beherrscht. Plötzlich entrang sich ihr ein schmerzerfülltes Stöhnen; ihr Körper krümmte sich gegen den Küchentisch.

„Wo tut es denn weh?" fragte Eves Mutter mit schwacher Stimme.

„Es geht schon wieder. Der Schmerz ist weg." Eve lehnte sich zurück. „Keine Sorge, so schlimm war es nicht."

„Vielleicht solltest du doch zum Arzt gehen." Joanne versuchte, es nicht aufdringlich klingen zu lassen. „Ein paar Untersuchungen können doch nicht schaden."

Eve sah ihre Freundin bekümmert an. „Na gut", lenkte sie schließlich ein.

„Mrs. Cameron", sagte Joanne zu Eves Mutter, „ich kann mit Eve zum Arzt fahren, wenn Sie das beruhigt." Sie wandte sich an Eve. „Wann ist dein Termin?"

„Am Freitag." Sie zwinkerte verschwörerisch. „Vormittags. Damit wir unsere Tennisstunde nicht versäumen."

„Tennis!" begann ihre Mutter zu schimpfen. „So kurz nach der Fehlgeburt schon Tennisspielen! Wahrscheinlich kommen daher die Schmerzen."

„Fang nicht wieder davon an", bat Eve. „Die Fehlgeburt war vor sechs Monaten!"

„Du arbeitest zuviel, du besuchst zu viele Seminare, du übernimmst dich."

„Ich bin Lehrerin, Mutter."

„Dozentin", korrigierte ihre Mutter und warf einen Blick zu Joanne hinüber, um zu prüfen, ob der Unterschied deutlich geworden war. „Für Psychologie."

„Ich arbeite nicht zuviel. Freitags habe ich frei. Und die paar zusätzlichen Seminare am Abend sind wirklich nicht so schlimm."

„Für was mußt du denn noch in Seminare gehen? Du bist vierzig Jahre alt, du brauchst Kinder, keinen Doktortitel."

„Darüber will ich nicht sprechen!" rief Eve und schlug mit der Faust auf den Tisch. „Du machst mich verrückt, Mutter!"

„Ja, ja, gib nur deiner Mutter alle Schuld. Joanne, reden deine Töchter auch so mit dir?"

„Ich glaube, jeder sagt manchmal etwas zu seiner Mutter, was er hinterher bereut."

Eves Mutter schien sich damit zufriedenzugeben. „Sag mal, wie geht es deinem Großvater?" erkundigte sie sich bei Joanne.

„Danke, ganz ordentlich. Ich besuche ihn heute nachmittag."

„Siehst du!" meinte Eves Mutter. „Joanne ist eine verantwortungsbewußte Person. Ihr muß man nicht sagen, daß sie älteren Menschen Respekt entgegenzubringen hat."

Joanne sah zu Eve hinüber und rollte mit den Augen; Eve streckte als Antwort die Zunge heraus.

„Macht euch nur lustig", meinte Eves Mutter mit einem Seufzen. „Ich gehe jetzt ins Wohnzimmer und schau mir was im Fernsehen an. Ruft mich, wenn ihr etwas braucht."

„Sie hat sich überhaupt nicht verändert", meinte Joanne, sobald

Eves Mutter außer Hörweite war. „Du müßtest dich inzwischen eigentlich an sie gewöhnt haben."

„An manche Dinge gewöhnt man sich nie", sagte Eve, und Joanne dachte, daß dies zukünftig auch auf Pauls Weggang zutreffen würde. „Du siehst müde aus", bemerkte Eve plötzlich.

„Ich habe heute nacht nicht sonderlich gut geschlafen", erklärte Joanne. „Eve . . ."

„Du glaubst nicht, daß diese Schmerzen etwas mit der Fehlgeburt zu tun haben könnten, oder?" unterbrach Eve sie. Sie sah sehr zerbrechlich aus.

„Was meinst du damit?"

„Na ja, möglicherweise haben sie etwas in mir liegengelassen, als sie mich ausgeräumt haben."

„Ich bin ganz sicher, daß sie nichts vergessen haben", versicherte Joanne. „Wenn es tatsächlich so wäre, würdest du nämlich jetzt schon nicht mehr leben", fügte sie hinzu, und beide Frauen lachten.

„Danke", sagte Eve. „Du hast es immer schon geschafft, mich aufzumuntern."

DAS Baycrest-Pflegeheim war ein alter Ziegelbau, der mehrere Renovierungen überstanden hatte, ohne sich stark zu verändern. Die Gänge wirken immer noch genauso traurig und verlassen wie die Insassen des Heims, die hier auf und ab gehen, dachte Joanne, während sie sich dem Zimmer ihres Großvaters am Ende des Gangs näherte. Wäre es ihrem Großvater doch erspart geblieben, seine alten Tage in einem Pflegeheim zu verbringen! Doch Joanne erinnerte sich noch genau, wie ein Jahr nach dem Tod seiner Frau der massige Mann zu schrumpfen begonnen hatte. Er verlor immer mehr Gewicht, und seine ganze Haltung drückte tiefste Resignation aus.

Er war dann auf eigenen Wunsch ins Baycrest-Pflegeheim gezogen, und bald schon hatte er angefangen, einen Kokon um sich zu spinnen; etwa zu der Zeit, als in der linken Brust von Joannes Mutter ein Knoten entdeckt worden war, hatte er sich für immer in diesen Kokon eingehüllt. Er hatte nie gefragt, warum seine Tochter ihn immer seltener besuchte, und als sie vor drei Jahren gestorben war – drei Jahre ist das schon her? wunderte sich Joanne, während sie die Tür zum Zimmer ihres Großvaters öffnete –, hatten Joanne und ihr Bruder beschlossen, ihm nichts davon zu erzählen. Seitdem besuchte Joanne den alten Mann jede Woche; weniger aus einem Pflichtgefühl heraus als deshalb, weil er für sie die einzige konkrete Verbindung zur Vergangenheit darstellte.

Dieser Mann hatte an regnerischen Nachmittagen mit ihr im Gartenhäuschen gesessen und ihr Gin-Rommé beigebracht, er hatte ihr am Wochenende perfekte Fünfminuteneier zum Frühstück serviert und zufrieden zugesehen, wie sie sich darüber hermachte.

„Linda?" fragte er jetzt, als Joanne ans Bett trat und seine Hand nahm. Seine Stimme war nur noch ein mattes Echo des kräftigen Basses, mit dem er sich einst Gehör verschafft hatte.

„Ja, Paps", antwortete sie und ahmte dabei unbewußt die Stimme ihrer Mutter nach. Sie zog sich einen Stuhl ans Bett. Wann hat er mich zum letzten Mal bei meinem richtigen Namen genannt? überlegte sie. Ich heiße Joanne, wollte sie ihm sagen, aber er schnarchte schon, und Joanne saß da und hielt seine rechte Hand.

„Erstaunlich, wie schnell die einschlafen können", hörte sie jemanden sagen. Joanne sah hinüber zu dem anderen Bett, in dem der alte Sam Hensley friedlich dösend lag. „Kurz bevor Sie kamen", fuhr die Frau fort, die am Fußende dieses Bettes stand, „hat Sam noch getobt wie ein Irrer. Sie hätten ihn sehen sollen! Er hat einen Nachttopf nach der Schwester geworfen! Das hier ist nun schon das dritte Heim, in das ich ihn stecken mußte. Die anderen wollten ihn nicht behalten." Verärgert schüttelte sie den Kopf. „Ich gehe jetzt erst mal eine rauchen." Sie drehte sich um, und jetzt sah Joanne, daß auch der Sohn dieser Frau im Zimmer war. Er hatte sich auf einen der Stühle gelümmelt und war wohl vor Langeweile eingeschlafen. Sein Kopf lehnte gegen die Wand, seine Augen blieben geschlossen, als seine Mutter das Zimmer verließ.

Joanne sah der massigen Frau mit den groben Gesichtszügen nach und versuchte sich auf ihren Namen zu besinnen. Sie hatte Mutter und Sohn vor ungefähr einem Monat kennengelernt, als der Vater der Frau hierher verlegt worden war. Margaret irgendwas, erinnerte sie sich. Crosby, fiel ihr dann ein, Margaret Crosby und ihr Sohn Alan, der etwa achtzehn Jahre alt sein mochte.

„Linda", murmelte Joannes Großvater.

„Ja, Paps", antwortete Joanne fast automatisch. „Ich bin hier."

Im nächsten Moment war er wieder eingeschlafen. Wo bist du? fragte Joanne ihn schweigend. Wohin gehst du? Nachdenklich

betrachtete sie sein blasses, schmales Gesicht. Die hohe Stirn wurde von der Baseballmütze verdeckt, die sie ihm vor zehn Jahren zu seinem fünfundachtzigsten Geburtstag geschenkt hatte.

„Paul hat mich verlassen, Großvater", flüsterte sie. „Er will nicht mehr verheiratet sein. Ich weiß nicht, was ich machen soll." Leise begann sie zu weinen. Der alte Mann öffnete die Augen und starrte direkt in die ihren, als verstünde er auf einmal genau, was sie gesagt hatte. Langsam verzog sich sein Gesicht zu einem Lächeln. „Arbeitest du hier?" fragte er.

Noch ehe Joanne antworten konnte, setzte sich der alte Sam Hensley plötzlich im Bett auf und begann lauthals zu singen. „*It's a long way to Tipperary*", grölte er.

Der junge Alan Crosby neben ihm fiel fast vom Stuhl. „Still, Großpapa", flüsterte er hastig, sprang auf und sah nervös zur Tür. „Psst!" Dann wandte er sich mit einem entschuldigenden Lächeln an Joanne. „Seine Militärphase", erklärte er. In diesem Moment kamen seine Mutter und eine Krankenschwester ins Zimmer gerannt. „Um Gottes willen, sei still, Vater!" keifte Margaret Crosby, während die Schwester Sam Hensley sanft in die Kissen zurückzudrängen versuchte. „Ganz ruhig, Mr. Hensley", sagte sie, „das Konzert ist abgesagt worden."

„Weg hier, verdammt noch mal!" schrie der alte Mann, nahm eine Schachtel Kleenex-Tücher vom Nachttisch und zielte damit auf seine Tochter.

„Vater, um Himmels willen..."

„Warum lassen wir ihn nicht einfach singen?" fragte Alan Crosby und unterdrückte mit Mühe ein Grinsen.

„Alan", warnte seine Mutter, „fang du jetzt nicht auch noch an!"

„Linda", rief eine ängstliche Stimme, „was ist das denn für ein Aufruhr?"

„Ist schon gut, Paps", flüsterte Joanne, „ich bin ja hier."

Drittes Kapitel

Es WAR noch nicht ganz sieben Uhr am nächsten Morgen, als sie vom Klingeln des Telefons geweckt wurde. „Hallo", sagte Joanne verschlafen, „hallo? Wer ist denn da?" Keine Antwort. Joanne knallte den

Hörer auf die Gabel zurück. „Blödsinnige Scherze." Ihr Blick fiel auf das alte Baumwollnachthemd, das sie mit Vorliebe trug. „Kein Wunder, daß dein Mann dich verlassen hat", murmelte sie zerknirscht. Jetzt spukte Paul ihr wieder im Kopf herum, und den ganzen Tag würde es so bleiben. Ihr Gedächtnis würde ihr immer neue Gründe für Selbstbezichtigungen liefern: Wenn sie nur dies und jenes nicht getan hätte, wenn sie nur dies und jenes anders gemacht hätte. Wenn er doch nur zurückkäme ...

Kurz nach zwei hatte sie Robin heimkommen hören, und gegen fünf Uhr früh war sie endlich eingeschlafen.

Ganze zwei Stunden Schlaf, dachte sie und versuchte sich noch ein paar mehr zu gönnen.

Eine halbe Stunde später war Joanne noch immer bemüht, wieder einzuschlafen, als das Telefon erneut klingelte. „Hallo?" flüsterte sie, aber sie erhielt keine Antwort. „Hallo? Ist da jemand? Was soll denn das?" rief Joanne. Sie wollte gerade auflegen, da hörte sie eine Stimme.

„Mrs. Hunter?"

„Ja?" Bestimmt war es niemand, der sie gut kannte, denn sonst hätte er sie mit dem Vornamen angesprochen. „Wer ist denn da?"

„Haben Sie heute morgen schon die *New York Times* gelesen, Mrs. Hunter?" fragte die leicht heiser klingende Stimme, die Joanne niemandem zuordnen konnte.

„Mit wem spreche ich?"

„Lesen Sie die Morgenzeitung, Mrs. Hunter. Es steht etwas drin, was Sie betrifft – auf Seite dreizehn." Er oder sie hängte auf.

„Hallo?" sagte Joanne noch einmal, obwohl der Anrufer bereits aus der Leitung war. Einige Minuten lang lag sie bewegungslos im Bett. Sie hörte ihr Herz laut schlagen.

Schließlich zog sie ihren Morgenmantel an und ging auf Zehenspitzen nach unten zur Haustür. Die *Times* lag schon da. Sie hob die dicke Sonntagsausgabe auf, trug sie in die Küche und ließ sie auf den Tisch fallen.

Auf Seite dreizehn stand nicht das geringste über Paul oder seine Kanzlei, nichts über irgend jemanden, den Joanne kannte. Da war etwas über einen Streit innerhalb der Textilgewerkschaft, ein Bericht über einen Hotelbrand, und dann brachten sie noch weitere Details über die Frau, die im benachbarten Great Neck in Stücke gehackt worden war. Auf was hatte der Anrufer Joannes Aufmerksamkeit lenken wollen? Sie legte den ersten Teil der Zeitung beiseite und studierte die Seiten mit Veranstaltungshinweisen. Vielleicht würde sie mit den Mädchen Ende der kommenden Woche nach Manhattan reinfahren, um mit ihnen ein Broadway-Musical anzusehen.

Lulu kam verschlafen in die Küche geschlurft. „Es regnet", verkündete sie, als wäre ihre Mutter irgendwie schuld daran.

„Wahrscheinlich wird es bald aufhören. Was willst du zum Frühstück?"

„Toast mit Spiegelei", sagte Lulu und ließ sich auf einem der Küchenstühle nieder.

Ihre Mutter schlug ein paar Eier in die Pfanne. „Hast du gut geschlafen?" fragte sie. Lulu zuckte nur mit den Achseln und blätterte ohne großes Interesse die Zeitung durch. „Ich habe mir gedacht, vielleicht könnten wir nächste Woche mal in ein Musical gehen", erklärte Joanne.

„Das wäre schön", meinte Lulu und sah etwas freundlicher drein. Sie starrte hinaus in den Garten. „Wann werden die dort draußen endlich fertig sein?"

„Bald, hoffe ich." Joanne steckte zwei Scheiben Weißbrot in den Toaster.

„Kommt Papa mit zu dem Musical?"

Joannes Hände begannen zu zittern. „Ich dachte, wir drei machen das mal allein."

„Warum ist Papa weggegangen?" fragte das Kind unvermittelt.

„Ich weiß es nicht genau", antwortete Joanne. „Hat er es dir nicht erzählt?"

„Mir hat er gesagt, er will eine Weile allein sein, um über alles nachzudenken. Was ist ‚alles'? Und warum kann er nicht zu Hause nachdenken?" fuhr Lulu in anklagendem Ton fort.

„Ich weiß es nicht, mein Schatz", antwortete Joanne. Sie legte die fertigen Spiegeleier auf einen Teller und stellte ihn vor Lulu auf den Tisch. „Das mußt du schon deinen Vater fragen."

Mit wilder Entschlossenheit begann Lulu ihr Frühstück in sich hineinzustopfen; dabei vermied sie sorgfältig den Blick ihrer Mutter.

„Ist es meinetwegen?" fragte das Kind schließlich, unfähig, seine Tränen noch länger zurückzuhalten. „Weil ich nicht gut in der Schule bin?"

Joanne brauchte einige Sekunden, um diesen Gedankengang

nachzuvollziehen. „Aber nein, Liebling", versicherte sie ihrer Tochter hastig. „Daß Papa ausgezogen ist, hat nichts mit dir zu tun. Außerdem", fügte sie hinzu und strich Lulu ein paar Haarsträhnen aus dem Gesicht, „bist du doch nicht schlecht in der Schule."

„Ich habe nicht so gute Noten wie Robin."

„Robin ist ein anderer Typ von Schüler als du. Sie tut sich leicht mit dem Auswendiglernen. Das heißt aber nicht, daß sie gescheiter ist als du."

Lulu schien diese Erklärung wenig zu überzeugen. Ohne noch etwas zu sagen, stand sie auf und verließ mit hängendem Kopf die Küche.

Joanne spülte gerade die Reste von Lulus Teller, als das Telefon klingelte. „Hallo?" fragte sie in den Hörer hinein und schielte zu der Zeitung hinüber, die auf dem Küchentisch lag.

„Rate mal, wer bald ein Filmstar sein wird!"

„Warren?" rief Joanne. Sie hatte die Stimme ihres Bruders, der in Kalifornien lebte, beinahe nicht erkannt. „Was redest du denn da? Was meinst du damit?"

„Ganz einfach, man will deinen kleinen Bruder zum Star machen – und zwar will das kein Geringerer als Steven Spielberg! Warte mal – Gloria soll dir alles erzählen."

„Gloria, was ist denn mit meinem Bruder los?" fragte Joanne lachend, als ihre Schwägerin ans Telefon gekommen war.

„Es stimmt", verkündete Gloria. Ihre Stimme klang heiser. „Kannst du dir das vorstellen? Ich rackere mich jahrelang in diesem Metier mit mickrigen Nebenrollen ab und komme nicht von der Stelle. Dein Bruder dagegen leistet einfach Geburtshilfe bei einer Filmschauspielerin, und prompt wird er Steven Spielberg vorgestellt, der gerade einen Gynäkologen als Berater für seinen neuen Film sucht. Spielberg wirft einen Blick in Warrens blaue Augen und beschließt, ihm eine kleine Rolle zu geben. Im August beginnen die Dreharbeiten. Ich bin ja so neidisch! Na ja, natürlich gönne ich's ihm. Wie läuft es denn so bei euch an der Ostküste? Wann kommt ihr endlich mal hierher nach Kalifornien und seht euch Disneyland an?"

„Bei uns ist alles in Ordnung", log Joanne. Warum sollte sie Warren und seine Frau, die fünftausend Kilometer weit weg lebten, beunruhigen?

„Ich gebe dir jetzt noch einmal deinen Bruder", verkündete Gloria.

Joanne und Warren unterhielten sich miteinander, wobei Joanne jedoch darauf bedacht war, nichts von dem zu verraten, was sie wirklich bewegte.

„Geht es euch wirklich gut?" fragte Warren, als das Gespräch sich dem Ende zuneigte.

„Warum sollte es uns schlechtgehen?" erwiderte Joanne. Mit dem Versprechen, bald wieder von sich hören zu lassen, legte sie auf.

Robin stand in der Tür.

„Viele Grüße von Onkel Warren", verkündete Joanne.

Robin nickte, ließ sich auf einen Stuhl fallen und gähnte laut.

„Ich wundere mich, daß du so früh aufgestanden bist. Gestern nacht ist es ja ziemlich spät geworden. Es war schon nach zwei, oder?"

„Ich habe nicht auf die Uhr gesehen."

„Aber ich, und ich will nicht, daß du noch einmal so spät heimkommst", teilte Joanne ihr ruhig, aber sehr bestimmt mit. „Ist das klar?"

Robin zog eine Grimasse, nickte dann aber.

„Mit wem warst du bei der Party?" erkundigte Joanne sich freundlich.

„Mit Scott."

„Wer ist Scott?"

„Ein Junge eben." Robin sah ihre Mutter schräg von unten an. „Er ist wirklich nett."

„Ich möchte ihn kennenlernen. Wenn du das nächste Mal mit ihm ausgehst, könntest du ihn doch vorher kurz hierherbringen."

„Ja, in Ordnung", stimmte Robin zu.

„Ist er in deiner Klasse?"

„Nein. Er geht nicht zur Schule."

„Er geht nicht zur Schule? Was macht er denn dann?"

„Er spielt Gitarre in einer Rockband." Robin rutschte unbehaglich auf ihrem Stuhl hin und her.

„Wie alt ist er?"

Robin zuckte mit den Achseln. „Neunzehn, vielleicht zwanzig."

„Dann ist er zu alt für dich."

„Er ist überhaupt nicht zu alt für mich!" widersprach Robin. „Die Jungen in meinem Alter sind richtige Babys!"

„Du bist auch nicht viel weiter!"

Robin warf ihr einen haßerfüllten Blick zu.

Joanne biß sich auf die Lippe. „Wo hast du diesen Scott denn kennengelernt?"

„Bei einer Party."

„Und wann?"

„Weiß nicht. Vor einem Monat vielleicht. Hör mal, ich habe doch gesagt, daß ich ihn dir das nächste Mal vorstellen werde. Was willst du denn noch?"

Joanne nickte schweigend. Robin stand auf und verschwand aus der Küche.

Kurz darauf drang lautes Geschrei aus dem oberen Stockwerk. Offenbar waren sich Robin und Lulu in die Haare geraten.

„Kinder, bitte!" rief Joanne zu ihnen hinauf, wurde aber durch das Klingeln des Telefons unterbrochen. „Hallo?" meldete sie sich und schloß die Küchentür, damit das Geschrei nicht hereindrang.

„Mrs. Hunter..."

Joanne erkannte die seltsame Stimme sofort wieder. „Ja?" fragte sie angespannt.

„Haben Sie die Seite dreizehn der heutigen Zeitung gelesen?"

„Ja", antwortete sie. „Aber ich glaube, Sie haben sich da geirrt, oder vielleicht sprechen Sie mit der falschen Mrs. Hunter..."

„Sie sind die nächste." Es knackte in der Leitung.

„Hallo? Hallo!" rief Joanne. „Wirklich, ich glaube, Sie haben sich geirrt." Sie legte auf.

Wieder fiel ihr Blick auf die Zeitung. Langsam, wie ein Magnet, zog die Ankündigung der körperlosen Stimme sie zum Tisch. Nervös blätterte sie in der Zeitung umher, bis sie wieder Seite dreizehn gefunden hatte. Mit wachsendem Unbehagen überflog sie alle Spalten und las schließlich auch die Einzelheiten über die Hausfrau, die in Stücke gehackt worden war. Auf einmal war es Joanne, als sei sie nicht mehr allein im Raum. Ein Fremder schien neben ihr zu stehen und ihr etwas ins Ohr zu flüstern.

„Sie sind die nächste", sagte er.

„WARUM, um Himmels willen, hast du mir das nicht erzählt?" Energisch schritt Eve in Joannes Wohnzimmer auf und ab.

„Letztes Wochenende habe ich es ja versucht", sagte Joanne leise. „Aber dir ging es nicht gut, und deine Mutter war da... Und danach konnte ich mich dann nicht mehr aufraffen..."

„Na ja, gut, das kann ich verstehen", gab Eve zu. „Brian war übrigens aufgefallen, daß er Pauls Wagen die ganze Woche nicht gesehen hatte. Ich habe es gar nicht bemerkt, ich hatte so zu kämpfen mit meinen Schmerzen und Beschwerden ... Aber als ich heute nachmittag heimkam, sah ich Lulu draußen sitzen. Sie wirkte nicht gerade glücklich ..."

„Sie hat eine schlechte Note in der Geschichtsarbeit bekommen."

„Ich fragte sie, ob Paul verreist sei, und da hat sie mir alles erzählt. Ich brauche dir ja wohl kaum zu sagen, daß ich beinahe in Ohnmacht gefallen bin."

„Es tut mir leid. Ich hätte dich anrufen sollen. In den letzten Tagen war ich ziemlich fertig."

„Kein Wunder. Ich kann es immer noch nicht fassen, daß Paul das getan hat. Dieser Dreckskerl! In der Hölle soll er schmoren!"

Joanne lächelte. „Ich wußte, daß du mich aufmuntern würdest."

„Und was genau hatte er dir zu sagen?"

„Daß er nicht glücklich ist." Joanne versuchte noch immer zu lächeln, aber sie biß sich auf die Unterlippe, damit kein Weinen daraus wurde.

„Hat er etwas Bestimmtes damit gemeint?"

Joanne dachte einen Augenblick nach. „Nein, nein. Ich glaube, es war mehr ein allgemeines Unbehagen."

„Ein allgemeines Unbehagen", wiederholte Eve und schnaubte verächtlich. „Und glücklich will der Kerl sein. Ich hoffe, er kriegt jedesmal Zahnschmerzen, wenn er lächelt." Sie hielt einen Moment inne. „Glaubst du, daß er eine andere hat?" fragte sie dann.

Joanne schüttelte den Kopf. „Er sagt nein. Er behauptet, er hat mich nie betrogen."

„Und das glaubst du ihm?"

„Meinst du denn, daß er eine andere hat?" fragte Joanne.

„Nein, eigentlich nicht", gab Eve zu.

„Ich glaube, er liebt mich einfach nicht mehr."

„Man hört nicht einfach so auf, jemanden zu lieben", erklärte Eve. „Es muß einen spezielleren Grund geben."

„Mag sein." Joanne zuckte die Achseln. „Aber ich bin sicher, daß alles meine Schuld ist."

„Moment mal!" wandte Eve energisch ein. „Wer hat denn gesagt, daß alles deine Schuld ist?"

„Das muß mir niemand sagen, das ist doch ganz offensichtlich. Warum hätte er mich sonst verlassen? Ich habe überhaupt nichts richtig gemacht."

„Ach ja. In zwanzig Jahren hast du überhaupt nichts richtig gemacht!"

Joanne nickte. „Ich habe in dieser Woche viel nachgedacht – über die letzten zwanzig Jahre und wie ich sie gelebt habe ... Dabei bin ich immer wieder zum gleichen Ergebnis gekommen, Eve: So eine wie ich ist doch schon fast ein Museumsstück. Alles, wozu man mich erzogen hat, ist längst aus der Mode."

„Eine treue Ehefrau zu sein ist aus der Mode gekommen? Eine gute Mutter, eine sehr, sehr gute Freundin zu sein ist aus der Mode gekommen? Wer sagt das? Behauptet Paul das etwa? Dann hätte ich gute Lust, ihm mal richtig den Kopf zu waschen!" Eve holte tief Luft. „Aber jetzt sage ich besser nichts mehr", meinte sie dann. „Wenn ich weiter so daherrede und ihr euch wieder versöhnt, wirst du mich dafür hassen, und dann verliere ich die beste Freundin der Welt."

„Mich verlierst du nie", sagte Joanne lächelnd. „Du bist das einzig Beständige in meinem Leben. Ich kann mir nicht vorstellen, daß wir jemals keine Freundinnen mehr sind."

„Ich hab dich lieb", sagte Eve und ging auf Joanne zu.

„Ich dich auch." Die beiden Frauen trafen sich in einer langen, tröstlichen Umarmung.

„Um wieviel Uhr ist dein Arzttermin morgen?" fragte Joanne und löste sich aus Eves Armen.

„Ach, vergiß es, du mußt mich wirklich nicht begleiten."

„Sei nicht albern. Warum sollst du allein dahin gehen?"

„Na gut. Um halb zehn muß ich dort sein. Und jetzt verzieh ich mich besser. Ich muß noch ungefähr eine Million Arbeiten korrigieren."

„Eve ..." Joannes Freundin, die schon in der Diele war, blieb stehen. „Was weißt du über diese Frau in Saddle Rock Estates? Du weißt schon, die, die man ermordet hat."

Eve zuckte die Achseln. „Nicht viel", sagte sie. „Was man eben so in der Zeitung gelesen hat. Sie wurde vergewaltigt und geschlagen und erdrosselt und erstochen. Alles, was es gibt, hat der mit ihr gemacht. Sie ist schon die dritte in diesem Jahr. Brian meint, es sei jedesmal derselbe Mann gewesen. Warum fragst du?"

Joanne erzählte ihr von den Anrufen. „Er sagt, ich sei die nächste", meinte sie abschließend.

Zu ihrem großen Erstaunen brach Eve in lautes Lachen aus. „Entschuldige", sagte sie hastig. „Aber du siehst so besorgt aus ..."

„Kein Wunder, ich mach mir ja auch Sorgen. Paul ist nicht mehr da, und ..."

„Und irgendein Verrückter ruft dich an und droht, du wärst die nächste auf seiner Liste. Ich weiß, über so was soll man nicht lachen, aber bist du dir darüber im klaren, wie viele Frauen der wahrscheinlich schon angerufen hat? Halb Long Island, möchte ich wetten. Trotzdem, wenn es dich beruhigt, erzähle ich es Brian, einverstanden?"

„Dafür wäre ich dir sehr dankbar", sagte Joanne.

Eve lächelte und umarmte ihre Freundin noch einmal. „Vergiß nicht unsere Tennisstunde morgen nachmittag!"

„Erst kommt der Arzttermin. Also um neun an der Garage." Joanne winkte Eve nach, bis sie im Nachbarhaus verschwunden war.

„Du musst einfach mehr lernen", sagte Joanne wenige Minuten später zu Lulu. „Und vielleicht können wir eine Methode finden, wie du dir die Jahreszahlen besser merken kannst. An das Jahr der Schlacht von New Orleans habe ich mich immer erinnern können, weil es damals, als ich in der Schule war, einen Schlager gab, der davon handelte. Achtzehnhundertvierzehn – ich wette, jedes Kind wußte das damals."

„Vielleicht sollten wir Michael Jackson bitten, einen Song über den Bürgerkrieg zu schreiben", schlug Lulu vor.

„Gar keine schlechte Idee."

Plötzlich klopfte jemand gegen die gläserne Schiebetür.

Einer der Arbeiter, die am Swimmingpool beschäftigt waren, stand draußen. Langsam erhob sich Joanne, entriegelte die Tür und schob sie auf.

„Wir sind fertig für heute", teilte der hagere, schwarzhaarige Mann ihr mit. „Dürfte ich bitte kurz Ihr Telefon benützen?"

Joanne trat einen Schritt zurück, um ihn einzulassen. „Dort an der Wand", sagte sie und deutete auf das weiße Telefon.

„Danke", meinte er und lächelte Joanne an. Als er sich zur Wand drehte, um sein Gespräch zu führen, schnitt Lulu ihrer Mutter eine Grimasse. Plötzlich drehte sich der Mann wieder um und lehnte sich mit dem Rücken gegen die Wand. „Ich soll warten, bis ich durchgestellt werde", murmelte er.

Joanne nickte.

„Ist Ihr Mann da?" fragte er.

Joanne schüttelte den Kopf. „Müssen Sie etwas mit ihm besprechen?"

„Das hat Zeit." Seine Aufmerksamkeit galt wieder dem Telefon. „Hallo, ja, kann ich …" Er seufzte ungeduldig. „Jetzt haben sie mich schon wieder zum Warten verdonnert."

„Papa hat angerufen", sagte Lulu leise.

„Wann?" Joanne fühlte, wie ihre Hände zu zittern begannen. „Warum hast du mich denn nicht gerufen?"

„Du warst im Bad, und er wollte nicht mit dir sprechen, nur mit mir."

Joanne fühlte einen Kloß in ihrem Hals. „Was wollte er denn?"

„Wir haben Pläne fürs Wochenende gemacht. Er will, daß ich mit ihm nach Manhattan reinfahre."

„Findest du nicht, du hättest mich vorher fragen können?"

„Nein, finde ich nicht", antwortete Lulu frech. „Er ist mein Vater, ich kann ihn besuchen, wann ich will!"

Der Mann am Telefon räusperte sich, um daran zu erinnern, daß er da war, und drehte sich dann wieder zur Wand. Er führte sein Telefongespräch beinahe flüsternd. Auch Joanne senkte ihre Lautstärke.

„Und was ist mit Robin?" fragte sie.

„Robin hat am Samstag abend eine Verabredung."

„Also gut, du darfst das Wochenende mit deinem Vater verbringen. Er soll dich aber am Sonntag nachmittag zurückbringen."

„Entschuldigen Sie bitte", unterbrach sie der Arbeiter, „ich bin jetzt fertig. Vielen Dank." Er trat in den Garten hinaus, und Joanne schob die Tür zu und verriegelte sie.

„Der ist mir unheimlich", sagte Lulu.

„Wieso denn? Er ist doch ganz nett."

„Ich mag es nicht, wie er einen anstarrt. Als wollte er einem Löcher in den Leib bohren."

„Du siehst zuviel fern", meinte Joanne kopfschüttelnd.

VIERTES KAPITEL

„Na, was war?"

„Gehen wir erst mal hier raus, dann kann ich's dir erzählen."

Joanne mußte beinahe laufen, um ihre Freundin einzuholen, die schon fast den Ausgang des Krankenhauses erreicht hatte.

„Wie wär's, wenn wir zum Essen ins ‚The Ultimate' gingen?" fragte Joanne, während die beiden Frauen die schwere Eingangstür des Krankenhauses aufstießen und in den Nieselregen traten.

„Ja, einverstanden. Da können wir bequem zu Fuß hin."

Obwohl das Restaurant sehr gut besucht war, fanden sie Platz in einer gemütlichen Nische am Fenster. Eve bestellte zwei Portionen Geflügelsalat und eine Flasche Weißwein.

„Was hat der Arzt denn gesagt?" fragte Joanne, nachdem der Kellner ihre Gläser vollgeschenkt hatte.

„Nichts, was ein normaler Mensch verstehen könnte. Sie sprechen die Sprache der Götter, und dafür halten sie sich auch."

Joanne lachte. „Du wolltest früher doch selber Ärztin werden."

„Zu unser aller Glück ist daraus nichts geworden."

„Haben sie denn die Ursache für deine Schmerzen gefunden?"

„Der Arzt sagt, daß er auf den Röntgenbildern nicht das geringste entdecken kann", antwortete Eve ernst, „und es wird eine Weile dauern, bis die Ergebnisse der Bluttests vorliegen. Wie schmeckt dir der Salat?"

„Nicht so gut wie der Wein." Joanne leerte ihr Glas, während Eve sich bereits das zweite einschenkte. „Und jetzt?"

„Das Leben geht weiter. Als nächstes steht unsere Tennisstunde auf dem Programm."

„Es regnet aber."

„Dann bleiben wir eben hier sitzen und trinken weiter", erwiderte Eve ungerührt.

„Ich kann einfach nicht glauben, daß du mich zu diesem Film überredet hast", kicherte Joanne. Nach einer weiteren Stunde im Restaurant hatten sie beschlossen, das Beste aus dem verregneten Nachmittag zu machen und zusammen ins Kino zu gehen.

„Film ist ein zu anspruchsvolles Wort für das, was wir jetzt sehen werden", meinte Eve lachend, während sie ihre Plätze einnahmen. Sie langte nach der Packung Popcorn, die Joanne im Schoß hielt, nahm eine Handvoll heraus und sah verwundert zu, wie die Hälfte davon auf den Boden fiel.

„Vielen Dank", kommentierte Joanne gut gelaunt. „Ich dachte, du hast gesagt, daß du nie Popcorn ißt."

„Und ich dachte, du hast gesagt, daß du nie in Horrorfilme gehst."

Sie kicherten beschwipst, bis es plötzlich dunkel wurde.

Demnächst in diesem Kino! leuchtete es von der Leinwand, und die folgenden sechzig Sekunden präsentierten in rascher Schnittfolge lärmende Schießereien und eine beachtliche Anzahl von Leichen.

Joanne bemerkte, daß sich hinter ihnen etwas bewegte. Sie drehte sich um und sah, daß ein junger Mann, der einen Motorradhelm trug, sich direkt hinter sie setzte, obwohl die meisten anderen Sitze frei waren. Er schien zu grinsen, als er den Helm abnahm und auf den Schoß legte. Joanne wandte ihr Gesicht wieder der Leinwand zu. „Setzen wir uns woandershin", flüsterte sie Eve zu.

„Wieso denn? Hier ist es doch prima."

„Da ist so ein komischer Typ hinter uns, der gefällt mir nicht."

Eve drehte sich sofort um und starrte den jungen Mann an. „Ich finde, er sieht ganz normal aus", flüsterte sie.

„Warum muß er denn so nah bei uns sitzen?"

„Warum hörst du nicht auf, dir Gedanken zu machen, und siehst dir den Film an?" hielt Eve dagegen. „Entspann dich, jetzt wird's richtig gut", versprach sie. Auf der Leinwand rannte eine hübsche Blondine in offensichtlicher Panik durch einen nächtlichen Park und direkt in die Arme eines entstellten Irren, der ein Messer in der Hand hielt. Mit einem diabolischen Grinsen bog er den Kopf des Mädchens zurück und ritzte ihre Kehle. Das hellrote Blut, das von ihrem Hals tropfte, formte die Buchstaben: Nächte des Grauens. Joanne befiel eine Welle von Übelkeit.

Was machte sie hier an einem Freitag nachmittag in einem blut-triefenden Horrorfilm? War es nicht schon schrecklich genug, daß ihr ganzes Leben aus den Fugen geriet, daß ihr Mann sie verlassen hatte und ein Verrückter ihr am Telefon drohte, er werde sie in Stücke hacken?

„Sag mal, weinst du?" fragte Eve.

„Ich glaube nicht."

„Warum läßt du dann den Kopf hängen? Warum siehst du dir nicht den Film an?"

Joanne blickte wieder zur Leinwand hin und bekam eben noch mit, wie eine junge Frau ans Telefon ging. „Hallo?" sagte sie leise und wiederholte es noch einmal, als der Anrufer sich nicht meldete.

Joanne rutschte unruhig im Sitz umher und sah zu ihrer Freundin hinüber, die die Szene aufmerksam verfolgte. Warum hatte Eve sie hierhergebracht?

„Sei nicht so nervös", sagte Eve. „Die überlebt."

„Hallo?" wiederholte das Mädchen auf der Leinwand.

„Mrs. Hunter", flüsterte eine Stimme drohend in Joannes Ohr.

„Was?" keuchte Joanne, die den warmen Atem im Nacken fühlte. Sie sprang auf und drehte sich um.

Niemand war hinter ihr. Sogar der Junge mit dem Motorradhelm war verschwunden.

„Was soll das denn, verdammt noch mal?" rief Eve. „Du hast mich zu Tode erschreckt!"

„Ich dachte, ich hätte etwas gehört. Hat nicht jemand meinen Namen geflüstert?"

„Nein, ich habe nichts gehört", erwiderte Eve gereizt. „Sei jetzt endlich still!"

Noch einmal suchte Joannes Blick die Reihe hinter ihr ab. Niemand war da, und so zwang sie sich, still sitzen zu bleiben. Den Rest des Films sahen sie sich in unbehaglichem Schweigen an.

„Wenigstens hat es aufgehört zu regnen", seufzte Eve, als sie aus dem Kino traten und sich auf den Weg zum Auto machten.

„Ich verstehe nicht, wie man solche Filme drehen kann", schimpfte Joanne.

„Die werden ganz einfach deshalb gedreht, weil Leute wie du und ich Geld zahlen, um so was zu sehen", erklärte Eve, während sie auf Joannes cremefarbenen Chevrolet am Ende der Straße zusteuerten.

„Was ist denn da an der Windschutzscheibe?" rief Joanne.

„Oh, Mist – du hast einen Strafzettel!" rief Eve. Sie näherten sich dem Wagen. „Nein, es ist ein Stück Zeitung. Hat wohl der Wind gegen die Scheibe geweht." Eve hob den Scheibenwischer und zog die Zeitungsseite darunter hervor. Sie warf einen kurzen Blick darauf und ließ sie zu Boden fallen. „Wirklich schlimm, dieser Hotelbrand", sagte sie, während Joanne und sie einstiegen.

„Was für ein Hotelbrand?" fragte Joanne, ließ den Motor an und fuhr aus der Parklücke.

„Ich glaube, es ist letzte Woche passiert. Auf dem Stück Zeitung, das unter dem Scheibenwischer klemmte, war ein Artikel darüber."

Joanne bremste so scharf, daß beide Frauen den harten Ruck der Sicherheitsgurte verspürten.

„Mein Gott, was machst du denn?" schrie Eve.

„Die Zeitung! Wo ist die Zeitung?"

„Das hast du doch selbst gesehen – ich habe sie weggeworfen. Warum? Was ist los?"

Joanne hörte die Frage nicht mehr, denn sie hatte bereits ihre Tür geöffnet und war ein Stück zurückgelaufen. Sie hob das Zeitungsblatt, das gerade davonzuwehen drohte, vom Gehweg auf. Eine Hälfte der Seite war weggerissen, und die andere hatte der Regen fast völlig unleserlich gemacht.

Und dennoch war eines unverkennbar: Es handelte sich um die letzte Sonntagsausgabe der *New York Times,* Seite dreizehn!

„Es KANN auch reiner Zufall sein", wiederholte Eve. Joanne und sie warteten im Wohnzimmer der Hunters auf Paul.

„Das sagst du andauernd", meinte Joanne. „Glaubst du das wirklich?"

„Ich weiß nicht."

„Könntest du noch mal versuchen, Brian zu erreichen?"

„Ich habe doch schon zwei Benachrichtigungen für ihn hinterlassen."

„Dann spreche ich jetzt mit irgendeinem anderen Beamten."

„Nur zu!" Eve folgte Joanne in die Küche. „Aber findest du es nicht doch besser, auf Paul zu warten?"

„Wer weiß, wann der kommt! Du kennst doch das Verkehrsgewühl am Freitagnachmittag..." Joanne nahm den Hörer ab und hielt ihn an die Brust. „Paul war nicht gerade begeistert, als ich ihn hierher bat. Morgen muß er die Fahrt gleich noch mal machen, weil er Lulu abholen will."

„Ach, der Arme!" meinte Eve trocken. „Ein Verrückter bedroht die Mutter seiner Kinder – da ist es doch das mindeste, daß er zu dir fährt und dir beisteht. Laß mich das machen!" Sie nahm Joanne den Hörer aus der Hand und begann die Tasten zu drücken. „Setz dich hin. Du siehst aus, als ob du jeden Moment in Ohnmacht fallen würdest."

Joanne ließ sich auf einem Küchenstuhl nieder.

„Hallo? Mein Name ist Joanne Hunter", erklärte Eve forsch. Sie sah zu Joanne hinüber und schnitt eine Grimasse. „Ich wohne im Laurel Drive Nummer 163. Ich möchte melden, daß ich seit einiger Zeit Drohanrufe erhalte. Mit wem spreche ich denn bitte?" Joanne lehnte sich mit einem Ausdruck der Bewunderung auf ihrem Stuhl zurück. Nie hätte sie daran gedacht, nach dem Namen des Polizeibeamten zu fragen. „Sergeant Morgan", wiederholte Eve und notierte den Namen auf einem Stück Papier. „Wann es mit diesen Anrufen losgegangen ist . . .?" Sie sah Joanne fragend an.

Joanne zuckte mit den Achseln. „Letzten Sonntag hat er zum erstenmal mit mir gesprochen, aber seltsame Anrufe bekomme ich schon seit ein paar Wochen", flüsterte sie hastig.

„Ja, ich bin noch dran. Also, seit ein paar Wochen. Irgendein Typ – zumindest glaube ich, daß es ein Mann ist – ruft zu den unmöglichsten Zeiten an, und am Sonntag hat er mir gedroht . . . Was er genau gesagt hat?" wiederholte sie laut für Joanne.

„Er sagte, daß ich die nächste sei."

„Also, am Sonntag hat er gesagt, ich soll auf Seite dreizehn der *New York Times* nachsehen." Joanne nickte. „Das habe ich gemacht, und da stand ein Artikel über die Frau, die in Saddle Rock Estates ermordet wurde. Später hat er dann noch einmal angerufen und mir gesagt, ich sei die nächste. Und heute fand ich eine Zeitungsseite an der Scheibe meines Wagens, dieselbe Seite dreizehn. Offenbar folgt mir der Kerl. Ich habe Angst, daß . . . Ja, ich weiß . . . Ja, ja, aber das täte ich nur sehr ungern. Gibt es denn keine andere Möglichkeit?" Es folgte eine lange Pause. „Ich verstehe. Haben Sie vielen Dank." Angewidert legte Eve den Hörer auf. „New Yorks Klügster", bemerkte sie sarkastisch.

„Was hat er gesagt?"

„‚Sie sind die nächste‘ ist nicht gerade die schlimmste Drohung, die er je gehört hat, und ob ich wüßte, wie viele Frauen sich schon bei der Polizei gemeldet haben, weil sie überzeugt sind, das nächste Opfer des Würgers – so nennen sie ihn – zu sein. Er rät mir, oder vielmehr dir, deine Telefonnummer ändern zu lassen. Er kann nichts tun, sagt er, bevor nichts Konkretes vorliegt."

„Und dann könnte ich bereits tot sein."

„Na komm, male nicht den Teufel an die Wand! Ich werde Brian heute abend von den Anrufen erzählen. Das ist der Vorteil, wenn man einen Polizisten als Nachbarn hat."

Es läutete an der Tür. „Wahrscheinlich ist das Paul", sagte Eve. „Laß nur, ich mach schon auf."

Joanne hoffte, ihre Freundin werde sich danach verabschieden, aber nachdem Eve Joannes Mann überraschend freundlich begrüßt hatte, folgte sie ihm in die Küche und machte keine Anstalten zu gehen.

Joanne fühlte einen dumpfen Schmerz, als Paul eintrat. Er sah so gut aus und so besorgt.

„Was ist das für eine Geschichte mit dem Mann, der dich bedroht?" wollte Paul sogleich wissen.

Stockend erzählte Joanne ihm von den Anrufen und der Zeitungsseite an der Windschutzscheibe.

„Hast du die Polizei angerufen?"

„Eve hat gerade mit einem Beamten gesprochen."

„Sie können nichts tun, solange der Kerl sich auf Drohungen beschränkt", erklärte Eve. „Ich werde Brian alles erzählen und ihn fragen, ob er seine Kollegen nicht überreden kann, doch etwas zu unternehmen."

„Joanne, ich sehe, daß du wirklich Angst hast, und ich will die Sache nicht verniedlichen, aber glaubst du nicht, daß deine Phantasie ein bißchen mit dir durchgeht?" meinte Paul.

„Ich weiß nicht", sagte Joanne.

„Schau mal", fuhr Paul sanft fort, „irgendein Verrückter ruft dich an und erschreckt dich fast zu Tode. Da ist es doch ganz natürlich, daß dir das unheimlich vorkommt, besonders jetzt, wo ich nicht ..." Er schwieg und warf Eve einen Blick zu.

„Ich gehe jetzt besser", sagte Eve hastig. „War nett, dich wieder mal zu sehen, Paul."

Die Eingangstür fiel ins Schloß.

„Ich lasse dir auf jeden Fall eine Alarmanlage einbauen, dann wirst du dich sicherer fühlen", meinte Paul nach einer kurzen Pause.

„Ja, das ist eine gute Idee. Danke. Möchtest du dich nicht setzen? Ich könnte uns Kaffee machen ..."

„Nein, danke", sagte er schnell. „Ich muß zurück in die Stadt. Wo sind denn die Mädchen?"

„Bei einer Leichtathletikveranstaltung. Lulu freut sich schon auf morgen." Krampfhaft versuchte sie fröhlich zu klingen. „Sie kann es gar nicht erwarten, die neue Wohnung ihres Vaters zu sehen."

„Die ist nichts Besonderes. Sehr klein, sehr unpersönlich. Hat Lulu dir meine Telefonnummer gegeben?"

„Ja."

„Gut. Wenn du irgend etwas brauchst, ruf mich sofort an."

„Ja. Danke." Es folgte eine peinliche Pause. „Hast du denn schon darüber nachgedacht, wie es weitergehen soll?" fragte Joanne schließlich.

Paul ließ den Blick durchs Zimmer wandern. „Noch nicht so richtig. Ich hatte so viel damit zu tun, mich einzurichten. Es ist ja erst eine Woche her..."

Joanne sah ihrem Mann direkt in die Augen. „Ich vermisse dich."

„Joanne, bitte..."

„Ich glaube nicht, daß ich ohne dich mit alldem fertig werde."

„Doch, du kannst es. Du bist stark. Du brauchst dir wirklich keine Sorgen zu machen, Joanne. Wenn ich hier wäre, würdest du über diese Anrufe nur lachen."

„Du bist aber nicht hier."

„Stimmt", sagte er, „und diese Geschichte wird mich auch nicht dazu bringen zurückzukommen. Ehrlich gesagt, glaube ich, daß du mich damit unbewußt an dich binden willst."

„Nein, ganz bestimmt nicht!"

„Joanne, wenn du unserer Ehe noch eine Chance geben willst, mußt du mich alles in Ruhe überdenken lassen. Du mußt aufhören, mich mit irgendwelchen Ausreden zurückholen zu wollen."

Joanne schwieg. Hatte er recht? Übertrieb sie die ganze Sache, um ihn zurückzuholen?

„Ich muß jetzt gehen. Ich habe noch einen Termin mit einem Klienten."

Das Telefon klingelte.

„Soll ich warten?" fragte Paul.

Joanne nickte und lief zum Apparat. „Hallo?"

„Mrs. Hunter?"

Joannes vor Schreck weit aufgerissene Augen veranlaßten Paul, sofort zu ihr zu eilen. Er nahm ihr den Hörer aus der Hand. „Hallo", sagte er energisch. „Wer ist da?... Wer?... Ja, ja, sie steht neben mir.

Es tut mir leid, sie muß da etwas mißverstanden haben." Er gab Joanne den Hörer zurück. „Ich gehe jetzt", verkündete er leise. „Sag Lulu, ich hole sie morgen um zehn ab. Um die Alarmanlage kümmere ich mich am Montag."

„Hallo?" fragte Joanne in den Hörer hinein, während sie hörte, wie Paul die Haustür hinter sich zuzog.

„Mrs. Hunter?" sagte die Stimme. „Hier ist Steve Henry, der Tennislehrer vom Fresh-Meadows-Club."

„Ach so", flüsterte Joanne. Sie sah noch Pauls Gesicht vor sich. Der Anruf hatte ihn in dem Verdacht, daß sie übertrieb, voll bestätigt. „Entschuldigen Sie, ich habe Ihre Stimme nicht gleich erkannt."

Er lachte. „Es gibt ja auch keinen Grund, weshalb Sie meine Stimme sofort erkennen sollten. Ich dachte mir, vielleicht können wir einen Ersatztermin ausmachen für die Stunde, die Sie heute versäumt haben. Am Wochenende hätte ich Zeit..."

„Nein, das geht auf keinen Fall!"

„Na gut", meinte er. „Ist alles in Ordnung bei Ihnen? Sie klingen etwas seltsam."

„Alles in Ordnung. Nur ein Schnupfen im Anmarsch, glaube ich."

„Trinken Sie viel Orangensaft, und pumpen Sie sich mit Vitamin C voll. Nun gut", fügte er hinzu, nachdem sie nichts erwidert hatte, „dann sehen wir uns also erst am nächsten Freitag wieder."

„Ja, genau. Bis dann also." Abrupt hängte sie auf.

Wie hatte ihr nur etwas so Dummes passieren können? Und ausgerechnet, als Paul da war! Sie war so sicher gewesen, daß es dieselbe Stimme war.

Wieder klingelte das Telefon. Automatisch hob sie ab. Wahrscheinlich Eve, die jetzt wohl wissen wollte, wie das Gespräch mit Paul verlaufen war.

„Mrs. Hunter", sagte die Stimme, bevor Joanne sich überhaupt gemeldet hatte, „haben Sie meine Nachricht erhalten, Mrs. Hunter?"

„Hören Sie!" Joanne versuchte einen energischen Ton anzuschlagen, aber es klang nur verzweifelt. „Hören Sie, lassen Sie diese dummen Witze. Mein Mann findet das gar nicht lustig."

„Ihr Mann ist fort, Mrs. Hunter. Um genau zu sein, er ist für immer fort. Oder stimmt das etwa nicht, Mrs. Hunter? Aber keine Sorge, ich weiß, wie einsam Frauen sich fühlen, wenn ihre Männer sich nicht um sie kümmern, und ich habe die Absicht, Ihnen dieses Problem zu

ersparen. Ja, ich versprech's Ihnen – bevor ich Sie umbringe, werden
Sie noch mal so richtig Spaß haben."

Joanne ließ den Hörer fallen, hart schlug er gegen die Wand.
Langsam sank sie zu Boden und blieb dort hocken, den Rücken zur
Wand, die Knie an die Brust gezogen. Der Hörer neben ihr tutete
beharrlich, doch Joanne rührte sich nicht, bis sich ein Schlüssel im
Schloß drehte und ihre Töchter hereingestürmt kamen und wissen
wollten, was es zum Abendessen gebe.

DIE zwei Männer von „Ace Alarms" kamen pünktlich um zehn am
darauffolgenden Dienstag, um mit der Installation eines Alarm-
systems zu beginnen.

„Ihr Mann sagte, es sei nicht nötig, daß wir um alle Fenster herum
Leitungen verlegen", meinte der ältere der beiden Männer – er hatte
sich als Harry vorgestellt –, während Joanne sie in die Küche führte.
„Nur um die im Untergeschoß und um die Schiebetüren. Ziemliches
Durcheinander da draußen", fügte er hinzu, nachdem er einen Blick in
den Garten geworfen hatte.

„Heute betonieren sie es aus", erklärte Joanne.

„Na gut, dann kann der Sommer ja richtig losgehen. Zeigen Sie uns
noch die Tür ganz unten, bitte."

„Aber ja, natürlich." Die Männer folgten ihr in die Diele und die
Treppe ins Untergeschoß des Hauses hinab.

„Wir wechseln auf jeden Fall die Schlösser aus", verkündete Harry,
als sie den unterhalb der Küche gelegenen Hobbyraum betraten. „Die,
die Sie jetzt haben, sind ein Witz. Es ist ein Wunder, daß man bei Ihnen
noch nicht eingebrochen hat."

Durch ein Fenster fiel Joannes Blick auf den dunkelhaarigen,
hageren Bauarbeiter, der Lulu so unheimlich war. Er stand am Rand
des Schwimmbeckens und starrte zu ihr herab, aber als sich ihre Blicke
trafen, sah er schnell weg.

„Kann ich Ihnen eine Tasse Kaffee bringen?"

„Das wäre sehr nett", meinte Harry. „Leon, was ist mit dir?" Leon
sagte nichts, nickte jedoch. „Milch und Zucker für mich. Mein
Kollege trinkt ihn schwarz."

Joanne kehrte in die Küche zurück und füllte Wasser in die
Kaffeemaschine.

Jemand klopfte an die Schiebetür. Erschrocken drehte sie sich um.

Der hagere, dunkelhaarige Bauarbeiter lächelte sie durch die Glas-
scheibe an. „Ich müßte mal telefonieren", konnte Joanne seinen
Gesten entnehmen.

Zögernd ging sie zur Tür und öffnete. Der Mann – etwa Ende
Zwanzig – trat in die Küche. Dabei ließ er seinen Blick an ihrer
rosafarbenen Bluse entlanggleiten, als ob es ein durchsichtiges
Negligé wäre. „Dort drüben", sagte sie. Erst dann fiel ihr ein, daß er
ja bereits wußte, wo sich das Telefon befand.

„Danke." Er lächelte und ging zum Apparat. „Sie haben wohl eine
neue Nummer?" Er zeigte auf das neue Schild, das neben der Tastatur
aufgeklebt war.

Joanne nickte. Sie versuchte, sein Gespräch nicht mitzuhören, nahm
geräuschvoll zwei Tassen aus dem Geschirrfach. Trotzdem glaubte sie
in der Stimme des Mannes einen heiseren Unterton zu hören, der sie
an die anonymen Anrufe erinnerte.

Der Arbeiter beendete sein Gespräch und legte den Hörer auf,
machte aber keinerlei Anstalten, die Küche zu verlassen. „Ist Ihr Mann
da?" fragte er. Dieselbe Frage wie eine Woche zuvor, aber diesmal
klang sie noch bedrohlicher.

„Er ist in seiner Kanzlei", antwortete sie.

Plötzlich klopfte es an der Haustür. Joanne zuckte zusammen. „Viel
los heute", sagte der Bauarbeiter. Seine Lippen verzogen sich zu einem
Grinsen. Joanne wollte sich bewegen, aber sie konnte nicht. „Wollen
Sie nicht aufmachen?"

Reiß dich zusammen, sagte sich Joanne, und es gelang ihr, sich aus
ihrer Erstarrung zu lösen. Sie ging zur Tür und öffnete.

„Guten Morgen, Mrs. Hunter", sagte der kleine Dicke, der vor ihr
stand.

„Ach, Sie sind's. Guten Morgen, Mr. Rogers", begrüßte Joanne
den Eigentümer von „Rogers Pools".

„Ich wollte mal nachsehen, wie's vorangeht", erklärte Rogers. Als
wäre es das Selbstverständlichste der Welt, trat er ein und stapfte an
Joanne vorbei in die Küche, wo er vor der gläsernen Schiebetür
stehenblieb. „Na, wie gefällt es Ihnen?" wollte er wissen.

„Im Moment ist es ja ein schreckliches Durcheinander", bemerkte
Joanne zaghaft. Erleichtert stellte sie fest, daß der hagere Bauarbeiter
die Küche inzwischen verlassen hatte.

„Es wird ganz wunderbar. Sie werden schon sehen! Bald brauchen

Sie nur noch in den Garten zu gehen, und schon sind Sie im Urlaub."

„Wann, glauben Sie, wird es denn fertig sein?"

„Spätestens in ein paar Tagen. Hängt vom Wetter ab. Heute betonieren wir. Danach kommen nur noch ein paar Kleinigkeiten. Also, bis später." Er ging in den Garten hinaus.

Joanne goß den Kaffee in die Tassen.

„So, da wären wir wieder", sagte Harry, der ohne jede Ankündigung mitsamt seinem Kollegen hinter ihr aufgetaucht war.

„Huch!" keuchte Joanne, fuhr erschrocken herum und stieß dabei gegen eine der beiden Tassen. Hilflos sah sie zu, wie die dunkle Flüssigkeit auf den Boden tropfte. Dann gab sie sich einen Ruck, stellte die Tasse wieder auf und füllte sie von neuem. „Entschuldigen Sie!"

„Vorsicht", mahnte der Mann, als Joanne ihm zittrig seine Tasse reichte. „Also, wir fangen jetzt an."

„Wie lange wird es denn dauern?"

„Ein paar Tage. Haben Sie sich schon entschieden, wohin Sie den Anschluß haben wollen?"

„Welchen Anschluß?"

„Ihr Mann hat uns aufgetragen, eine Sprechanlage zu installieren, mit einem Anschluß in jedem Stockwerk. Die meisten Leute wollen einen der Anschlüsse in der Küche haben." Er sah sich in dem Raum um. „Da, neben dem Telefon, das ist wahrscheinlich der beste Platz dafür." Schweigend nickte Joanne.

„Also dann, an die Arbeit!" verkündete Harry. Sofort folgte Leon seinem Kollegen hinaus in die Diele.

Die nächsten Stunden kamen Joanne so vor, als sei sie eine Fremde im eigenen Haus geworden. Überall wimmelten Männer umher, und immer wieder ertönte probeweise ein schrilles Alarmsignal. Um fünf kam Harry und wollte wissen, welche Zahlenkombination sie sich für die Alarmanlage ausgesucht habe.

„Zahlenkombination?" fragte Joanne und fühlte sich unbehaglich, weil sie spürte, wie sie von Leon gemustert wurde. Ein unheimlicher Kerl, dachte sie, warum sagt er denn nie auch nur einen Ton?

„Sie müssen vier Ziffern aussuchen, Mrs. Hunter", erklärte Harry geduldig. „Welche Kombination Sie eben wollen." Er führte sie zu dem kleinen Kasten, der auf die Innenseite der Haustür montiert worden war. „Immer wenn Sie aus dem Haus gehen wollen, geben Sie vorher die vier Ziffern ein, dann leuchtet ein grünes Licht auf. Danach haben Sie dreißig Sekunden Zeit, um das Haus zu verlassen und die Tür hinter sich zu verschließen. Dasselbe gilt, wenn Sie heimkommen. Sie gehen rein, und es bleiben Ihnen dreißig Sekunden, um Ihre Nummer einzutippen und das Alarmsystem damit abzuschalten. Dann erlöscht das grüne Licht. Wenn Sie das nicht tun, geht der Alarm los. Alles verstanden?"

Joanne nickte.

Von oben war plötzlich lautes Schimpfen und Schreien zu hören; Türen wurden zugeschlagen. „Kinder!" rief Joanne, insgeheim froh über die Ablenkung. „Hört auf, euch zu streiten!"

„Sie hat mich Lügnerin genannt!" kreischte Lulu.

„Sie ist eine Lügnerin!" brüllte Robin ihr nach. Wieder erzitterte die Diele von wuchtigem Türenschlagen.

„Die Ziffern?" fragte Harry geduldig.

„Wann brach der Amerikanische Bürgerkrieg aus?" wollte Joanne wissen. Ihre Gedanken waren noch immer bei den streitenden Töchtern.

„Wie bitte? Der Bürgerkrieg?" Harry sah zu seinem Kollegen hinüber.

„1861", sagte Leon. Es war das erste Wort, das Joanne von ihm hörte.

„Kann ich das nehmen?" fragte sie.

„Sie können auch den Ausbruch des Burenkrieges nehmen, wenn Sie wollen", erklärte Harry. „Also bleibt es bei 1-8-6-1?"

Joanne nickte. „Meine jüngere Tochter ist schwach in Geschichte ... Sie kann sich keine Jahreszahlen merken. Vielleicht wird ihr das ein bißchen helfen", sagte Joanne, aber die Männer waren schon die Treppe hinuntergestiegen.

Joanne wollte in die Küche zurückgehen. An der Tür stand der hagere Bauarbeiter mit dem seltsam stechenden Blick. Hatte er gelauscht?

„Ich habe an die Schiebetür geklopft. Wahrscheinlich haben Sie es nicht gehört", erklärte er. „Ist Ihr Mann jetzt zu Hause?" Joanne schüttelte den Kopf. „Er wollte noch mal mit mir sprechen, bevor wir mit dem Fliesenlegen beginnen. Und morgen fangen wir an."

„Ich rufe ihn an, dann können Sie am Telefon die Sache besprechen", sagte Joanne und ging ihm in die Küche voraus.

Als der Mann Sekunden später mit Paul telefonierte, konnte Joanne nichts Verdächtiges mehr in seiner Stimme entdecken. Er sah im Grunde auch gar nicht so unsympathisch aus, wie Lulu behauptete.

Der Arbeiter beendete das Gespräch, legte auf und drehte sich zu Joanne um. „Danke." Er lächelte und sah ihr dabei in die Augen, als ob er etwas wüßte, was ihr entgangen war. Wie lange hatte er vorhin schon an der Tür gestanden? Hatte er mitgehört, als Harry und sie über die Zahlenkombination gesprochen hatten? Sie durfte kein Risiko eingehen – sie mußte die Ziffern ändern lassen.

„Harry?" rief sie die Treppe hinunter, nachdem der Bauarbeiter wieder in den Garten hinausgegangen war und sie die gläserne Schiebetür hinter ihm sorgfältig verriegelt hatte.

„Ja, Mrs. Hunter?" In Harrys Stimme schwang Ungeduld mit, als ob er bereits wüßte, was sie sagen würde.

„Wann hat der Burenkrieg angefangen?" fragte sie. Sie hörte Leon in spöttisches Gelächter ausbrechen. Jetzt hält er mich für komplett verrückt, dachte sie.

FÜNFTES KAPITEL

„SIE haben eine starke Rückhand, Mrs. Hunter", erklärte Steve Henry ganz begeistert. „Sie müssen nur noch lernen, aggressiver zu schlagen." Er lächelte. „Setzen Sie Ihren Körper mehr ein. Laufen Sie dem Ball entgegen. So, schauen Sie mal!" Er stellte sich hinter sie und führte ihr den Arm. Langsam zog er ihn über ihre linke Körperseite und ließ ihn dann nach vorn schwingen, um den imaginären Ball zu treffen. „Das geht doch schon sehr gut, Mrs. Hunter. Entspannen Sie sich! Sie sollen schließlich Spaß an der Sache haben!"

Joanne lächelte und warf einen verstohlenen Blick auf ihre Uhr. Sie war müde; die Beine und der rechte Arm taten weh, die Sonne stach ihr in die Augen, und das neue weiße Tenniskleid war durchgeschwitzt. Sieht der denn nicht, daß ich kein junger Hüpfer mehr bin? fragte sie sich resigniert.

„Voll durchziehen, Mrs. Hunter", tönte es von der anderen Seite des Netzes zu ihr herüber. „Voll durchziehen!"

Warum muß ich mich hier alleine abmühen? überlegte Joanne. Die Tennisstunden waren schließlich Eves Idee gewesen. Und jetzt sitzt sie zu Hause und ist krank, während ich hier wie eine Irre hinter Bällen herrenne. In meiner Jugend war es nicht Mode, daß Mädchen sich sportlich oder klug oder selbständig gebärdeten. Wir wurden angehalten, zu heiraten, unseren Mann zu bewundern und ihm den Rücken freizuhalten. Und das habe ich ganz hervorragend gemacht! Jetzt bin ich zu alt, um das alles auf den Kopf zu stellen. Wütend schlug sie nach einem heranfliegenden Ball, verfehlte ihn, stolperte und landete hart auf dem Hintern.

Sofort war Steve Henry bei ihr. „Haben Sie sich weh getan?" Er faßte sie unter den Achseln und half ihr auf. „Diesmal haben Sie wirklich voll durchgezogen – aber dabei nicht nach dem Ball gesehen!"

„Das lerne ich nie." Sie wischte den Sand von ihrem Tenniskleid.

Er lachte. „Wollen Sie kurz Pause machen? Wir haben noch zehn Minuten."

„Ja, mir reicht's. Ich bin zu alt dafür."

„Zu alt? Das kann doch nicht Ihr Ernst sein. Sie haben die schönsten Beine von allen Frauen in diesem Club."

Er hatte es leicht dahingesagt, wie eine einfache, unbestreitbare Tatsache. Joanne fühlte, wie sie rot anlief.

„Wie alt sind Sie denn?" fragte er.

Joanne holte tief Atem und sprach es ganz langsam aus. „Einundvierzig."

„Sie sehen zehn Jahre jünger aus. Ihr Mann ist ein Glückspilz", sagte Steve Henry.

Er öffnete die Gittertür und trat einen Schritt zurück, um sie vorausgehen zu lassen. „Bis nächste Woche dann."

AN DIESEM Abend bekam Joanne schließlich auch Scott Peterson zu Gesicht, als er Robin zum Tanzen in die Disco abholte. Er war mager und nicht sehr groß, hatte enge weiße Jeans und ein weites rotes Hemd an – alles in allem eine wenig beeindruckende Erscheinung mit kurzgeschnittenen dunkelblonden Haaren. Wenigstens trug er weder Ohrringe, noch hatte er grüne Strähnen im Haar.

„Scott, das ist meine Mutter", hörte Joanne ihre Tochter sagen.

„Hallo", antworteten Joanne und der Junge gleichzeitig.

Scott Peterson blickte durch sie hindurch, als wäre sie gar nicht da – so wie junge Leute oft die älteren anschauen.

„Hallo!" Lulu stand am Fuß der Treppe. Nervös spielte sie mit einer Strähne ihres langen braunen Haars.

„Das ist meine kleine Schwester", stellte Robin sie widerwillig vor. „Lulu."

„Guter Name", meinte Scott lächelnd „*Little Lulu* – daraus könnte man glatt einen Song machen."

Schweigend stand Lulu da, in ihrem Gesicht spiegelte sich unverhohlene Bewunderung.

„Wir gehen jetzt", verkündete Robin und hakte sich bei Scott ein.

„Um eins bringe ich sie nach Hause, Mrs. Hunter", versicherte der junge Mann. „War nett, Sie kennenzulernen. Das gilt auch für dich, Lulu."

„Gefällt er dir?" fragte Joanne ihre jüngste Tochter, als die Haustür ins Schloß gefallen war.

„Er ist süß", seufzte Lulu und rollte verzückt die Augen.

Es WAR schon spät, als Joanne sich in ihrem Schlafzimmer auskleidete, um zu Bett zu gehen. Sie öffnete die mittlere Schublade der Kommode und begann ihr weißes Baumwollnachthemd zu suchen. Eben als ihr einfiel, daß es in der Wäsche war, berührte ihre Hand ein altes T-Shirt von Paul, das zerknautscht ganz hinten in der Schublade lag. Joanne nahm es heraus und zog es an; sie fühlte sich eigentümlich getröstet, als es ihren Körper umhüllte.

Sie drehte sich zum Bett um und stieß einen Schreckensschrei aus.

Lulu, die an der Tür gestanden hatte, lief in die Arme ihrer Mutter. „Ist ja gut", sagte Joanne zwischen Lachen und Weinen. „Du hast mich nur so erschreckt!"

„Kann ich heute bei dir schlafen?" fragte das Mädchen weinerlich. Joanne nickte.

Wieder fiel ihr auf, wie leer ihr das große Bett in den letzten Wochen vorgekommen war. Es war schön, jemanden neben sich liegen zu haben. Sie beugte sich hinüber und gab Lulu einen Kuß auf die Stirn. „Gute Nacht, Liebling."

„Mama", fragte die kleine Stimme in der Dunkelheit, „findest du, daß ich dick bin?"

„Dick? Soll das ein Witz sein?"

„Robin sagt, daß ich dick bin."

„Robin sagt viel. Du darfst nicht alles glauben."

Einige Minuten später hörte Joanne die leisen, regelmäßigen Atemzüge ihrer Tochter. Sie selbst wachte immer wieder auf, bis sie kurz vor eins Robin nach Hause kommen hörte. Erst danach gelang es ihr endlich einzuschlafen.

Das Telefon klingelte.

Joanne schrak auf und griff zum Hörer. „Hallo", flüsterte sie. Ihr Herzschlag überdröhnte ihre Stimme.

„Mrs. Hunter, haben Sie geglaubt, ich würde Ihre neue Nummer nicht herausbekommen?" neckte sie der Anrufer.

„Hören Sie auf, mich zu belästigen!" Sie sah auf den Wecker. Vier Uhr. Zum Glück schlief Lulu tief und fest.

„Ihre neuen Schlösser werden mich nicht abhalten können. Süße Träume noch, Mrs. Hunter."

Joanne sprang aus dem Bett und lief die Treppe hinunter. Wie eine Besessene überprüfte sie die Schlösser an der Haustür und an der Schiebetür in der Küche. Dann rannte sie die Treppe zum Hobbyraum hinab. Alles war verriegelt. Sie ging in die Diele zurück und betrachtete den kleinen Schaltkasten der Alarmanlage. Der unterste Knopf, erinnerte sie sich an Harrys Anweisung. Der ohne Ziffer. Einfach drücken, dann war der Alarm eingeschaltet und würde losgehen, sobald jemand eine der Türen oder eines der Fenster im Untergeschoß zu öffnen versuchte. Langsam bewegte Joanne ihren zitternden Finger auf den Knopf zu. Sie drückte. Ein kleines grünes Licht flackerte auf. Atemlos wartete sie auf das ungewollte Schrillen des Alarms. Es kam nicht.

Ich habe es richtig gemacht, sagte sie sich erleichtert.

Falls er tatsächlich versucht, hier einzudringen, kann er mich wenigstens nicht im Schlaf überraschen.

„DU HÄTTEST uns sehen sollen", sagte Joanne. „Robin wußte nicht, daß der Alarm eingeschaltet war. Sie wachte früh auf und öffnete die Tür, um die Zeitung reinzuholen, da ging ein Höllenspektakel los! Natürlich konnte ich mich nicht erinnern, wie man das verdammte Ding ausschaltet! Fast eine halbe Stunde lang heulten die Sirenen, bis endlich die Polizei anrückte. Ich mußte ihnen erklären, was passiert war, und natürlich waren sie nicht gerade begeistert."

„Mama", meinte Robin leise, „er hört dich nicht."

„Er hört mich schon", erwiderte Joanne trotzig. „Nicht wahr,

Paps?" Sie sah ihrem Großvater in die wäßrigblauen Augen. „Auf jeden Fall mußte ich Paul anrufen. Ich fand nämlich die Nummer dieser Alarmanlagenfirma nicht mehr – keine Ahnung, wo ich die hingetan habe –, und er mußte mit den Leuten telefonieren. Sie kamen dann auch und erklärten mir alles noch einmal. Jetzt ist Paul wütend auf mich, die Polizei ist wütend auf mich, Robin natürlich auch ..."

„Wer behauptet das?" fragte Robin verärgert.

Joanne überging den Einwurf. „Na, jedenfalls wissen wir jetzt, daß die Alarmanlage funktioniert", sagte sie mit einem nervösen Lachen.

„Und ich werde niemals das Jahr vergessen, in dem der Burenkrieg begann", bemerkte Lulu vom Fenster her. Joanne lächelte. Sie war dankbar, daß wenigstens eines der Kinder sich an dem Gespräch beteiligte.

„Mama", quengelte Robin. „Können wir jetzt nicht gehen?"

„Nein!" sagte Joanne in scharfem Ton, wurde dann aber sofort wieder freundlich. „Schau, du bist nicht sehr oft hier. Es schadet dir doch nichts, wenn du mal für ein paar Minuten stillsitzt."

„Er weiß ja gar nicht, wer ich bin!" protestierte Robin.

„Das kann man nie ganz sicher sagen."

„Linda ...!" rief die schwache Stimme. Das alte Gesicht wurde fast verschluckt von der steifen weißen Bettdecke.

„Ja, Paps, ich bin hier", antwortete sie automatisch.

„Wer sind all diese Leute?"

„Das sind meine Töchter, Paps", sagte Joanne stolz.

„Nett, sehr nett", murmelte der Großvater. Plötzlich setzte er sich auf und starrte die erschrockenen Mädchen an. „Spielt ihr Kinder auch Karten?"

Ein Lächeln glitt über Joannes Lippen. Wie viele verregnete Nachmittage hatten sie und ihr Großvater im Gartenhäuschen beim Gin-Rommé verbracht!

Aber bevor sie dem alten Mann antworten konnte, erkannte sie, daß es nicht mehr wichtig war. Ihr Großvater sank in die Kissen zurück, verschwand wieder in der einzigen Welt, in der sein zerbrechlicher Körper bestehen konnte.

Es wurde still im Zimmer. Die Besucher von Sam Hensley im Nachbarbett waren inzwischen hinausgegangen.

Joanne blickte hinüber zu dem Greis, der jetzt alleine dalag. Seine

Augen waren mit Tränen gefüllt. „Mr. Hensley", sagte Joanne leise, „ist alles in Ordnung mit Ihnen?"

Sam Hensley schwieg. Aber während er Joanne unentwegt anstarrte, ging in seinem Gesicht eine drastische Veränderung vor sich: Aus Neugierde wurde Gleichgültigkeit, dann Feindseligkeit und schließlich Haß – so starker Haß, daß Joanne unwillkürlich ein Stück zurückwich. Lange, knochige Finger streckten sich ihr entgegen, wie um ihren Hals zu umklammern, und ein dumpfes Wimmern erfüllte plötzlich den Raum.

„Mein Gott, der ist ja schlimmer als die Alarmsirene!" rief Robin nervös. „Wieso hat er denn damit angefangen?"

„Ich habe ihn bloß gefragt, ob alles in Ordnung ist."

Das Wimmern wurde immer stärker. Bewegungslos lag Sam Hensley in seinem Bett, die Arme ausgestreckt, die Augen weit geöffnet, der Blick starr. Joanne betätigte den Rufknopf. Im nächsten Moment hatte sich das Zimmer mit Schwestern gefüllt. Joanne sah eine Spritze aufblitzen. Sie drehte sich zu ihrem Großvater um. Wie meistens schlief er und nahm keine Notiz von dem Lärm um ihn herum. „Gehen wir endlich, Mama", flehte Robin und zog sie am Arm.

Joanne nickte und führte ihre Töchter aus dem Zimmer. Sie gingen den Korridor entlang. Im Besucherzimmer standen Sam Hensleys Tochter und sein Enkelsohn. Margaret Crosby rauchte gerade eine Zigarette, während ihr Sohn auf ein Fernsehgerät in der Ecke starrte, wo ein Autorennen übertragen wurde. Joanne ging zu der Frau und erzählte ihr, was geschehen war.

Margaret Crosby zuckte mit den Achseln und rauchte ihre Zigarette zu Ende. „Am besten, man regt sich gar nicht darüber auf. Es ist schon oft passiert", meinte sie. „Kommst du, Alan?" Nur widerwillig löste ihr Sohn seinen Blick vom Bildschirm. „Alan!" wiederholte sie ungeduldig.

Er wandte sich zu seiner Mutter um, aber seine Augen sahen an ihr vorbei, vorbei auch an Joanne, hin zu irgend etwas dahinter, und ein sanftes Lächeln spielte um seine Lippen. Joanne und Margaret Crosby drehten sich neugierig um und sahen Robin, die mit scheu niederge- schlagenen Augen dastand, aber ebenfalls lächelte.

„Es wird Zeit, daß wir heimfahren", meinte Joanne und dirigierte ihre Töchter in Richtung Aufzug.

„Warten Sie!" rief eine Stimme hinter ihr. Sam Hensleys Enkel kam ihr nachgeeilt. „Sind das Ihre?" fragte er und hielt ihr einen Schlüsselbund unter die Nase.

Joanne schüttelte den Kopf über ihre Vergeßlichkeit. „Wo habe ich sie denn diesmal liegenlassen?" fragte sie, während sie die Schlüssel entgegennahm.

„Auf einem Tisch im Besucherzimmer", antwortete Alan Crosby und lächelte – wiederum an ihr vorbei, dorthin, wo Robin stand.

WIE müde und deprimiert sie doch aussieht, dachte Joanne und bemühte sich, ihre Freundin nicht allzu besorgt anzustarren. In all der Zeit, die sie sich nun schon kannten, hatte Eve stets großen Wert darauf gelegt, attraktiv oder zumindest beeindruckend zu wirken. Das einzig Beeindruckende an der Frau jedoch, die Joanne an diesem Morgen in der Küche des Nachbarhauses gegenübersaß, war allein die Tatsache, daß sie Milch trank – seit Jahren hatte Joanne Eve nicht mehr Milch trinken sehen. In ihrem jetzigen Zustand wirkte Eve wie der Inbegriff einer verschlampten grünen Witwe: Pantöffelchen, ungewaschene Haare, tiefe Schatten unter den Augen und ein alter blauer Bademantel.

Eve war nie ein Mensch gewesen, der sich von einer Krankheit unterkriegen ließ, doch jetzt schien dies alles anders geworden zu sein.

Es schmerzte Joanne, ihre Freundin, die immer die Stärkere gewesen war, so leidend und mutlos zu sehen. Wenn die Ärzte doch nur herausfänden, was ihr fehlt, flehte sie stumm und erkundigte sich dann: „Wann hast du den nächsten Termin beim Arzt?"

„Am Dienstag vormittag. Da soll ich beim Kardiologen sein, und am Freitag vormittag habe ich einen Termin beim Frauenarzt. Du brauchst aber nicht mitzukommen."

„Natürlich gehe ich mit."

Auf einmal beugte Eve sich vor, stemmte sich gegen den Rand ihres Küchentisches und sog laut die Luft ein.

„Wieder Schmerzen?"

„Es ist mehr ein Krampf", flüsterte Eve. Sie ließ die Luft ausströmen, lehnte sich zurück und versuchte zu lächeln.

„Komm, du mußt dich ablenken. Spielen wir ein bißchen Karten", sagte Joanne energisch. „Gin-Rommé." Sie holte die Spielkarten von einem Regal in Eves Wohnzimmer und teilte sie schnell aus. Eine Freude, die sie als Kind oft empfunden hatte, ergriff Besitz von ihr.

„Du hast gegeben, also beginne ich", sagte Eve, nachdem sie ihr Blatt sortiert hatte. Sie verschmähte die aufgedeckte Karodame und zog statt dessen eine andere Karte.

Eine Weile waren sie schweigend in das Spiel vertieft, dann fragte Joanne zögernd: „Hat Brian in letzter Zeit etwas über diesen Kerl gesagt?"

„Über wen?" Eve blickte fragend von ihren Karten auf.

„Diesen Mörder, der schon drei Frauen umgebracht hat", murmelte Joanne. Sie versuchte, es leicht dahinzusagen, als ob sie es nicht für wichtig hielte.

„Dein heimlicher Verehrer?"

„Vielen Dank!"

„Entschuldige, ich wollte dich nicht ärgern. Nein, da gibt's nichts Neues. Hast du der Polizei den Anruf letzte Nacht gemeldet?"

Joanne nickte. „Sie sagten, sie könnten nichts machen. Ich solle meine Telefonnummer noch einmal ändern und die Alarmanlage jede Nacht anschalten. Aber ich möge doch bitte daran denken, sie auch wieder abzuschalten, bevor wir selbst die Tür öffnen." Sie lächelte. „Gin", sagte sie und legte ihre Karten offen auf den Tisch; dabei versuchte sie das Zittern ihrer Finger zu verbergen.

„Verflixt! Das gibt 'ne Menge Miese." Eve ließ ihre Karten sinken. „Nun schau doch nicht so verängstigt drein, Joanne. Der Anrufer ist nur irgendein Spinner, der dir einen üblen Streich spielt. Los, auf ein neues! Noch mal schlägst du mich nicht!" Joanne mischte und verteilte die Karten. „Wahrscheinlich ist es einer von Robins oder Lulus Freunden", spekulierte Eve. „Du weißt doch, wie idiotisch Teenager manchmal sind."

„Ich glaube nicht, daß ein Freund meiner Töchter etwas derart Abartiges macht!"

„Jeder könnte es sein", meinte Eve. „Kommt die Stimme dir denn bekannt vor?"

„Das ist es ja gerade – sie klingt wie die Stimme aller möglichen Leute, die ich kenne."

Eve nahm eine Kreuzfünf auf. „Wirst du dir jetzt wieder eine neue Telefonnummer geben lassen?" fragte sie.

„Ach, ich weiß nicht. Es ist ein so großer Aufwand. Wer immer es diesmal herausgefunden hat, wird es auch herausfinden, wenn ich die Nummer noch einmal ändern lasse."

„Oder er wird die Sache leid. Dann wäre der Spuk vorüber. Es sei denn, du willst das gar nicht."

„Was soll das denn heißen?"

„Nichts", antwortete Eve und warf den Kopf zurück. „Spiel schon aus."

„Gin!" rief Joanne wenige Augenblicke später. Über Eves Andeutung verstimmt, verteilte sie ihre Karten auf dem Tisch.

„Ich gebe auf. Dein Großvater hat es dir einfach zu gut beigebracht. Ich bleibe lieber beim Patiencelegen. Da kann ich wenigstens schummeln."

„Menschen, die beim Patiencelegen schummeln, sind unsicher", sagte Joanne. Das hatte ihr Großvater immer behauptet.

„Du weißt doch, daß ich ein schlechter Verlierer bin. Sieg oder Tod! lautet mein Motto." Plötzlich beugte sie sich wieder vornüber vor Schmerz. Das Glas fiel um, und die restliche Milch lief über den Tisch auf den Boden.

„Laß nur, ich kümmere mich darum." Joanne nahm ein Küchentuch von der Anrichte und wischte die Milch auf. „Soll ich dich ins Krankenhaus fahren?"

Eve winkte ungeduldig ab. „Schon gut. Bis Dienstag werde ich wohl überleben."

„Warum legst du dich nicht eine Weile hin?"

Eve ging erstaunlich bereitwillig auf diesen Vorschlag ein. Joanne half ihr die Treppe zum Schlafzimmer hinauf und schlug die Decke auf dem großen Bett zurück. Sie sah zu, wie Eve sich hineinkuschelte. „Kann ich dir noch etwas bringen, bevor ich gehe?" fragte sie.

„Da liegt irgendwo 'ne Illustrierte rum, das neue *People*. Die kannst du mir aufs Bett legen."

Joanne sah sich um, konnte die Illustrierte aber nicht finden. „Hast du eine neue Putzfrau?" fragte sie. „Dieses Zimmer habe ich noch nie derart aufgeräumt gesehen."

„Meine Mutter hat saubergemacht", erklärte Eve. „Vielleicht hat Brian das *People* gelesen. Schau mal in seinem Arbeitszimmer nach."

Joanne ging die Diele entlang und warf einen kurzen Blick in Brians Arbeitszimmer; sie war neugierig, aber sie wollte nicht schnüffeln.

Wann Brian hier wohl arbeitet? fragte sie sich. Er war so selten daheim. Auf dem großen Schreibtisch lagen Stöße von Papier aufgehäuft – Polizeiakten und auch einige Bücher, aber keine Zeitschrift.

Joanne verließ den Raum und warf einen Blick durch die offene Tür in das kleine Zimmer auf der anderen Seite der Diele. Eve und Brian hatten es ursprünglich als Kinderzimmer geplant. Vor sechs Monaten war es ein Traum in Weiß gewesen, eingerichtet für das langersehnte Baby, das im Mai hätte geboren werden sollen. Nach vielen Jahren voller Enttäuschung hatte sich endlich Nachwuchs angemeldet, man hatte über einen Namen nachgedacht und alles Nötige gekauft. Jetzt war das Zimmer leer, die Vorhänge waren abgenommen worden, der Schleier von der Wiege entfernt. Joanne wollte die Tür schon wieder schließen, da sah sie das *People*-Magazin auf dem Boden unter dem Fenster liegen. Auf Zehenspitzen huschte sie über den Teppichboden, hob es auf und ging in die Diele zurück. Wieso lag die Zeitschrift hier? Ging Eve manchmal ins Kinderzimmer, um dort zu grübeln? Wenn ja, dann war es höchste Zeit, diesen Raum wieder für andere Zwecke herzurichten. Joanne beschloß, dies Eve gegenüber so taktvoll wie möglich anzusprechen. Aber als sie ins Schlafzimmer trat, sah sie, daß ihre Freundin schon eingeschlafen war. Behutsam legte sie die Zeitschrift neben das Bett und verließ, so leise sie konnte, das Haus.

Sechstes Kapitel

Joanne stand halb nackt vor dem geräumigen Kleiderschrank in ihrem Ankleidezimmer. Zu ihren Füßen lag ein Haufen Kleider, die sie dorthin geworfen hatte. Sie runzelte die Stirn. Sie konnte einfach nichts entdecken, was ihr gefiel. Jedes Kleidungsstück, das sie in die Hand nahm, fühlte sich fremd und ungewohnt an, als ob es von jemand anderem gekauft worden wäre.

Sie holte ein weiteres Kleid vom Bügel, eines aus weißem Leinen, das eine Verkäuferin ihr gegen ihr besseres Wissen aufgeschwatzt hatte. Es war zweifellos das schickste Stück, das sie besaß, aber es knitterte viel zu schnell. Zwar hatte die Verkäuferin Joanne versichert, es müsse zerknittert aussehen, aber Joanne hatte sich in zerknitterten Kleidern immer unwohl gefühlt. Schließlich war es schon schlimm genug, wenn sie sich unbehaglich fühlte, da wollte sie nicht auch noch danach aussehen. Ganz im Gegenteil: Heute wollte sie besonders schön sein. Sie wollte, daß Paul einen einzigen Blick auf sie warf und sie dann umarmte und ihr sagte, wie leid es ihm tue und ob sie ihm nicht bitte vergeben werde und ihn zurücknehme, den Rest seines Lebens werde er damit verbringen, seinen Ausrutscher wiedergutzumachen – und das alles vor Robins Mathematiklehrer, Mr. Avery, der dann mit einem Lächeln sagen würde, er sei sicher, Robins Probleme würden sich nun ganz von selbst lösen. Schließlich sei Robin ja immer eine gute Schülerin gewesen, und das Schwänzen des Unterrichts habe erst vor wenigen Wochen begonnen.

Joanne warf das weiße Leinenkleid zu Boden. Sie fühlte eine Träne ihre Wange herabkullern. Nie wird das geschehen, dachte sie. Es wird schon allein deshalb nie geschehen, weil ich nichts anzuziehen habe! In einer Stunde würden Paul und sie in Mr. Averys Büro zusammentreffen – mein Gott, in einer Stunde schon! –, und sie würde dieselben alten Sachen tragen wie die Frau, die er verlassen hatte, und Paul würde sie ansehen und lächeln – ihr schäbiges Aussehen würde seinen Entschluß, sie zu verlassen, nur noch bestätigen –, und ohne sich zu berühren, würden sie nebeneinandersitzen, immer noch besorgte Eltern, wenn schon sonst nichts, und sie würden sich anhören, was Mr. Avery ihnen zu sagen hatte. Dann würden sie gemeinsam zu Mittag essen und dabei herauszufinden versuchen, wie man Robins Probleme auf eine zivilisierte Art und Weise lösen könnte.

Das Telefon klingelte.

Joanne stand in ihrem Ankleidezimmer und starrte in Richtung Telefon, ohne sich vom Fleck zu rühren. Er weiß, daß ich hier drin bin, dachte sie. Irgendwie konnte er in diesen kleinen Raum hineinsehen; er wußte, daß sie fast nackt war. Sie wagte nicht zu atmen, damit das Geräusch ihres Atems sie nicht verriet, bis das Telefon endlich zu klingeln aufhörte. Dann suchte sie wieder die Reihe der Bügel im Schrank ab, und mit zitternden Händen griff sie nach einem türkisfarbenen Strandkleid, das wenigstens einen Anflug von Jugendlichkeit aufwies.

Make-up, dachte sie plötzlich, ich brauche ein bißchen Make-up. Sie lief ins Bad, riß die Tür des Spiegelschränkchens auf und holte die teuren Tuben heraus, die Eve ihr einmal aufgeschwatzt hatte. Sie konnte sich nicht erinnern, wann sie das Zeug das letztemal verwendet hatte. Paul hatte ihr immer wieder gesagt, Künstlichkeit dieser Art sei ihm verhaßt. Trotzdem, ein bißchen Make-up konnte nicht schaden. Sie verteilte einen Hauch von Schminke auf den Wangen, fand, daß es noch nicht reichte, nahm ein wenig mehr. Dann griff sie zur Wimperntusche und begann die kleine Bürste langsam und vorsichtig an ihren Wimpern entlang nach oben gleiten zu lassen.

Das Telefon im Schlafzimmer klingelte. Von dem plötzlichen Geräusch erschreckt, fuhr sich Joanne mit der kleinen Bürste ins Auge. Ihre Lider zuckten heftig; es hatte sehr weh getan. Sie preßte die Hand auf das rechte Auge, damit der stechende Schmerz aufhörte. Als sie sich einige Sekunden später im Spiegel betrachtete, sah sie, daß die Wimperntusche über die ganze rechte Gesichtshälfte verschmiert war. „Schöne Bescherung", sagte sie laut. Immer noch klingelte das Telefon. „Saukerl!" schrie Joanne in Richtung Schlafzimmer. „Schau, was mir jetzt deinetwegen passiert ist! Nicht genug, daß du mich umbringen willst, jetzt mußt du auch noch mein Make-up ruinieren!" Wütend ging sie nach nebenan und riß den Hörer von der Gabel. „Ja, bitte!" fauchte sie zornig hinein, aber schon versteifte sich ihr Körper in Erwartung der bedrohlichen Stimme mit dem heiseren Unterton.

„Joanne?"

„Warren?" Einen Moment lang war sie völlig verwirrt. Warum rief ihr Bruder sie um diese Zeit an, es war noch nicht einmal sieben Uhr morgens in Kalifornien. „Was ist los? Ist alles in Ordnung?"

„Uns allen hier geht es gut", antwortete er schroff. „Du bist diejenige, wegen der ich anrufe."

„Ich?"

„Himmel noch mal, Joanne, warum hast du mir nichts davon gesagt?"

Es dauerte einige Augenblicke, bis Joanne begriff, wovon Warren überhaupt sprach. „Du meinst das mit Paul und mir?" fragte sie.

„Unter anderem. Warum hast du es mir nicht erzählt?"

„Ich wollte dich nicht beunruhigen. Ich hatte gehofft, die Sache würde sich zum jetzigen Zeitpunkt längst erledigt haben", erklärte sie.

„Aber das ist nicht der Fall."

„Nein", gab sie zu, „zumindest noch nicht. Aber ich esse heute mit Paul zu Mittag und ..."

„Ich habe gestern mit Paul gesprochen. Kannst du dir vorstellen, wie idiotisch ich mir vorkam? Ich wählte deine Nummer und erfuhr, daß darunter kein Anschluß mehr existierte. Daraufhin rief ich in Pauls Büro an und fragte ihn, was los sei. Es entstand eine peinliche Pause, und dann meinte er schließlich: ‚Joanne hat es dir also nicht erzählt?‘ Ich sagte: ‚Was erzählt?‘ Und dann klärte er mich über alles auf.“

„Was hat er gesagt?“

„Eine ganze Menge, möchte ich meinen. Daß ihr zwei getrennt lebt, daß er eine eigene Wohnung in der City hat, daß du öfter durch merkwürdige Anrufe belästigt wirst – Joanne, kommst du einigermaßen zurecht?“

„Natürlich komme ich zurecht“, sagte sie. „Paul braucht Zeit, um . . ., um über alles nachzudenken. Er ist ein wenig durcheinander, das ist alles.“

„Hättest du gern ein bißchen Gesellschaft? Gloria könnte auf ein paar Tage rüberfliegen.“

„Nein, mir geht es gut, wirklich.“ Wenn sie zugab, daß sie Glorias Besuch brauchte, würde sich ihr Bruder nur noch mehr Sorgen machen. Welchen Sinn hätte das?

„Gloria möchte kurz mit dir sprechen.“ Warren reichte den Hörer seiner Frau.

„Hallo, Joanne. Wie geht's dir denn?“

Joanne versicherte, daß es ihr gutgehe; sie wußte, daß Gloria im Grunde nichts anderes hören wollte.

„Na, dann bin ich ja beruhigt. Ich weiß schon, es sagt sich leicht, wenn man nicht selbst betroffen ist“, setzte Gloria hinzu, „aber versuch doch, alles nicht allzu ernst zu nehmen. Du verstehst doch, wie ich das meine, ja?“

„Ich hab gedacht, wir essen zusammen zu Mittag“, sagte Joanne.

„Ja, ich weiß, und es tut mir auch leid“, erklärte Paul leicht ungeduldig. „Ich habe versucht, dich heute morgen zu erreichen, als diese Sache aufkam, aber niemand ist ans Telefon gegangen.“ Joanne sah sich in ihrem Ankleidezimmer stehen und hörte das schrille Läuten des Telefons. „Tut mir wirklich leid, Joanne. Ich konnte nichts machen. Der Mann ist ein wichtiger Klient, und wenn er vorschlägt, zusammen zu Mittag zu essen, dann kann ich das beim besten Willen nicht ablehnen.“ Joanne sah zu Boden. „Aber für eine Tasse Kaffee habe ich noch Zeit“, setzte er in freundlicherem Ton hinzu.

„Wo gehen wir hin?" fragte Joanne. Sie sah den leeren Korridor der Schule entlang.

„Hier ist doch eine Cafeteria, oder?"

„Hier? In der Schule?"

„Gibt es einen besseren Ort, um über Robins Probleme zu reden?"

Raffinesse ist ihm wirklich nicht abzusprechen, dachte Joanne, als ihr Mann sie am Arm nahm und die breite Treppe hinunter in die Cafeteria führte. Mit einem einfachen Satz hatte er alles gesagt: Sie waren hier, um über die Probleme ihrer Tochter zu sprechen, und nicht über ihre eigenen; er war nicht gewillt, sich auf unsicheres Terrain zu begeben.

„Da wären wir", sagte Paul, stieß die Tür zur Cafeteria auf und trat zur Seite, um Joanne vorangehen zu lassen. „Was möchtest du?" Paul nahm ein Tablett vom Stapel und schob es in Richtung Kasse.

„Nur Kaffee", antwortete Joanne. Dann folgte sie Paul zu einem Tisch am Fenster.

Paul nahm die zwei Tassen von dem orangefarbenen Tablett und schob es auf den Nebentisch. „Nun, wie denkst du über das, was dieser Avery uns zu sagen hatte?" fragte er.

„Ich glaube, er macht sich wirklich große Sorgen um Robin."

„Du findest nicht, daß er ein bißchen übertreibt?"

Es ist ja nicht so, daß in letzter Zeit jeder übertreibt, wollte sie schon sagen; statt dessen antwortete sie: „Nein, finde ich nicht."

„Ich denke halt nur, es ist Juni, mein Gott, bald fangen die großen Ferien an, da sind die Kinder schon unruhig. Und er hat ja versichert, daß Robin auf jeden Fall versetzt wird."

„Er macht sich doch über das nächste Schuljahr Sorgen, über ihre ganze Einstellung . . ."

„Bis zum Herbst wird alles wieder in Ordnung sein mit ihr."

„Ja, meinst du? Wieso denn?" Joanne war von ihrer Frage genauso überrascht wie ihr Mann. „Wird sich die Situation bis zum Herbst wirklich geändert haben?"

„Joanne . . ."

„Entschuldige", sagte sie schnell. „Aber ich finde, wir dürfen diese Sache nicht so locker nehmen."

„Niemand nimmt die Sache locker. Ganz zweifellos müssen wir mit Robin sprechen und ihr klarmachen, daß sie es sich nicht leisten kann, das nächste Schuljahr so zu beginnen, wie sie dieses beendet hat. Und natürlich sagen wir ihr, daß wir es nicht hinnehmen können, wenn sie den Unterricht schwänzt. "

„Wann werden wir ihr das alles denn sagen?"

Paul schwieg und nippte nachdenklich an seinem Kaffee. „Ich rede mal am Wochenende mit ihr", sagte er schließlich und sah dabei demonstrativ auf seine Armbanduhr.

„Paul, wir müssen miteinander sprechen." Joanne haßte das Zittern in ihrer Stimme.

„Das tun wir doch gerade", sagte er, sie absichtlich mißverstehend.

„Du fehlst mir", flüsterte sie.

In offensichtlichem Unbehagen sah sich Paul in der Cafeteria um. „Dies ist nicht der richtige Ort. "

„Welcher Ort ist denn der richtige? Andauernd sagst du, du wirst mich anrufen, aber nie tust du es. Ich hatte gehofft, wir könnten uns während des Mittagessens unterhalten. "

„Joanne, ich habe noch nicht genug Zeit gehabt", sagte er, wie er es schon einmal gesagt hatte. „Ich fange gerade erst an, mich ans Alleinsein zu gewöhnen." Er hob den Blick und sah ihr direkt in die Augen. Seine Stimme war jetzt leise, kaum hörbar. „Auch du mußt dich daran gewöhnen. "

„Ich will mich nicht daran gewöhnen", erklärte sie ihm, erstaunt über die Deutlichkeit ihrer Worte.

„Du wirst es müssen", wiederholte er. „Du mußt aufhören, mich wegen jedes kleinen Problems in der Kanzlei anzurufen, zum Beispiel damals wegen *Sports Illustrated* . . . "

„Ich wußte wirklich nicht, ob du dein Abonnement für die Zeitschrift verlängern lassen wolltest. "

„Das hättest du selbst entscheiden können. "

„Ich wollte nicht die falsche Entscheidung treffen!" Prompt brach sie in Tränen aus. „Tut mir leid", schluchzte sie, nahm eine Papierserviette und schneuzte sich. „Ich wollte nicht zu weinen anfangen. "

„Nein", sagte er sanft und griff plötzlich über den Tisch nach ihrer Hand, „mir tut es leid. "

Hoffnungsvoll blickte Joanne ihn an.

„Ich hätte gar nichts sagen sollen", erklärte er. „Ich wußte, dies ist weder der Ort noch die Zeit dafür. Mein Gott, Joanne, du gibst mir das Gefühl, ein richtiger Idiot zu sein. "

„Sind meine Augen verschmiert?" fragte sie und entzog ihre Hand seinem Griff.

„Nein", antwortete Paul. Sein Blick war sanft, seine Stimme klang zärtlich. „Du siehst schön aus. Du weißt, dieses Kleid hat mir schon immer gefallen."

Joanne lächelte. „Ich liebe dich", sagte sie, ohne ihn anzusehen. Ihre Lippen bebten, obwohl sie ruhig zu bleiben versuchte.

„Ich liebe dich auch."

„Was soll dann das alles?"

Er schüttelte den Kopf. „Ich weiß es nicht", gab er zu.

„Komm wieder heim."

Er warf einen Blick auf die Tür der Cafeteria. Gerade trat ein junges Paar ein. „Ich kann nicht", sagte er.

„Mrs. Hunter!" Die Stimme kam vom anderen Ende der Eingangshalle im Clubhaus.

Joanne wandte sich abrupt um und stieß dabei fast gegen eine Frau im Tennisdreß, die gerade an ihr vorbeigehen wollte.

„Entschuldigung, ich wollte Sie nicht erschrecken", sagte Steve Henry, während er auf sie zuging.

„Habe ich etwas auf dem Platz vergessen?" fragte Joanne.

„Nein", sagte er lachend. „Es hat gerade jemand seine Tennisstunde abgesagt, und da habe ich mir gedacht, ich frage Sie mal, ob Sie Lust hätten, eine Tasse Kaffee mit mir zu trinken. Wir könnten uns über die großen Fortschritte unterhalten, die Sie in den letzten Wochen gemacht haben."

„Ich glaube nicht", antwortete Joanne hastig.

„Sie glauben nicht, daß Ihr Spiel besser geworden ist, oder Sie glauben nicht, daß Sie einen Kaffee mit mir trinken möchten?"

„Beides, fürchte ich. Ich bin schon ziemlich spät dran."

„Kann man nichts machen", sagte er lässig und ging mit ihr in Richtung Ausgang. „Was ist denn mit Ihrer Freundin los? Werden wir sie denn hier mal wiedersehen?"

„Oh, ich bin überzeugt, sie kommt wieder her, sobald sie sich besser fühlt."

„Hoffentlich ist das bald der Fall", sagte er. „Allerdings wird sie viel tun müssen, um Ihren Vorsprung wieder aufzuholen."

„Das ist doch nicht Ihr Ernst?"

„Doch, ganz bestimmt. Sie haben heute einige sehr schöne Bälle geschlagen", versicherte er ihr. „Ich habe ja beinahe nur in die Ecken gespielt, trotzdem haben Sie fast alle erreicht."

„Und die Bälle dann geradewegs ins Netz gedroschen."

„Na ja, Sie müssen eben noch etwas früher ausholen. Trotzdem, heute nachmittag habe ich bei Ihnen eine neue Aggressivität gespürt." Joanne mußte lachen. „Na, Sie wissen offenbar, was ich meine, oder?"

Etwas verlegen senkte Joanne den Blick. „Schauen Sie mal meine Zehen an", jammerte sie, um das Gespräch in andere Bahnen zu lenken. „Die Nägel sehen aus, als ob sie jeden Augenblick abfallen würden."

„Das werden sie wahrscheinlich auch bald", erklärte er in nüchternem Ton. „Ihre Schuhe sind zu klein. Beim Tennisspielen stoßen Ihre Zehen ständig vorne an."

„Trotzdem, der Farbton steht mir nicht mal schlecht", meinte sie mit einem Lächeln.

„Fast so schön wie Ihre Augen", sagte er und hielt ihr die Tür auf.

Oh, dachte Joanne überrascht, es geht hier also doch nicht nur um Tennis.

„OH, LÀ LÀ! Und was hast du dann gesagt?"

„Was sollte ich schon groß darauf sagen? Gar nichts habe ich gesagt."

„Joanne, um Himmels willen!" rief Eve ungeduldig. „Der Bursche wollte ganz offensichtlich mit dir flirten. Er sagt dir, deine Zehennägel seien hübsch, fast so hübsch wie deine Augen ..." Plötzlich brachen beide Frauen in lautes Lachen aus. „Gut, gut, es ist nicht gerade das Romantischste, was er hätte sagen können, aber offensichtlich ist er an dir interessiert."

„An mir?"

„Warum denn nicht an dir?" wollte Eve wissen, die an diesem Samstagabend Joanne zum Essen eingeladen hatte. Die beiden Frauen standen neben dem Herd in Eves Küche und schauten hin und wieder in die Töpfe, in denen Fleisch und Gemüse garten. „Du mußt nur ein bißchen lockerer werden und dir vielleicht ein paar blonde Strähnchen ins Haar färben lassen, dann bist du eine sehr attraktive Frau!"

„Ich glaube, die vielen Röntgenstrahlen in letzter Zeit haben dein Gehirn angegriffen", gab Joanne neckisch zurück.

„Wenn hier eine verrückt ist, dann du. Bei diesem Steve Henry muß man doch einfach zugreifen."

„Ich kann nicht", sagte Joanne. „Ich bin eine verheiratete Frau."

Es entstand eine lange Pause, doch Eve blieb beharrlich. „Glaubst du etwa, Paul erzählt jeder, daß er verheiratet ist, und hockt dann abends allein in seiner Wohnung herum?"

„Was willst du damit sagen?" Fast schon bevor die Frage ausgesprochen war, tat es Joanne leid, daß sie sie gestellt hatte.

„Schau, ich behaupte ja nicht, daß es etwas Ernstes ist. Ich weiß wirklich nichts Genaues." Eve versuchte einen Rückzieher zu machen.

„Was hast du gehört?"

„Ein paar Leute haben ihn mit einer gesehen."

„Mit wem?"

„Irgendein junges Ding. Judy Irgendwer. Keine, die man kennt." Sie zuckte die Achseln, einen Ausdruck der Geringschätzung im Gesicht. „Eine Blondine natürlich."

„Wie alt?"

„So Mitte, Ende Zwanzig."

Joanne klammerte sich an Eves Küchentheke fest.

„Hör zu", sagte Eve schnell, „ich habe dir von dieser Judy nicht deshalb erzählt, weil ich dir Kummer bereiten will, sondern damit du endlich mal selbst etwas unternimmst. Steve Henry ist doch ein Kerl, nach dem sich andere die Finger lecken. Denk wenigstens drüber nach, Joanne! Das ist alles, worum ich dich bitte."

„Was ist denn los bei euch?" ertönte eine Männerstimme vom Eßzimmer her. „Ich dachte, es gibt was zum Abendessen."

„Ist schon unterwegs!" rief Eve und nahm die Töpfe vom Herd. Sie stellte die große Kasserolle mit Fleisch und die Töpfe mit Gemüse auf die Küchentheke und begann das Essen in Schüsseln zu verteilen. „Brian hat heute eine Menge Ärger gehabt", flüsterte sie Joanne zu, während sie mit den Schüsseln zum Eßzimmer hinübergingen. „Du fragst am besten nicht nach seiner Arbeit, ja?"

Joanne nickte. Bei dem riesigen Kloß, der ihr im Hals steckte, bezweifelte sie, überhaupt mit Brian sprechen zu können.

„Na, wie geht's deinen beiden Mädchen?" fragte Brian sie, sobald sie am Tisch saßen und sich bedient hatten.

„Die sind zur Zeit ein wenig problematisch. Robin macht mir Sorgen, weil sie glaubt, sie schafft die Schule, ohne auch nur einen

Finger zu rühren. Lulu wiederum nimmt alles zu schwer. Sie hat heute schon geheult, weil am Montag die letzte Arbeit in Geschichte geschrieben wird, und das einzige Datum, das sie sich merken kann, ist der Ausbruch des Burenkriegs."

Brian lachte. „Wieso gerade der Burenkrieg?"

„Ganz einfach. Das ist die Zahlenkombination unserer Alarmanlage."

„Wie ich hörte, war bei euch heute morgen wieder falscher Alarm", meinte Brian und nahm sich noch etwas Gemüse.

Joanne nickte. „Nachdem ich den Kindern tausendmal gesagt habe, sie sollen nachsehen, ob der Alarm auch wirklich ausgeschaltet ist, bevor sie morgens die Tür öffnen, darfst du dreimal raten, wer es prompt vergaß ... Na ja", sagte Joanne mit einem traurigen Lächeln, „wenigstens hatte ich dann meinem Großvater etwas zu erzählen."

„Wie geht es ihm denn?"

„Nicht gut." Joanne führte die Gabel an die Lippen, ließ sie dann aber wieder sinken, ohne einen Bissen genommen zu haben. „Seine Kräfte schwinden immer mehr."

„Du läßt den Alarm sogar an, wenn du im Haus bist?" kehrte Brian zum ursprünglichen Thema zurück.

Joanne nickte. „Ich fühle mich dann sicherer, wegen der Anrufe."

„Welche Anrufe?" fragte Brian.

Ein plötzliches lautes Geräusch – Eves Gabel war ihr aus der Hand gefallen und auf den Teller geklirrt – ließ Joanne und Brian erschrocken zu Eve hinsehen. Ungeschickt sprang Eve auf und stieß dabei das Weinglas um, so daß der Rest des teuren Burgunders über ihren Teller floß. „O Gott", stöhnte sie, „ich habe wieder diese Stiche."

„Wo denn?" fragte Joanne, die sofort bei Eve war.

„An den üblichen Stellen", keuchte Eve. „Am Herz, im Magen, überall ... O verflixt, schau dir bloß das Tischtuch an!"

Joanne schielte zu dem hellen, blutähnlichen Fleck hin, der sich um Eves Teller herum ausbreitete. „Schon gut, ich wasche es aus", bot Joanne an. „Vielleicht solltest du nach oben gehen und dich ein bißchen hinlegen."

Eve blickte ihren Mann an, der teilnahmslos auf seinem Stuhl saß. „Ja, gut."

„Warte, ich helfe dir."

„Nein, ich kann das schon alleine." Sie schüttelte Joannes Hand ab und ging langsam zur Tür. „Ich komme gleich wieder runter", versprach sie. „Eßt ihr nur weiter."

Widerwillig kehrte Joanne zu ihrem Stuhl zurück. Sie bedachte Eves Mann mit einem bösen Blick.

„Du hältst mich sicher für einen rücksichtslosen Holzklotz, was?" fragte er.

„So könnte man es ungefähr ausdrücken", gab Joanne zu. Sie war überrascht von ihrer eigenen Deutlichkeit.

„Du weißt nicht, was sich hier wirklich abspielt, Joanne", sagte er ruhig.

„Was ich sehe, genügt mir. Meine beste Freundin hat ganz offensichtlich entsetzliche Schmerzen, und ihrem Mann ist das wohl schnurzegal", entrüstete sich Joanne. „Eve ist wahrhaftig keine Frau, die wegen ein paar Wehwehchen hysterisch wird. Sie hatte sich immer unter Kontrolle. Sogar nachdem sie das Baby verloren hatte, raffte sie sich auf und machte einfach weiter."

„Fandest du das nicht ein bißchen seltsam?"

Die Frage verblüffte Joanne. „Was meinst du damit?"

„Eine Frau versucht sieben Jahre lang, ein Baby zu bekommen, und endlich, mit vierzig, wird sie schwanger. Sie verliert dann das Baby und wendet sich sofort wieder dem Alltag zu, so, als ob nichts passiert wäre. Eve hat nicht eine Träne vergossen."

„Eve war nie ein Mensch, der seine Gefühle in der Öffentlichkeit zeigt."

„Ich bin nicht die Öffentlichkeit – ich bin ihr Mann!" Brian merkte, daß er lauter geworden war, holte ganz tief Luft und sah zur Treppe hin.

„Und warum hilfst du ihr dann nicht?"

„Ich versuche es ja. Aber sie nimmt die Art von Hilfe, die ich ihr geben will, nicht an."

„Was für eine Art von Hilfe ist das?"

„Ich will, daß sie zu einem Psychiater geht. Ich habe mit all diesen Ärzten gesprochen, mit einigen sogar mehrmals. Alle sagen dasselbe – daß physisch alles in Ordnung ist mit Eve, daß die Tests nichts Außergewöhnliches zeigen. Joanne, niemand erkrankt zur gleichen Zeit überall am Körper. Eve hat überall Schmerzen. Geht man mit ihr zu dem einen Arzt, sind es Schmerzen in der Brust. Geht man zu einem anderen, sind sie plötzlich im Unterleib. Ihr Magen funktioniert nicht richtig, sagt sie, sie nehme ab, ihre Temperatur steige ständig höher. Dabei handelt es sich nur um ein halbes Pfund, ein halbes Grad! Sie ist wie besessen."

„Aber sie hat Schmerzen!"

„Das bezweifle ich nicht." Hilflos sah er im Zimmer umher. „Ich habe mit der Polizeipsychologin gesprochen. Ich habe sie gefragt, was sie darüber denkt."

„Und?"

„Sie meinte, das Ganze sei typisch für eine Depression, die durch eine Fehlgeburt ausgelöst wurde – das gleiche, was auch die Ärzte gesagt haben. Sie riet mir, mich nicht beeindrucken zu lassen und Eves Krankheit nicht durch meine Besorgtheit noch zu verstärken. Vielmehr solle ich Eve dazu bringen, sich einem erfahrenen Therapeuten anzuvertrauen. Aber Eve will natürlich nichts davon wissen. Sie sagt, sie weiß genug über Psychiater, um einen großen Bogen um sie zu machen. Aber, Joanne, ist dieser Rat denn so falsch? Seit fast zwei Monaten geht das nun schon so. Sie hat doch beinahe die Hälfte aller Ärzte New Yorks abgeklappert, und nichts hat sich geändert! Zu all diesen Ärzten geht sie, warum nicht auch zu einem Psychiater? Ich meine, wenn du entsetzliche Schmerzen hättest, würdest du dann nicht alles tun, sie loszuwerden, auch wenn das heißt, daß du mit einem Seelenklempner sprechen mußt?" Joanne sah Brian aufmerksam an, sagte jedoch nichts. „Tut mir leid. Ich wollte nicht den ganzen Schutt bei dir abladen", murmelte Brian.

„Eve ist meine beste Freundin. Ich möchte ihr helfen, wenn ich kann."

„Dann überzeuge sie davon, daß sie in psychiatrische Behandlung muß", bat Brian. „Entschuldige, jetzt spanne ich dich schon wieder ein. Es tut mir leid. Schließlich hast du zur Zeit selbst genug Sorgen. Was war das mit den Anrufen, die du bekommst?"

„Bitte?" fragte Joanne, die noch über das soeben Gehörte nachdachte.

„Bevor Eve ihren Anfall bekam, hast du irgend etwas davon gesagt, daß du dich mit der Alarmanlage sicherer fühlst – wegen der Anrufe."

„Ja, das stimmt", bestätigte Joanne. „Hat Eve dir nichts davon erzählt?"

„Das einzige, worüber Eve und ich in den letzten Wochen geredet haben, waren ihre diversen Krankheiten."

Joanne erzählte Brian von den Anrufen, den Drohungen, dem Stück Zeitung an der Windschutzscheibe, davon, daß sie ihre Telefonnummer hatte ändern lassen und trotzdem weiterhin diese Anrufe erhielt. „Und das alles hat Eve nie erwähnt?" fragte sie noch einmal und fühlte sich plötzlich ganz elend.

Brian schüttelte den Kopf. „Möchtest du etwas trinken?" Er ging zum Schrank, um eine Flasche hervorzuholen.

„Nein, danke." Sie sah zu, wie er sich Brandy in den Cognacschwenker goß. „Paul glaubt, daß ich übertreibe", erklärte sie. „Und Eve glaubt das auch."

Brian lachte laut auf und nahm einen Schluck Brandy. „Eve ist ja genau die Richtige, wenn es darum geht, andere Leute der Hysterie zu bezichtigen. Aber wahrscheinlich hat sie wenigstens damit recht, daß du dich nicht zu beunruhigen brauchst. Verrückte wie dieser Würger locken eine Menge andere Irre aus ihren Löchern hervor. Bei uns auf der Wache hat schon eine ganze Armee solcher Typen angerufen. Sie alle behaupten, die Morde begangen zu haben."

„Ich bin mir ja nicht einmal sicher, ob der Anrufer ein Mann ist", meinte Joanne.

Brian betrachtete sie interessiert. „Wieso?"

„Es ist irgend etwas an der Stimme, man kann es nicht eindeutig definieren. Aber", fügte sie hinzu und versuchte zu lachen, „der Würger kann ja wohl kaum eine Frau sein."

„Nichts ist unmöglich. Aber es müßte sich schon um eine außergewöhnlich kräftige Frau handeln", erwiderte Brian. „Viel wichtiger ist jedoch, daß die Person, die dich anruft, keineswegs mit dem Mörder identisch sein muß. Wahrscheinlich ist es jemand, der nicht ganz richtig im Kopf ist und jetzt vollends durchdreht. Natürlich könnte das auch eine Frau sein."

„Eve sagt, Frauen belästigen andere Frauen nicht mit obszönen Anrufen."

„Eve sagt viel", antwortete Brian etwas geheimnisvoll. „Mach dir keine Sorgen. Ich spreche mit meinem Vorgesetzten darüber, mal sehen, ob wir nicht jemanden bekommen können, der in regelmäßigen Abständen an deinem Haus vorbeifährt. Und natürlich werde auch ich meine Augen offenhalten."

„Danke", sagte Joanne und stand dann auf, um nach Hause zu gehen. Brian begleitete sie noch zur Tür.

„Sag Eve, daß ich sie morgen anrufe", trug Joanne ihm auf.

„Mach ich", versicherte er und sah ihr dann nach, wie sie die Abkürzung über den Rasen nahm und die Stufen zu ihrer Haustür hinauflief.

Sie winkte ihm zu und suchte mit der anderen Hand in ihrer Tasche nach den Schlüsseln. „Wo sind die denn jetzt schon wieder?" murmelte sie. „So ein Mist, ich muß sie bei Eve liegengelassen haben." Sie blickte zurück, dorthin, wo Brian gerade noch gestanden hatte, aber er war schon ins Haus zurückgegangen. Sie überlegte, ob sie zurücklaufen sollte. „Ach was, ich hole sie morgen", beschloß sie, drückte auf den Knopf der Türklingel und wartete. Plötzlich meinte sie, drüben in Eves Haus, am Fenster des Schlafzimmers eine Bewegung wahrzunehmen, als ob sie beobachtet würde. „Los, Lulu, mach mir schon auf!" Noch einmal drückte sie auf den Klingelknopf.

Plötzlich ertönte es laut aus der Dunkelheit heraus: „Wer ist da?" Joanne zuckte vor Schreck zusammen. „Mein Gott!" rief sie dann. Es war Lulus Stimme, die aus der neuen Sprechanlage neben der Türklingel kam.

„Ich bin's, die Mama", antwortete Joanne, nachdem sie sich gefaßt hatte. Ihr Herz schlug wie wild.

„Wo ist denn dein Schlüssel?" fragte das Kind, während es die Tür öffnete und zurücktrat, die Augen dabei starr zu Boden gerichtet.

Joanne genügte ein kurzer Blick, um zu wissen, daß mit Lulu etwas nicht stimmte.

„Was ist passiert?" fragte Joanne sofort.

Lulu schüttelte den Kopf und wandte sich ab. „Nichts", murmelte sie.

Joanne streckte den Arm aus und faßte ihre Tochter an der Schulter. Langsam drehte sie das sich sträubende Mädchen herum und hob mit einer sanften Berührung ihr Kinn. „Sag schon!" Lulu öffnete den Mund, als ob sie gleich zu sprechen beginnen würde, blieb aber stumm.

„Lulu, irgend etwas stimmt nicht. Das habe ich schon in dem Moment gemerkt, als ich zur Tür hereinkam. Hast du dich wieder mit Robin gestritten, bevor sie wegging?" Lulu schüttelte heftig den

Kopf. Zu heftig, dachte Joanne. „Was ist denn passiert, Lulu?" fragte sie erneut.

„Ich möchte es dir nicht sagen."

„Das sehe ich. Und ich sehe auch, daß es etwas mit Robin zu tun hat." Lulu hob den Kopf und öffnete den Mund, um zu protestieren. Im nächsten Moment blickte sie wieder zu Boden und schwieg.

„Hat das, was geschehen ist, etwas mit Scott Peterson zu tun?"

„Nein", antwortete Lulu eine Spur zu schnell. „Ja", flüsterte sie.

Joanne sah, daß Lulus Augen sich mit Tränen füllten. „Lulu, bitte, sag es mir."

„Robin und Scott haben Marihuana geraucht", gestand sie leise.

Joanne erstarrte. „Was? Woher weißt du das?"

„Scott kam, um Robin abzuholen, ein paar Minuten nachdem du gegangen warst. Robin machte sich noch zurecht. Scott meinte, er gehe mal rauf und sage ihr, daß sie sich beeilen solle. Er ging in ihr Zimmer, und ich versuchte zu lernen, aber sie waren so laut, Robin hat wie verrückt gekichert. Jedenfalls bin ich reingegangen und habe gesagt, sie sollten bitte leiser sein. Zuerst habe ich geklopft, aber sie hörten mich nicht. Da habe ich die Tür aufgemacht, und da saßen sie am Boden, neben dem Bett und haben sich den Joint gereicht."

„Und was geschah dann? Nachdem sie dich gesehen hatten?"

„Sie haben mir angeboten, einmal zu ziehen. Robin sah ziemlich ängstlich aus. Ich glaube, sie hatte Angst, daß ich es dir erzähle, und sie dachte, wenn ich mitrauche, würde ich nichts sagen."

Langsam ging Joanne ein Licht auf. Robins schulische Leistungen, die schlechten Noten, das häufige Schwänzen. Die klassischen Anzeichen von Drogenmißbrauch, wie Joanne sie immer wieder im Radio zu hören bekommen hatte.

„Was ist dann passiert?" fragte Joanne, die spürte, wie sie am ganzen Körper zitterte.

„Nichts. Ich sagte: ‚Nein, ich will nicht dran ziehen', dann ging ich zurück in mein Zimmer. Ein paar Minuten später kam Robin rein und sagte, ich solle dir nichts erzählen. Du hättest schon genug Sorgen, seit Papa weg ist. Deshalb war ich so durcheinander. Ich wußte nicht, was ich tun sollte."

„Du hast das Richtige getan", versicherte ihr Joanne und strich eine Haarsträhne aus Lulus tränenverschmiertem Gesicht.

„Was machst du jetzt?" fragte das Kind schüchtern.

„Ich bin mir noch nicht sicher. Ich muß mit deinem Vater darüber sprechen." Sie sah auf ihre Uhr. Es war fast elf. War es schon zu spät, um Paul noch anzurufen? „Geh schlafen, Schatz. Es ist spät." Sie gab ihrer Tochter einen Kuß und sah ihr nach, wie sie die Stufen hinauflief.

Joanne knipste das Licht in der Diele aus und ging hinauf ins Schlafzimmer. Sie setzte sich aufs Bett und blickte unschlüssig auf das Telefon. Würde sie Paul aufwecken? War er überhaupt zu Hause? Würde er ungehalten sein und ihr sagen, genau das sei es, was er meine, wenn er ihr rate, selbst Entscheidungen zu treffen? Schließlich nahm sie doch den Hörer ab und wählte Pauls Nummer. Soll er eben wütend sein, dachte sie, während sie dem Summton lauschte. Es summte nur einmal, dann wurde der Hörer abgenommen, als ob Paul neben dem Apparat gesessen und ihren Anruf erwartet hätte.

„Hallo?" meldete sich eine fremde Stimme. Die Stimme einer Frau.

Einen Moment lang schwieg Joanne, überzeugt, die falsche Nummer gewählt zu haben. Sie wollte gerade auflegen, da fragte die unbekannte Stimme: „Wollten Sie mit Paul sprechen?"

Joanne wurde es speiübel. „Ist er da?" hörte sie sich fragen.

„Na ja, da ist er schon", meinte die Frau mit einem Kichern, „aber im Augenblick kann er nicht ans Telefon kommen. Darf ich etwas ausrichten?"

„Sind Sie Judy?"

„Ja." Sie klang hoch erfreut, erkannt worden zu sein. „Wer ist denn da?"

Joanne ließ den Hörer auf die Gabel fallen. „Nein!" schrie sie plötzlich, nahm Pauls Kissen vom Bett und schleuderte es durch das ganze Zimmer. Dann sank sie auf die Knie und begann heftig zu schluchzen.

Das Telefon klingelte. Sofort sprang Joanne auf. Das war Paul. Sicher hatte diese Judy ihm von dem seltsamen Anruf berichtet, und er hatte den Schluß gezogen, daß nur sie es gewesen sein konnte. Er würde sauer sein. Na gut, ich selbst bin auch reichlich sauer, dachte sie und nahm den Hörer ans Ohr.

„Mrs. Hunter", neckte sie die Stimme. „Sie waren ja ein ganz ungezogenes Ding, nicht wahr? Mit dem Mann Ihrer besten Freundin rumzuturteln." Joanne hörte reglos zu, sie fühlte sich wie gelähmt. „Sie müssen bestraft werden, Mrs. Hunter", fuhr die Stimme frohlockend fort. „Ich werde Sie bestrafen müssen."

„Fahren Sie zur Hölle!" kreischte Joanne und ließ den Hörer so hart auf die Gabel krachen, daß er wieder hochsprang und sie ihn ein zweites Mal auflegen mußte.

„Mama?" fragte eine ängstliche Stimme. Joanne drehte sich ruckartig um und sah ihre jüngere Tochter in der Tür stehen. Lulu starrte sie mit weit aufgerissenen Augen an. „Was ist denn los? Warum schreist du denn?"

„Ich habe so einen merkwürdigen Anruf bekommen", antwortete Joanne hastig. Ihre Stimme klang heiser, ihr Atem ging schnell. „Hast du nicht das Telefon klingeln hören?" fragte sie.

Auf Lulus Gesicht erschien ein Ausdruck des Erstaunens. Das Mädchen schüttelte den Kopf. „Ich habe nur dein Schreien gehört."

„Entschuldige, ich wollte dich nicht aufwecken." Joanne begleitete ihre schlaftrunkene Tochter in ihr Zimmer zurück. „Geh wieder schlafen, meine Süße."

„Ist Robin schon heimgekommen?"

„Nein, noch nicht."

„Zuerst habe ich gedacht, du schreist sie an", erklärte Lulu, der bereits wieder die Augen zufielen. „Es ist so komisch, wenn man dich schreien hört", setzte sie flüsternd hinzu.

Joanne zog leise die Tür zu und ging die Treppe hinab, um unten auf die Rückkehr von Robin zu warten.

„Sag ihm, er soll reinkommen", bat Joanne mit ruhiger Stimme, als Robin gerade die Haustür schließen wollte.

„Du kommst wohl besser mit rein", hörte sie Robin dem jungen Mann hinter ihr zuflüstern.

Scott Peterson schlurfte ins Haus und lächelte Joanne unschuldig zu.

„Schließen Sie die Tür", sagte Joanne zu ihm. Sie hörte Robin tief Luft holen. „Gehen wir ins Wohnzimmer", schlug sie vor, und widerwillig folgte ihr das schweigende Paar dorthin. Joanne knipste das Licht an. „Ihr könnt euch hinsetzen, wenn ihr wollt", sagte sie mit einer entsprechenden Handbewegung, aber keiner der beiden rührte sich von der Stelle. „Ich glaube, ihr beide wißt, um was es hier geht."

„Ach, die Kleine hat gepetzt", schimpfte Robin.

„Fang ja nicht an, Lulu die Schuld zu geben", warnte Joanne.

„Es war doch gar nichts …", protestierte Robin.

„Und sag mir nicht, es war doch gar nichts!" erwiderte ihre Mutter mit lauter werdender Stimme. Sie räusperte sich. „Ich will nicht mit dir diskutieren, ich glaube, ich habe ein ziemlich klares Bild davon, was vorgefallen ist." Sie sah von ihrer Tochter zu Scott Peterson, dessen Blicke Löcher in sie zu bohren schienen. „Lulu hat mir alles erzählt."

„Sie hatte nichts in meinem Zimmer verloren!" unterbrach Robin lautstark.

„Darum geht's hier doch gar nicht!" rief Joanne erzürnt. „Außerdem hat sie geklopft, aber ihr habt natürlich nichts gehört, weil –"

„Mrs. Hunter, es ist wirklich keine so wahnsinnig große Sache", schaltete sich Scott Peterson ein.

„Halt den Mund!" schrie Joanne Robins Freund an. „Hier entscheide ich, was eine große Sache ist. Wie können Sie es wagen, Rauschgift in dieses Haus zu bringen! Sie sollten sich schämen, meinen Kindern dieses Zeug anzubieten!"

„Robin ist doch kein Kind mehr, Mrs. Hunter. Niemand hat ihr etwas aufgezwungen. Sie hätte nicht mitmachen müssen."

„Stimmt genau", sagte Joanne mit einer plötzlichen eisigen Ruhe. „Und ich muß auch nichts mitmachen. Verschwinden Sie aus meinem Haus", fuhr sie mit stetig lauter werdender Stimme fort, „und versuchen Sie nie mehr, meine Tochter wiederzusehen, denn wenn Sie es tun, dann lasse ich Sie verhaften. Haben Sie mich verstanden?"

„Mama!"

„Raus hier! Gehen Sie mir aus den Augen!" herrschte Joanne ihn an.

„Nichts lieber als das", sagte der Junge höhnisch und drückte sich an ihr vorbei, wobei er sie mit seiner knochigen Schulter anstieß. Gleich darauf war er verschwunden, ohne sich auch nur noch einmal umgesehen zu haben.

„Was hast du angerichtet?" kreischte Robin. „Du hattest kein Recht, so mit ihm zu sprechen!"

„Bitte sag mir nicht, welche Rechte ich habe."

„Jetzt wird er überall rumerzählen, daß ich ein kleines Kind bin."

„Genau das bist du auch. Und obendrein kein sehr kluges. Wie konntest du dich bloß auf so was einlassen?"

„Es ist alles Lulus Schuld!"

„Nein, es ist allein deine Schuld", beharrte Joanne.

„Sie hätte es dir nicht zu sagen brauchen."

„Wirklich? Hast du ihr denn eine andere Wahl gelassen? Du hättest

doch nicht vor ihren Augen Marihuana rauchen müssen. Hast du es
darauf angelegt, erwischt zu werden?"

Diesmal erwiderte Robin nichts. „Und was passiert jetzt?" fragte sie
nach einer langen Pause.

Joanne zuckte die Achseln. „Ich werde mit deinem Vater sprechen
müssen."

„Warum?"

„Weil er dein Vater ist und ein Recht hat, es zu erfahren",
antwortete Joanne. „In der Zwischenzeit, bis ich mit ihm sprechen
kann, hast du Hausarrest."

Robin sagte nichts; sie trat nervös von einem Fuß auf den anderen.

„Hast du verstanden?"

„Ja", murrte Robin. „Kann ich jetzt ins Bett gehen?"

„Geh ins Bett", stimmte Joanne zu und wartete, bis Robin nach
oben verschwunden war. Dann ging sie zur Haustür, drehte den
Schlüssel zweimal im Schloß und drückte auf den untersten Knopf der
Alarmanlage, um diese einzuschalten.

TEIL II

SIEBTES KAPITEL

DAS alles scheint jetzt schon so lange her zu sein. Inzwischen ist Mr.
Roger mit seiner Firma bankrott gegangen, doch die häßliche Grube
des unfertigen Swimmingpools erinnert ständig an ihn. Die Mädchen
sind soeben ins Ferienlager gefahren, und Paul ist nicht nach Hause
zurückgekehrt.

Immer noch klingelt das Telefon, als Joanne Hunter sich dazu
aufrafft, das leere Schwimmbecken zu verlassen, wo sie reglos am
Boden gekauert hat. Langsam geht sie ins Haus zurück. Jetzt, da auch
Robin und Lulu weg sind, ist sie zum erstenmal in ihrem Leben ganz
allein. Sie schielt zum Telefon hinüber. *Es gibt jetzt nur noch uns beide,
dich und mich,* scheint er ihr sagen zu wollen. Als der Apparat endlich
aufhört zu klingeln, ist es im Haus völlig still, so still wie nie zuvor.
Früher, wenn sie allein hier war, war das nur für ein paar Stunden
gewesen, niemals mehr als einen Tag. Sie schlurft barfuß ins
Wohnzimmer und plumpst auf das große, bequeme Sofa.

Joanne überlegt, wie den Mädchen das Sommerlager in diesem Jahr wohl gefallen wird, vor allem, wie Robin zurechtkommen wird. Sie grübelt darüber nach, ob die Entscheidung, Robin ins Camp zu schicken, richtig war oder nicht. In vier Wochen ist Besuchstag, dann wird sie sich ein Urteil darüber bilden können. *Falls ich dann noch am Leben bin,* denkt sie.

Das Telefon beginnt wieder zu klingeln. Joanne zuckt zusammen, wie sie es bei dem einst so willkommenen Geräusch jetzt immer tut. Zweimal hat sie ihre Nummer ändern lassen, aber er hat sie trotzdem wieder ausfindig gemacht. Nur eine Woche lang hatte Ruhe geherrscht – eine Woche, in der sie spürte, wie ihr Körper sich entkrampfte, wie ihre Ängste nachließen –, und dann hatten die Anrufe von neuem begonnen, bedrohlicher und beleidigender als zuvor. Ob sie glaube, sie könne ihm so leicht entwischen? fragte er. „Ändern Sie Ihre Nummer, sooft Sie wollen", höhnte er. „Ich werde Sie immer wiederfinden!"

Joanne geht in die Küche. Sie bleibt vor dem Telefon stehen, bis das Klingeln aufhört. Dann nimmt sie den Hörer und wählt hastig Eves Nummer. Eve ist sofort dran, als ob sie Joannes Anruf erwartet hätte.

„Wie geht es dir?" fragt Joanne.

„Wie immer", antwortet Eve. „Sind die Mädchen gut weggekommen?"

„Ja. Paul hat sie heute morgen zum Bus gebracht. Inzwischen sind sie wohl schon fast am Ziel. Ich hoffe nur, daß es richtig war, sie dort hinzuschicken."

„Aber sicher", sagt Eve rasch. „Ein paar Wochen auf dem Land, die frische Luft . . ."

„Hast du Lust spazierenzugehen? Ich muß mal raus."

„Bist du verrückt? Ich käme nicht weiter als bis zur nächsten Straßenecke."

„Ach komm", bittet Joanne. „Es würde dir auch guttun. Treffen wir uns in fünf Minuten vor dem Haus." Sie legt auf, bevor Eve Zeit hat, den Vorschlag abzulehnen.

„WAS für Untersuchungen stehen denn diese Woche an?" Joanne und Eve drehen gerade die dritte Runde um den Block. Sie haben bereits über die Wettervorhersage gesprochen – weiterhin sonnig – sowie über Joannes Zehennägel – weiterhin verfärbt –, was zum

Thema Tennis führte, zu Steve Henry und schließlich dazu, daß Joanne abrupt das Thema wechselt.

„Du lenkst ab", meint Eve.

„Da gibt es nichts weiter zu sagen", entgegnet Joanne. „Warum soll ich teure Tennisstunden nehmen, wenn ich niemanden habe, mit dem ich spielen kann? Sobald es dir bessergeht, fangen wir gemeinsam wieder mit dem Unterricht an. Ich verstehe nicht, warum du soviel Tamtam darum machst."

„Ganz einfach, weil Steve Henry es auf dich abgesehen hat! Du brauchst bloß ja zu sagen."

„Ich will ihn nicht."

Eve bleibt stehen. „Warum denn nicht, Herrgott noch mal?"

„Ich liebe Paul", sagt Joanne leise. „Paul und keinen andern."

„Niemand verlangt von dir, daß du Steve Henry lieben mußt!"

„Können wir bitte von etwas anderem sprechen?"

Eve schweigt.

„Du hast mir noch immer nicht gesagt, welche Untersuchungen diese Woche anstehen."

„Am Dienstag werden einige Tests in der Herzklinik vorgenommen", erklärt Eve, während sie weitergehen. „Und am Donnerstag habe ich einen Termin bei einem Hautarzt in Roslyn, Dr. Ronald Gold heißt er, glaube ich."

„Was willst du denn bei einem Hautarzt?"

Eve bleibt stehen und schiebt sich mit dem Handrücken das Haar aus der Stirn. „Mein Gott, Joanne, schau mich doch an. Ich bin grün im Gesicht!"

„Du hast noch nie einen rosigen Teint gehabt", bringt Joanne ihr sanft in Erinnerung.

„Nein, aber wie verschimmeltes Brot habe ich auch nie ausgesehen."

„So schaust du auch jetzt nicht aus!" Joanne lacht. „Ich finde, du siehst ganz gut aus. Ein bißchen blaß vielleicht ..."

„Joanne, hör zu", bittet Eve. „Ich weiß einfach nicht, was mit mir los ist. Vielleicht benehme ich mich ja wirklich ein bißchen seltsam, aber irgend etwas ist ganz und gar nicht in Ordnung. Mein Körper funktioniert nicht mehr. Ich habe ständig Schmerzen. Und niemand kann mir sagen, was es ist."

„Reg dich nicht auf", beschwichtigt Joanne sie und legt den Arm tröstend um Eve. „Bald wird es jemand herausfinden. Hast du gesagt, du wirst zu einem Arzt namens Ronald Gold gehen?"

„Ja, am Donnerstag. Warum?"

„In unsrer Schule war ein Junge, der hieß Ronald Gold, erinnerst du dich?" Eve schüttelt den Kopf. „Ich würde gern wissen, ob es derselbe ist."

Sie haben die vierte Runde beendet und stehen wieder vor Eves Haus.

„Ich glaube, ich gehe jetzt besser rein", sagt Eve.

„Wieder Schmerzen?"

„Ein bißchen. Es ist, als ob . . ., als ob mir jemand einen Gürtel um die Rippen schnüren würde. Ich kann es nicht erklären. Je mehr ich es versuche, um so verrückter klingt es. Brian will, daß ich zum Psychiater gehe."

„Vielleicht ist das gar keine so schlechte Idee", meint Joanne. Sie sieht Feindseligkeit in Eves Augen aufblitzen. „Nur damit du damit umzugehen lernst", fügt sie hastig hinzu.

„Ich will nicht damit umgehen lernen", entgegnet Eve barsch, „ich will es loswerden." Sie wendet den Blick zu ihrem Haus. „Ach, entschuldige. Ich wollte dich nicht anschnauzen. Glaub mir, wenn ich der Meinung wäre, ich brauchte einen Psychiater, dann hätte ich schon längst einen aufgesucht. Halt wenigstens du zu mir, ja? Ich brauche dich als meine Freundin."

„Ich bin deine Freundin."

„Ich weiß", sagt Eve und lächelt sie an. „Besuchst du heute nachmittag deinen Großvater?"

Joanne nickt.

„Gib dem alten Burschen einen Kuß von mir."

ALS Joanne vom Besuch im Altersheim nach Hause zurückkehrt, klingelt das Telefon. „Jetzt reicht's!" schreit sie wütend in Richtung des Apparats.

Sie marschiert darauf zu, nimmt den Hörer aber nicht ab. Ist er ihr gefolgt? Ist es reiner Zufall, daß er genau in dem Moment anruft, in dem sie das Haus betritt?

Beim fünften Klingelzeichen hebt Joanne dann doch ab. „Warum machen Sie das?" sagt sie, ohne sich vorher zu melden.

Eine kurze Pause. Dann: „Joanne?"

„Paul!" Joanne versucht zu lachen. Sie ist so froh, seine Stimme zu hören.

„Joanne, bekommst du denn immer noch diese komischen Anrufe?"

„Nein", sagt sie schnell. „Es ist nur so ein lästiger Immobilienfritze. Er hat schon ein paarmal hier angerufen, um uns eine Vermögensanlage aufzuschwatzen."

Er glaubt die Lüge sofort. „Dann ist es ja gut. Ich habe schon mal telefoniert. Du warst nicht zu Hause."

„Ich war spazieren. Danach hab ich Großvater besucht. Ist mit Robin und Lulu alles glattgegangen?"

„Ja, alles bestens. Wir mußten sogar noch eine Weile warten, bis der Bus kam."

„Hat Robin noch irgend etwas gesagt?"

„Nein, nur auf Wiedersehen. Sie werden jetzt wirklich groß", erklärt er und fragt dann plötzlich: „Kannst du dich noch erinnern, wie dein erster Tag im Sommerlager war?"

„Ich bin nie ins Camp gefahren. Wir hatten doch das Sommerhäuschen."

„Ach ja, stimmt. Glaubst du, den Mädchen hat etwas gefehlt, weil wir kein Sommerhaus hatten?" fragt er nach einer kurzen Pause.

„Die Mädchen waren immer gern im Sommerlager", antwortet sie, unsicher, wohin dieses Gespräch führen wird.

„Bei dem, was es kostet, tun sie auch gut daran, gern dort zu sein! Das ist ja wie zwei Monate auf Kur. Zu meiner Zeit war das anders. Wir schliefen in Zelten, in Schlafsäcken!"

„Das stimmt nicht! Ich habe die Fotos von deinem Camp gesehen: lauter wunderschöne Blockhütten. Und ich erinnere mich, daß deine Mutter sich beklagt hat über die hohen Preise, genau wie du jetzt."

Er lacht amüsiert. „Ich glaube, du hast recht."

Wieder eine lange Pause. „Paul ...?" fragt Joanne zögernd.

„Ja?"

„Habe ich eine Lebensversicherung?" Die Frage kommt für Joanne selbst fast ebenso überraschend wie für Paul.

„Nein", antwortet er. „Aber ich bin hoch versichert. Warum?"

„Ich finde, ich sollte eine haben."

„Na gut", erklärt er sich einverstanden, „wenn du das willst. Ich könnte einen Termin mit Fred Normandy für dich vereinbaren."

„Dafür wäre ich dir dankbar. Ich halte dich jetzt besser nicht mehr auf."

„Joanne?" fragt er.

„Ja?"

Stille, dann beinahe schüchtern: „Hast du heute abend schon etwas vor?"

SIE ist nervöser als jemals zuvor in ihrem Leben. Seit zwei Stunden schon ist sie damit beschäftigt, sich herzurichten. Zunächst hat sie sich in der Badewanne beinahe aufgeweicht, danach die Haare gewaschen und frisiert, sie unzufrieden wieder ausgekämmt, um sich neu zu frisieren, und schließlich hat sie sie noch einmal naß gemacht und wieder anders gekämmt. Sie ist immer noch mit ihrer Frisur beschäftigt, als sie plötzlich innehält, um ihr Gesicht im Spiegel zu betrachten.

„Was zum Teufel ist das?" fragt sie erschrocken und preßt die Nase gegen den Spiegel. „Ein Pickel? Das darf doch nicht wahr sein!" Verärgert und ungläubig starrt sie auf ihre Wange. Jetzt weiß sie, wie Robin sich fühlt, wenn wenige Minuten vor einem Rendezvous Pickel auftauchen. „Ich kann einfach nicht glauben, daß ich einen Pickel habe", murmelt sie.

Als eine halbe Stunde später die Türglocke läutet, ist sie noch immer damit beschäftigt, den Makel mit geschicktem Make-up zu verdecken.

„DEINE Frisur gefällt mir."

„Im Ernst?"

Sie sitzen am Fenster eines schönen, ja romantischen Restaurants in Long Beach und sehen auf den Atlantik hinaus. Der Raum ist nur spärlich beleuchtet, rhythmisch brandet der Ozean unter ihnen an die Felsen.

„Nein, wirklich, ich finde sie toll. Sie hat so was Lockeres, Ungebundenes."

Joanne lacht bitter. „Vielleicht sieht eine verlassene Frau so aus – locker und ungebunden." In der jetzt folgenden Stille prallt ihr das ganze Gewicht des eben Gesagten entgegen. „Das wollte ich nicht sagen, ehrlich."

„Wenn man's genau nimmt, habe ich diese Bemerkung verdient."

Joanne schweigt. Worauf will er hinaus? Es tut mir leid? Vergib mir? Wenn du mich zurückkommen läßt, werde ich den Rest meines Lebens damit verbringen, alles wiedergutzumachen?

„Ich bin noch nicht so weit, daß ich zurückkommen kann", erklärt er statt dessen. „Ich muß das jetzt sagen, denn ich will dir keinen falschen Eindruck vermitteln ... "

„Ich verstehe."

„Ich liebe dich, Joanne."

„Ich liebe dich auch." Bitte heul nicht, fleht sie sich selbst an. Er sagt dir gerade, daß er dich liebt. Verdirb nicht alles durch Heulen!

„Habe ich dir schon gesagt, daß mir dein Kleid gefällt?" fragt Paul plötzlich. „Ist es neu?"

„Nein", antwortet Joanne. Sie spielt an einem der Knöpfe herum. „Ich habe es letzten Sommer gekauft. Ich habe es nur nie getragen, weil es aus Leinen ist und so schnell knittert."

„Es soll ja knittern."

„Ja, das hat die Verkäuferin auch gesagt."

„Weiß ist eine günstige Farbe für dich. Es bringt deine Bräune zur Geltung."

Joannes Hand gleitet von den Knöpfen hinauf zu ihrem Gesicht. „Alles nur Make-up", erklärt sie ihm. War es gut, das zu sagen? Paul mag es nicht besonders gerne, wenn sie sich schminkt. Wieder entsteht eine ungemütliche Pause. Der Kellner kommt mit zwei Tassen Kaffee und stellt sie auf den Tisch.

Paul wartet, bis er sich wieder zurückgezogen hat. „Ich brauche mehr Zeit", sagt er dann. „Es gibt so vieles, womit ich mich derzeit herumplage ... "

„Du meinst bei der Arbeit?"

Er nickt. „Ich weiß gar nicht mehr, wo mir der Kopf steht."

„In welcher Beziehung?"

„Ich weiß nicht genau, ob ich das erklären kann. Es ist nicht nur die viele Arbeit. Damit werde ich fertig. Aber ich bin die ganze Zeit so müde. Egal, wie lange ich schlafe, die Müdigkeit ist ständig da."

„Bist du beim Arzt gewesen?"

„Ja, Philips hat mich von Kopf bis Fuß untersucht. Im Prinzip bin ich ganz gut in Schuß für mein Alter. Er meinte nur, ich müßte mehr Bewegung haben, und deshalb habe ich mit ein bißchen Gymnastik und Hanteltraining angefangen."

„Ich hab's gemerkt."

Er betastet seine Arme, die jetzt unter dem hellblauen Sakko verborgen sind. „Wie findest du es?" fragt er schüchtern.

Joanne zuckt die Achseln und kichert. Sie fühlt sich wie ein Teenager. „Du hast mir mal gesagt, du könntest nie Muskeln kriegen", sagt sie und beobachtet, wie sein Grinsen immer breiter wird.

„Was? Was sagst du da?"

„Du hast mir mal erzählt, deine Arme seien deshalb so dünn, weil du als Junge hingefallen bist und sie dir mehrfach gebrochen hast, und deshalb würden sie sich nie so entwickeln wie bei anderen Männern."

„Das habe ich nie gesagt!" protestiert er. Seine lachenden Augen verraten ihn.

„Doch!"

„Na ja, ich habe mir die Arme wirklich ein paarmal gebrochen, das ist schon wahr, aber das hat nichts mit den Muskeln zu tun." Er nippt an seinem Kaffee. „Aber ich habe das dir gegenüber behauptet, was?"

„Das war eines der Dinge, derentwegen ich mich in dich verliebte", sagt Joanne leise. Sie ist sich nicht sicher, ob sie schon zu weit gegangen ist. Er sieht sie fragend an. Das unerwartete Eingeständnis scheint ihn zu interessieren, er wirkt sogar geschmeichelt. „Du warst dir bei allem, was du gemacht hast, bei allem, was du tun wolltest, immer so sicher. Du hast so gut ausgesehen ..., siehst so gut aus", verbessert sie sich und kehrt dann sofort wieder zur behaglicheren Vergangenheit zurück, „aber du hattest keine Muskeln, und ich fand das immer seltsam. Die meisten Jungen deines Alters hatten Muskeln, und eines Tages hast du mir davon erzählt, daß du die Arme gebrochen hattest. Und plötzlich bist du mir so verletzlich erschienen, daß ich mich in dich verliebt habe." Sie grinst. „Und jetzt sagst du mir, daß es gar nicht gestimmt hat!" Ihre Blicke begegnen sich, jeder sieht in den Augen des anderen das Spiegelbild der eigenen Jugend. Schnell senkt Joanne den Blick und starrt auf ihren Kaffee.

„Also, ich war mir meiner Sache immer sehr sicher, ja?" fragt er.

„Immer."

„Muß wohl ziemlich unangenehm gewirkt haben."

„Mir gefiel es. Ich war immer das genaue Gegenteil."

„Du hast dein Licht stets unter den Scheffel gestellt. Das tust du heute noch."

„Eve sagt das auch immer."

Paul trinkt seine Tasse aus und bestellt bei dem Kellner eine zweite Portion.

„Woran denkst du?" fragt Joanne, die sieht, wie sich Pauls Miene verdüstert.

„An meine Arbeit. Irgendwie bin ich nicht mehr zufrieden mit mir."

„Du bist aber doch ein guter Rechtsanwalt."

„Ich bin sogar ein hervorragender Rechtsanwalt", korrigiert er sie, ohne daß dies großspurig klingt.

„Wo liegt dann das Problem?"

„Es sind verschiedene Dinge. Vor allem macht mir zu schaffen, daß die einzige Aufgabe eines Rechtsanwalts darin besteht, den Klienten so gut wie irgend möglich zu verteidigen. Dann gibt es aber Fälle, da hat man einen Klienten, von dem man weiß, daß er das Blaue vom Himmel herunter lügt, und man soll diesen Idioten verteidigen ..."

„Obwohl du weißt, daß er lügt."

„Ja – und nein. Wenn du davon überzeugt bist, daß er lügt, ist die Antwort nein, denn dann kannst du ihn unmöglich so gut verteidigen, wie es ihm von Rechts wegen zusteht. Aber es ist so einfach, dir selbst einzureden, daß du dich vielleicht irrst, daß du schließlich nicht der Richter oder die Jury bist und daß der Kerl vielleicht doch die Wahrheit sagen könnte – vor allem wenn dabei ein schönes fettes Honorar rausspringt."

„Und hast du dir das immer eingeredet?"

„Ich weiß nicht." Er trinkt die zweite Tasse Kaffee aus. „Das ist eines der Dinge, über die ich mir klarzuwerden versuche. Ich nehme an, das nennt man eine typische Midlife-Crisis. Wieso hatten nur unsere Eltern nie eine Midlife-Crisis?"

„Sie wußten nicht, daß man von ihnen erwartete, eine zu haben", sagt Joanne, und sie lachen. Joanne wird bewußt, daß sie heute abend zum erstenmal seit langer Zeit wieder gemeinsam lachen. „Kannst du dich erinnern, wie du mich zum erstenmal in ein Broadwaystück ausgeführt hast?" fragt sie plötzlich. „Ich wollte immer eine Kutschenfahrt durch den Central Park machen, und nach dem Stück habe ich andauernd davon gesprochen, bis du die Anspielung endlich kapiert hast." Er beginnt zu lachen; offensichtlich kann er sich jetzt daran

erinnern. „Ich werde nie vergessen, wie du während der Kutschenfahrt mit Tränen in den Augen dagesessen hast, und ich dachte, mein
Gott, er ist so sensibel, so romantisch . . . "

„So allergisch . . . ", wirft er ein.

„Und das restliche Wochenende mußtest du im Bett verbringen.
Warum hast du mir nicht gesagt, daß du allergisch gegen Pferde bist?"

„Ich wollte dir nicht den Spaß verderben. "

„Und dann hat deine Mutter mich ausgeschimpft, ich solle besser
auf dich aufpassen. "

„Sie hätte dir sagen sollen, daß du so schnell wie möglich Reißaus
nehmen sollst. "

„Zu spät. Ich war schon verliebt. "

„In meine Allergien und die dünnen Arme", sagt er, und Joanne
nickt zustimmend. „Und ich glaubte immer, meine Intelligenz und
mein gutes Aussehen seien entscheidend gewesen. "

„Komisch, in was man sich alles verliebt", meint Joanne, während
Paul dem Kellner zu verstehen gibt, daß er bezahlen möchte.

„Ich glaube, ich komme besser nicht mit rein", sagt er an der
Haustür. Joanne nickt, obwohl sie gerade das Gegenteil vorschlagen
wollte. „Nicht daß ich nicht möchte", fügt er schnell hinzu. „Ich
glaube bloß nicht, daß es gut wäre. "

„Finde ich auch", flüstert Joanne.

„Die erste Nacht, in der du ganz allein bist", sagt er, während sie in
ihrer Handtasche nach den Schlüsseln kramt.

„Irgendwann muß ich mich ja wohl daran gewöhnen. " Triumphierend holt sie ihren Schlüsselbund hervor.

„Neuer Schlüsselanhänger?"

„Ich habe den anderen Schlüsselbund verloren", erklärt sie und
beginnt aufzuschließen. „Kannst du dir das vorstellen? Ich hab alle
Schlösser auswechseln lassen, und dann verliere ich die blöden
Dinger. Ich dachte, ich hätte sie bei Eve vergessen, aber sie schwört,
bei ihr seien sie nicht. " Sie öffnet die Tür, geht schnell zu der
Alarmanlage in der Diele und drückt die entsprechenden Knöpfe.
„Jedesmal, wenn ich das mache, bin ich nervös", gesteht sie.

„Du machst es sehr gut. " Er lächelt. Joanne starrt ihn erwartungsvoll an. Will er ihr einen Gutenachtkuß geben? Ist es gut, sich nach
dem ersten Rendezvous zu küssen, wenn es sich dabei um den Mann

handelt, mit dem man seit zwanzig Jahren verheiratet ist? „Es war ein wunderschöner Abend, Joanne", sagt er, und Joanne merkt, daß er es nicht einfach nur sagt, um ihr eine Freude zu machen.

„Für mich auch."

„Ich würde es gerne wieder mal machen." Joanne will schon fragen, wann, bremst sich aber noch rechtzeitig. „Ich rufe dich an." Er beugt sich vor und küßt sie flüchtig auf die Wange.

Ich liebe dich – lautlos bewegen sich ihre Lippen, während sie ihm nachsieht, wie er in seinen Wagen steigt und losfährt.

Als Joanne zu Bett geht, hat sie zum erstenmal seit Monaten ein gutes Gefühl in bezug auf die Zukunft. Paul wird zurückkommen, sagt sie sich. Es ist nur eine Frage der Zeit, und sie wird ihm soviel Zeit gewähren, wie er braucht. Dafür hat er ihr neue Hoffnung gegeben.

Achtes Kapitel

„Du kommst zu spät", meint Eves Mutter vorwurfsvoll, als Joanne Eves Haus betritt.

Joanne wirft einen Blick auf ihre Armbanduhr. „Bloß um fünf Minuten", sagt sie, entschlossen, sich nichts ankreiden zu lassen. „Wo ist Eve?"

„Ich habe sie wieder raufgeschickt, damit sie sich hinlegt. Eve!" ruft sie die Treppe hinauf. „Deine Freundin ist jetzt endlich da!"

„Also wirklich, Mutter", meint Eve, als sie die Treppe herunterkommt, „findest du nicht, daß du eine Spur zu grob bist?"

„Ja, natürlich, haltet nur zusammen", erklärt Eves Mutter, als Eve und Joanne wissende Blicke austauschen. „Und hört auf, so zu lächeln. Ihr denkt wohl, ich sehe das nicht!" fügt sie hinzu, während die beiden Freundinnen zusammen zur Tür gehen. „Fahrt vorsichtig!" ruft sie ihnen nach.

„Wie lange will sie denn diesmal bleiben?" erkundigt sich Joanne, sobald sie den Wagen gestartet hat und losfährt.

„Ich glaube, entweder bis es mir bessergeht oder bis ich gestorben bin." Sie lachen beide.

„Wie steht Brian dazu, daß sie jetzt die ganze Zeit bei euch ist?"

„Ich glaube, er ist erleichtert", sagt Eve. „Er braucht keine Schuldgefühle mehr zu haben, weil er so gut wie überhaupt nicht mehr nach Hause kommt. Und wenn er mal heimkommt, steht immer ein warmes Essen auf dem Tisch. Es würde mich nicht überraschen, wenn er, nachdem ich gestorben bin, meine Mutter heiraten würde."

„Du wirst nicht sterben."

„Alle sagen mir das immer wieder."

„Aber du glaubst ihnen nicht?" meint Joanne und denkt dabei, daß sie gerne über etwas anderes sprechen würde. Sie hat das Gefühl, daß Eve und sie in letzter Zeit nur noch über Eves Gesundheitszustand reden. „Hast du eine Lebensversicherung?" fragt sie Eve plötzlich.

„Wie kommst du denn darauf?" erwidert Eve verwundert.

„Ich habe eine abgeschlossen."

„Wirklich? Warum denn?"

„Ich dachte mir, das ist eine gute Idee. Falls mir etwas passieren sollte..."

„Dir wird nichts passieren", betont Eve und würgt damit das Gespräch über Joannes Befürchtungen ab. Joanne hat schon öfter bemerkt, daß Eve nicht gern über die Anrufe spricht, die ihr zu schaffen machen.

Tatsächlich wechselt Eve gleich darauf endgültig das Thema. „Meinst du, daß dieser Dr. Ronald Gold der Bursche ist, mit dem wir zur Schule gegangen sind?" will sie wissen.

„Nur noch ein bißchen Geduld, Sie sind gleich dran", sagt der Hautarzt, während er aus seinem Behandlungszimmer in das überfüllte Wartezimmer tritt. Er ist etwa einen Meter siebzig groß, hat dicke rotblonde Haare und zeigt ein gewinnendes Lächeln. Ohne Frage ist er derselbe Ronald Gold, mit dem Joanne und Eve in der Schule waren. Joanne beobachtet, wie er ungeschickt in dem Terminkalender herumblättert, der auf dem papierübersäten Schreibtisch liegt, und sie erinnert sich, daß er das früher mit seinen Schulbüchern auch immer so gemacht hat. Er ist überhaupt nicht älter geworden, findet sie und fragt sich, ob er wohl dasselbe von ihr denkt, falls er überhaupt Zeit hat, Notiz von ihr zu nehmen.

„Entschuldigen Sie das Chaos hier", meint er, während er offensichtlich einen Kugelschreiber sucht. „Ich weiß doch; daß ich ihn hier irgendwo hingelegt habe." Hilflos kramt er in den Schreibtischschubladen. „Meine Sprechstundenhilfe hat letzte Woche aufgehört",

verkündet er dabei der Runde der Patienten. „Ich hab eine Zeitarbeits-
firma angerufen, damit die mir eine Aushilfskraft schicken, aber die
Dame ist nie erschienen." Resigniert hebt er den Blick vom
Schreibtisch. „Kann mir einer von Ihnen einen Kugelschreiber
leihen?"

Joanne geht an seinen Schreibtisch, zieht den silbernen Kugelschreiber, den sie dort entdeckt hat, unter einem Berg von Papieren hervor
und reicht ihn dem Jungen, der in der Schulbank hinter ihr saß.

„So jemand wie Sie fehlt mir eben", meint er charmant und fügt
dann hinzu: „Kenne ich Sie nicht?"

„Wir sind zusammen zur Schule gegangen. Joanne Mossmann – das
heißt, Mossmann war mein Mädchenname, jetzt heiße ich Hunter."

Sein Grinsen wird immer breiter, bis die Mundwinkel fast an den
Ohren sind. „Ach, Joanne Mossmann", ruft er, „ich hätte dich nicht
erkannt – du siehst jetzt sogar noch besser aus als damals." Joanne
lacht. „Das ist mein Ernst. Ich meine, du warst schon immer hübsch,
aber du warst immer etwas steif, du weißt schon, wie ich das meine.
Jetzt siehst du viel lockerer aus." Joanne bemerkt, daß sie rot wird.
„He, und du kannst ja immer noch rot werden. Das gefällt mir auch."
Er legt ihr den Arm um die Taille und gibt mit dem anderen Arm ein
Zeichen, das die Aufmerksamkeit der Patienten auf ihn lenken soll.
„Alle mal herhören, das ist die kleine Joanne Mossmann. Wie heißt du
jetzt noch mal?"

„Hunter."

„Die kleine Joanne Hunter. Sicher schon lange verheiratet?" Joanne
nickt. Er betrachtet ihr Gesicht. „Was ist das? Ein Pickel?" Mit
kundigen Fingern streicht er über ihre Wange. „Kein großes
Problem", meint er. „In ein paar Minuten nehme ich mich deiner an."

„Eigentlich bin ich gar nicht hergekommen, um mich untersuchen
zu lassen", sagt Joanne rasch. „Ich habe eine Freundin hierher
begleitet." Sie deutet auf Eve, die mit mürrischer Miene auf einem
Stuhl sitzt.

„Ist das die kleine Eve Pringle?" fragt Dr. Ronald Gold, während
Eve sich erhebt. Sie überragt ihn um gut fünf Zentimeter. „Und ihr
beiden seid immer noch dicke Freundinnen, was?"

„Eve Stanley heiße ich jetzt", erklärt ihm Eve. „Wir hatten vor
zwanzig Minuten einen Termin."

Er nimmt die spitze Bemerkung gelassen hin. „Ja, nun, ich bedaure die Verspätung." Das Telefon klingelt. Er beugt sich vor und greift nach dem Hörer. „Für dich", sagt er zu Joanne. Sie reißt die Augen auf. „Kleiner Scherz", betont er schnell, als er ihren Schreck bemerkt. „Ja, hier ist Dr. Ronald Gold", meldet er sich. „Natürlich kann ich Sie untersuchen, Mrs. Gottlieb. Kommen Sie doch heute nachmittag vorbei." Er legt den Hörer auf und richtet den Blick wieder auf Eve. „Ich nehme dich gleich dran", sagt er und dreht sich dann zu Joanne um. „Und danach möchte ich auch noch einen Blick auf dich werfen."

„WANN hast du diese Pickel denn zum erstenmal bekommen?" fragt er Joanne, die auf dem Untersuchungstisch liegt. Ihr Gesicht ist kalt von der Trockeneisbehandlung, die der Arzt gerade durchgeführt hat. Ronald Golds Finger drücken fest auf ihr Kinn.

„Erst im letzten Monat", erzählt sie. „Ich konnte es gar nicht glauben. Frauen in meinem Alter bekommen doch keine Pickel."

„Zeig mir mal, wo geschrieben steht, daß Leute in unserem Alter keine Pickel bekommen. Sie kriegen sie sehr wohl, das kannst du mir glauben. Trotzdem frage ich mich, was du in letzter Zeit mit deiner Haut gemacht hast."

„Wie meinst du das?"

„Hast du irgendwelche Cremes angewendet?"

„Ich benütze seit kurzem eine neue Feuchtigkeitscreme, die mir Eve empfohlen hat . . ."

„Ach, ist Eve Hautärztin?"

„Nein, aber sie meinte, ich solle mal anfangen, meine Haut mehr zu pflegen."

„Tust du immer noch alles, was Eve sagt? So wie früher?"

Joanne lächelt. „Na ja, ich habe mich eben vorher nie um meine Haut gekümmert."

„Offenbar war das nicht das Schlechteste." Er tritt einen Schritt zurück. „Mit dem, was du jetzt tust, verstopfst du dir nämlich alle Poren. Diese schicken, teuren Cremes haben bei dir nur Pickel zur Folge. Hör auf, sie weiter zu benützen."

„Und was soll ich statt dessen tun?"

„Wasch dir einmal pro Tag, und zwar am Abend, mit einer milden Seife das Gesicht. Mehr ist nicht nötig. Feuchtigkeitscreme brauchst du nicht, auch wenn Eve das behauptet." Er runzelt die Stirn. „Wo liegt eigentlich Eves Problem?"

„Wir haben gehofft, du würdest uns das sagen."

„Ich bin Hautarzt. Das bedeutet, daß ich für die Außenseite des Kopfes zuständig bin, nicht für innen."

„Du meinst, es ist ein psychisches Problem?"

Er hebt die Schultern. „Die Psychiatrie ist der Schuttablageplatz der Mediziner. Wenn ein Arzt keine körperlichen Ursachen finden kann, dann nimmt er einfach an, es sei etwas Psychisches. Ich kann dir nicht sagen, was mit Eve los ist, nur daß es nichts mit ihrer Haut zu tun hat. Die ist ein bißchen trocken, das ist alles." Er macht einen Schritt zurück und betrachtet Joannes Gesicht. „So, das müßte reichen", sagt er. „Mehr kann ich nicht für dich tun, ich kann dir höchstens einen Job anbieten." Joanne lacht. Dann merkt sie, daß er es ernst meint. „Du wärst doch die richtige Sprechstundenhilfe für mich. Du hast meinen Kugelschreiber gefunden, du schaffst alles. Los, nenn deinen Preis!" fordert er sie auf.

„Meinst du es wirklich ernst?"

„Sehe ich aus, als würde ich Witze machen?"

„Was müßte ich denn tun?"

„Telefonanrufe entgegennehmen, die Patienten empfangen, die Termine abstimmen, über meine Witze lachen."

„Kann ich es mir noch überlegen?" fragt Joanne. Sie ist von sich selbst überrascht. Was gibt es da zu überlegen? Sie kann doch nicht ernsthaft in Erwägung ziehen, für diesen Mann zu arbeiten! Aber warum eigentlich nicht? fragt sie sich.

„Klar. Denk darüber nach, und ruf mich am Montag an. Ich will dich nicht unter Druck setzen, verstehst du?" Er lächelt.

„Warum willst du, daß ausgerechnet ich für dich arbeite?"

„Warum nicht du?" fragt er. „Stimmt etwa irgendwas nicht mit dir?" Sein jungenhaftes Grinsen verschwindet, seine graublauen Augen sehen sie freundlich an. „Ich mag dich", sagt er einfach. „Du erinnerst mich an meine Jugend."

„Ich weiß nicht, warum ich mich von dir dazu überreden ließ."

„He, das ist mein Spruch!"

„Das letzte, was ich jetzt sehen möchte, ist ein Broadway-Musical, in dem alle so unerträglich gut gelaunt über die Bühne hüpfen", schmollt Eve und starrt aus dem Autofenster hinaus auf den Abendhimmel.

„Es soll wundervoll sein", erzählt Joanne. „Die Kostüme sind unglaublich, heißt es, es gibt tolle Tanzszenen, und die Melodien kann man tatsächlich mitsummen."

„Wer sagt das? Wieder der gute Onkel Doktor?"

Joanne zwingt sich zu einem Lächeln. „Um ehrlich zu sein, ja", antwortet sie. Hoffentlich gibt es jetzt nicht wieder Streit. Jedesmal, wenn sie und Eve auf Joannes neuen Chef zu sprechen kommen, beginnen sie sich unweigerlich zu zanken. „Trotzdem, wenn es wirklich eine solche Qual für dich ist, dann drehe ich jetzt um, und wir fahren einfach nach Hause."

„Jetzt? Wir sind doch schon fast da, Mensch!" protestiert Eve. „Wer hat denn was von Heimfahren gesagt? Mein Gott, du bist aber empfindlich!"

Joanne beschließt, ruhig zu bleiben. „Ist schon gut. Das Autofahren hier in Manhattan macht mich immer ein bißchen nervös", lügt sie.

„Glaubst du nicht, daß dieser Job bei Gold zuviel für dich ist?" fragt Eve nach einer kurzen Pause.

„Wie meinst du das?"

„Na ja, du weißt schon, du bist es nicht gewöhnt zu arbeiten, ich meine, du hast doch noch nie außer Haus gearbeitet, oder?" Joanne schüttelt den Kopf. „Und plötzlich arbeitest du jeden Tag von neun bis fünf, das ist eine ziemliche Umstellung. Da mußt du ja müde sein."

„Ich bin nicht müde."

„Du siehst aber müde aus."

„Wirklich?" Joanne ertappt sich dabei, wie sie sich verstohlen im Innenspiegel mustert. Sie findet, daß sie seit Monaten nicht besser ausgesehen hat. „Ich fühle mich sehr wohl", erklärt sie. „Die Arbeit gefällt mir sehr gut."

„Wie kann einem nur eine Arbeit gefallen, bei der man jeden Tag in picklige Gesichter starren muß?"

Joanne versucht zu lachen, aber es klingt mehr wie ein Grunzen. „Die Leute, die in die Praxis kommen, sind sehr nett. Und einen netteren Chef als Ron gibt es nicht."

„Das sagst du andauernd. Hast du eigentlich vor, auch zu arbeiten, wenn deine Töchter wieder daheim sind?"

„Wahrscheinlich nicht", antwortet Joanne. „Ich hatte mich nur einverstanden erklärt, die Arbeit den Sommer über zu machen. Danach wird Ron bestimmt jemand anderen gefunden haben, und

Paul und ich werden hoffentlich . . ." Sie bricht mitten im Satz ab. Es ist zwei Wochen her, daß sie ihren Mann das letztemal gesehen hat.

„Was werden Paul und du hoffentlich?"

„Wer weiß?" Joanne hebt die Schultern. Sie merkt, daß sie nicht mit Eve darüber diskutieren will, wie es zwischen ihr und ihrem Mann weitergehen soll. Drückende Stille breitet sich im Auto aus, und Joanne wird bewußt, daß es inzwischen immer weniger Themen gibt, über die sie mit ihrer ältesten und besten Freundin noch gerne spricht.

Sie finden erst sechs Straßenzüge vom Theater entfernt einen Parkplatz und müssen rennen, um nicht zu spät in die Vorstellung zu kommen, die um acht Uhr beginnt. Die Menschenmenge vor dem Theater schiebt sich langsam ins Foyer, als Eve und Joanne ganz außer Atem ankommen.

Im Inneren des Theaters wird bereits zum Einnehmen der Plätze geläutet. „Das hätten wir gerade noch geschafft", sagt Eve. „Ist das da vorne nicht Paul?" fragt sie plötzlich.

„Was? Wo?"

„Er ist gerade reingegangen. Zumindest glaube ich, daß es Paul war. Ich habe ihn nur von hinten gesehen. Es könnte auch jemand anderes gewesen sein."

Joanne fühlt, wie ihr Herz wild zu schlagen beginnt. Wie sieht sie aus? Sie versucht, in den Glastüren ihr Spiegelbild zu erkennen. Eve sagte, sie sehe müde aus. Stimmt das vielleicht doch? Ihre Haare sind vom Laufen ganz zerzaust. Aber in letzter Zeit sind sie immer zerzaust, und jeder sagt ihr, wie hübsch das aussehe. Sie wird durch die Tür ins Foyer geschoben, reicht dem Mann am Eingang die Karte und wird sofort in den Zuschauerraum gedrängt.

Sie geht hinter Eve zu ihren Plätzen, und sie setzen sich. Eve reckt ihren Hals, um zu schauen, ob sie Paul wiederentdecken kann. „Ich sehe ihn nirgends", verkündet sie.

„Wahrscheinlich war er es gar nicht", erwidert Joanne, glaubt das aber selbst nicht so richtig. „Paul hatte nie viel für Musicals übrig . . ."

„Ich konnte nicht sehen, wen er dabeihatte", sagt Eve, während das Licht ausgeht und das Orchester zu spielen beginnt.

Die Musik ist laut, der Rhythmus mitreißend. Das ganze Publikum scheint sich darin zu wiegen, die Erwartung steigt. Joanne sieht, wie sich der Vorhang teilt und ein prächtiges Bühnenbild zum Vorschein kommt. Die Kostüme der Tänzer sind atemberaubend, und frohgelaunte Gesangsstimmen erfüllen den Saal.

Aber alles, was Joanne hört, sieht und denkt, ist: *Ich konnte nicht sehen, wen er dabeihatte.*

Wenn Paul hier ist, ist er ganz sicher nicht allein hergekommen. Wer begleitet ihn also? Bitte, mach, daß es ein Klient ist! fleht Joanne innerlich. Oder vielleicht ein Freund. Am wahrscheinlichsten aber ist Paul mit einer Frau hier, die er ausführt. Am allerwahrscheinlichsten mit einer jungen, attraktiven. Höchstwahrscheinlich mit dieser Judy, Nachname unbekannt.

Ich konnte nicht sehen, wen er dabeihatte.

Joanne versucht, sich auf die Aufführung zu konzentrieren.

Plötzlich ist die Bühne in gleißendes zitronengelbes Licht getaucht. Wie ein grellgelber Ball steht die Sonne an einem flammenden Horizont, und Joanne wendet geblendet die Augen ab. Sie blickt zu Eve hinüber und sieht, daß Eves Gesicht in dem hellen Sonnenlicht ganz besonders kalt wirkt; hart treten ihre Züge hervor, lassen sie beinahe grausam aussehen.

Gleich darauf fällt der Vorhang. Der erste Akt ist vorbei. Das Licht im Zuschauerraum geht wieder an, und das Publikum bricht in lang anhaltenden Beifall aus.

„Ich kann gar nicht glauben, wie schnell das ging", hört Joanne sich sagen. Ihr ist bewußt, daß sie die meiste Zeit mit den Gedanken woanders war.

„Findest du das wirklich?" mäkelt Eve unzufrieden. „Ich bin jedenfalls froh, daß Pause ist. Komm, gehen wir raus und vertreten uns ein bißchen die Beine."

„Ich glaube, ich bleibe lieber sitzen", sträubt sich Joanne.

„Wir gehen raus", wiederholt Eve. Damit ist die Diskussion beendet, und Joanne folgt ihrer Freundin widerstrebend ins Foyer.

„Da ist er ja", sagt Eve draußen sofort. Joanne hebt den Blick, und aus den Augenwinkeln sieht sie Paul einige Meter entfernt ganz allein an der Wand stehen. „Willst du ihn nicht begrüßen?" Bevor Joanne antworten oder widersprechen kann, hebt Eve die Hand und beginnt zu winken. Paul sieht es, und Eve gibt ihm ein Zeichen, daß er sich zu ihnen gesellen soll. „Da kommt er schon", verkündet sie.

Joanne holt tief Luft. Ihr ist ganz elend. Zögernd wendet sie sich in Pauls Richtung.

Er trägt einen grauen Anzug, eine gestreifte weinrote Krawatte, und obwohl er lächelt, sieht er nicht aus, als sei ihm wohl in seiner Haut. „Hallo, Joanne", sagt er leise. „Wie geht es dir, Eve?"

Joanne nickt wortlos, während Eve ihm antwortet. „Ich sterbe langsam vor mich hin", sagt sie ohne jeden ironischen Unterton.

„Du siehst gut aus", hält Paul dagegen.

Eve lacht bitter auf. „Das kannst du auf meinen Grabstein schreiben."

„Und wie geht's dir?" fragt Paul, während er sich an Joanne wendet.

„Gut", antwortet sie wahrheitsgemäß. „Ich gehe jetzt arbeiten."

„Du gehst arbeiten? Was für eine Arbeit denn?" Er ist überrascht, interessiert.

„Ich bin ... so was wie eine Sprechstundenhilfe für einen Hautarzt. Den Sommer über, bis die Mädchen aus dem Ferienlager zurück sind."

„Das klingt ja toll."

„Ja, es gefällt mir sehr gut."

Einen Augenblick lang schweigen sie. „Ich wollte dich anrufen", sagt er verlegen. „Ich dachte, wir könnten ja am Besuchstag zusammen zum Ferienlager fahren. Das heißt natürlich, nur wenn du nicht schon etwas anderes vorhast."

„Das wäre schön", erklärt sie sich einverstanden. „Den Mädchen würde es sicher auch gefallen."

„Hast du etwas von ihnen gehört?"

„Noch nicht. Und du?"

„Nicht eine Zeile. Typisch für die beiden, nehme ich an." Er läßt den Blick umherwandern. Warum wirkt er so unruhig? „Eine tolle Aufführung, was?" schwärmt er. „Findet ihr nicht auch?"

„Kann ich nicht gerade behaupten", erklärt Eve und setzt schon zum Weitersprechen an, wird aber durch das Erscheinen einer jungen, attraktiven, etwas zu stark geschminkten Blondine unterbrochen, die aus der Menge aufgetaucht ist, sich neben Paul stellt und ihn fest am Arm faßt.

Paul lächelt in ihre Richtung; Eve lächelt in ihre Richtung; Joanne lächelt in ihre Richtung. Die junge Blondine lächelt zurück. Da stehen sie alle mitten im Foyer und lächeln sich gegenseitig an wie eine Schar Idioten. Joanne fühlt, wie ihr ganz weich in den Knien wird. Sie fragt sich, ob Paul sie wohl miteinander bekannt machen wird, doch da läutet es; die Pause ist zu Ende. Vom Gong gerettet, geht es Joanne durch den Kopf.

„Ich rufe dich an", sagt Paul leise und führt die junge Blondine weg, ohne sie vorgestellt zu haben. Hat er dieser Judy nicht gesagt, wie sehr er alles Künstliche haßt? Hat er sie nicht gemahnt, weniger Rouge aufzulegen?

„Alles in Ordnung mit dir?" fragt Eve, als das Foyer sich allmählich leert.

Joanne schüttelt den Kopf.

„Willst du gehen?"

Joanne nickt. Wenn sie jetzt versuchte zu sprechen, bräche sie in Tränen aus.

Was bin ich doch für ein dummes Huhn! beschimpft sie sich, während Eve sie in die Nachtluft hinausführt.

„Hör mal", sagt Eve auf der Rückfahrt nach Long Island, „machen wir diese Sache nicht schlimmer, als sie ist. Du hast deinen Mann gesehen, wie er mit einer anderen Frau ausging. Natürlich regt dich das ein bißchen auf –"

„Eve, bitte sprechen wir nicht darüber."

„Ich versuche ja nur, dir zu sagen, daß du es dir nicht zu Herzen nehmen darfst."

„Warum denn nicht?" fragt Joanne, lenkt den Wagen an den Straßenrand und steigt kräftig auf die Bremse. „Warum soll ich es mir nicht zu Herzen nehmen? Ich liebe meinen Mann. Ich hoffe verzweifelt, daß wir wieder zueinanderfinden. Warum sollte es mir nicht nahegehen, wenn ich ihn mit einer anderen Frau sehe? Warum ist alles, was mir widerfährt, so schrecklich belanglos und alles, was dir passiert, so unwahrscheinlich wichtig? Warum ist mein Schmerz weniger wert als deiner?"

„Joanne, sei nicht albern. Schließlich steht dein Leben nicht auf dem Spiel."

„Deins auch nicht!"

„Ach, wirklich? Und du weißt das ganz genau, ja?"

Joanne holt tief Luft. Irgendwie versteht sich Eve darauf, sich bei jedem Gespräch gleich wieder in den Mittelpunkt zu stellen. „Ja", sagt sie entschieden. „Ja, das weiß ich ganz genau. Eve, bei wie vielen Ärzten warst du? Bei dreißig? Bei vierzig? Wie oft muß man dir noch sagen, daß dir nichts fehlt?"

„Wage es ja nicht, mir zu sagen, daß mir nichts fehlt! Ich habe am ganzen Körper Schmerzen!"

„Genau das ist es ja! Kein Mensch wird am ganzen Körper krank! Sicher, du hattest eine Fehlgeburt, du hast viel Blut verloren. Dein ganzer Organismus ist aus dem Gleichgewicht geraten. Aber was immer mit dir geschehen sein mag, lebensgefährlich war und ist es sicher nicht. Eve, keiner außer dir glaubt, daß du sterben wirst. Wäre es denn so schlimm, mal zum Psychiater zu gehen?"

„Ich habe *körperliche* Schmerzen!"

„Ja, aber körperliche Schmerzen können seelische Ursachen haben."

„Joanne, ich bin hier nicht diejenige, die's mit den Nerven hat. Ich bilde mir nicht ein, ständig seltsame Anrufe zu bekommen."

Es dauert einige Sekunden, bis Joanne diesen Satz richtig versteht. „Darauf hab ich gewartet, daß du mir auch noch so kommst", sagt sie erzürnt.

„Na wenn schon, einer muß es dir ja sagen. Ich bin jedenfalls nicht diejenige, deren Mann sie nach zwanzig Jahren verlassen hat und die jetzt glaubt, sie muß Geschichten über bedrohliche Telefonanrufe erfinden, um Aufmerksamkeit zu erregen."

Joanne spricht mit ganz leiser Stimme. „Glaubst du wirklich, daß ich das tue?"

Plötzlich schlägt Eve die Hände vors Gesicht und bricht in Tränen aus. Gleich darauf wirft sie den Kopf zornig zurück, als ob sie laut schreien wolle.

„Laß es raus", drängt Joanne sie leise. Langsam verschwindet ihr eigener Zorn. „Da ist soviel Wut drin, Eve, laß ein bißchen davon raus!"

Eve lehnt sich in ihren Sitz zurück. Sie blickt Joanne an. „Warum streitest du dich mit mir herum? Du weißt doch, daß ich jedem immer gleich an die Kehle springe."

„Mir bist du bis jetzt noch nie an die Kehle gesprungen."

„Du hast dich bis jetzt auch noch nie gewehrt."

„Vielleicht spielen sich die Anrufe tatsächlich in meinem Kopf ab", gibt Joanne nach langem Schweigen zu. „So langsam bin ich mir da selbst nicht mehr sicher. Weißt du was?" Sie lacht, ohne es zu wollen. „Wenn du zum Psychiater gehst, gehe ich auch. Wir können dann immer zusammen in die Stadt zu unseren Sitzungen fahren. Anschließend machen wir uns einen unterhaltsamen Abend, gehen in ein Restaurant oder ins Kino. Na, wie findest du das?"

Eve lacht nicht; sie lächelt nicht einmal. „Ich brauche keinen Psychiater", sagt sie.

Das Telefon klingelt.

„Praxis Dr. Gold", verkündet Joanne in freundlichem Ton. „Tut mir leid, Dr. Gold hat die nächsten zwei Monate keine freien Termine. Der früheste, den ich Ihnen geben könnte, wäre der einundzwanzigste September ... Ja, ich werde es versuchen. Aber vorerst trage ich Sie für den einundzwanzigsten September um Viertel nach zwei ein. Wie ist Ihr Name, bitte? ..." Joanne notiert sich Name und Telefonnummer des Patienten und legt gerade den Hörer auf, als Ronald Gold aus seinem Behandlungszimmer tritt. Ihm folgt ein etwa vierzehnjähriges Mädchen, das Tränen in den Augen hat. „Tut mir leid, daß ich dir weh tun mußte, Kleine", sagt er und legt dem Mädchen tröstend den Arm um die Schultern. „Verzeihst du mir das?"

Trotz der Tränen gelingt dem Mädchen ein Lächeln.

„Gib Andrea einen Termin in sechs Wochen, Joanne. Das wird schon wieder, Mrs. Armstrong", beteuert er der ängstlich wirkenden Frau, die sich gerade von ihrem Stuhl am Fenster erhoben hat und jetzt beschützend neben ihrer Tochter steht. „Was soll ich Ihnen sagen? Die Pubertät! Da muß jeder durch." Er deutet auf Joanne. „Wir sind zusammen zur Schule gegangen", erklärt er. „Ihre Haut war eine Katastrophe, das können Sie sich überhaupt nicht vorstellen. Durch ihre Akne wurde ich überhaupt erst dazu angeregt, diesen Beruf zu ergreifen! Und jetzt – sehen Sie nur, was für eine Schönheit aus ihr geworden ist! Das ist einer der Gründe, weshalb ich sie angestellt habe. Na, wie läuft's?" fragt er und blinzelt Joanne zu.

„Rita Wheeler hat angerufen. Sie hat eine Art Furunkel ..."

„Oooh, Furunkel – da freu ich mich drauf!" ruft Ronald Gold. Die kleine Andrea Armstrong bricht in lautes Lachen aus.

„Wer ist der nächste?" fragt der Arzt.

„Susan Dotson", teilt Joanne ihm mit.

„Susan Dotson, meine Lieblingspatientin!" tönt er gut gelaunt, als ein säuerlich dreinblickender, dicker Teenager augenrollend an ihm vorbeistolziert. „Sie ist ganz verrückt nach mir", flüstert Ronald Gold verschmitzt und folgt dem Mädchen in eines der kleinen Untersuchungszimmer.

„Ist der immer so?" fragt Mrs. Armstrong.

„Ja, immer", antwortet Joanne. Wieder klingelt das Telefon. „Praxis Dr. Gold. Hallo, Eve! Wie war die Untersuchung? ... Mein Gott, das klingt ja schrecklich. Mußtest du dich übergeben? ... Was hat der Arzt gesagt? ... Wieder? Warum denn? Ich meine, wenn er schon beim erstenmal nichts festgestellt hat und dir ist schlecht geworden ... Nun, ja, natürlich mußt du tun, was du für nötig hältst ... Ja gut, bis später." Sie legt den Hörer auf und beginnt langsam die Papiere auf ihrem Schreibtisch zu ordnen. Es war bislang eine Woche ohne große Aufregungen, denkt sie dabei. Letzten Sonntag hatte ihr Bruder aus Kalifornien angerufen und gefragt, wie es ihr gehe. Und auch Paul hatte am selben Nachmittag aus dem gleichen Grund angerufen. Er war freundlich und warmherzig gewesen. Daß sie sich im Theater gesehen hatten, erwähnte er nicht. Er sagte auch nichts darüber, ob sie sich vor dem Besuch im Ferienlager noch einmal sehen würden. Heute morgen hat sie drei Briefe von Lulu bekommen. Von Robin hat sie noch immer nichts gehört. Vielleicht hat Paul einen Brief von ihr erhalten; vielleicht sollte sie ihn anrufen ...

Sie legt die Hand auf den Telefonhörer und formuliert im Geiste ihre ersten Worte. Sie will den Hörer schon abheben, da beginnt das Telefon zu klingeln. „Hallo, hier Praxis Dr. Gold", sagt sie hastig.

„Mrs. Hunter ..."

„Mein Gott!" Joanne schreckt auf. Sie weiß, daß sie jetzt auflegen müßte, aber ihre Hand ist wie gelähmt.

„Sie sehen gut aus in letzter Zeit, Mrs. Hunter", teilt die heisere Stimme ihr mit.

„Wie haben Sie mich gefunden?" flüstert sie.

„Ach, Sie sind so leicht ausfindig zu machen, Mrs. Hunter. Bei Ihnen ist es bis jetzt am einfachsten gewesen."

„Lassen Sie mich in Ruhe!"

„Ich habe Sie doch schon seit längerem in Ruhe gelassen. Ich will nur nicht, daß Sie glauben, ich hätte das Interesse an Ihnen verloren ... wie Ihr Mann. Hat Ihr Mann sich etwa nicht einen netten Ersatz zugelegt?"

Joanne schmettert den Hörer auf die Gabel.

Ihr Herz hämmert wild. „Verdammt", flüstert sie. „Ich will

nicht jedesmal durchdrehen, wenn das Telefon klingelt! Ich will das nicht."

„Redest du wieder mit dir selbst?" fragt Ron Gold, der gerade aus einem der Untersuchungszimmer herauskommt. Ihm folgt die immer noch mürrische Susan Dotson. „Gib Susan einen Termin in acht Wochen", meint er und fährt dann fort: „Meine Mutter hat oft Selbstgespräche geführt. Sie sagte immer: ‚Wenn ich mich mit einem intelligenten Menschen unterhalten will, was bleibt mir da anderes übrig?'" Joanne lacht. „Wer ist der nächste?"

„Mrs. Pepplar."

„Ach, Mrs. Pepplar. Meine Lieblingspatientin!" Eine große, dunkelhaarige Frau erhebt sich von ihrem Stuhl. „Wenn Sie bitte mitkommen wollen, Mrs. Pepplar."

Joanne gibt Susan Dotson einen Zettel, auf dem der nächste Termin vermerkt ist, während Ron Gold mit Mrs. Pepplar in einem der Behandlungsräume verschwindet.

„In acht Wochen wieder", sagt Joanne zu dem jungen Mädchen, das den Terminvermerk einsteckt und die Praxis verläßt.

Das Wartezimmer erscheint nun merkwürdig still, obwohl es voller Leute ist.

Joanne öffnet ihre Handtasche, die sie unter den Schreibtisch gestellt hatte, nimmt Lulus Briefe heraus und liest den letzten davon schnell noch einmal durch.

> Hallo, Mama. Das Camp ist toll, nur das Essen schmeckt miserabel. Das Wetter ist super. SCHICK FRESSALIEN! Robin scheint es auch Spaß zu machen, obwohl wir nicht viel miteinander reden. Wir sehen uns am Besuchstag. SCHICK FRESSALIEN! Alles Liebe. Lulu
> PS: Wie geht es Dir? Viele Grüße an Papa.

„Viele Grüße an Papa", liest Joanne noch einmal, nimmt den Hörer ab und drückt schnell die entsprechenden Tasten, bevor sie es sich wieder anders überlegen kann. „Paul, hier ist Joanne", meldet sie sich, als sie verbunden ist.

„Wie geht es dir?" Es klingt so, als sei er froh, daß sie sich mal wieder meldet. „Ich wollte dich heute anrufen."

„Ja?"

„Ich habe heute morgen einen Brief von Lulu bekommen."

„Ich auch. Genauer gesagt, waren es sogar drei. Sie kamen alle gleichzeitig."

„Es scheint ihr gut zu gefallen, wenn man vom Essen absieht."

„Ja." Joanne lächelt. „Genau das hat sie mir auch geschrieben." Es folgt eine Pause.

„Bist du bei der Arbeit?" fragt er schließlich.

„Ja. Es war heute sehr viel los hier."

„Hier auch. So, ich muß jetzt . . ."

„Paul?"

„Ja?"

Joanne zögert. „Möchtest du dieses Wochenende zu mir zum Abendessen kommen? Entweder Freitag oder Samstag abend?"

Noch bevor sie den Satz zu Ende gesprochen hat, fühlt sie das Unbehagen, das ihre Worte am anderen Ende der Leitung hervorrufen. „Tut mir leid, ich kann nicht", sagt er leise. „Ich fahre übers Wochenende raus aufs Land."

„Oh!" Allein? Ich wette, daß du nicht allein fährst.

„Aber wir sehen uns ja am Sonntag darauf, beim Besuchstag im Ferienlager . . ."

„Ja, klar. Ist schon gut."

„Ich rufe dich vorher noch mal an."

NEUNTES KAPITEL

JOANNE fährt ihren Wagen in eine Lücke auf dem Parkplatz des Fresh-Meadow-Clubs. Sie steigt aus dem Auto und geht am Clubhaus entlang zu den Tennisplätzen. Es ist fast sechs Uhr abends. Ist er noch da? fragt sie sich. Sie schlendert hinter dem Maschendrahtzaun an einem Platz vorbei, auf dem vier Frauen wild drauflosschlagen. Keine von ihnen spielt gut, aber sie lachen und haben ihren Spaß, schlagen fröhlich wieder und wieder daneben. Die Mühe zu zählen machen sie sich erst gar nicht.

Er beobachtet sie vom letzten Platz aus; sein Blick folgt ihr, während sie am Zaun entlanggeht. Der Korb mit den gelben Bällen steht neben seinen Beinen, er nimmt einen Ball und schlägt ihn übers Netz zu dem jungen Mann, dem er gerade Unterricht gibt. „Gut so!" ruft er. „Den Ball anschauen!" Mit einer kleinen Geste bestätigt er ihr, daß er sie gesehen hat. Gleich werde ich mich um Sie kümmern, verspricht er ihr, ohne ein Wort zu sagen.

Joanne setzt sich auf eine Bank und läßt den Blick von Platz zu Platz wandern. Wie die Tennisbälle auf den Spielfeldern, so fliegen auch ihre Gedanken zwischen der Gegenwart und den Ereignissen des Nachmittags hin und her. Sie hört Pauls Stimme – „Ich fahre übers Wochenende raus aufs Land." Sie hört das Telefon in Dr. Golds Praxis klingeln. *Mrs. Hunter. Wie haben Sie mich gefunden? Ach, Sie kann man so leicht ausfindig machen.*

„Mrs. Hunter?"

Sie zuckt zusammen. „Was?"

„Entschuldigung", sagt Steve Henry, der, braun gebrannt und gut gelaunt wie immer, vor ihr steht. „Ich wollte Sie nicht erschrecken."

Joanne springt auf. „Störe ich Sie beim Unterricht?"

„Die Stunde ist schon vorbei. Jetzt habe ich ein paar Minuten Pause. Ich nehme an, Sie sind gekommen, um mit mir zu sprechen." Es ist ebensosehr eine Feststellung wie eine Frage.

„Ich habe einen Job", sagt sie. „Deshalb habe ich in letzter Zeit die Stunden abgesagt."

„Ich gebe bis neun Uhr abends Unterricht", erklärt er lächelnd. „Möchten Sie Termine für weitere Stunden ausmachen?" Joanne schweigt.

„Mrs. Hunter?"

„Bitte, nennen Sie mich Joanne", sagt sie. „Ich dachte mir, vielleicht hätten Sie Lust, am Wochenende zum Abendessen zu mir zu kommen", spricht sie hastig weiter. „Entweder Freitag oder Samstag abend, wenn Sie Zeit haben."

„Sehr gerne", antwortet er. „Samstag abend paßt es ausgezeichnet."

Sie nickt. Was tut sie da? Was hat sie dazu gebracht, diesen Mann zum Abendessen einzuladen? Weil ich meinen Mann gefragt habe, ob er kommt, und weil er geantwortet hat, er habe schon etwas vor! flüstert eine Stimme in ihrem Kopf; und weil mich ein Irrer belauert, der mir nicht mehr sehr viel Zeit auf dieser Welt lassen wird. „Was?" Sie schreit fast. Steve Henry hat etwas gesagt.

„Ich habe gefragt, um wieviel Uhr ich kommen soll."

„Um acht? Oder geben Sie da noch Stunden?"

„Samstags nicht. Acht Uhr paßt genau."

„Bis dann also." Joanne dreht sich um und geht, sie weiß nicht, was sie sonst tun sollte.

„Joanne", ruft er ihr nach, „Ihr neuer Job bekommt Ihnen, Sie sehen toll aus!"

Joanne lächelt, als sie in ihren Wagen steigt. Ich muß tatsächlich verrückt sein, denkt sie.

„ICH bin früh dran", sagt er entschuldigend, als sie die Haustür öffnet und einen Schritt zurücktritt, um ihn in die hell erleuchtete Diele zu lassen.

„Kommen Sie rein", meint sie verkrampft.

Lächelnd steht Steve Henry vor ihr. Seine rechte Hand hat er hinter dem Rücken versteckt. Sein blondes Haar ist aus der Stirn gekämmt. Er wirkt entspannt und selbstsicher in seiner engen weißen Hose und dem pinkfarbenen Polohemd. „Ich hab Ihnen was mitgebracht", sagt er, zieht die Hand hervor und streckt ihr eine Flasche Champagner entgegen. „Ich hoffe, Sie mögen so was."

„Ja, doch. Natürlich. Vielen Dank." Joanne nimmt die Flasche. Sie hat keine Ahnung, was sie nun damit tun soll – was sie mit ihm tun soll, jetzt, da er tatsächlich hier ist.

„Möchten Sie nicht Platz nehmen?" hört sie sich fragen. Die Hand, die die Flasche Champagner hält, deutet zum Wohnzimmer hin.

„Sie haben ein sehr schönes Haus", sagt er, betritt leichten Schritts das Wohnzimmer und läßt sich in einen der drehbaren Sessel fallen – ironischerweise Pauls Lieblingssessel.

Joanne bleibt in der Diele stehen. Sie ist sich nicht sicher, ob sie ihm in das hell erleuchtete Wohnzimmer folgen oder erst den Champagner in die Küche bringen soll. „Haben Sie problemlos hergefunden?" fragt sie und beschließt, die Flasche in den Kühlschrank zu stellen.

„Ja, ich war schon mal hier", antwortet er, während sie in die Küche verschwindet.

„Wirklich?" Joanne bleibt wie angewurzelt vor dem Kühlschrank stehen.

„Na ja, nicht direkt hier. Meine Eltern haben Freunde, die drüben in der Chestnut Street wohnen. Kann ich Ihnen bei irgendwas helfen?"

„Nein, danke. Ich komme gleich." Sie rührt sich nicht vom Fleck.

„Ihre Bilder gefallen mir. Wann haben Sie begonnen, Kunst zu sammeln?"

Joanne hat keine Ahnung, wovon er spricht. Welche Bilder? Sie kann keinen klaren Gedanken fassen. An den Wänden kann sie nichts entdecken.

„Joanne?"

„Entschuldigung. Was haben Sie gefragt?" Sie muß jetzt ins Wohnzimmer gehen – sie kann doch nicht die ganze Zeit in der Küche bleiben. Trotzdem, wenn sie nur lange genug hier stehenbleibt, begreift er vielleicht und geht wieder. Sie hätte ihn gar nicht erst einladen dürfen.

„Ich habe Sie nach Ihren Bildern gefragt", sagt er, an der Küchentür stehend. „Wie lange sammeln Sie denn schon?" wiederholt er lächelnd.

„Wir haben vor ein paar Jahren begonnen", erzählt sie, indem sie unbewußt in den Plural verfällt.

„Ihr Geschmack gefällt mir." Er macht einige Schritte in die Küche hinein.

„Es ist vor allem Pauls Geschmack", erklärt sie, und er bleibt stehen. „Das Essen ist noch nicht ganz fertig. Möchten Sie was zu trinken?"

„Ja, gerne. Scotch mit Wasser, bitte."

„Scotch mit Wasser", wiederholt Joanne und überlegt, ob sie Scotch im Haus hat.

„Wenn Sie keinen haben . . ."

„Doch, doch, ich glaube schon." Sie läuft an ihm vorbei ins Eßzimmer und zu dem Büfett, in dem Paul die alkoholischen Getränke aufbewahrt. Das ist immer Pauls Ressort gewesen – sie hat sich aus dem Zeug nie viel gemacht. Sie geht in die Hocke und versucht sich einen Überblick über die verschiedenen Flaschen zu verschaffen.

„Hier", sagt er und beugt sich über sie, um die richtige Flasche herauszunehmen. „Jetzt brauche ich nur noch ein Glas." Joanne richtet sich auf und entnimmt dem Büfett ein passendes Glas. „Und ein Lächeln", sagt er, als sie ihm das Glas in die ausgestreckte Hand drückt. Sie ertappt sich dabei, wie sie in seine Augen starrt, während sie das geforderte Lächeln auf ihre Lippen zwingt. „Schon besser", sagt er. „Ich glaube, das war das erste Mal, daß Sie mich richtig angesehen haben, seit ich das Haus betreten habe."

Joanne blickt unwillkürlich zu Boden.

„Nein, tun Sie das nicht! Schauen Sie mich an!" bittet er sie. Zögernd richtet sie den Blick wieder auf ihn. „Sie sehen sehr schön aus", erklärt er. „Das wollte ich Ihnen schon die ganze Zeit sagen, aber irgendwie waren wir immer in verschiedenen Zimmern." Sie merkt, daß sie, ohne es zu wollen, zu lächeln begonnen hat. „Sie haben Ihre Frisur verändert."

Automatisch faßt Joanne sich ans Haar. „Ich habe mir ein paar Strähnchen einfärben lassen", erklärt sie und wird sofort verlegen. „Sind es zu viele? Ich habe dem Friseur gesagt, er soll nur ein paar reinmachen."

„Es ist sehr hübsch. Genau richtig."

„Danke." Joanne wird rot.

„Warum sind Sie denn so nervös?" fragt er.

Sie versucht die Frage mit einem Lachen abzutun, erklärt dann aber doch: „Sie machen mich nervös."

„Ich? Aber wieso denn?"

„Ich weiß nicht, warum, es ist einfach so." Abrupt dreht sie sich um und geht in die Küche zurück. Er folgt ihr. Als er sich seinen Drink mixt, sieht sie, daß er lächelt. „Glauben Sie, ich werde mich auf Sie stürzen?" fragt er.

„Haben Sie das denn vor?"

„Ich weiß nicht. Wollen Sie, daß ich es tue?"

„Ich weiß nicht."

„Warum haben Sie mich zum Essen eingeladen?" fragt er.

„Ich muß Ihnen wirklich sehr zickig vorkommen!" ruft Joanne halb lachend. „Ich meine, ich bin einundvierzig und führe mich kindischer auf als die meisten der Mädchen, mit denen Sie sich sonst verabreden . . ."

„Ich verabrede mich nicht mit Mädchen", berichtigt er sie. „Sondern mit Frauen."

„Was heißt das?"

Er lacht. „Das heißt, daß ich finde, die meisten Frauen werden erst dann richtig interessant, wenn sie über dreißig sind."

„Und Männer? Wann werden die interessant?"

„Das müssen Sie mir sagen."

Verunsichert blickt Joanne auf ihre Hände. „Es war ein Fehler", sagt sie schließlich. „Ich hätte Sie nie einladen dürfen."

„Wollen Sie, daß ich gehe?"

Joanne zögert. „Nein", sagt sie dann leise. Es ist die Wahrheit. „Bleiben Sie hier." Sie versucht zu lachen. „Ich habe den ganzen Tag mit Kochen zugebracht."

„Den ganzen Tag?"

„Na ja, fast den ganzen Tag. Am Nachmittag habe ich mich ein paar Stunden losgeeist und meinen Großvater besucht." Steve Henry sieht sie interessiert an. „Er ist fünfundneunzig", fährt sie fort, obwohl sie nicht weiß, warum sie ihm das erzählt, aber es tut gut, seine Aufmerksamkeit von ihr wegzulenken. „Er lebt in einem Pflegeheim."

Steve Henry nickt und nippt an seinem Glas.

„Ich besuche ihn jeden Samstagnachmittag", erzählt Joanne weiter. „Die meiste Zeit über weiß er nicht, wer ich bin. Er verwechselt mich mit meiner Mutter ... Sie starb vor drei Jahren. Jedenfalls besuche ich meinen Großvater jeden Samstagnachmittag. Alle glauben, das muß mir schwerfallen, aber in Wirklichkeit tut es mir gut. Er ist so was wie mein Beichtvater, ich erzähle ihm alles, und dann fühle ich mich besser." Was soll das Gerede? Was kümmert Steve Henry ihre Beziehung zu ihrem Großvater? „Leben Ihre Großeltern noch?" fragt sie.

„Alle vier", sagt er lächelnd.

„Da haben Sie Glück."

„Ja, das stimmt. Unsere Familie hält fest zusammen."

„Sind Sie nie verheiratet gewesen?" Warum fragt sie das jetzt? Warum lenkt sie das Gespräch wieder auf dieses Gebiet?

Er schüttelt den Kopf. „Einmal war ich nahe dran, aber es hat nicht geklappt. Wir waren zu jung." Er leert sein Glas. „Wie alt waren Sie, als Sie heirateten?"

„Einundzwanzig", antwortet sie. „Das war wohl auch ziemlich jung, aber wir fanden es richtig." Abrupt hält sie inne. „Warum erzähle ich Ihnen das? Es interessiert Sie bestimmt nicht besonders."

„Was Sie interessiert, interessiert auch mich."

„Wieso?"

„Wieso nicht?"

Joanne überlegt, versucht einigermaßen Ordnung in ihre Gedanken zu bringen. „Also, erstens einmal bin ich zwölf Jahre älter als Sie. Ich weiß, daß Sie der Meinung sind, Frauen seien erst interessant, wenn sie die Dreißig überschritten haben", fügt sie hastig hinzu. „Das ändert jedoch nichts an der Tatsache, daß ich schon ein Teenager war, als Sie noch in den Windeln lagen."

Er lacht. „Jetzt bin ich aus den Windeln heraus."

„Was wollen Sie von mir?" fragt sie.

„Ein Abendessen zum Beispiel", antwortet er schelmisch.

„Das ist die beste Mousse au chocolat, die ich je gegessen habe", sagt er, nachdem er mit der zweiten Portion fertig ist, und schiebt seinen Teller in die Mitte des langen, rechteckigen Eichentisches.

Joanne lächelt, froh, daß das Essen vorüber ist und ein Erfolg war. Steve Henry sitzt rechts neben ihr. Sie haben über Tennis gesprochen und über die aktuelle Weltpolitik. Er war freundlich und aufmerksam und überhaupt ein sehr angenehmer Gast. Warum wünscht sie dann verzweifelt, er möge gehen?

„Wie wäre es mit einem Likör?" fragt er, schiebt seinen Stuhl zurück und geht ganz ungezwungen zum Büfett. Offensichtlich hat er keine Eile, sich zu verabschieden.

Joanne zögert. Likör war ihr schon immer zu süß gewesen. „Vielleicht einen kleinen Schluck Cognac . . .", lenkt sie ein.

„Also, einen Schluck Cognac!"

Eine Minute später prosten sie sich zu. „Auf heute abend", sagt er.

Schweigend nickt Joanne und nimmt einen winzigen Schluck. Sofort wärmt die Flüssigkeit ihr Inneres. „Schmeckt wirklich gut", muß sie zugeben.

„Erzählen Sie mir alles über Ihren Mann", sagt Steve Henry. Sie ist verdutzt. Beinahe fällt ihr das kleine Glas aus der Hand.

„Was soll ich da erzählen?" fragt sie, bemüht, ihn nicht anzusehen. „Er ist Rechtsanwalt, sehr klug, sehr erfolgreich . . ."

„Vielleicht sehr erfolgreich. Sicherlich nicht sehr klug."

„Warum sagen Sie das?"

„Wenn er Köpfchen hätte, säße ich jetzt nicht hier."

„Ich möchte nicht, daß Sie so etwas sagen."

„Warum nicht?"

„Weil es mich unsicher macht, so etwas zu hören", antwortet sie und nimmt dann noch einen Schluck von ihrem Cognac. Sofort fühlt sie ihre Kehle warm werden.

„Hören Sie denn gern Komplimente?"

„Nein, nicht besonders. Meist ist das alles ja auch nur so

dahingesagt", erklärt sie bestimmt. „Es tut mir leid, ich will nicht unhöflich sein, aber in diesen Dingen war ich noch nie sehr gut . . ."

„In was für Dingen?"

„Im Flirten und Kokettieren. Das habe ich schon mit zwanzig nicht richtig beherrscht, und jetzt bin ich erst recht aus der Übung."

Er lacht. „Haben Sie deshalb jede Lampe im Haus angeknipst?"

Jetzt muß auch sie lachen. „Raffinesse war noch nie meine Stärke."

„Was ist dann Ihre Stärke?"

„Sie haben es gerade gegessen."

„Na, hören Sie. In Ihnen steckt mehr als eine ausgezeichnete Köchin. Erzählen Sie mir was über sich. Beschreiben Sie sich mit drei Begriffen!"

„Ach, Unsinn . . ."

„Nein, ich meine es ernst. Tun Sie mir den Gefallen. Drei Begriffe!"

Sie stützt das Kinn mit der linken Hand und wendet ihr Gesicht ab. „Ängstlich", flüstert sie nach einer Weile. „Verwirrt." Sie atmet tief aus. „Einsam. Na, was sagen Sie zu dieser gigantischen Selbsteinschätzung?"

„Schlecht, ganz schlecht", antwortet er, und plötzlich küßt er sie, sanft liebkosen seine Lippen die ihren. „So, und wie fühlen Sie sich jetzt?"

„Ängstlich", erwidert sie ruhig. „Verwirrt." Sie lacht. „Nicht mehr ganz so einsam."

Er beugt sich vor, um sie wieder zu küssen.

Sofort führt sie ihr Glas an die Lippen.

„Was ist los?"

„Ich glaube, ich bin noch nicht bereit für so etwas."

„Noch nicht bereit für was?"

„Für das, wozu dies hier führen könnte."

„Und das wäre?"

„Können wir nicht über etwas anderes sprechen?" bittet Joanne, steht auf und beginnt den Tisch abzuräumen.

„Natürlich. Wir können reden, über was Sie wollen. Hier, ich helfe Ihnen." Er nimmt seinen leeren Teller in die Hand.

„Ich mache das schon", sagt sie.

„Lassen Sie mich Ihnen doch helfen."

„Nein, kümmern Sie sich doch nicht um den verdammten Teller!" schreit sie plötzlich und schlägt die Hände vors Gesicht.

Sofort steht er neben ihr und umarmt sie, sein Gesicht ist an ihr Haar geschmiegt. „Laß mich dir helfen", sagt er noch einmal, und seine Lippen finden zu ihren.

„Du verstehst das nicht", versucht sie ihm zu erklären.

„Doch, ich verstehe es . . ."

„Ich habe Angst . . ."

„Ich weiß. Wie schön du bist", flüstert er und liebkost ihren Hals mit seinen Lippen.

Plötzlich löst sie sich von ihm, den Blick zu Boden gerichtet. „Entschuldige", sagt sie leise, weicht aber noch weiter vor ihm zurück.

„Was ist los?" fragt er halb neugierig, halb verärgert.

Sie schüttelt den Kopf. „Nichts ist los."

„Du klingst verärgert."

„Ich bin nicht verärgert."

„Wenn du es nicht bist", sagt er, „dann komm wieder her zu mir."

Sie rührt sich nicht von der Stelle. „Es tut mir leid. Ich wollte ja. Ich dachte, ich könnte es."

„Vielleicht hast du gedacht, du könntest es", berichtigt er sie, „aber ganz bestimmt hast du es nicht gewollt."

„Es ist nicht deine Schuld. Es liegt nicht an dir", versichert sie ihm.

„An wem denn sonst? Wer ist sonst noch hier?"

„Zu viele Gespenster", erwidert sie nach einer Weile hilflos. Sie blickt ihn fragend an. „Bist du jetzt sauer?"

„Ja", antwortet er ehrlich. „Aber ich werd's überleben."

„Es hat nichts mit dir zu tun, wirklich."

„Das hast du schon mal gesagt. Aber ich werde nicht schlau daraus."

„Es liegt daran, daß ich meinen Mann liebe", sagt sie leise. „Es ist vielleicht idiotisch und altmodisch, aber irgend etwas sagt mir, daß es für Paul und mich noch Hoffnung gibt und daß ich . . ., daß ich uns aufgebe, wenn ich mich auf etwas anderes einlasse. Ich weiß nicht, ob das einen Sinn ergibt . . ."

Er schüttelt den Kopf. „Ich bin Tennislehrer", sagt er, „was weiß ich schon von Sinn?"

Sie lächelt. „Ich mag dich." Sie meint es ehrlich. Sie hofft, daß er es merkt.

„Ich dich auch." Sie lachen.

Plötzlich scheint er es eilig zu haben. „Ich finde schon allein hinaus", sagt er, verabschiedet sich und verläßt das Zimmer.

Joanne lauscht seinen Schritten, hört, wie die Haustür geöffnet und gleich darauf geschlossen wird. Völlige Stille senkt sich auf das Haus. Sie läßt den Kopf in die Hände sinken und verharrt in lautlosem Kummer.

Das Telefon klingelt.

„Nein", schreit sie, „ich halte das nicht mehr aus!" Sie geht in die Küche und starrt wütend auf den Apparat. „Los, komm schon! Komm hierher!" schreit sie. „Aber hör auf, mit mir zu spielen!" Irgendwo dort draußen ist er und beobachtet mich, denkt sie. Dort draußen versteckt er sich, den ganzen Abend hindurch hat er sich versteckt und darauf gewartet, daß Steve Henry das Haus verläßt.

Sie reißt den Hörer von der Gabel. Sie sagt gar nichts, wartet bloß.

„Joanne?"

„Eve?" Joannes Augen füllen sich mit Tränen.

„Warum bist du so lange nicht ans Telefon gegangen? Was ist denn los? Ist Steve Henry schon weg?"

„Nichts ist los. Er ist heimgegangen."

„Was heißt das, er ist heimgegangen? Was ist passiert?"

„Nichts ist passiert, Eve."

„Na, hör mal, Joanne, das kann doch nicht dein Ernst sein. Ich kann das wirklich nicht glauben."

„Es war aber so." Joanne zuckt die Achseln. Sie ist froh, Eves Stimme zu hören, aber nicht dazu bereit, Einzelheiten zu erzählen.

„Du meinst, er hat gegessen, und dann ist er gegangen? Keine Annäherungsversuche, gar nichts?"

„Er hat's probiert", gibt Joanne zu. „Aber ich habe nein gesagt."

„Du hast nein gesagt? Bist du von Sinnen? Wie kannst du dir bloß diesen Wahnsinnstyp entgehen lassen? Als ich sein Auto wegfahren sah, habe ich mir gesagt, das kann doch nicht sein. Vielleicht holt er Zigaretten, vielleicht hat er seine Zahnbürste vergessen und will sie bei sich zu Hause holen."

„Du spionierst also vom Fenster aus?" fragt Joanne plötzlich.

„Ich habe nicht spioniert", verteidigt sich Eve. „Ich warf gerade ganz zufällig einen Blick aus dem Fenster und sah, wie er mit dem Wagen wegfuhr."

„Warum bist du noch nicht im Bett?"

„Ich kann nicht schlafen. Ich bin zu nervös wegen der Tomographie am Montag vormittag."

„Versuch einfach, nicht daran zu denken. Und komm zu mir in die Praxis, wenn du es hinter dir hast, dann gehen wir zusammen essen."

„Ich kann nicht."

„Wieso denn nicht?"

„Ich kann einfach nicht. Also gute Nacht, wir sprechen uns morgen wieder."

Noch ehe Joanne reagieren kann, ist die Leitung tot.

WAS mache ich hier? wundert sich Joanne, als die frische, kühle Nachtluft ihre Beine umschmeichelt. Wie bin ich überhaupt hierhergekommen?

Sie steht in ihrem Garten, vor dem tiefen Teil des leeren, unfertigen Swimmingpools. In der Dunkelheit sieht er aus wie ein gigantisches offenes Grab. Mein Grab, denkt sie, wenn er kommt und seine Drohung wahrmacht.

Joanne hält etwas in ihrer rechten Hand. Sie hebt den Arm, lautlos schneidet der Tennisschläger durch die Luft. *Zieh durch!* hört sie Steve Henry sagen. „Vergiß es!" ruft sie in die Stille hinein und läßt den Schläger wieder sinken.

Was macht sie hier draußen? Warum steht sie mitten in der Nacht in ihrem Garten und umklammert einen Tennisschläger? Warum schläft sie nicht?

„Du bist eine Idiotin", flüstert sie und zuckt zusammen, als ihr die kleine Ansprache einfällt, die sie Steve Henry hielt, bevor er ging. „Ich kann die Hoffnung nicht aufgeben", hört sie sich sagen. Welche Hoffnung? fragt sie sich unwillkürlich. Die Hoffnung, daß dein Mann zurückkommen wird? Dein Mann kommt nicht zurück! Er ist übers Wochenende mit einer anderen weggefahren. Du kannst Gift darauf nehmen, daß er jetzt an alles mögliche denkt, nur nicht an dich.

Sie hebt den Schläger und schleudert ihn mit voller Wucht in das Schwimmbecken. Er kracht gegen die Betonwand, springt mehrere Male vom Boden hoch und bleibt dann nach einigen langsamen Drehungen liegen. Sie braucht keinen Tennisschläger mehr. Was könnte mein Leben besser symbolisieren als dieses leere, nutzlose Betonloch, denkt sie, während sie dumpf vor sich hin sinnend im Dunkeln verharrt. Es dauert eine ganze Weile, ehe ihr die Geräusche, ein Knacken von Zweigen, ein leises Rascheln von Gras, bewußt werden. Irgend jemand ist da. Sie fühlt instinktiv, daß sie nicht allein ist.

Er ist also gekommen, denkt sie. Ihr Herz beginnt wild zu hämmern.

Genau auf diese Gelegenheit hat er gewartet, und jetzt hat sie sie ihm geliefert. Sie sieht schon die Schlagzeilen der Morgenzeitung, fragt sich, wo die Polizei ihre Leiche wohl finden wird, versucht sich die letzten Sekunden ihres Lebens auszumalen.

„Mrs. Hunter." Unheimlich durchschneidet die Stimme das nächtliche Schweigen.

Joanne schreit auf, schließt entsetzt ihre Augen. „Was wollen Sie von mir?"

„Sie wissen genau, was ich will", antwortet die heisere Stimme.

Wo ist er? Joanne öffnet die Augen und starrt angestrengt in die Dunkelheit, versucht herauszufinden, aus welcher Richtung die Worte kommen. Irgendwo links von sich hört sie ein Geräusch, fühlt, daß jemand auf sie zukommt.

„Mrs. Hunter!" ruft die Stimme ganz nahe bei ihr.

Joanne dreht sich ruckartig um und sieht eine große Gestalt, die sich aus dem Schatten der Büsche löst. Ganz allmählich erkennt sie die vertraute Form eines länglichen Gesichts, das von welligem Haar umrahmt ist.

„Eve!"

Eves Lachen klingt fast wie ein Kreischen. „Du müßtest dein Gesicht sehen!" jauchzt sie auf.

„Was treibst du hier?" schreit Joanne ganz außer sich.

Eves Lachen ist jetzt fast hysterisch. „Du hättest deine Stimme hören müssen – ‚Was wollen Sie von mir?'" äfft sie Joanne nach. „Einfach köstlich! Du warst großartig!"

„Was treibst du hier?" wiederholt Joanne fast schluchzend. „Du hast mich zu Tode erschreckt!"

„Also komm", erwidert Eve, „wo bleibt dein Sinn für Humor? Ich hab dich vom Schlafzimmerfenster aus hier stehen sehen. Ich dachte, du hättest sicher gern ein bißchen Gesellschaft."

„Bist du verrückt?" Joanne kann Eve jetzt ganz klar sehen. Sie sieht, wie Eves Lächeln langsam erstirbt, wie ihr Gesicht erstarrt. „Warum hast du versucht, mir solche Angst einzujagen?"

„Ich hätte nie gedacht, daß du es so ernst nimmst", antwortet Eve.
„Ich hatte vergessen, wie besessen du davon bist."

„Besessen?"

„Ja, besessen. Du solltest dich mal selber hören, wenn du über die
Anrufe sprichst, da klingst du jedesmal absolut plemplem." Ihre
Stimme nimmt wieder den heiseren Tonfall an. „Mrs. Hunter, ich
komme und hole Sie, Mrs. Hunter . . ."

„Hör auf damit!"

„Also, Joanne, es tut mir leid, daß ich dich erschreckt habe. Ich hätte
wirklich nicht gedacht, daß du so einen Aufstand machen würdest."

„Eve", beginnt Joanne, und mit jedem Wort wird ihre Stimme
schriller, „mir reicht's jetzt. Los, verschwinde, bevor ich dich in den
verdammten Pool stoße!"

Eine Männerstimme durchschneidet die Dunkelheit. „Was ist denn
da unten los, zum Donnerwetter?"

Beide Frauen drehen sich nach dem Rufenden um, richten den Blick
nach oben. Joanne erkennt Brians Stimme. Sie ist froh, ihn jetzt zu
hören.

„Joanne, ist alles in Ordnung? Ist Eve bei dir?"

„Alles in Ordnung", antwortet Eve für sie.

„Was macht ihr denn, um Himmels willen? Es ist längst nach
Mitternacht! Stimmt irgend etwas nicht?"

„Doch, doch, alles okay", antwortet Eve verdrossen. „Hör endlich
auf zu schreien, sonst weckst du die ganze Gegend. Ich komme
gleich." Sie dreht sich zu Joanne um. „Du bist doch nicht mehr sauer,
oder?" fragt sie in wehleidigem Ton.

„Doch, ich bin noch immer sauer!" erwidert Joanne.

Eve zieht die Augenbrauen hoch; ihre Züge nehmen einen harten
Ausdruck an. Wortlos dreht sie sich um und verschwindet in der
Nacht.

ZEHNTES KAPITEL

„BIST du müde?" fragt Paul.

Joanne schließt die Augen vor der hellen Morgensonne. Es ist lange
her, seit sie das letztemal neben ihrem Mann im Wagen gesessen hat.
Ein gutes Gefühl, findet sie. Sie wirft einen Blick zu ihm hinüber. „Ein

bißchen", gibt sie zu. „Ich habe letzte Nacht nicht viel geschlafen. Ich glaube, ich bin etwas nervös."

„Das brauchst du nicht zu sein", sagt Paul. „Wir werden sicher alles bestens antreffen."

„Hoffentlich hast du recht."

Joanne lächelt und versucht, Pauls Optimismus zu teilen. Werden die Mädchen sich über ihren Besuch freuen? In Gedanken sieht sie Lulu schon auf das Auto zulaufen, sieht, wie Robin langsam hinterherschlendert.

„Kaum zu glauben, daß der Sommer schon zur Hälfte vorüber ist", bemerkt Paul.

Joanne nickt. Die Zeit vergeht schnell, wenn man Spaß hat, denkt sie und wirft einen Blick auf ihre Armbanduhr. Es ist fast acht. Falls nichts Unvorhergesehenes passiert, werden sie in etwa zwei Stunden in Massachusetts sein und um zehn Uhr, pünktlich zum Beginn des Besuchstages, im Camp ankommen. Ob Robin am Eingang auf sie warten wird?

Joanne hat in den vergangenen vier Wochen nur einen einzigen kurzen Brief von ihrer älteren Tochter erhalten, der in nüchternem, fast kühlem Ton vom Leben im Ferienlager berichtete. Besser als gar nichts, denkt Joanne, während sie die Landschaft entlang der Schnellstraße betrachtet. Wie grün alles ist, wie wunderschön in der frühen Morgensonne.

„Hast du gestern deinen Großvater besucht?" fragt Paul.

Joanne nickt. „Er hat die ganze Zeit geschlafen."

„Und Eve? Wie geht's der?"

Joanne spürt, wie sie sich verkrampft. „Ich habe sie die ganze Woche über nicht gesehen", erzählt sie. „Wir hatten beide sehr viel zu tun."

„Dein Job hält dich wohl ziemlich auf Trab, was?"

„Nicht eine Sekunde Langeweile", zwingt sie sich zu sagen. Wie gut Paul doch aussieht! Sein Gesicht ist tief gebräunt, seine Beine in den weißen Bermudashorts sind schlank und muskulös. „Machst du noch immer jeden Tag Hanteltraining?" fragt sie.

Ein kurzes Lächeln umspielt seine Lippen. „Nicht jeden Tag", gesteht er verlegen. „Ich habe es versucht. Ein, zwei Wochen lang macht es Spaß, aber dann ... Ich weiß nicht, ich kann mich da einfach nicht so reinsteigern wie diese jungen Kerle. Zumal das Ganze wirklich weh tut. Wenn ich morgens aufwache, habe ich überall

Muskelkater. Meine Begeisterung für die Sache wird von Tag zu Tag geringer." Er lächelt. „Außerdem werden sich meine Arme nie voll entwickeln... Du weißt schon, diese Unfälle als Kind..." Er wirft ihr einen verschmitzten Blick zu, und sie lachen beide. „Du siehst toll aus", sagt er ernsthaft. „Wie hast du das denn angestellt?"

„Ich habe mir ein paar Strähnchen ins Haar färben lassen."

Er schüttelt den Kopf. „Das allein ist es nicht."

„Ich habe auch ein paar Pfund abgenommen. In letzter Zeit habe ich ziemlich viel Jogging getrieben."

Sie fühlt seinen Blick auf ihren Beinen. „Und die Tennisstunden?"

„Damit habe ich aufgehört." Sie räuspert sich nervös. „Meine Zehen wurden zu sehr strapaziert." Sie bemerkt, wie sein Blick langsam an ihren Beinen entlang hinunter zu ihren Füßen in den offenen Sandalen wandert. „Ich glaube, die Nägel werden demnächst abfallen."

Er verzieht das Gesicht. „Und dann?"

„Ron sagt, wahrscheinlich sind schon neue darunter."

„Ron?"

„Ron Gold, der Arzt, für den ich arbeite. Habe ich dir doch erzählt. Wir sind zusammen zur Schule gegangen."

Paul zuckt mit den Achseln und richtet den Blick wieder auf die Straße. „Kenne ich ihn?" fragt er, und Joanne hört in seiner Stimme das Bemühen, beiläufig zu klingen.

„Ich glaube nicht", sagt sie.

„Der Name kommt mir bekannt vor. Wie sieht er denn aus?"

Joanne muß ein Lächeln unterdrücken. Ist Paul eifersüchtig? „Er ist mittelgroß und hat rotblondes Haar. Eigentlich sieht er noch genauso aus wie vor fünfundzwanzig Jahren. Alles in allem sehr sympathisch", fügt sie hinzu.

„Verheiratet?"

„Ja."

„Hast du immer noch vor, die Arbeit Ende des Sommers aufzugeben?"

„Ja", antwortet Joanne nach einigem Zögern.

„Klingt nicht sehr überzeugend."

„Ron will nicht, daß ich aufhöre. Er behauptet, ohne mich sei er aufgeschmissen." Sie lacht. „Ich glaube, da hat er sogar recht."

„Du überlegst dir also weiterzumachen?"

Joanne nimmt sich eine Minute Zeit, um ernsthaft über diese Frage nachzudenken. „Nein, eigentlich nicht", sagt sie schließlich.

Sie verfallen in Schweigen. Den Rest der Fahrt über sprechen sie nur das Nötigste. Die leichte Musik aus dem Radio begleitet sie, während jeder seinen eigenen Gedanken nachhängt.

Ist es allen Ernstes möglich, daß Paul eifersüchtig ist? fragt Joanne sich erneut. Wahrscheinlich wohl doch nicht eifersüchtig, aber zumindest neugierig. Der Gedanke, daß es in ihrem Leben noch einen anderen Mann geben könnte, ist ihm offensichtlich nie gekommen. Bisher war er sicher, daß sie verfügbar bleiben würde, bis er über ihr Schicksal entschieden hätte, in der Gewißheit, sehr viel Zeit für seine Entscheidung zu haben. Jetzt ist er sich nicht mehr ganz so sicher.

Er sieht sie mit einem liebevollen Lächeln an. Erstaunlicherweise wendet sie den Blick als erste ab, lehnt den Kopf gegen die Nackenstütze und schließt langsam die Augen. Irgend etwas geht zwischen ihnen vor, das fühlt sie, aber sie weiß nicht genau, was sie davon halten soll.

Als sie die Augen wieder öffnet, fahren sie nicht mehr auf der Schnellstraße, sondern auf einer schmalen Landstraße.

„Wir sind gleich da", sagt er. „Hast du gut geschlafen?"

„Wunderbar", antwortet sie, überrascht, daß sie einfach so eingedämmert ist. „Wie spät ist es?" fragt sie, während sie in einer langen Autoschlange vor dem Camp zum Stehen kommen.

„Kurz nach zehn. Wir sind gerade richtig."

„Siehst du die beiden schon irgendwo?" fragt sie und läßt den Blick über die Kinderschar schweifen, die sich an den Toren des Ferienlagers versammelt hat.

„Nein, noch nicht." Paul biegt in die ausgeschilderte Parkfläche ein. Joanne sieht sich immer wieder um und versucht, ihre Töchter zu entdecken. Ihre früheren Befürchtungen kehren heftiger denn je zurück. Wie wird der Tag werden? Und wie die Rückfahrt? Werden sie je wieder eine richtige Familie sein?

Paul bringt den Wagen zum Stehen und zieht den Zündschlüssel ab. Betont langsam wendet er sich ihr zu und nimmt ihre Hände.

„Alles wird gut werden", sagt er sanft, als ob er ihre Gedanken erraten hätte. Und dann fügt er leise hinzu: „Ich liebe dich, Joanne."

Joannes Herz macht einen Sprung. Die üppige grüne Landschaft, die sie umgibt, verschwindet; der Lärm, den die aufgeregte Menge der

Mädchen macht, verklingt. Joanne sieht nur Paul, spürt die Berührung seiner Finger, hört nur seine Stimme.

„Mama!" Lulu klopft wild an die Scheibe des Beifahrerfensters. Wie lange steht sie da schon?

„Meine Süße!" ruft Joanne, öffnet die Wagentür und nimmt ihre jüngere Tochter in die Arme. „Laß dich anschauen. Ich glaube, du bist hier zehn Zentimeter gewachsen!" Sie streicht ihr die Haare aus den Augen. „Und deine schönen großen Augen sind noch größer geworden!"

„Das sieht bloß so aus, weil der Rest von mir langsam verschwindet", entgegnet Lulu gewitzt. „Habt ihr was zu essen mitgebracht?"

„Ja, natürlich haben wir das", antwortet Paul lachend. „Du siehst großartig aus. Macht's dir viel Spaß hier?"

„Es ist toll. Alle sind nett, und die Betreuer sind große Klasse." Sie hakt sich bei ihren Eltern ein. „Ich habe euch vermißt! Alle beide!"

„Wo ist Robin?" fragt Paul und erspart damit Joanne, diese Frage zu stellen.

„Sie ist am See", sagt Lulu. „Sie nimmt an der Segelvorführung teil. In ein paar Minuten beginnt es. Wenn ihr sie segeln sehen wollt, führe ich euch hin."

„Natürlich wollen wir sie segeln sehen", betont Joanne. Sie hat den Arm ganz fest um Lulu gelegt.

„Was ist mit den Fressalien?"

„Die holen wir später", antwortet Paul.

Sie gehen zusammen zum See. Joanne ist glücklich, voller Zuversicht. Zwischen ihr und Paul hat sich etwas geändert. Wir werden wieder eine Familie sein, denkt sie, als sie das Wasser und die vielen weißen Segel erblickt.

„DA SAGE ich zu ihr", setzt Lulu die Erzählung über ihre Intimfeindin im Ferienlager fort, „also ich sage zu ihr: ‚Weißt du, daß du dein Sweatshirt verkehrt herum anhast?', und sie antwortet so richtig patzig: ‚Natürlich weiß ich das. Es soll ja verkehrt herum sein. Jeder trägt es so.' Ich sage: ‚Also ich habe noch nie jemanden gesehen, der sein Sweatshirt verkehrt herum trägt', und sie sagt: ‚*Jeder* an der Uni trägt es so' – als ob *sie* an der Universität wäre und nicht ihr älterer Bruder!"

Joanne hört Lulu zu, aber sie beobachtet dabei Robin. Die vier sitzen auf einer großen rot-blauen Decke, essen Hamburger, die aus der Küche des Camps stammen, und trinken Limonade. Die Eltern haben sich zuvor eine Segelvorführung und einen Wettbewerb im Bogenschießen angesehen. Seit sie sich hier auf der Wiese niedergelassen haben, hat Lulu pausenlos geredet; Robin dagegen hat so gut wie nichts erzählt, seit sie ihre Eltern am See höflich, aber reserviert begrüßt hat.

„Will noch jemand einen Hamburger?" fragt Paul.

„Ich!" schreit Lulu sofort.

„Sonst noch jemand?"

„Nein, danke", antwortet Joanne. Robin schüttelt den Kopf.

„Auf meinen Hamburger Senf und eine Scheibe Gurke", bittet Lulu ihren Vater, der gerade aufsteht. „Und eine Scheibe Tomate", fügt sie hinzu, als er sich schon zum Gehen wendet.

„Du kommst wohl besser mit", sagt Paul, den Blick auf Joanne gerichtet. Lulu nimmt seine ausgestreckte Hand.

Er will, daß wir einen Moment lang ungestört sind, begreift Joanne und nickt ihm unauffällig zu. Sie wendet sich zu Robin, die sie aufmerksam ansieht. Ganz offensichtlich wartet sie darauf, daß ich etwas sage, denkt Joanne.

„Also", beginnt sie zögerlich, „es gefällt dir hier, ja?"

„Es geht." Robin zuckt mit den Achseln.

„Es hat uns sehr beeindruckt, wie gut du schon segeln kannst."

Robin nimmt das Kompliment entgegen, aber sie sagt nichts.

„Wie sind denn die Jungen von Camp Mackanac dieses Jahr?" fragt Joanne und hofft, daß dieses Thema unverfänglich genug ist.

Robin sieht zu Boden. „Ein Junge ist dabei, der ist ganz nett", sagt sie.

Joanne schweigt.

„Er heißt Ron", erzählt Robin weiter.

„Ach? Genauso wie mein Chef."

Ein leichtes Lächeln erscheint auf Robins Gesicht, verschwindet aber gleich wieder. „Wie ist dein Job?" fragt sie.

„Toll", antwortet Joanne begeistert.

Robin starrt in Richtung See. „Wie steht es denn nun zwischen dir und Papa?" fragt sie leise.

„Besser", antwortet Joanne.

Robin fegt ein paar Krümel von der Decke. „Es gefällt mir hier im

Camp", sagt sie mit einem kaum erkennbaren Kopfnicken. Sie starrt immer noch in dieselbe Richtung, sorgfältig darauf bedacht, dem Blick ihrer Mutter auszuweichen. „Es war gut, daß ich hierhergefahren bin. Ihr hattet recht. Nicht nur mit dem Ferienlager ..."

Soll ich sie jetzt in die Arme nehmen? überlegt Joanne. Sie würde es gerne tun, aber sie fürchtet, Robin könnte sich bedrängt fühlen. Also lehnt sie sich vornüber und nimmt Robins Hand. Robin zieht sie nicht zurück.

„Nun, was meinst du?" fragt er, nachdem sie tränenreich Abschied von ihren Töchtern genommen haben.

Joanne wischt sich über die Augen und lächelt. „Ich finde, es ist prima gelaufen."

„Finde ich auch. Robin scheint sich wieder gefangen zu haben."

„Sie hat mir erzählt, daß es ihr in der ersten Woche sehr schlecht ging, sie hatte sich einfach vorgenommen, es nicht zu genießen, aber sie waren alle so lieb zu ihr, und es gab so viel Abwechslung, da konnte sie gar nicht anders, als Spaß daran zu haben. Und dann hat sie da ja diesen Jungen kennengelernt, diesen Ron. Der hat bestimmt auch etwas mit ihrem Stimmungsumschwung zu tun."

„Ich habe nie verstanden, welchen Sinn ein reines Mädchencamp hat, wenn es gleich daneben ein Jungenlager gibt", sagt Paul und schaltet die Scheibenwischer ein.

„Gut, daß es erst jetzt regnet."

„Die Heimfahrt wird unangenehm", erklärt er. „Wir fahren direkt in ein Gewitter hinein."

„Hast du Hunger?" fragt sie ihn einige Minuten später. Der Regen trommelt gegen die Windschutzscheibe.

„Eigentlich nicht", antwortet Paul. „Ich habe ja im Camp drei Hamburger verdrückt."

„Ich finde, wir könnten doch in einem dieser Motels hier haltmachen und etwas essen und abwarten, bis der Regen nachläßt." Sie sieht zu Paul hinüber. Er starrt sie an. Sie fühlt, wie sie zu zittern beginnt. „Wir könnten doch zu Abend essen ... oder so", fügt sie schnell hinzu.

Er biegt auf den Parkplatz des nächsten Motels ein. „Oder so", sagt er.

Seit Monaten hat sie sich dies erträumt, hat sich gewünscht, daß es Wirklichkeit werden möge. Er ist neben und über ihr, streichelt und liebkost sie und sagt ihr, daß er sie braucht.

Einige Stunden sind sie nun schon in diesem Zimmer mit dem aufdringlichen roten Bettvorleger. Es hat aufgehört zu regnen, aber wenn Paul es gemerkt hat, so hat er es einfach ignoriert.

Zuerst war sie noch angespannt gewesen, aber bald hatte er ihr zugeflüstert, wie schön sie sei, seine Berührungen waren zärtlich und aufmunternd und vertraut, und sie hatten nichts von dem vergessen, was sie im Lauf ihrer zwanzig gemeinsamen Jahre gelernt hatten. Das ist die Technik des Herzens, denkt sie. Steve Henry kann das nicht verstehen. Und bald waren jede Verlegenheit und alle Angst verschwunden, und sie hatte sich im Liebesakt verloren – für Joanne war es so schön wie selten zuvor in all ihren gemeinsamen Jahren.

Und jetzt liegen sie eng umschlungen ruhig beieinander. Er schmiegt sich an sie, damit sie gut einschlafen kann. Joanne fühlt, daß sie sich langsam entspannt, aber sie weiß, daß sie unmöglich schlafen kann. Es macht nichts. Sie liegen gemeinsam in einem Bett. Und wenn er aufwacht, wird sie neben ihm sein.

„Musst du um neun in der Kanzlei sein?" fragt sie, als er am nächsten Morgen in die Auffahrt zu ihrem Haus einbiegt. Es ist schon fast neun, und er muß noch den ganzen Weg in die Innenstadt fahren.

„Nein. Ich habe ihnen gesagt, sie sollen mich nicht vor zehn erwarten."

Joanne beschleicht ein seltsames Unbehagen. Er hat am Freitag in der Kanzlei gesagt, er werde am Montag nicht vor zehn erscheinen. Hatte er am Freitag schon gewußt, was sich zwischen ihnen ereignen würde? War er sich so sicher gewesen?

Sie schiebt den unangenehmen Gedanken beiseite. Es ist doch unwichtig. Offensichtlich hatte er geplant, sich an diesem Wochenende mit ihr auszusöhnen; dagegen war nun wirklich nichts einzuwenden. Warum nur ist sie dann so unruhig? Warum ist sie unruhig, seit er an diesem Morgen aufstand, hastig duschte und sich anzog? Während der Fahrt nach New York hatte er nur wenig gesprochen und sie immer dann, wenn er ihrem Blick nicht mehr ausweichen konnte, schuldbewußt angestarrt.

Paul begleitet sie zur Tür. Er trägt die Taschen mit der Wäsche, die

die Mädchen ihnen mitgegeben haben. Er setzt die Taschen vor der Tür ab.

„Hast du noch Zeit für eine Tasse Kaffee?" fragt sie. Soll sie ihn jetzt fragen, wann er wieder einziehen wird?

„Besser nicht. Ich muß mich ja noch umziehen und rasieren."

„Sehen wir uns heute abend?" wagt sie sich vor.

„Joanne . . ."

„Was ist denn los, Paul?" fragt sie, da sie die Spannung nicht länger erträgt.

„Ich hoffte, du würdest das mit heute nacht verstehen . . ."

„Was verstehen? Ich habe verstanden, daß wir uns geliebt haben, daß du mir gesagt hast, du liebst mich . . ."

„Ich liebe dich ja auch."

„Was also gibt es da noch zu verstehen?"

„Daß es nichts an unserer Situation ändert", sagt er, und Joanne merkt, wie sie sich gegen die Tür stemmt, um vor seinen Worten zu fliehen. „Vielleicht hätte ich das heute nacht nicht geschehen lassen sollen", fährt er fort, „aber ich wollte, daß es geschieht – und, sei doch mal ehrlich, Joanne, du wolltest es doch auch."

„Was soll das heißen?"

„Daß das, was heute nacht geschehen ist, nichts ändert", wiederholt er. „Daß ich noch nicht soweit bin, wieder nach Hause zu kommen."

„Heute nacht . . ."

„Ändert nicht das geringste."

Joanne beginnt hektisch in ihrer Handtasche herumzuwühlen. „Ich kann meine Schlüssel nicht finden."

„Es war nicht meine Absicht, dich irrezuführen."

„Warum hast du mir das alles dann nicht gesagt, bevor wir miteinander ins Bett gegangen sind?" Sie wirft ihre Handtasche auf den Boden. „Ich kann meine Schlüssel nicht finden!" Sie vergräbt ihr Gesicht in den Händen.

„Joanne . . ."

„Laß mich in Ruhe!"

„Ich kann dich doch nicht einfach weinend hier auf der Treppe lassen."

„Dann such meine Schlüssel, dann heule ich drinnen."

„Joanne . . ."

„Such meine Schlüssel!" schreit sie.

Paul hebt die Handtasche auf und kramt darin herum. Innerhalb von Sekunden hat er die Hausschlüssel gefunden und reicht sie Joanne. „Du hast den alten Schlüsselbund also wiedergefunden", sagt er gedankenverloren.

Joanne reißt ihm den Bund aus der Hand und starrt die Schlüssel an, die sie schon lange verloren zu haben glaubte. Fahrig stochert sie mit dem Schlüssel im Schloß herum, bis sie ein Klicken hört und die Tür aufgeht. Sie steht in der Tür, unfähig, sich zu bewegen.

„Mußt du jetzt nicht die Alarmanlage abstellen?" fragt er.

Wie ein Roboter geht Joanne zum Alarmkästchen, während Paul die diversen Taschen ins Haus trägt.

„Es tut mir leid, Joanne", entschuldigt er sich und fügt dann kleinlaut hinzu: „Ich rufe dich an."

Joanne sagt nichts. Sie wartet, bis sie ihn wegfahren hört; dann stößt sie mit dem Fuß die Tür zu.

ALS Joanne das Zimmer betritt, schläft er gerade. Sie betrachtet nachdenklich das alte Gesicht und die Baseballmütze, die neben ihm auf dem Kissen liegt. Behutsam setzt sie sich neben den schlafenden alten Mann.

An einem Montag war sie noch nie da. Seit drei Jahren hat sie dieses Zimmer immer nur samstags betreten, wenn die Gänge und Zimmer voller Angehöriger von Patienten waren. Sie hätte nicht geglaubt, daß es hier unter der Woche so still ist. Wie ihr Großvater liegen auch die meisten anderen Heimbewohner jetzt um ein Uhr nachmittags schlafend in ihren Betten. Sie ist in ihrer Mittagspause hierhergekommen. Ron hat ihr angeboten, sich den Rest des Tages freizunehmen, sich soviel Zeit zu lassen, wie sie braucht.

Ein einziger Blick hatte ihm genügt, um zu wissen, daß sie geweint hatte. „Sprich dich aus", sagte er und führte sie aus dem überfüllten Wartezimmer in einen der Untersuchungsräume. Sie brach in Tränen aus und erzählte ihm alles, was zwischen Paul und ihr vorgefallen war. Er nahm sie in die Arme und hielt sie fest. „Nimm dir den Rest des Tages frei", drängte er sie. „Ich komme schon zurecht." Die Behauptung brachte sie beide zum Lachen. „Also gut", gab er hastig zu, „ich würde ohne dich nicht zurechtkommen – mach einfach eine verlängerte Mittagspause. Nimm dir soviel Zeit, wie du brauchst."

Aber beim Mittagessen brachte sie keinen Bissen runter, konnte den wiederausgebrochenen, unendlich scheinenden Tränenstrom nicht zum Versiegen bringen. Und so war sie in ihren Wagen gestiegen und drauflos gefahren, bis sie das Pflegeheim vor sich gesehen hatte.

Und jetzt sitzt sie hier neben einem alten Mann, der ihr einen wahren Schatz von Erinnerungen geschenkt hat, der jetzt aber nicht einmal mehr weiß, wer sie ist. Ich weiß es ja selbst nicht mehr genau, denkt sie dann. Sie sieht sich in dem Zimmer um, blickt hinüber zu Sam Hensley, dessen Tochter und Enkelsohn heute natürlich nicht zu Besuch sind. Was hat sie in einem Zimmer verloren, in dem zwei schlafende alte Männer liegen, von denen keiner merkt, daß sie überhaupt da ist?

Ihr Großvater schlägt die zittrigen Lider auf. Während er sie anstarrt, formen sich die vielen Falten in seinem Greisengesicht zu einem kleinen Lächeln. „Joanne?"

„Großvater!" Die Tränen, die Joanne die ganze Zeit über nur mit Mühe zurückgehalten hat, strömen über ihre Wangen. „Kennst du mich?"

Er sieht sie verdutzt an und versucht sich aufzusetzen.

„Warte, ich helfe dir", sagt sie schnell und stellt sich hinter ihn, um die Kissen aufzuschütteln.

„Ich glaube, dort unten am Bett ist etwas, das man drehen kann", sagt er mit klarer Stimme.

Sofort ist Joanne am unteren Teil des Bettes und kurbelt das Kopfteil hoch, damit ihr Großvater bequem sitzen kann. Die Baseballmütze fällt vom Kissen auf seinen Schoß. Er nimmt sie und setzt sie sich auf. Seine Augen strahlen vor Freude.

„Dieses Jahr gewinnen wir die Meisterschaft!" Er lächelt. „Warum weinst du?" fragt er dann.

„Weil ich glücklich bin", erklärt ihm Joanne. „Es freut mich so, hier bei dir zu sein."

„Du solltest öfter kommen. Deine Mutter kommt jede Woche."

„Ich weiß. Es tut mir leid. Ich werde versuchen …"

„Du bist ja richtig erwachsen geworden." Joanne lacht und wischt sich ein paar Tränen aus dem Gesicht. „Wie alt bist du denn jetzt?"

„Einundvierzig", antwortet Joanne.

„Einundvierzig?" Er schüttelt den Kopf. „Dann müßte deine Mutter ja … wie alt sein?"

„Siebenundsechzig", sagt Joanne rasch.

„Siebenundsechzig! Meine kleine Linda ist siebenundsechzig! Ich kann das nicht glauben. Wie geht es deinem Mann?" Die Fragen kommen jetzt in immer kürzeren Abständen, als ob er wüßte, daß er nur wenig Zeit hat, sie alle zu stellen.

„Gut", erwidert Joanne automatisch. „Gut geht es ihm."

„Und deinen Kindern? Wie viele hast du doch gleich?"

„Zwei."

„Zwei. Entschuldige, manchmal vergesse ich es. Sie heißen ...?"

„Robin und Lulu."

„Die kleine Lulu, ja, ja, ich erinnere mich." Er schließt die Augen. Einen Moment lang befürchtet Joanne, daß er wieder in seine ganz private Welt zurückgekehrt ist, aber als er die Augen öffnet, sehen sie diese immer noch direkt, ja fast schelmisch an. „Hast du Zeit, ein bißchen Rommé mit mir zu spielen?" fragt er.

Joanne schnappt vor Freude nach Luft.

„Ist hier drin alles in Ordnung?" ertönt eine Stimme vom Gang. „Ach, hallo, Mrs. Hunter", sagt die Schwester, als sie Joanne erkennt. „Ich habe Sie heute gar nicht erwartet. Geht es Ihrem Großvater gut?"

„Ja, bestens", antwortet Joanne und fragt dann hastig: „Haben Sie Spielkarten hier?"

„Spielkarten?"

„Für Gin-Rommé, wissen Sie", erklärt Joanne.

„Ich glaube, Ihr Großvater hat welche in der Schublade", erklärt die Schwester nach kurzem Nachdenken. „Ich habe sie da mal liegen sehen."

„Tatsächlich. Hier sind sie!" ruft Joanne und zieht eine Schachtel mit abgegriffenen alten Karten aus der Schublade.

Noch bevor Joanne die Karten auf der grauweißen Bettdecke ausgeteilt hat, ist die Schwester verschwunden. Joannes Hände zittern. Zu aufgeregt, um sich richtig konzentrieren zu können, ordnet sie ihre Karten.

Sie kann nichts anderes denken, als daß sie tatsächlich mit ihrem Großvater Rommé spielt. Und plötzlich ist sie wieder zehn Jahre alt, und sie sitzen an dem runden Tisch in dem kleinen Gartenhaus ihrer Großeltern. Draußen strömt der Regen.

„Nimmst du die Karte?" fragt ihr Großvater ungeduldig.

Joanne merkt, daß sie einige Sekunden lang die Herzzwei angestarrt hat, ohne zu registrieren, um welche Karte es sich handelt. „Nein", sagt sie. Sofort denkt sie, daß sie die Karte hätte nehmen sollen. Zu spät. Schon greift ihr Großvater danach und legt dann eine Karosieben ab. Gewissenhaft sieht Joanne ihre Karten durch, um sicherzugehen, daß sie die Karosieben nicht brauchen kann. Dann nimmt sie eine Karte vom Talon. Es ist die Pikzehn. Sie ordnet sie zwischen die Acht und den Buben derselben Farbe ein. Jetzt braucht sie die Neun.

Ihr Großvater kneift konzentriert die Augen zusammen. Er nimmt eine Karte vom Talon, legt sie schnell ab und beobachtet, wie Joanne dasselbe macht, greift nach der nächsten Karte, die sie abgelegt hat, beobachtet, wie sie seine abgelegte Karte nimmt. Joanne betrachtet das Blatt, das sie in der Hand hält. Eine einzige Karte fehlt ihr noch zum Gin – die Pikneun. Sie überlegt, ob sie eine Karte, die sie eigentlich braucht, ablegen soll, um das Spiel in die Länge zu ziehen.

„Gin!" ruft ihr Großvater plötzlich und zeigt voller Stolz seine Karten vor. Ungläubig starrt Joanne ihn an. „Du hast geglaubt, ich würde dir die hier geben, was?" fragt er verschmitzt und hält ihr die Pikneun vor die Nase.

„Ich kann es nicht fassen", sagt Joanne verblüfft. Dann fragt sie ihn: „Meinst du, du schaffst das ein zweites Mal?"

„Ich versuch's", antwortet er.

Das nächste Spiel geht genau wie das erste aus. „Gin!" ruft ihr Großvater wieder, aber seine Stimme klingt jetzt etwas schwächer.

„Noch eins, Großvater?" fragt Joanne.

„Teil die Karten aus", sagt er leise.

„Wir können auch aufhören, wenn du dich ein bißchen ausruhen möchtest."

„Teil aus!"

Joanne gibt jedem zehn Karten. Schnell sortiert sie die ihren, merkt dann aber, daß ihr Großvater nichts dergleichen tut. „Die Pikvier, Großvater", sagt sie und zeigt auf die offene Karte. „Willst du sie?" Er schüttelt den Kopf. „Dann nehme ich sie", sagt sie lächelnd. Sie will sich nicht eingestehen, daß er sie gar nicht mehr sieht. Sie legt eine Herzacht ab. „Eine Acht, Großvater, willst du eine Acht?" Er schüttelt den Kopf. „Nimm eine Karte", fordert sie ihn sanft auf.

Sie starrt ihn an. Die Augen des alten Mannes fallen zu. „Großvater!" ruft sie. Noch einmal schlägt er kurz die Augen auf. „Bitte, Großvater. Bitte, laß mich nicht allein, ich brauche dich!"

Mit zitternden Händen schiebt sie die Karten zusammen und

verstaut sie in der alten Schachtel. Einige Sekunden lang steht sie am Fuß des Betts, dann kurbelt sie das Kopfteil in seine ursprüngliche Lage zurück. Sie stellt sich neben ihren Großvater, nimmt seine Hand und ist erstaunt, wie leicht sie sich anfühlt.

„Bitte, wach wieder auf, Großvater", fleht sie. „Ich weiß nicht mehr, was ich tun soll. Ich habe dir nicht die ganze Wahrheit gesagt. Du hast mich gefragt, wie es Paul geht, und ich sagte, es gehe ihm gut. Ja, es geht ihm gut ..., bloß, er ist weg. Ich habe dir erzählt, daß er mich verlassen hat ..., aber ich habe immer geglaubt, er werde zurückkommen. Ich liebe ihn so sehr, Großvater. Zwanzig Jahre lang war er alles für mich. Jetzt will er ein neues Leben, und ich weiß nicht, was ich tun soll. Alles zerfällt vor meinen Augen. Ich verliere meine Kinder, sie werden selbständig. Sie entfernen sich von mir. Und Eve ... Erinnerst du dich an Eve?" Joanne mustert das Gesicht ihres Großvaters, sucht vergebens nach einer Regung. „Du weißt schon, Eve ist die, die immer rechts und links verwechselt hat. Also irgend etwas stimmt nicht mit Eve, Großvater. Sie benimmt sich so sonderbar. Ich kann es nicht richtig erklären. Dreißig Jahre lang war sie meine beste Freundin, und plötzlich weiß ich nicht mehr, wer sie ist. Ich vertraue ihr nicht mehr. Ich habe Angst vor ihr!" Von den eigenen Worten erstaunt, hört Joanne für einen Moment auf zu sprechen. „Das habe ich noch nie laut gesagt", fährt sie fort. „Ich glaube, ich habe es bis jetzt noch nicht einmal gedacht. Aber es stimmt. Ich habe Angst vor ihr. Ich bekomme diese Telefonanrufe, Großvater, entsetzliche, perverse Anrufe. Eine Stimme droht mir, mich umzubringen. Ich kann kaum glauben, was mir in den letzten Monaten alles passiert ist. Ich bin so durcheinander, ich weiß nicht mehr, was ich tun soll! Bitte, hilf mir, Großvater!"

Langsam schlägt er die Augen auf. „Möchtest du mit mir tauschen?" fragt er freundlich.

Joanne läßt sich auf den Stuhl neben dem Bett fallen. Seine Worte dröhnen ihr in den Ohren.

Plötzlich ist das Zimmer von Lärm erfüllt. *„It's a long way to Tipperary!"* grölt Sam Hensley, der sich im Nachbarbett aufgesetzt hat.

„Linda?" fragt ihr Großvater, von dem plötzlichen Getöse irritiert. *„It's a long way to go ..."*

„Linda?"

Joanne steht auf, beugt sich zu ihrem Großvater hinunter und gibt ihm einen Kuß auf die Wange. „Nein, Großvater", flüstert sie. Langsam schließt er die Augen und schläft ein. „Ich heiße Joanne."

Als sie auf den Platz vor ihrer Garage einbiegt, glaubt Joanne, Eve aus einem Zimmer im oberen Stockwerk ihres Hauses herunterstarren zu sehen. Joanne steigt aus dem Wagen und sieht auf die Uhr. Es ist fünf. Sie ist den ganzen Nachmittag durch die Gegend gefahren. In ihrem Kopf drehen sich Pauls Worte und ihre Gedanken wieder und wieder im Kreis. Jetzt will sie nur noch ein Bad nehmen und ins Bett gehen. Aber irgend etwas zieht sie zu Eves Haus hinüber.

Während sie über den Rasen geht, wirft sie noch einmal einen Blick auf das Fenster des kleinen Zimmers, das zur Straße hinaus liegt, jenes Zimmers, das Eve für das vergeblich erhoffte Baby eingerichtet hatte. Niemand steht dort. Hat Eve gesehen, daß sie kommt? Geht sie gerade die Treppe hinunter, um die Tür zu öffnen?

Joanne klopft ein paarmal und drückt dann auf den Klingelknopf. Niemand kommt, obwohl sie Stimmen hört. Sie streiten sich. „Eve!" ruft sie. „Ich weiß, daß du da bist. Ist alles in Ordnung?"

Die Tür geht auf. Eves Mutter steht vor Joanne. „Eve will dich nicht sehen", sagt sie bedauernd.

„Warum denn nicht?" Joanne schluckt.

„Sie meint, sie habe es satt, sich jedem gegenüber zu verteidigen. Wenn du wirklich ihre Freundin wärst, müßte sie sich nicht verteidigen."

„Ich bin aber ihre Freundin!"

„Ich weiß." Mrs. Cameron nickt traurig. „Und ich glaube, im Innersten weiß sie es auch, aber . . . "

„Ich bin zu müde zum Streiten, Mrs. Cameron", hört Joanne sich sagen. „Ich gehe nach Hause. Bestellen Sie Eve, daß ich hier war, und . . . sagen Sie ihr, daß ich an sie denke."

Joanne nimmt die Abkürzung über den Rasen. Sie dreht den Schlüssel im Schloß, drückt die Tür auf und streckt den Arm aus, um den Alarm auszuschalten. Er ist gar nicht eingeschaltet! Unwillkürlich weicht Joanne einen Schritt zurück. Das grüne Licht brennt nicht. Ist es möglich, daß sie vergessen hat, die Anlage einzuschalten?

Sie versucht, sich an den Morgen zu erinnern. Es ging ihr nicht gut, als sie das Haus verließ, sie war wütend und deprimiert wegen Paul. Es ist möglich, daß sie in diesem Zustand vergessen hat, den Alarm einzuschalten. Wie dumm von mir, denkt sie und beschließt, besser erst einmal die Fenster und Türen zu kontrollieren. Es ist ja möglich, daß jemand versucht hat einzusteigen. Brian hatte ihr zwar versichert, er werde das Haus überwachen lassen, aber sie hat in der Nähe des Hauses nie patrouillierende Streifenwagen gesehen.

Sie nähert sich vorsichtig der gläsernen Schiebetür, die von der Küche in den Garten führt. Das Schloß ist zu, niemand hat daran herumgefummelt. Joanne entspannt sich wieder, findet sich albern, aber sie geht trotzdem ins Wohnzimmer und dann ins Eßzimmer. Alles ist unberührt.

Dasselbe Ergebnis in den Schlafzimmern. Nachdem sie sich vergewissert hat, daß niemand die Fenster im oberen Stock zu öffnen versucht hat, läßt Joanne sich aufs Bett fallen. Vielleicht sollte sie doch kein Bad nehmen. Vielleicht sollte sie einfach unter die Decke kriechen und versuchen zu schlafen.

Als sie gerade einzudösen beginnt, klingelt das Telefon. Schon beim ersten Läuten nimmt Joanne den Hörer ab. „Hallo, Eve?"

„Böses Mädchen", sagt die Stimme tadelnd. „Flittchen!"

Joanne knallt den Hörer auf die Gabel und vergräbt das Gesicht in den Händen. Eine Sekunde später rast sie in die Küche hinunter und blättert fieberhaft in ihrem Adreßbuch, bis sie die Nummer von Brians Polizeirevier gefunden hat. Mit zittrigen Händen wählt sie.

„Könnte ich Sergeant Brian Stanley sprechen, bitte", sagt sie dem Polizeibeamten am anderen Ende der Leitung.

„Er ist gerade nicht da. Vielleicht kann ich Ihnen helfen."

„Wie ist Ihr Name?"

„Lieutenant Fox. Was kann ich für Sie tun?"

„Mein Name ist Joanne Hunter. Ich bin die Nachbarin von Brian Stanley."

„Ja?" Er wartet, daß sie weiterspricht.

„Ich bekomme seit einiger Zeit Drohanrufe, und Sergeant Stanley sagte mir, er werde mit Ihnen darüber sprechen, ob es nicht möglich wäre, daß eine Polizeistreife mein Haus im Auge behält. Ich habe aber seither noch kein einziges Polizeiauto hier gesehen, und gerade habe ich wieder einen Drohanruf erhalten. Wahrscheinlich ist es nichts Schlimmes, aber ich hätte gerne gewußt, ob denn die Polizei –"

„Nun mal langsam, bitte. Hat Sergeant Stanley Ihnen wirklich gesagt, er habe mich gefragt, ob wir in Ihrer Gegend Streife fahren könnten?"

„Na ja, er sagte, er würde Sie fragen, aber das ist schon eine Weile her ..." Sie verstummt für ein paar Sekunden. „Ihnen gegenüber hat er nie etwas erwähnt?" fragt sie. Aber sie kennt die Antwort bereits.

„Wie war doch gleich Ihr Name?" erkundigt sich der Lieutenant, während Joanne den Hörer auflegt.

ELFTES KAPITEL

„SCHMECKT ganz ausgezeichnet, Joanne. Vielen Dank."

Brian Stanley lächelt ihr über den Küchentisch hinweg zu. Er sieht aus, als habe er mindestens fünf Pfund abgenommen und sei um zehn Jahre gealtert, seit Joanne das letztemal hier war. Er ißt gerade das zweite Stück von der Himbeertorte, die Joanne am Nachmittag gebacken und den Stanleys gebracht hat.

„Genau das, was du brauchst", sagt Eve kühl. „Cholesterin."

„Für den Teig habe ich Vollkornmehl genommen", meint Joanne. „Und nur halb soviel Zucker, wie im Rezept angegeben."

„Wie rücksichtsvoll!" bemerkt Eve sarkastisch.

„Hör bloß auf, Eve", sagt Brian warnend.

„Ach, jetzt markiert er wieder den harten Polizisten. Finde ich großartig. Du nicht auch, Joanne?"

Joanne starrt ihre Freundin an. Sie erkennt die Frau, die so viele Jahre ihre engste Vertraute war, kaum wieder. Genau wie Brian hat auch Eve abgenommen, und ihre früher so attraktiven Gesichtszüge sind jetzt ganz spitz. Das rote Haar und die grünen Augen haben ihren natürlichen Glanz verloren. Eve sieht so schroff und unwirsch aus, wie sie klingt.

„Hattest du diese Woche noch Untersuchungen?" fragt Joanne mit größter Anstrengung.

„Hatte ich diese Woche noch Untersuchungen?" wiederholt Eve schneidend. „Was geht dich das an? Du bist doch zur Zeit viel zu sehr mit deinem eigenen Arzt beschäftigt, um dich noch um mich zu kümmern."

„Ich habe diese Woche mehrere Male angerufen. Deine Mutter sagte, du willst nicht mit mir sprechen."

„Warum auch?" ruft Eve. „Von dir höre ich ja nichts anderes, als daß ich verrückt sei."

„Ich habe nie gesagt, daß du verrückt bist."

„Du sagst es, wann immer du den Mund aufmachst", stößt Eve hervor und bricht dann unvermittelt in Tränen aus. „O Gott, wie ich das alles hasse, dieses ganze verfluchte Leben."

„Weine, Eve", redet Joanne ihr zu. „Laß es raus. Das tut dir gut."

„Woher willst du wissen, was mir guttut?" fragt Eve böse. „Warum willst du sehen, wie ich hier rumheule? Genießt du diesen Anblick etwa?"

„Natürlich nicht. Es tut mir weh, dich so zu sehen. Ich will dir doch helfen." Joanne legt sanft ihre Hand auf Eves Arm.

„Weißt du, was Brian getan hat, Joanne?" fragt Eve. Ihre Stimme hat plötzlich etwas Kindliches. „Er hat meine Mutter weggeschickt. Gestern. Er hat ihr gesagt, sie soll nach Hause gehen."

Brian setzt zu einem Erklärungsversuch an. „Die Frau war einem Zusammenbruch nahe."

„Ich bin hier diejenige, die zusammenbricht!" klagt Eve.

Joanne schüttelt den Kopf. „Ich weiß nicht, was ich dir raten soll –"

„Rate ihr, daß sie endlich aufhören soll, zu tausend Ärzten zu rennen", bricht es aus Brian hervor. „Wenn sie zu genügend Ärzten geht, wird sie immer ein paar finden, die ihr sagen, was sie hören will. Sie haben Schmerzen im Unterleib, gut! Wir operieren Ihnen alles raus. Was, Ihr Magen tut Ihnen weh? In Ordnung, weg damit! Je mehr Diagnosen, desto kränker wird sie doch!"

„Halt den Mund, Brian!" befiehlt Eve. „Du machst dich lächerlich."

„Reg dich nicht auf, Eve", versucht Joanne zu besänftigen.

„Warum bist du eigentlich gekommen?" fragt Eve plötzlich. „Besuchst du nicht sonst am Samstag immer deinen Großvater?"

„Ich war heute bei ihm." Joanne senkt den Kopf. „Er schlief. Er ist nicht aufgewacht."

„Genau davor habe ich solche Angst", flüstert Eve. Joanne sieht sie mit fragendem Blick an. „Ich habe Angst, daß ich, wenn ich die Augen schließe und einschlafe, nicht mehr aufwachen könnte."

„Natürlich wachst du wieder auf."

„Ich habe Angst, ich könnte sterben!"

„Du stirbst nicht."

„Was ist denn dann los mit mir? Warum kann mir keiner sagen, was los ist mit mir?"

„Weil überhaupt nichts mit dir los ist, zum Kuckuck!" schreit Brian.

„Brian . . .", beginnt Joanne.

„Nein, Joanne, hör auf, sie ständig zu bemitleiden! Sie kriegt dich sonst noch rum. Sie versucht uns alle rumzukriegen, ihre Mutter, dich, mich – jeden, der sich um sie kümmert."

„Du kümmerst dich ganz bestimmt nicht um mich!" kreischt Eve.

„Und damit muß es ein Ende haben", spricht Brian weiter, ohne auf den Ausbruch seiner Frau einzugehen. „Je mehr wir Eve Gehör schenken, um so mehr glauben wir ihr zum Schluß. Deshalb habe ich ihre Mutter weggeschickt, und deshalb bitte ich dich, mit deinem Mitleid aufzuhören."

„Warum haust du nicht einfach ab?" höhnt Eve. „Das willst du doch, oder etwa nicht?"

„Nein, das will ich nicht."

„Mich führst du nicht an der Nase herum, du Dreckskerl! Na los, hau schon ab! Du bist ja sowieso nie da!"

Was jetzt geschieht, verschwimmt vor Joannes Augen: Brian hebt den Arm, holt mit der flachen Hand aus und schlägt Eve ins Gesicht. Eves Kopf zuckt zurück, ihr rotes Haar fällt über die gerötete Wange, sie rutscht seitlich vom Stuhl. Joanne fängt sie auf.

„Hör auf, Brian!" schreit Joanne und versucht, Eves Stuhl in der Balance zu halten, damit er nicht umkippt. In ihrem Blick liegen Angst und Ungläubigkeit. Sie kann die gewalttätige Szene, deren Zeuge sie eben geworden ist, nicht fassen.

Brian hat die Hand immer noch zum Schlag erhoben. Er schwankt hin und her. Einen Augenblick lang glaubt Joanne, er werde in Ohnmacht fallen, aber er sieht sich nur fragend um, als ob irgend jemand etwas gesagt hätte, das er nicht versteht. Plötzlich dreht er sich mit einem Ruck um und eilt wortlos hinaus.

Joanne wendet sich wieder ihrer Freundin zu.

Eves Blick ist auf sie gerichtet. Unverhohlener Haß liegt darin. „Geh nach Hause!" zischt sie.

JOANNE ist in der Küche, als es klopft. Seit einer Stunde sitzt sie bewegungslos am Tisch. In ihrem Kopf ist wieder und wieder dieselbe Szene abgelaufen: wie Brian Eve schlug; die Leere in Brians Blick; der

Haß in Eves Augen. Immer noch klopft es an der Tür. Dann läutet es. Mühsam steht Joanne von ihrem Stuhl auf und geht zur Sprechanlage. „Wer ist da?" fragt sie.

„Ich bin es, Brian", kommt die Antwort.

Joanne runzelt nachdenklich die Stirn. Was will er? Was gibt es jetzt noch zu sagen? Sie geht zur Tür, aber plötzlich bleibt sie stehen. Warum hat er nicht mit Lieutenant Fox gesprochen, wie er es angekündigt hatte? Sie gibt sich einen Ruck und öffnet.

Sein massiger Körper füllt fast die Tür aus. „Ich bringe dir deine Tortenplatte zurück", sagt er und gibt sie ihr. „Kann ich reinkommen?"

„Findest du es gut, wenn Eve jetzt allein ist?"

„Sie hat sich im Badezimmer eingeschlossen. "

Joanne weicht zurück, damit er eintreten kann. Er schließt die Tür hinter sich und folgt ihr in die Küche. „Möchtest du Kaffee?" fragt Joanne.

Er setzt sich, schüttelt aber den Kopf. „Ich werde auch ohne Kaffee die ganze Nacht wach bleiben." Bedrückt starrt er durch die gläserne Schiebetür hinaus in die Nacht. „Noch nie zuvor habe ich eine Frau geschlagen", sagt er nach einer Weile. Joanne erwidert nichts. „Ich weiß nicht, wie das geschehen konnte", fährt er fort. „Bei mir hat es einfach ein paar Sekunden lang ausgesetzt. Ich habe immer wieder nur diese Stimme gehört, die mich reizt, mir provozierende Gemeinheiten sagt." Er birgt das Gesicht in seinen Händen. „Ich weiß, daß ich all das nicht mehr lange aushalte. Irgendwann werde ich auch noch durchdrehen."

Joanne hört stumm zu, sie weiß nicht, was sie dazu sagen soll.

„Vielleicht trinke ich jetzt doch einen Kaffee, wenn es dir nichts ausmacht", sagt Brian. Joanne geht zur Kaffeemaschine. Sie hofft, daß ihr Gesicht nicht den Groll ausdrückt, den sie Brian gegenüber empfindet.

Warum geht er nicht nach Hause? Sie macht sich Sorgen um Eve, fragt sich, wie Brian sich dazu hinreißen lassen konnte, seine Frau zu schlagen. Wie leicht man doch die Beherrschung verlieren kann, denkt sie. Wie wenig Kontrolle wir im Grunde über uns haben.

„Warum hast du Lieutenant Fox nicht gefragt, ob er mein Haus von einem Streifenwagen überwachen lassen könnte?" fragt sie plötzlich und überrascht Brian sichtlich damit.

„Was?"

„Du hast gesagt, du würdest ihn fragen."

Er scheint sich zu erinnern. „Ich habe ihn ja gefragt."

„Nein, das hast du nicht. Ich habe nämlich mit Lieutenant Fox telefoniert. Er wußte überhaupt nicht, wovon die Rede war."

Brian antwortet lange nicht. „Ich konnte nicht", gesteht er schließlich.

„Warum nicht?"

„Weil ich Angst habe", murmelt Brian und wendet sich ab.

Diese Erklärung hat Joanne nicht erwartet. „Angst? Angst wovor?"

Wieder macht Brian eine lange Pause. „Angst davor, daß Eve der Anrufer sein könnte", sagt er mit kaum hörbarer Stimme.

Joanne schweigt. Seine Worte sind nur das Echo ihrer eigenen Gedanken.

„Du willst doch damit nicht sagen, daß Eve der Würger sein könnte, oder?" flüstert Joanne ungläubig.

Er schüttelt heftig den Kopf. „O Gott, nein! Ich glaube sowieso, daß der Anrufer nicht der Mörder ist. Meiner Meinung nach sind das zwei verschiedene Personen." Traurig lächelt er Joanne an. „Ich weiß, es ist keine Entschuldigung. Trotzdem, es tut mir leid, Joanne."

Das Telefon klingelt.

„Willst du, daß ich mithöre?" fragt Brian. „Ich würde Eves Stimme erkennen, egal, wie gut sie sich verstellt. Du hast doch einen Apparat im Schlafzimmer", fährt er fort, bevor Joanne überhaupt antworten kann, und ist schon auf der Treppe. „Warte noch. Laß es noch dreimal klingeln. Heb dann erst ab."

Das Telefon klingelt weiter. Joanne hört Brians Schritte über sich. Nach dem dritten Klingelton streckt sie langsam die Hand aus, nimmt den Hörer ab und hört sich dann ganz benommen an, was die Stimme am anderen Ende der Leitung ihr mitteilt.

Sofort ist Brian wieder bei ihr in der Küche. „Es tut mir so leid, Joanne", sagt er mit einer hilflosen Gebärde.

„Früher oder später mußte es passieren", erwidert Joanne. „Schließlich war er schon fünfundneunzig."

JOANNES Blick erfaßt die kleine Trauergemeinde. Sie selbst mitgerechnet, sind sechs Personen im Raum. Ihr Bruder Warren und seine Frau Gloria sind vor zwei Tagen von Kalifornien herübergeflogen und

sitzen jetzt mit gefalteten Händen neben ihr. Direkt hinter ihr ist ihr
Chef, Dr. Ronald Gold. Auf der anderen Seite der kleinen Kapelle
sitzen Joannes Mann Paul und Eves Mutter. Eve ist nicht da; sie ist zu
krank. Brian fehlt ebenfalls, er hat zuviel zu tun.

Auch Robin und Lulu sind nicht anwesend. Joanne fand, es sei
sinnlos, sie aus dem Camp herbeizuholen.

„Es ist so schwer zu fassen, daß er wirklich tot ist", sagt Warren und
starrt auf den offenen Sarg, der im vorderen Teil der Kapelle steht. „Er
war immer eine so kräftige, beeindruckende Gestalt. Ich weiß nicht,
ob du dich an ihn erinnern kannst, Gloria."

„Wie könnte ich ihn vergessen haben? Er hielt doch die Tischrede
bei unserer Hochzeit. Ich glaube, da hatte er schon einiges intus.
Jedenfalls nannte er mich andauernd Glynis."

„Der Name Glynis hat ihm immer schon gefallen", bemerkt
Warren, und er und Joanne lächeln sich zu.

Joanne sieht verstohlen zu Paul hinüber. Ganz allein sitzt er da. Seine
Haltung zeigt, daß er einen inneren Kampf mit sich ausficht: Soll er
bleiben, wo er ist, oder sich der kleinen Gruppe auf der anderen Seite
anschließen? Einen Augenblick lang gerät Joanne in Versuchung, die
Entscheidung für ihn zu treffen, hinüberzugehen und ihn zu den
anderen zu führen. Nein, beschließt sie dann, Paul hat ja schließlich
eigene Beine. Und die haben ihn genau dorthin geführt, wo er
offenbar sein will – weg von ihr. Ihr Blick richtet sich wieder nach
vorn.

Die Zeremonie ist kurz. Ein Psalm wird gesprochen, danach einige
wenige Worte. Dann ist es vorbei.

„Ich komme nicht mit zum Friedhof", sagt Eves Mutter und
ergreift Joannes Hand.

„Es war so aufmerksam von Ihnen, zur Trauerfeier zu kommen",
versichert ihr Joanne.

Gloria zupft Joanne am Ärmel. „Bist du soweit? Können wir jetzt
auf den Friedhof gehen?" fragt sie leise.

„Ich möchte gern noch ein paar Minuten mit meinem Großvater
allein sein", erklärt Joanne und sieht zum Sarg hinüber.

„Wir warten draußen", entscheidet Warren. Joanne sieht zu, wie ihr
Bruder und seine Frau den Mittelgang hinuntergehen. Vor ihnen sind
Paul und Ronald, die sich kurz zunicken.

Langsam geht Joanne auf den Sarg zu.

Sie haben einen einfachen Fichtensarg gewählt. Der Leichnam ihres Großvaters ist mit einem dunkelblauen Anzug bekleidet. Seine Augen sind geschlossen, die Wangen dezent mit Rouge geschminkt. Joanne öffnet ihre Handtasche und holt die zerknautschte Baseballmütze heraus. „Du mußt deine Mütze mitnehmen." Lächelnd legt sie sie auf die gefalteten Hände ihres Großvaters. „So ist es besser", sagt sie und fühlt, daß ihr Großvater ihr zustimmt. Sie beugt sich vor und küßt das freundliche alte Gesicht. „Vielen Dank für alles, Großvater. Ich hab dich lieb", flüstert sie ein letztes Mal.

„WENN wir nur nicht so schnell wieder nach Hause müßten", meint Warren, während Gloria den Küchentisch abräumt.

Sie sind vom Friedhof zurück, sitzen alle um Joannes Küchentisch herum, trinken Kaffee und essen Rhabarberkuchen.

„Sei nicht albern", sagt Joanne zu ihrem Bruder. „Natürlich müßt ihr zurück. Du wirst ein Filmstar. Das ist deine große Chance."

„Warum kommst du nicht einfach mit?" fragt Gloria.

„Ich kann nicht", antwortet Joanne hastig. „Die Mädchen kommen bald aus dem Camp zurück. Außerdem habe ich einen Job", erklärt Joanne und schielt zu Ronald Gold hinüber, der ihre Worte erleichtert zur Kenntnis nimmt.

„Ohne sie bin ich aufgeschmissen, das schwöre ich", sagt der Arzt lachend. „Ich meine, ich würde ja gerne großzügig sein, aber ich brauche sie wirklich."

Paul, der am anderen Ende des Tisches sitzt, sieht zu Ronald hinüber. „Ich dachte, Joanne würde sowieso Ende des Monats mit der Arbeit aufhören."

„Ich habe beschlossen weiterzumachen", erklärt Joanne und überrascht ihn damit sichtlich. Sie wirft einen Blick auf die Armbanduhr. „Müßt ihr jetzt nicht langsam zum Flughafen fahren, Warren?"

„Ich bringe euch gerne hin", bietet Paul an.

„Da will ich nicht nein sagen", nimmt Warren das Angebot dankbar an.

Die kleine Gruppe setzt sich langsam in Richtung Haustür in Bewegung. „Grüß Eve von mir", trägt Warren Joanne auf. „Sag ihr, ich fand es schade, daß ich sie nicht sehen konnte, und daß ich hoffe, daß es ihr bald wieder gutgeht."

„Mach ich."

Es entsteht eine peinliche Pause. Keiner scheint zu wissen, wohin mit seinen Händen.

„Paß auf dich auf", sagt Warren schließlich und nimmt seine Schwester in den Arm. „Wenn du irgend etwas brauchst . . . "

„Ich rufe euch an. "

„Auf Wiedersehen, Joanne", verabschiedet sich Gloria und umarmt ihre Schwägerin.

Ungeduldig sieht sich Paul in der kleinen Diele um. „Fertig?" erkundigt er sich und öffnet die Haustür. „Gehen Sie jetzt auch?" fragt er Ronald Gold wie nebenbei, während Gloria und Warren das Haus verlassen.

„Ich glaube, ich bleibe noch ein bißchen und leiste Joanne Gesellschaft. "

Pauls Miene verdüstert sich. Er sieht Joanne an. „Ich glaube, wir müssen miteinander reden", sagt er.

„Das ist eine gute Idee, finde ich. "

„Vielleicht komme ich heute abend vorbei. "

„Gut. "

Verlegen steht er in der Tür. „Welche Zeit wäre dir recht?" fragt er schließlich.

Soll ich ihn zum Essen einladen? überlegt Joanne, aber sie hat eigentlich keine Lust, etwas zu kochen. „Halb neun", sagt sie.

„Bis dann. " Paul wirft noch einmal einen Blick auf Ronald Gold, bevor er Warren und Gloria hinaus folgt.

„Dein Bruder ist ein netter Kerl", sagt Ronald, sobald er und Joanne allein sind. „Von der Schule her kann ich mich aber gar nicht mehr an ihn erinnern. "

„Er war ein paar Klassen unter uns. "

„Ich muß sagen, du hast mich heute überrascht. "

„Wie meinst du das?"

„Ich dachte, du würdest vielleicht zusammenbrechen. "

„Wie oft kann man zusammenbrechen?" fragt sie. „Irgendwann reißt man sich ganz einfach zusammen – oder man geht vor die Hunde. Sagen wir mal, ich habe damit einen Anfang gemacht. "

„Das freut mich. Aber wird es dir nicht zu schaffen machen, wenn Paul heute abend vorbeikommt?"

„Doch, wahrscheinlich schon", gibt Joanne zu.

„Glaubst du, daß du morgen wieder zur Arbeit kommen kannst?"

„Sieh es endlich ein", sagt Joanne mit einem Grinsen. „Ohne mich läuft bei dir gar nichts."

„Stimmt. Das wußte ich von dem Augenblick an, als du meinen Kugelschreiber gefunden hast."

NERVÖS betritt Paul kurz nach halb neun das Haus. „Wie geht es dir?" fragt er, während er Joanne ins Wohnzimmer folgt. Schnell setzt sich Joanne in den drehbaren Sessel, der früher immer für Paul reserviert war. Habe ich das absichtlich getan? fragt sie sich. Paul macht es sich auf dem Sofa bequem. „Das Zimmer sieht gut aus", sagt er, während er sich gedankenverloren umschaut.

Joanne nickt. „Möchtest du etwas trinken?"

Sofort steht Paul auf. „Ja, gerne. Kann ich dir auch etwas bringen?" bietet er an.

„Nein, lieber nicht." Sie bemerkt eine gewisse Zögerlichkeit in seinen Bewegungen, trotz der selbstsicher klingenden Stimme. Er sieht, daß das, was er immer als sein Haus betrachtete, eine kaum merkliche Veränderung erfahren hat. Obwohl im wesentlichen alles so aussieht wie früher, fühlt er sich ein wenig fremd, weiß nicht mehr absolut sicher, wo sich was befindet.

Sie hört, wie er sich draußen im Eßzimmer etwas einschenkt, spürt sein Zögern an der Tür, bevor er wieder das Wohnzimmer betritt.

„Es war nett, Warren wieder einmal zu sehen", sagt er, setzt sich und nippt an seinem Glas.

„Er sieht gut aus", meint Joanne zustimmend.

„Schade, daß die beiden so schnell wieder zurück nach Kalifornien mußten."

„Na ja, ich bin wohl alt genug, um auf mich selbst aufzupassen", sagt Joanne. „Und ich muß ja auch zur Arbeit."

Paul blickt angestrengt auf sein Glas. „Glaubst du wirklich, daß es gut ist, wenn du weiterhin arbeiten gehst?" fragt er.

„Ja, das glaube ich", erwidert sie einfach.

„Es wird schwierig werden, die Ganztagsstelle und den Haushalt unter einen Hut zu bringen."

„Dann werde ich mit den Mädchen eben öfter im Restaurant essen, und die beiden werden mir auch mehr helfen müssen als bisher. Ich finde das gar nicht schlecht für sie. Und für mich wird es sehr gut sein", fügt sie mit fester Stimme hinzu.

Paul trinkt aus und stellt das leere Glas auf den Couchtisch. „Du hast dich verändert", sagt er nach einer Pause.

„Du hast mir keine andere Wahl gelassen."

Diese Antwort macht ihn gereizt. „Es ist vollkommen unnötig, daß du arbeitest, Joanne. Ich habe versprochen, daß ich dich finanziell unterstütze."

„Es ist doch nicht wegen des Geldes", sagt sie schnell, macht dann aber einen Rückzieher. „Nein, warte, das ist nicht ganz wahr. Es gefällt mir, mein eigenes Geld zu verdienen. Es gibt mir ... ein bißchen mehr Unabhängigkeit. Das soll nicht heißen, daß ich von dir nicht erwarte, daß du etwas beisteuerst. Mein Gehalt ist nicht gerade umwerfend, und ich muß mich um das ganze Haus kümmern. Außerdem hast du zwei Töchter, die du finanziell unterstützen mußt ..."

„Du redest, als ob ich nie mehr zurückkommen würde", sagt er leise.

„Wirst du denn zurückkommen?"

„Ich habe dich gebeten, mir Zeit zu lassen."

„Ich habe dir Zeit gelassen." Joannes Blick zwingt Paul, sie anzusehen. „Die Frist ist abgelaufen."

„Das verstehe ich nicht. Vor einer Woche ..."

„Vor einer Woche haben wir miteinander geschlafen, und ich war dumm genug zu glauben, daß alles wieder in Ordnung sei. Am nächsten Morgen hast du mir dann gesagt, nichts habe sich geändert. Da ist mir klargeworden, daß sich nie etwas ändern wird, solange ich mir all das gefallen lasse."

„Hat dieser Gold etwas mit der plötzlichen Erleuchtung zu tun?" fragt Paul spitz.

Joanne muß fast lachen über seine Ausdrucksweise. Sie steht auf und beginnt im Zimmer hin und her zu gehen. „Ronald Gold ist ein liebenswerter, großzügiger Mann, der mir etwas von dem wiedergegeben hat, was ich in all den Jahren verloren hatte – nämlich meine Selbstachtung. Dafür werde ich ihm immer dankbar sein. Aber sonst ist nichts zwischen uns, wenn es das ist, was du andeuten wolltest."

„Warum dann das plötzliche Ultimatum? Warum die Eile?"

„Es geht nun schon seit fast vier Monaten so, Paul", sagt sie. „Ich kann nicht noch mehr Zeit damit verschwenden, auf deine Entscheidung zu warten. Ich muß mein eigenes Leben leben. Das hat mir mein

Großvater klargemacht." Paul blickt verwundert drein. „Nachdem wir vom Ferienlager zurück waren, habe ich ihn besucht. Ich war völlig durcheinander. Ich habe mich wie üblich bei ihm ausgeweint, habe mich über all die schrecklichen Dinge beklagt, die mir zustoßen, da hat er plötzlich die Augen aufgeschlagen und mich gefragt, ob ich mit ihm tauschen wolle. Ich weiß nicht, was da passiert ist. Irgendwie hat es plötzlich klick gemacht, und mir ist bewußt geworden: Nein, ich will nicht mit einem sterbenden alten Mann tauschen. Ich bin noch jung – auf jeden Fall nicht alt –, und es gibt noch so vieles, was ich tun möchte." Sie holt tief Luft. „Ich liebe dich, Paul. Und ich will, daß du zurückkommst. Aber ich lasse mir nicht mehr alles gefallen, und ich bin nicht bereit, noch länger darauf zu warten, daß du wieder zur Vernunft kommst und begreifst, daß ich mehr wert bin als ein ganzes Dutzend dieser kleinen Judys..." Paul kann seine Überraschung nicht verbergen. Aber noch ehe er etwas vorbringen kann, fährt Joanne fort. „Wenn du darauf noch nicht selbst gekommen bist, dann ist das dein Problem. Nicht meines. Jedenfalls nicht mehr." Sie überlegt kurz, bevor sie weiterredet. „In eineinhalb Wochen kommen Robin und Lulu zurück. Dann sind wir entweder wieder eine Familie, oder wir machen reinen Tisch. Bis dahin warte ich noch, dann rufe ich einen Rechtsanwalt an."

„Joanne..."

„Ich will dich nicht mehr sehen, Paul", sagt Joanne mit fester Stimme, „es sei denn, es wäre folgender Anblick: Du kommst mit deinen Koffern hier an, um wieder einzuziehen." Sie steht auf und marschiert zur Tür. „Bitte geh!"

Kurz vor sieben am nächsten Morgen wird sie von lautem Klopfen geweckt. Schlaftrunken greift sie nach dem Wecker, der in ihrer Hand losrasselt. „Was ist denn jetzt los?" ruft Joanne. Sie ist auf einmal hellwach, gibt sich einen Ruck und steigt aus dem Bett. Jemand ist an der Haustür. Sie geht zur Sprechanlage an der Schlafzimmerwand. „Hallo? Ist da jemand?"

Keine Antwort.

Völlig starr steht Joanne vor der Sprechanlage. Das Klopfen hat sie nicht geträumt. Sie weiß, daß unten jemand auf sie wartet.

Darauf bedacht, Zeit zu gewinnen, geht sie langsam zum Kleiderschrank und zieht einen Morgenmantel an. Dann steigt sie die Treppe hinunter in die Diele, preßt ihren Körper gegen die schwere Eichentür und blickt durch den Spion. Sie sieht nichts. Vorsichtig streckt sie den Arm aus, um die Alarmanlage abzuschalten. Abrupt zucken ihre Finger zurück, als sie bemerkt, daß das Kontrollicht nicht leuchtet.

Sie hat vergessen, die Anlage einzuschalten – wieder einmal. „Keine Angst, Joanne!" sagt sie laut und öffnet die Tür.

Das Ding liegt zu ihren Füßen neben der Morgenzeitung, groß, dunkel und gespenstisch. Joanne bückt sich, hebt den Trauerkranz auf und trägt ihn ins Haus. Langsam zieht sie den kleinen weißen Briefumschlag aus den feinen Zweigen des Kranzes. Ihre Hände sind seltsam ruhig. Sie reißt den Umschlag auf und entnimmt ihm ein Blatt Papier. Ein einziges Wort ist in großen schwarzen Druckbuchstaben darauf geschrieben: BALD.

ZWÖLFTES KAPITEL

JOANNE bringt ihr Haus in Ordnung.

Es ist Samstag abend. Den ganzen Tag ist sie von einem Zimmer ins andere gegangen, hat aufgeräumt, saubergemacht, Möbel gerückt. Die letzten paar Stunden war sie in den Zimmern ihrer Töchter, hat abgestaubt und Dinge aussortiert, Zeitungen und abgelegte Kleider weggeschafft. Sie versucht so, ihren Töchtern die Rückkehr vom Camp nächste Woche zu erleichtern. Schließlich ist alles ordentlich aufgeräumt. Das Haus ist sauber. In den Schränken hängt frisch gebügelte Herbstkleidung; die Tiefkühltruhe ist voll. Joanne ist gerüstet für den September, obwohl sie nicht weiß, ob sie ihn noch erleben wird. Instinktiv glaubt sie, daß ihr Peiniger diese Woche zuschlagen wird – bevor ihre Töchter zurückkommen und bevor die Nachbarn, die den Sommer über weggefahren sind, wieder eintrudeln.

Joanne geht im oberen Stock durch die Diele in ihr Schlafzimmer zum Telefon auf dem Nachttisch. Sie muß mehrere Gespräche führen. Sie setzt sich auf das große Bett, nimmt den Hörer ab und wählt.

Überraschenderweise geht Paul schon beim ersten Klingeln an den Apparat. „Ich habe gerade an dich gedacht", sagt er.

Da er nicht weiterspricht, beginnt Joanne zu reden. „Ich will nur sichergehen, daß du die Mädchen auch wirklich vom Bus abholst."

„Heute in einer Woche", bestätigt er. „Um eins."

„Hast du es dir aufgeschrieben? Wirst du es auch nicht vergessen?"

„Joanne, ist alles in Ordnung?"

„Alles in Ordnung", antwortet sie. „Ich wollte nur sichergehen. Paul …" Sie stockt. Wie soll sie ihm, ohne ihn zu beunruhigen, sagen, er solle sich gut um die Mädchen kümmern, falls ihr etwas zustößt?

„Ja?"

„Fahr nicht zu spät hin. Du weißt ja, wie sehr sie es übelnehmen, wenn man sie warten läßt."

Bevor er noch etwas sagen kann, verabschiedet sie sich.

Sie ist eben nach unten in die Küche zurückgekehrt, als das Telefon klingelt. „Ja?" meldet sie sich angespannt.

Die Stimme am anderen Ende der Leitung ist schrill, hysterisch. „Joanne", keucht sie, „ich bin's, Eves Mutter."

„Mrs. Cameron", sagt Joanne besorgt, „was ist denn los? Ist Eve etwas passiert?"

Die folgenden Worte werden in schnellem Stakkato ausgestoßen. Joanne hat Schwierigkeiten, sie zu verstehen.

„Ich weiß nicht. Ich habe angerufen bei ihr, und da hat sie angefangen zu schreien und mich zu beschimpfen; daß ich eine Hexe sei, hat sie gebrüllt, daß ich ihr Leben zerstört habe und daß sie sich wünscht, ich wäre tot!"

„Mrs. Cameron, bitte versuchen Sie sich zu beruhigen. Ich bin sicher, daß Eve das nicht so meint. Ganz bestimmt meint sie das nicht so!"

„Ich versteh überhaupt nichts mehr!" schluchzt die alte Frau. „Du hättest sie hören sollen, Joanne. Sie hat gar nicht wie sie selbst geklungen."

„Was kann ich denn jetzt für Sie tun?" fragt Joanne hilflos.

„Geh zu ihr, Joanne", sagt Eves Mutter. „Bitte. Brian ist nicht zu Hause. Sie ist ganz allein. Ich habe ihr gesagt, ich würde kommen, aber sie hat geschrien, sie würde mich umbringen, wenn ich in ihre Nähe käme. Du wohnst doch gleich nebenan. Dir würde sie nie etwas antun. Bitte, sieh nach, ob sie sich wieder beruhigt hat!"

Joanne starrt durch die gläserne Schiebetür in die Dunkelheit hinaus. „Ja, gut", sagt sie nach einer kurzen Pause. Sie weiß nicht, ob sie Eve an diesem Abend ertragen kann.

„Ruf mich danach zurück", bittet Eves Mutter, als Joanne schon auflegen will.

Nach dem Gespräch geht Joanne zur gläsernen Schiebetür und bleibt gedankenverloren stehen. Langsam, fast automatisch, entriegelt sie beide Schlösser und schiebt die Tür auf. Sofort umgibt sie die laue Luft der Sommernacht, zieht sie hinaus auf die Terrasse.

Sie starrt auf die offene Baugrube, die den größten Teil ihres Gartens einnimmt. Eine wunderbare Nacht zum Schwimmen, denkt sie und geht langsam die Stufen hinab, die noch immer auf den letzten Anstrich warten. Wenn ich den Sommer überlebe, werde ich vielleicht sogar wieder mit dem Tennisspielen anfangen, denkt sie, während sie sich dem Rand des Beckens nähert. In der Dunkelheit versucht sie, den Tennisschläger auszumachen, den sie hier weggeworfen hat, aber sie kann ihn nicht finden.

Es ist ganz still. Sie hört nur das vertraute Rauschen der Blätter in den Bäumen. Sie ist ganz ruhig, ganz heiter.

Das Klingeln des Telefons in der Küche schreckt Joanne plötzlich auf. Sie dreht sich nach dem Geräusch um und sieht Eve, die vom Fenster ihres Schlafzimmers zu ihr herunterschaut. Schnell läuft Joanne die Stufen zur Terrasse hinauf und ins Haus. Die Schiebetür läßt sie hinter sich offen. „Hallo?" sagt sie in die Sprechmuschel.

„Hast du mit Eve gesprochen?" fragt die Stimme.

„Nein, noch nicht. Aber ich rufe sie jetzt gleich an, Mrs. Cameron. Danach gebe ich Ihnen Bescheid." Joanne legt auf und wählt dann zögernd Eves Nummer. Das Telefon klingelt fünf-, sechsmal, bevor abgehoben wird. Vom anderen Ende der Leitung ist nichts zu hören.

„Eve?" fragt Joanne. „Eve, bist du dran?"

Die Stimme, die jetzt antwortet, klingt weit entfernt, als ob es ein Ferngespräch wäre. „Was willst du?" fragt sie.

„Ich will wissen, was los ist", erklärt Joanne. „Deine Mutter hat mich angerufen. Sie war völlig durcheinander!"

„Wie in alten Zeiten", kichert die Stimme.

„Bist du allein?"

„Allein mit meinen Schmerzen." Eve lacht und klingt zum erstenmal in diesem Gespräch wie sie selbst.

„Willst du zu mir rüberkommen?" fragt Joanne.

„Ich sterbe, Joanne!" schreit Eve plötzlich.

„Du stirbst nicht."

„Doch, ich sterbe!" kreischt Eve. „Ich sterbe, und niemand glaubt es mir."

„Ich komme rüber."

„Beeil dich!"

„Ich komme sofort." Joanne knallt den Hörer auf die Gabel und rennt zur Haustür. Beinahe vergißt sie die Schlüssel, läuft in die Küche zurück, fischt sie aus ihrer Handtasche, läuft wieder zur Haustür und erinnert sich plötzlich, daß sie die Schiebetür in der Küche offengelassen hat. „Dummkopf", murmelt sie, rennt in die Küche zurück, schließt die Tür und sperrt sie ab.

Genau in dem Moment, als sie am Telefon vorbeihetzt, klingelt es. Automatisch nimmt sie den Hörer ab.

„Ich bin sofort bei dir", verspricht Joanne hastig.

„Mrs. Hunter . . .", beginnt die Stimme, und Joanne bleibt für einen Moment das Herz stehen. „Hat Ihnen mein Kranz gefallen?"

Joannes Hand umkrampft die Schlüssel, das Metall drückt sich ihr ins Fleisch.

„Das mit Ihrem Großvater tut mir leid", fährt die Stimme fort. „Trotzdem, ich wette, Sie sind froh. Eine Verpflichtung weniger. Da haben Sie jetzt mehr Zeit, sich zu vergnügen."

„Wer sind Sie?" fragt Joanne mit fester Stimme.

„Na hören Sie, wenn ich Ihnen das sagen würde, würde ich die Überraschung verderben. Und das wollen wir doch nicht, oder? Besonders jetzt, wo ich doch bald komme, dann können Sie es ja selbst sehen. Ich komme bald, Mrs. Hunter."

„Sie sind verrückt!"

Die Stimme verliert den neckenden Ton. „Und Sie sind so gut wie tot." Ein paar Sekunden, dann beginnen wieder die Drohungen. „Ich komme und hole Sie mir, Linda!"

„Warten Sie mal – ich heiße nicht . . . Sie haben die falsche –"

Doch der Anrufer hat aufgelegt. Sie rennt zur Tür, die Schlüssel fest umklammert, schaltet die Alarmanlage ein und läuft aus dem Haus.

JOANNE nimmt die Abkürzung über den Rasen. Sie wirft einen verstohlenen Blick die Straße entlang. Ein Stück weiter unten an der Ecke ist eine Telefonzelle. Aus dieser Distanz und in der Dunkelheit kann man unmöglich erkennen, ob jemand darin ist oder nicht.

Ich komme und hole Sie mir, Linda.

Typisch für mein Pech, denkt Joanne bitter, während sie die Treppe zu Eves Haus hinaufläuft und laut an die Tür klopft. Ich bin nicht die Frau, die er eigentlich meint. Geradezu das Motto meines Lebens!

Niemand öffnet auf ihr Klopfen hin.

„Eve!" ruft sie und drückt auf den Klingelknopf. Dann klopft sie wieder. „Eve! Ich bin's, Joanne. Laß mich rein!"

„Ich kann nicht aufmachen, Joanne", ertönt eine schwache Stimme aus dem Innern des Hauses.

„Warum nicht?"

„Ich sterbe, wenn ich aufmache."

Und ich sterbe, wenn du nicht aufmachst, denkt Joanne. „Um Himmels willen, Eve, mach auf!" brüllt sie, und sofort öffnet sich die Tür. Joanne stürzt hinein und schlägt die Tür unsanft hinter sich zu. „Was soll dieser Unsinn, daß du stirbst, wenn du die Tür öffnest?" fragt Joanne wütend.

„Ich habe solche Angst", winselt Eve.

Joanne starrt ihre Freundin an. Eves Haar hängt strähnig um ihr hageres Gesicht. Der Morgenrock, den sie trägt, ist voller Flecken.

„Vor was hast du Angst?"

„Ich will nicht sterben, Joanne. Hilf mir!"

Joanne geht zu ihr und legt den Arm um ihre Schultern. „Hör zu, Eve, laß mich ausreden." Eve nickt. „Was ich jetzt sage, wird dir wahrscheinlich nicht gefallen ..."

„Sag es", drängt Eve, überraschend fügsam.

„Du hast einen Nervenzusammenbruch", erklärt Joanne ihr, so sanft sie kann. „Von Sterben kann keine Rede sein."

„Ich habe aber überall Schmerzen! Ich weiß, du glaubst mir das nicht."

„Doch, ich glaube es dir."

„Aber du glaubst, daß die Schmerzen in meinem Kopf entstehen."

„Ja", sagt Joanne geradeheraus. „Doch nehmen wir mal an, ich irre mich", fährt sie fort. „Nehmen wir an, es gibt tatsächlich eine körperliche Ursache deiner Schmerzen, die alle Ärzte übersehen haben. Dann wirst du eben lernen müssen, dich darauf einzustellen. Eve, Tausende leiden unter chronischen Schmerzen, die von den Ärzten weder diagnostiziert noch behandelt werden können. Diese Menschen müssen sich irgendwann einmal entscheiden. Entweder machen sie den Schmerz zum Mittelpunkt ihres Lebens, oder sie akzeptieren den

Schmerz, akzeptieren, daß er immer dasein wird und daß sie nicht viel dagegen unternehmen können, außer einfach ihr Leben fortzuführen."

„An deiner Stelle läßt sich das sehr leicht sagen."

„Nein", widerspricht Joanne. „Nein, es ist nicht leicht für mich. Ich habe in den letzten Monaten auch eine ähnliche Phase durchgemacht."

Eve hebt erstaunt den Kopf. „Von was redest du?"

Joanne zögert. „Die Anrufe", sagt sie schließlich.

Eve braucht ein paar Sekunden, um zu begreifen, was Joanne meint. „Die Anrufe", wiederholt sie verächtlich. „Du bist überzeugt, das nächste Opfer des Würgers zu sein, und ich bin die Verrückte, was?"

„Na gut", räumt Joanne ein, „vielleicht bin ich die Verrückte von uns beiden! Ganz ehrlich, ich weiß es nicht. Jedenfalls droht mir der Anrufer immer massiver, er werde mich umbringen. Er hat mich auch heute abend wieder angerufen, kurz bevor ich hierherkam. Er sagt, er wird bald hiersein."

Eve bricht in schallendes Gelächter aus.

„Das Problem ist", fährt Joanne fort, „daß das nun schon seit vielen Wochen so geht und mir niemand glaubt. Ich habe getan, was ich konnte – die Polizei informiert, zweimal die Telefonnummer ausgetauscht, neue Schlösser und eine Alarmanlage einbauen lassen. Es hat sich nichts geändert. Jetzt habe ich die Wahl. Entweder verbarrikadiere ich mich für immer in meinem Haus, oder ich mache das Beste aus der Zeit, die mir noch bleibt." Sie sucht nach einem Funken Verständnis in Eves Augen. „Ich will nicht sterben", betont Joanne. „Aber es gibt Dinge, die nicht in meiner Macht stehen, und ich glaube, zum Teil bedeutet Erwachsensein, diese Dinge akzeptieren zu lernen."

„Deine und meine Situation sind überhaupt nicht vergleichbar", erklärt Eve entschieden.

„Finde ich schon."

„Ich pfeife auf das, was du findest", sagt Eve wütend, schiebt Joanne zur Seite und läuft die Treppe hinauf.

„Eve!"

„Geh heim, Joanne!"

„Laß mich dir doch helfen", bittet Joanne. Sie folgt Eve die Treppe hinauf und in Brians Arbeitszimmer. „Mein Gott, was ist denn hier passiert?"

Erschrocken starrt Joanne auf das einst aufgeräumte, ordentliche Zimmer, das jetzt aussieht, als hätte ein Orkan darin getobt. Überall auf dem Boden liegen Bücher herum; der Schreibtischstuhl ist umgeworfen; auf dem großen Teppich stapeln sich Papiere und Aktenordner, deren Inhalt wahllos verstreut wurde. „Was ist denn hier passiert?" wiederholt Joanne flüsternd.

„Das war der Hurrikan Eve", sagt Eve lächelnd und fegt mit der Hand die letzten Blätter Papier von Brians Schreibtisch.

„Aber warum nur?"

„Er sagte, er werde mich überführen", höhnt Eve. „Die haben keine Ahnung, wer es ist, verstehst du?" fügt sie rätselhaft hinzu.

„Wer? Wovon redest du?" Joanne hat sich schon niedergekniet und angefangen, die Papiere einzusammeln.

„Der Würger", murmelt Eve tonlos. „Die tappen völlig im dunkeln. Ich habe mich informiert. Es heißt, der Mörder könnte auch eine Frau sein." In ihrer Stimme schwingt etwas Unheimliches, Bedrohliches mit. „Sogar ich könnte es sein." Eve lächelt. Offenbar amüsiert sie der Gedanke.

„Red doch keinen Unsinn", sagt Joanne barsch.

„Woher willst du wissen, daß ich es nicht bin? Du hältst mich doch bereits für verrückt!"

„Ich weiß es, weil ich dich kenne. Ich weiß, daß du niemand etwas zuleide tun könntest, außer ..."

„Was?" fragt Eve sofort. „Sag ruhig, was du denkst!"

„Du könntest niemand etwas zuleide tun", wiederholt Joanne sanft, „außer dir selbst." Sie läßt die Papiere, die sie eingesammelt hat, wieder auf den Boden flattern. „Eve, du hattest eine Fehlgeburt. Es bedeutet, daß etwas, was außerhalb deiner Macht liegt, nicht geklappt hat. Wie lange willst du dich dafür noch bestrafen?"

„So lange, wie du noch meinst, Psychiaterin spielen zu müssen, ohne was davon zu verstehen", spottet Eve.

„Eve, begreifst du, was ich dir sagen will? Es war nicht deine Schuld, daß du eine Fehlgeburt gehabt hast."

„Das weiß ich selbst!"

„Wirklich?"

Eve sitzt inmitten all der Papiere am Boden, läßt den Kopf hängen und wiegt sich vor und zurück. Ihre Stimme ist ein leises Stöhnen. „Jede andere Frau kann ein Baby bekommen, Joanne. Warum konnte ich keins kriegen?"

„Ich weiß es nicht, Eve", flüstert Joanne, während Eve zu

schluchzen beginnt. „Manchmal wünsche ich mir nur, wir hätten früher gelebt. Unsere Mütter hatten es in gewisser Hinsicht einfacher. Für sie gab es Regeln, denen sie folgen konnten, vorgegebene Rollen, an die sie sich halten konnten. Sie ..., mein Gott!"

„Was ist denn?" fragt Eve mit tränenerstickter Stimme.

„Unsere Mütter ..."

„Was ist mit ihnen?"

„Meine Mutter hieß Linda!"

„Joanne, ist was mit dir?"

Joanne springt auf. „Er nannte mich Linda. Es war keine Verwechslung! Er nannte mich Linda, weil er glaubt, daß ich so heiße. Und warum auch nicht? Er hat meinen Großvater mich immer nur Linda nennen hören."

„Von was redest du denn?"

„Es paßt alles zusammen. Woher er seine Informationen hat, woher er alles wußte. Die ganze Zeit über war er da und hat immer zugehört, wenn ich mich jeden Samstagnachmittag ausweinte. Mein Gott, Eve, ich weiß, wer es ist!"

„Joanne, du machst mir angst!"

„Ich muß mal telefonieren." Joanne geht auf den Schreibtisch zu.

„Du darfst das Telefon nicht benützen!" schreit Eve plötzlich.

„Eve, ich muß die Polizei anrufen!"

„Nein! Ich weiß, was du in Wirklichkeit tun willst. Du willst die Psychiatrie anrufen. Das hat Brian ausgeheckt!"

„Nein, Eve, ich schwöre –"

„Ich will, daß du von hier verschwindest!"

„Eve, ich weiß jetzt, wer mich die ganze Zeit angerufen und mir gedroht hat! Es ist der Junge vom Pflegeheim. Ich muß die Polizei anrufen!"

„Nein!" Eve ist ebenfalls aufgestanden. Zitternd entwindet sie Joannes Händen das Telefon, schleudert es quer durch den Raum. „Raus hier!" schreit sie. „Hau ab, bevor ich dich umbringe!"

„Eve, bitte –"

„Raus hier!"

„Ruf Brian an", fleht Joanne, während sie, sich vor Eves Fäusten duckend, aus dem Zimmer rennt. „Bitte sag ihm, ich weiß, von wem die Anrufe kommen, ich weiß, wer der Würger ist. Sag ihm, er soll mich anrufen."

„Raus!" Eve bückt sich und ergreift ein Buch, das am Boden liegt. Joanne sieht, wie Eve es nach ihr schleudert, aber sie kann sich nicht schnell genug zur Seite drehen. Hart knallt es ihr in den Rücken. Mit Tränen in den Augen läuft sie die Treppe hinunter. Hinter ihr tobt Eve noch immer. Sie erreicht die Haustür, öffnet sie und flieht in die Nacht hinaus.

Sekunden später ist sie an ihrer eigenen Haustür. Sie kramt in den Taschen ihrer Jeans nach den Schlüsseln. Im selben Augenblick hört sie etwas hinter sich und dreht sich ruckartig um. Da ist nichts. Reg dich ab, sagt sie sich. Irgendwo werden deine Schlüssel schon sein. Du hast sie in die Tasche gesteckt. Endlich findet sie sie in der Gesäßtasche. „Gott sei Dank", murmelt sie, steckt den Schlüssel ins Schloß und öffnet die Tür. Schnell schließt sie sie hinter sich und wendet sich noch in der gleichen fließenden Bewegung dem Alarmkästchen zu.

Das Kontrollicht ist nicht an.

„O nein, nicht schon wieder", jammert sie. „Wie konnte ich nur so dumm sein!" Sie drückt auf den Knopf, der die Anlage in Bereitschaft versetzt. Dann holt sie tief Luft und geht zum Telefon. Sie wählt den Notruf – 911.

Nach dreimaligem Klingeln wird am anderen Ende der Leitung abgehoben. „Hallo", beginnt Joanne, „ich hätte gerne einen Polizisten . . ."

„Hier ist der Polizeinotruf."

„Ja, ich hätte gerne . . ."

„Dies ist der automatische Anrufbeantworter. Im Augenblick sind alle unsere Leitungen besetzt . . ."

„O nein!"

„Falls Sie Hilfe benötigen, warten Sie bitte; wir werden uns so bald wie möglich um Ihren Anruf kümmern. Wenn Sie wollen, daß ein Streifenwagen zu Ihrem Haus kommt, hinterlassen Sie bitte Ihren Namen und Ihre Adresse. Sprechen Sie bitte nach dem Pfeifton . . ."

Joanne wartet auf das Signal. Dann gibt sie mit klarer Stimme ihren Namen und die Adresse an. „Es ist sehr dringend", fügt sie hinzu. Sie beschließt, am Apparat zu bleiben, in der Hoffnung, daß bald ein Polizist ihren Hilferuf beantwortet.

Fast dreißig Minuten später hört Joanne, daß ein Auto vor dem Haus hält. Sie wartet auf das vertraute Geräusch von Schritten auf der

Treppe, auf ein lautes Klopfen an der Haustür, aber nichts ist zu hören außer der endlosen Musik vom Tonband, die aus dem Hörer an ihr Ohr dringt.

Sie umklammert den Hörer noch fester und hebt dann langsam den Kopf; ihr Blick fällt auf die Schiebetür.

Plötzlich sieht sie ihn in der Dunkelheit stehen; das Gesicht gegen die Scheibe gepreßt, stiert er herein. Bevor sie Zeit zum Überlegen hat und die Polizeiuniform richtig wahrnimmt, schreit sie schon in wilder Panik.

Im selben Augenblick ertönt ein lautes Klopfen an der Haustür. Joanne läßt den Hörer fallen und rennt zur Tür. „Wer ist da?" ruft sie. Durch den Türspion ist ein uniformierter Polizist zu sehen.

„Polizei. Wir haben einen Notruf zu dieser Adresse erhalten."

„Ja, ich habe angerufen", erklärt Joanne und will schon die Tür öffnen. Ihr fällt ein, daß die Alarmanlage noch eingeschaltet ist, sie drückt auf den Knopf, um sie auszuschalten, und öffnet die Tür. Der junge, schlanke Polizist sieht sich nervös um.

„Wo liegt das Problem?" fragt er, während er in die Küche geht. „Darf ich?" Er zeigt auf seinen Kollegen, der immer noch vor der Schiebetür steht.

Joanne beobachtet, wie er die Schlösser entriegelt. „Weiter unten ist noch eins", sagt sie. Einen Augenblick später steht sein Kollege neben ihm.

„Ich bin Lieutenant Whitaker", stellt sich der erste Polizist vor, „und das hier ist Lieutenant Statler. Worum geht es denn?"

„Ich weiß, wer der Würger ist", verkündet sie und versucht, die skeptischen Blicke zu ignorieren, die die beiden Männer miteinander wechseln.

„Wir sind für Notfälle zuständig", bringt Lieutenant Whitaker ihr in Erinnerung.

„Das hier ist ein Notfall", sagt Joanne mit Nachdruck.

„Ach ja. Ist dieser Würger etwa hier?"

Joanne schüttelt den Kopf. „Nein ... Aber vor kurzem hat er angerufen. Er sagte, er wird kommen."

„Ist ja reizend von ihm, daß er Ihnen das ankündigt", bemerkt Lieutenant Statler und unterdrückt ein Grinsen.

„Hören Sie mal, ich bin nicht irgendeine Verrückte", erklärt Joanne entrüstet.

„Ist schon gut, Mrs. Hunter", beschwichtigt Lieutenant Whitaker und sieht in seinem Notizblock nach. „Sie haben angerufen und einen Notfall gemeldet. Sie baten darum, daß eine Polizeistreife bei Ihnen vorbeischaut. So, jetzt sind wir hier. Erzählen Sie uns doch einfach mal, was Sie zu wissen glauben, dann werden wir, sobald wir können, der Sache nachgehen."

„Sobald Sie können? Was soll das heißen?"

„Sagen Sie uns einfach, was Sie zu wissen glauben", fordert er sie auf. Joanne versucht, die Unterstellung, die in diesen Worten liegt, zu ignorieren.

„Seit Monaten ruft er mich schon an", erzählt sie, „und droht mir, ich werde die nächste sein."

„Haben Sie diese Anrufe der Polizei gemeldet?"

Joanne nickt. „Lange Zeit wußte ich nicht, wer er war. Die Stimme kam mir bekannt vor, aber sie klang doch sehr seltsam. Jetzt ist mir klar, daß er die Stimme seines Großvaters imitiert hat, nicht ganz genau natürlich, aber mit diesem heiseren Krächzen, das alte Leute manchmal haben."

„Entschuldigen Sie, ich komme nicht recht mit."

„Passen Sie auf: Jeden Samstag habe ich meinen Großvater besucht – bis zu seinem Tod vor etwa zehn Tagen –, und jeden Samstag war zur selben Zeit dieser junge Bursche da, um seinen Großvater zu besuchen. Er kam immer mit seiner Mutter, und es sah aus, als würde er schlafen, aber wahrscheinlich hat er nur so getan. In Wahrheit hat er gelauscht. Hat sich alles angehört, was ich meinem Großvater erzählte. Deshalb wußte er, daß meine Töchter im Ferienlager sein würden und daß mein Mann mich verlassen hat."

„Sie sind geschieden?" unterbricht Lieutenant Statler.

„Getrennt lebend", antwortet Joanne. „Auf jeden Fall fingen die Anrufe erst an, nachdem Sam Hensley in das Zimmer meines Großvaters verlegt worden war."

„Sam Hensley?" fragt Lieutenant Whitaker.

„Sam Hensley ist der Großvater dieses Kerls. Sehen Sie, es paßt alles zusammen! Woher er meine Telefonnummer hat, woher er wußte, wann ich mir eine neue geben ließ. Die Nummer war immer auf einer Liste auf Großvaters Nachttisch vermerkt."

„Der Name des Jungen lautet Hensley?" fragt Lieutenant Statler.

„Nein, der Name des Alten ist Hensley", berichtet Joanne. „Der

Junge heißt anders." Angestrengt versucht sie sich auf den Namen zu besinnen. Sie sieht den jungen Mann vor sich, aber seine Gesichtszüge sind verschwommen. Sie hat nie richtig darauf geachtet, wie er eigentlich aussieht.

Jetzt drängt sich Joanne das Bild der Mutter auf. Die Frau ist einfacher ins Gedächtnis zu rufen. Sie hat eine durchdringende Stimme, an die man sich erinnert. *„Alan!"* hört Joanne sie rufen, die Aufforderung an den widerwilligen Jungen, sich von dem kleinen Schwarzweißfernseher im Besucherzimmer des Pflegeheims zu lösen. „Alan", wiederholt Joanne laut. „Alan Irgendwas ... Alan Crosby!" ruft sie triumphierend. „Ja, so heißt er: Alan Crosby. Er ist ungefähr neunzehn oder zwanzig. An mehr kann ich mich nicht erinnern."

„Danke, Mrs. Hunter. Wir werden der Sache nachgehen", erklärt Lieutenant Statler und schlägt seinen Notizblock zu.

„Wann werden Sie das tun?" will Joanne wissen.

„Wir fangen gleich damit an", verspricht Lieutenant Whitaker. „Es ist Samstag nacht, aber wir tun, was wir können."

Joanne nickt.

„Versuchen Sie sich zu beruhigen, Mrs. Hunter", sagt Lieutenant Statler und öffnet die Haustür. „Gestern nacht haben wir einen Typen aufgegabelt, von dem wir ziemlich sicher sind, daß er der Würger ist. Trotzdem, wenn es Ihnen hilft, besser zu schlafen, fahren wir heute nacht so oft wie möglich an Ihrem Haus vorbei."

„Dafür wäre ich Ihnen sehr dankbar. Vielen Dank." Joanne schließt die Tür hinter ihnen, sperrt zu und schaltet sofort die Alarmanlage wieder ein. „Geschafft", sagt sie laut. „Sieht ganz so aus, als ob ich nun endlich in Sicherheit wäre." Sie knipst das Licht in der Diele aus und geht hinauf ins Schlafzimmer.

DREIZEHNTES KAPITEL

JOANNE ist erschöpft. Es war ein langer Tag und ein Abend voller Aufregungen gewesen. Aber der Alptraum ist vorüber, denkt sie, während sie sich auszieht und die Kleider auf den Stuhl am Fuß des Bettes legt.

Langsam geht sie ins Bad und dreht den Wasserhahn der Badewanne auf. Sie fühlt sich wie gerädert; sie braucht jetzt ein entspannendes heißes Bad, dann wird sie auch gut schlafen können.

Das Wasser ist sehr heiß, vielleicht ein bißchen zu heiß, denkt sie, als sie den Hahn wieder zudreht und in die Wanne steigt. Sie schließt die Augen, streckt Arme und Beine aus. Ich könnte auf der Stelle einschlafen, denkt sie. Einfach abschalten und einschlafen.

Sie hört ein Geräusch. Sofort versteift sie sich. Sie setzt sich gerade hin, wartet, ob das Geräusch wiederkommt. Nichts. Nach einigen Minuten läßt sie sich wieder zurücksinken. Sie braucht sich keine Sorgen zu machen. Die Alarmanlage ist eingeschaltet; der Würger ist vermutlich bereits in Haft; und außerdem behält die Polizei heute nacht ihr Haus im Auge. Der Alptraum ist vorüber. Beinahe vorüber, hört sie eine innere Stimme flüstern. Laß die Augen offen! Schlaf nicht ein!

Trotz der stummen Warnung schließt sie die Augen, aber es ist schon zu spät. Sie ist nicht mehr allein in der Wanne. Eve ist bei ihr und die beiden Polizeibeamten und Alan Crosby, dessen Gesichtszüge hinter einem widerlichen Grinsen verschwimmen. Sie alle lassen es nicht zu, daß sie sich entspannt, erlauben ihr nicht, sich auszustrecken. Joanne öffnet wieder die Augen und nimmt die Seife aus der kleinen Schale an der Wand. Sie seift sich ein, spült den Schaum ab und steigt dann aus der Wanne.

Wieder in ihrem Schlafzimmer, zieht Joanne ein weites, knielanges T-Shirt an.

Sie will gerade ins Bett gehen, da fühlt sie sich plötzlich gezwungen kehrtzumachen. Beinahe gegen ihren eigenen Willen schleicht sie auf Zehenspitzen durch die obere Diele, wirft erst einen Blick in Robins Zimmer, dann in das von Lulu.

Als sie an der Treppe vorbeikommt, beschließt sie, die Alarmanlage noch einmal zu überprüfen. Sie glaubt sich zu erinnern, sie eingeschaltet zu haben, nachdem die Polizisten gegangen waren, aber sie will ganz sicher sein.

In der unteren Diele leuchtet das grüne Licht auf dem kleinen Kästchen an der Wand; die Anlage ist eingeschaltet. Sie ist in Sicherheit.

Sie geht ins Eßzimmer und starrt durchs Fenster hinaus auf die Straße. In diesem Augenblick fährt ein Streifenwagen langsam an ihrem Haus vorbei.

Jetzt, da sie sich endlich sicher fühlt, überfällt sie lähmende

Müdigkeit. Sie kehrt nach oben zurück, geht zu Bett, zieht die Decke über sich und schließt sofort die Augen. Laß die Augen offen, warnt die leise Stimme. Schlaf nicht ein! „Ach, laß mich doch in Frieden", sagt Joanne ungeduldig. Sekunden später ist sie fest eingeschlafen.

JOANNE spielt mit ihrem Großvater Karten. Er gewinnt ständig, was sie nicht überrascht. Aber daß so viele Menschen sich in seinem Zimmer im Pflegeheim zusammendrängen und ihnen beim Spielen zusehen, das erstaunt sie. Die Gesichter der Anwesenden gehen ineinander über. Unter Eves verblüffend rotem Haar sehen Joanne die Augen ihrer Mutter an. Daneben steht Robin, doch von ihr strecken sich Lulus Arme aus; das volle Lachen ihres Vaters ertönt aus Pauls geöffnetem Mund.

Geht weg! befiehlt sie ihnen schweigend. Ich kann mich nicht konzentrieren, wenn ihr so um mich herumtanzt. Hört auf, euch zu bewegen, oder geht weg. Aber das seltsame Publikum bleibt. Sie selbst sitzt jetzt jedoch in einer schalldichten Kabine; ihr Großvater stellt ihr eine Frage. Aber die Tonqualität in der Kabine ist schlecht; sie hört immer nur die Satzanfänge. Wie soll ich die Frage beantworten, wenn ich sie nicht richtig hören kann? ruft sie. Das Publikum johlt ihr aufmunternd zu.

Wir verlassen uns auf dich, verkündet ihre Mutter, und Joanne liest es von der Bewegung ihrer Lippen ab. Sie nickt, aber sie hat Angst. Sie will ihre Mutter nicht enttäuschen. Alle ihre Freunde sind da; sie will sie nicht enttäuschen.

Wir müssen jetzt gehen, sagt Eve. Du mußt dich konzentrieren.

Ich liebe dich, erklärt Paul.

Und dann sind sie alle weg. Sie ist allein. In der Kabine knistert es seltsam, als ob sie unter Strom stünde.

Deine Frage . . . Hast du . . .? sagt ihr Großvater.

Ich kann dich nicht hören. Joanne gestikuliert wild herum.

Wann begann . . .

Es tut mir leid, ich höre dich nicht. Ich habe die Frage nicht mitbekommen.

Joanne fühlt Panik in sich aufsteigen; die gläserne Kabine ist für sie zu einem luftleeren Kerker geworden. Sie will raus. Aber bevor sie sie freilassen, muß sie die Frage richtig beantworten. Entsetzt betrachtet sie die Gesichter, von denen sie plötzlich umgeben ist. Sie ist in einem

Raum voller Fremder. Der Atem stockt ihr. Sie ist in einem Raum voller Alan Crosbys.

Die gläserne Kabine ist kein Kerker, wird ihr verzweifelt bewußt, als das Glas um sie herum sich auflöst. Vielmehr hat diese Kabine sie bis jetzt am Leben erhalten! Jetzt steht sie allein da, ungeschützt in einem Raum voller Mörder.

Wann begann der Burenkrieg? höhnen die Stimmen, die Gestalten kommen immer näher.

Ich weiß nicht, beteuert Joanne flehentlich.

Natürlich weißt du es. Frag doch Lulu! Sie hat uns gesagt, sie wird es nie vergessen.

Von was redet ihr?

„Linda . . .“

Wir waren dabei, als du es deinem Großvater erzählt hast.

„Linda . . .“

Plötzlich übertönt Eves Stimme alle anderen Stimmen. Ich sterbe, Joanne! schreit sie. Hilf mir!

Ich komme gleich! ruft Joanne ihr zu, bahnt sich einen Weg durch den dichten Kreis aus Alan Crosbys, läuft in die Diele ihres Hauses. Einen Augenblick lang bleibt sie stehen, drückt auf die Tasten der Alarmanlage und rennt aus dem Haus.

Ich habe die Alarmanlage eingeschaltet. Ich habe sie eingeschaltet, bevor ich zu Eve hinüberging, aber sie war aus, als ich wiederkam.

„Linda . . .“

Ich hatte sie eingeschaltet. Jemand muß sie ausgeschaltet haben.

Er ist im Haus. Er ist die ganze Zeit über hiergewesen.

Joanne schreckt auf, sitzt sofort aufrecht im Bett, die Augen vor Entsetzen geweitet.

„Linda . . .“

Die Stimme füllt den ganzen Raum aus.

„Linda . . .“

Joannes Blick haftet auf der Sprechanlage an der Wand ihres Schlafzimmers. Sie schläft nicht. Sie ist hellwach. Die Stimme, die sie die ganze Zeit über gehört hat, ist nicht Teil eines Traums. Die Stimme ist wirklich. Sie ist Teil ihres Alptraums. Und der ist real. Alan Crosby ist im Haus!

„Wachen Sie auf, Linda“, ertönt es noch schauerlicher als zuvor. „Ich hole Sie jetzt.“

Joanne spürt, wie ihre Hände zu zittern beginnen, wie ihr ganzer Körper sich zusammenkrampft. Ihr ist speiübel. Wo ist er? Von welchem Zimmer aus spricht er? Wohin könnte sie fliehen?

„Linda ... Ich weiß, daß Sie jetzt wach sind. Ich fühle es. Ich fühle Ihre Angst. Ich komme."

Er muß ihre Schlüssel aus der Handtasche genommen und wieder zurückgelegt haben, nachdem er Zweitschlüssel angefertigt hatte. Sie waren verschwunden, nachdem sie ihren Großvater besucht hatte; nach einem solchen Besuch waren sie wiederaufgetaucht. Warum war sie auf all das nicht schon früher gekommen?

„Egal, ob Sie bereit sind oder nicht, Linda, ich komme!"

In Panik sieht Joanne sich um, als plötzlich völlige Stille sie umgibt. Die Stimme ist weg. Ganz ruhig ist es, nur ihr schnelles Atmen ist zu hören. Irgendwo im Haus schleicht er jetzt in ihre Richtung. Gleich wird er dasein.

Joanne kriecht aus dem Bett, nimmt den Telefonhörer auf und drückt die drei Tasten, die sie mit dem Polizeinotruf verbinden werden.

„Hier ist der Polizeinotruf", ertönt die vertraute Tonbandstimme. „Im Augenblick sind alle unsere Leitungen besetzt ..."

Joanne hört ein Klicken. Eine andere Stimme ist in der Leitung. „Kann ich Ihnen irgendwie helfen, Linda?" fragt die Stimme; sie klingt weniger menschlich als die vom Tonband. Joanne läßt den Hörer auf die Gabel fallen, ist zu entsetzt, um sich bewegen zu können.

Ich kann mich im Bad einschließen, überlegt sie, entscheidet sich aber sofort dagegen. Mit einer einfachen Haarklammer läßt sich das Türschloß öffnen, und dann sitzt sie in der Falle.

Ihre einzige Hoffnung besteht darin, ins Freie zu kommen. Sie muß raus. Vielleicht dreht die Polizei noch immer ihre Runden. Sie blickt auf die Uhr. Es ist nach zwei. Wo ist Alan Crosby? Ist er immer noch am Telefon in der Küche, oder hat er sich die Treppe hinaufgeschlichen?

Sie hält den Atem an, lauscht auf das leiseste Geräusch, hört nichts. Verzweifelt sieht sie sich im Schlafzimmer um. Was könnte sie als Waffe benützen? Einen Kleiderbügel? Einen Schuh? Ihr Blick kehrt zum Telefon zurück. Warum eigentlich nicht? denkt sie, reißt das Kabel aus der Wand, schwingt es wie eine Peitschenschnur auf und nieder.

Langsam geht sie auf die Tür zu, öffnet sie, zögert und schlüpft dann hinaus.

Sie starrt durch die Dunkelheit die obere Diele entlang. Sie sieht nichts. Verbirgt er sich in Lulus Zimmer? Oder in dem von Robin? Hatte er sich unter dem Bett versteckt, als sie in den Zimmern der Mädchen nachsah? Wenn sie nur die Treppe hinunterkönnte ...

Vorsichtig senkt sich ihr rechter Fuß auf die erste Stufe. Sie bleibt stehen und lauscht, dann tastet sie sich weiter, ganz leise, Schritt für Schritt.

Endlich ist sie auf der letzten Stufe angelangt. Wenn sie nur bis zur Haustür käme ...

Sie sieht die Bewegung, bevor das Geräusch an ihr Ohr dringt, hört seinen durchdringenden Schrei, bevor sie ihr eigenes Kreischen vernimmt, spürt seine Hände, die nach ihrem Hals greifen. In Panik läßt sie das Telefon fallen, das sie als Waffe mitgenommen hat, hört noch einen spitzen Schrei, diesmal ein Schmerzensschrei. Sie merkt, daß seine Hände sich zurückziehen, alles geht so schnell, daß sie schon fast aus dem Haus ist, ehe sie begreift, daß sie mit dem Telefon seinen Fuß getroffen hat.

Sie ist im Freien. Laut um Hilfe rufend, hastet sie die Treppe am Eingang hinab.

Erleichtert sieht sie Eve aus einem der Schlafzimmerfenster herunterstarren. „Eve!" Schreiend rennt sie über den Rasen zum Nachbarhaus, sieht, daß Eve das Fenster verlassen hat. „Mach auf!" kreischt sie, bleibt in der Mitte zwischen den beiden Häusern stehen, wartet, daß Eve die Tür öffnet, dreht sich um, sieht Alan Crosby widerlich grinsend unter der Lampe vor dem Haus stehen. Er hält etwas in der Hand. Sie erkennt eine lange, silbrig glänzende Schneide.

Tu was! befiehlt ihre innere Stimme, und sofort gehorcht sie. Ihre nackten Füße tragen sie über den Weg zwischen den zwei Häusern in ihren Garten. Und jetzt? schreit sie in Gedanken, als sie vor dem großen, leeren Betonloch zum Stehen kommt. Mein Grab, denkt sie, läuft zum flachen Teil des Beckens und springt die drei Stufen in den leeren Swimmingpool hinunter.

Der Mond scheint nicht, und am Himmel stehen nur einige wenige Sterne. Vielleicht wird Alan Crosby das Becken gar nicht sehen. Vielleicht fällt er hinein und bricht sich das Genick.

Wunschträume, denkt sie sofort mit schmerzhaft klopfendem

Herzen. Als ob er nicht jede Ecke ihres Gartens, jeden Winkel ihres Hauses vorher genau untersucht hätte! Warum hat die Alarmanlage nicht zu schrillen begonnen? Natürlich, er hat sie abgeschaltet, sobald sie im Bett lag.

Langsam, die Fingerspitzen immer an der Betonwand, schleicht sie zum tiefen Teil des Beckens. Sie hört ihn. Er ist irgendwo über ihr, auf den Steinplatten. Joanne senkt das Kinn auf die Brust, versucht, ihre Atemzüge zu dämpfen. Sie fühlt den rauhen Zement unter ihren nackten Füßen.

„Linda . . ."

Die Stimme zischt durch die Dunkelheit wie eine Schlange durchs Gras. Er ist irgendwo am Beckenrand, gegenüber der Stelle, an der sie sich hingekauert hat. Ist es möglich, daß er sie noch nicht entdeckt hat? Vielleicht hofft er, seine Stimme werde sie so erschrecken, daß sie ihr Versteck verrät. Sie darf nicht die Beherrschung verlieren, muß sich zwingen, keinen Laut von sich zu geben.

„Linda . . .", ruft die Stimme wieder, diesmal aus viel kürzerer Entfernung.

Wo ist die Polizei? Lieutenant Whitaker und Lieutenant Statler? Sie sagten, sie würden das Haus beobachten. Aber das ist Stunden her. Inzwischen liegen sie wohl längst im Bett, schlafen fest und ahnungslos.

Sie nimmt eine plötzliche Bewegung über sich wahr und erkennt eine Sekunde zu spät, daß es eine Hand ist, die sich auf sie zubewegt. Im nächsten Moment wird ihr Haar wie ein festes Knäuel gepackt, die kräftigen Hände ihres Peinigers ziehen sie aus der Kauerstellung auf die Füße. Sie dreht den Kopf und sieht ein Messer durch die Luft blitzen, ein entsetzlicher Schrei entringt sich ihrer Kehle, als das Messer durch ihr Haar fährt.

„Cowboys und Indianer!" jauchzt Alan Crosby. Joanne rennt zur gegenüberliegenden Wand im tiefen Teil des Schwimmbeckens.

„Laß mich in Ruhe!" schreit sie.

„Ich bin noch nicht fertig mit dir", sagt er lachend. Er wartet, wohin sie laufen wird.

„Die Polizei wird jede Minute hiersein."

„Nur wenn sie alle Hellseher sind", antwortet er unbeeindruckt. „Jetzt verschaffe ich dir jedenfalls erst mal den Spaß, den ich dir versprochen habe . . ."

Joanne beginnt langsam, immer an der Wand entlang, auf den flachen Teil des Beckens zuzugehen.

Er bewegt sich parallel zu ihr. „Brav so, ganz brav", sagt er. „Komm her!" Entsetzt sieht Joanne, wie der Kerl leichtfüßig in das Becken herabspringt und auf sie zukommt. Er läßt sein Messer auf- und zuschnappen.

Gehetzt rennt Joanne auf die Stufen zu, spürt, wie ihr Fuß schmerzhaft gegen ein Hindernis stößt. Sie stolpert, knickt um, ihre Finger verhaken sich in den Saiten ihres Tennisschlägers, als sie den Sturz mit einer Reflexbewegung abzufangen versucht. Wie durch ein Wunder gelingt es ihr, sogleich wieder auf die Beine zu kommen. Sie ergreift den Schläger, krabbelt die Stufen hinauf. Seine Hände strecken sich nach ihr aus, bekommen sie am T-Shirt zu fassen, halten sie fest.

Sie dreht und windet sich, aber er hat ihr T-Shirt fest im Griff. Wieder hört sie das bedrohliche Klicken des Schnappmessers.

„Du hast mir versprochen, daß ich meinen Spaß haben werde", stößt sie plötzlich vehement hervor. „Das hier macht absolut keinen Spaß!"

Was rede ich da? denkt Joanne. Sie fühlt, wie sein Griff nachläßt, nimmt diesen Vorteil sofort wahr und entwindet sich seinen Händen.

Verzweifelt versucht sie wegzulaufen, aber er ist dicht hinter ihr. Erneut hört sie das Messer durch die Luft zischen. Die Schneide fährt durch das Rückenteil ihres T-Shirts. „Nein!" brüllt sie trotzig. Ihre linke Hand legt sich neben die rechte um den Griff ihres Tennisschlägers.

Als sähe sie einer anderen zu, bemerkt sie, wie sie sich umdreht und weit und schwungvoll ausholt. Dann zieht sie den Schläger mit aller Kraft nach oben durch.

VIERZEHNTES KAPITEL

ALS Joanne die dritte Tasse ihres Frühstückskaffees austrinkt, hört sie den Wagen. Sie setzt die Tasse ab und wartet auf das vertraute Läuten. Sie wirft einen bösen Blick auf die Sprechanlage, geht raschen Schritts zur Tür und sieht durch den Spion.

„Guten Morgen", sagt sie und öffnet die Tür.

„Guten Morgen", erwidert er, und sie stehen sich verlegen gegenüber. „Kann ich reinkommen?"

Joanne antwortet nichts, sondern tritt einfach zurück, damit Paul eintreten kann.

„Ich habe versucht, dich zu erreichen", erklärt er. „Sobald ich gehört hatte, was geschehen war, habe ich angerufen ... Ich bin auch sofort hergefahren. Dann hat mir Eves Mutter erzählt, daß du zu Warren nach Kalifornien geflogen bist."

„Ich mußte mich erst einmal ein paar Tage lang erholen", erklärt Joanne. „Es tut mir leid, ich hätte dich anrufen sollen. Aber ich konnte keinen klaren Gedanken mehr fassen. Alles ging so schnell." Wie abwesend sieht sie sich im Raum um. „Es passiert schließlich nicht alle Tage, daß ich jemanden beinahe umbringe", sagt sie leise.

„Hätte keinen Passenderen treffen können", meint Paul mit einem Lächeln. „Du hast ja einen enormen Schlag drauf, wie ich höre. Offenbar hat er sich einen Arm und ein Bein gebrochen, als er in das Becken fiel. Gut, daß noch kein Wasser drin war."

„Jeder bekommt, was er verdient", sagt Joanne lächelnd.

Paul setzt sich an den Küchentisch, auf den Stuhl, der immer schon der seine war. Joanne reicht ihm eine Tasse Kaffee und nimmt auf dem Stuhl gegenüber Platz. Sie wundert sich, daß Paul hergekommen ist. In weniger als einer Stunde wird der Bus mit den Mädchen vom Ferienlager eintreffen.

„Ich habe ziemliche Schuldgefühle", gesteht Paul schließlich.

Joanne zuckt die Achseln und schweigt. Was soll sie schon sagen?

„Ich hätte hiersein müssen", spricht er weiter. „Dann wäre das alles nicht geschehen."

„Das stimmt nicht", erwidert Joanne. „Die Frauen, die der Würger ermordete, hatten Ehemänner, die da waren und sie hätten beschützen können. Sie sind trotzdem umgekommen. Aber ich nicht. Vielleicht hat mir gerade die Tatsache, daß ich mich ganz auf mich allein verlassen mußte, das Leben gerettet. Ich weiß es nicht." Sie zuckt die Achseln. „Außerdem ist es jetzt vorbei, und mir geht es wieder gut."

Paul sieht Joanne mit mehr als nur einer Spur Überraschung an. „Es war nicht richtig, daß du das alles durchmachen mußtest", sagt er leise.

„Stimmt, das war es nicht", bekräftigt Joanne und dreht den Kopf in Richtung Swimmingpool. Sie sieht die Dunkelheit, spürt das Messer

ihr T-Shirt zerschneiden, hört den Tennisschläger gegen den Kopf des
Jungen krachen, sieht zu, wie er in das Betonloch stürzt. „Ich möchte
das Haus verkaufen", sagt sie.

„Das kann ich verstehen."

Joanne ist dankbar, daß er es so widerspruchslos hinnimmt. „Ich
möchte ein Haus ohne Schwimmbecken", fügt sie hinzu.

„Einverstanden", sagt er ohne Zögern. Er nimmt einen großen
Schluck Kaffee. „Wie war es in Kalifornien?"

Joanne lacht. „Also, verglichen mit hier war es ziemlich langweilig."

„Wie geht es deinem Bruder?"

„Gut. Er hat versucht, mich dazu zu überreden, nach Kalifornien zu
ziehen."

„Spielst du mit dem Gedanken?" fragt Paul. Er ist ganz blaß
geworden, obwohl seine Stimme ruhig klingt.

„Nein", antwortet Joanne. „Die Mädchen würden aus der gewohn-
ten Umgebung gerissen, müßten in neue Schulen. Außerdem habe ich
ja meine Arbeit."

„Hast du noch immer vor weiterzuarbeiten?"

„Ja."

Pauls Gesicht hat wieder seine normale Farbe angenommen.
„Wahrscheinlich ist das auch richtig so."

„Ich dachte mir, ich nehme die Mädchen bald mal mit in die Praxis",
erzählt Joanne. „Ich möchte ihnen zeigen, wo ich arbeite und was ich
tue."

„Das wird ihnen bestimmt gefallen."

„Ich finde es wichtig für sie, mal zu sehen, daß ihre Mutter mehr ist
als eine Fußmatte mit einem Willkommen auf dem Rücken."

„Ich bin mir ganz sicher, daß sie dich nicht so betrachten."

„Wie hätten sie mich denn anders betrachten können?" fragt Joanne.
„Ich war so sehr damit beschäftigt, jedermanns Erwartungen gerecht
zu werden, daß ich selbst völlig verschwand. Ich werfe dir nichts vor",
fügt sie hastig hinzu. „Es war nicht deine Schuld. Es war meine eigene
Schuld! Irgendwann hatte ich aufgehört, ich selbst zu sein. Ich mache
dir auch keinen Vorwurf daraus, daß du mich verlassen hast. Wirklich
nicht. Wie soll man denn auch mit einem Schatten leben können?"

„Mit mir war es ja auch nicht gerade weit her."

„Na ja, zumindest warst du ehrlich."

„Ehrlich – daß ich nicht lache!" ruft Paul. „Ich war ein Schwach-kopf, der glaubte, etwas zu verpassen." Er steht auf, trägt seine leere Tasse zur Spüle und wäscht sie ab. „Ich meine, was habe ich denn erwartet? Abenteuer? Jugend?" Er lacht bitter. „Es gibt nichts Traurigeres als einen Mann mittleren Alters, der seine verlorene Jugend wiederzufinden versucht. Ich bin kein umschwärmter Staran-walt. Na und? Ich bin immer noch ein verdammt guter Rechtsanwalt. Ich habe endlich erkannt, daß ich eigentlich gar nichts anderes sein will."

Er sieht sie an, wartet, daß sie etwas sagt, aber sie verharrt stumm, erwidert nur seinen Blick. Also fängt er als erster wieder an zu sprechen. „Wie geht es Eve?" erkundigt er sich.

„Sie ist in einer psychotherapeutischen Klinik. Sie hat eingewilligt, daß Brian sie hinbringt. Ich glaube, was in jener Nacht geschehen ist, hat sie endlich wieder ein wenig zur Vernunft gebracht. Sie hat damals auch die Polizei alarmiert, dafür gesorgt, daß eine Streife Alan Crosby geholt hat."

„Was für ein Sommer!"

„Ja, es war nicht gerade ein Sommer, den ich noch einmal durchleben möchte", gibt Joanne zu und fährt sich mit der Hand übers Haar. „Der Kerl hat mir eine Punkfrisur geschnitten", sagt sie lachend. „Meinst du, den Mädchen wird es gefallen?"

„Warum fragst du sie nicht, wenn wir sie abholen?" schlägt er vor.

„Ich glaube nicht, daß wir sie zusammen abholen sollten", antwortet Joanne bedächtig.

„Warum denn nicht?"

„Weil ich glaube, daß die Mädchen, wenn sie uns zusammen an der Bushaltestelle sehen, sich unberechtigte Hoffnungen machen werden, und wir müßten sie dann wieder enttäuschen."

„Müßten wir das wirklich?"

Joanne starrt ihren Mann an. „Was willst du damit sagen, Paul?"

Eine kurze Pause. „Daß ich zurückkommen möchte", antwortet er.

„Warum?"

In ihrer Einfachheit ist die Frage verblüffend. „Weil ich dich liebe", sagt er. „Weil mir in den vier Monaten, in denen ich weg war, klar-geworden ist, daß es dort draußen nichts gibt –"

„Dort draußen gibt es alles", unterbricht ihn Joanne seelenruhig.

Paul lächelt traurig.

Joanne starrt durch die gläserne Schiebetür nach draußen. „Es ist so viel geschehen. So vieles hat sich verändert. Ich habe mich verändert."

„Die Veränderungen gefallen mir."

„Genau das ist das Problem!" Joanne dreht sich wieder zu ihrem Mann um. „Es wird nicht immer einen Psychopathen geben, der bei mir ganz neue Qualitäten zum Vorschein bringt!"

Plötzlich brechen sie beide in Lachen aus.

„Ich liebe dich, Joanne", flüstert er noch einmal. „Bitte verzeih mir. Ich ..."

Sofort ist Joanne in den Armen ihres Mannes. „Sag jetzt nichts mehr", bittet sie ihn.

Er zieht sie fest an sich. So verharren sie lange Zeit.

„Wir müssen jetzt los", sagt Joanne schließlich.

„Vorher muß ich noch etwas erledigen", erklärt Paul und geht zur Haustür. Joanne folgt ihm, beobachtet, wie er die Stufen zum Auto hinunterläuft und zwei Koffer vom Rücksitz nimmt.

Zuversichtlich lächelnd sieht Joanne zu, wie der Mann, mit dem sie seit zwanzig Jahren verheiratet ist, seine Koffer die Treppe zu ihrem Haus hinaufträgt.

Joy Fielding

Nach Hollywood gehen, entdeckt werden und in großen Filmen die Hauptrolle spielen – das waren Joy Fieldings Träume, als sie 1966 ihre Collegeausbildung beendete. Nirgendwo freilich platzen die Träume von Karriere und Ruhm so schnell wie in der Filmmetropole vor den Toren von Los Angeles, und so mußte auch die aus dem kanadischen Toronto stammende junge Frau erkennen, daß sie über ein Statistendasein nie hinauskommen würde. Zwar reichte es zunächst noch zu einer kleinen Rolle in der Fernsehserie „Gunsmoke" – Joy Fielding spielte eine stumme Pionierstochter im Wilden Westen, die mit Hilfe des Sheriffs ihre Stimme zurückgewinnt – aber das war's dann auch schon. „Die Regisseure, bei denen ich vorstellig wurde, versicherten mir stets, ich verkörperte ‚einen ganz besonderen Typ', was gleichbedeutend mit der Mitteilung war, daß es keine Verwendung für mich gab", erinnert sich die Autorin. „Eine Weile hielt ich dann noch in Hollywood aus und schlug mich als Bankangestellte durch. Die ganze Zeit über beschwor mich meine Mutter in ihren Briefen aus Toronto, doch ins schöne Kanada zurückzukehren."

Schließlich folgte Joy Fielding diesem Rat, und schneller als erwartet erwies sich diese Entscheidung als goldrichtig. Die junge Kanadierin hatte zwischenzeitlich das Schreiben als ihre eigentliche Begabung entdeckt. Sie verfaßte mehrere Drehbücher und fand im kanadischen Fernsehen einen dankbaren Abnehmer. Ermutigt von diesem Erfolg, versuchte sich die Autorin an Romanen – *Ein mörderischer Sommer* ist bereits ihr siebtes Buch. „An diesem Thema hat mich besonders der Kontrast zwischen der friedlichen und wohlgeordneten Welt der Vorstadtsiedlungen und den plötzlich dort auftretenden Gefahren und Bedrohungen gereizt", erklärt Joy Fielding, die mit einem Rechtsanwalt verheiratet ist und zwei Töchter hat.

Ein mörderischer Sommer entstand in dem Jahr, in dem Joy Fieldings Töchter erstmals beide eine Ganztagsschule besuchten, was der Autorin Gelegenheit gab, ungestört zu arbeiten. So überrascht es auch nicht, daß Joy Fielding ohne jedes Bedauern auf ihre unverwirklichten Träume vom Schauspielerleben zurückblickt: „Wer wie ich zu Hause bei den Kindern bleiben und trotzdem berufstätig sein möchte, für den ist das Schreiben doch das Beste, was es gibt", erklärt sie vergnügt.